LE PACTE HOLCROFT

Robert Ludlum est né en 1927, à New York. Après une brillante carrière en tant que producteur et acteur de théâtre, à quarante ans, il abandonne tout et se met à écrire des romans d'action. Il est maintenant considéré comme un des grands maîtres mondiaux du suspense.

ROBERT LUDLUM

Le Pacte Holcroft

ROMAN TRADUIT DE L'AMÉRICAIN
PAR ANDRÉA DEBOST

ROBERT LAFFONT

Titre original :

THE HOLCROFT COVENANT

Nous remercions, pour leur collaboration, Claire Beauvillard,
Anouk Neuhoff et Marie-Laure Tourlourat.

ISBN : 978-2-253-04182-5 - 1re publication - LGF

PROLOGUE

Mars 1945

La coque du sous-marin était amarrée aux énormes appontements, silhouette de monstre entravé, les contours mouvants de sa poupe se détachant dans la lumière d'une aube boréale.

La base était située sur l'île de Scharhörn, dans le golfe d'Helgoland, à quelques milles des côtes allemandes et de l'embouchure de l'Elbe. C'était une station de ravitaillement en fuel que les services alliés n'avaient jamais réussi à localiser et que, pour des raisons de sécurité, l'on tenait confidentielle, même pour les stratèges du haut commandement allemand. Les maraudeurs du fond des mers allaient et venaient dans l'ombre, faisant surface et plongeant à moins de quelques centaines de mètres des mouillages. C'étaient les assassins de Neptune, ils ne revenaient au port que pour faire relâche ou pousser plus loin leurs attaques.

Ce matin-là, cependant, le sous-marin amarré au dock ne faisait ni l'un ni l'autre. Pour lui, la guerre était terminée, c'étaient les germes d'une autre guerre que recelait sa mission.

Deux hommes se tenaient dans la tourelle, l'un en uniforme d'officier supérieur de la marine allemande, l'autre, de haute taille, en tenue civile, drapé dans un grand pardessus sombre — le col relevé pour se protéger des vents de la mer du Nord — mais nu-tête, comme pour défier l'hiver. De là-haut, tous deux contemplaient la longue file des passagers qui, lentement, se frayaient un chemin vers le quai d'embarquement. Dès qu'un passager arrivait sur ce quai, son nom était coché sur une liste, et il ou elle était conduit, ou porté, à bord du sous-marin.

Quelques-uns marchaient tout seuls, mais c'était l'exception. Il s'agissait des plus âgés, de ceux qui avaient douze ou treize ans.

Les autres étaient des enfants. Des tout petits, dans les bras d'infirmières de l'armée aux visages revêches, qui remettaient leurs charges à un groupe de médecins de la marine sur le quai ; des enfants d'âge scolaire, serrant contre eux leurs nécessaires de voyage tous identiques, et se donnant la main en jetant des coups d'œil étonnés à l'étrange vaisseau noir qui serait leur demeure pour les semaines à venir.

« Incroyable, dit l'officier. Tout bonnement incroyable.

— Ce n'est qu'un début, répondit l'homme au pardessus, avec une crispation de ses traits anguleux. Le mot a été donné partout. Dans les ports et les cols de montagne, dans les derniers aéroports du Reich. Ils en partent par milliers. Pour aller dans le monde entier. Là où on les attend. Partout.

— Une opération extraordinaire, dit l'officier en secouant la tête avec incrédulité.

— Ce n'est qu'un des éléments de la stratégie. C'est celle-ci tout entière qui est extraordinaire.

— Votre présence ici est un honneur pour nous.

— Je tenais à être là. C'est le dernier embarquement. »

Le grand homme en civil gardait les yeux fixés sur le dock en dessous d'eux... Le Troisième Reich est en train de mourir. De ces enfants renaîtra le *Quatrième* Reich. Débarrassé de la médiocrité et de la corruption. Grâce à ces *Sonnenkinder*. Dans le monde entier.

« Les enfants...

— Les enfants des damnés, l'interrompit l'homme en civil. Ce sont les enfants des damnés. Il y en aura d'autres, des millions. Mais aucun ne sera comme ceux-là. Et ceux-là seront partout. »

1

Janvier 197-

« *Attention ! Le train de sept heures à destination de Zurich partira du quai numéro douze.* »

Essayant de localiser les haut-parleurs, le grand Américain en imperméable bleu marine jeta un coup d'œil vers le dôme de la gare de Genève ; son visage anguleux, aux contours précis, était perplexe. On avait diffusé le message en français, une langue qu'il parlait peu et comprenait encore moins. Pourtant, il parvint à saisir le mot *Zurich*. C'était le signal attendu. Il repoussa la mèche châtain clair qui retombait sur son front avec une régularité irritante, et se dirigea vers l'extrémité nord de la gare.

La foule était dense. Tous ces corps se dirigeaient vers les portes. C'est là que commençait leur voyage aux multiples destinations. Personne ne semblait prêter attention aux messages dont l'écho se propageait en un long monologue métallique. Les voyageurs de la *Bahnhof* genevoise savaient où ils allaient. C'était la fin de la semaine, la neige venait de tomber, et dehors l'air était sec et vivifiant. Il y avait des lieux où se rendre, des emplois du temps à respecter, et des gens à voir, temps perdu, temps volé. Tout le monde se dépêchait.

L'Américain aussi avait un emploi du temps à respecter, et quelqu'un à voir. Avant l'annonce, il avait appris que le train pour Zurich partirait du quai numéro douze ; selon le plan, il devait descendre le long de la rampe jusqu'au quai, compter sept wagons à partir de l'arrière, et monter. Ensuite, il devait recommencer à compter, cinq compartiments cette fois-ci, et frapper deux fois à la cinquième porte. Si tout était en ordre, un directeur de la Grande Banque de Genève le recevrait ; ce serait le point culminant de douze semaines de préparatifs. Des préparatifs impliquant des télégrammes, des coups de fil outre-Atlantique, sur des lignes téléphoniques dont le banquier suisse avait vérifié qu'elles étaient vierges de toute écoute. Tout cela dans le secret le plus complet.

Il ignorait ce que le directeur de la Grande Banque de Genève avait à lui dire, mais il pensait connaître la raison de toutes ces précautions. L'Américain s'appelait Noël Holcroft, mais ce n'était pas son vrai nom. Né à Berlin pendant l'été 1939, il avait été inscrit sur les registres de l'hôpital sous le nom de « Clausen ». Son père était Heinrich Clausen, le grand stratège du Troisième Reich, ce magicien de la finance qui avait provoqué la coalition des diverses forces économiques pour assurer la suprématie d'Adolf Hitler.

Heinrich Clausen avait remporté la victoire à l'intérieur du pays, mais perdu une épouse. Althene Clausen était américaine ; plus précisément, c'était une femme de tête avec un code éthique et des principes de morale tout à fait personnels, et elle avait déduit que ces éléments faisaient défaut au mouvement national-socialiste. A ses yeux, il était constitué d'une bande de paranoïaques menés par un fou, et soutenu par des financiers ne cherchant que leur profit.

Par un doux après-midi d'août, Althene Clausen posa un ultimatum à son mari : il devait se retirer. Tenir tête aux paranoïaques et au fou avant qu'il ne soit trop tard. Incrédule, le nazi écouta sa femme avant de rire et de rejeter cet ultimatum qu'il considéra comme les élucubrations d'une jeune mère. Ou peut-être, l'erreur de jugement d'une femme élevée selon un système fragile qui bientôt marcherait au pas de l'Ordre nouveau. Ou serait écrasé sous sa botte.

12

Cette nuit-là, la jeune mère et son enfant montèrent dans l'un des derniers avions pour Londres, première étape de leur voyage vers New York. Une semaine plus tard, la *Blitzkrieg* contre la Pologne commençait ; le Reich de Mille Ans entamait son règne. Il devait durer près de mille cinq cents jours, à partir du premier coup de feu.

Holcroft passa le guichet, descendit la passerelle et se retrouva sur le quai de béton. *Quatre, cinq, six, sept...* Le septième wagon portait un petit cercle bleu dessiné au pochoir sous la fenêtre. C'était le symbole de plus de confort qu'en première classe : des compartiments spacieux équipés pour permettre des conférences en transit ou des rendez-vous clandestins d'une nature plus personnelle, avec la plus entière discrétion. Une fois le train en marche, des gardiens armés surveillaient les portières de chaque côté du wagon.

Holcroft entra et tourna à gauche dans le corridor. Il passa devant plusieurs portes closes avant d'arriver à la cinquième et frappa deux fois.

« Herr Holcroft ? »

Derrière le panneau de bois, la voix était ferme mais calme et, bien que ce soit une question, la voix n'interrogeait pas. Elle affirmait.

« Herr Manfredi ? » répondit Noël, prenant soudain conscience du regard posé sur lui derrière l'œilleton. C'était une sensation bizarre, atténuée par le comique de la situation. Il eut un petit sourire et se demanda si Herr Manfredi ressemblait au sinistre Conrad Veidt, dans un de ces films anglais des années 30.

Il y eut deux tours de clef, suivis du bruit d'un verrou que l'on pousse. La porte s'ouvrit et l'image Conrad Veidt s'évanouit. Ernst Manfredi était un petit homme rondouillard d'environ soixante-dix ans, complètement chauve, avec un visage doux et agréable ; mais les yeux bleus, grossis par les lunettes à monture de métal, étaient froids. D'un bleu très clair et très froid.

« Entrez, Herr Holcroft », dit Manfredi en souriant. Il changea brusquement d'expression... « Pardonnez-moi. Je devrais dire *monsieur* Holcroft. Le *Herr* vous offense peut-être. Veuillez me pardonner.

— C'est inutile », répondit Noël, en entrant dans le compartiment.

Il y avait une table, deux chaises, pas de lit en évidence. Les murs étaient lambrissés ; des rideaux de velours rouge foncé cachaient les fenêtres et étouffaient les bruits du dehors. Une petite lampe avec un abat-jour à franges était posée sur la table.

« Nous avons à peu près vingt-cinq minutes avant le départ. Cela devait suffire. Et ne vous inquiétez pas... Nous serons avertis bien à l'avance. Le train ne partira que lorsque vous en serez descendu. Vous n'aurez pas à vous rendre à Zurich.

— Je n'y suis jamais allé.

— Je présume que cela va changer, dit le banquier d'un air énigmatique, en faisant signe à Holcroft de s'asseoir à la table en face de lui.

— A votre place, je n'y compterais pas. »

Noël s'assit en déboutonnant son imperméable mais sans le retirer.

« Je suis désolé, c'était présomptueux. » Manfredi prit place et s'appuya sur le dossier de sa chaise... « Je dois vous prier de me pardonner une fois encore. J'aurais besoin de vos papiers. De votre passeport, s'il vous plaît. Et de votre permis de conduire international. Et aussi de tous les documents que vous avez sur vous et qui décrivent vos signes particuliers, vaccins... ce genre de choses. »

Holcroft sentit la colère l'envahir. Les complications que cette histoire entraînait dans sa vie privée mises à part, il détestait l'attitude condescendante du banquier.

« Pour quelle raison ? Vous savez qui je suis. Sinon vous n'auriez pas ouvert cette porte. Vous avez probablement plus de photographies et d'informations sur moi que le State Department.

— Pardonnez au vieil homme que je suis, monsieur, dit le banquier, haussant les épaules, tout charme dehors. Cela vous sera expliqué. »

14

A contrecœur, Noël prit dans sa veste la pochette de cuir contenant son passeport, son carnet de vaccination, son permis international et deux lettres de l'A.I.A. attestant sa qualité d'architecte. Il tendit la pochette à Manfredi.

« Tout est là. Servez-vous. »

Apparemment encore plus à contrecœur, le banquier ouvrit la pochette.

« J'ai l'impression de commettre une indiscrétion, mais je crois...

— A juste titre, l'interrompit Holcroft. Je n'ai pas demandé cette entrevue. Franchement elle se produit à un mauvais moment. Je veux rentrer à New York dès que possible.

— Oui. Oui, je comprends, dit calmement le Suisse en examinant les documents avec soin... Dites-moi, quelle fut votre première commande d'architecte à l'extérieur des États-Unis ? »

Noël surmonta son agacement. Il était venu jusque-là ; inutile de refuser de répondre.

« Le Mexique, pour la chaîne d'hôtels Alvarez au nord de Puerto Vallarta.

— La seconde ?

— Le Costa Rica. Pour le gouvernement. Des constructions pour les P.T.T. en 1973.

— Quel a été le revenu brut de votre société à New York l'année dernière ?

— Ça ne vous regarde pas.

— Nous sommes au courant, je puis vous l'assurer. »

En colère, mais résigné, Holcroft secoua la tête.

« Cent soixante-treize mille dollars et des poussières.

— En tenant compte de la location des bureaux, des salaires, des fournitures et des dépenses, ce chiffre n'a rien de bien impressionnant, n'est-ce pas ? demanda Manfredi, sans quitter des yeux les papiers qu'il tenait.

— Cette société m'appartient, et le personnel est réduit. Je n'ai pas d'associés, pas d'épouse, pas de grosses dettes. Cela pourrait être pire.

— Cela pourrait être mieux, dit le banquier en levant les yeux vers Holcroft. Surtout pour quelqu'un qui a autant de talent.

— Cela pourrait être mieux, c'est vrai.

— Oui, c'est ce que j'ai pensé, poursuivit le Suisse, remettant les papiers dans la pochette de cuir qu'il tendit à Noël. — Il se pencha. — Savez-vous qui était votre père ?

— Je sais qui *est* mon père. Légalement, c'est Richard Holcroft, de New York, le mari de ma mère. Il est tout ce qu'il y a de vivant.

— Et à la retraite, compléta Manfredi. Un collègue banquier, mais pas tout à fait un banquier dans la tradition suisse.

— Il était respecté. Il est respecté.

— Grâce à l'argent de sa famille ou pour sa finesse professionnelle ?

— Je dirais pour les deux. Je l'aime beaucoup. Si vous avez des réserves, gardez-les pour vous.

— Vous êtes très loyal ; c'est une qualité que j'admire. Holcroft est arrivé au moment où votre mère — une femme incroyable, à propos — était particulièrement découragée. Mais nous nous égarons. Cela ne concerne pas Holcroft. Je faisais allusion à votre père.

— C'est évident.

— Il y a trente ans, Heinrich Clausen prit certaines dispositions. Il se rendait souvent à Berlin, à Zurich et à Genève, sans être soumis aux contraintes d'une surveillance officielle, bien sûr ; un document fut rédigé. »

Manfredi fit une pause et sourit.

« En tant qu'éléments neutres ayant un parti pris, nous ne pouvions nous y opposer. Une lettre accompagnait ce document. Clausen l'écrivit en avril 1945. Elle vous est adressée. A vous, son fils. »

Le banquier tendit la main vers une lourde enveloppe de papier brun posée sur la table.

« Un instant, dit Noël. Est-ce que ces précautions avaient un rapport avec de l'argent ?

— Oui.

— Cela ne m'intéresse pas. Donnez-le aux bonnes
œuvres. Il le leur doit bien.

— Vous changerez peut-être d'avis quand vous en
connaîtrez le montant.

— Il est de combien ?

— Sept cent quatre-vingts millions de dollars. »

2

Incrédule, Holcroft regarda fixement le banquier ;
la tête lui tournait. Les accords dissonants venant de
l'énorme gare lui parvenaient à peine, assourdis par
les parois épaisses du wagon.

« N'essayez pas de tout comprendre d'un coup, dit
Manfredi, en posant la lettre. Il y a des conditions, et
d'ailleurs aucune n'est choquante. En tout cas, pas à
notre connaissance.

— Des conditions ?... »

Holcroft savait qu'il était à peine audible ; il essaya
de retrouver sa voix.

« Quelles conditions ?

— Elles sont clairement spécifiées. Ces sommes
considérables doivent être canalisées pour le bénéfice de différentes personnes de par le monde. Et,
bien sûr, vous en retirerez vous-même certains avantages.

— Qu'entendez-vous par... « rien de choquant à
notre connaissance » ?

Le banquier cligna les paupières derrière ses
lunettes à verres grossissants ; l'air ennuyé il
détourna un instant les yeux. Il plongea la main dans
son attaché-case de cuir marron, posé sur un coin de
la table, et retira une enveloppe longue et étroite,
portant de curieuses marques au dos, quatre
empreintes rondes qui ressemblaient à des pièces
fixées sur le rabat.

Manfredi tenait l'enveloppe sous la lampe. Les

empreintes rondes n'étaient pas des cercles mais des cachets de cire. Tous intacts.

« Selon les instructions reçues il y a trente ans, cette enveloppe — contrairement à la lettre de votre père — ne devait pas être ouverte par les directeurs de Genève. Elle est séparée du document que nous avons préparé, et à notre connaissance, Clausen en ignorait l'existence. La lettre qu'il vous adresse devrait vous le confirmer. On nous a apporté cette enveloppe après le départ du messager qui avait remis la lettre de votre père. Ce devait être notre dernière communication de Berlin.

— De quoi s'agit-il ?

— Nous l'ignorons. On nous a dit qu'elle avait été rédigée par plusieurs hommes connaissant les activités de votre père, qui adhéraient à sa cause, et voyaient en lui un martyr de l'Allemagne. On nous a recommandé de vous la remettre avec les cachets intacts. Vous deviez la lire avant la lettre de votre père. »

Manfredi retourna l'enveloppe. C'était écrit à la main, en allemand.

« Vous devez signer en bas, pour indiquer qu'elle vous a été remise dans les conditions requises. »

Noël prit l'enveloppe et regarda les mots qu'il ne pouvait pas comprendre.

DIESER BRIEF IST MIT UNGEBROCHENEM SIEGEL EMPFANGEN WORDEN. NEUAUFBAU ODER TOD.

« Qu'est-ce que ça veut dire ?

— Que vous avez vérifié les cachets et que vous êtes satisfait.

— Comment puis-je en être sûr ?

— Jeune homme, vous parlez à un directeur de la Grande Banque de Genève... »

Le Suisse ne haussa pas le ton, mais la réprimande était claire.

« Vous avez ma parole. Et de toute façon quelle différence cela fait-il ? »

Aucune, se dit Holcroft. Pourtant ce détail le préoccupait...

« Si je signe l'enveloppe, qu'allez-vous en faire ? »

Manfredi resta un moment silencieux. Il enleva ses lunettes, prit un mouchoir en soie dans la poche intérieure de sa veste et nettoya ses verres. Il finit par répondre.

« C'est une information privilégiée...

— Ma signature l'est aussi, l'interrompit Noël.

— Laissez-moi terminer, protesta le banquier en remettant ses lunettes. J'étais en train de dire que c'est une information privilégiée, mais aujourd'hui elle est périmée. Après étant d'années... L'enveloppe doit être expédiée à la boîte postale de Sesimbra, au Portugal. C'est au sud de Lisbonne, sur le cap de Espichel.

— Pourquoi n'est-ce plus valable aujourd'hui ? »

Manfredi leva les mains.

« La boîte postale n'existe plus. L'enveloppe nous reviendrait.

— Vous en êtes certain ?

— Oui. »

Noël prit son stylo dans sa poche et retourna l'enveloppe pour regarder les cachets encore une fois. Ils étaient intacts ; et puis, se dit Holcroft, quelle différence, après tout. Il posa l'enveloppe devant lui et signa.

Manfredi leva la main.

« Vous comprenez, ce que contient cette enveloppe n'a aucun rapport avec le document préparé par la Grande Banque de Genève. On ne nous a pas consultés, ni révélé le contenu.

— Vous avez l'air soucieux. Je croyais que cela n'avait plus d'importance. Que c'était trop ancien...

— Les fanatiques me donnent toujours du souci, monsieur Holcroft. Le temps qui passe n'y changera rien. C'est la prudence du banquier. »

Noël commença à briser la cire ; elle avait durci au cours des années et résistait. Il déchira le rabat, retira le feuillet et le déplia.

Le papier était fin, jauni. L'écriture était en anglais, à demi effacée, mais encore lisible. Holcroft chercha une signature au bas de la page. Il n'y en avait pas. Il commença à lire.

Le message, vieux de trente ans, était macabre, né du désespoir. On aurait dit que des malades mentaux s'étaient réunis dans une pièce sombre et avaient examiné les ombres projetées sur le mur pour y déchiffrer l'avenir, l'avenir d'un homme qui n'existait pas encore.

À PARTIR DE MAINTENANT LE FILS DE HEINRICH CLAUSEN SERA MIS À L'ÉPREUVE. CERTAINS DÉCOUVRIRONT SA MISSION À GENÈVE ET TENTERONT DE L'ARRÊTER. SA MORT SERA LEUR SEUL BUT, AFIN D'ANÉANTIR LE RÊVE DU GRAND HOMME QUE FUT SON PÈRE.

CELA NE DOIT PAS SE PRODUIRE, CAR NOUS AVONS ÉTÉ TRAHIS — NOUS TOUS — ET TOUT LE MONDE DOIT SAVOIR QUI NOUS ÉTIONS VRAIMENT. LES TRAÎTRES ONT DONNÉ DE NOUS — ET PARTICULIÈREMENT DE HEINRICH CLAUSEN — UNE IMAGE FAUSSE.

NOUS SOMMES LES SURVIVANTS DE WOLFSSCHANZE. NOTRE HONNEUR DOIT NOUS ÊTRE RENDU.

LES HOMMES DE WOLFSSCHANZE PROTÉGERONT LE FILS AUSSI LONGTEMPS QU'IL TENTERA DE RÉALISER LE RÊVE DU PÈRE. MAIS S'IL RENONCE, SA VIE SERA FINIE. IL VERRA SOUFFRIR CEUX QU'IL AIME. FAMILLE, ENFANTS, AMIS. PERSONNE NE SERA ÉPARGNÉ.

PERSONNE NE DOIT S'INTERPOSER. RENDEZ-NOUS NOTRE HONNEUR. C'EST NOTRE DROIT ET NOUS L'EXIGEONS.

Noël repoussa la chaise et se leva.

« *Qu'est-ce que ça veut dire ?*

— Je n'en ai pas la moindre idée », répondit calmement Manfredi.

Sa voix était posée, mais l'inquiétude se lisait dans ses yeux.

« Je vous l'ai dit ; on ne nous a pas informés...

— Eh bien, renseignez-vous, cria Holcroft. Lisez ! Qui étaient ces espèces de clowns ? Des malades mentaux ? »

Le banquier commença à lire. Sans relever la tête, il répondit doucement.

« De la même famille que les malades mentaux. Des hommes qui n'avaient plus d'espoir.

— *Wolfsschanze* ? Qu'est-ce que c'est ? Qu'est-ce que ça veut dire ?

— C'était le nom du quartier général des proches de Hitler en Prusse de l'Est, là où on tenta de l'assassiner. C'était une conspiration de généraux : von Stauffenberg, Kluge, Höpner. Ils étaient tous impliqués. Tous fusillés. Rommel se suicida. »

Holcroft regarda la feuille que tenait Manfredi.

« Vous voulez dire que ces gens ont écrit ça il y a trente ans ? »

Le banquier hocha la tête, ahuri.

« Oui, mais ce n'est pas le langage que l'on attendait d'eux. Ceci est pratiquement une menace ; ce n'est pas sensé. Ces hommes raisonnaient... D'un autre côté, en ce temps-là, même des gens bien perdaient la tête. Ils vivaient dans un enfer que nous ne pourrions imaginer aujourd'hui.

— Des gens bien ? demanda Noël, incrédule.

— Avez-vous la moindre idée de ce que représente le fait de participer à la conspiration de Wolfsschanze ? Elle a été suivie d'un bain de sang ; des milliers de gens furent massacrés, et la majorité n'avait même pas entendu parler de Wolfsschanze. Ce n'était qu'une autre solution extrême, une excuse pour calmer les dissidents dans toute l'Allemagne. Ce qui devait libérer le monde d'un dément s'est terminé dans un véritable holocauste. Les survivants de Wolfsschanze ont vu ce qui s'est passé.

— Ces survivants, répliqua Holcroft, ont longtemps suivi le dément en question.

— Vous devez comprendre. Et vous y arriverez. Ces hommes étaient désespérés. Pris au piège. Ils avaient participé à la création d'un monde qui se révélait différent de celui de leur rêve. Ils furent tenus responsables d'horreurs qu'ils n'avaient pas commises. Ils étaient horrifiés par ce qu'ils avaient vu, mais ils ne pouvaient pas nier leur responsabilité.

— Le nazi bien intentionné... dit Noël. J'ai entendu parler de cette race mystérieuse...

— Pour comprendre, il faudrait remonter le cours

de l'histoire jusqu'aux désastres économiques, au traité de Versailles, au pacte de Locarno, aux abus bolcheviques, jusqu'à une douzaine de forces différentes.

— Mais je comprends ce que je viens de dire, dit Holcroft. Vos pauvres soldats égarés n'ont pas hésité à menacer un inconnu ! « Sa vie sera finie... personne ne sera épargné... famille, enfants, amis. » Ça s'appelle un meurtre. Et je ne connais pas d'assassins bien intentionnés.

— Ce sont les paroles de vieillards malades, désespérés. Aujourd'hui elles ont perdu leur sens. C'était leur façon d'exprimer leur angoisse. Ils ne sont plus de ce monde. Qu'ils dorment en paix. Lisez la lettre de votre père...

— Ce n'est pas mon père, coupa Noël.

— Lisez la lettre de Heinrich Clausen. Tout sera plus clair. Lisez-la. Nous devons discuter de plusieurs points, et il ne reste plus beaucoup de temps. »

Un homme en pardessus de tweed marron, coiffé d'un chapeau tyrolien, attendait près d'un poteau, en face du septième wagon. Au premier coup d'œil, rien ne le distinguait des autres, sauf peut-être ses sourcils. Épais, noir et gris, ce qui donnait deux arcs poivre et sel sur un visage autrement banal.

Au premier coup d'œil. En regardant mieux, on distinguait les traits relativement racés d'un homme déterminé. En dépit des gifles du vent qui soufflait par rafales, il ne cillait pas. Il se concentrait totalement sur le septième wagon.

L'Américain va sortir par là, se disait-il, et il sera bien différent de celui qui est entré. Au cours des minutes écoulées, sa vie aurait changé. Pourtant, cela ne faisait que commencer ; le voyage irait bien au-delà de tout ce que le monde d'aujourd'hui pouvait concevoir. Pour cette raison, il fallait observer sa première réaction ; c'était plus qu'important. Vital.

« Attention ! le train de sept heures... »

Le train de Lausanne arrivait sur la voie adjacente.

22

Dans un instant, le quai serait bondé de touristes venant passer le week-end à Genève, comme les gens des Midlands se bousculent à Charing Cross, pour venir passer un moment à Londres, se dit l'homme près du pilier.

Le train s'arrêta. Les passagers descendirent.

Soudain, la silhouette du grand Américain se dessina dans le couloir du septième wagon. Un porteur encombré de bagages le bloquait dans l'entrée. En d'autres circonstances, ce moment irritant aurait pu provoquer une discussion. Mais pour Holcroft c'était une journée pas comme les autres. Son visage n'exprimait rien. Il ne réagissait pas à cet incident, il était conscient de la bousculade mais aucunement concerné. Quelque chose en lui restait absent, plongé dans une stupeur latente. Il serrait la grosse enveloppe de papier brun contre sa poitrine tellement fort que sa main formait un poing.

Ce document, cause de sa consternation, c'était le miracle qu'ils attendaient, l'homme près du pilier, et ceux qui avaient disparu avant lui. Plus de trente ans d'attente !

Le voyage commençait.

Holcroft pénétra dans la marée humaine et se dirigea vers la passerelle qui menait à la sortie. Même bousculé par ceux qui l'entouraient, il ne voyait pas la foule. Il regardait droit devant lui, dans le vide.

Soudain, l'homme près du pilier fut en alerte. Des années d'entraînement lui avaient appris à rechercher l'inattendu, la cassure infinitésimale du rythme. Il sentait cette fêlure : deux hommes, au visage morose, sans curiosité ni espoir, guère différents de ceux qui les entouraient, mais chargés d'intentions hostiles.

Ils émergeaient l'un après l'autre. Les yeux rivés sur l'Américain. Le premier gardait la main dans sa poche. L'autre tenait sa main gauche sur sa poitrine, sous son pardessus déboutonné. Ces mains qu'on ne voyait pas tenaient des armes, l'homme près du pilier le savait !

Il se précipita dans la foule. Il n'y avait pas une seconde à perdre. Les deux hommes se rapprochaient d'Holcroft. Ils voulaient l'enveloppe ! C'était la seule explication possible. Et si tel était le cas, cela signifiait que la nouvelle du miracle s'était ébruitée. L'enveloppe contenait un document inestimable. En comparaison, la vie de l'Américain était tellement dérisoire qu'on n'hésiterait pas à le tuer. Les hommes qui se rapprochaient d'Holcroft le tuerait pour l'enveloppe, sans y attacher d'importance, comme on écarte un insecte d'un lingot d'or. Ils ignoraient que sans le fils d'Heinrich Clausen le miracle n'aurait pas lieu !

Ils étaient maintenant à quelques mètres de lui ! L'homme aux sourcils poivre et sel plongea dans la masse des touristes comme un animal possédé. Il bouscula gens et bagages, renversant tout ce qui lui barrait le passage. Lorsqu'il fut près du tueur dont la main restait encore sous le pardessus, il plongea sa propre main dans sa poche, agrippant le revolver, et cria à l'assaillant :

« *Du suchst Clausens Sohn ! Das Genfe Document !* »

Le tueur était à mi-hauteur de la passerelle ; quelques personnes seulement le séparaient de l'Américain. Il entendit les mots de l'inconnu et se retourna, les yeux écarquillés.

La foule montait la passerelle en frôlant les deux adversaires. L'attaquant et le protecteur se trouvaient face à face, chacun dans une arène miniature. Le protecteur appuya sur la détente du revolver qu'il gardait dans la poche. Une fois. Deux fois. On entendit à peine le bruit des coups de feu. Deux balles atteignirent l'assaillant d'Holcroft, une dans le ventre, l'autre plus haut, à la gorge ; en recevant la première, l'homme tressauta avant de tomber en avant ; la seconde lui rejeta la tête en arrière, la gorge béante.

Le sang jaillit de sa blessure avec une telle force qu'il éclaboussa les visages alentour, et les vêtements, et les valises qui appartenaient à ces visages.

Il coulait en cascade, dessinant de petites flaques sur la rampe. On entendit des cris d'horreur.

L'observateur et protecteur de Holcroft sentit une main lui agripper l'épaule. Il se retourna brusquement, l'autre attaquant était sur lui, un couteau de chasse à la main.

L'homme est un amateur, se dit le protecteur. Sa réaction, un instinct développé par des années d'entraînement, fut immédiate. Il fit un pas de côté comme un torero évitant le coup de corne, et referma sa main gauche sur le poignet de son adversaire. De la droite, il agrippa les doigts qui serraient le couteau. Il tordit son poignet et déchira le cartilage en forçant les doigts à lâcher prise. Il plongea la lame dans la chair tendre de l'estomac et remonta en diagonale jusqu'à la cage thoracique, lacérant les coronaires. Le visage de l'homme se révulsa ; un cri horrible retentit, interrompu par la mort.

La panique était devenue un chaos incontrôlable ; les hurlements augmentaient. La profusion du sang, les corps qui se bousculaient entretenaient les manifestations d'hystérie collective. Le protecteur savait ce qu'il devait faire. Il leva les mains en signe de frayeur consternée, de profonde répulsion à la vue du sang qui tachait ses propres vêtements, et se joignit à la foule hystérique qui, comme un troupeau de moutons affolés, fuyait le lieu du meurtre.

En haut de la passerelle, il passa devant l'Américain qu'il venait de sauver.

Holcroft entendit les hurlements. Ils parvinrent à percer les nuages qui l'embrumaient, obscurcissaient sa vision et l'empêchaient de penser.

Il essaya de se tourner vers l'endroit du tumulte, mais la foule en délire l'en empêcha. Il fut balayé tout en haut de la passerelle, plaqué contre le mur d'un mètre qui servait de garde-fou. Il agrippa la pierre et s'efforça de regarder ce qui se passait ; en bas, il vit un homme renversé en arrière, du sang jaillissait de sa gorge. Puis un autre plonger en avant, avec un rictus de douleur, ensuite Noël ne put rien voir de plus, la mêlée l'entraînait de nouveau.

Un homme le dépassa et heurta son épaule. Holcroft se retourna et eut tout juste le temps de voir des yeux effrayés sous d'épais sourcils poivre et sel.

Un acte de violence venait d'être commis. Une tentative de vol s'était terminée en meurtre. La violence menaçait Genève-la-paisible tout autant que certaines rues de New York la nuit, ou la médina de Marrakech.

Mais Noël n'avait pas le temps de philosopher ; il ne devait pas être mêlé à tout cela. Le brouillard qui l'entourait se reconstitua. Il sentait confusément que sa vie ne serait plus jamais la même.

Il serra fermement l'enveloppe et rejoignit la masse qui remontait en hurlant vers la sortie.

3

L'énorme appareil survola l'île du cap Breton et se pencha doucement vers la gauche pour atteindre sa nouvelle altitude : sud-ouest, vers Halifax et Boston, puis New York.

Holcroft avait passé la plupart du temps dans le salon du haut, dans un fauteuil isolé, son attaché-case noir appuyé contre le dossier. Il lui était plus facile de se concentrer là. Aucun compagnon de voyage ne jetterait de regard indiscret sur les papiers qu'il parcourait sans relâche.

Il avait commencé par la lettre de Heinrich Clausen. Ce document était incroyable. L'information qu'il contenait était de nature si alarmante que Manfredi, au nom des directeurs de la Grande Banque, avait exprimé le désir qu'il soit détruit. Car il décrivait en termes détaillés l'origine des millions déposés à la banque de Genève trente ans plus tôt. Bien que la majeure partie des « donateurs » fussent aujourd'hui intouchables à l'abri des poursuites — voleurs et assassins s'étant approprié les fonds d'un gouvernement formé de voleurs et d'assassins —, les autres provenances étaient plus sujettes à examen. Pendant la guerre, l'Allemagne avait pillé, violé, saccagé, au-dedans et au-dehors. Opposants et vaincus avaient été dépouillés sans aucune pitié. S'il advenait que ces méfaits soient remis en mémoire, la Cour internationale de La Haye risquait de bloquer les fonds pendant les années de litige.

« Détruisez la lettre, avait dit Manfredi à Genève. La seule chose nécessaire, c'est que vous compreniez pourquoi il a agi ainsi. Pas les méthodes employées ; ce serait une complication inutile ; mais il y a ceux qui essaieront peut-être de vous en empêcher. D'autres voudront leur part du gâteau ; il s'agit là de centaines de millions de dollars. »

Noël relut la lettre, pour la vingtième fois peut-être, essayant d'imaginer celui qui l'avait écrite. Son père. Il ne savait pas à quoi il ressemblait ; sa mère avait détruit toutes les photos, toute référence à cet homme qu'elle haïssait de toutes ses forces.

Berlin, le 20 avril 1945

Mon fils,

Au moment où j'écris cette lettre, les armées du Reich s'effondrent sur tous les fronts. Berlin, cette ville incendiée où la mort rôde, tombera bientôt. Qu'il en soit ainsi. Je ne perdrai aucun instant à songer à ce qui fut ou à ce qui aurait pu être... Aux idéaux trahis, et au triomphe du mal, du fait des dirigeants corrompus. Les plaintes qui viennent de l'enfer sont trop suspectes, et l'origine trop facilement attribuée au démon.

Je laisserai plutôt mes actes parler pour moi. Tu y trouveras peut-être comme de la fierté. Telle est ma prière.

Il faut réparer. C'est mon credo et celui de mes deux amis et associés les plus proches. Ils sont identifiés dans le document ci-joint. Réparer la destruction à laquelle nous avons œuvré, les trahisons si empreintes de haine que le monde n'oubliera jamais. Ni ne pardonnera. C'est pour obtenir un peu de pardon que nous avons fait cela.

Il y a cinq ans, ta mère prit une décision que je ne pouvais comprendre, telle était ma loyauté envers l'Ordre nouveau. Deux hivers ont passé. En février 1943, les paroles qu'elle avait prononcées dans la rage, paroles que je récusai avec arrogance comme autant de mensonges, se révélèrent comme étant la vérité. Nous, qui œuvrions dans les cercles fermés de la finance et de la politique, avions été trompés. Pendant deux ans, il fut évident que l'Allemagne allait à la défaite. Nous prétendions le contraire, mais nos cœurs savaient. D'autres savaient aussi. Et ils perdirent toute prudence. L'horreur fit surface.

Il y a vingt-cinq mois, je conçus un plan et requis le soutien de mes chers amis du Finanzministerium. Ils me l'accordèrent sans hésiter. Notre objectif était de détourner des sommes considérables vers la Suisse neutre, sommes qui un jour pourraient permettre de venir en aide aux milliers de gens dont la vie avait été brisée par d'indicibles atrocités commises par des brutes épaisses au nom de l'Allemagne.

Aujourd'hui, nous connaissons l'existence des camps. Leurs noms hanteront l'histoire. Belsen, Dachau, Auschwitz.

On nous a parlé des exécutions en masse, de ces femmes, de ces enfants, de ces hommes innocents alignés et puis abattus devant les tranchées qu'ils avaient creusées eux-mêmes.

Nous avons appris l'existence des fours — ô Dieu du Ciel —, des fours pour la chair humaine ! Des douches qui arrosaient de gaz mortels. Des expériences obscènes, intolérables, réalisées par les praticiens déments d'une médecine inhumaine sur des êtres conscients. Notre cœur saigne devant ces images mais nos larmes sont inutiles. Pas nos cerveaux, cependant. Nous pouvons réfléchir, élaborer des plans.

Il faut réparer.

Nous ne pouvons pas rendre la vie. Nous ne pouvons redonner ce qui fut arraché de manière aussi cruelle. Mais nous pouvons retrouver les survivants, et les enfants des survivants et des morts, et faire de notre mieux. Il faut aller à leur recherche partout dans le monde et montrer que nous n'avons pas oublié. Nous avons honte et nous voulons aider. De notre mieux. C'est dans ce but que nous avons agi ainsi.

Je n'imagine pas un seul instant racheter nos fautes, ces crimes auxquels nous avons participé sans le savoir. Pourtant je fais tout mon possible — hanté à chaque seconde par les avertissements de ta mère. Pourquoi, ô Dieu éternel, n'ait-je pas écouté cette femme juste et bonne ?

Mais j'en reviens au plan.

En prenant le dollar américain comme monnaie de base, notre but était de dix millions par mois, chiffre qui paraîtra peut-être excessif, sauf lorsque l'on prend en considération le flux de capitaux pendant le dédale économique du Finanzministerium, au plus fort de la guerre. Notre but fut largement dépassé.

Par l'intermédiaire du Finanzministerium, nous nous sommes approprié des sommes provenant de centaines de sources différentes, à l'intérieur du Reich, et au-dehors, au-delà du territoire national, alors en constante expansion. Les impôts furent détournés, le ministère de l'Armement dépensa des sommes considérables pour des achats inexistants, les salaires de la Wehrmacht changèrent de destination, et l'argent expédié en pays occupé fut constamment intercepté, ou perdu. Au lieu de renflouer l'économie du Reich, les fonds provenant des domaines expropriés et des grandes fortunes, des usines et des compagnies privées, s'ajoutèrent à nos listes. Les ventes d'objets d'art dans des dizaines de musées à travers les pays conquis furent détournées à notre profit. Ce fut un plan mené de main de maître. Les risques encourus et les frissons dans le dos — ce fut quotidien — étaient sans conséquence comparés au sens de notre mission : il faut réparer.

Pourtant, un plan n'aboutit que si son objectif est protégé en permanence. Une stratégie militaire permet-

tant la prise d'un port, pour le perdre le lendemain au cours d'une invasion maritime, ne mérite pas le nom de stratégie. Nous devons envisager toutes les attaques possibles, toutes les interférences risquant d'anéantir la stratégie. Nous devons utiliser le temps au profit de notre stratégie. Nous avons exprimé notre décision dans le document ci-joint.

Si le Tout-Puissant nous permettait de venir en aide aux victimes et à leurs survivants plus tôt que ne le prévoit notre plan, cela attirerait l'attention sur les sommes détournées. Et tout serait perdu. Il faut une génération d'écart pour que le plan aboutisse. Le temps aura diminué le risque.

Les sirènes des raids aériens continuent leur plainte incessante. Il nous reste peu de temps. Mes deux associés et moi attendons le retour du commissionnaire qui portera cette lettre à Zurich. Ensuite, nous avons notre pacte. Un pacte avec la mort ; chacun sera maître de son sort.

Réponds à ma prière. Aide-nous à nous racheter. Il faut réparer. Ceci, mon fils, est notre pacte. Mon fils unique, que je n'ai jamais connu, mais à qui j'ai causé tant d'affliction. Honore-le, car il est digne de respect.

Ton père
Heinrich Clausen.

Holcroft posa la lettre sur la table et regarda par la fenêtre. Au-dessus des nuages, le ciel était bleu. Dans le lointain, il apercevait la trace d'un autre avion ; il suivit des yeux le jet de vapeur jusqu'au moment où il distingua la minuscule étincelle argentée du fuselage. Il pensa à la lettre. Encore. Le style était d'une sentimentalité larmoyante, les mots, ceux d'une autre époque, plus mélodramatique. Mais cela ne lui enlevait rien de sa force et lui donnait même une certaine conviction. La sincérité de Clausen ne faisait aucun doute ; son émotion était réelle.

Cependant, la qualité du plan n'était que partiellement dévoilée. Il était brillant dans sa simplicité, remarquable par son utilisation du temps et des lois de la finance. Car les trois hommes savaient que des sommes détournées aussi considérables ne pouvaient être enfouies au fond d'un lac ou d'une chambre forte. Les centaines de millions de dollars devaient exister sur le marché financier, ne pas être sujets à des fluctuations monétaires ni aux manœuvres des brokers.

L'argent devait être mis en dépôt, et sa responsabilité confiée à l'une des institutions les plus respectées du monde, la Grande Banque de Genève. Une telle institution ne pouvait tolérer aucun abus concernant les liquidités ; c'était un roc de l'économie internationale. Chaque condition du contrat avec les dépositaires serait observée. Tout devait être légal au regard de la loi suisse. Dissimulé — c'était courant — mais légal. Les intentions du contrat seraient respectées, les objectifs suivis à la lettre.

Autoriser la corruption ou un acte illégal était impensable. Trente ans... *cinquante ans*... Selon le calendrier financier, c'était vraiment très peu.

Noël se baissa et ouvrit son attaché-case. Il glissa les pages de la lettre dans un compartiment et sortit le document de la Grande Banque de Genève. Protégé par une couverture en cuir, plié à la manière d'un testament, ce qu'il était... et non des moindres. Il s'adossa et ouvrit le document.

Son « contrat », songea Holcroft.

Il parcourut rapidement les paragraphes devenus maintenant familiers, se concentrant sur les points saillants.

Les deux associés de Clausen, pour cette escroquerie monumentale, étaient Erich Kessler et Wilhelm von Tiebolt. Connaître leurs noms serait moins utile pour identifier les deux hommes que pour rechercher et contacter l'aîné de leurs enfants. C'était la première condition du document. Bien que le propriétaire désigné du compte numéroté soit un certain Noël C. Holcroft, *américain*, seule la signature des trois aînés permettrait le retrait des fonds. Et cela à condition que chaque enfant ait assuré aux directeurs de la Grande Banque qu'il ou elle acceptait les conditions et les objectifs mentionnés quant à l'allocation des fonds.

Cependant, si les héritiers ne donnaient pas satisfaction aux directeurs suisses, la candidature de leurs frères et sœurs serait envisagée. Dans le cas où ils seraient incapables d'assumer cette responsabilité, les millions attendraient une autre génération. L'éventualité était désastreuse : une *autre* génération.

LE FILS LÉGITIME DE HEINRICH CLAUSEN EST CONNU SOUS LE NOM DE NOËL HOLCROFT. CET ENFANT VIT AVEC SA MÈRE ET SON BEAU-PÈRE EN AMÉRIQUE. À LA DATE CHOISIE PAR LES DIRECTEURS DE LA GRANDE BANQUE DE GENÈVE, LEDIT FILS LÉGITIME DE HEINRICH CLAUSEN — IL DEVRA AVOIR ENTRE TRENTE ET TRENTE-CINQ ANS — SERA CONTACTÉ ET PRENDRA CONNAISSANCE DES DIRECTIVES. IL DEVRA RECHERCHER LES AUTRES COHÉRITIERS. C'EST PAR SON INTERMÉDIAIRE QUE LES FONDS SERONT DISTRIBUÉS AUX VICTIMES DE L'HOLOCAUSTE, À LEURS FAMILLES ET AUX SURVIVANTS...

Les trois Allemands justifiaient leur choix du fils de Clausen comme intermédiaire. L'enfant appartenait maintenant à une famille fortunée... une famille *américaine*, au-dessus de tout soupçon. Toute trace du premier mariage et de la fuite de sa mère avait été effacée par le dénommé Richard Holcroft. Il était entendu que dans ce but, un certificat de décès en date du 17 février 1942 avait été délivré à Londres au nom de Clausen, enfant de sexe masculin, et un extrait de naissance enregistré à New York au nom de Noël Holcroft. L'enfant Clausen, de sexe masculin, *deviendrait* un jour l'homme Holcroft, sans lien visible avec ses origines. Pourtant, on ne pourrait nier ces origines, et par conséquent il était le sujet idéal, remplissant ainsi les conditions exprimées dans le document.

Une agence internationale serait créée à Zurich et servirait de quartier général pour la distribution des fonds dont la source devait demeurer confidentielle à perpétuité. S'il fallait un porte-parole, ce serait l'Américain, Holcroft, car on ne devait jamais mentionner le nom des autres — jamais. C'étaient des enfants de nazis, et révéler leur identité entraînerait des exigences. Le compte serait examiné, et ses sources dévoilées. On se souviendrait alors des confiscations et des appropriations, et les commissions internationales seraient chargées d'enquêter.

Mais si le porte-parole était un homme non marqué par le nazisme, il n'y aurait aucune raison de s'alarmer, aucune vérification, aucune demande de permis d'exhumer, aucune controverse. Il agirait de concert avec les autres, chacun exerçant un droit de vote pour toutes les décisions, mais lui seul serait en évidence. Les enfants d'Erich Kessler et de Wilhelm von Tiebolt devaient rester anonymes.

Noël se demanda à quoi ressemblaient ces « enfants ». Il le saurait bientôt.

Les dernières conditions du document n'étaient pas moins surprenantes que celles qui précédaient. Tout l'argent devait être remis *six mois* après le transfert du compte. Une telle condition demanderait un engagement total des héritiers, et c'est exactement ce que voulaient les déposants. Leurs vies changeraient de cours ; cela exigerait des sacrifices. Cet engagement avait son prix. Une fois les six mois écoulés, et les victimes de l'Holocauste dédommagées, l'agence zurichoise serait démantelée et chaque héritier recevrait deux millions de dollars.

Six mois. Deux millions de dollars.

Deux millions.

Noël en pesa les conséquences dans sa vie personnelle et professionnelle. C'était la liberté. A Genève, Manfredi lui avait affirmé qu'il avait du talent. Effectivement. Mais fréquemment ce talent se diluait dans le produit fini. Il devait accepter des projets déplaisants, modifier des croquis, alors que son honneur d'architecte le lui interdisait ; les pressions financières l'empêchaient de se consacrer aux commandes de moindre importance mais auxquelles il tenait. Il devenait cynique.

Rien ne durait : ... le temporel planifié allait de

pair avec la dépréciation et l'amortissement. Nul ne le savait mieux qu'un architecte qui autrefois avait eu une conscience professionnelle. Peut-être les retrouverait-il. Avec sa liberté. Grâce aux deux millions de dollars.

La progression de sa pensée surprit Holcroft. Il ne voulait pas prendre de décision avant de peser le pour et le contre, mais il savait déjà que grâce à cet argent qu'il s'était cru capable de rejeter, il prétendait retrouver sa conscience.

A quoi ressemblaient-ils, ces enfants d'Erich Kessler et de Wilhelm von Tiebolt ? Le premier était une femme ; le second, un homme, un universitaire. Mais au-delà des différences de sexe et de profession, ils avaient appartenu à quelque chose qu'il ne connaissait pas. Ils l'avaient vécu. Tous deux en âge de comprendre, ils avaient connu le monde étrange, démoniaque du Troisième Reich. L'Américain aurait tant de questions à poser.

Des *questions* ?

Il avait pris sa décision. Il avait dit à Manfredi qu'il lui faudrait du temps, quelques jours au moins.

« Avez-vous vraiment le choix ? avait demandé le banquier suisse.

— Absolument, avait répondu Noël. En dépit des conditions, je ne suis pas à vendre. Et les menaces proférées il y a trente ans par des fous ne me font pas peur.

— C'est tout à fait normal. Parlez-en avec votre mère.

— *Quoi* ? — Holcroft fut très étonné. — Je pensais que...

— Le secret le plus absolu ? Oui, mais votre mère est la seule exception.

— Pourquoi ? J'aurais cru qu'elle serait la dernière à...

— Elle est la première. Et la seule. Elle est digne de cette confidence. »

Manfredi avait eu raison. S'il répondait oui, il serait forcé de suspendre les activités de sa firme et de commencer à voyager pour entrer en contact avec les héritiers de Kessler et de von Tiebolt. La curiosité de sa mère serait éveillée ; et elle était femme à la satisfaire. Elle ferait son enquête et si par hasard, aussi improbable que cela soit, elle découvrait quelque chose concernant les millions à Genève — et le rôle d'Heinrich Clausen dans ce vol —, sa réaction serait violente. Le souvenir des gangsters paranoïaques du Troisième Reich avait laissé une empreinte indélébile. Et si elle rendait ses découvertes publiques, les fonds seraient bloqués par la justice internationale pendant des années.

« Supposons qu'elle ne soit pas convaincue ?

— Vous devez être convaincant. La lettre l'est, et nous interviendrons. S'il le faut. De toute façon, il vaut mieux connaître sa position dès le début. »

Que serait-ce ? se demanda Noël. Althene n'était pas une mère banale. Très jeune, il avait compris qu'elle était différente. Elle n'avait pas le profil de la dame riche de Manhattan. Les pièges étaient bien tendus, ou l'avaient été. Il y avait eu les chevaux, les bateaux, les week-ends à Aspen ou dans les Hamptons, mais pas la poursuite effrénée de la respectabilité et du pouvoir social.

Elle avait déjà connu tout cela auparavant. Elle avait été une jeune Américaine désinvolte ; sa famille n'avait pas tout perdu après la dépression et s'était sentie plus à l'aise loin de ceux qui avaient eu moins de chance ; elle avait donc vécu la turbulence de l'Europe des années 30. Elle avait connu la Cour de Saint-James et aussi les *salons* parisiens d'expatriés... Et les fringants nouveaux héritiers de l'Allemagne. Ces années-là lui avaient apporté une sérénité faite d'amour, d'épuisement, de haine et de rage.

Althene était quelqu'un de très spécial, à la fois mère et amie. Il y avait entre eux cette amitié profonde qui n'a pas besoin d'être constamment réaffirmée. En fait, se dit Holcroft, elle était davantage amie que mère ; elle ne s'était jamais sentie très à l'aise dans ce rôle-là.

« J'ai commis trop d'erreurs pour assumer une autorité fondée sur la biologie », lui avait-elle dit un jour en riant.

Il allait lui demander d'affronter le souvenir d'un homme qu'elle s'était efforcée d'oublier une bonne partie de sa vie. Aurait-elle peur ? C'était peu probable. Mettrait-elle en doute les objectifs mentionnés dans le document ? Comment le pourrait-elle, après avoir lu la lettre de Heinrich Clausen ? Quels que fussent ses souvenirs, Althene était une femme fine et intelligente. Tout homme peut changer, regretter. Elle devrait l'accepter malgré sa répugnance.

Demain, nous serions dimanche. Sa mère et son beau-père passaient les week-ends dans leur maison de campagne de Bedford Hills. Dans la matinée, il irait là-bas en voiture et lui parlerait.

Ensuite, lundi, il entamerait son retour vers la Suisse. Vers une agence encore inconnue de Zurich. Lundi, la chasse serait ouverte.

Noël se remémora sa conversation avec Manfredi, les derniers mots échangés avant de descendre du train.

« Les Kessler ont eu deux fils. L'aîné, Erich — il porte le prénom de son père — est professeur d'histoire à l'université de Berlin. Le plus jeune, Hans, est médecin à Munich. D'après ce que nous savons, tous deux sont très estimés et très proches. Lorsque Erich connaîtra la situation, il insistera peut-être pour que son frère participe.

— C'est permis ?

— Le document ne comporte aucune clause l'interdisant. Cependant, les appointements restent les mêmes et pour les décisions, chaque famille a le droit de voter une seule fois.

— Et les von Tiebolt ?

— C'est une autre histoire, je le crains. Ils vous poseront sans doute un problème. Selon les dossiers, après la guerre, la mère et les deux enfants se sont enfuis à Rio de Janeiro. Il y a cinq ou six ans, ils ont disparu. Littéralement. La police n'a aucun renseignement. Pas d'adresse, ni de lien quelconque dans aucune grande ville. Et ce n'est pas courant ; autrefois, la mère avait connu la prospérité. Aujourd'hui, on dirait que personne ne sait rien ; en tout cas ils ne veulent rien dire.

— Vous avez dit deux enfants ? Qui sont-ils ?

— En fait, il y en a trois. La plus jeune, une fille, Helen, est née au Brésil, après la guerre. De toute évidence elle a été conçue pendant les derniers jours du Reich. L'aînée est une autre fille, Gretchen. Celui du milieu, c'est le fils, Johann.

— Ils ont disparu ?

— Le mot est peut-être un peu fort. Nous sommes des banquiers, pas des policiers. Nos recherches n'ont pas été approfondies, et le Brésil est un grand pays. Votre enquête devra être exhaustive. Il faut retrouver chaque enfant et examiner son cas. C'est la première condition du document. »

Holcroft plia le feuillet rédigé par les survivants de Wolfsschanze et le remit dans l'attaché-case. Manfredi avait raison : c'étaient des vieillards malades, ils avaient essayé de jouer leur dernier rôle dans une pièce située dans un avenir qu'ils comprenaient à peine. S'ils avaient compris, ils auraient pactisé avec le « fils de Heinrich Clausen », ils ne l'auraient pas menacé. Cette menace était un mystère. Quel était son but ? Manfredi avait peut-être raison une fois de plus. Aujourd'hui, cette lettre ne voulait plus rien dire. Il avait autre chose en tête.

Holcroft croisa le regard de l'hôtesse en train de bavarder avec deux hommes, et d'un geste lui demanda un autre scotch. Elle sourit gentiment et indiqua qu'elle le servirait dans un moment.

Il replongea dans ses pensées.

Il était envahi de doutes. Pouvait-il consacrer un an de sa vie à un projet tellement gigantesque que ses propres qualifications devaient être soumises à un examen, avant celles des enfants de Kessler et de von Tiebolt... si toutefois il les retrouvait. Les paroles de Manfredi lui revinrent en mémoire. *Avez-vous vraiment le choix ?* Il pouvait répondre oui et non. Les deux millions signifiaient sa liberté et représentaient une tentation difficile à repousser, mais il pouvait quand même refuser. Professionnellement, les choses s'amélioraient. Sa réputation grandissait, de plus en plus de clients reconnaissaient son talent, et le faisaient savoir. Que se passerait-il, s'il s'arrêtait brusquement ? Il était en compétition avec d'autres architectes pour une douzaine de projets. Cela aussi devait être envisagé ; l'argent n'était pas seul en jeu.

Noël comprenait peu à peu la futilité de ses réflexions. Comparés à son... Pacte, tous ces détails étaient sans conséquence. Quelles que soient les circonstances de sa vie privée, il était temps de remettre cet argent aux survivants d'une inhumanité inconnue dans l'histoire. Pour des raisons qu'il ne pouvait s'expliquer, il ne voulait pas rester sourd à l'appel de cet homme qui avait souffert, à son père inconnu. Il irait à Bedford Hills dans la matinée et parlerait à sa mère.

Holcroft leva la tête. Il se demandait où étaient passés l'hôtesse et son verre. Elle se trouvait au comptoir qui servait de bar dans le 747. Les deux hommes de tout à l'heure l'accompagnaient ; un troisième les rejoignit. Un quatrième s'assit tranquillement vers l'arrière en lisant le journal. Les deux hommes qui tenaient compagnie à l'hôtesse avaient beaucoup bu, tandis que le troisième, en quête de compagnie, se prétendait moins ivre qu'il ne l'était. L'hôtesse aperçut Noël et haussa les sourcils en feignant le désespoir. Elle l'avait servi, mais un des ivrognes avait renversé le verre, et elle essuyait les dégâts avec un chiffon. Le compagnon de l'ivrogne perdit l'équilibre et trébucha contre un fauteuil. L'hôtesse fit le tour du comptoir et se précipita à son secours ; son ami se mit à rire. Le troisième homme prit un verre sur le bar. Le quatrième regardait la scène, l'air dégoûté, dans un bruit de journal froissé. Peu enclin à participer à la confusion générale, Noël se pencha vers le hublot.

Quelques minutes plus tard, l'hôtesse s'approcha de sa table.

« Je suis désolée, monsieur Holcroft. De vrais gamins, surtout sur ce vol... C'était bien un scotch avec glace, n'est-ce pas ?

— Oui. Merci. »

Noël lui prit le verre des mains et crut lire dans

son regard : « Merci de ne pas être comme ces bar-
bares. » Dans d'autres circonstances, il aurait peut-
être prolongé la conversation, mais il avait autre
chose en tête. Il préparait son programme de lundi.
Fermer le cabinet n'était pas difficile en ce qui
concernait le personnel ; il avait peu d'employés :
une secrétaire et deux dessinateurs qu'il pouvait facilement placer chez des amis — probablement avec
un meilleur salaire — mais au nom du ciel, pourquoi
Holcroft Incorporated, New York, fermerait-elle
boutique au moment où ses projets allaient peut-être
être sélectionnés, ce qui lui permettrait de tripler son
personnel et de quadrupler son revenu brut ? La
réponse devait être logique et ne pas entraîner de
soupçons.

Soudain, de l'autre côté de la cabine, un passager
se leva d'un bond en poussant un cri de douleur. Pris
de convulsions, il se cambra, comme s'il cherchait à
reprendre sa respiration, en se prenant le ventre,
puis la poitrine, à deux mains. Il s'effondra sur le
casier en bois qui contenait les magazines et les
horaires de vol. Le corps secoué de soubresauts, les
yeux écarquillés, les veines du cou pourpres et gonflées, il tomba de tout son long.

C'était le troisième passager, celui qui avait rejoint
les deux ivrognes au bar avec l'hôtesse.

Un véritable chaos s'ensuivit. L'hôtesse se précipita vers l'homme qui venait de tomber, l'examina, et
agit en conséquence. Elle dit aux trois autres passagers en cabine de ne pas quitter leur siège, posa un
coussin sous la tête de l'homme et revint vers l'avant.
En quelques secondes, un steward monta l'escalier
circulaire, et le capitaine de la British Airways
arriva. Penchés au-dessus de l'homme, ils eurent un
bref entretien avec l'hôtesse. Le steward se dirigea en
hâte vers l'escalier, descendit et revint un moment
après avec un bordereau. C'était certainement la liste
des réservations.

Le capitaine se leva et s'adressa aux passagers du
salon.

« Veuillez rejoindre vos sièges. Il y a un médecin à
bord. On est allé le chercher. Merci beaucoup. »

Au moment où Holcroft descendait, il croisa une hôtesse portant une couverture, puis il entendit le message du capitaine par l'intercom.

« Radio Kennedy pour matériel d'urgence. Médical. Passager sexe masculin, du nom de Thornton. Crise cardiaque, je pense. »

Le médecin s'agenouilla à côté de la silhouette étendue sur les sièges arrière du salon et demanda une lampe de poche. Il retourna les paupières de l'homme et fit signe au capitaine de s'approcher ; il avait quelque chose à lui dire. Le capitaine se pencha ; le docteur parlait doucement.

« Il est mort. Difficile de se prononcer sans matériel, sans analyses de sang et des tissus, mais je ne pense pas qu'il a eu une crise cardiaque. Je crois qu'on l'a empoisonné. Je dirais à la strychnine. »

Le bureau de l'inspecteur des douanes fut plongé dans le silence. Un officier de la criminelle de l'aéroport de New York était assis à la table de travail de l'inspecteur, un bordereau de la British Airways sous les yeux. Debout à côté de lui, raide d'embarras, se tenait l'inspecteur. Le capitaine du 747 et l'hôtesse de la première classe étaient assis sur deux chaises posées contre le mur. Un officier de police en uniforme restait près de la porte. Incrédule, l'enquêteur regardait l'inspecteur des douanes.

« Est-ce que vous êtes en train de me dire que deux personnes ont quitté cet avion, qu'elles ont parcouru les corridors hermétiquement clos, pour arriver à la section des douanes, hermétiquement close elle aussi, et *gardée*, et qu'elles ont *disparu* ?

— Je ne peux pas l'expliquer, répondit l'inspecteur en secouant la tête. Cela ne s'est encore jamais produit. »

L'enquêteur se tourna vers l'hôtesse de l'air.

« Vous êtes bien sûre qu'ils étaient ivres, mademoiselle ?

— Peut-être plus maintenant, répondit la fille. Je suis bien obligée de voir les choses autrement. Ils avaient beaucoup bu ; j'en suis sûre ; ça, ils n'auraient pas pu le feindre. C'est moi qui les ai servis. Ils avaient l'air complètement jetés. Pas dangereux, mais jetés.

— Est-ce qu'ils auraient pu verser leur verre quelque part ? Sans le boire, évidemment.

— Où ça ? demanda l'hôtesse.

— Je n'en sais rien. Dans des cendriers vides, sous les sièges... Qu'est-ce qu'il y a par terre ?

— De la moquette », répondit le capitaine.

L'inspecteur s'adressa à l'officier de police qui était près de la porte.

« Appelez le labo avec votre radio. Qu'on vérifie la moquette, les sièges, les cendriers. Et aussi le côté gauche, sur le devant. Il suffira que ce soit humide. Tenez-moi au courant.

— Oui, monsieur. »

L'officier se dépêcha de partir et referma la porte derrière lui.

« Bien entendu, se hasarda le capitaine, la tolérance à l'alcool varie selon les gens.

— Pas quand il s'agit des quantités mentionnées par mademoiselle, répondit l'enquêteur.

— Bon Dieu, quelle importance ? dit le capitaine. De toute évidence, ce sont bien les hommes que vous recherchez. Ils ont disparu, comme vous dites. Et tout cela a manifestement nécessité une certaine préparation.

— Tout a de l'importance, expliqua le détective. On peut trouver un rapport entre les méthodes utilisées et les crimes précédents. Ça peut être n'importe quoi. Des dingues. Des gens riches et déboussolés qui parcourent le monde à la recherche de sensations fortes. Des tendances à la psychose..., aimer prendre son pied pendant qu'on est défoncé... à l'alcool ou aux narcotiques, ce n'est pas important. Pour autant qu'on puisse le déterminer, les deux hommes en question ne connaissaient même pas ce Thornton ; votre hôtesse a dit qu'ils se sont présentés. Pourquoi l'ont-ils tué ? Et si on accepte le fait que ce sont bien eux, pourquoi de manière aussi brutale ? C'était de la strychnine, capitaine, et vous pouvez me croire, c'est une sale manière de clamecer. »

Le téléphone sonna. L'officier des douanes répondit, écouta un instant, et tendit l'appareil au directeur de la police de l'aéroport.

« C'est le département d'État. Pour vous.

— Ici le lieutenant Miles, police de l'aéroport. Vous avez l'information que je cherche ?

— On l'a, mais ça ne va pas vous plaire...

— Une minute », interrompit Miles.

La porte venait de s'ouvrir et l'officier en uniforme arrivait.

« Qu'est-ce que vous avez trouvé ? demanda Miles à l'officier.

— Les sièges et la moquette sur le côté gauche du salon sont trempés.

— Dans ce cas, ils étaient on ne peut plus sobres », dit le détective d'un ton monocorde. Il hocha la tête et reprit l'appareil. « Continuez. Qu'est-ce qui ne va pas me plaire ?

— Les passeports en question sont annulés depuis plus de quatre ans. Ils appartenaient à deux types de Flint, dans le Michigan. Voisins d'ailleurs ; ils travaillaient pour la même compagnie à Detroit. En juillet 1973, ils ont fait un voyage d'affaires en Europe et ils ne sont jamais revenus.

— Pourquoi est-ce que les passeports ont été annulés ?

— Ils ont disparu de leur chambre d'hôtel. Trois jours plus tard, on a retrouvé leurs cadavres dans le fleuve. On les avait abattus.

— Seigneur ! Quel fleuve ? Où ça ?

— L'Isar. Ils étaient en Allemagne, à Munich. »

Un par un, de mauvaise humeur, les passagers du vol 591 franchirent le seuil de la salle de quarantaine. Un représentant de la British Airways vérifia et cocha sur un bordereau leurs noms, adresses et numéros de téléphone. A côté de lui, un membre de la police de l'aéroport cochait lui aussi, sur un duplicata. La quarantaine avait duré près de quatre heures.

Les passagers furent ensuite orientés vers un grand dépôt en bas du hall, où ils retrouvèrent leurs bagages qui avaient été fouillés, et se dirigèrent vers les portes du terminal principal. Un passager, cependant, ne quitta pas le dépôt. Sans bagage, mais avec un imperméable sur le bras, cet homme se dirigea droit vers une porte qui portait l'inscription suivante :

DOUANES U.S. CENTRE DE CONTRÔLE
RÉSERVÉ AU PERSONNEL AUTORISÉ.

Il montra sa carte et entra.

Un homme aux cheveux gris en uniforme d'officier des douanes se tenait près d'une fenêtre encadrée d'aluminium, fumant une cigarette. Il se retourna.

« Je vous attendais, dit-il. Je ne pouvais rien faire pendant que vous étiez en quarantaine.

— J'avais ma carte d'identification à portée de main, au cas où vous n'auriez pas été là, répondit le passager en remettant la carte dans la poche de sa veste.

— Gardez-la à portée de main. Vous en aurez peut-être encore besoin, la police est partout. Qu'est-ce que vous voulez faire ?

— Monter dans cet avion.

— Vous pensez qu'ils y sont ?

— Oui. Cachés quelque part. C'est la seule explication possible. »

Les deux hommes quittèrent la pièce et traversèrent rapidement la zone de dépôt, passèrent devant les nombreux tapis roulants et arrivèrent devant une porte d'acier portant un panneau ENTRÉE INTERDITE. L'officier des douanes l'ouvrit avec une clef et entra, précédant l'homme plus jeune en imperméable. Ils se trouvaient à l'intérieur d'un long tunnel qui menait à la piste. Quarante secondes plus tard, ils atteignaient une autre porte d'acier, gardée par deux hommes, l'un du service des douanes U.S., l'autre de la police de l'aéroport. Ce dernier reconnut l'officier aux cheveux gris.

« Salut, capitaine. Quelle foutue soirée !

— Ça ne fait que commencer, je le crains, répondit l'officier. Nous sommes peut-être concernés, après tout... Il fait partie des fédéraux, poursuivit-il, en indiquant son compagnon d'un mouvement de tête. Je l'emmène au 591. Il y a peut-être une histoire de stupéfiants. »

L'officier de police semblait perplexe. De toute évidence, il avait reçu l'ordre de ne laisser passer personne. Le garde des douanes s'interposa.

« Te bile pas. Ce type dirige tout Kennedy Airport. »

Le policier haussa les épaules et ouvrit la porte.

Dehors, dans la nuit, des nuages de brume soufflaient de Jamaïca Bay et la pluie tombait sans arrêt. L'homme qui accompagnait l'officier des douanes enfila son imperméable. Ses mouvements étaient rapides. Sous l'imperméable, sa main avait tenu un revolver. Il était maintenant glissé dans la ceinture, qu'il avait déboutonnée.

Le Boeing 747 luisait sous les faisceaux lumineux, la pluie glissait le long de son fuselage. Partout, on voyait des policiers et des employés de l'équipe d'entretien ; seule la couleur, noir et orange, de leur coupe-vent, les distinguait.

« Je m'occupe de votre couverture avec la police à l'intérieur, dit l'officier des douanes en désignant la passerelle métallique qui joignait l'arrière d'un camion et une porte de l'avion. Bonne chasse. »

L'homme à l'imperméable hocha la tête, sans vraiment écouter. Il repérait les lieux. Le 747 était le point principal. Sur trente mètres de distance, dans toutes les directions, des montants reliés entre eux par des cordes, avec des policiers placés au milieu... L'homme à l'imperméable se trouvait dans cette enceinte. Il pouvait se déplacer librement. Au bout des cordes parallèles, il prit à droite et se dirigea vers l'arrière de l'appareil. Il fit un signe de tête aux policiers de faction, en relevant négligemment le revers de l'étui de sa carte d'identification, pour ceux qui l'interrogeaient du regard. Il examinait les visages des gens qui montaient et descendaient de l'avion. Ayant presque fait le tour de l'appareil, il entendit un employé du service d'entretien se mettre en colère.

« Bon Dieu, qu'est-ce que tu fous ? Fixe-moi ce treuil ! »

L'objet de ses remontrances était un autre employé, debout sur la plate-forme d'un camion de fuel. Cet employé-là ne portait pas de coupe-vent. Sa salopette blanche était trempée. Dans le siège du conducteur, un autre employé était assis, sans coupe-vent lui non plus.

Et voilà, se dit l'homme en imperméable. Les tueurs portaient des salopettes sous leurs costumes. Mais ils n'avaient pas envisagé la pluie. Cette erreur mise à part, leur fuite avait été très bien préparée.

L'homme se dirigea vers le camion de fuel ; l'imperméable cachait la main posée sur le revolver. Sous la pluie, il fixa le visage derrière la vitre du camion, côté chauffeur ; le deuxième homme était le dos au-dessus de lui, à sa droite sur la plate-forme. Derrière la vitre, le visage lui rendit son regard incrédule, et plongea sur le siège. Mais l'homme à l'imperméable fut plus rapide. Il ouvrit la porte, sortit son revolver et tira ; un silencieux atténua le bruit de la détonation. Le sang ruisselant sur son front, l'homme tomba sur le tableau de bord.

Celui qui était sur la plate-forme se retourna brusquement ; il regarda en dessous.

« *Vous !* Dans le salon ! avec le journal !

— Monte dans le camion », ordonna l'homme à l'imperméable, son arme cachée derrière la porte.

Sur la plate-forme, la silhouette hésita. L'homme au revolver jeta un coup d'œil autour de lui. A demi aveuglés par les faisceaux lumineux, les policiers s'occupaient surtout de la pluie. Aucun d'entre eux n'observait la scène du meurtre. L'homme à l'imperméable tendit le bras, agrippa la salopette blanche du tueur et tira violemment vers la portière ouverte.

« Tu as raté ton coup. Le fils de Heinrich Clausen est toujours en vie », dit-il calmement. Puis il tira un coup de revolver. Le tueur retomba sur le siège.

L'homme à l'imperméable referma la portière et remit son arme dans sa ceinture. Il s'éloigna d'un air dégagé, directement sous la carlingue, vers l'enceinte délimitée par les cordes qui menait au tunnel. Il vit l'officier du service des douanes sortir du 747 et descendre la passerelle. Ils se rejoignirent et se dirigèrent ensemble vers l'entrée du tunnel.

« Qu'est-ce qui se passe ? demanda l'officier.

— J'ai fait bonne chasse. Pas eux. Mais que va-t-on faire de Holcroft ?

— Cela ne nous concerne pas. C'est le domaine du Tinamou. Il faut l'avertir. »

L'homme à l'imperméable sourit, sachant très bien que sous la pluie battante, ce sourire ne se voyait pas.

4

Holcroft sortit du taxi devant son appartement sur la 73ᵉ East. Il n'en pouvait plus, la tension des trois derniers jours encore accentuée par la tragédie à bord. Il était navré pour le pauvre type qui avait succombé à la crise cardiaque, mais furieux envers la police de l'air qui considérait l'incident comme une crise internationale. Seigneur ! En quarantaine pendant presque quatre heures ! Et tous les passagers de première devaient tenir la police au courant de leurs déplacements pendant les soixante jours à venir !

Le portier l'accueillit.

« Un petit voyage, cette fois-ci, monsieur Holcroft.

Mais vous avez beaucoup de courrier. Ah ! et puis il y a un message.

— Un message ?

— Oui, monsieur, dit le portier en lui tendant une carte de visite. Cette personne vous a demandé hier soir. Elle était très agitée, vous voyez ce que je veux dire ?

— Pas vraiment. »

Noël prit la carte, et lut : PETER BALDWIN, ESQ. ; inconnu. WELLINGTON SECURITY SYSTEMS, LTD. LE STRAND, LONDRES, W1A et un numéro de téléphone au-dessous. Holcroft n'avait jamais entendu parler de cette compagnie anglaise. Il retourna la carte ; on avait griffonné au dos SAINT REGIS HOTEL, CHAMBRE 411.

« Il a insisté pour que j'appelle votre appartement, au cas où vous seriez rentré et que je ne vous aurais pas vu. Je lui ai dit que ça ne tenait pas debout.

— Il aurait pu me téléphoner lui-même, dit Noël, se dirigeant vers l'ascenseur. Je suis dans l'annuaire.

— Il m'a dit qu'il avait essayé, mais votre ligne était en dérangement. »

La porte de l'ascenseur se referma sur ces mots. Pendant qu'il montait au cinquième, Holcroft relut la carte. Peter Baldwin, Esq... Qui était-ce ? Et depuis quand sa ligne était-elle en dérangement ?

Il ouvrit la porte de son appartement et appuya sur l'interrupteur. Deux lampes posées sur deux tables s'allumèrent simultanément. Noël laissa tomber sa valise. Incrédule, il regarda la pièce.

Tout avait changé en trois jours. *Tout*. Chaque meuble, chaque chaise, chaque table, chaque vase et chaque cendrier avait été déplacé. Son sofa, auparavant au milieu de la pièce, se trouvait maintenant dans un coin à droite. Chaque dessin et chaque tableau au mur avait changé de place. La stéréo n'était plus sur l'étagère, mais soigneusement disposée sur la table. Son bar, d'habitude au fond du living, se retrouvait à gauche de la porte. Sa planche à dessin, autrefois près de la fenêtre, était maintenant à trois mètres de lui, et le tabouret Dieu sait où.

C'était la sensation la plus étrange qu'il eût jamais connue. La réalité était déformée, floue.

Debout dans l'embrasure de sa porte, il revoyait sa chambre telle qu'elle était, avant.

« Qu'est-ce qui s'est passé ? »

Il s'entendit prononcer ces mots, ne sachant plus très bien qui avait parlé.

Il courut vers le sofa ; d'habitude, le téléphone était sur une table à proximité de sa main droite. Mais on avait déplacé le sofa et pas le téléphone. Il se retourna vers le milieu de la pièce. Où était la table ? Un fauteuil se trouvait là où elle aurait dû être. Le téléphone avait disparu ! Où était-il ? Et la table ? Où était ce putain de téléphone ?

Près de la fenêtre. Sa table de cuisine était près de la fenêtre du salon, et le téléphone posé dessus. La grande fenêtre du milieu donnait sur l'appartement d'en face, de l'autre côté de la cour et on avait déplacé les fils du téléphone. Inouï ! Qui avait pris la peine de soulever une moquette bien posée, et de déplacer les fils du téléphone vers la fenêtre ?

Il se rua vers la table, souleva le téléphone et appuya sur le bouton de l'intercom qui le reliait au standard du hall. Il pressa le bouton plusieurs fois ; aucune réponse. Il garda le doigt dessus, l'enfonça sans lâcher, et finalement, la voix essoufflée de Jack le portier répondit.

« Minute, minute. Ici le hall...

— Jack, c'est M. Holcroft. Qui est venu chez moi pendant mon absence ?

— Qui est venu où ça, monsieur ?

— *Chez moi !*

— On vous a cambriolé, monsieur Holcroft ?

— Je n'en sais encore rien. Mais on a tout déplacé. Qui est venu ?

— Personne. En tout cas, pas à ma connaissance. Et les autres types n'ont rien dit. C'est Ed qui prend la relève, à quatre heures du matin, et il finit à midi. Et c'est Louie qui suit.

— Vous pouvez les appeler ?

— Bon Dieu, je peux même appeler la police ! »

Le mot le fit sursauter. « Police » voulait dire questions... *Où était-il ?... Qui avait-il rencontré ?...* et Noël n'était pas sûr de vouloir répondre.

« Non, n'appelez pas la police. Pas encore. Pas avant que je vérifie s'il manque quelque chose. C'est peut-être une blague. Je vous rappelle.

— Je vais contacter les autres. »

Holcroft raccrocha. Il s'assit sur le rebord de la fenêtre et évalua l'étendue des dégâts. *Tout.* Rien n'avait été laissé à sa place !

Sa main gauche tenait quelque chose : la carte de visite. PETER BALDWIN, ESQ.

« ... *il était très agité, vous voyez ce que je veux dire ?... il a insisté pour que j'appelle votre appartement... votre ligne était en dérangement...* »

SAINT REGIS HOTEL. CHAMBRE 411.

Noël souleva le récepteur et composa le numéro. Il le connaissait bien, il déjeunait souvent au King Cole Grill.

« Oui ? Baldwin à l'appareil. »

L'accent était britannique, l'accueil abrupt.

« C'est Noël Holcroft, monsieur Baldwin. Vous avez essayé de me joindre...

— Enfin ! Où êtes-vous ?

— Chez moi. Dans mon appartement. Je viens de rentrer.

— De rentrer ? D'où ?

— Je ne pense pas que cela vous regarde.

— Bon sang, j'ai fait près de cinq mille kilomètres pour vous voir ! C'est extrêmement important. Alors, où étiez-vous ? »

Il l'entendait respirer ; son insistance semblait due à la peur.

« Je suis flatté que vous ayez parcouru une telle distance pour me voir, mais cela ne vous donne pas le droit de poser des questions indiscrètes...

— J'en ai absolument le droit ! l'interrompit Baldwin. J'ai passé vingt ans au MI-6, et nous avons des tas de choses à nous dire ! Vous ne savez pas ce que vous faites. Personne ne le sait, sauf moi.

— *Quoi ?*

— Je vais formuler ça autrement. Annulez Genève. *Annulez*, monsieur Holcroft, jusqu'à ce que nous ayons eu un entretien.

— Genève ?... »

Noël eut brusquement mal au cœur. Comment cet Anglais savait-il ?

Dehors, une lueur vacilla ; dans l'appartement d'en face, quelqu'un allumait une cigarette. En dépit de son malaise, Holcroft regardait, attiré.

« Il y a quelqu'un à la porte, dit Baldwin. Restez en ligne. Je m'en débarrasse et je reviens. »

Noël entendit Baldwin poser le récepteur, puis une porte s'ouvrir, et des voix indistinctes. De l'autre côté de la fenêtre, dans l'immeuble, quelqu'un craqua une allumette, et il aperçut les longs cheveux blonds d'une femme, derrière un voilage.

L'Anglais ne revenait pas.

« Baldwin ? Baldwin ? où êtes-vous ? Baldwin ! »

Pour la troisième fois, une allumette crépita, en face. Noël voyait le point incandescent d'une cigarette dans la bouche de la femme blonde. Et puis il aperçut ce qu'elle tenait dans l'autre main, voilée par le léger rideau : un téléphone. Elle tenait le récepteur contre son oreille et regardait vers sa fenêtre — vers lui, il en était certain.

« *Baldwin ?* Où êtes-vous, bon Dieu ? »

Il y eut un déclic. On avait coupé.

« *Baldwin !* »

De l'autre côté, la femme abaissa lentement le récepteur, fit une pause et s'éloigna.

Holcroft regarda fixement la fenêtre, puis son téléphone. Il attendit que la ligne soit libre, puis refit le numéro du Saint Regis.

« Désolé, monsieur. On dirait que le téléphone de la chambre 411 ne fonctionne pas. Nous envoyons quelqu'un tout de suite. Est-ce que je peux avoir votre numéro ? Nous le donnerons à M. Baldwin ? »

... Votre ligne était en dérangement...

Il se passait quelque chose que Noël ne comprenait pas. Il savait simplement qu'il ne donnerait ni son nom ni son numéro à la réceptionniste du Saint

Regis. Il raccrocha et jeta un coup d'œil à la fenêtre de l'appartement d'en face. Il ne distinguait plus que la blancheur du voilage.

Il s'éloigna du rebord de la fenêtre et déambula dans la pièce, autour de ses objets familiers maintenant déplacés. Il ne savait pas très bien quoi faire ; il devait peut-être vérifier si quelque chose manquait. Apparemment pas, mais c'était difficile à dire.

Le téléphone sonna : l'intercom du standard d'en bas. Il répondit.

« C'est Jack, monsieur Holcroft. Je viens de parler à Ed et à Louie. Ils savaient pas qu'on était monté chez vous. C'est des mecs honnêtes. Ils feraient pas de saloperies. Aucun d'entre nous, d'ailleurs.

— Merci, Jack. Je vous crois.

— Vous voulez que j'appelle la police ?

— Non. (Noël s'efforça d'avoir un ton neutre.) Quelqu'un du bureau m'a peut-être fait une blague. Deux d'entre eux ont les clefs.

— Je n'ai vu personne. Ed et...

— Ça va, Jack, interrompit Holcroft. Laissez tomber. Le soir de mon départ, deux personnes sont restées chez moi après la soirée. »

C'est tout ce que Noël pouvait inventer. Brusquement, il s'aperçut qu'il n'avait pas regardé dans sa chambre.

Il s'y attendait, mais ce fut quand même un choc. La désorientation était maintenant totale.

Là encore, chaque meuble avait changé de place ; d'abord, il vit le lit ; c'était inquiétant... Aucun des montants n'était en contact avec le mur. Il était isolé, au beau milieu de la pièce. Son bureau était devant une fenêtre, et un petit secrétaire, appuyé contre le grand mur de droite. De la même manière que tout à l'heure, dans le salon, des images de sa chambre telle qu'il y a trois jours défilaient devant lui, remplacées par l'atmosphère étrange qu'il constatait maintenant.

Tout d'un coup il le vit et sursauta. Tenu par du ruban adhésif noir, son autre téléphone pendait du plafond, son fil de rallonge remontait le long du mur comme un serpent et traversait le plafond jusqu'au crochet qui le maintenait.

Il tournoyait lentement.

La douleur gagna sa poitrine ; il gardait les yeux braqués sur l'instrument qui tournait en l'air. Il en avait peur, mais il devait comprendre ce qui s'était passé.

Ensuite, il retrouva sa respiration. Le téléphone se trouvait sur le chemin de la salle de bains, et la porte était ouverte. Il vit la fenêtre, au-dessus du lavabo, et les rideaux où le vent s'engouffrait. C'est ce souffle d'air froid qui faisait tournoyer le téléphone...

Il entra d'un pas rapide dans la salle de bains pour fermer la fenêtre. Au moment de tirer les rideaux, il aperçut une brève lueur au-dehors ; de l'autre côté de la cour, quelqu'un avait gratté une allumette. Il regarda plus attentivement. Encore elle ; la femme aux cheveux blonds, dont le buste se détachait sur un fond de voilages. Fasciné, il fixait la silhouette qui se détourna comme auparavant, et s'éloigna une fois de plus. Loin de son regard. Et la petite lumière de la fenêtre s'éteignit.

Que se passait-il ? Les choses étaient orchestrées pour lui faire peur. Mais par qui, et pour quelle raison ? Et qu'était-il arrivé à Peter Baldwin, Esq., l'homme à la voix intense, qui lui avait intimé l'ordre d'annuler Genève ; Baldwin était-il complice, ou victime de cette terreur ?

Victime... *Victime ?* Quel mot étrange ! se dit-il. Pourquoi y aurait-il des victimes ? Et qu'entendait Baldwin par « J'ai passé vingt ans au MI-6 » ?

MI-6 ? Une division des services du contre-espionnage britannique. Si sa mémoire était bonne, le MI-5 était la section qui s'occupait des affaires internes ; le MI-6 traitait des problèmes hors pays. Une sorte de C.I.A. anglaise.

Seigneur ! Est-ce que les services secrets anglais connaissaient l'existence du document de Genève ? Et du vol considérable commis il y a trente ans ? Apparemment oui,... Pourtant ce n'est pas ce que Peter Baldwin impliquait.

Vous ne savez pas ce que vous faites. Personne ne le sait, sauf moi.

Et puis le silence et la ligne coupée.

Holcroft sortit de la salle de bains et s'arrêta un instant sous le téléphone suspendu. Maintenant il ne bougeait presque plus, mais son mouvement n'était pas complètement interrompu. C'était une vision horrible, que la profusion de scotch noir utilisé pour maintenir l'appareil rendait macabre. Comme si on avait momifié le téléphone pour qu'il soit inutilisable à jamais.

Il continua vers la porte de sa chambre, puis s'arrêta instinctivement et se retourna. Quelque chose avait capté son attention, quelque chose qu'il n'avait pas remarqué auparavant. Le tiroir du milieu de son petit bureau était ouvert. Il s'approcha. Une feuille de papier se trouvait à l'intérieur.

Sa respiration s'interrompit.

Impossible. C'était de la folie pure. La feuille de papier était jaunie par le temps. Identique à la page qui avait été gardée au coffre de Genève pendant trente ans. La lettre contenait des menaces écrites par les fanatiques qui vénéraient Heinrich Clausen le martyr. L'écriture était la même ; un texte anglais en gothique ; l'encre avait pâli.

Et le message surprenait. Car il avait été écrit il y a plus de trente ans.

NOËL CLAUSEN-HOLCROFT
RIEN NE SERA PLUS JAMAIS PAREIL
RIEN NE POURRA JAMAIS ÊTRE PAREIL...

Avant de poursuivre, Noël souleva un coin de la feuille. Il s'effrita entre ses doigts.

Oh ! mon Dieu ! C'était vraiment écrit il y a trente ans !

Et cela rendait le reste du message effrayant.

LE PASSÉ N'ÉTANT QUE PRÉPARATION, LE FUTUR EST DÉDIÉ AU SOUVENIR D'UN HOMME ET DE SON RÊVE. SA VIE FUT UN ACTE DE COURAGE ET D'ÉCLAT, DANS UN MONDE

53

DEVENU FOU, RIEN NE DOIT EMPÊCHER LA RÉALISATION DE CE RÊVE.

NOUS SOMMES LES SURVIVANTS DE WOLFSSCHANZE. CEUX D'ENTRE NOUS QUI VIVENT ENCORE CONSACRERONT LEUR VIE À LA RÉALISATION DE CE RÊVE. NOUS MONTRERONS AU MONDE QUE NOUS AVONS ÉTÉ TRAHIS. NOUS, LES HOMMES DE WOLFSSCHANZE, SAVONS QUI ÉTAIENT LES MEILLEURS D'ENTRE NOUS. HEINRICH CLAUSEN LE SAVAIT AUSSI.

AUJOURD'HUI, C'EST À VOUS, NOËL CLAUSEN-HOLCROFT, D'ACHEVER CE QUE VOTRE PÈRE A COMMENCÉ. TELLE ÉTAIT SA VOLONTÉ.

BEAUCOUP TENTERONT DE VOUS EN EMPÊCHER. D'OUVRIR LES VANNES POUR DÉTRUIRE LE RÊVE. MAIS LES HOMMES DE WOLFSSCHANZE SURVIVENT. NOUS VOUS DONNONS NOTRE PAROLE : QUICONQUE TENTERA D'INTERVENIR EN SERA EMPÊCHÉ.

QUICONQUE SE METTRA EN TRAVERS DE VOTRE CHEMIN, ESSAIERA DE VOUS DISSUADER, TENTERA DE VOUS DUPER, SERA ÉLIMINÉ.

COMME LE SERONT LES VÔTRES, OU VOUS-MÊME SI VOUS HÉSITEZ OU ÉCHOUEZ.

NOUS VOUS EN FAISONS SERMENT.

Noël attrapa le feuillet qui s'effrita dans sa main. Il laissa les morceaux tomber à terre.

« *Saloperie de cinglés !* »

Il referma le tiroir d'un coup sec et sortit de la chambre en courant. Où était le téléphone ? Où était ce *putain* de téléphone ? Près de la fenêtre, c'est ça ; sur la table de cuisine, près de cette putain de fenêtre.

« Bande de cinglés ! » hurla-t-il encore, dans le vide.

Mais pas vraiment dans le vide : il s'adressait à quelqu'un de Genève qui avait pris le train pour Zurich. Des cinglés avaient peut-être écrit ce torchon il y a trente ans, mais aujourd'hui, d'autres cinglés l'avaient porté à destination ! Ils s'étaient introduits chez lui de force, avaient violé son intimité, touché ce qui lui appartenait... Dieu sait quoi encore, se dit-il, en pensant à Peter Baldwin, Esq. Un homme qui avait fait des milliers de kilomètres pour le voir, lui parler... Le silence, un déclic et une communication coupée.

Il regarda sa montre. Presque une heure du matin. Quelle heure était-il à Zurich ? Six heures ? Sept heures ? En Suisse, les banques ouvraient à huit heures. La Grande Banque de Genève avait une succursale à Zurich, Manfredi y serait.

La fenêtre. Il était devant la fenêtre, là où il se tenait quelques minutes auparavant, attendant que Baldwin revienne au téléphone. La fenêtre. De l'autre côté de la cour, dans l'appartement d'en face. Les trois petites lueurs d'allumettes... la femme blonde à la fenêtre !

Holcroft vérifia qu'il avait bien ses clefs. Oui. Il courut vers la porte, ouvrit, courut jusqu'à l'ascenseur et appuya sur le bouton. Le voyant indiquait qu'il était au dixième étage ; la flèche ne bougeait pas.

Bon Dieu !

Il courut et dévala les escaliers quatre à quatre. Il atteignit le rez-de-chaussée et fonça dans le hall.

« Ben, dites donc, monsieur Holcroft ! — Hébété, Jack le regardait. — Vous m'avez flanqué une sacrée pétoche !

— Vous connaissez le portier de l'autre immeuble ? cria Noël.

— Lequel ?

— *Bon Dieu !* Celui-là ! »

Holcroft indiqua la droite.

« C'est le 380. Ouais. Bien sûr.

— Venez avec moi !

— Hé ! Attendez une minute, monsieur Holcroft, je ne peux pas tout planter là.

— Ça ne prendra qu'une minute. Voilà vingt dollars pour vous.

— Rien qu'une minute, alors... »

Le portier du 380 les accueillit et comprit très vite qu'il devait donner des renseignements précis à l'ami de Jack.

« Je regrette, monsieur, mais l'appartement est inoccupé. Depuis trois semaines. Mais je crois qu'il a été loué ; les nouveaux locataires arriveront le...

— Mais il y a quelqu'un en ce moment ! s'écria Noël, essayant de se maîtriser. Une blonde. *Il faut que je sache qui elle est.*

— Une blonde ? Taille moyenne, assez jolie, qui fume beaucoup ?

— Oui, c'est ça ! Qui est-ce ?

— Ça fait longtemps que vous habitez ici, monsieur ?

— Qu'est-ce que ç'a a à voir ?

— Peut-être que vous avez bu...

— Qu'est-ce que vous racontez ? *Qui est cette femme ?*

— Pas qui est, monsieur. Qui *était*. La femme blonde dont vous parlez était Mme Palatyne. Elle est morte le mois dernier. »

Noël s'assit dans le fauteuil devant la fenêtre, et regarda vers l'autre immeuble. Quelqu'un essayait de le rendre fou. Mais pourquoi ? Cela n'avait aucun sens ! Des fanatiques, des fous, surgis d'un passé vieux de trente ans. *Pourquoi ?*

Il avait appelé le Saint Regis. Le téléphone de la chambre 411 fonctionnait, mais la ligne était sans arrêt occupée. Et une femme qu'il avait bel et bien vue n'existait pas. Mais pourtant elle existait. Elle était mêlée à cette histoire. *Il le savait.*

Il se leva, alla vers le bar et se versa un verre. Il regarda sa montre ; il était une heure trente. Il lui restait dix minutes avant que l'opératrice ne le rappelât. On pouvait obtenir la banque à deux heures du matin, heure de New York. Son verre à la main, il revint dans le fauteuil devant la fenêtre. En passant, il vit sa radio F.M. Bien sûr, pas là où elle aurait dû être ; c'est pour cette raison qu'il l'avait remarquée. Distrait, il l'alluma. Il aimait bien la musique ; cela le calmait. Mais il entendit des paroles, pas de la musique.

Le ra-ta-ta-ta en fond sonore de la voix indiquait l'une de ces stations « info-seulement ». On avait tourné le bouton. Il aurait dû s'en douter. *Rien ne sera plus jamais pareil...*

Un commentaire retint son attention. Il se retourna brusquement, renversant son verre sur son pantalon.

« ... La police entoure toutes les entrées de l'hôtel. Notre envoyé spécial, Richard Dunlop, est sur les lieux. Avec nous, Richard Dunlop, depuis son unité mobile... Alors, Richard, quoi de neuf ? »

On entendit un crépitement de parasites, suivi d'une voix excitée.

« L'homme s'appelait Peter Baldwin, John. Il était anglais. Arrivé hier, ou en tout cas c'est hier qu'il a rempli sa fiche au Saint Regis ; la police s'informe auprès des compagnies aériennes pour compléter son enquête. Sous toutes réserves, il était ici en vacances. Sa fiche d'hôtel ne mentionnait aucune société.

— Quand le corps a-t-il été découvert ?

— Il y a à peu près une demi-heure. Quelqu'un de l'équipe d'entretien est monté dans la chambre pour vérifier le téléphone et a trouvé Mr. Baldwin étendu sur le lit. Les bruits qui courent ici sont plutôt inquiétants mais on met surtout l'accent sur la méthode employée par le meurtrier. Apparemment, ce fut cruel, brutal. On dit que Baldwin a été garrotté. La gorge tranchée par un fil de fer. On a entendu du quatrième étage une femme de chambre hystérique crier à la police que la chambre était inondée de...

— Est-ce que le vol était le mobile du crime ? interrompit le journaliste, pour ne pas tomber dans le mauvais goût.

— Nous n'avons pas pu le confirmer. La police garde le silence. Je présume qu'ils attendent l'arrivée d'un membre du consulat britannique.

— Merci, Richard Dunlop... C'était notre envoyé spécial, Richard Dunlop, depuis le Saint Regis Hotel, sur la 55e à Manhattan. Ce matin, un meurtre a été commis dans un des hôtels les plus en vogue de New York. Peter Baldwin, un Anglais... »

D'un bond, Holcroft se leva, plongea sur la radio et l'éteignit. Sa respiration était saccadée. Il refusait d'admettre qu'il avait bien entendu. Il n'avait jamais envisagé cela. C'était tout simplement impossible.

Mais pourtant non. C'était la réalité : cette mort venait d'avoir lieu. Les obsédés d'il y a trente ans n'étaient ni des caricatures ni les personnages d'un quelconque mélodrame. C'étaient des assassins cruels.

Peter Baldwin Esq., lui avait demandé d'annuler Genève. Baldwin était intervenu. Et aujourd'hui, il était mort ; étranglé avec un fil de fer.

Noël regagna sa chaise avec difficulté et s'assit. Il porta son verre à ses lèvres et avala plusieurs grandes gorgées de whisky ; l'alcool ne changea rien. Les battements de son cœur ne firent qu'accélérer.

L'étincelle d'une allumette ! De l'autre côté de la cour ! La femme blonde ! Sa silhouette se dessinait derrière les voilages, dans une ondée de lumière tamisée. Elle le regardait fixement, *lui* ! Attiré, comme hypnotisé, il se leva, le visage à quelques centimètres du panneau de verre. La femme inclina la tête ; lentement, *elle hochait la tête* ! Elle était en train de lui dire quelque chose. Elle lui disait qu'il avait compris la vérité !

... *La femme blonde dont vous parlez était Mme Palatyne. Elle est morte le mois dernier.*

La silhouette d'une morte se profilait contre la fenêtre et lui transmettait un message atroce. Oh ! Seigneur, il devenait fou !

Le téléphone sonna et le bruit le terrifia. Il retint sa respiration et plongea sur l'appareil. Il ne pouvait pas le laisser continuer à sonner. Cela gâchait le silence.

« Monsieur Holcroft, ici l'international. Vous avez demandé Zurich... vous avez la communication. »

Incrédule, Noël entendit la voix sombre à l'accent suisse. L'homme qui lui parlait était le directeur de la Grande Banque de Genève. Un directeur, dit-il à deux reprises.

« Nous sommes en deuil, monsieur Holcroft. Nous savions que Herr Manfredi n'était pas bien portant, mais nous ne pouvions pas imaginer que la maladie avait tellement progressé.

— De quoi parlez-vous ? Que s'est-il passé ?

— Une maladie mortelle affecte chacun différemment. Notre collègue était un homme plein d'énergie, de tonus, et lorsque ce genre d'individu ne peut plus fonctionner comme à l'ordinaire, cela mène souvent à la dépendance et à la dépression.

— *Que* s'est-il passé ?

— C'était un suicide, monsieur Holcroft. Herr Manfredi ne pouvait pas accepter de se sentir diminué.

— *Un suicide ?*

— Il est inutile de cacher la vérité. Ernst s'est jeté de la fenêtre de sa chambre d'hôtel. Heureusement pour lui, ce fut très rapide. A dix heures, la Grande Banque interrompra toute activité pour observer une minute de silence.

— Oh ! mon Dieu !...

— Cependant, conclut la voix de Zurich, tous les comptes dont Herr Manfredi s'occupait personnellement seront confiés à des mains tout aussi expertes. Nous espérons... »

Noël raccrocha, lui coupant la parole. *Les comptes... confiés à des mains tout aussi expertes.* Les affaires continuaient de tourner. Un homme avait été assassiné, mais le monde de la finance suisse continuait.

Ernst Manfredi ne s'était pas jeté de sa fenêtre à Zurich. On l'avait fait tomber... Assassiné par les hommes de Wolfsschanze...

Mais pourquoi, mon Dieu ? Et puis Holcroft se souvint. Manfredi n'avait pas voulu tenir compte des hommes de Wolfsschanze. Il avait dit à Noël que leurs menaces macabres ne signifiaient rien d'autre que l'angoisse de vieillards malades à la recherche d'une compensation.

C'était l'erreur qu'avait commise Manfredi. Sans aucun doute, il avait parlé à ses associés, aux autres directeurs de la Grande Banque, de la drôle de lettre aux cachets de cire intacts. Peut-être s'était-il moqué des hommes de Wolfsschanze en leur présence.

L'allumette ! L'étincelle ! De l'autre côté de la cour, la femme hocha la tête ! Une fois de plus — comme si elle lisait ses pensées —, elle confirmait la vérité. Une morte lui donnait raison.

Elle se retourna et s'éloigna ; la lumière s'éteignit.

« Revenez ! *Revenez !* hurla Holcroft, les mains posées sur la vitre. Qui êtes-vous ? »

Le téléphone sonna. Noël le regarda fixement, comme un objet dangereux. En tremblant, il décrocha.

« Monsieur Holcroft ? c'est Jack. Je crois que je sais ce qui s'est passé chez vous. C'est-à-dire... Je n'y avais pas pensé avant, mais ça m'a comme qui dirait sauté aux yeux il y a quelques minutes.

— Quoi donc ?

— Il y a deux jours, ces deux types sont arrivés. Des serruriers. M. Silverstein, qui est au même étage que vous, faisait changer sa serrure. Louie m'en avait parlé, alors tout était O.K. Et puis j'ai réfléchi. Pourquoi est-ce qu'ils sont venus la nuit ? C'est vrai, avec les heures supplémentaires et tout ça, pourquoi ils sont pas venus la journée ? Alors, je viens juste d'appeler Louie chez lui. Il m'a dit qu'ils sont venus *hier*. Alors, bon Dieu, qui étaient ces deux mecs ?

— Vous vous souvenez d'eux ?

— Et comment ! surtout d'un ! Il avait du mal à passer inaperçu. Il avait... »

On entendit une détonation.

Un coup de feu !

Un fracas s'ensuivit. Le téléphone du hall venait de tomber.

Noël raccrocha violemment l'appareil et courut à la porte qu'il ouvrit avec tant de force qu'elle alla claquer contre le dessin encadré accroché au mur et en brisa le verre. Il n'avait pas le temps d'attendre l'ascenseur. Il dévala les escaliers, la tête vide, refusant de penser, se concentrant sur sa vitesse et son équilibre. Il arriva au rez-de-chaussée et pénétra dans le hall comme un ouragan.

Le pire était arrivé. Jack le portier gisait sur sa chaise, renversé en arrière ; un flot de sang coulait de son cou. Il avait été abattu d'une balle dans la gorge.

Il était intervenu. Il avait failli identifier l'un des membres de Wolfsschanze et il en était mort.

Baldwin, Manfredi... un portier innocent. Morts.

... Quiconque tentera d'intervenir en sera empêché... Quiconque se mettra en travers de votre chemin, essaiera de vous dissuader, de vous duper... sera éliminé... comme le seront les vôtres, ou vous-même, si vous hésitez. Ou échouez.

Manfredi lui avait demandé s'il avait vraiment le choix. Ce n'était plus le cas aujourd'hui.

La mort rôdait.

5

Althene Holcroft était à son bureau, dans son cabinet de travail et regardait la lettre qu'elle tenait à la main. Ses traits anguleux, finement dessinés — les pommettes hautes, le nez aquilin, les yeux largement espacés sous des sourcils finement arqués —, étaient aussi tendus, aussi rigides que son attitude dans le fauteuil. Ses fines lèvres aristocratiques étaient serrées, sa respiration régulière, mais trop contrôlée, trop profonde pour être normale. Elle lisait la lettre de Heinrich Clausen comme on lit un rapport statistique venant à l'encontre d'informations que l'on tenait pour irrécusables.

A l'autre bout de la pièce, Noël se tenait devant une fenêtre en courbe donnant sur la pelouse et les jardins, à l'arrière de la maison de Bedford Hills. Plusieurs arbustes étaient recouverts de toile à sac ; l'air était froid, et le givre du matin dessinait des taches gris clair sur l'herbe verte.

Holcroft se retourna et regarda sa mère. Il essayait

désespérément de cacher sa peur, de contrôler les tremblements qui l'agitaient chaque fois qu'il pensait à la nuit précédente. Il ne pouvait pas se permettre de montrer sa terreur à sa mère. Il se demandait quelles pensées l'effleuraient, quels souvenirs réveillaient ces mots rédigés à l'encre bleue par un homme autrefois aimé, puis méprisé. Mais cela resterait secret jusqu'à ce qu'elle veuille bien parler. Althene ne se laissait aller que si elle choisissait délibérément de le faire.

Elle sentit peut-être son regard et leva les yeux vers lui, mais un instant seulement. Elle revint à la lettre, en relevant une mèche de cheveux gris.

Noël déambula vers le bureau, jetant un coup d'œil à la bibliothèque et aux photographies accrochées au mur. La pièce était le reflet de sa propriétaire, se dit-il, songeur. Gracieuse, élégante même ; mais dynamique. Les photos montraient des hommes et des femmes à la chasse, en voilier par mauvais temps, à skis dans la neige des montagnes. On ne pouvait le nier ; il y avait quelque chose de masculin dans cette pièce très féminine. C'était le cabinet de travail de sa mère, le sanctuaire où elle se retirait pour de courts instants de réflexion. Mais ç'aurait pu être celui d'un homme.

Il s'assit dans le fauteuil en cuir devant le bureau et alluma une cigarette avec un Colibri en or, cadeau d'adieu d'une jeune dame qui avait quitté son appartement il y avait un mois. Sa main tremblait encore. Il serra le briquet aussi fort qu'il le pouvait.

« C'est une détestable habitude, dit Althene, sans quitter la lettre des yeux. Je croyais que tu devais arrêter.

— Je l'ai fait. Plusieurs fois.

— Mark Twain a déjà dit ça. Essaie au moins d'être original. »

Mal à l'aise, Holcroft changea de position.

« Tu l'as déjà lue plusieurs fois. Qu'est-ce que tu en penses ?

— Je ne sais pas quoi penser, dit Althene en posant la lettre devant elle. Il l'a écrite ; c'est son écriture, sa manière de s'exprimer. Arrogant, jusque dans le remords.

— Alors, tu es bien d'accord, c'est le remords ?

— On le dirait. En surface, tout au moins. Il faudrait que j'en sache davantage. J'ai plusieurs questions concernant cette incroyable opération financière. C'est au-delà de tout ce que l'on peut concevoir.

— Une question en entraîne une autre, mère. Les hommes de Genève veulent éviter cela.

— Est-ce important, ce qu'ils veulent ? Si je te comprends, bien que tu sois elliptique, ils te demandent de consacrer au moins six mois de ta vie, et probablement beaucoup plus, à cette entreprise. »

De nouveau, Noël se sentit mal à l'aise. Il ne voulait pas qu'elle voie le document de la Grande Banque. Si elle restait inflexible, il le lui montrerait. Dans le cas contraire, c'était mieux ainsi ; moins elle en savait, mieux cela valait. Il devait la protéger des hommes de Wolfsschanze. Il ne doutait pas le moins du monde qu'Althene interviendrait.

« Je ne te cache rien d'essentiel, dit-il.

— Je n'ai pas dit ça. J'ai dit que tu étais elliptique. Tu fais référence à un homme de Genève que tu refuses d'identifier ; tu parles de conditions que tu décris à demi, les aînés de deux familles dont tu veux taire le nom.

— C'est pour ton bien.

— C'est condescendant, et, après cette lettre, très offensant.

— Ce n'était pas mon intention. »

Holcroft se pencha en avant.

« Personne ne veut que ce compte bancaire ait le moindre rapport avec toi. Tu as lu la lettre ; tu sais de quoi il s'agit. Des milliers et des milliers de gens, des centaines de millions de dollars. Il est impossible de savoir qui pourrait t'en faire porter la responsabilité, à toi. Tu étais l'épouse qui lui a dit la vérité, tu l'as quitté parce qu'il la refusait. Quand il a finalement compris que tu avais raison il a agi ainsi. Certains te tueraient pour ça ; peut-être sont-ils encore en vie. Je ne te laisserai pas courir ce danger.

— Je vois... »

Althene étira chaque mot, puis les répéta en se levant et en allant lentement à la fenêtre.

« Es-tu certain que c'est le souhait exprimé par les gens de Genève ?

— Ils l'ont... enfin... il y a fait allusion, oui.

— Je suspecte que ce n'était pas son seul souhait.

— Non.

— Et si j'essayais d'en deviner un autre ? »

Noël se raidit. Non pas qu'il sous-estimât l'intuition de sa mère — cela lui arrivait rarement — mais, comme toujours, il était agacé qu'elle la formule avant lui.

« Ça me semble évident.

— Vraiment ? »

Althene se détourna de la fenêtre et le regarda.

« C'est dans la lettre. Si les origines de ce compte étaient rendues publiques, il y aurait des problèmes de législation. Des revendications auprès de la cour internationale de justice.

— Oui. » Elle détourna son regard. « De toute évidence. Je suis très surprise qu'on t'ait autorisé à m'en parler. »

Gêné par la remarque d'Althene, Noël s'appuya contre le dossier et demanda avec appréhension :

« Pourquoi ? Tu ferais vraiment quelque chose ?

— Je suis tentée, répondit-elle en continuant à regarder dehors. Je ne crois pas qu'on perde le désir de se venger, de fustiger quelqu'un qui vous a blessé. Même si, grâce à cette douleur, ma vie a changé — en mieux. Elle est passée de l'état d'enfer à un bonheur que je n'espérais plus.

— Papa ? » demanda Noël.

Althene se retourna.

« Oui. Il a risqué plus que tu ne l'imagines pour nous protéger. J'avais été une idiote et il a accepté cette idiote... et son enfant. Il nous a donné plus que de l'amour ; il nous a rendu le respect de nous-mêmes. En échange, il nous a seulement demandé de l'aimer.

— Tu l'as fait. »

— Et je continuerai jusqu'à ma mort. Richard Holcroft est l'homme que Clausen aurait dû être. J'ai commis une belle erreur... Heinrich est mort depuis longtemps mais on dirait que ça ne fait rien ; la haine est tenace. Je veux me venger. »

Noël parla d'une voix calme. Il devait la détourner de ces pensées ; les survivants de Wolfsschanze ne la laisseraient pas en vie...

« Tu punirais l'homme de ton souvenir, pas celui qui a écrit cette lettre. Ce que tu avais cru voir en lui existait peut-être vraiment.

— Ce serait rassurant, n'est-ce pas ?

— Je crois que c'est vrai. Celui qui a écrit cette lettre était sincère. Il souffrait.

— Il méritait la souffrance, il en a tellement causé. C'était l'homme le plus impitoyable que j'aie jamais rencontré. Mais en surface, si différent, si déterminé. Et — oh ! mon Dieu — dans quel but !

— Il avait changé, mère, interrompit Holcroft. En partie grâce à toi. Vers la fin de sa vie, il voulait seulement défaire ce qu'il avait fait. Il l'a dit : « Il faut réparer. » Pense à ce qu'il a fait — ce que ces trois hommes ont fait — pour y parvenir.

— Je ne peux pas l'ignorer. Je le sais. Pas davantage que je ne peux ignorer les mots. J'arrive presque à l'entendre, mais c'est la voix d'un homme très jeune. Un homme jeune, déterminé, avec une fille très jeune et très impétueuse à ses côtés. »

Althene fit une pause, puis poursuivit, très distinctement :

« Pourquoi rappeler tout ça ?

— Parce que j'ai décidé de continuer. Ce qui veut dire fermer le cabinet, beaucoup voyager, éventuellement travailler en dehors de la Suisse pendant quelques mois. Comme l'a dit l'homme de Genève, tu n'aurais pas accepté tout ça sans poser beaucoup de questions. Il craignait que tu apprennes quelque chose de troublant et que tu aies une réaction imprévisible.

— A tes dépens ? demanda Althene.

— Je suppose. Selon lui, c'était une possibilité. Il a dit que tes souvenirs étaient « indélébiles ».

— Indélébiles, acquiesça Althene.

— Son argument était qu'il n'y avait pas de solution légale ; qu'il valait mieux employer cet argent comme prévu. Pour dédommager.

— Il avait peut-être raison. Si c'est possible. Il est un peu tard. Chaque fois que Heinrich entreprenait quelque chose, il en tirait très peu de valeur et de vérité... »

Le visage tendu, Althene continua...

« Tu as été la seule exception. Ceci est peut-être l'autre. »

Noël se leva et s'approcha de sa mère. Il la prit par les épaules et l'attira vers lui.

« L'homme de Genève a dit que tu étais incroyable. Tu l'es. »

Althene recula.

« Il a dit ça ? « Incroyable » ?

— Oui.

— Ernst Manfredi, murmura-t-elle.

— Tu le connais ?

— Ça remonte très loin. Plusieurs années. Alors, il est toujours en vie... »

Noël ne répondit pas à cette question...

« Comment savais-tu que c'était lui ?

— Un après-midi d'été à Berlin. Il était là. Il nous a aidés à partir. Toi et moi. Il nous a mis dans l'avion, m'a donné de l'argent. Mon Dieu... »

Althene se dégagea des bras de son fils et traversa la pièce, vers le bureau...

« Cet après-midi, il m'a dit que j'étais « incroyable ». Il a dit qu'ils me chercheraient partout, qu'ils me trouveraient. Toi aussi. Il a dit qu'il ferait tout ce qu'il pourrait. Il m'a dit ce que je devais faire, et dire. Ce jour-là, un petit banquier suisse sans rien de spécial fut un grand monsieur. Mon Dieu, après toutes ces années... »

Ébahi, Noël regardait sa mère.

« Pourquoi ne m'a-t-il rien dit ? »

Althene se retourna, face à son fils, mais sans le regarder. Elle regardait dans le vide, très loin...

« Je crois qu'il voulait que je l'apprenne toute

seule. De cette façon. Il n'était pas homme à tirer parti d'une ancienne dette... » Elle soupira... « Je ne prétends pas que les questions ne se posent plus. Je ne promets rien. Si je décide d'agir, je t'avertirai bien à l'avance. Mais pour l'instant, je n'interviendrai pas.

— Ça reste en suspens, alors ?

— Tu n'obtiendras rien de mieux. C'est vrai, ces souvenirs sont indélébiles.

— Mais pour l'instant, tu ne feras rien ?

— Tu as ma parole. Je ne la donne pas à la légère, et je ne la reprendrai pas à la légère.

— Qu'est-ce qui te ferait changer d'avis ?

— Entre autres, si tu disparaissais.

— Nous resterons en contact. »

Althene Holcroft regarda son fils sortir de la pièce. Ses traits, si tendus un instant auparavant, étaient reposés. Ses lèvres minces esquissaient un sourire ; dans ses grands yeux se reflétaient le calme et la satisfaction.

Elle s'approcha du téléphone et appuya sur le bouton *0*.

« L'international, s'il vous plaît. Je voudrais Genève, en Suisse. »

Il lui fallait un motif acceptable sur le plan professionnel pour fermer Holcroft Incorporated. Il devait éviter les questions indiscrètes. Les survivants de Wolfsschanze avaient tendance à considérer toute question comme une intrusion. Il devait disparaître en toute légalité...

Mais on ne disparaissait pas en toute légalité : on trouvait des explications plausibles qui en donnaient l'apparence.

L'apparence.

Sam Buonoventura.

Non pas que Sam soit dans l'illégalité. Non. C'était l'un des meilleurs ingénieurs en bâtiment sur le marché. Mais Sam avait choisi une route ensoleillée.

C'était un marginal professionnel de cinquante ans, diplômé du City College de Tremont Avenue, dans le Bronx, qui avait trouvé son bonheur sous des climats plus doux.

Un bref séjour dans le génie militaire avait convaincu Buonoventura de l'existence d'un monde plus agréable au-delà des frontières U.S., au sud des Keys de préférence. Il fallait juste être compétent. Compétent dans un boulot qui faisait partie d'un autre boulot où l'on avait beaucoup investi. Pendant les années 50 et 60, le boom de la construction en Amérique latine et dans les Caraïbes fut si important qu'on aurait pu le croire inventé spécialement pour quelqu'un comme Sam. Il se fit une réputation de tyran du bâtiment, celui qui obtenait des résultats, un meneur d'hommes. Auprès des corporations et des gouvernements.

Après l'étude des projets, des schémas directeurs et des budgets, si d'aventure Sam disait à ses employeurs qu'un hôtel, un aéroport, ou un barrage serait opérationnel dans un certain laps de temps, sa marge d'erreur ne dépassait guère quatre pour cent. Il représentait aussi le collaborateur idéal pour un architecte, ce qui signifiait qu'il ne le prenait pas pour l'un d'entre eux.

Noël avait travaillé avec Buonoventura sur deux projets en dehors des États-Unis, le premier au Costa Rica, où Sam lui avait sauvé la vie. L'ingénieur avait insisté pour que l'architecte élégant et courtois, issu du bon côté de Manhattan, apprenne à utiliser un revolver, autre chose qu'un fusil de chasse de chez Abercrombie and Fitch. Ils construisaient un centre de tri postal dans l'arrière-pays, et c'était très différent des salons du Plaza ou du Waldorf, et de San José. L'architecte avait trouvé son week-end d'apprentissage ridicule, mais la courtoisie exigeait de s'y conformer. La courtoisie et la voix tonitruante de Sam.

Le week-end suivant, cependant, l'architecte lui en fut profondément reconnaissant. Des voleurs étaient descendus des collines pour s'emparer des explosifs du chantier et deux d'entre eux avaient déboulé contre la cabane de Noël. Comprenant que les explosifs ne s'y trouvaient pas, un des hommes avait couru alerter ses complices.

« *Matemos el gringo !* »

Mais le *gringo* comprenait leur langue. Il prit son pistolet — fourni par Sam Buonoventura — et abattit son assaillant.

Sans ne fit qu'un commentaire :

« Bon Dieu ! dans certains pays, il aurait fallu que je m'occupe de toi pour le reste de tes jours. »

Noël put contacter Sam par l'intermédiaire d'une compagnie maritime de Miami. Il se trouvait dans les Antilles néerlandaises, à Willemstad, sur l'île de Curaçao.

« Comment vas-tu, Noley ? cria Sam. Putain, ça doit bien faire quatre ou cinq ans ! Comment va ton flingue ?

— Je ne m'en suis pas servi depuis les *colinas*, et j'ai l'intention que ça dure. Et toi ?

— Ici, ces fils de pute ont de l'argent à jeter par les fenêtres, alors j'en ouvre quelques-unes. Tu cherches du boulot ?

— Non. J'ai besoin d'un service.

— Vas-y !

— Je vais quitter le pays pendant quelques mois pour affaires. Il me faut un motif pour être absent de New York et impossible à joindre. Un motif que les gens ne mettront pas en doute. Sam, j'ai une idée, et je me demandais si tu ne pourrais pas m'aider.

— Si on pense tous deux la même chose, bien sûr que je peux. »

Effectivement, ils avaient eu la même idée. Il arrivait que pour des projets à long terme dans des pays lointains, on emploie des architectes-conseils ; leur nom n'apparaîtrait pas sur les plans mais on aurait recours à leur compétence. Cette pratique avait cours là où l'emploi de main-d'œuvre locale était une question de fierté nationale. Bien sûr, il arrivait souvent que la main-d'œuvre locale manquât de formation et d'expérience. Les investisseurs réduisaient les risques en faisant appel à des professionnels hautement qualifiés, venus de l'extérieur, qui rectifiaient le travail des gens du cru et menaient le projet à terme.

« As-tu quelques suggestions ? demanda Noël.

— Et comment ! Tu as le choix parmi une demi-douzaine de pays sous-développés. L'Afrique, l'Amérique du Sud, et même certaines îles par ici, dans les Antilles et les Grenadines. Le boulot de consultant est discret parce que les gens du pays sont encore très susceptibles ; la corruption bat son plein.

— Ce n'est pas du travail que je cherche, Sam. Il me faut une couverture. Une adresse, quelqu'un qui confirmera mes dires.

— Pourquoi pas moi ? Je vais rester dans ce putain de trou presque toute l'année. Peut-être plus. J'ai deux marinas et un grand yacht-club à me mettre sous la dent une fois l'hôtel fini. Je suis ton homme, Noley.

— C'est ce que j'espérais.

— C'est bien ce qu'il me semblait. Je vais te donner les détails et tu me feras savoir où je peux te joindre, au cas où un de tes copains de la haute voudrait donner un thé dansant en ton honneur. »

Avant mercredi, Holcroft avait trouvé un nouvel emploi à ses dessinateurs et à sa secrétaire. Comme il s'en doutait, ce ne fut pas compliqué ; ils connaissaient leur travail. Il passa quatorze coups de fil aux différents promoteurs auxquels il avait proposé ses plans, et il eut la surprise d'apprendre que sur les quatorze, huit avaient retenu ses projets, et qu'il venait en tête de leur liste. Huit ! Si tout s'était bien passé, il aurait gagné plus d'argent que pendant les cinq dernières années.

Mais pas deux millions de dollars. Il ne les oubliait pas ; et il oubliait encore moins les survivants de Wolfsschanze.

Le service des abonnés absents reçut des instructions précises. Pour le moment, la société Holcroft n'était pas disponible. Elle travaillait sur une commande outre-mer, un projet d'une importance considérable. Si la personne voulait bien laisser son nom et son numéro de téléphone... A ceux qui insistaient pour en savoir plus, on donnait un numéro de boîte postale à Curaçao, au nom de la société Samuel Buonoventura. Quant aux rares personnes qui voulaient à tout prix un numéro de téléphone, c'était celui de Sam.

Noël avait accepté d'appeler Buonoventura une fois par semaine ; il ferait de même avec les abonnés absents.

Le vendredi matin, sa décision l'inquiétait un peu. Il quittait le jardin qu'il avait cultivé pour pénétrer dans une forêt inconnue.

Rien ne sera plus jamais pareil. Rien ne pourra jamais être pareil.

Et s'il ne retrouvait pas les enfants von Tiebolt ? S'ils étaient morts, qu'il n'en restait plus que des tombes dans un cimetière brésilien ? Ils avaient disparu dans Rio de Janeiro il y avait cinq ans. Pourquoi parviendrait-il, *lui*, à les découvrir ? Et s'il échouait, que feraient les survivants de Wolfsschanze ? Il avait peur. Mais la peur n'expliquait pas tout, se dit Holcroft en allant au coin de la 73e Rue et de la Troisième Avenue. On arrivait à la maîtriser. Il pouvait remettre les documents aux autorités, au département d'État, et leur dire ce qu'il savait de Peter Baldwin, d'Ernst Manfredi et d'un portier qui s'appelait Jack. Il pouvait dévoiler le vol colossal commis il y a trente ans, et de par le monde, des milliers de gens reconnaissants veilleraient à sa sécurité.

C'était la meilleure chose à faire, mais quelque part, se montrer raisonnable et se protéger n'avaient plus tant d'importance. Plus maintenant.

Il y avait trente ans. Un homme avait souffert. Et c'est pour lui qu'il agissait ainsi.

Il fit signe à un taxi.

Une pensée traversa les méandres de son esprit. Il savait ce qui le poussait à pénétrer dans la forêt inconnue.

Il assumait la responsabilité des fautes de Heinrich Clausen.

Nous devons réparer.

« 630, 5ᵉ Avenue, s'il vous plaît », dit-il au chauffeur en montant dans le taxi.

C'était l'adresse du consulat brésilien.

La chasse était ouverte.

6

« J'essaie de vous comprendre, monsieur Holcroft... dit l'attaché, un homme âgé, en se renfonçant dans son fauteuil... Vous me dites vouloir localiser une famille dont vous refusez de révéler l'identité. Vous me dites que cette famille a émigré au Brésil dans les années 40, et selon de récentes informations, aurait disparu il y a quelques années. C'est bien ça ? »

Noël remarqua l'étonnement de l'attaché et comprit. C'était peut-être une histoire débile, mais Holcroft n'en connaissait pas d'autre. Pas question de nommer les von Tiebolt avant d'arriver au Brésil ; il n'allait pas donner à qui que ce soit l'occasion de compliquer des recherches déjà assez délicates. Il sourit gentiment.

« Ce n'est pas exactement ce que j'ai dit. J'ai demandé comment on pourrait retrouver les traces d'une famille dans cette situation, étant donné ce type de circonstances. Je n'ai pas dit que c'est moi qui les recherchais.

— Alors, c'est une question d'ordre général ? Vous êtes journaliste ? »

Holcroft évalua la question du diplomate. Ce serait si simple de répondre oui ; quelle explication idéale, pour les questions qu'il poserait plus tard. D'un autre côté, il prenait l'avion pour Rio dans quelques jours. Il faudrait remplir des formulaires d'immigration, et peut-être obtenir un visa. Une fausse réponse maintenant pourrait poser un problème plus tard.

« Non, architecte. »

Le regard de l'attaché trahit sa surprise.

« Dans ce cas, vous allez visiter Brasilia, bien sûr. C'est un chef-d'œuvre.

— J'aimerais bien.

— Vous parlez portugais ?

— Un peu d'espagnol. J'ai travaillé au Mexique. Et au Costa Rica.

— Mais nous nous écartons du sujet, dit l'attaché, se penchant en avant. Je vous ai demandé si vous étiez journaliste, et vous avez hésité. Vous étiez tenté de répondre oui parce que c'était opportun. Franchement, ça me laisse supposer que vous êtes celui qui recherche cette famille disparue. Pourquoi ne me racontez-vous pas le reste ?

Si je compte sur mes talents de menteur pour mener à bien mes recherches, se dit Noël, je ferais mieux de maîtriser mes réponses, même celles qui me paraissent secondaires. Première leçon : la préparation.

« Il n'y a pas grand-chose à raconter, dit-il, mal à l'aise. Je vais faire un séjour dans votre pays, et j'ai promis à un ami de chercher ces gens qu'il connaissait il y a longtemps. »

C'était une variante de la vérité, et pas trop mal choisie, se dit Holcroft. Il était parvenu à avoir l'air convaincu. Deuxième leçon : Fonder le mensonge sur quelque chose de vrai.

« Pourtant, votre... ami a tenté en vain de retrouver leur trace.

— Oui, mais il se trouvait à des milliers de kilomètres. Ce n'est pas la même chose.

— Absolument. Ainsi, à cause de la distance, et parce que votre ami veut éviter les complications, vous préféreriez ne pas dévoiler l'identité de cette famille ?

— C'est ça.

— Non, ce n'est pas ça. Ce serait beaucoup trop facile pour un homme de loi de demander par télégramme un renseignement confidentiel à un cabinet d'avocats de Rio de Janeiro. C'est une pratique courante. Cette famille est introuvable, alors votre ami veut que ce soit *vous* qui la retrouviez. »

L'attaché sourit et haussa les épaules, comme s'il venait de donner une petite leçon d'arithmétique.

De plus en plus irrité, Noël observait le Brésilien. Troisième leçon : ne pas se laisser piéger par des conclusions hâtives.

« Vous savez quoi ? dit-il. Vous êtes vraiment désagréable.

— Je suis navré que ce soit votre opinion, répondit l'attaché avec sincérité. Je veux vous aider. C'est ma fonction ici. Je vous ai parlé ainsi pour une raison précise. Dieu sait que vous n'êtes pas le premier, et ne serez pas le dernier, à rechercher des gens qui sont arrivés dans mon pays « dans les années 40 ». Je pense ne pas avoir besoin de vous faire un dessin. La majorité de ces gens-là étaient allemands, beaucoup venaient avec d'énormes sommes d'argent transférées par des intermédiaires neutres compromis. Ce que j'essaie de vous dire se résume ainsi : soyez prudent. Des personnes comme celles dont vous parlez ne disparaissent pas sans raison.

— Que voulez-vous dire ?

— Il faut qu'elles disparaissent, monsieur Holcroft. *Il le fallait*. Le procès de Nuremberg et les chasseurs israéliens mis à part, beaucoup d'entre elles possédaient des biens, parfois des fortunes, volés à leurs victimes, à leurs institutions, souvent à leurs gouvernements. Ces fonds pourraient être réclamés. »

Noël contracta les muscles de son ventre. Il y avait un rapport — abstrait, trompeur même, étant donné les circonstances — mais il existait bel et bien. Les von Tiebolt avaient participé à un vol d'une importance et d'une complexité incalculables. Mais ce ne pouvait être la raison de leur disparition. Quatrième leçon : se préparer à des coïncidences inattendues ; et à cacher ses réactions.

« Je ne pense pas que ce soit le cas de cette famille, dit-il.

— Mais vous n'en êtes pas sûr, puisque vous en savez si peu.

— Admettons que j'en sois sûr. Tout ce que je veux savoir, c'est comment m'y prendre pour les retrouver — ou pour savoir ce qui leur est arrivé.

— J'ai mentionné les avocats.

— Pas d'avocats. Je suis architecte, vous vous rappelez ? Les avocats sont nos ennemis ; ils nous font perdre trop de temps. » Holcroft sourit... « J'arriverai au même résultat qu'un avocat, et plus vite. Et je parle espagnol. Je me débrouillerai en portugais.

— Je vois. » L'attaché prit une boîte de cigarillos posée sur son bureau, l'ouvrit et l'offrit à Holcroft qui secoua la tête... « Vraiment ? Ce sont des havanes.

— Non, vraiment. De plus, je suis assez pressé.

— Je sais. »

L'attaché prit un briquet de table en argent, alluma son cigare et inspira profondément. Le bout du cigare rougeoyait. Brusquement, il leva les yeux vers Noël...

« Je n'arriverai pas à vous convaincre de me donner le nom de cette famille ?

— Oh ! par pitié !... »

Holcroft se leva. Il en avait assez ; il trouverait un autre moyen.

« Je vous en prie... dit le Brésilien... asseyez-vous. Rien qu'une minute. Vous ne perdrez pas votre temps, je vous l'assure. »

Noël se rassit.

« Qu'y a-t-il ?

— *La comunidad alemana*. Je m'exprime dans cet espagnol que vous parlez si bien.

— La communauté allemande ? Il y en a une à Rio, c'est ce que vous voulez dire ?

— Oui, mais elle n'est pas uniquement géographique. Il existe un quartier, le *barrio* allemand... mais ce n'est pas ce dont je parle. Il s'agit de *la otra cara de los Alemanes*. Vous comprenez ?

— « L'autre visage »... ce qui se trouve sous la surface ?

75

— Précisément. Ce qui les fait agir comme ils le font. Il est important que vous compreniez cela.

— Je crois que c'est le cas. »

La plupart étaient des nazis qui avaient échappé au filet de Nuremberg, en apportant de l'argent qui n'était pas à eux ; ils se cachaient, refusaient de dévoiler leur identité. Bien entendu, qui se ressemble s'assemble.

« Bien entendu, dit le Brésilien. Mais après tant d'années, on aurait pu croire qu'ils auraient été assimilés.

— Pourquoi ? Vous travaillez ici à New York. Allez dans le Lower East Side, ou dans Mulberry Street, ou dans le Bronx. Vous y trouverez des enclaves d'Italiens, de juifs, de Polonais. Ils sont là depuis des dizaines d'années. Au Brésil, il s'agit de vingt-cinq, trente ans. Ce n'est pas grand-chose.

— Bien sûr, il y a des similarités, mais ce n'est pas la même chose, croyez-moi. Les gens dont vous parlez se rencontrent ouvertement ; ils arborent leur héritage culturel. Au Brésil, c'est différent. La communauté allemande prétend être assimilée, mais ne l'est pas. Dans les affaires, oui, mais ça se borne là. La peur et la colère prédominent. Beaucoup d'entre eux sont pourchassés depuis trop longtemps ; il y a tous les jours un millier de fausses identités en circulation. Ils ont leur propre système hiérarchique. Trois ou quatre familles contrôlent la communauté ; leurs gigantesques propriétés sont éparpillées sur tout le pays. Bien entendu ils se font passer pour suisses ou bavarois. » L'attaché s'interrompit... « Vous commencez à saisir ? Le consul général n'abordera pas ce sujet ; mon gouvernement ne le permettrait pas. Mais moi je suis tout en bas de l'échelle et c'est à moi que cela incombe. *Vous comprenez ?* »

Noël était médusé...

« Franchement, non. Vous ne m'apprenez rien d'étonnant. A Nuremberg, ils ont appelé cela « des crimes contre l'humanité ». Ce genre de choses crée un sentiment de culpabilité, et la culpabilité engendre la peur. Bien sûr, en pays étranger, ces gens-là se rapprochent les uns des autres.

— C'est vrai, la culpabilité engendre la peur. Et la peur conduit à la paranoïa. Finalement, la paranoïa mène à la violence. C'est ce que vous devez comprendre. Un étranger qui arrive à Rio et recherche des Allemands disparus se met en danger. *La otra cara de los Alemanes*. Ils se protègent mutuellement. » L'attaché reprit son cigare... « Donnez-nous leur nom, monsieur Holcroft. C'est à nous de les retrouver. »

Noël regardait le Brésilien inspirer la fumée de son précieux havane. Il ne savait pas exactement pourquoi, mais il se méfiait.

« C'est impossible. Je crois que vous exagérez, et de toute évidence, vous n'allez pas m'aider... »

Il se leva.

« Très bien, dit le Brésilien. Je vais vous dire ce que vous trouveriez de toute façon. Allez au ministère de l'Immigration dès que vous arriverez à Rio. Si vous avez les noms et les dates approximatives, ils pourront peut-être vous aider.

— Merci beaucoup », dit Noël en sortant.

Le Brésilien sortit du bureau et pénétra dans une antichambre qui faisait office de réception. Un jeune homme assis dans un fauteuil se releva en hâte en voyant son supérieur.

« Vous pouvez réintégrer votre bureau maintenant, Juan.

— Merci, Votre Excellence. »

L'homme âgé continua, passa devant une réceptionniste et arriva devant deux doubles portes. Le panneau de gauche portait le sceau de la República Federal do Brasil ; celui de droite une plaque où on lisait en lettres d'or OFÍCIO DO CÔNSUL GENERAL.

Le consul général pénétra dans une autre antichambre, plus petite celle-ci, où se trouvait le bureau de sa secrétaire. Il lui dit quelques mots et entra directement dans son propre bureau.

« Appelez-moi l'ambassade, s'il vous plaît. L'ambassadeur. S'il n'est pas là, débrouillez-vous, mais trouvez-le. Dites-lui que c'est confidentiel ; il saura s'il peut parler librement ou non. »

Le diplomate brésilien le plus haut placé de la ville la plus importante des États-Unis s'installa derrière son bureau. Il prit une liasse de papiers retenus par une agrafe. Les premières pages étaient des photocopies d'articles de journaux, des comptes rendus du meurtre à bord du 591 Londres-New York de la British Airways et de la découverte des deux autres meurtres au sol. Les deux dernières pages étaient des copies du bordereau des réservations. Le diplomate passa les noms en revue :

HOLCROFT, NOËL. DEP. GENÈVE. BA # 577.O. LON. BA # 591. X. NYC.

Son téléphone sonna ; il décrocha.

« Oui ?

— L'ambassadeur est en ligne, monsieur.

— Merci. »

Le consul général entendit un écho, ce qui signifiait que le brouilleur était au travail...

« Monsieur l'ambassadeur ?

— Oui, Geraldo. Qu'y a-t-il de si urgent et confidentiel ?

— Il y a un instant quelqu'un est venu demander comment retrouver la trace d'une famille à Rio. Par les filières habituelles, il n'avait pas pu y parvenir. Il s'appelle Holcroft. Noël Holcroft. C'est un architecte de New York.

— Ça ne m'évoque rien.

— Pourtant, si vous avez parcouru récemment la liste des passagers du vol de la British Airways de samedi dernier. »

L'ambassadeur répondit d'un ton sec...

« Le vol 591 ?

— Oui. Il avait quitté Genève à bord de la British Airways, et à Heathrow, il a pris le vol 591.

— Et maintenant, il recherche des gens à Rio ? Qui cela ?

78

— Il a refusé de le dire. Naturellement l'« attaché » auquel il s'est adressé, c'était moi.

— Naturellement. Dites-moi tout. Je vais envoyer un télégramme à Londres... Pensez-vous qu'il soit possible...

— Oui, dit le consul général à voix basse... Il est tout à fait possible qu'il soit à la recherche des von Tiebolt.

— Dites-moi tout, répéta l'homme de Washington... Les Britanniques pensent que ces morts sont l'œuvre du Tinamou. »

En regardant le salon du 747 de la Braniff, Noël ressentit une sensation de *déjà vu*. Les couleurs étaient plus vives, les uniformes mieux coupés, plus à la mode, mais cela mis à part, l'avion semblait identique à celui du vol 591 de la British Ariways. Toute la différence était dans l'ambiance. C'était le vol de Rio, des vacances insouciantes commençaient en plein ciel et se poursuivraient sur les plages de sable doré.

Pas de vacances pour moi, se disait Holcroft, vraiment pas. L'aventure seule l'attendait. Retrouver — ou non — les von Tiebolt.

Ils volaient depuis plus de cinq heures. Il avait picoré un plateau-repas insipide, dormi pendant un film encore plus insipide et finalement décidé de se rendre au salon.

Jusque-là il avait évité d'y monter. Le malaise depuis l'incident d'il y a sept jours subsistait. L'incroyable s'était produit sous ses yeux ; un homme avait été tué à quelques mètres de lui. Il aurait pu se pencher et toucher ce corps tordu de douleur. La mort avait été toute proche de lui, une mort provoquée, une mort chimique ; un meurtre.

La *strychnine*, cet alcaloïde sans couleur, causait une souffrance intolérable. Pourquoi cela s'était-il produit ? Qui était responsable, et pourquoi ?

Depuis Londres, deux hommes avaient été près de la victime dans le salon du 591. L'un d'eux aurait pu administrer le poison en le versant dans le verre. C'était la thèse en vigueur. Mais pour quelle raison ? Selon la police de l'aéroport, rien ne prouvait que les deux hommes connaissaient Thornton. Et ces deux suspects eux-mêmes étaient morts par balle, dans un camion de ravitaillement en fuel. Ils avaient disparu de l'appareil, de l'endroit réservé aux douanes, de la pièce où on les avait placés en quarantaine, et puis ils avaient été tués. Pourquoi ? Par qui ?

Personne ne connaissait les réponses. Seulement les questions. Et les questions elles-mêmes avaient une fin : l'histoire avait disparu des journaux et des émissions comme elle était venue... aussi brusquement. Une fois encore, pourquoi ? Qui était responsable ?

« *C'était bien un whisky avec glace, n'est-ce pas, monsieur Holcroft ?* »

L'impression de *déjà vu* était totale. Les mêmes mots, dits par quelqu'un d'autre. Au-dessus de lui, l'hôtesse, qui posait le verre sur la table en Formica, était jolie — aussi jolie que celle du vol 591. On lisait la même franchise dans son regard. Les mots, et même la façon de dire son nom furent prononcés sur le même ton, seul l'accent variait. C'était *trop* ressemblant. Ou peut-être le souvenir d'il y a sept jours l'obsédait-il trop ?

Il remercia l'hôtesse ; il appréhendait de la regarder, comme si d'une seconde à l'autre il risquait d'entendre crier, et d'assister à l'agonie d'un homme.

Et puis Noël prit conscience de quelque chose d'autre qui le troubla encore plus. Il occupait le même fauteuil. Dans un salon identique à celui d'il y a sept jours. Cela n'avait rien de surprenant ; il choisissait souvent cet endroit de l'avion. Mais aujourd'hui, il trouvait cela macabre. Le même angle de vue, la même lumière.

C'était bien un whisky avec glace, n'est-ce pas monsieur Holcroft ?

Une main tendue, un visage avenant, un verre.

Images, sons.

Un rire guttural d'ivrogne. Un homme imbibé

d'alcool, qui perd l'équilibre et tombe à la renverse. Son camarade se tord de rire en le regardant. Une troisième personne — celui qui mourra quelques instants plus tard —, il essaie de se joindre aux festivités. Il veut plaire, être accepté. Une charmante hôtesse sert le whisky, sourit, essuie le bar sur lequel les deux verres ne sont plus qu'un, l'autre a été renversé, elle se dépêche de contourner le bar pour aider un passager ivre. Le troisième homme, mal à l'aise peut-être, désireux de se joindre au groupe, prend...

Un verre. Le verre ! Le seul et unique verre qui restait sur le bar.

C'était un whisky avec de la glace. Préparé à l'intention du passager assis de l'autre côté du salon, derrière la petite table en Formica. Oh ! mon Dieu ! se dit Holcroft. Les images se succédaient. Le verre qu'un dénommé Thornton avait pris lui était destiné, à lui, Holcroft !

Ces convulsions, cette horrible agonie étaient pour lui !

Il baissa les yeux ; ses doigts enserraient le verre.

C'était bien un whisky avec glace...

Il repoussa le verre. Il ne supportait plus de rester assis là, dans ce salon. Il devait partir, chasser ces images trop précises, trop cruelles.

Il se leva et s'éloigna rapidement vers l'escalier.

Dans sa tête les rires avinés et le hurlement de douleur continuaient à le poursuivre.

Il descendit l'escalier en colimaçon jusqu'au pont inférieur. Il y avait peu de lumière ; plusieurs passagers lisaient sous le faisceau des spots individuels, mais la plupart dormaient.

Les oreilles de Noël bourdonnaient, les images persistaient. Il ressentit le besoin de vomir, d'expulser la peur qui le tenait au ventre. Où se trouvaient les toilettes ? Derrière l'office de bord ? Derrière le rideau ; voilà. Il poussa le rideau.

Brusquement, son regard fut attiré vers la droite, vers le fauteuil avant de la seconde section du 747. Un homme venait de remuer dans son sommeil. Un homme trapu qu'il avait vu quelque part. Mais où ? Un détail l'avait frappé, mais lequel ?

Les sourcils ! Broussailleux. Des sourcils épais, poivre et sel ; où donc était-ce ? Pourquoi la vue de ces sourcils réveillait-elle d'obscurs souvenirs de violence ? Où cela s'était-il passé ? Il essayait de s'en souvenir, mais en vain, et sous l'effort, le sang lui battait aux tempes.

Tout à coup, l'homme aux gros sourcils s'éveilla, vaguement conscient d'être observé.

Leurs regards se croisèrent ; ils se reconnurent, non sans agressivité. Mais pourquoi ?

Incapable de se concentrer, Holcroft hocha gauchement la tête. La souffrance lui vrillait l'estomac ; dans sa tête, les bruits qu'il entendait résonnaient comme des coups de tonnerre. Pendant un instant, il oublia où il se trouvait ; puis il se souvint et les images retournèrent. La vision et le bruit d'un meurtre qui avait failli être le sien.

Il devait rejoindre son fauteuil. Il devait se contrôler, arrêter la douleur. Il se retourna et remonta vivement l'allée jusqu'à son fauteuil.

Il s'assit dans la pénombre, heureux de n'avoir personne à côté de lui. Il appuya la tête contre le dossier et ferma les yeux en se concentrant de toutes ses forces pour effacer le souvenir de ce visage grimaçant qui hurlait de douleur. Mais ce fut impossible.

Ce visage était devenu le sien.

Et puis les traits s'estompèrent, comme si la chair se dissolvait, mais pour se modeler autrement. Il ne reconnaissait pas le visage qui se dessinait maintenant. Un visage étrange, anguleux, vaguement familier.

Involontairement, il sursauta. Il n'avait jamais vu ces traits mais il comprit. D'instinct. C'était ceux de Heinrich Clausen. Le père inconnu avec lequel il avait un pacte. Ses yeux étaient irrités par la sueur qui coulait sur son visage. Il les ouvrit. La vérité était ailleurs, et il n'était pas certain de vouloir la connaître. Les deux hommes qui avaient essayé de le tuer à la strychnine avaient été assassinés. Ils étaient intervenus.

Les hommes de Wolfsschanze se trouvaient à bord de cet avion.

7

Le réceptionniste du Pôrto Alegre Hotel sortit la réservation de Holcroft du fichier. Une petite enveloppe jaune y était agrafée. Le réceptionniste la détacha et la tendit à Noël.

« C'est arrivé ce soir un peu après sept heures, *senhor*. »

Holcroft ne connaissait personne à Rio de Janeiro, et à New York, nul ne savait où il allait. Il ouvrit l'enveloppe et sortit le message. Il devait rappeler Sam Buonoventura dès que possible, quelle que soit l'heure.

Holcroft regarda sa montre ; il était presque minuit. Il signa le registre et demanda sur un ton faussement détaché :

« Je dois appeler Curaçao. Ce sera compliqué à cette heure-ci ? »

Le réceptionniste parut légèrement offensé.

« Certainement pas avec nos *telefonistas, senhor*. En ce qui concerne Curaçao, je n'en sais rien. »

Quelles que fussent les origines de la complication, ce fut seulement à une heure et quart du matin qu'il entendit la voix de Buonoventura.

« Je crois que tu as un pépin, Noley.

— Plus d'un ! De quoi s'agit-il ?

— Ton service des abonnés absents a donné ton numéro à ce flic de New York, un certain lieutenant Miles ; c'est un inspecteur. Il était fou de rage. Il a dit que tu devais informer la police si tu quittais la ville, sans parler du pays ! »

Seigneur ! il avait complètement oublié ! Il

comprenait maintenant l'importance de ces précautions. La strychnine lui était destinée. La police était-elle parvenue aux mêmes conclusions ?

« Qu'est-ce que tu lui as dit, Sam ?

— Je me suis mis en rogne, moi aussi. C'est la seule façon de tenir tête à des flics en colère. Je lui ai dit que tu étais dans les îles les plus éloignées, en train de faire une étude pour une commande de Washington. C'est un peu au nord, on n'est pas trop loin du canal ; ça peut être interprété de différentes manières. Personne ne parlera.

— Il t'a cru ?

— Difficile à dire. Il veut que tu l'appelles. Remarque, je t'ai fait gagner du temps. Je lui ai dit que tu avais envoyé un message-radio dans l'après-midi et que tu ne donnerais plus de nouvelles avant trois ou quatre jours. Et que je ne pouvais pas te joindre. C'est à ce moment-là qu'il a gueulé comme un putois.

— Mais il t'a cru ?

— Qu'est-ce qu'il pouvait faire d'autre ? Il pense qu'ici on est tous débiles et je suis d'accord avec lui. Il m'a donné deux numéros pour toi. T'as un stylo ?

— Vas-y. »

Holcroft écrivit les numéros, la police de l'aéroport et le domicile de Miles, remercia Buonoventura et prit congé jusqu'à la semaine suivante.

Pendant l'interminable attente de son départ pour Curaçao, Noël avait ouvert ses valises. Installé devant la fenêtre, dans un fauteuil au dossier en osier, il regardait la plage argentée et l'eau sombre où se reflétait un croissant de lune. En bas, sur la partie isolée de la rue qui bordait l'océan, se dessinaient les courbes parallèles noires et blanches qui annonçaient Copacabana, la côte d'or de Guanabara. Le paysage avait quelque chose de vide, et cela n'avait aucun rapport avec l'absence du promeneur. C'était trop léché, trop joli. Jamais, il ne l'aurait conçu ainsi. Cela manquait de personnalité. Il fixa les vitres de la fenêtre. Pour l'instant, il n'y avait plus qu'à se reposer et réfléchir en essayant de dormir.

Depuis une semaine, il s'endormait difficilement. Cela ne ferait qu'empirer. Parce que maintenant il en était sûr on avait essayé de le tuer.

Cette certitude produisait un effet bizarre. Il n'arrivait pas à croire qu'on voulait sa mort. Pourtant quelqu'un avait pris cette décision, en avait donné l'ordre. Pourquoi ? Qu'avait-il fait de mal ? Genève ? Son pacte ?

Il s'agit de plusieurs millions.

Ce n'était pas uniquement les paroles de Manfredi, mais un avertissement. Il n'y avait pas d'autre explication. Quelqu'un avait parlé. Mais qui en était contrarié ? Et qui était l'inconnu — ou les inconnus — qui voulait empêcher le déblocage du compte de Genève, le consigner aux débats judiciaires ?

Manfredi avait raison : il fallait mener à bien le projet que trois extraordinaires vieillards avaient préparé pendant le désastre de leur monstrueuse création. Il faut réparer. C'était le credo de Heinrich Clausen ; un credo honorable. A leur manière, ceux de Wolfsschanze comprenaient.

Noël se versa à boire, avança vers le lit et s'assit au bord, les yeux sur le téléphone. Les deux numéros écrits sur le bloc de l'hôtel étaient à côté de l'appareil. Son seul lien avec le lieutenant Miles, de la police de l'aéroport. Mais Holcroft ne se décidait pas à appeler. La chasse était ouverte ; il avait fait le premier pas vers la famille Wilhelm von Tiebolt. Un sacré pas ! C'était un saut de plus de six mille kilomètres. Il ne ferait pas demi-tour.

Il y avait tant à faire. Noël se demandait s'il en était capable, s'il parviendrait à se frayer un chemin à travers la forêt inconnue.

Ses paupières s'alourdissaient. Le sommeil le gagnait et il en fut soulagé. Il posa son verre et retira ses chaussures en secouant les pieds, sans s'occuper de ses vêtements. Il tomba à la renverse sur le lit et regarda le plafond blanc plusieurs secondes. Il se sentait si seul... Pourtant il ne l'était pas. Par-delà trente années, un homme qui souffrait lui tendait la main. Il songea à cet homme jusqu'à ce que le sommeil l'emporte.

Holcroft suivit l'interprète dans le box sombre, sans fenêtres. Leur conversation avait été brève ; Noël cherchait des renseignements précis. Le nom : von Tiebolt, famille de nationalité allemande. Une mère et deux enfants — une fille et un fils — avaient immigré au Brésil autour du 15 juin 1945. Un troisième enfant, une fille, était né plusieurs mois après, à Rio de Janeiro probablement. Le fichier devait fournir un minimum de renseignements. Dans l'éventualité d'une fausse identité, en épluchant les semaines en question — deux ou trois avant et après la date —, on trouverait certainement la trace d'une femme enceinte arrivant dans le pays avec deux enfants. S'il y en avait plus d'une, c'était à lui à se débrouiller. On trouverait au moins un nom.

Non, ce n'était pas une enquête officielle. Aucun délit n'avait été commis. Personne ne criait vengeance.

Noël savait qu'on lui demanderait de fournir une explication, et il se souvenait d'une leçon apprise au consulat de New York : *Fonder le mensonge sur quelque chose de vrai*. Les von Tiebolt avaient de la famille aux États-Unis. Le mensonge commençait ainsi. Des gens qui avaient immigré en Amérique dans les années 20 et 30. Quelques-uns seulement vivaient encore, et il s'agissait d'une grosse somme d'argent. Certainement, un des membres du *Ministerio do Imigração* pourrait retrouver les héritiers. Il était tout à fait possible que les von Tiebolt soient reconnaissants... et lui, en tant qu'intermédiaire, ferait valoir leur coopération.

On apporta les grands registres. Noël étudia des centaines de photocopies d'une époque révolue. Des copies jaunies, abîmées, de documents, de faux papiers achetés à Berne, à Zurich, à Lisbonne. Des passeports.

Mais il n'existait aucun document ayant trait aux von Tiebolt. Aucune mention d'une femme enceinte arrivant à Rio avec ses deux enfants à cette époque. D'après Manfredi, la fille Gretchen, devait avoir douze ou treize ans ; Johann, le fils, dix ans. Chacune des femmes arrivant au Brésil pendant cette période était accompagnée d'un mari, un vrai ou un faux, et quand il y avait des enfants, aucun, pas un seul, n'avait plus de sept ans.

Cela parut non seulement surprenant, mais mathématiquement impossible à Holcroft. Il regardait les pages couvertes d'encre pâlie, les visas d'entrée souvent illisibles, délivrés il y a plus de trente années par des officiels du service d'immigration.

Quelque chose n'allait pas ; l'architecte en lui était troublé. Il avait l'impression d'étudier des plans inachevés, couverts de minuscules touches — des petits traits effacés et modifiés, mais délicatement, de façon à ne pas changer l'ensemble du dessin.

Effacés et modifiés. C'est ce qui l'ennuyait ! Les dates de naissance ! Une page après l'autre de chiffres minuscules, de nombres subtilement modifiés ! Le 3 était devenu un 8, un 1 un 9, un 2 un 0, là, on avait gardé la courbe, ici, on avait allongé une ligne, là encore, ajouté un zéro. Dans les registres, page après page, on avait changé les dates de naissance de tous les enfants arrivés au Brésil en juin et juillet 1945, et il apparaissait qu'aucun n'avait vu le jour avant 1938 !

C'était astucieux, et on avait élaboré cette fraude de manière délibérée. Bloquer les recherches à leur source. Mais sans attirer les soupçons. Des chiffres écrits hâtivement peut-être — par des employés du service de l'immigration, des inconnus, il y avait plus de trente ans. Recopiés sur des documents, des papiers d'identité, dont la majorité, faux pour la plupart, n'existaient plus depuis longtemps. Impossible de vérifier. Bien sûr, personne ne ressemblait aux von Tiebolt ! Quelle supercherie !

Noël sortit son briquet ; sa flamme lui permettrait de mieux voir la page.

« *Senhor* ! C'est interdit ! » L'interprète lui intima l'ordre à voix haute... « Ces vieilles pages prennent vite feu. Nous ne pouvons nous permettre de courir un tel risque. »

Holcroft comprenait. Cela expliquait l'éclairage insuffisant, le box sans fenêtres.

« Je m'en doute ! dit-il en éteignant son briquet... Et je suppose que ces registres ne doivent pas quitter la pièce ?

— Non, *senhor*.

— Et bien sûr, personne n'a une lampe torche ?...

— *Senhor*, répondit l'interprète d'un ton devenu courtois, déférent même... Nous avons passé trois heures avec vous. Nous avons essayé de coopérer totalement, mais vous comprendrez, j'en suis certain, que nous avons à faire ailleurs. Alors, si vous avez terminé...

— Je crois que vous vous en êtes assuré avant même que je ne commence, l'interrompit Holcroft. Oui, j'ai fini. Tenez. »

Il marcha dans la lumière éclatante de l'après-midi, essayant de trouver un sens à tout ça ; la brise de l'océan lui caressait la joue, calmait sa colère et sa frustration. Il se promena sur le trottoir blanc qui surplombait le sable immaculé de Guanabara Bay. De temps en temps, il s'arrêtait, s'appuyait contre la rambarde et regardait jouer les grands adolescents, tous ces gens beaux et bronzés. Grâce et arrogance empreintes d'artifices. Partout, on sentait la présence de l'argent, rendue évidente par ces corps dorés, huilés, trop parfaits, dont tous les défauts avaient été gommés. Mais, une fois encore, que devenait leur personnalité ?

Il s'éloigna de cette partie de Copacabana, devant son hôtel, et leva la tête en direction des fenêtres pour essayer de retrouver sa chambre. Il crut un instant l'avoir trouvée, et puis comprit qu'il s'était trompé. Derrière le rideau, il avait vu bouger deux silhouettes.

Il revint à la rambarde et alluma une cigarette. Le briquet lui rappela les vieux registres péniblement retouchés. L'avaient-ils fait à son intention ? Au cours des ans, d'autres avaient-ils cherché les von

Tiebolt ? Quelle que soit la réponse, il devait trouver une autre source d'information. Ou plusieurs autres.

La comunidad alemana. Holcroft se souvint des paroles de l'attaché de New York. Il lui avait dit que trois ou quatre familles contrôlaient la communauté allemande. De toute évidence, ces personnes-là devaient connaître les secrets les mieux gardés... *Un étranger qui arrive à Rio et recherche des Allemands disparus se met en danger. « La otra cara de los Alemanes »* Ils se protègent mutuellement.

Il existait un moyen d'éliminer le danger, se dit Noël. Il l'avait trouvé dans l'explication donnée à l'interprète du ministère de l'Immigration. Il voyageait beaucoup, il était donc plausible que quelque part quelqu'un l'ait contacté, sachant qu'il partait pour le Brésil, et lui ait demandé de localiser les von Tiebolt. Ce devait être une personne que son emploi obligeait à la discrétion, un banquier, ou un avocat. Quelqu'un dont la réputation était sans reproche. Sans trop approfondir, Holcroft savait que la personne choisie serait la clef de son explication.

Le nom d'un candidat éventuel lui vint à l'esprit ; les risques étaient apparents, et ça ne manquait pas de piquant. Richard Holcroft, agent de change, banquier, officier de marine... père. Celui qui avait redonné leur chance à une jeune femme impulsive et à son fils. Sans peur, sans reproche.

Noël regarda sa montre. Cinq heures dix — trois heures dix à New York. Un lundi après-midi. Il ne croyait pas aux présages, mais il venait d'en avoir un. Tous les lundis après-midi, Richard Holcroft allait au New York Athletic Club, où de vieux amis jouaient au squash sans agressivité et s'installaient au bar, autour d'épaisses tables en chêne, pour évoquer le bon vieux temps. Noël pouvait le faire appeler au téléphone, lui parler seul à seul, lui demander de l'aide. Une aide confidentielle, car l'efficacité de sa protection dépendait de sa discrétion. Quelqu'un, *n'importe qui*, avait contacté Richard Holcroft — un homme respectable — et lui avait demandé de retrouver au Brésil une famille du nom de von Tiebolt sachant que son fils se rendait à Rio. Il avait dit de se renseigner — confidentiellement ; inutile d'en discuter. Personne ne savait écarter les curieux aussi bien que Dick Holcroft.

Mais Althene ne devait pas l'apprendre. C'était le plus difficile. Dick adorait sa mère ; ils n'avaient aucun secret l'un pour l'autre. Mais son père — zut, *beau-père* — ne refuserait pas si Noël en avait vraiment besoin.

Il traversa le sol de marbre lisse de l'hôtel, se dirigea vers les ascenseurs, oublieux du bruit et du spectacle, concentré sur sa décision. Il sursauta lorsqu'un touriste américain obèse lui tapa sur l'épaule.

« Ils vous ont appelé, Mac ? »

L'homme montrait la réception du doigt.

Le réceptionniste regardait Noël. Il tenait la fameuse enveloppe jaune réservée aux messages ; il la remit à un chasseur qui traversa le hall pour le rejoindre.

Le nom mentionné sur le papier ne lui disait rien : *Cararra*. En dessous, il y avait un numéro de téléphone, mais aucun message, ce qui surprit Holcroft. Ce n'était pas dans la tradition latine. *Senhor* Cararra rappellerait ; il devait contacter New York. Il devait se préparer une autre couverture, une autre fausse identité.

Malgré tout, une fois dans sa chambre, Holcroft relut le nom : *Cararra*. Il était intrigué. Qui était ce Cararra, qui attendait une réponse à partir d'un simple nom ; un nom qui ne disait rien à Holcroft ? Selon le code du savoir-vivre sud-américain, c'était discourtois au point d'être insultant. Son beau-père attendrait quelques minutes. Il fallait qu'il sache de qui il s'agissait. Il composa le numéro.

Cararra n'était pas un homme, mais une femme et, d'après sa voix, basse, tendue, une femme qui avait peur. Son anglais était passable, mais son message aussi clair que le lui permettait la frayeur.

« Je ne peux pas parler, *senhor*, ne rappelez plus à ce numéro. Ce n'est pas nécessaire.

— Vous l'avez donné à la standardiste. Que voulez-vous que j'en fasse ?

— C'était une... êrro.

— *Yerro ?* Une erreur ?

— Oui. Je vous appellerai. *Nous* vous appellerons.

— A quel propos ? Qui êtes-vous ?

— *Mas tarde !* »

La voix baissa jusqu'à n'être plus qu'un souffle rauque et disparut brusquement avec le déclic de la ligne.

Mas tarde... mas tarde. Plus tard. Elle le rappellerait. Son estomac se serra aussi brutalement qu'elle avait raccroché. Il ne se souvenait pas d'avoir déjà entendu une voix aussi terrifiée.

Qu'elle était en rapport avec les von Tiebolt fut sa première pensée. Mais de quelle manière ? Et comment le connaissait-elle, lui ? Un sentiment de frayeur l'envahit, et il eut l'horrible vision d'un visage convulsé par la mort, en plein vol. On l'observait. Des gens le surveillaient.

Le bruit du téléphone interrompit ses pensées ; il avait oublié de raccrocher. Il relâcha le bouton, et appela New York. Il lui fallait être protégé au plus vite.

Debout près de la fenêtre, il regardait la plage en attendant que l'opératrice le rappelle.

Il y eut un éclair de lumière dans la rue en contrebas. Le chrome d'une calandre de voiture renvoyait les rayons du soleil. La voiture venait de dépasser la partie du trottoir où il se tenait il y a seulement quelques minutes. Et d'où il essayait de situer sa fenêtre.

Les fenêtres... L'angle de vision. Noël se rapprocha des vitres et étudia la diagonale qui partait du point lumineux où il se trouvait tout à l'heure. Son œil d'architecte était un œil exercé ; les angles ne le trompaient pas ; les fenêtres n'étaient pas aussi rapprochées, comme il sied à la séparation des chambres d'un hôtel du front de mer à Copacabana. Il avait regardé *sa* fenêtre, et avait pensé s'être trompé en apercevant deux silhouettes, mais c'était bel et bien sa chambre. On lui avait rendu visite.

Il alla vers le placard et examina ses vêtements. Il avait autant le sens du détail que celui de l'espace. Il se remémora le placard où il avait laissé ses vêtements ce matin. Il s'était endormi dans le costume qu'il portait depuis New York. Son pantalon beige clair était poussé vers la droite, presque contre le mur. Il procédait toujours ainsi : les pantalons allaient à droite, les vestes à gauche. Les pantalons se trouvaient toujours à droite ; non plus contre le mur, mais à quelques centimètres du milieu. Son blazer bleu marine n'était plus à gauche, mais au milieu.

On avait fouillé ses vêtements.

Il se dirigea vers le lit. En voyage, son attaché-case lui servait de bureau ; il connaissait chaque millimètre, chaque compartiment, la position de chaque objet dans chaque enveloppe. Il n'eut pas à chercher longtemps.

On avait aussi fouillé son attaché-case.

Le téléphone sonna. Ce fut comme une intrusion. Il décrocha et entendit la voix de la standardiste de l'Athletic Club, mais il ne voulait plus parler à Richard Holcroft ; il ne pouvait pas le mêler à cette histoire. Brusquement, tout devenait trop compliqué.

« L'Athletic Club de New York. Allô ? Allô ?... Allô, l'opératrice de Rio ? Il n'y a personne en ligne, Rio. Allô ? Ici l'Athletic Club de New York... »

Noël raccrocha. Il avait failli faire une sottise. On avait fouillé sa chambre ! Dans son désir de trouver une couverture, pour Rio, il avait presque mené quelqu'un à la personne la plus proche de sa mère. Où avait-il la tête ?

Et puis il comprit que rien n'était inutile. Il venait de prendre une autre leçon. *Aller jusqu'au bout du mensonge, en toute logique, puis le réexaminer et se servir de la partie la plus crédible.* S'il pouvait trouver une raison valable pour qu'un homme comme Richard Holcroft gardât le secret sur l'affaire von Tiebolt, il pouvait tout autant trouver cet homme lui-même.

Sa respiration était saccadée. Il avait failli commettre une terrible erreur, mais il commençait à savoir ce qu'il devait chercher dans la forêt inconnue. Les sentiers étaient jonchés de pièges. Il devait rester vigilant et avancer prudemment. L'erreur qu'il avait failli commettre ne devait pas se reproduire. Il aurait risqué la vie de son père de cœur, pour un père qu'il n'avait jamais connu.

Chaque fois qu'il entreprenait quelque chose, il en tirait très peu de valeur et de vérité. Paroles prononcées par sa mère, et comme pour Manfredi, un avertissement. Mais sa mère, elle, se trompait. Heinrich Clausen était à la fois la victime et le méchant de l'histoire. La lettre désespérée, écrite pendant la chute de Berlin, et ce qu'il avait fait le confirmaient. Son fils parviendrait à le prouver.

La comunidad alemana. Trois ou quatre familles de la communauté allemande... les arbitres qui prenaient des décisions irréversibles. L'un d'eux lui procurerait des renseignements. Et il savait exactement où le chercher.

Le vieil homme à la stature imposante, aux mâchoires carrées, et aux cheveux gris acier, coupés court à la junker[1], regarda l'intrus. Il mangeait seul ; l'énorme table de la salle à manger n'était dressée que pour lui. Cela semblait surprenant, car lorsque l'intrus avait ouvert la porte, il avait entendu les voix d'autres personnes ; la grande maison abritait des membres de la famille et des invités, mais ils n'étaient pas à la table.

« Nous avons des informations supplémentaires sur le fils de Clausen, Herr Graff, dit l'intrus en s'approchant du vieil homme. Vous êtes au courant de la communication de Curaçao ? Il y a eu deux autres appels cet après-midi. Un à la femme, Cararra, et l'autre à un club de New York réservé aux hommes.

1. Junker : aristocrate prussien.

— Les Cararra feront bien leur travail », dit Graff, la fourchette en l'air. Il avait des poches fripées sous les yeux... « Quel est ce club de New York ?

— Ça s'appelle le New York Athletic Club. C'est...

— Je sais ce que c'est. La cotisation est très élevée. Qui appelait-il ?

— Il appelait un endroit, personne en particulier. Nos gens de New York essaient d'en savoir davantage. »

Le vieil homme posa sa fourchette. Il parla doucement, volontairement insultant.

« Nos gens de New York sont lents, et vous aussi.

— Je vous demande pardon ?

— Sans aucun doute, le nom de Holcroft figure sur la liste des membres. Si c'est bien le cas, le fils de Clausen n'a pas respecté la parole donnée ; il a parlé de Genève à Holcroft. C'est dangereux. Richard Holcroft est un vieillard, mais ce n'est pas un faible. Nous avons toujours su que s'il vivait assez longtemps, il risquait de poser des problèmes. L'enveloppe est parvenue à Sesimbra ; il n'y a aucune excuse. Il fallait que le fils comprenne bien le sens des incidents de l'autre soir. Envoyez un câble au Tinamou. Je ne fais pas confiance à son associé d'ici, à Rio. Utilisez le code Aigle et faites-lui connaître mon opinion. Nos gens de New York auront une autre mission : éliminer un vieil indiscret. Richard Holcroft doit disparaître. Le Tinamou l'exigera. »

8

Noël savait ce qu'il cherchait : une librairie qui soit plus qu'un simple endroit où acheter des livres. Dans chaque station balnéaire on trouvait une librairie où des gens d'une nationalité spécifique pouvaient contenter leurs exigences littéraires. Dans ce cas précis, l'endroit s'appelait *A livraria alemão*, La Librairie allemande. D'après le réceptionniste de l'hôtel, on y trouvait les derniers journaux allemands, arrivés par la Lufthansa. C'était le renseignement que désirait Holcroft. Dans un magasin de ce genre, quelqu'un connaîtrait les familles allemandes établies à Rio. S'il pouvait obtenir rien qu'un nom ou deux... C'était l'endroit ou jamais.

La librairie était à dix minutes de l'hôtel.

« Je suis architecte américain, dit-il à l'employé juché sur une échelle, qui reclassait les livres sur l'étagère du haut... J'étudie l'influence bavaroise sur les maisons résidentielles. Est-ce que vous avez quelque chose sur ce sujet ?

— Je ne savais pas que c'en était un, répliqua l'homme dans un anglais parfait... On trouve pas mal d'architecture de style « montagnes des Alpes », des chalets, mais je ne les qualifierais pas de bavarois. »

Leçon six, ou peut-être sept : Même si le mensonge comporte un élément de vérité, vérifier que votre interlocuteur en sait moins que vous sur le sujet.

« Les Alpes, la Suisse, la Bavière. C'est presque le même style.

— Ah ! bon ? Je croyais qu'il comportait des différences considérables. »

Leçon huit ou neuf : ne pas discuter. Garder l'objectif en mémoire.

« Si vous voulez tout savoir, un couple de riches New-Yorkais a payé mon voyage ici pour que je leur rapporte des croquis. Ils étaient à Rio l'été dernier. Ils ont sillonné la région en voiture et remarqué de somptueuses maisons qu'ils m'ont décrites comme étant de style bavarois.

— Alors ce doit être le nord-ouest. Il y en a de superbes là-bas. La résidence Eisenstat, par exemple, mais je crois que ce sont des juifs. Croyez-le ou non, mais il y a un côté un peu mauresque. Et bien sûr, vous avez le domaine Graff. C'est presque trop mais c'est vraiment spectaculaire. On s'y attend, je suppose... Graff est plusieurs fois millionnaire.

— Quel nom ? Graff ?

— Maurice Graff. C'est un importateur ; mais ne le sont-ils pas tous ?

— Qui ça ?

— Oh ! allez !... ne soyez pas naïf. Je donne ma main à couper qu'il était général, ou un des gros bonnets du haut commandement.

— Vous êtes anglais.

— Je suis anglais.

— Mais vous travaillez dans une librairie allemande.

— *Ich spreche gut Deutsch*.

— Ils n'auraient pas pu trouver un Allemand ?

— Je suppose qu'engager quelqu'un comme moi présente des avantages », dit le Britannique d'un air énigmatique.

Noël feignit la surprise. « Vraiment ?

— Oui, répondit le vendeur, en montant d'un barreau. Personne ne me pose de questions. »

Le vendeur regarda sortir l'Américain et descendit de l'échelle qu'il fit ensuite glisser le long de la corniche d'un revers de main, dans un geste empreint de satisfaction. Il longea le couloir tapissé de livres et s'engagea si brusquement dans un rayon qui faisait intersection qu'il bouscula un client en train d'examiner un volume de Goethe.

« *Verzeihung*, dit le vendeur d'un air absent.

— *Schwesterchen* », répondit l'homme aux gros sourcils poivre et sel.

En entendant cette allusion à son manque de virilité, l'employé se retourna.

« Vous !

— Les amis du Tinamou ne sont jamais très loin, répliqua l'homme.

— Vous l'avez suivi ?

— Il ne s'en est jamais aperçu. Allez donner votre coup de fil. »

L'Anglais continua son chemin, jusqu'à la porte d'un bureau, à l'arrière du magasin. Il entra, prit le téléphone et composa un numéro. L'assistant de l'homme le plus puissant de Rio lui répondit.

« La résidence du *senhor* Graff. Bonjour.

— Notre comparse de l'hôtel mérite un généreux pourboire, dit le vendeur. Il avait raison. J'insiste pour parler à Herr Graff. J'ai agi comme convenu, et superbement bien. Il appellera, cela ne fait aucun doute. Maintenant, passez-moi Herr Graff, s'il vous plaît.

— Je transmettrai ton message, mon trésor, dit l'assistant.

— Vous n'en ferez rien. J'ai d'autres révélations qui ne concernent que lui.

— A quel sujet ? Je n'ai pas besoin de te dire qu'il est très occupé.

— Disons qu'il s'agit d'un de mes compatriotes. Suis-je clair ?

— Nous savons qu'il est à Rio ; il nous a déjà contactés. Tu devras faire mieux que ça.

— Il est encore là. Dans le magasin. Il attend peut-être de me parler. »

L'assistant s'adressa à quelqu'un près de lui. Cependant on entendit distinctement...

« C'est l'acteur, *mein Herr*. Il insiste pour vous parler. Tout s'est déroulé comme prévu pendant la dernière heure, mais il semble qu'il y ait des complications. Son compatriote est dans la librairie. »

Le téléphone changea de main.

« Qu'est-ce que c'est ? demanda Maurice Graff.

— Je voulais que vous sachiez que tout s'est passé comme prévu...

— Oui, oui, j'ai compris, l'interrompit Graff. Vous avez fait du très bon travail. Qu'est-ce qui se passe avec l'*Engländer* ? Il est là.

— Il a suivi l'Américain. Il était tout près de lui. Il est encore ici, et je m'attends à ce qu'il veuille que je le mette au courant. Dois-je le faire ?

— Non, répondit Graff. Nous sommes tout à fait capables de gérer la situation ici sans interférence. Dites-lui que nous craignons qu'il ne soit reconnu ; que nous préférons qu'il passe inaperçu et que je n'approuve pas ses méthodes. Vous pouvez lui préciser que c'est moi qui vous l'ai dit.

— Merci, Herr Graff ! Ce sera un plaisir.

— Je n'en doute pas. »

Graff rendit l'appareil à son assistant.

« Le Tinamou doit empêcher cela, dit-il. Ça recommence.

— Quoi donc, *mein Herr* ?

— Toujours la même chose, poursuivit le vieil homme. Les interférences, les filatures. Il y a une division de l'autorité, tout le monde est suspect.

— Je ne comprends pas.

— Évidemment. Vous n'y étiez pas. — Graff se laissa aller en arrière dans son fauteuil. — Expédiez un deuxième câble au Tinamou. Dites-lui que nous le prions de donner à son loup l'ordre de revenir en méditerranée. Il prend trop de risques. Nous n'approuvons pas, et refusons d'endosser cette responsabilité en de telles circonstances. »

Au bout de vingt-quatre heures et plusieurs coups de fil, le message disant que Graff voulait le voir finit par arriver, un peu après quatorze heures. Holcroft loua une voiture à l'hôtel et quitta la ville, direction nord-ouest. Il s'arrêta à plusieurs reprises pour étudier la carte mise à sa disposition par l'agence. Il trouva l'adresse, ouvrit le portail en fer et s'engagea sur la montée qui accédait à la maison en haut de la colline.

La montée s'aplanissait en une zone de parking de béton blanc, bordée d'arbustes verdoyants séparés par des sentiers dallés traversant des bosquets d'arbres fruitiers.

Le vendeur avait raison. La propriété Graff était spectaculaire, la vue magnifique : les plaines toutes proches, les montagnes à l'horizon, et loin à l'est, le bleu voilé de l'Atlantique. La maison comprenait trois étages. Une série de balcons roses de chaque côté de l'entrée principale ; des doubles portes en acajou luisant dont les gonds étaient de grands triangles cloutés en fer noir. Le style était bien alpin, comme si on avait condensé différents types de chalets suisses en un seul et qu'on l'avait posé sur une montagne des tropiques.

Noël gara la voiture à droite de l'escalier central et sortit. Il y avait deux autres voitures dans le parking — une limousine blanche, une Mercedes, et une Maserati rouge au profil allongé. La famille Graff savait voyager. Holcroft agrippa son attaché-case et son appareil photo et monta les marches de marbre.

« Je suis flatté que nos efforts en matière d'architecture soient appréciés, dit Graff. Il est naturel je suppose, pour des transfuges, de recréer un peu de leur patrie dans leur nouvel environnement. Ma famille venait de la Schwarzwald [1]... Les souvenirs ne sont jamais bien loin.

— Je vous suis extrêmement reconnaissant de me recevoir, monsieur. »

Noël mit les cinq croquis dessinés à la va-vite dans son attaché-casé et le referma.

« Je parle aussi au nom de mes clients, bien sûr.

— Vous avez tout ce qu'il vous faut ?

— Un rouleau de pellicule et cinq plans en coupe, c'est plus que je n'espérais. D'ailleurs, la personne qui m'a fait faire le tour du propriétaire vous dira que les photos se limitent aux détails de la structure extérieure.

— Je ne vous comprends pas.

— Je ne voudrais pas que vous me pensiez trop indiscret. »

Maurice Graff sourit.

« Ma résidence est très bien protégée, monsieur Holcroft. De plus, je n'ai jamais supposé que vous examiniez les lieux avant de me cambrioler. Je vous en prie, asseyez-vous.

— Merci. »

Noël s'assit en face du vieux monsieur.

« De nos jours, beaucoup de gens sont soupçonneux.

— Autant vous le dire, j'ai effectivement téléphoné pour savoir si vous étiez bien à l'hôtel Pörto Alegre.

1. Forêt-Noire.

C'était le cas. Vous répondez au nom de Holcroft, vous venez de New York, votre réservation a été faite par une agence de voyages réputée, où l'on vous connaît, et vous utilisez des cartes de crédit acceptées par les ordinateurs. Vous êtes entré au Brésil avec un passeport en cours de validité. Que voulais-je de plus ? Notre époque est trop complexe sur le plan technique pour qu'un homme parvienne à se faire passer pour un autre. Vous n'êtes pas de mon avis ?

— Je suppose que oui », répondit Noël, pensant qu'il était peut-être temps d'aborder la véritable raison de sa visite. Il allait parler, lorsque Graff poursuivit, comme pour combler un silence embarrassant.

« Combien de temps resterez-vous à Rio ? demanda-t-il.

— Seulement quelques jours. J'ai le nom de votre architecte, et naturellement, j'aurai un entretien avec lui quand il en aura le loisir.

— Mon secrétaire lui téléphonera ; cela se fera sans tarder. J'ignore de quelle manière ce genre d'accord financier s'organise — si toutefois il y en a un — mais je suis persuadé qu'il vous donnera une copie des plans si cela peut vous être utile. »

Noël sourit et réagit en professionnel.

« C'est une question d'adaptation sélective, monsieur Graff. Je l'appellerai par courtoisie. Je lui demanderai peut-être où acheter certains matériaux, ou bien comment résoudre des problèmes de charges bien précis mais ce sera tout. Je ne lui demanderai pas les plans ; et si je le faisais, je pense qu'il serait réticent.

— Il ne serait pas réticent », dit Graff dont l'attitude et la conviction reflétaient un passé militaire.

... Je donne ma main à couper qu'il était général, ou un des gros bonnets du haut commandement...

« C'est sans importance, monsieur. J'ai ce pour quoi je suis venu.

— Je vois. » Graff bougea sa lourde charpente. C'était le mouvement d'un vieil homme fatigué à la fin d'un long après-midi. Pourtant le regard était étrangement alerte...

« Dans ce cas, un entretien d'une heure suffirait ?

— Largement.

— Je vais arranger ça.

— Vous êtes très aimable.

— Et vous pourrez rejoindre New York.

— Oui. »

C'était le moment de mentionner les von Tiebolt...

« En fait, j'ai encore une chose à régler avant de quitter Rio. Ce n'est pas très important, mais j'ai promis. Je ne sais pas très bien où commencer. Par la police, j'imagine.

— Ça a l'air inquiétant. Un crime ?

— Tout à fait le contraire. Je voulais dire le service qui pourrait m'aider à retrouver des gens. Ils ne figurent pas dans l'annuaire. J'ai même vérifié les numéros de la liste rouge.

— Vous êtes sûr qu'ils sont à Rio ?

— Aux dernières nouvelles, oui. Et je suppose qu'on a vérifié dans les autres villes du Brésil, par l'intermédiaire des compagnies de télécommunication.

— Vous m'intriguez, monsieur Holcroft. Retrouver ces gens, est-ce si important ? Qu'ont-ils fait ? Mais vous avez dit qu'il n'y avait pas eu de crime.

— Aucun. Je ne sais pas grand-chose. Un de mes amis de New York, un avocat, savait que je venais ici et m'a demandé d'essayer de retrouver la trace de cette famille. Apparemment, des parents du Midwest leur ont légué une certaine somme d'argent.

— Un héritage ?

— Oui.

— Dans ce cas, peut-être qu'un avocat, ici à Rio...

— Mon ami a demandé des renseignements à ce sujet à plusieurs cabinets d'avocats d'ici, dit Noël, se souvenant des paroles de l'attaché consulaire. Il n'a obtenu aucune réponse satisfaisante.

— Comment l'explique-t-il ?

— Il n'a pas tenté de le faire. Il était simplement ennuyé. Je suppose qu'il n'y avait pas assez d'argent pour trois avocats.

101

— Trois ?

— Oui », répliqua Noël, étonné de sa propre réponse.

Il remplissait un vide, spontanément, sans même réfléchir...

« Il y a cet avocat de Chicago — ou Saint-Louis — le cabinet de mon ami à New York, et celui d'ici, à Rio. Je ne pense pas que ce qui est confidentiel pour un étranger le soit entre avocats. Partager des honoraires en trois ne valait peut-être pas la peine.

— Mais votre ami est un homme de conscience. » Graff haussa les sourcils en signe d'appréciation. Ou d'autre chose, se dit Holcroft.

« J'aimerais le croire.

— Je peux peut-être vous aider. J'ai des amis. »

Holcroft secoua la tête.

« Je ne peux pas vous demander ça. Vous avez assez fait pour moi cet après-midi. Et ce n'est pas tellement important.

— Naturellement, dit Graff en haussant les épaules. Je ne voudrais pas m'immiscer dans des affaires confidentielles. »

Clignant les yeux, l'Allemand regarda par la fenêtre. Le soleil se couchait au-dessus des montagnes, des rayons orangés ruisselaient à travers la vitre, et donnaient au bois sombre du bureau une teinte plus chaude.

« Le nom de la famille est von Tiebolt », dit Noël en observant la réaction du vieil homme.

Mais rien ne l'avait préparé à ce qui se produisit. Le vieux Graff lui lança un regard haineux.

« Vous êtes un porc, dit l'Allemand d'une voix à peine audible... C'était une ruse, une fourberie pour pénétrer chez moi ! Pour m'aborder.

— Vous vous trompez, monsieur Graff. Vous pouvez appeler mon client à New York...

— *Porc !*... cria le vieil homme... Les von Tiebolt ! *Verräter !* Pourriture ! Lâches ! *Schureinhunde !* Comment osez-vous... ! »

Fasciné, impuissant, Noël le regardait. Le visage de Graff était blanc de colère. Les veines de son cou étaient gonflées, ses yeux rouges et furieux, ses mains tremblaient et serraient les bras du fauteuil.

« Je ne comprends pas, dit Holcroft en se levant.

— Vous comprenez très bien... Pourriture ! Vous cherchez les von Tiebolt ! Vous voulez les faire revivre !

— Ils sont morts ?

— Si seulement !

— Graff, écoutez-moi. Si vous savez quelque chose...

— *Sortez de chez moi !* »

Avec effort, le vieil homme se mit debout et hurla vers la porte fermée.

« *Werner ! Komm'her !* »

L'assistant de Graff se précipita dans la pièce.

« *Mein Herr ! Was ist...*

— Sortez cet imposteur ! »

L'assistant regarda Holcroft.

« Par ici. *Tout de suite !* »

Noël se baissa pour prendre son attaché-case et se dirigea vers la porte d'un pas rapide. Il s'arrêta et se retourna pour regarder Graff encore une fois. Le vieil Allemand avait l'air d'un mannequin de cire bouffi et grotesque, mais il ne pouvait pas contrôler ses tremblements.

« Sortez ! Vous êtes méprisable ! »

Cette dernière insulte ébranla le self-control de Noël. Celui qui était méprisable, ce n'était pas lui, mais cette personnification même de l'arrogance, devant lui, cette image boursouflée de la brutalité et de la complaisance. Ce monstre qui il y a trente ans avait trahi, puis détruit un homme qui souffrait... et des milliers d'autres comme lui. Ce *nazi*.

« Vous n'avez pas le droit de m'insulter.

— On va voir qui a le droit de quoi. Dehors !

— Je m'en vais... général... ou Dieu sait quoi. J'ai hâte de partir, parce que je comprends maintenant. Vous ne me connaissez pas plus que le dernier cadavre que vous avez brûlé, mais j'ai mentionné un nom et cela vous est intolérable. Vous êtes déchiré parce que vous savez — et moi aussi — que von

103

Tiebolt vous avait percé à jour il y a trente ans. Quand les corps s'empilaient les uns au-dessus des autres. Il a vu *qui* vous étiez vraiment.

— Nous n'avons rien caché à personne ! Le monde entier savait ! »

Holcroft s'arrêta et avala involontairement sa salive. Dans sa rage, il devait faire justice pour ceux qui, de leur tombe, l'avaient imploré.

« Écoutez-moi bien, dit Noël. Je vais retrouver les von Tiebolt et vous ne pourrez pas m'en empêcher. Vous croyez m'avoir à l'œil, mais c'est moi qui vous ai à l'œil. Votre croix gammée est un peu trop évidente. »

Graff avait retrouvé sa maîtrise.

« Je vous en prie, retrouvez les von Tiebolt. Nous serons là !

— Je les retrouverai. Et ensuite, s'il leur arrive quelque chose, je saurai qui est le coupable. Vous aboyez des ordres depuis votre château. Vous continuez à faire semblant. Vous étiez fini il y a des années déjà — avant la fin de la guerre — et les hommes comme von Tiebolt le savaient. Ils comprenaient, mais pas vous. Vous ne comprendrez jamais.

— *Sortez !* »

Un garde fit irruption en courant dans la chambre ; des mains saisirent Holcroft par-derrière. Un bras plongea par-dessus son épaule droite et se plaqua sur sa poitrine. On le souleva pour le faire sortir — dos tourné — de la pièce. Il balança son attaché-case et sentit l'impact produit sur l'homme corpulent qui le traînait vers la porte. Il enfonça violemment son coude gauche dans ce corps qu'il ne voyait pas, et donna un méchant coup de talon dans le tibia de son assaillant. La réaction fut immédiate ; l'homme poussa un glapissement et relâcha un instant sa pression. C'était suffisant.

De la main gauche, Holcroft saisit un pan de vêtement et tira de toutes ses forces. Il se pencha vers la droite, enfonça son épaule dans la poitrine de son adversaire qui vacilla, et poussa violemment. L'homme tomba sur une chaise d'époque posée contre le mur et le bois délicat se brisa sous son poids. Le garde resta hébété, clignant les paupières.

Holcroft baissa les yeux et le regarda. Le garde était corpulent, mais surtout volumineux ; comme le vieux Graff, c'était une montagne de chair, engoncée dans une veste ajustée.

Holcroft vit Graff se diriger vers le téléphone. L'assistant qu'il avait appelé Werner avança vers Noël d'un pas incertain.

« *Non* », dit Holcroft.

Il traversa le large hall en direction de l'entrée. De l'autre côté, sous une voûte, un groupe d'hommes et de femmes attendait. Personne ne fit un mouvement dans sa direction : personne n'éleva la voix. Les Allemands ont l'esprit particulièrement logique, se dit Noël, pas mécontent de sa réflexion. Ces esclaves attendaient les ordres.

« Suivez mes instructions », dit calmement Graff au téléphone, toute fureur dissipée. Il était redevenu maintenant le général en train de donner des ordres à un subordonné attentif... « Attendez qu'il ait presque descendu la colline, et appuyez sur la commande du portail. L'Américain doit absolument croire qu'il s'est échappé. »

Le vieil Allemand raccrocha et se tourna vers son assistant...

« Le garde est blessé ?

— Simplement en état de choc, mein Herr. Il est en train de marcher, pour dissiper les effets du coup.

— Holcroft est en colère, dit Graff, songeur... Il est content de lui, fier de sa mission. Tant mieux. Maintenant, il faut qu'il ait peur, qu'il tremble devant l'imprévu, devant la brutalité de l'incident. Dites au gardien d'attendre cinq minutes et de se lancer à sa poursuite. Il devra bien faire les choses.

— Il a des ordres. C'est un excellent tireur.

— Bien. » L'ancien Wehrmachtsgeneral alla vers la fenêtre d'un pas lent et regarda les derniers rayons du soleil en plissant les paupières... Des mots doux, des mots d'amour... Et puis une rebuffade, dure, hystérique.

Le baiser et ensuite le poignard. Ils doivent se succéder sans attendre jusqu'à ce que Holcroft ait perdu tout jugement. Jusqu'à ce qu'il ne sache plus distinguer l'allié de l'ennemi, mais sache simplement qu'il doit aller de l'avant.

Quand finalement il va craquer, nous serons là et il sera à nous.

9

Noël claqua l'énorme porte derrière lui et descendit l'escalier de marbre. Il fit marche arrière, de manière à engager l'avant vers la sortie du domaine Graff et appuya sur l'accélérateur.

Plusieurs détails lui vinrent à l'esprit. Le soleil de l'après-midi s'était couché derrière les montagnes, et des flaques d'ombre tachaient le sol. La lumière du jour disparaissait ; il avait besoin de ses phares. La réaction de Graff à la mention de von Tiebolt devait signifier deux choses : les von Tiebolt vivaient encore et ils constituaient une menace. Mais pour quoi ? Pour qui ? Et où étaient-ils ?

Il éprouvait aussi une sensation, la réaction après la lutte physique qu'il venait de vivre. Au cours de sa vie, il avait considéré sa taille et sa force comme allant de soi. Parce qu'il était grand et agile, il n'avait jamais ressenti le besoin de se mesurer à d'autres qu'à lui-même, au tennis ou au ski. Il évitait donc les bagarres. Elles lui semblaient inutiles.

C'est pour ça qu'il avait ri, lorsque son beau-père avait insisté pour qu'il prenne avec lui des leçons d'autodéfense au club. Mais la ville devenait une jungle ; le fils de Holcroft allait apprendre à se protéger...

Il suivit les cours et, une fois ceux-ci terminés,

s'empressa de les oublier. S'il avait enregistré quoi que ce soit, c'était inconsciemment.

Il avait bel et bien enregistré quelque chose, se dit Holcroft content de lui. Il revoyait les yeux vitreux du garde.

La dernière pensée qui lui traversa l'esprit alors qu'il descendait l'allée était confuse elle aussi. Le siège avant avait quelque chose de bizarre. L'activité intense des minutes écoulées avait diminué son sens de l'observation, mais il trouvait le tissu à carreaux du siège différent...

Un bruit impressionnant mit fin à sa concentration : des aboiements. Brusquement, des deux côtés de la voiture, il vit les gueules menaçantes de bergers allemands aux longs poils noirs. Les yeux sombres luisaient de haine et de frustration ; les mâchoires gluantes de salive s'ouvraient et se refermaient en claquant. Les chiens émettaient les sons stridents et féroces des animaux qui tiennent leur proie mais ne parviennent pas à enfoncer leurs crocs dans la chair. Cinq, six, ou sept chiens dressés à l'attaque ; maintenant, leurs pattes griffaient toutes les vitres. L'un d'entre eux sauta sur le capot, sa gueule et ses crocs tout contre le pare-brise.

Derrière le chien, en bas de la colline, Holcroft aperçut l'énorme portail qui commençait à se refermer. Le faisceau de ses phares agrandissait l'image. Il entamait un mouvement lent en forme d'arc qui serait complété une fois ce portail fermé ! Il appuya à fond sur l'accélérateur, serra le volant de toutes ses forces, descendit à toute vitesse et tourna brusquement à gauche entre les colonnes de pierre, évitant le portail d'acier de quelques centimètres. Le chien voltigea vers la droite en jappant.

Sur la colline, la meute s'était arrêtée derrière le portail. La seule explication était qu'un coup de sifflet à ultrasons — inaudible à l'oreille humaine — les avait arrêtés dans leur élan. Couvert de sueur, Noël maintint la pédale enfoncée et descendit la route.

Il arriva à un embranchement dans la campagne. Avait-il tourné à gauche, à droite ? Il ne s'en souvenait plus ; machinalement, il tendit la main vers la carte posée sur le siège avant.

Voilà ce qui le préoccupait ! La carte n'y était plus. Il prit à gauche, et se baissa pour vérifier si la carte n'était pas tombée à terre. Non. On l'avait prise !

Il arriva à une intersection. L'endroit ne lui était pas familier ; ou bien la nuit qui tombait l'empêchait de le reconnaître. Il tourna à droite, par instinct, sachant qu'il devait continuer. Il garda la même vitesse, en cherchant un détail qui lui rappellerait le chemin qu'il avait pris depuis Rio. Mais la nuit était maintenant tombée ; il ne reconnaissait rien. La route tournait à droite et puis ensuite il y avait une montée raide, vers une colline. Il ne se souvenait d'aucun virage, d'aucune colline. Il était perdu.

Le sommet de la colline se nivelait sur une centaine de mètres. Un point d'observation se trouvait à sa gauche, bordé par un parking entouré d'un mur d'un mètre cinquante environ, devant la falaise. Des rangées de télescopes avec des boîtes rondes, ceux qui fonctionnent avec des pièces, étaient alignées le long du mur. Holcroft se gara et arrêta la voiture. Il n'y avait pas d'autres véhicules, mais il en viendrait peut-être. S'il jetait un coup d'œil, il retrouverait peut-être son chemin. Il sortit et avança vers le mur.

En bas, au loin, les lumières de la ville scintillaient. Entre la falaise et les lumières, il n'y avait qu'obscurité... Non, pas uniquement ; un fil lumineux serpentait. Une route ? Noël était à côté d'un télescope. Il mit une pièce et observa le fil lumineux. C'était bien une route.

Les lumières étaient largement espacées ; des réverbères, utiles mais incongrus au milieu de la forêt brésilienne. S'il pouvait arriver là où commençait cette route... Le télescope ne pouvait pas aller plus à droite. Bon Dieu ! où commençait cette route ?...

Derrière lui, il entendit le ronflement d'une voiture grimpant la côte. Dieu merci ! Il allait l'arrêter, même si pour cela il devait se mettre au milieu de la route. Il traversa le béton en courant, vers le trottoir bitumé.

Il arriva au bord et s'arrêta net. La voiture qui apparaissait en haut de la colline était une Mercedes blanche, une limousine. Celle qui étincelait sous le soleil, en haut d'une autre colline. La voiture de Graff.

Elle stoppa brusquement dans un bruit de freins. La porte s'ouvrit et un homme sortit. Dans la coulée lumineuse des phares, il était reconnaissable : le garde de Graff !

Il porta la main à sa ceinture. Holcroft restait là, paralysé. L'homme pointa un pistolet vers lui. Ça ne pouvait pas être vrai !

Le premier coup de feu fut retentissant et brisa le silence comme si la terre se fissurait. Un deuxième suivit. A quelques mètres de Noël, la route explosa dans un jet de pierres et de poussière. La surprise, son incrédulité le poussèrent à courir, à sauver sa peau. Il allait se faire assassiner dans un site panoramique pour touristes au-dessus de Rio de Janeiro ! C'était insensé.

Ses jambes fléchissaient ; il se força à courir vers la voiture de location. Ses pieds le faisaient souffrir. Il n'avait jamais rien ressenti d'aussi étrange. Deux autres détonations retentirent dans la nuit ; il y eut encore deux explosions de goudron et de béton.

Il arriva à la voiture et se laissa tomber à terre pour être protégé par le véhicule. Il tendit la main vers la poignée.

Un autre coup de feu, plus fort celui-là ; avec des vibrations assourdissantes. Une autre sorte d'explosion accompagnait la détonation : le fracas du verre brisé. La vitre arrière venait d'éclater.

Il ne restait rien d'autre à faire ! Holcroft ouvrit la porte et sauta à l'intérieur. Paniqué, il tourna la clef de contact. Le moteur gronda ; il appuya sur l'accélérateur. Il enclencha la première et la voiture fit une embardée dans la nuit. Il tourna ; la voiture fit un écart, manquant le mur de peu. Son instinct lui ordonna de mettre les phares ; comme dans un brouillard, il distingua la route et, dans une impulsion désespérée, amorça la descente.

La route comportait une quantité de virages qu'il prit à toute vitesse. La voiture glissait, dérapait. Il parvenait à peine à en garder le contrôle et ses bras lui faisaient mal. Ses mains étaient moites et glissaient sur le volant. Il allait mourir d'une seconde à l'autre, dans une ultime explosion.

Jamais il ne se souviendrait du temps qu'il lui fallut, ni de la manière dont il trouva la route qui serpentait, avec ses réverbères largement espacés, mais elle était enfin là. Une surface plane qui allait vers la gauche, vers l'est, vers la ville.

Il se trouvait dans une région dense ; de grands arbres et d'épaisses forêts à la silhouette menaçante longeaient l'asphalte, comme les bords d'un immense canyon.

Deux voitures approchaient dans l'autre sens ; il aurait pu pleurer de soulagement en les voyant. Il arrivait en banlieue. Les réverbères étaient moins espacés, et soudain, il fut entouré de voitures qui tournaient, le dépassaient, s'arrêtaient. Jamais il n'aurait cru être aussi heureux de retrouver les encombrements.

Il arriva à un feu rouge. Il chercha ses cigarettes dans la poche de sa chemise. Seigneur, il mourait d'envie de fumer !

Une voiture arriva sur sa gauche et s'arrêta. Une fois de plus il regarda, incrédule. A côté du chauffeur, un homme qu'il n'avait jamais vu avait baissé sa vitre et le visait. Un cylindre perforé entourait l'extrémité de son arme — un silencieux. L'inconnu allait tirer sur lui !

Holcroft se recroquevilla, baissa la tête, brutalisa le changement de vitesse et enfonça l'accélérateur au plancher. Il entendit l'épouvantable sifflement et le bruit de verre brisé. Dans une embardée, le véhicule de location avança dans l'intersection. Dans un tintamarre de klaxons, il tourna brusquement devant une voiture qui arrivait, évitant la collision de justesse.

La cigarette était tombée de ses lèvres et avait fait un trou sur le siège.

Il entra dans la ville à tombeau ouvert.

Dans la main de Noël, le téléphone était humide et luisant de sueur.

« Vous m'écoutez ? hurla-t-il.

— Monsieur Holcroft, je vous en prie, calmez-vous. » La voix de l'attaché de l'ambassade américaine exprimait une incrédulité évidente. « Nous ferons tout notre possible. Je connais les faits saillants ; nous allons entamer une investigation diplomatique dès que possible. Cependant il est plus de sept heures, et à cette heure, les gens seront difficiles à contacter.

— Difficiles à *contacter* ? Vous ne m'avez peut-être pas bien entendu ? On a failli me tuer ! Vous n'avez pas vu ma voiture ! Les vitres ont explosé !

— Nous envoyons quelqu'un à votre hôtel pour prendre possession du véhicule, dit l'attaché d'un ton neutre.

— J'ai les clefs. Dites-lui de venir les chercher dans ma chambre.

— Très bien. Restez où vous êtes, nous vous rappellerons. »

L'attaché raccrocha. Bon Dieu ! se dit Holcroft. Il avait réagi comme si un raseur venait de l'appeler et qu'il avait eu hâte de raccrocher pour aller dîner !

Noël n'avait jamais été aussi terrifié. Cette terreur lui tenaillait le ventre et l'empêchait de respirer. Pourtant, il éprouvait une sensation qu'il ne comprenait pas. Une infime partie de lui-même ressentait de la colère, et cette colère montait. Il la refusait, il en avait peur mais il ne pouvait pas l'arrêter. On l'avait attaqué et il voulait riposter.

Il avait voulu tenir tête à Graff, le traiter de monstre, de menteur, de corrupteur... de *nazi*.

Le téléphone sonna. Il fit vote-face comme si un signal d'alarme venait de retentir, donnant le départ d'une nouvelle attaque. Il serra son poignet pour maîtriser ses tremblements et alla vers la table de nuit.

« *Senhor* Holcroft ? »

Ce n'était pas l'homme de l'ambassade. L'accent était sud-américain.

« Qu'est-ce que c'est ?

— Je m'appelle Cararra. Je suis dans le hall de votre hôtel.

— Cararra ? Une femme du même nom m'a téléphoné hier.

— C'est ma sœur. Nous sommes venus ensemble. Nous devons vous parler. Est-ce que nous pouvons monter dans votre chambre ?

— Non ! Je ne veux voir personne ! »

Les détonations, les explosions de béton et de verre, tout cela était encore trop récent. Il ne voulait plus être une cible isolée.

« *Senhor, il le faut !*

— C'est hors de question. Laissez-moi tranquille, sinon j'appelle la police.

— Ils ne peuvent pas vous aider. Nous oui. Vous cherchez des renseignements concernant les von Tiebolt. Nous en avons. »

Noël s'arrêta de respirer. C'était un piège. Il essayait de lui tendre un piège. Mais dans ce cas, pourquoi l'avait-il averti ?

« Qui vous envoie ? Qui vous a dit de m'appeler ? Graff ?

— Maurice Graff n'adresse pas la parole à des gens comme nous. Ma sœur et moi sommes l'objet de son mépris. »

Vous êtes méprisable ! Graff méprisait tout le monde, songea Holcroft. Il reprit sa respiration et s'efforça de parler calmement.

« Je vous ai demandé qui vous envoie. Comment savez-vous que je m'intéresse aux von Tiebolt ?

— Nous avons des amis à l'Immigration. Des employés, pas des gens importants. Mais ils écoutent, ils observent. Vous comprendrez quand nous parlerons. — Le rythme de ses phrases s'accélérait, il bafouillait trop pour avoir appris ou répété son texte. — *S'il vous plaît, senhor.* Laissez-nous monter. Nous avons des renseignements, et vous devez les connaître. Nous voulons vous aider. Pour notre bien aussi. »

Noël réfléchit à toute vitesse. Le hall du Pôrto

Alegre était toujours bondé. Le lieu commun disant que la foule était une garantie de sécurité comportait une certaine vérité. Si Cararra et sa sœur savaient vraiment quelque chose sur les von Tiebolt, il devait les rencontrer. Mais pas dans un contexte isolé. Pas seul. Il leur dit lentement :

« Restez près de la réception, au moins trois mètres devant, sans garder les mains dans les poches. Votre sœur sera à votre gauche et sa main droite sera posée sur votre bras. Je descendrai dans quelques instants, mais pas en ascenseur. Et c'est moi qui vous verrai le premier. »

Il raccrocha, se surprenant lui-même. Il apprenait ses leçons. Évidentes, sans doute, aux yeux de ces gens hors normes habitués à la clandestinité, mais nouvelles pour lui. Cararra ne pourrait pas avoir la main dans sa poche et y tenir un revolver ; sa sœur — où il ne savait qui — serait dans l'impossibilité de prendre quelque chose dans son sac sans qu'il s'en aperçoive. Ils surveilleraient les escaliers, alors que, bien sûr, il prendrait l'ascenseur — et il pourrait les reconnaître.

Il sortit de l'ascenseur en même temps qu'un groupe de touristes et resta un instant avec eux, pour observer l'homme et la femme debout près de la réception. Comme prévu, sa sœur s'accrochait à lui comme une naufragée. Ils étaient frère et sœur, cela ne faisait aucun doute. Cararra avait la trentaine, sa sœur plusieurs années de moins. Tous deux bruns de peau, de cheveux et d'yeux, ni l'un ni l'autre n'en imposait ; leurs vêtements étaient nets, mais bon marché. Au milieu des fourrures et des tenues de soirée des clients de l'hôtel, conscients de leur statut à part, gênés, le regard apeuré, ils paraissaient déplacés. Inoffensifs, se dit Holcroft, comprenant vite qu'il portait un jugement trop hâtif.

Ils s'assirent sur une banquette, au fond du bar plongé dans la pénombre, les Cararra en face de Noël. Avant d'entrer, Holcroft s'était souvenu que l'ambassade devait le rappeler. Il demanda au concierge de lui faire passer la communication au bar. Mais uniquement l'ambassade, personne d'autre.

« Dites-moi d'abord comment vous avez su que je cherchais les von Tiebolt, dit Noël après que leurs consommations eurent été servies.

— Je vous l'ai dit. Un employé de l'Immigration. Le mot a été donné, discrètement, vendredi dernier, dans les sections : un Américain viendrait s'informer sur une famille allemande du nom de von Tiebolt. Celui à qui vous poseriez votre question devait avertir quelqu'un de la *polícia do administração*. C'est la police secrète.

— Je sais. Il se faisait passer pour un « traducteur ». Je veux savoir pourquoi vous avez été mis au courant, *vous*.

— Les von Tiebolt étaient nos amis. Nous étions très proches.

— Où sont-ils ? »

Le frère et la sœur échangèrent un regard. Noël reprit :

« Je l'ai déjà expliqué à l'Immigration. Ça n'a rien d'extraordinaire. Des parents à eux leur ont laissé de l'argent. Aux États-Unis. »

Les Cararra se regardèrent de nouveau.

« C'est une grosse somme ?

— Je l'ignore, répondit Holcroft. C'est confidentiel. Je ne suis qu'un intermédiaire.

— Un quoi ? demanda le frère.

— *Un tercero*, répondit Noël en regardant la femme. Pourquoi aviez-vous si peur, hier, au téléphone ? Vous avez laissé votre numéro, et quand je vous ai rappelée vous m'avez dit que je n'aurais pas dû. Pourquoi ?

— J'avais commis une... erreur. Mon frère m'a dit que c'était une erreur grave. Mon nom, le numéro de téléphone — j'ai eu tort de donner tout ça.

— Cela aurait contrarié les Allemands, expliqua Cararra. S'ils vous surveillaient et interceptaient vos messages, ils s'apercevraient de notre appel. C'était dangereux pour nous.

— S'ils me surveillent en ce moment, ils savent que vous êtes ici.

114

« — Nous en avons parlé, poursuivit la femme. Notre décision est prise. Nous devons courir ce risque.

— Quel risque ?

— Les Allemands nous méprisent. Entre autres, nous sommes juifs portugais, dit Cararra.

— Ils continuent à penser ainsi même de nos jours ?

— Bien sûr. Je vous ai dit que nous étions proches des von Tiebolt. Je vais être plus clair. Johann était mon ami le plus cher ; ma sœur et lui devaient se marier. Les Allemands ne l'ont pas permis.

— Qui pouvait les en empêcher ?

— Beaucoup de gens. Par une balle dans la nuque de Johann.

— Mais c'est dingue ! »

Ça ne l'était pas, Holcroft le savait. En haut des collines, il avait été la cible ; les coups de feu résonnaient encore dans sa tête.

« Aux yeux de certains Allemands, un mariage comme celui-ci serait la plus grave des insultes, dit Cararra. Il y a ceux qui prétendent que les von Tiebolt étaient des traîtres à l'Allemagne. Trente ans après, ceux-là continuent à se battre. Ici, au Brésil, les von Tiebolt ont été victimes de graves injustices. Ils méritent une compensation. Pour des causes qui ne devraient plus avoir cours aujourd'hui, on leur a rendu la vie extrêmement difficile.

— Et vous vous imaginez que je pourrai faire quelque chose pour eux ? Qu'est-ce qui vous fait croire ça ?

— Parce que des gens puissants ont essayé de vous arrêter ; les Allemands ont beaucoup d'influence. Par conséquent, vous aussi devez être puissant, quelqu'un que les Graff du Brésil veulent tenir à l'écart des von Tiebolt. Pour nous, cela veut dire que vous ne voulez pas de mal à nos amis, donc, que vos intentions sont bonnes. Un Américain puissant qui pourrait les aider.

— Vous avez dit « les Graff du Brésil ». C'est Maurice Graff, n'est-ce pas ? Qui est-il ?

« — Le pire des nazis. On aurait dû le pendre à Nuremberg.

— Vous connaissez Graff ? demanda la femme, sans quitter Holcroft des yeux.

— Je suis allé chez lui — un client de New York m'a servi de prétexte. J'ai dit que sur sa demande, je devais étudier la maison de Graff... Je suis architecte. A un moment donné, j'ai mentionné les von Tiebolt, et Graff a perdu la tête. Il s'est mis à hurler et m'a ordonné de partir. En descendant la colline, une meute de chiens dressés à l'attaque a assailli la voiture. Ensuite, le garde de Graff m'a suivi. Il a essayé de me tuer. En pleine circulation, la même chose s'est produite. Un autre m'a tiré dessus d'une voiture.

— Maria mère de Dieu ! »

Cararra entrouvrit légèrement les lèvres sous l'effet de la surprise.

« On ne doit pas nous voir avec lui », dit la femme en serrant le bras de son frère. Puis elle s'arrêta pour examiner Noël... « S'il dit la vérité. »

Holcroft comprit. S'il voulait apprendre quelque chose des Cararra, il devait les convaincre de sa bonne foi.

« Je dis la vérité. Je l'ai dite à l'ambassade des États-Unis et ils vont envoyer quelqu'un chercher la voiture qui servira de preuve. »

Les Cararra se regardèrent puis se tournèrent vers Holcroft. C'était la preuve dont ils avaient besoin ; on le lisait dans leurs yeux.

« Nous vous croyons, dit la sœur. Il faut faire vite.

— Les von Tiebolt sont en vie ?

— Oui, répondit le frère. Pour les nazis, ils sont quelque part dans les montagnes du Sud, vers Santa Catarina. Ce sont d'anciennes colonies allemandes ; les von Tiebolt auraient pu changer de nom et se mêler facilement aux autres.

— Mais ils ne sont pas là.

— Non... »

Cararra semblait hésiter.

« Dites-moi où ils sont, insista Noël.

— Vous leur apportez une chose bonne ? demanda la sœur inquiète.

— Bien mieux que ce que vous pouvez imaginer, répondit Holcroft. *Dites-moi.* »

Une fois de plus, frère et sœur se concertèrent du regard. Leur décision était prise. Cararra parla.

« Ils sont en Angleterre. Comme vous le savez, leur mère est morte...

— Je ne savais pas, dit Noël. Je ne sais rien.

— Ils se font appeler Tennyson. Johann est John Tennyson, journaliste au *Guardian*. Il parle plusieurs langues et couvre les capitales européennes pour le journal. Gretchen, l'aînée, est mariée à un officier de marine britannique. Nous ne savons pas où elle habite. Mais son mari s'appelle Beaumont ; il est commandant dans la Royal Navy. Sur Helden, la plus jeune, nous ne savons rien. Elle a toujours été un peu distante, un peu forte tête.

— Helden ? Quel drôle de nom.

— Ça lui va bien, dit doucement la sœur de Cararra.

— On raconte que son extrait de naissance a été rédigé par un médecin qui ne parlait pas allemand, qui ne comprenait pas la mère. D'après la *senhora* von Tiebolt, elle a appelé l'enfant « Helga », mais le personnel de l'hôpital était pressé. Ils ont écrit « Helden ». A l'époque, on ne discutait pas ce qui était écrit. Le nom lui est resté.

— Tennyson, Beaumont... » Holcroft répéta les noms. « En Angleterre ? Comment ont-ils pu quitter le Brésil et arriver en Angleterre sans que Graff l'apprenne ? Vous dites que les Allemands ont de l'influence. Il a fallu des passeports, organiser le voyage. Comment ont-ils fait ?

— Johann... John... Il est remarquable, brillant.

— *A homen talentoso*, ajouta sa sœur, ses traits tirés soudain adoucis. Je l'aime beaucoup. Après cinq années, nous nous aimons toujours.

— Alors vous avez de ses nouvelles ? De leurs nouvelles ?

— De temps en temps, dit Cararra. Des visiteurs

117

venus d'Angleterre nous contactent. Jamais rien d'écrit. »

Noël fixa cet homme que la peur tenaillait.

« Dans quel monde vivez-vous ? demanda-t-il, incrédule.

— Un monde où votre vie est en jeu. »

C'était la vérité, se dit Noël, l'estomac tordu de douleur. Ceux qui avaient perdu la guerre il y a trente ans continuaient à la faire. Cela devait prendre fin.

« Monsieur Holcroft ? »

L'inconnu, debout près de leur table, hésitait, se demandant s'il ne se trompait pas.

« Oui, je suis Holcroft, répondit Noël avec prudence.

— Anderson, monsieur — ambassade américaine. Puis-je vous parler ? »

Les Cararra se levèrent comme un seul homme et quittèrent le box. L'employé de l'ambassade fit un pas en arrière lorsque Cararra s'approcha d'Holcroft.

Cararra chuchota.

« *Adeus, senhor.*

— *Adeus* », souffla aussi la femme, en touchant le bras de Noël.

Sans jeter un regard à l'homme de l'ambassade, le frère et la sœur quittèrent le bar.

Holcroft était assis à côté d'Anderson dans la voiture de l'ambassade. Ils avaient moins d'une heure pour arriver à l'aéroport ; si le trajet était plus long, il manquerait le vol Avianca pour Lisbonne, où il devait prendre un avion de la British Airways pour Londres.

A contrecœur, Anderson, irrité, avait accepté de le conduire.

« Si j'étais sûr que vous quittiez Rio, avait-il dit avec son accent du Sud, j'irais aussi vite que possible et je mettrais les contredanses pour excès de vitesse sur ma note de frais. Vous n'apportez que des ennuis. »

Noël fit la grimace.

« Vous ne croyez pas un mot de ce que je vous ai dit, n'est-ce pas ?

— Bon sang, Holcroft, il faut que je vous le répète ? Il n'y a pas de voiture à l'hôtel ; aucune vitre n'a sauté, et il n'existe aucune preuve que vous ayez jamais loué une voiture.

— J'y suis allé ! Je l'ai louée ! J'ai rencontré Graff !

— Vous lui avez *téléphoné* ! Vous ne l'avez pas *rencontré* ! Je répète : il dit que vous lui aviez téléphoné — vous vouliez regarder sa maison — mais vous n'êtes jamais venu.

— C'est un mensonge ! J'y suis allé ! Après mon départ, deux hommes ont essayé de me tuer. Je me suis battu chez lui avec l'un d'eux.

— Vous êtes bourré, mon vieux.

— Graff était un putain de nazi ! Trente ans après, il l'est toujours et vous le traitez comme un homme d'État.

— Et comment ! dit Anderson. Graff est un V.I.P. On le protège.

— A votre place, je ne m'en vanterais pas.

— Vous vous plantez, Holcroft. En juillet 1944, Graff se trouvait en Allemagne à Wolfsschanze. Il fait partie de ceux qui ont tenté de tuer Hitler. »

10

Fini, la clarté aveuglante du soleil, et ces grands adolescents au corps doré, huilé, en train de jouer sur le sable blanc de Copacabana. A la place, les rues de Londres tachetées de bruine, et les ruelles où s'engouffre le vent. Depuis le pas de leur porte, les gens couraient faire la queue aux arrêts de bus, couraient prendre le train, couraient pour aller au pub. C'était l'heure où les Anglais échappaient à la monotonie de leur journée de travail. Gagner sa vie n'était pas vivre. Noël avait constaté que Londres était la ville du monde où les gens éprouvaient le plus de plaisir à se détendre après leur journée de travail. Et dans les rues, malgré le vent, malgré la pluie, ce plaisir se remarquait. Leur joie éclatait.

Il quitta la fenêtre et revint à son bureau et à son flacon d'argent. Le vol pour Londres avait duré près de quinze heures, et maintenant qu'il était arrivé, il ne savait plus très bien comment procéder. Il avait essayé de réfléchir à bord, mais les événements de Rio et toutes ces informations contradictoires le plongeaient dans le brouillard. Sa forêt vierge était trop dense. Et ça n'était qu'un début...

Graff, un survivant de Wolfsschanze ? *Un des hommes de Wolfsschanze ?* Impossible. Ceux de Wolfsschanze étaient dévoués à la cause de Heinrich Clausen, et les von Tiebolt adhéraient totalement à cette cause. Graff voulait supprimer les von Tiebolt, et il avait donné l'ordre de tuer le fils de Clausen, d'abord sur un parking désert surplombant Rio, et ensuite d'une voiture, le soir.

Les Cararra. Eux aussi étaient compliqués. Qu'est-ce qui pouvait bien les empêcher de quitter le Brésil ? Après tout, ni les aéroports ni les ports ne leur étaient fermés. Il les croyait sincères, mais trop de questions élémentaires restaient sans réponse. Même en s'efforçant d'écarter cette idée, les Cararra avaient quelque chose de louche. Mais quoi ?

Noël se versa à boire et prit le téléphone. Comme point de départ, il avait un nom et un lieu de travail : John Tennyson, au *Guardian*. Les bureaux des journaux ne fermaient pas avant la fin de la journée. Il saurait en quelques minutes si les Cararra avaient dit vrai. S'il existait un certain John Tennyson au *Guardian*, alors il aurait trouvé Johann von Tiebolt. Et là, d'après le document de Genève, la prochaine étape serait que John Tennyson le mène à Gretchen Beaumont, sa sœur aînée, épouse du capitaine Beaumont de la Royal Navy. Il devait la rencontrer ; elle était la clef de l'affaire von Tiebolt.

« Je suis vraiment navré, monsieur Holcroft, dit

poliment le standardiste du *Guardian*, mais malheureusement nous ne pouvons donner ni l'adresse ni le numéro de téléphone de nos journalistes.

— Mais John Tennyson travaille pour votre journal. »

Ce n'était pas une question ; son interlocuteur avait déjà affirmé que Tennyson n'était pas à Londres. Holcroft voulait simplement en avoir la confirmation.

« Mr. Tennyson est l'un de nos envoyés spéciaux sur le continent.

— Comment pourrais-je lui faire parvenir un message ? Tout de suite, c'est urgent. »

L'homme parut hésiter.

« Ce serait difficile, je crois. Mr. Tennyson se déplace beaucoup.

— Allez... Je pourrais descendre acheter votre journal et voir d'où il envoie son article.

— Bien sûr. Mais Mr. Tennyson ne signe pas les dépêches ; seulement les articles de fond.

— Alors comment le contactez-vous quand vous avez besoin de lui ? » coupa Holcroft, convaincu que l'homme se dérobait.

Il hésita et se racla la gorge.

« Eh bien... il y a un pool de messages... Ça demande parfois plusieurs jours.

— Je ne dispose pas de tout ce temps. Il faut que je puisse le joindre immédiatement. »

Le silence qui s'ensuivit était éprouvant pour les nerfs. L'employé du *Guardian* n'avait pas la moindre intention de proposer une solution. Noël tenta autre chose.

« Écoutez, je ne devrais peut-être pas vous le dire... C'est confidentiel... mais il s'agit d'argent. Mr. Tennyson et sa famille ont fait un héritage.

— Je ne savais pas qu'il était marié.

— Je veux dire sa famille à lui. Ses deux sœurs. Vous les connaissez ? Vous savez si elles habitent Londres ? L'aînée a...

— J'ignore tout de la vie intime de Mr. Tennyson, monsieur. Je vous conseille de vous renseigner

121

auprès d'un homme de loi. » Puis, sans avertir, il raccrocha.

Décontenancé, Holcroft reposa le téléphone. Pour ce refus délibéré de coopérer ? Il s'était fait connaître, il avait donné le nom de son hôtel ; pendant quelques instants, l'employé du *Guardian* avait paru écouter, comme s'il voulait l'aider, mais il avait brutalement raccroché.

Le téléphone sonna. Noël allait de surprise en surprise. Personne ne savait qu'il était dans cet hôtel. Sur la déclaration d'immigration, il avait sciemment indiqué le Dorchester au lieu du Belgravia Arms. Il ne voulait pas que quelqu'un — surtout pas quelqu'un de Rio — puisse le suivre. Essayant d'oublier sa douleur à l'estomac, il répondit.

« Oui ?

— Monsieur Holcroft, ici la réception. Nous venons juste d'apprendre que vous n'avez pas eu votre corbeille de bienvenue. Si vous voulez bien nous en excuser... Est-ce que vous resterez dans votre chambre un petit moment ? »

Bon dieu, se dit Noël, des millions et des millions sont bloqués à Genève, et un réceptionniste se fait du souci pour une corbeille de fruits.

« Oui. J'y serai.

— Très bien, monsieur. Le garçon d'étage va monter dans un instant. »

Holcroft raccrocha. La douleur à l'estomac s'était calmée. Son regard s'arrêta sur les annuaires posés sur la dernière étagère de la table de nuit. Il en prit un et l'ouvrit à la lettre T.

Il y avait quatre centimètres de Tennyson, une quinzaine de noms, pas de John mais trois J. Il commencerait par ceux-là. Il souleva le récepteur et fit le premier numéro.

« Allô, John ? »

La personne qui lui répondit s'appelait Julian. Les deux autres J étaient des femmes. Il y avait une Helen Tennyson et pas de Helden. Il appela. Une opératrice lui répondit que la ligne était coupée.

Il rouvrit l'annuaire à B. Il y avait six Beaumont à

Londres sans aucune indication de rang ni d'affilia-tion avec la Royal Navy. Mais il n'avait rien à perdre ; il prit le téléphone et commença à composer le pre-mier numéro.

Avant qu'il ait fini le quatrième numéro, on frappa à la porte ; sa corbeille de bienvenue anglaise arrivait et l'irruption le contraria. Il raccrocha et, cherchant de la monnaie dans sa poche, alla ouvrir la porte.

Deux hommes attendaient, en pardessus, le cha-peau à la main. Le plus grand avait une cinquantaine d'années, des cheveux gris, raides et un visage tanné ; le plus jeune avait à peu près l'âge de Noël, des yeux bleus perçants, des cheveux roux frisés et une petite cicatrice sur le front.

« Oui ?

— Monsieur Holcroft ?

— Oui.

— Noël Holcroft, citoyen américain, passeport numéro F deux-zéro-quatre-sept-huit...

— Je suis Noël Holcroft. Je ne connais pas le numéro de mon passeport par cœur.

— Nous pouvons entrer ?

— Je n'en suis pas sûr. Qui êtes-vous ? »

Les deux hommes tenaient leur carte de police à la main.

« Services secrets militaires britanniques section cinq, dit le plus âgé.

— Pourquoi voulez-vous me voir ?

— C'est une affaire officielle, monsieur. Est-ce que nous pouvons entrer ? »

Hésitant, Noël hocha la tête. La douleur revenait. Peter Baldwin lui avait donné l'ordre d'« annuler Genève », et Peter Baldwin avait fait partie du MI-6. Et les hommes de Wolfsschanze l'avaient tué parce qu'il s'était immiscé dans leurs projets. Est-ce que ces deux hommes savaient la vérité sur la mort de Baldwin ? Savaient-ils qu'il lui avait téléphoné ? Oh ! mon dieu, par le standard de l'hôtel, on pouvait retrouver les numéros de téléphone ! Eux aussi le savaient... Et puis Holcroft se souvint : Baldwin ne l'avait pas appelé ; il était venu chez lui. C'est Noël qui lui avait téléphoné.

Vous ne savez pas ce que vous faites. Je suis le seul à le savoir.

S'il fallait en croire Baldwin, il n'avait rien dit à personne. Dans ce cas, où était le fil conducteur ? Pourquoi les services secrets britanniques s'intéressaient-ils à un Américain nommé Holcroft ? Comment avaient-ils su où le trouver ? *Comment ?*

Les deux Anglais entrèrent. Le plus jeune, aux cheveux roux, traversa la pièce d'un pas rapide, jusqu'à la salle de bain, jeta un coup d'œil, puis revint sur ses pas et se dirigea vers la fenêtre. L'autre resta près du bureau, vérifiant du regard les murs, le sol et la penderie ouverte.

« Ça va, vous êtes entrés maintenant, dit Noël. De quoi s'agit-il ?

— Du Tinamou, monsieur Holcroft, répondit l'homme aux cheveux gris.

— Du quoi ?

— Je répète. Du Tinamou.

— Qu'est-ce que c'est que ce truc-là ?

— En consultant n'importe quelle encyclopédie, vous apprendrez que le Tinamou est un oiseau qui niche au sol, que son plumage lui permet de se confondre avec son environnement, et que ses vols intermittents l'emmènent d'un endroit à l'autre.

— C'est passionnant, mais je ne sais pas du tout de quoi vous parlez.

— Nous pensons le contraire, dit le plus jeune, qui était près de la fenêtre.

— Vous vous trompez. Je n'ai jamais entendu parler de ce type d'oiseau, et je ne vois pas pourquoi j'aurais dû. De toute évidence, vous faites allusion à autre chose, mais je ne vois pas à quoi.

— De toute évidence, coupa l'agent qui était près du bureau, nous ne parlons pas d'un oiseau. Le Tinamou est un homme ; mais la description s'y applique parfaitement.

— Pour moi, il n'évoque rien.

— Je peux vous donner un conseil ? »

Le plus âgé parla d'un ton cassant, exaspéré.

« Mais oui. De toute façon, je n'y comprendrai probablement rien.

— Vous avez tout à fait intérêt à collaborer avec nous. Il est possible qu'on vous manipule, mais franchement, nous en doutons. Mais si vous nous aidez, nous ferons comme si on vous *avait manipulé*. Je pense que c'est de bonne guerre.

— C'est bien ce que je disais, je n'y comprends rien.

— Dans ce cas, je vais tirer certains détails au clair. Vous avez cherché à vous renseigner sur John Tennyson, Johann von Tiebolt, qui a émigré au Royaume-Uni il y a à peu près six ans. Il parle plusieurs langues, et c'est un des correspondants du *Guardian*.

— L'employé du *Guardian*, l'interrompit Noël. Il vous a appelé — ou il a chargé quelqu'un de le faire. C'est pour ça qu'il a gagné du temps, pour ensuite raccrocher brusquement. Et cette putain de corbeille ; c'était pour s'assurer que je ne sortirais pas. Qu'est-ce que veut dire toute cette histoire ?

— Est-ce que nous pouvons vous demander pourquoi vous cherchez John Tennyson ?

— Non.

— Vous avez déclaré, ici et à Rio de Janeiro, qu'il s'agit d'une somme d'argent...

— *Rio de...* ! Seigneur !

— Que vous êtes un « intermédiaire », poursuivit l'Anglais. C'est le terme que vous avez employé.

— C'est une affaire confidentielle.

— Pour nous, c'est une affaire internationale.

— Pourquoi ?

— Parce que vous essayez de remettre de l'argent à quelqu'un. Si vous appliquez les règles, il s'agit des trois quarts du règlement total.

— Du règlement de quoi ?

— D'un assassinat.

— Un *assassinat* ?

— Oui. Dans les banques de données de près de la moitié du monde civilisé, le Tinamou n'a qu'une description : « assassin ». Et ce n'est pas un exécutant. De plus, nous avons toutes les raisons de croire que Johann von Tiebolt, alias John Tennyson, est le Tinamou. »

Noël était atterré. Il réfléchissait à toute vitesse. Un assassin ! C'était ce que Peter Baldwin essayait de lui dire ? Que l'un des héritiers de Genève était un assassin ?

Je suis le seul à le savoir. Les paroles de Baldwin.

Si c'était vrai, jamais il ne dirait pourquoi il voulait retrouver John Tennyson. Cela provoquerait des controverses à Genève ; des procédures seraient engagées. Son *pacte* perdrait sa raison d'être. Il empêcherait cela ; maintenant il le savait. Pourtant, il était vital que son désir de retrouver Tennyson soit au-dessus de tout soupçon, sans aucune relation possible avec le Tinamou.

Le Tinamou ! Un assassin ! Cette nouvelle était des plus explosives. Si MI-5 avait dit vrai, les banquiers de Genève suspendraient toute discussion, fermeraient les coffres et attendraient la génération suivante. Mais toute décision de faire avorter le *pacte* serait prise pour sauver les apparences. Si Tennyson était ce fameux Tinamou, il serait pris, écarté de toute association avec le compte de Genève, et le pacte serait toujours valide. Ils allaient réparer. Selon les conditions stipulées dans le document, c'était la sœur aînée la clef, pas le frère.

Un assassin ! Seigneur !

Procédons par ordre. Holcroft devait dissiper les doutes des deux hommes. Il le savait. D'un pas incertain, il alla s'asseoir, et se pencha en avant.

« Écoutez-moi, dit-il d'une voix que l'étonnement affaiblissait. Je vous ai dit la vérité. J'ignore tout du Tinamou, ou d'un assassin quelconque. C'est avec la *famille* von Tiebolt que je dois traiter, pas avec un membre de cette famille en particulier. J'essayais de mettre la main sur Tennyson parce qu'on m'avait dit que von Tiebolt c'était lui, et qu'il travaillait au *Guardian*. C'est tout.

— Alors, dit le rouquin, vous allez peut-être nous révéler la nature de cette affaire. »

Fonder le mensonge sur une semi-vérité.

« Je vais vous dire ce que je sais, mais ce n'est pas beaucoup. J'ai reconstitué une partie des faits avec ce que j'ai appris à Rio. C'est absolument confidentiel et il s'agit d'argent. — Noël prit une profonde inspiration et chercha son paquet de cigarettes. — Les von Tiebolt ont hérité ; ne me demandez pas de qui, je l'ignore, et l'avocat refuse de me le dire...

— Comment s'appelle cet avocat ? demanda l'homme aux cheveux gris.

— Je ne peux pas vous le dire sans autorisation », répondit Holcroft en allumant une cigarette...

D'une cabine de Londres, qui pourrait-il bien appeler à New York ?...

« Nous vous le demanderons peut-être, dit le plus âgé. Continuez, s'il vous plaît.

— J'ai découvert à Rio que les von Tiebolt étaient méprisés par la communauté allemande. J'ai l'impression — c'est une simple idée — qu'à un moment donné ils se sont opposés aux nazis en Allemagne, et quelqu'un, peut-être un Allemand antinazi — ou plusieurs —, leur a laissé de l'argent.

— En Amérique ? » demanda le rouquin.

Noël sentit le piège, mais il était prêt... *Être cohérent*.

« Évidemment, la personne qui a laissé de l'argent aux von Tiebolt habitait les États-Unis depuis longtemps. Si elle est arrivée en Amérique après la guerre, on peut supposer que son carnet de santé était vierge. D'un autre côté, ce sont peut-être des membres de sa famille qui sont arrivés là-bas il y a des années. Franchement, je n'en sais rien.

— Pourquoi vous a-t-on choisi comme intermédiaire ? Vous n'êtes pas avocat.

— Non, mais l'avocat est un de mes amis, répondit Holcroft. Il sait que je voyage beaucoup, que je devais me rendre au Brésil pour un client... Je suis architecte. Il m'a demandé d'aller voir des gens, il m'a donné une liste de noms, dont ceux de gens de l'immigration. »

La simplicité, éviter les complications.

« C'était beaucoup demander, non ? » La question du rouquin trahissait son scepticisme.

« Pas vraiment. Il m'a rendu des services, je peux

bien lui renvoyer l'ascenseur. » Noël prit une bouf-
fée. « C'est incroyable, ça avait commencé très simplement... enfin... c'est vraiment incroyable.

— On vous a dit que Johann von Tiebolt était
John Tennyson et qu'il travaillait à Londres, ou que
c'était là son point de chute, dit le plus âgé en regardant Noël, les mains dans les poches de son pardessus. Alors, vous avez décidé de venir en Angleterre,
depuis le Brésil pour le retrouver. *Et tout ça pour
rendre service*... Oui, monsieur Holcroft, je dirai que
c'est incroyable. »

Noël leva les yeux et fixa l'homme aux cheveux
gris. Il se souvint des paroles de Sam Buonoventura :
je me suis mis en colère...

« Hé ! minute ! Je n'ai pas fait ce voyage de Rio à
Londres spécialement pour voir les von Tiebolt. Je
dois aller à Amsterdam. Si vous téléphonez à mon
bureau de New York, vous saurez que j'ai du travail à
Curaçao. Pour votre gouverne, c'est hollandais et je
vais à Amsterdam pour une série de discussions sur
la conception du projet. »

L'expression de l'homme aux cheveux gris se
radoucit.

« Je vois, dit-il calmement. Il est possible que nos
conclusions soient fausses, mais vous comprendrez,
je pense, pourquoi nous en sommes arrivés là. Nous
vous devons peut-être des excuses. »

Satisfait, Noël réprima un sourire. Il avait retenu
la leçon, et menti tout en restant vigilant.

« Pas de problème, répondit-il. Mais maintenant je
suis curieux. Ce Tinamou. Comment savez-vous que
c'est von Tiebolt ?

— Nous n'en sommes pas sûrs, répondit l'homme
aux cheveux gris, nous espérions que vous nous le
confirmeriez. Je crois qu'on s'est trompé.

— C'est le moins qu'on puisse dire. Mais pourquoi
Tennyson ? Je pourrais peut-être dire à l'avocat de
New York que...

— Non, coupa l'Anglais. Ne faites pas ça. Vous ne
devez en parler à personne.

— C'est un peu tard, non ? dit Holcroft, jouant le

tout pour le tout. Je n'ai pris aucun engagement avec vous, mais j'en ai avec cet avocat. C'est un ami. »

Les deux hommes du MI-5 échangèrent un regard inquiet.

« Au-delà de tout engagement amical, dit le plus âgé, je vous rappelle que vous avez une responsabilité bien plus importante. Votre gouvernement peut vous le prouver. Il s'agit d'une investigation extrêmement délicate. Le Tinamou est un tueur international qui choisit ses victimes parmi d'éminentes personnalités.

— Et vous croyez que c'est Tennyson ?

— Nous n'avons que des présomptions, mais sérieuses.

— Rien de décisif, malgré tout.

— Rien de décisif.

— Il y a quelques minutes vous paraissiez plus affirmatif.

— Il y a quelques minutes, on essayait de vous tendre un piège. C'est une simple technique.

— Sacrément déplaisante.

— Sacrément efficace, dit le rouquin à la cicatrice sur le front.

— Quelles sont les présomptions dont vous parliez ?

— Vous comprenez bien qu'il s'agit de quelque chose de strictement confidentiel ? demanda l'agent le plus âgé. Cette requête peut être transmise par les fonctionnaires d'autorité de votre pays, si vous le désirez. »

Holcroft réfléchit.

« Bon, je n'appellerai pas New York ; je ne dirai rien. Mais il me faut des renseignements.

— Nous n'avons pas l'habitude de discutailler. »

Le plus jeune parla d'un ton sec, avant d'être interrompu par son acolyte.

« Il n'est pas question de discutailler, dit Noël, j'ai dit que je voulais contacter un des membres de la famille, et je pense que je devrais le faire. Où est-ce que je peux rencontrer les sœurs de Tennyson ? L'une est mariée à un commandant de la Royal

Navy, un certain Beaumont. L'avocat de New York est au courant. Il essaiera de la retrouver si moi je ne le fais pas. Par conséquent, je pourrais aussi bien le faire.

— Il vaudrait mieux que ce soit nous, renchérit l'homme aux cheveux gris. Nous sommes persuadés qu'aucune de ces dames ne connaît les activités de son frère. D'après ce que nous avons constaté, la famille n'est pas très unie. Jusqu'à quel point, nous l'ignorons. Franchement, on se serait volontiers passé de votre intervention. Nous ne voulons pas donner l'alarme. Il est infiniment préférable d'avoir la situation en main.

— Il n'y aura pas d'alarme, dit Noël. Je transmettrai le message et poursuivrai mon voyage.

— Vers Amsterdam ?

— Vers Amsterdam.

— Oui, bien sûr. L'aînée est mariée au commandant Anthony Beaumont ; c'est sa deuxième femme. Ils habitent près de Portsmouth, à plusieurs kilomètres au nord de la base navale, dans la banlieue de Portsea. Il est dans l'annuaire. La plus jeune vit à Paris depuis peu de temps. Elle est traductrice pour les Éditions Gallimard, mais elle n'habite pas à l'adresse donnée par la maison d'édition. Nous ne savons pas où. »

Holcroft se leva et passa entre les deux hommes pour aller vers le bureau. Il prit le stylo de l'hôtel et écrivit sur le bloc :

« Anthony Beaumont... Portsmouth... Éditions Gallimard... comment vous épelez "Gallimard" ? »

L'agent aux cheveux gris le lui dit.

« Je téléphonerai dans la matinée et j'enverrai un mot à New York, dit Noël se demandant combien de temps durait le trajet jusqu'à Portsmouth. Je dirai à l'avocat que j'ai pu contacter les sœurs, mais pas le frère. D'accord ?

— On ne parviendra pas à vous dissuader de continuer ?

— Non. Il faudrait que j'explique pourquoi, et ce n'est pas ce que vous recherchez.

130

— Très bien. Dans ce cas, c'est un moindre mal.

— D'après vous, pourquoi est-ce Tennyson, le Tinamou ? Vous me devez bien cette explication. »

Le plus âgé réfléchit.

« Peut-être, dit-il. J'insiste encore sur la nature confidentielle de cette information.

— A qui le dirais-je ? Nous n'avons pas les mêmes créneaux.

— Très bien, dit l'homme aux cheveux gris. Comme vous venez de le dire, nous vous devons bien ça. Mais vous savez, cela nous donne un droit de regard. Peu de gens sont au courant. »

Holcroft se raidit. Il n'eut aucun mal à montrer sa colère.

« Et je suppose que peu de gens ont eu à recevoir des hommes comme vous, qui les accusent d'utiliser les services d'un assassin. Si on était à New York, je vous traînerais en justice.

— Bon, bon. On a découvert un schéma répétitif ; mais comme nous n'avions que des présomptions, nous avons étudié le cas d'une personne en particulier. Pendant plusieurs années, Tennyson a été vu là — ou aux alentours des endroits — où se produisaient ces meurtres. C'était troublant. Effectivement, il couvrait les événements pour le *Guardian*. Il y a un ou deux ans par exemple, il a découvert le meurtre de cet Américain à Beyrouth, le type de l'ambassade, qui, bien sûr, faisait partie de la C.I.A. Trois jours avant, Tennyson était à Bruxelles ; tout d'un coup il se retrouvait à Téhéran. On a commencé à examiner son cas, et on a appris des choses surprenantes. Nous pensons que le Tinamou c'est lui. C'est un homme absolument brillant, et probablement complètement fou.

— Qu'est-ce que vous avez découvert ?

— Pour commencer, vous connaissez son père ? Un des premiers nazis, un boucher de la pire espèce...

— Vous en êtes sûr ? — Noël posa la question trop vite. — Je veux dire qu'il n'y a pas forcément de lien...

— Non, je suppose que non, dit l'agent aux cheveux gris. Mais la suite des événements est curieuse. Tennyson est un perfectionniste, un véritable obsédé. Il avait obtenu deux diplômes d'université au Brésil, à l'âge où la plupart des étudiants s'inscrivent en première année. Il parle cinq langues couramment. Il a été un homme d'affaires extrêmement prospère en Amérique du Sud ; il a amassé beaucoup d'argent... Ce ne sont pas vraiment les références d'un correspondant de presse.

— Les gens changent. Leurs sujets d'intérêt aussi. Tout ça, ce sont des présomptions plutôt faiblardes.

— Les circonstances dans lesquelles il a commencé à travailler renforcent la conjecture, dit le plus âgé. Au *Guardian*, personne ne se souvient quand ni comment il a été engagé. Un beau jour, une semaine avant son premier papier envoyé d'Anvers, son nom est simplement apparu sur les fiches de paie. Personne n'avait jamais entendu parler de lui.

— Il a bien fallu que quelqu'un l'engage.

— Oui. Celui qui a signé le compte rendu de la première entrevue et la lettre d'engagement est mort dans un curieux accident de métro, avec cinq autres personnes.

— Une rame de métro à Londres... dit Holcroft. Je me rappelle avoir vu ça dans le journal.

— Ils ont appelé ça une erreur d'aiguillage, mais... à d'autres... Le conducteur avait dix-huit ans d'expérience. C'était tout simplement un meurtre. Avec les compliments du Tinamou.

— Vous ne pouvez pas l'affirmer, dit Holcroft. Une erreur est une erreur. Et les autres... coïncidences ? Là où les autres meurtres se sont produits ?

— J'ai mentionné Beyrouth. Il y a eu aussi Paris. Une bombe sous la voiture du ministre du Travail dans la rue du Bac, il est mort sur le coup. Tennyson était à Paris ; la veille il se trouvait à Francfort. Sept mois plus tôt, pendant les émeutes de Madrid, un membre du gouvernement a été abattu. On a tiré d'une fenêtre du quatrième étage. Tennyson était à Madrid ; il était arrivé en avion de Lisbonne quelques heures avant. Il y en a d'autres. Ça continue.

132

— Est-ce que vous l'avez déjà interrogé ?

— Deux fois. Pas en tant que suspect, bien sûr, mais en tant qu'expert et témoin. Tennyson est l'arrogance personnifiée. Il a prétendu avoir analysé les secteurs d'agitation sociale et politique, et ensuite, sachant que violence et meurtres s'y produiraient, avoir écouté son intuition. Il a eu le culot de nous faire la leçon ; il a dit qu'on devrait apprendre à anticiper, plutôt que d'être pris au dépourvu.

— Y a-t-il une chance qu'il dise vrai ?

— Si vous voulez nous insulter, c'est gagné. A en juger par cette soirée on le mérite peut-être. »

11

D'après l'agence de location de voitures, Portsmouth se trouvait à environ une centaine de kilomètres, le chemin était bien indiqué, et la circulation serait fluide. Il était six heures cinq. Il pourrait être à Portsea avant neuf heures, se dit Noël, s'il se contentait d'un sandwich sur le pouce à la place du dîner.

Il avait eu l'intention d'attendre le lendemain matin, mais un coup de fil pour vérifier les dires du MI-5 en avait décidé autrement. Depuis sa conversation au téléphone avec Gretchen Beaumont, il avait préféré ne pas perdre de temps.

Son mari, le commandant, était en mission en Méditerranée ; demain à midi, elle partait en « vacances d'hiver » pour le sud de la France, où le commandant et elle passeraient un week-end ensemble. Si Mr. Holcroft voulait la voir pour des questions familiales, il faudrait que ce soit ce soir.

Il lui affirma qu'il serait là le plus vite possible, se disant en raccrochant qu'elle avait une des voix les plus bizarres qu'il ait jamais entendues. Pas à cause de son accent inhabituel, teinté de portugais et d'allemand, car c'était logique, mais de sa façon de parler, floue, hésitante. Hésitante ou creuse, difficile à dire. La femme du commandant lui fit clairement comprendre — malgré sa diction parfois heurtée — qu'en dépit du caractère confidentiel de leur entretien, un aide de camp serait dans la pièce adjacente. Holcroft la voyait comme une *Hausfrau* d'un certain âge, aimant la bonne vie, et plutôt contente de son physique.

A quatre-vingts kilomètres au sud de Londres, il constata qu'il était largement dans les temps — il n'y avait pas beaucoup de circulation, et sur la route, le panneau indiquait « Portsea 25 miles ».

Il était à peine huit heures dix. Il pouvait ralentir et rassembler ses esprits. Gretchen Beaumont lui avait donné des indications précises ; il trouverait la maison sans difficulté.

Pour une femme imprécise, elle lui avait indiqué le chemin avec une grande justesse. C'était un peu en contradiction avec sa façon de parler, comme si des éclairs de réalité avaient brusquement percé des nuages de brume rêveuse.

Il ne savait rien sur elle. Il était l'intrus, l'inconnu qui avait mentionné un fait de toute première importance, qu'il ne lui révélerait que personnellement.

Comment le lui expliquer ? Comment expliquer à l'épouse d'un certain âge d'un officier de la marine britannique qu'elle était la clef d'un coffre contenant sept cent quatre-vingts millions de dollars ?

Il s'inquiétait ; ce n'est pas ainsi que l'on arrive à convaincre. Et convaincant, il devait l'être ; il ne pouvait se permettre aucune faiblesse, aucun artifice. Et puis l'idée lui vint de lui dire la vérité, telle que Heinrich Clausen l'avait perçue. C'était le meilleur moyen de pression.

Oh ! mon Dieu ! Faites qu'elle comprenne !

Il quitta l'autoroute, tourna deux fois à gauche, et traversa une banlieue paisible, bordée d'arbres, sur deux kilomètres, comme convenu. Il trouva la maison facilement, se gara devant, et sortit de la voiture.

Il ouvrit le portail et monta le chemin qui menait à la porte. Il n'y avait pas de sonnette, mais un heurtoir de bronze, et il frappa doucement. La maison était conçue simplement. De larges fenêtres dans le salon, des petites en face, côté chambre ; une façade en vieilles briques, sur des fondations en pierre ; une maison solide, faite pour durer, sans rien d'ostentatoire, et probablement peu coûteuse. Il avait dessiné des maisons de ce genre ; c'était en général des résidences secondaires au bord de l'eau, que les couples hésitaient à s'offrir. Ce genre de maison représentait la résidence idéale pour un militaire de carrière avec un budget militaire : simple, en bon état, et facile à entretenir.

Gretchen Beaumont vint elle-même lui ouvrir. La vision qu'il avait eue d'elle au téléphone s'évanouit comme s'il avait reçu un coup dans l'estomac. Pour parler simplement, la femme qui se trouvait devant la porte était l'une des plus belles qu'il ait jamais vues. Qu'elle soit une femme en devenait presque secondaire. On aurait dit une statue, l'œuvre d'art idéale qu'un sculpteur aurait travaillée dans la glaise encore et encore avant que le ciseau ne touche la pierre. De taille moyenne, avec de longs cheveux blonds encadrant un visage aux traits fins, parfaitement bien dessinés ; elle était trop parfaite, trop sculpturale... trop froide. Pourtant, ses grands yeux atténuaient cette froideur ; ils étaient bleu clair, et interrogateurs, ni amicaux ni hostiles.

« Monsieur Holcroft ? demanda-t-elle d'une voix langoureuse qui rappelait à la fois l'Allemagne et le Brésil.

— Oui, madame Beaumont. Merci d'avoir accepté de me recevoir. Je vous demande de me pardonner cette intrusion.

— Entrez, je vous en prie. »

Elle fit un pas en arrière pour le laisser passer. Dans l'entrée, son visage d'une extraordinaire beauté, que les années n'avaient pas altérée, l'avait frappé ; mais il était impossible maintenant de ne pas remarquer son corps, mis en valeur par une robe transparente, et dont la beauté était d'une qualité différente de celle de son visage. Il n'y avait là aucune froideur, seulement de la chaleur. Sa robe translucide, à grand col, déboutonnée jusqu'au milieu des seins lui collait à la peau. On voyait qu'elle ne portait pas de soutien-gorge. De chaque côté, au milieu de la chair pulpeuse, le bout de ses seins dressés frottait contre le tissu.

Quand elle bougeait, le mouvement lent, fluide, de ses cuisses et de son ventre était une danse sensuelle. Elle ne marchait pas, elle dansait — corps somptueux qui réclamait le regard, prélude au plaisir.

Pourtant, le visage restait froid et les yeux distants ; interrogateurs, mais distants. Et Noël était intrigué.

« Vous avez fait un long voyage, dit-elle, en désignant un sofa contre le mur. Asseyez-vous. Puis-je vous proposer quelque chose à boire ?

— Volontiers.

— Qu'est-ce que vous aimeriez ? »

Elle restait là devant lui, l'empêchant d'atteindre le canapé, ses yeux bleu clair plongeant dans les siens. Le tissu transparent révélait sa poitrine, tout près. Le bout de ses seins était dur et se soulevait à chaque respiration.

« Un scotch, si vous en avez, dit-il.

— En Angleterre, c'est un « whiskey », non ? demanda-t-elle en se dirigeant vers un bar contre le mur.

— C'est un whiskey », dit-il, en s'enfonçant au milieu des coussins moelleux du sofa.

Il essaya de ne regarder que le visage de Gretchen ; c'était difficile, et elle le savait. La femme du commandant n'avait pas de raison de le provoquer, ni de porter une tenue particulière pour remplir son rôle. Mais pourquoi l'avait-elle fait ?

Elle lui apporta son scotch. En le prenant, il frôla sa main et au lieu de refuser le contact, elle appuya un instant ses doigts contre les siens. Puis elle fit quelque chose d'étrange ; elle s'assit sur un coussin de cuir à quelques mètres de lui, et le regarda.

« Vous n'allez pas vous joindre à moi ? demanda-t-il.

— Je ne bois pas.

— Dans ce cas, vous préféreriez peut-être que je fasse de même ? »

Elle eut un rire de gorge.

« Je n'ai aucune sorte d'objection morale. Ce ne serait guère approprié, pour une femme d'officier. Je suis tout simplement incapable de boire ou de fumer. Les deux me montent à la tête. »

Il la regarda par-dessus le bord du verre. Elle continuait à le fixer d'un air inquiétant, sans ciller, calmement, toujours distante, et il aurait souhaité qu'elle détournât son regard.

« Vous m'avez dit au téléphone que l'un des aides de camp de votre mari serait dans la pièce à côté. Est-ce que vous voudriez nous présenter ?

— Il n'a pas pu venir.

— Oh ! j'en suis désolé.

— Vous l'êtes vraiment ? »

C'était très bizarre. La femme se comportait comme une courtisane incertaine de son standing, ou comme une poule de luxe en train d'évaluer le porte-monnaie d'un nouveau client. Elle se pencha pour ramasser un fil imaginaire sur le tapis étalé à ses pieds. Le geste était naïf, l'effet recherché trop évident. L'échancrure de sa robe révéla sa poitrine. Elle ne pouvait pas l'ignorer. Il devait réagir ; elle s'y attendait. Mais sa réaction ne serait pas celle qu'elle anticipait. Un père avait réclamé son aide à grands cris ; il ne pouvait y avoir aucune interférence. Même pas celle d'une courtisane amateur.

Une courtisane amateur qui était la clef de Genève.

« Madame Beaumont, dit-il, en posant son verre avec difficulté sur une petite table à côté du sofa, vous êtes une femme absolument charmante, et rien ne me plairait davantage que de rester ici pendant des heures, en buvant quelques verres, mais nous avons à parler. J'ai voulu vous rencontrer parce que j'ai des révélations extraordinaires à vous faire. Cela nous concerne tous les deux.

— Tous les deux ? dit Gretchen en appuyant sur le

dernier mot. Je vous en prie, monsieur Holcroft, parlez. Je ne vous ai jamais vu ; je ne vous connais pas. Comment ces révélations peuvent-elles nous concerner tous les deux ?

— Il y a des années, nos pères se connaissaient. »

En entendant le mot « père », elle se raidit.

« Je n'ai pas de père.

— Vous en aviez un, dit-il, en Allemagne, il y a plus de trente ans. Vous vous appelez von Tiebolt. Vous êtes l'aînée des enfants de Wilhelm von Tiebolt. »

Gretchen inspira profondément et détourna les yeux.

« Je ne désire pas en écouter davantage.

— Je comprends ce que vous ressentez, répliqua Noël. J'ai eu la même réaction. Mais vous avez tort. Et j'avais tort.

— Tort ? demanda-t-elle en écartant la longue mèche blonde qui lui balaya la joue quand elle tourna la tête. Vous êtes présomptueux. Nous n'avons peut-être pas eu la même façon de vivre. Je vous en prie, ne me dites pas que j'ai tort. Vous ne pouvez pas vous le permettre.

— Laissez-moi simplement vous dire ce que j'ai appris. Lorsque j'aurai terminé, vous pourrez prendre votre décision. L'important, c'est que vous sachiez. Et que vous me souteniez, bien entendu.

— Soutenir quoi ? Savoir quoi ? »

Noël était ému, comme s'il était sur le point de prononcer les phrases les plus décisives de son existence. Avec quelqu'un de normal, la vérité suffirait, mais Gretchen Beaumont n'était pas quelqu'un de normal ; ses plaies étaient encore à vif. Il faudrait plus que la vérité ; il faudrait une énorme conviction.

« Il y a deux semaines, j'ai pris l'avion pour Genève, afin de rencontrer un banquier, Manfredi... »

Il lui raconta tout, sans rien omettre, que les hommes de Wolfsschanze.

Il lui donna les chiffres : sept cent quatre-vingts millions pour les survivants de l'Holocauste et leurs descendants. Dans le monde entier. Deux millions à l'aîné des enfants, qu'il utiliserait à sa convenance, six mois — plus peut-être — d'un engagement collectif.

Il finit par lui raconter le pacte de mort qu'avaient conclu les trois hommes qui s'étaient suicidés une fois seulement après que chaque détail fut bien en place. Quand il eut terminé, il sentit des gouttes de sueur couler sur son front.

« C'est à nous de jouer, maintenant, dit-il. Et au fils de Kessler, à Berlin. C'est à nous trois d'achever ce qu'ils ont commencé.

— Tout ça paraît tellement incroyable, dit-elle calmement. Mais je ne vois vraiment pas en quoi cela me concerne. »

Son calme, sa sérénité l'étonnèrent. Elle l'avait écouté en silence pendant près d'une demi-heure, elle avait entendu des choses qui auraient dû la bouleverser ; pourtant, elle n'en laissait rien paraître. Aucune réaction.

« Vous n'avez pas compris ce que je vous ai dit ?

— Je comprends que vous soyez très chagriné, dit Gretchen Beaumont, de sa voix douce et rêveuse, mais je l'ai presque toujours été moi aussi, monsieur Holcroft. Par la faute de Wilhelm von Tiebolt. Il ne m'est rien.

— Il le savait. Vous ne comprenez donc pas ? Il a essayé de se rattraper.

— Avec de l'argent ?

— C'est plus que de l'argent. »

Gretchen se pencha ; lentement, elle tendit la main, et lui toucha le front... Les doigts tendus, elle essuya les gouttes de transpiration. Noël resta immobile, incapable de détourner son regard du sien.

« Est-ce que vous saviez que j'étais la seconde femme du commandant Beaumont ?

— Oui, on me l'a dit.

— Le divorce fut une période difficile pour lui. Pour moi aussi, bien sûr, mais pour lui surtout. Mais il a oublié ; moi pas.

— Que voulez-vous dire ?

— Je suis l'intruse. L'étrangère. Une briseuse de mariages. Lui, il a son travail. Il part en mer. Moi, je vis parmi ceux qui restent à terre. Dans des circonstances normales, la vie d'une femme d'officier de marine est plutôt solitaire. Elle peut devenir difficile lorsqu'on est mise au ban de la société.

— Vous deviez vous y attendre.

— Bien sûr.

— Eh bien, puisque vous vous y attendiez ?... »

Ne sachant pas où elle voulait en venir, il laissa la question en suspens.

« Pourquoi j'ai épousé le commandant Beaumont ? C'est ce que vous voulez savoir ? »

Non ! il ne voulait surtout rien savoir ! La vie intime de Gretchen Beaumont ne l'intéressait pas. Genève seule importait ; mais il avait besoin de sa coopération.

« Je présume que les sentiments vous motivaient ; c'est en général pour cela que les gens se marient. Je voulais simplement dire que vous auriez pu essayer de diminuer la tension. Vous pourriez vivre un peu plus loin de la base navale, avoir d'autres amis. »

Il voulait poursuivre la conversation à tout prix, un peu maladroitement. Il cherchait simplement à briser son exaspérante réserve.

« Ma question est plus intéressante. Pourquoi ai-je épousé Beaumont ? » Une fois de plus, sa voix flottait, s'élevait tranquillement dans les airs. « Vous avez raison, c'est une question de sentiments. Rien de plus simple. »

Elle toucha son front encore une fois, et quand elle se pencha en avant, sa robe laissa entrevoir ses jolis seins nus. Noël était fatigué, excité, et en colère.

Il devait lui faire comprendre qu'à côté de Genève, ses préoccupations d'ordre personnel ne signifiaient rien ! Pour cela, il devait gagner sa sympathie ; mais il ne devait pas la toucher.

« Bien entendu, dit-il ; vous l'aimez.

— Je le déteste. »

Sa main n'était plus qu'à quelques centimètres de son visage, il voyait ses doigts flous au coin de ses yeux.

Flous parce qu'il ne détachait pas son regard du sien.

Il n'osait pas le détourner. Et il n'osait pas la toucher non plus.

« Dans ce cas, pourquoi l'avez-vous épousé ? Pourquoi restez-vous avec lui ?

— Je vous l'ai dit. C'est tout simple. Le commandant Beaumont a un peu d'argent ; dans le cadre du service de son gouvernement, c'est un officier hautement respecté, un homme insipide, ennuyeux, qui se sent davantage chez lui sur un bateau que partout ailleurs. Tout cela donne une petite niche bien calme et bien tranquille. Je suis dans un cocon. »

Voilà l'argument massue ! Genève allait le lui fournir.

« Avec deux millions de dollars, vous pourriez vous constituer un cocon très protégé, madame Beaumont. Bien meilleur que celui-ci.

— Peut-être. Mais il faudrait que je quitte celui-ci pour le construire. Il faudrait que je sorte...

— Pas longtemps.

— Et qu'arriverait-il ? » Elle continuait, ignorant l'interruption. « Je ne veux pas y penser ; ce serait trop difficile. Vous savez, monsieur Holcroft, presque toute ma vie j'ai été malheureuse, mais je ne cherche pas à apitoyer les gens. »

Elle était vraiment pénible ! Il avait envie de la gifler.

« J'aimerais bien revenir à la situation à Genève », dit-il.

Elle se réinstalla sur le pouf en croisant les jambes.

Sa robe transparente relevée au-dessus des genoux, ses cuisses à la peau douce bien en évidence. La pose était séduisante, mais les paroles point.

« Mais j'y suis revenue, dit-elle. Maladroitement peut-être, mais j'essaie de vous expliquer. J'ai quitté Berlin enfant. Nous étions sans cesse en train de courir, jusqu'à ce que ma mère, mon frère et moi trouvions au Brésil un sanctuaire qui se révéla être un enfer. J'ai traversé toutes ces années sans être vraiment là. Je suivais mon instinct, les occasions, les hommes, mais je ne faisais que suivre. Je n'ai jamais mené le jeu. J'ai pris le moins de décisions possible.

— Je ne comprends pas.

— Si vous vous occupez d'une affaire qui concerne ma famille, alors vous devrez vous adresser à mon frère Johann. C'est lui qui prend les décisions. Il nous a fait sortir d'Amérique du Sud après la mort de ma mère. Le von Tiebolt qu'il vous faut, c'est lui. »

Noël réprima son envie de se mettre en colère. Il soupira en silence, abattu et frustré. Johann von Tiebolt était le seul membre de la famille qu'il devait absolument éviter, mais il ne pouvait pas dire à Gretchen Beaumont pourquoi.

« Où est-il ? demanda-t-il, d'une manière purement rhétorique.

— Je n'en sais rien. Il travaille pour le *Guardian*, en Europe.

— Où ça en Europe ?

— Je n'en ai pas la moindre idée. Il se déplace beaucoup.

— On m'a dit que la dernière fois qu'on l'a vu, c'était au Bahreïn.

— Dans ce cas vous en savez plus que moi.

— Vous avez une sœur.

— Helden. Quelque part dans Paris. »

Nous étudierons le cas de chaque enfant...

Celui de Johann avait été examiné, et on avait jugé, à tort ou à raison, qu'il devait être disqualifié. Il attirerait l'attention là où il fallait faire preuve de la plus grande discrétion. Et cette femme étrange et très belle serait-elle aussi refusée par Genève ? Incompétente. C'était aussi simple que cela.

Paris-Helden von Tiebolt.

Distrait, Noël prenait son paquet de cigarettes. Il pensait à une inconnue, traductrice pour une maison d'édition à Paris. Ses pensées l'absorbaient à un tel point qu'il ne remarquait pas ce qui se passait devant lui. Puis il regarda Gretchen Beaumont.

La femme du commandant s'était levée et elle

avait déboutonné sa robe jusqu'à la taille. Lentement, elle écarta les plis de la soie. Ses seins jaillirent, leur pointe tendue par l'excitation. Elle souleva sa jupe des deux mains ; la ramenant au-dessus de ses cuisses et resta ainsi, juste devant lui. Il émanait d'elle un parfum délicat, d'une sensualité aussi provocante que ses jambes nues. Elle s'assit à côté de lui, tremblante, la robe relevée au-dessus de la taille. Elle gémit et le prit par la nuque, attirant ses lèvres vers elle. Elle ouvrit la bouche en recevant la sienne ; la respiration haletante, elle suçait son haleine tiède mêlée de salive. Elle posa la main sur son pantalon et prit son sexe... fort, doucement, fort. *Plus fort.* Elle perdit brusquement tout contrôle, gémissant plaintivement. Elle s'appuya contre lui.

Elle interrompit son baiser pour murmurer :

« Demain, je vais en Méditerranée rejoindre un homme que je hais. Ne dis rien. Donne-moi juste cette nuit. *Cette nuit !* »

Elle s'écarta légèrement. Ses pupilles étaient tellement dilatées qu'on aurait dit une folle. Lentement, elle se souleva au-dessus de lui ; il ne voyait plus que sa peau laiteuse. Elle continuait à trembler. Elle glissa une jambe nue par-dessus la sienne et se leva. Elle attira son visage vers son ventre et lui prit la main. Il se leva, l'enlaçant. Elle tenait sa main dans les siennes, et ils se dirigèrent vers la porte de la chambre. En entrant, il entendit sa voix monocorde, une voix d'un autre monde.

« Johann m'a dit qu'un jour un homme viendrait me parler d'un certain pacte. Il fallait que je sois gentille avec lui et que je me souvienne de tout ce qu'il dirait. »

12

Holcroft s'éveilla dans un sursaut. Pendant quelques secondes il oublia où il était ; puis il se souvint. Gretchen Beaumont l'avait conduit dans la chambre en faisant cette incroyable remarque. Il avait essayé d'insister pour en savoir davantage, mais elle n'était pas en état de lui répondre. Elle était en transe, elle avait besoin de faire l'amour, rien d'autre ne l'intéressait.

Ils avaient fait l'amour sauvagement, elle étant l'agresseur, cambrée de plaisir, sur lui, sous lui, à côté de lui. Elle avait été insatiable. Caresses, pénétration, elle n'en avait jamais assez. Elle avait crié, lui encerclant la taille de ses jambes, enfonçant ses ongles dans son dos longtemps après qu'il se fut calmé. Et puis toute la fatigue accumulée avait eu raison de lui. Il était tombé dans un sommeil profond mais troublé.

Il était réveillé maintenant, et il ne savait pas ce qui avait interrompu son sommeil. Il y avait eu un bruit, pas fort, mais aigu et lancinant.

Soudain, il comprit qu'il était seul dans le lit. Il souleva la tête. La pièce était plongée dans l'obscurité, la porte fermée, un rai de lumière en bas.

« Gretchen ?... »

Il n'y eut aucune réponse ; il était seul dans la chambre.

Il rejeta les couvertures et se leva du lit, épuisé, désorienté. Il ouvrit toute grande la porte. Dans le petit salon, une seule lampe de chevet était allumée et dessinait des ombres sur le sol et sur les murs.

Encore ce bruit ! Un son métallique qui se répercutait dans toute la maison, mais venait du dehors. Il courut jusqu'à la fenêtre du salon et regarda à travers la vitre. Sous la lueur d'un réverbère, il aperçut la silhouette d'un homme près du capot de sa voiture de location, une lampe de poche à la main.

Avant de comprendre ce qui se passait, il entendit une voix étouffée venant du dehors et le faisceau de lumière se dirigea sur la fenêtre. Vers lui. Instinctivement, il leva la main pour protéger ses yeux. La lumière s'éteignit, et il vit l'homme courir vers une voiture garée en diagonale de l'autre côté de la rue. Il était tellement concentré sur sa propre voiture et sur l'inconnu à la lampe qu'il n'avait pas remarqué cette voiture-là. Il s'efforça de concentrer toute son attention sur elle ; quelqu'un était assis à l'avant. Il ne distinguait que le contour de la tête et des épaules.

L'homme qui courait arriva à la voiture, côté rue, ouvrit la portière et se mit au volant. Le moteur gronda ; la voiture démarra, fit demi-tour sur les chapeaux de roues et s'éloigna en trombe.

A la lueur du réverbère, Noël aperçut le passager à côté du chauffeur. Pendant moins d'une seconde, son visage passa devant lui.

C'était Gretchen Beaumont. Elle regardait droit devant elle en hochant la tête, comme si elle parlait vite.

En face de la résidence des Beaumont, plusieurs maisons s'éclairèrent. Le vrombissement du moteur et le grincement des pneus avaient perturbé la rue paisible de Portsea. Des visages inquiets apparaissaient aux fenêtres.

Holcroft recula. Être vu tout nu en pleine nuit dans le salon du commandant Beaumont en l'absence de celui-ci n'était dans l'intérêt de personne, surtout pas du sien.

Où était-elle allée ? Que faisait-elle ? Quel était ce bruit ?

Il n'avait pas le temps de réfléchir à tout ça. Il devait quitter la maison des Beaumont. Il courut jusqu'à la salle de bains, essayant de trouver un interrupteur ou une lampe dans la pénombre. Il se souvint que, dans la frénésie de leurs ébats, Gretchen, d'un mouvement du bras, avait heurté l'abat-jour et la lampe de chevet s'était renversée. Il s'agenouilla et la chercha à tâtons. Elle était tombée sur le côté ; l'abat-jour en lin avait protégé l'ampoule. Il alluma. La chambre s'éclaira, inondée de lumière depuis le sol. Au milieu des ombres allongées et des taches d'obscurité, il discerna ses vêtements posés sur le dossier d'un fauteuil, et son caleçon et ses chaussettes près du lit.

Il se redressa et s'habilla aussi vite qu'il le put. Où était sa veste ? Il se souvenait vaguement que Gretchen la lui avait ôtée et l'avait laissé tomber près de la porte. Oui, elle y était. Il traversa la pièce pour la ramasser, et jeta un bref coup d'œil à son reflet dans la grande glace au-dessus du bureau.

Il s'arrêta net, les yeux rivés sur une photo dans un cadre d'argent, posé sur le bureau. On y voyait un homme en uniforme de la marine.

Ce visage. Il l'avait déjà vu. Récemment. Quelques semaines... Quelques jours, peut-être. Il alla jusqu'au bureau et examina la photo.

Les sourcils ! ils étaient bizarres, différents ; comme un élément étranger dans son visage, une corniche incongrue au-dessus d'une tapisserie indéfinie. Des sourcils épais, une profusion de poils entremêlés, noir et blanc... poivre et sel. Un regard qui croisait le sien. Il se souvenait maintenant !

L'avion pour Rio ! Mais il y avait autre chose : ce visage-là évoquait un souvenir — un souvenir de violence. Mais il ne revoyait qu'une silhouette floue, qui le croisait en courant.

Noël retourna le cadre et en détacha le dos qu'il fit glisser de l'encoche, puis il retira la photo. Il aperçut de toutes petites marques sur la surface vernissée. On avait écrit quelque chose au dos. Il retourna l'examiner à la lumière. Pendant un instant, il retint sa respiration. C'était en allemand : *Neuaufbau Oder Tod*.

Cette phrase aussi, il l'avait déjà vue quelque part ! Mais il ne comprenait pas l'allemand.

Il plia la photo et la fourra dans la poche de son pantalon.

Il ouvrit une porte de la penderie, glissa le cadre au milieu d'une pile de vêtements, sur l'étagère, récupéra sa veste et sortit du salon. Il devait quitter la maison le plus vite possible, il le savait, mais il était dévoré de curiosité. Il fallait qu'il trouve quelque chose sur l'homme de la photo.

Il y avait deux portes, dans le mur le plus proche, et dans le plus éloigné du living. La première était ouverte et menait à la cuisine, l'autre était fermée. Il l'ouvrit et entra dans le bureau du commandant. Il alluma ; partout, des photos de bateaux, d'hommes, des décorations militaires et des citations. Le commandant Beaumont était un officier de carrière plutôt bien considéré. Un divorce éprouvant suivi d'un mariage douteux aurait pu entraver sa carrière, mais de toute évidence la Royal Navy n'en avait pas tenu compte. La dernière citation ne datait que de six semaines ; elle le récompensait de sa compétence lors d'une patrouille côtière au large des Baléares, pendant une semaine de tempête.

Un coup d'œil aux papiers sur le bureau et dans les tiroirs ne lui apporta rien. Deux livrets bancaires, avec des comptes à quatre chiffres, aucun n'excédant trois mille livres ; une lettre de l'avocat de son ex-femme, exigeant des biens en Écosse ; il y avait aussi divers exemplaires de journaux de bord et d'horaires d'appareillage.

Holcroft aurait bien voulu rester plus longtemps dans cette pièce pour découvrir d'autres indices, mais il avait déjà dépassé la limite du raisonnable ; il devait partir.

Il sortit de la maison, jeta un coup d'œil en face, là où quelques minutes plus tôt des lumières et des visages curieux étaient apparus. Tout était éteint maintenant ; le sommeil était revenu à Portsea. Il descendit le chemin et ouvrit le portail qui grinça ; il en fut contrarié. Il ouvrit la porte de sa voiture de location et se mit au volant. Il mit le contact.

Rien. Il tourna encore la clef. Toujours rien !

Il déclencha l'ouverture du capot et courut à l'avant sans se préoccuper du bruit. Il se passait quelque chose de bien plus grave. La batterie ne pouvait pas être à plat, et même dans ce cas il y aurait eu un léger déclic en tournant la clef de contact. A la lueur du réverbère, Noël put constater que ses craintes étaient fondées.

Les fils avaient été coupés à leur base avec une précision de chirurgien. Aucune épissure ne ferait démarrer la voiture ; il fallait la faire remorquer.

Et le responsable savait qu'un Américain se retrouverait en pleine nuit dans un endroit inconnu sans moyen de locomotion. S'il y avait des taxis dans cette banlieue, il était improbable d'en trouver à plus de trois heures du matin. La personne qui avait mis la voiture hors d'usage voulait le retenir là où il était. Il allait de soi que d'autres viendraient à sa recherche. Il devait se sauver. Courir le plus loin et le plus vite possible... Rejoindre l'autoroute... faire du stop pour aller vers le nord, quitter cette région.

Il referma le capot. Le claquement métallique se répercuta dans toute la rue. Ce n'était pas la première fois et Noël s'en réjouit.

Il se dirigea vers le feu rouge qui, à cette heure, ne fonctionnait pas. En traversant, il se mit à marcher plus vite, puis à courir. Il essaya de continuer à cette allure ; il restait trois kilomètres avant l'autoroute. Il transpirait, et son estomac recommençait à se nouer.

Il aperçut les phares avant d'entendre le grondement d'un moteur lancé à toute allure. Plus haut, droit devant lui, deux phares trouaient l'obscurité et si vite que la voiture devait rouler à tombeau ouvert.

Noël vit une ouverture à sa droite, un espace vide dans une haie qui lui arrivait à la taille, l'amorce d'un autre chemin menant à une autre entrée. Il plongea et roula sous les buissons se demandant si on ne l'avait pas vu. Il comprenait l'importance de ne pas être impliqué avec Gretchen Beaumont. Cette femme très belle, malheureuse, très érotique, constituait une énigme. Mais pour Genève, elle représentait une menace. Son frère aussi.

La voiture arrivait. Noël était passé inaperçu. Brusquement le crissement des pneus remplaça le vrombissement du moteur. La tête tournée à gauche, tout en surveillant derrière lui, Noël traversa la percée de feuillage en rampant.

La voiture s'était arrêtée juste devant la maison des Beaumont. Deux hommes en firent irruption et montèrent le chemin en courant. Noël entendit grincer les gonds du portail. Inutile de rester là ; il était temps de s'échapper. A cent mètres de distance, il entendit les coups du heurtoir sur la porte.

Toujours en rampant, il se déplaça vers la droite, le long du trottoir bordé d'une haie, jusqu'à ce qu'il se retrouve dans une zone d'ombre, entre les réverbères. Il se leva et se mit à courir.

Il poursuivit sa course, remonta la rue bordée d'arbres, maison après maison, rue après rue, priant le ciel qu'il sache reconnaître l'accès à l'autoroute quand il y arriverait. Il maudit le tabac quand il s'essouffla et que sa respiration devint haletante et douloureuse ; la sueur coulait sur sa poitrine ; c'était intolérable. Le bruit de ses pas qui résonnait sur le trottoir lui fit peur. C'était celui d'un homme que la panique faisait détaler au milieu de la nuit.

Des bruits de pas. Quelqu'un en train de courir. Lui-même bien sûr, mais aussi quelqu'un d'autre ! Derrière lui, peu à peu, on gagnait du terrain. Quelqu'un le poursuivait ! Quelqu'un courait en silence, sans l'appeler, sans lui demander de s'arrêter !... Ou bien son oreille lui jouait-elle des tours ? Les coups de marteau dans sa poitrine se répercutaient dans tout son corps. Il n'osait pas, ne pouvait pas se retourner. Il allait trop vite dans la lumière, dans l'ombre.

Il arriva au bout d'un autre pâté de maisons, et tourna à droite, sachant pertinemment que ce n'était pas le premier de ces tournants qui le mènerait à l'autoroute. Il devait savoir si quelqu'un le suivait.

Le bruit de pas persistait, le rythme était différent du sien ; il se rapprochait. Il ne le supportait plus et ne pouvait pas aller plus vite. Il essaya de regarder par-dessus son épaule.

Il était bien là ! La silhouette d'un homme se dessinait à la lueur d'un réverbère. Trapu, courant en silence, se rapprochant de lui, à quelques mètres seulement.

Noël avait mal aux jambes ; dans une ultime tentative, il accéléra son rythme et se retourna, pris de panique.

Et dans le chaos et la terreur de la poursuite, ses jambes l'abandonnèrent. Il tomba la tête la première, le visage écorché par l'asphalte. Une sensation de froid glacial l'avait envahi et il ressentait des fourmillements dans ses mains ouvertes. Levant les pieds instinctivement pour repousser son agresseur, il roula sur le dos. La silhouette muette qui courait dans la rue surgit de l'obscurité et se jeta sur lui. Tout était flou. La sueur dans les yeux, il ne distinguait que le contour des bras et des jambes qui se débattaient.

Et puis il fut immobilisé. Un poids énorme lui écrasait la poitrine, un avant-bras — aussi lourd qu'une barre de fer — en travers de sa gorge, étouffant le moindre son.

La dernière chose qu'il vit fut une main levée très haut, une griffe dans la nuit, une main en serre qui tenait un objet. Et puis plus rien. Seulement un abîme, et le vent. Il tombait dans les profondeurs invisibles de l'obscurité.

Il sentit d'abord la morsure du froid. Il frissonnait. Puis l'humidité. Partout. Il ouvrit les yeux. Une image floue : de l'herbe et de la terre. Il était entouré d'herbe humide et de monticules de terre. Il roula sur le dos, et éprouva de la reconnaissance en voyant le ciel de nuit ; c'était plus clair à sa gauche, plus sombre à sa droite.

Il avait mal à la tête, son visage le brûlait, ses mains le faisaient souffrir. Il se souleva lentement et regarda tout autour. Il se trouvait en pleine campagne, une longue étendue plate qui devait être un pré. Au loin, il apercevait le dessin d'une clôture en barbelés, des fils de fer reliant des lourds piquets tous les dix ou vingt mètres. Il était bien dans un pré.

Il sentait le mauvais whisky ou le vin aigre.

Ses vêtements en étaient inondés, sa chemise trempée dégageait des effluves pestilentiels. Ses vêtements... son portefeuille, son argent ! Il se releva péniblement et vérifia ses poches, plongeant ses deux mains empuanties dans le tissu mouillé.

Son portefeuille, le clip qui maintenait les billets, tout était là. On ne l'avait pas volé, seulement assommé et emmené loin de l'endroit où vivaient les Beaumont. C'était dingue !

Il se tâta le crâne. Une bosse s'était formée, mais la peau n'était pas éraflée. On l'avait frappé avec une

150

matraque. Il tenta de faire quelques pas : il pouvait bouger, et c'était tout ce qui importait. Il voyait mieux maintenant ; le jour allait bientôt se lever.

Derrière la clôture, on voyait une légère surélévation du sol formant une crête qui s'étendait à perte de vue dans les deux directions. Le long de cette crête il aperçut les lumières de l'autoroute. Il traversa le pré vers les barrières et l'autoroute, dans l'espoir de convaincre un conducteur de le prendre dans sa voiture. En enjambant la clôture, une pensée lui vint à l'esprit. Il vérifia ses poches une fois de plus.

La photo avait disparu !

Un livreur de lait s'arrêta, et il monta, voyant le sourire du chauffeur disparaître d'un coup lorsque l'odeur nauséabonde envahit sa camionnette. Noël essaya de détendre l'atmosphère. Pour s'amuser, des marins anglais de Portsmouth l'avaient mis, lui, un brave Américain, dans cette situation désagréable — mais le chauffeur ne trouva pas cela drôle. Holcroft descendit à la première agglomération.

C'était un village typiquement anglais. Une profusion de camions de lait garés devant un routier gâchait l'architecture Tudor de la petite place.

« Il y a un téléphone à l'intérieur, dit le laitier. Et des toilettes, aussi. Un petit nettoyage ne vous ferait pas de mal. »

Noël pénétra dans l'atmosphère des livreurs du petit matin. L'arôme du café bien chaud le réconforta. La vie continuait ; ils faisaient leurs livraisons, et acceptaient les petits réconforts sans y prêter trop d'attention. Il trouva les toilettes et fit son possible pour atténuer les effets de son équipée nocturne. Puis il s'assit sur une banquette à côté d'une cabine et but un café, en attendant qu'un camionneur en colère ait réglé son problème, avec un expéditeur encore plus en colère, au bout du fil. La communication terminée, Noël entra dans la cabine, le numéro de Gretchen Beaumont à la main. Il n'y avait rien d'autre à faire que d'essayer de découvrir ce qui s'était passé, de lui parler calmement, si toutefois elle était revenue.

Il composa le numéro.

« La résidence Beaumont... » Une voix masculine lui répondit.

« Madame Beaumont, s'il vous plaît.

— Puis-je demander de la part de qui ?

— Un ami du commandant. J'ai appris que Mme Beaumont partait le rejoindre aujourd'hui. J'aimerais lui donner un message à transmettre à son mari.

— Qui est à l'appareil ? »

Noël raccrocha. Il ignorait qui lui avait répondu ; il savait simplement qu'il avait besoin d'aide. Il était peut-être dangereux pour Genève d'en chercher, mais il le fallait. Il serait prudent — très prudent.

Il fouilla les poches de sa veste à la recherche de la carte donnée par l'agent du MI-5 au Belgravia Arms. Il n'y avait qu'un nom — Harold Payton-Jones — et un numéro de téléphone. D'après la pendule, il était sept heures moins dix ; Noël se demanda si quelqu'un lui répondrait. Il appela Londres.

« Oui ?

— Holcroft à l'appareil.

— Ah ! oui. On se demandait si vous alliez appeler. »

Noël reconnut la voix. Celle de l'agent aux cheveux gris.

« Qu'est-ce que vous voulez dire ? demanda Noël.

— Vous avez eu une nuit difficile, dit la voix.

— Vous attendiez mon coup de fil ! Vous étiez là-bas. Vous avez tout vu ! »

Payton-Jones ne répondit pas directement.

« La voiture de location est dans un garage d'Aldershot. Elle devrait être réparée vers midi. C'est un nom facile à retenir : Boot. Le garage Boot, à Aldershot. Il n'y aura rien à payer, pas de facture, pas de reçu.

— Une minute ! Qu'est-ce que ça veut dire ? Vous m'avez fait suivre ! Vous n'aviez aucun droit !

— Je dirais plutôt qu'on a bien fait.

— C'était vous dans la voiture, à trois heures du matin ! Vous êtes entré chez les Beaumont !

— Je crains bien que non. » L'homme du MI-5 s'interrompit un instant. « Et si c'est ce que vous pensez, alors vous ne les avez pas bien regardés !

— Non. Qui était-ce ?

— J'aimerais bien le savoir. Notre homme est arrivé là-bas vers cinq heures.

— Qui m'a poursuivi ? Qui m'a assommé et abandonné dans ce putain de pré ? »

L'agent ne répondit pas tout de suite.

« Nous ignorons tout de cela. Nous savons simplement que vous étiez parti. En vitesse, bien sûr, votre voiture étant immobilisée.

— C'était un piège ! Et le pigeon c'était moi !

— Tout à fait. Je vous conseillerais d'être plus prudent. Abuser de l'épouse d'un commandant de la Royal Navy pendant que son mari est en mer est un manque de bienséance et de prudence.

— Quelles conneries ! Le commandant n'est pas plus en mer que moi ! Il a quelque chose à voir avec les von Tiebolt.

— Assurément, répliqua Payton-Jones. Il a épousé la fille aînée. Quant à l'avoir vu dans l'avion il y a deux semaines, c'est grotesque. Il est en Méditerranée depuis deux mois.

— Non ! Je l'ai vu ! Écoutez-moi. Il y avait une photo dans la chambre et je l'ai prise. C'était lui ! Autre chose. Il y avait une inscription au verso. En allemand.

— Disant quoi ?

— Je n'en sais rien. Je ne parle pas allemand. Mais vous ne trouvez pas ça curieux ? »

Holcroft s'arrêta. Il n'avait pas voulu aller si loin. Dans sa colère, il avait perdu toute maîtrise ! *Bon sang !*

« Qu'y a-t-il de curieux ? demanda l'agent. L'allemand est la langue maternelle de Mme Beaumont ; sa famille le parle depuis des années. Quelques mots d'affection à l'attention ou de la part de son nouveau mari ? Ça n'a rien de surprenant.

— Je suppose que vous avez raison », dit Noël.

Puis il s'aperçut qu'il avait fait machine arrière

trop vite. L'agent du MI-5 était soupçonneux, sa réponse le montra.

« Finalement, vous devriez peut-être nous remettre la photo.

— Impossible. Je ne l'ai pas.

— Je croyais que vous l'aviez prise.

— Je ne l'ai pas maintenant. Je... Je ne l'ai pas, c'est tout.

— Où êtes-vous, Holcroft ? Vous devriez passer nous voir. »

Inconsciemment, Noël raccrocha. L'acte avait précédé la pensée, mais une fois accompli, il comprit la raison de son geste. Il ne pouvait pas être l'allié du MI-5. Au contraire, il devait mettre toute la distance possible entre les services secrets britanniques et lui. Aucune association n'était possible. Le MI-5 l'avait filé après l'avoir assuré du contraire. Ils n'avaient pas respecté la parole donnée.

Les survivants de Wolfsschanze l'avaient clairement énoncé... *Certains auront connaissance de votre mission à Genève... Ils essaieront de vous empêcher de la mener à bien, de vous tromper... de vous tuer.*

Holcroft ne pensait pas que les Britanniques le tueraient, mais ils tenteraient bel et bien de l'empêcher d'aller jusqu'au bout. S'ils y parvenaient, c'était comme s'ils l'avaient assassiné.

Les hommes de Wolfsschanze n'hésitaient pas. *Peter Baldwin, Esq., Ernst Manfredi, Jack.* Tous morts.

S'il échouait, ceux de Wolfsschanze le tueraient. Quelle ironie macabre. Il ne voulait pas échouer. Pourquoi ne le comprenaient-ils pas ? Peut-être plus encore que les survivants de Wolfsschanze, il voulait que le rêve de Heinrich Clausen se réalise.

Il pensa à Gretchen Beaumont qui obéissait à ses impulsions, sautait sur les occasions et les hommes qui se présentaient. Et à son frère, ce journaliste polyglotte brillant et arrogant, soupçonné d'assassinat. Ni l'un ni l'autre n'avait la moindre chance d'être accepté par Genève.

Il restait un enfant. Helden von Tiebolt — Helden

Tennyson, maintenant — habitant Paris. Adresse inconnue. Mais il avait un nom : Gallimard.

Paris.

Il devait aller à Paris. Il devait échapper au MI-5.

13

Un certain décorateur de théâtre vivait à Londres. Autrefois, il avait été encensé par les gens riches et puissants des deux côtés de l'Atlantique. Noël se doutait bien que l'on faisait appel à Willie Ellis plus pour son excentricité et ses talents de conteur mondain que pour ses dons intrinsèques de décorateur. Il avait travaillé à quatre reprises avec Willie, jurant chaque fois que l'on ne l'y reprendrait plus, mais sachant très bien qu'il n'en serait rien. Car en fait, Noël appréciait beaucoup Willie. Cet Anglais excentrique n'était pas qu'élégance et artifice. Derrière cette façade on trouvait un homme de théâtre plein de talent qui connaissait mieux l'histoire du costume et du décor que n'importe qui. Il pouvait être fascinant.

Lorsqu'il n'était pas outrageusement choquant.

Ils avaient toujours gardé le contact et chaque fois que Noël était à Londres, il consacrait un peu de son temps à Willie. Il avait cru que cette fois-ci, il ne le pourrait pas, mais la situation venait de se modifier. Il avait besoin de lui. L'opératrice de Londres lui donna le numéro et il l'appela.

« Noël, mon ami, tu perds la tête ! A part ces épouvantables oiseaux, et les éboueurs, à cette heure, personne n'est levé !

— J'ai des ennuis, Willie. Il faut que tu m'aides. »

Ellis connaissait le petit village d'où appelait Holcroft et promit de l'y rejoindre le plus tôt possible ; il lui faudrait près d'une heure. Il arriva avec une demi-heure de retard, maudissant tous les imbéciles qui encombraient les routes. Noël monta dans la voiture, ravi de la main tendue de Willie et des abus de langage qui le caractérisaient.

« Tu es dans un putain d'état, et tu pues. Laisse la vitre ouverte, et raconte-moi ce qui s'est passé. »

Noël simplifia les faits, sans révéler de noms.

« Je dois aller à Paris et on veut m'en empêcher. Je ne peux rien te dire de plus, sauf que je n'ai rien fait de mal, je n'ai pas enfreint la loi.

— Dans le premier cas, c'est toujours relatif, et le second est généralement sujet à interprétation, et il faut un bon avocat. Peut-on supposer qu'il s'agit d'une charmante créature et d'un mari ombrageux ?

— Si tu veux.

— Bon. Ça me laisse hors du coup. Qu'est-ce qui t'empêche d'aller à l'aéroport et de prendre le prochain avion pour Paris ?

— Mes vêtements, mon attaché-case et mon passeport sont à mon hôtel, à Londres. Si je vais les chercher, ils me trouveront.

— A en juger par ton allure, ils font bien les choses !

— Exact.

— La solution est évidente, dit Ellis. Je vais aller chercher tes affaires et payer ta note. Tu es un colonial capricieux trouvé dans le ruisseau, à Soho. Qui oserait discuter mes goûts ?

— Il y aura peut-être un problème à la réception.

— Je ne vois pas pourquoi. Mon argent est aussi bon que celui d'un autre, et tu me donneras une procuration ; ils peuvent comparer les signatures. On n'est pas aussi parano que nos cousins de l'autre côté des mers.

— J'espère que tu dis vrai, mais j'ai l'impression que ceux qui me recherchent ont contacté les employés de l'hôtel. Ils voudront peut-être savoir où je suis avant de te donner mes affaires.

— Dans ce cas, je le leur dirai, dit Ellis, souriant. Je leur laisserai une adresse où te joindre et un numéro de téléphone où on confirmera ta présence.

— Quoi ?

— Laisse-moi faire. A propos, il y a de l'eau de Cologne dans la boîte à gants. Pour l'amour de Dieu, prends-en. »

Ellis s'organisa pour qu'un teinturier vienne chercher les vêtements trempés de whisky et les rapporte dans l'après-midi, puis il quitta son appartement de Chelsea pour le Belgravia Arms.

Holcroft prit une douche, se rasa, mit les vêtements sales dans un panier à linge devant la porte et appela l'agence de location de voitures. Il s'était dit qu'il rencontrerait quelqu'un du MI-5 en allant chercher la voiture à Aldershot. Et qu'il avait de grandes chances d'être suivi.

L'agence ne trouva pas cela drôle, mais Holcroft ne leur laissa pas le choix. S'ils voulaient récupérer la voiture, il faudrait qu'ils aillent la chercher eux-mêmes. Noël était navré, mais il y avait un imprévu. Ils pouvaient envoyer la facture à son bureau de New York.

Il devait quitter l'Angleterre aussi discrètement que possible. Sans aucun doute, le MI-5 ferait surveiller les aéroports et les ferries. La solution serait peut-être une place de dernière minute sur un vol presque complet pour Paris. Avec un peu de chance, il serait à Orly avant que le MI-5 ne sache qu'il avait quitté l'Angleterre. Les vols pour Paris étaient fréquents, les formalités douanières légères. Ou alors il pouvait acheter deux billets — un pour Amsterdam, un pour Paris — prendre la porte d'embarquement KLM, et puis, sous un prétexte ou un autre, revenir et prendre la porte d'embarquement pour Paris, où Willie l'attendrait avec ses bagages.

Qu'avait-il en tête ? Ruses, évasions, fourberies. Il était un criminel sans crime, un homme dans l'impossibilité de dire la vérité, car elle était destructrice.

Il recommença à transpirer, et la douleur à l'estomac réapparut. Il se sentait affaibli et désorienté. Il s'allongea sur le lit de Willie, enveloppé dans un peignoir de bain, et ferma les yeux. Le visage resurgit ; il s'endormit entendant la même plainte.

Il s'éveilla brusquement, conscient d'être observé. Alarmé, il se mit sur le dos, et poussa un soupir de soulagement en voyant Willie.

« Tu t'es reposé et ça se voit. Tu as meilleure mine, et, Dieu merci, tu sens moins mauvais.

— Tu as pris mes affaires ?

— Oui, et tu avais raison. Ils voulaient à tout prix savoir où tu étais. Quand j'ai payé la note, le directeur est arrivé et on aurait dit une caricature de Scotland Yard. Il s'est calmé, mais il était quand même un peu troublé. Il a un numéro de téléphone où te joindre ; tu te fais soigner.

— Soigner ?

— Oui. Je crains que ta réputation n'en ait quelque peu souffert. C'est le numéro d'un hôpital de Knightsbridge qui ne reçoit pas un penny de la Sécurité sociale. Ils soignent les maladies vénériennes. Je connais très bien un de leurs médecins.

— Tu es trop bon, dit Noël en se levant. Où sont mes affaires ?

— Dans la chambre d'amis. Je me suis dit que tu aimerais te changer.

— Merci. »

Holcroft se dirigea vers la porte.

« Tu connais un certain Buonoventura ? » demanda Ellis.

Noël s'arrêta. De l'aéroport de Lisbonne il avait expédié à Sam un câble de trois mots : *Belgravia Arms London*. « Oui. Il a téléphoné ?

— Plusieurs fois. Frénétiquement, je crois. Le standard de l'hôtel m'a dit que la communication venait de Curaçao.

— Je connais le numéro, dit Holcroft. Il faudra que je l'appelle. Je réglerai avec ma carte de crédit. »

Au bout de cinq minutes, il entendit la voix de Sam et il lui fallut moins de cinq secondes pour comprendre que ce n'était pas correct de demander à l'ingénieur de continuer à mentir.

« Miles ne blague pas, Noley. Il m'a dit qu'il fera en sorte que par décision de justice tu reviennes à New York ; il va utiliser cet argument avec les propriétaires d'ici, parce qu'ils sont américains. Il sait qu'ils ne peuvent pas te forcer à repartir, mais il dit qu'ainsi ils sauront que tu es recherché. C'est un peu dur, Noley, parce que tu ne figures sur aucun livre de paie.

— Il a dit pourquoi ?

— Il pense que tu sais des choses susceptibles de l'intéresser. »

S'il pouvait aller à Paris, se disait Noël, il aimerait que Buonoventura puisse le contacter, mais il ne voulait pas l'ennuyer en lui donnant une adresse.

« Écoute, Sam, je pars pour Paris aujourd'hui. Il y a une succursale de l'American Express sur les Champs-Élysées, près de l'avenue George-V. S'il y a quoi que ce soit, envoie-moi un câble là-bas.

— Qu'est-ce que je dis à Miles s'il rappelle ? Je ne veux pas avoir d'emmerdes.

— Dis-lui que tu m'as dit qu'il voulait me parler, et que je me manifesterai dès que possible. Tu n'en sais pas davantage... Dis-lui aussi que j'ai dû aller en Europe. S'il insiste, mets-le au courant pour l'American Express. Je téléphonerai pour les messages.

— Il y a autre chose, dit Sam, embarrassé. Ta mère a appelé, elle aussi. Je me suis senti tout con de lui mentir ; tu ne devrais pas mentir à ta mère, Noley. »

Holcroft sourit. Une vie entière de duplicité n'avait pas altéré le côté italien de Sam.

« Quand a-t-elle appelé ?

— Avant-hier soir. C'est une vraie lady. Je lui ai dit que je devrais avoir de tes nouvelles hier ; c'est-là que j'ai commencé à téléphoner.

— Je l'appellerai en arrivant à Paris, dit Noël. Autre chose ?

— C'est pas assez ?

— Tu parles ! Je t'appelle dans quelques jours, mais tu sais où m'envoyer un câble.

— Oui, mais si ta mère appelle, je le lui dirai à elle aussi.

— Ça baigne. Et merci, Sam, à charge de revanche. »

Il raccrocha. Willie Ellis était parti dans la cuisine et avait mis la radio. Une des caractéristiques de Willie était son côté gentleman. Noël s'assit quelques instants à côté du téléphone, essayant de faire le point. Le coup de fil de sa mère ne le surprenait pas. Ils ne s'étaient pas parlé depuis ce dimanche matin à Bedford Hills il y avait près de quinze jours.

Miles, c'était autre chose. Holcroft ne pensait pas à l'inspecteur comme à une personne ; il n'avait ni visage ni voix. Mais Miles était arrivé à certaines conclusions ; il le savait. Et elles le reliaient à trois morts ayant un rapport avec le vol 591 de la British Airways Londres-New York. Miles ne lâchait pas prise. S'il persistait, il pouvait causer des problèmes que Noël n'arriverait pas à résoudre. Le policier risquait de demander une coopération internationale de la police. Et dans ce cas, attirer l'attention sur les activités d'un citoyen des États-Unis ayant pris ses distances lors d'une investigation de la criminelle.

Genève ne tolérerait pas que Noël soit l'objet d'une telle attention ; le pacte ne tiendrait plus. Il fallait retenir Miles. *Mais comment ?*

Sa forêt inconnue était jonchée de pièges ; son instinct de protection lui ordonnait de faire demi-tour. Il fallait pour Genève quelqu'un d'infiniment plus astucieux et plus expérimenté que lui. Pourtant il ne pouvait pas faire demi-tour. Les survivants de Wolfsschanze ne le lui permettraient pas. Et tout au fond de lui-même, il savait qu'il ne le pouvait pas. Il y avait ce visage qu'il apercevait dans l'obscurité. Il devait retrouver son père, et montrer ainsi au monde le vrai visage d'un homme courageux dans la souffrance. Un homme suffisamment fin pour avoir compris qu'il fallait réparer, et suffisamment brillant pour savoir de quelle manière.

Noël entra dans la cuisine. Ellis était devant l'évier en train de rincer des tasses.

« Willie, je reprendrai mes vêtements dans une quinzaine de jours. Allons à l'aéroport. »

Ellis se retourna, l'air préoccupé.

« Je peux te faire gagner du temps, dit-il en prenant une chope en porcelaine sur l'étagère. Il te faudra de l'argent français jusqu'à ce que tu puisses changer. J'en ai un bocal plein en prévision de mes équipées vers les lieux de plaisir. Prends ce qu'il te faut.

— Merci. »

Holcroft prit la chope qu'il lui tendait en regardant ses bras nus sous les manches relevées. Ils étaient particulièrement forts et musclés.

Noël vit brusquement que si Willie le voulait, il pouvait briser un homme en deux.

La folie commença à Heathrow et atteignit son apogée à Orly.

A Londres, il acheta un billet KLM pour Amsterdam, en se disant que le MI-5 avait vérifié sa déclaration et la tenait pour plausible. Ce devait être le cas : il aperçut un type ébahi en imperméable qui le regarda avec étonnement revenir en courant de la porte KLM pour se diriger vers Air France. Willie l'y attendait muni d'un billet pour Paris.

A Orly, les formalités d'immigration furent rapides, mais les queues étaient longues. Noël eut le loisir d'observer la foule dans la zone des douanes et au-delà des portes battantes qui donnaient sur le terminal proprement dit. Derrière ces portes, il aperçut deux individus ; quelque chose en eux retint son attention. Peut-être trouva-t-il leur visage lugubre déplacé dans cet endroit de retrouvailles. Immobiles, ils se parlaient à voix basse, tout en observant les passagers qui avaient terminé les formalités douanières. L'un deux tenait un morceau de papier ; petit et brillant. Une photo ? Oui. Une photo de lui.

Ce n'étaient pas les hommes de Wolfsschanze. Les hommes de Wolfsschanze le connaissaient de vue ; et ils passaient toujours inaperçus. MI-5 avait contacté ses agents à Paris. Ils l'attendaient.

« Monsieur... »

Le douanier tamponna machinalement le passeport de Holcroft. Noël prit ses bagages et se dirigea vers la sortie en éprouvant la sensation de panique de celui qui va tomber dans un piège inévitable.

Au moment où les portes s'ouvrirent, les deux hommes se tournèrent pour ne pas être remarqués. Ils ne l'aborderaient pas ; ils allaient... le suivre.

Cette intuition lui permit l'élaboration douloureuse d'une ébauche de stratégie. Douloureuse car ce n'était pas dans son caractère, et ébauche car il n'était pas sûr de la marche à suivre. Il savait seulement qu'il devait aller du point A au point B et revenir à A, en semant ses poursuivants du côté de B.

Il aperçut le panneau, LIGNES AÉRIENNES INTÉRIEURES.

En France, les départs nationaux avaient lieu avec une splendide irrégularité. Les villes étaient indiquées sur trois colonnes : Rouen, Le Havre, Caen... Orléans, Le Mans, Tours... Dijon, Lyon, Marseille.

Comme absorbé par ses pensées, Noël dépassa les deux hommes. Il se hâta vers le comptoir des lignes intérieures. Quatre personnes le devançaient.

Son tour arriva. Il se renseigna sur les vols vers le sud. La Méditerranée. Marseille. Il voulait avoir le choix entre différentes heures de départ.

Un vol desservait cinq villes sur un arc de cercle sud-ouest d'Orly à la Méditerranée, lui dit-on. Le Mans, Nantes, Bordeaux, Toulouse et Marseille.

Le Mans. Le vol durait quarante minutes. Le trajet en voiture approximativement trois heures, trois heures et demie.

Il était maintenant quatre heures moins vingt.

« Je prendrai celui-là, dit Noël. J'arriverai à Marseille juste à l'heure.

— Monsieur, il y a d'autres vols directs.

— On vient me chercher à l'aéroport. Inutile que je sois en avance.

— Comme vous voudrez, monsieur. Je vais voir quelles sont nos possibilités. Le vol part dans douze minutes. »

Cinq minutes plus tard, Holcroft, debout, attendait au départ tenant le *Herald Tribune* ouvert. Il regarda par-dessus le journal. L'un des deux Anglais au visage morose parlait à la jeune femme qui lui avait vendu son billet.

Quinze minutes plus tard, l'avion avait décollé. A deux reprises, Noël remonta l'allée pour se rendre aux toilettes, en regardant les passagers. Aucun des deux hommes n'était à bord ; personne ne semblait le moins du monde s'intéresser à lui.

Au Mans, il attendit que tous les passagers arrivés à destination aient quitté l'appareil. Il compta ; il y en avait sept. Ceux qui les remplaçaient commencèrent à monter.

Il attrapa sa valise, se dirigea rapidement vers la porte de la carlingue et descendit la passerelle. Il entra dans le terminal et attendit un moment près de la fenêtre.

Personne ne quitta l'avion ; personne ne le suivait.

A sa montre, il était cinq heures moins dix-sept. Il se demandait s'il avait le temps d'obtenir Helden von Tiebolt. Une fois de plus, il connaissait l'essentiel ; le nom et le lieu de travail. Il se dirigea vers la cabine la plus proche et fut reconnaissant à Willie de lui avoir donné le contenu de son bocal.

Dans son français sommaire, il demanda à l'opératrice :

« *S'il vous plaît, le numéro de Gallimard à Paris...* »

Elle était là. Mlle Tennyson n'avait pas le téléphone dans son bureau, mais s'il voulait bien rester en ligne, quelqu'un irait la chercher. La standardiste de Gallimard parlait mieux l'anglais que la plupart des Texans.

Comme sa sœur, la voix de Helden von Tiebolt avait des intonations portugaises et allemandes, mais beaucoup moins prononcées. Il y avait aussi un soupçon de cet écho dont Noël se souvenait très clairement, mais sans le côté haché, hésitant. Helden von Tiebolt — Mlle Tennyson — savait ce qu'elle voulait et le disait.

« Pourquoi devrais-je vous rencontrer ? Je ne vous connais pas, monsieur Holcroft.

163

— C'est urgent. Je vous en prie, croyez-moi.

— Il y a eu beaucoup d'urgences dans ma vie. J'en suis plutôt lasse.

— Il n'y a rien eu de semblable.

— Comment m'avez-vous trouvée ?

— Des gens... des gens que vous ne connaissez pas, en Angleterre, m'ont dit où vous travailliez. Mais ils m'ont dit aussi que vous n'habitiez pas à l'adresse indiquée par votre employeur, alors j'ai dû vous appeler ici.

— Ils s'intéressaient à moi au point de se renseigner pour savoir où j'habitais ?

— Oui. C'est en rapport avec ce que j'ai à vous dire.

— Pourquoi s'intéressaient-ils à moi ?

— Je vous le dirai lorsque je vous verrai. Je dois vous le dire.

— Pourquoi pas maintenant ?

— Pas au téléphone. »

Il y eut une pause. Puis la fille parla... Sur un ton sec, précis... apeuré.

« Pourquoi voulez-vous me voir, exactement ? Que peut-il y avoir de si urgent qui nous concerne tous les deux ?

— C'est au sujet de votre famille. De nos deux familles. J'ai rencontré votre sœur. J'ai essayé de retrouver la trace de votre frère...

— Je n'ai parlé ni à l'un ni à l'autre depuis plus d'un an, l'interrompit Helden Tennyson. Je ne peux pas vous aider.

— Ce dont nous devons parler remonte à plus de trente ans.

— Non !

— Il s'agit aussi d'argent. De beaucoup d'argent.

— J'ai les moyens de vivre. Je...

— Pas seulement pour vous, insista Noël, lui coupant la parole. Pour des milliers de gens. Dans le monde entier. »

Il y eut encore une pause. Quand elle reprit la parole, elle parlait doucement.

« Cela a-t-il un rapport avec... des événements... des gens qui remontent à la guerre ?

— Oui. »

Parvenait-il enfin à communiquer avec elle ?

« Nous allons nous rencontrer, dit Helden.

— Est-il possible d'éviter de... de... »

Il ne savait pas bien comment le formuler sans lui faire peur.

« D'être vu par ceux qui nous suivent ? Oui.

— Comment ?

— J'ai l'habitude. Faites exactement ce que je vous dis de faire. Où êtes-vous ?

— A l'aéroport du Mans. Je vais louer une voiture et venir à Paris. Cela me prendra deux ou trois heures.

— Laissez la voiture dans un garage et prenez un taxi jusqu'à Montmartre. Jusqu'à la basilique du Sacré-Cœur. Entrez et allez jusqu'au bout, à la chapelle Louis IX. Faites brûler un cierge et posez-le sur son support, puis changez d'avis et posez-le sur un autre. Un homme viendra vous rejoindre et vous emmènera dehors, dans le square, à la table d'un des cafés en plein air. On vous donnera des instructions.

— Ce n'est pas la peine de compliquer les choses à ce point. Est-ce qu'on ne pourrait pas se voir dans un bar ? Ou dans un restaurant ?

— Ce n'est pas pour votre protection, monsieur Holcroft, mais pour la mienne. Si vous n'êtes pas celui que vous prétendez être, si vous n'êtes pas seul, je ne vous verrai pas. Je quitterai Paris ce soir et vous ne me retrouverez jamais. »

14

Le Sacré-Cœur s'élevait dans le ciel nocturne comme un chant de pierre obsédant. Derrière les énormes portes de bronze, une caverne infinie était enveloppée dans un voile d'obscurité et la lumière vacillante des cierges jouait une symphonie d'ombres sur le mur.

Debout près de l'autel, Noël entendait la mélodie d'un *Te Deum*. Dans un isolement solennel, un groupe de moines en visite chantaient doucement en chœur.

Il pénétra dans le cercle à peine éclairé, au-delà de l'abside qui abritait les chapelles des rois. Il habitua ses yeux aux ombres mouvantes et avança le long des balustrades qui bordaient les entrées aux petites chapelles. Les rangées de cierges lui donnaient juste assez de lumière pour lire les inscriptions : Louis IX, Louis le Pieux, Louis le Juste, Fils d'Aquitaine, Roi de France, arbitre de la chrétienté.

Pieux... Juste... Arbitre.

Helden von Tiebolt essayait-elle de lui faire comprendre quelque chose ?

Il glissa une pièce dans le tronc, retira une bougie fine de son brûloir et s'en servit pour en allumer une autre. Suivant les instructions, il la posa et quelques secondes plus tard la retira et la piqua sur un autre brûloir, quelques rangées plus loin.

Une main toucha son bras, des doigts agrippèrent son coude et, venant des ombres qui dansaient derrière lui, une voix lui chuchota à l'oreille.

« Tournez-vous lentement, monsieur. Gardez les bras le long du corps. »

Holcroft s'exécuta. L'homme ne mesurait pas plus d'un mètre soixante-huit, ou soixante-dix, avec un front haut qui commençait à se dégarnir des cheveux bruns. Il devait avoir la trentaine, se dit Noël, un visage plaisant, pâle, et même doux. Si quelque chose le caractérisait, c'était ses vêtements ; même dans cette demi-obscurité, on s'apercevait qu'ils étaient coûteux.

Il émanait de toute sa personne une aura d'élégance, ponctuée par le parfum de son eau de Cologne. Mais il s'adressait à lui sans aucun ménagement. Avant que Noël n'ait réalisé ce qui se passait, l'homme lui palpait les côtes et les mains puissantes descendaient jusqu'à sa ceinture et ses poches de pantalon.

Holcroft eut un sursaut de recul.

« Allons, restez tranquille ! » souffla l'homme.

A la lueur des bougies, près de la chapelle Louis IX, dans la basilique du Sacré-Cœur, à Montmartre, Noël se faisait fouiller.

« Suivez-moi, dit l'homme. Je vais remonter la rue jusqu'à la place ; restez assez loin derrière moi. Je retrouverai deux amis installés dans un café en plein air, probablement La Bohème. Faites le tour de la place ; prenez votre temps, regardez le travail des peintres ; ne vous pressez pas. Ensuite vous viendrez nous rejoindre et vous asseoir avec nous. Dites-nous bonjour comme si nous étions des connaissances, pas forcément des amis. Vous comprenez ?

— Je comprends. »

Si telle était la façon de contacter Helden von Tiebolt, alors qu'il en soit ainsi. Noël resta derrière l'homme, à distance respectueuse ; avec sa coupe mode, le pardessus n'était pas difficile à suivre au milieu des tenues moins élégantes des touristes.

Ils arrivèrent sur la place qui grouillait de gens. L'homme resta immobile un instant pour allumer une cigarette, puis traversa la rue et se dirigea vers une table derrière un bac rempli d'arbustes. Comme il l'avait dit, deux personnes se trouvaient à la table. Un homme en saharienne élimée, et une femme en manteau noir, une écharpe blanche autour du cou. L'écharpe contrastait avec ses cheveux raides, très noirs, aussi noirs que l'imperméable. Elle avait des lunettes en écaille, ornement déplacé et superflu sur un visage au teint pâle, sans maquillage visible. Noël se demanda si la femme au visage ordinaire était Helden von Tiebolt. Dans ce cas, elle ne ressemblait guère à sa sœur.

Il commença sa promenade, feignant de s'intéresser aux œuvres disposées un peu partout. Il y avait des toiles avec des touches de couleurs vives et des contours épais, de grands yeux proéminents et des enfants dessinés à la mine de charbon... mièvrerie, habileté et artifice. Il y avait peu de choses de qualité ; ce devait être ainsi ; c'était un endroit pour touristes, un bazar où le bizarre était à vendre.

Rien n'a changé à Montmartre, se dit Holcroft en se frayant un chemin vers le café. Il s'approcha du bac de plantes et fit un signe de tête aux deux hommes et à la femme attablés. Ils lui rendirent son salut. Il se dirigea vers l'entrée, rejoignit les « visages familiers, pas forcément amis » et s'assit sur la chaise libre, près de la femme aux cheveux noirs et aux lunettes en écaille de tortue.

« Je suis Noël Holcroft, dit-il, ne s'adressant à personne en particulier.

— Nous le savons », répondit l'homme en saharienne, le regard fixé sur la foule du square.

Noël se tourna vers la femme.

« Êtes-vous Helden von... Excusez-moi... Helen Tennyson ?

— Non, je ne l'ai jamais rencontrée, répondit la femme aux cheveux noirs en regardant l'homme en saharienne avec une vive attention. Mais je vous mènerai à elle. »

L'homme au pardessus coûteux se tourna vers Holcroft.

« Vous êtes seul ?

— Bien sûr. On peut commencer ? Helden... Tennyson a dit qu'on me donnerait des instructions. J'aimerais la voir, parler un moment avec elle et puis trouver un hôtel. Je n'ai pas beaucoup dormi ces temps-ci. »

Il commença à se lever.

« Asseyez-vous ! »

La femme avait parlé d'un ton sec.

Il se rassit, plus par curiosité que pour obéir à son ordre. Et puis il eut la soudaine sensation que ces trois personnes ne le mettaient pas à l'épreuve ; elles avaient peur. L'homme élégant mordait la phalange de son index en regardant quelque chose au milieu de la place. Son compagnon en saharienne avait posé la main sur le bras de son ami et regardait dans la même direction. Ils observaient quelqu'un, quelqu'un qui les troublait particulièrement.

Holcroft essaya de suivre leur regard, s'efforçant de distinguer quelque chose au milieu des silhouettes de la rue. Il s'arrêta de respirer. De l'autre côté de la rue, il voyait les deux hommes auxquels il avait cru échapper au Mans. Cela n'avait pas de sens ! Personne n'avait quitté l'avion après lui.

« Ce sont eux », dit-il.

L'homme élégant tourna la tête d'un mouvement vif ; l'homme en saharienne fut plus lent ; l'air incrédule, la femme aux cheveux noirs l'examina attentivement.

« Qui ? demanda-t-elle.

— Ces deux hommes là-bas, près de l'entrée du restaurant. L'un a un pardessus léger, l'autre porte un imperméable plié sur son bras.

— Qui sont-ils ?

— Ils étaient à Orly cet après-midi ; ils m'attendaient. J'ai pris l'avion jusqu'au Mans pour leur échapper. Je suis presque certain que ce sont des agents anglais. Mais comment ont-ils su que j'étais là ? Ils n'étaient pas dans l'avion. Personne ne m'a suivi ; je pourrais le jurer ! »

Les trois personnes échangèrent un regard ; elles le croyaient et Holcroft savait pourquoi.

Il leur avait montré lui-même les deux Anglais, il leur avait offert l'information avant d'y être confronté.

« Si ce sont des Anglais, qu'est-ce qu'ils ont à voir avec vous ? demanda l'homme en saharienne.

— C'est entre Helden von Tiebolt et moi.

— Mais vous croyez qu'ils sont vraiment anglais ? insista l'homme à la veste.

— Oui.

— J'espère que vous avez raison. »

L'homme au pardessus se pencha.

« Que voulez-vous dire par « j'ai pris l'avion pour Le Mans » ? Que s'est-il passé ?

— J'ai cru pouvoir les semer. J'étais convaincu d'y être arrivé. J'ai pris un billet pour Marseille. J'ai bien fait comprendre à la fille des réservations que je devais me rendre à Marseille, et j'ai choisi un vol avec plusieurs destinations. Le Mans était la première et je suis descendu. Je les avais vus la questionner. Mais je n'avais pas parlé du Mans !

— Ne vous excitez pas, dit l'homme en saha-rienne. Ça ne fait qu'attirer l'attention.

— Si vous vous imaginez qu'ils ne m'ont pas remarqué, vous êtes fêlé ! Mais comment y sont-ils parvenus ?

— Ce n'est pas difficile, dit la femme.

— Vous avez loué une voiture ? demanda l'homme élégant.

— Bien sûr. Il fallait que je rentre à Paris.

— A l'aéroport ?

— Naturellement.

— Et naturellement, vous avez demandé une carte, ou tout au moins quelle route prendre, en mentionnant Paris, évidemment. Après tout vous n'étiez pas en route pour Marseille.

— Certainement mais beaucoup de gens agissent ainsi.

— Pas tant que ça, pas dans un aéroport d'où partent des vols pour Paris. Et personne portant votre nom. Vous ne devez pas avoir de faux papiers. »

Holcroft commençait à comprendre. Ils ont véri-fié, dit-il, dégoûté.

« Une personne au téléphone pour quelques minutes seulement, dit l'homme en saharienne. Moins, si on a signalé que vous aviez quitté l'appareil au Mans.

— Les Français ne laisseraient pas passer l'occa-sion de vendre une place libre, ajouta l'homme au manteau élégant. Vous voyez maintenant ? »

Il n'y a pas tellement de compagnies qui louent des voitures dans des aéroports. Il suffit de donner la marque, la couleur, le numéro d'immatriculation. Le reste est simple.

« Pourquoi simple ? Dans tout Paris ? Trouver une voiture ?

— Pas *dans* Paris, monsieur. Sur la route de Paris. Il n'y a qu'une autoroute ; vraisemblablement, un étranger la choisira. On vous a repéré en dehors de Paris. »

A l'étonnement de Noël, se mêla une sensation

d'abattement. Son manque d'efficacité était trop flagrant.

« Je regrette. Je regrette vraiment.

— Vous ne l'avez pas fait exprès », dit l'homme élégant, reportant son attention sur les deux Anglais, maintenant assis sur la première banquette du restaurant au milieu du square. Il toucha le bras de l'homme en saharienne. « Ils se sont assis.

— Je vois.

— Qu'allons-nous faire ? demanda Holcroft.

— On s'en occupe, répondit la femme aux cheveux noirs. Faites exactement ce que nous vous dirons.

— *Maintenant !* dit l'homme bien habillé.

— Levez-vous ! ordonna la femme. Sortez avec moi et tournez à droite. Vite ! »

Stupéfait, Holcroft se leva et quitta le café, la femme agrippée à son bras.

« A droite ! » répéta-t-elle.

Il tourna à droite.

« Plus vite ! » dit-elle.

Derrière eux, il entendit un fracas de verre brisé, puis des cris furieux. Il se retourna pour regarder. En quittant leur banquette, les deux Anglais avaient bousculé un serveur. Tous les trois étaient dégoulinants de vin.

« Tournez encore à droite ! commanda la femme. Dans l'entrée ! »

Il obéit, se frayant un chemin pour entrer dans un autre café. Une fois à l'intérieur, la femme l'arrêta ; instinctivement, il fit demi-tour sur place et observa la scène.

Les Anglais essayaient de se libérer du serveur courroucé. L'homme au manteau était en train de lancer de l'argent sur la table. Son compagnon avait fait mieux ; il était sous la treille, en train de jeter des regards frénétiques vers la gauche, dans la direction que Holcroft et la fille avaient prise.

Noël entendit des cris. Incrédule, il regarda vers l'endroit d'où ils provenaient. A cinq mètres des agents britanniques, une femme en ciré noir, avec des lunettes en écaille, une écharpe blanche autour du cou, hurlait quelque chose à quelqu'un au point d'attirer toute l'attention sur elle.

Y compris celle des deux Anglais.

Elle s'interrompit brusquement et se mit à remonter la rue en courant, vers le côté sud de Montmartre.

Les agents britanniques la prirent en chasse. Leur progression fut inespérément ralentie par un groupe de jeunes en veste et en jeans qui sembla leur bloquer volontairement le chemin. Noël entendit des cris furieux, puis les coups de sifflet des gendarmes.

Montmartre était en plein chaos.

« Venez ! *Maintenant ! !* »

La femme aux cheveux noirs — celle qui était à côté de lui — l'agrippa de nouveau par le bras, et le poussa encore dans la rue.

« Tournez à gauche ! ordonna-t-elle en le poussant dans la foule. Là où nous étions. »

Ils s'approchèrent de la table derrière le bac à plantes. Il ne restait que l'homme au coûteux pardessus ; il se leva à leur approche.

« Il y en a peut-être d'autres, dit-il. Nous n'en savons rien. Vite ! »

Holcroft et la femme continuèrent à courir. Ils atteignirent une rue pas plus large qu'une grande ruelle ; elle était encadrée de petites boutiques, et le pâté de maisons n'avait pour toute lumière que celle des vitrines mal éclairées.

« Par là ! dit la femme qui tenait maintenant Noël par la main et courait à côté de lui. La voiture est à droite. La première au coin ! »

C'était une Citroën d'allure puissante, mais sans rien de remarquable. Des couches de poussière recouvraient la carrosserie, les roues étaient crasseuses et incrustées de boue. Même les vitres étaient recouvertes d'un voile de saleté.

« Montez devant et prenez le volant, commanda la femme en lui tendant une clef. Je resterai à l'arrière. »

Holcroft monta, essayant de s'orienter. Il fit tourner le moteur. Les vibrations firent trembler le châssis. C'était un moteur très puissant, conçu pour une voiture plus lourde, et qui, sur une voiture plus légère, garantissait une vitesse maximale.

« Allez tout droit jusqu'en bas de la colline ! dit la femme à l'arrière. Je vous dirai où tourner. »

Au cours des quarante-cinq minutes suivantes, des séries de virages brusques et d'embardées se succédèrent. La femme indiquait le chemin à la dernière seconde, forçant Noël à tourner violemment le volant pour lui obéir. Ils débouchèrent sur une autoroute au nord de Paris, en partant d'une route en lacet où la Citroën fit une embardée de côté, arrachant le monticule d'herbe qui se trouvait au milieu. Holcroft tenait le volant de toutes ses forces, redressant d'abord la voiture et puis se faufilant entre deux voitures presque parallèles.

« Plus vite ! hurla la femme aux cheveux noirs. Vous ne pouvez pas aller plus vite ?

— Seigneur ! On fait du cent quarante !

— Regardez dans le rétroviseur ! Je surveille les autres routes ! Plus vite ! »

Ils roulèrent dix minutes en silence, étourdis par le vent et le crissement constant des pneus. C'est une histoire de fous, se dit Noël en passant du pare-brise au rétroviseur, puis au rétroviseur extérieur qui était couvert de poussière. Que faisaient-ils ? Ils avaient quitté Paris. Qui fuyaient-ils maintenant ? Il n'avait pas le temps de réfléchir ; la femme recommençait à crier.

« Prochaine sortie ; celle-ci ! »

Il eut à peine le temps de freiner et de tourner. Dans un grincement de pneus, il s'arrêta devant un stop.

« Continuez ! A gauche ! »

Les quelques secondes d'immobilité furent le seul moment de calme dans ce tourbillon. Et cela recommença : les routes de campagne traversées en accélérant, les virages brusques, les ordres aboyés à l'oreille.

Le clair de lune qui avait inondé la splendeur du Sacré-Cœur révélait maintenant des étendues de terres cultivables rocailleuses. Les contours irréguliers des granges et des silos se profilaient à l'horizon ; de petites maisons au toit de chaume apparaissaient et disparaissaient.

« C'est par là ! » hurla la femme.

C'était un chemin non goudronné qui croisait la route qu'ils avaient suivie ; les arbres l'auraient caché si quelqu'un n'avait pas su où et quand regarder. Noël ralentit la Citroën et tourna. Toute la voiture fut secouée, mais la voix qui provenait de la banquette arrière ne tolérait pas qu'on ralentît.

« Dépêchez-vous ! Nous devons passer la colline pou qu'on ne voie pas nos phares. »

La pente était raide, le chemin trop étroit pour plus d'un véhicule. Holcroft appuya sur l'accélérateur ; la Citroën grimpa le chemin en renâclant. Ils atteignirent le haut de la colline. Noël s'agrippait au volant comme s'il risquait d'en perdre le contrôle. La descente fut rapide. Le chemin tournait sur la gauche et s'aplanissait de nouveau.

« Encore cinq cents mètres », dit la femme.

Holcroft était épuisé ; il avait la paume des mains trempée. La femme et lui se trouvaient à l'endroit le plus sombre, le plus perdu qu'il puisse imaginer. Dans une forêt très dense, sur un chemin qu'aucune carte routière ne signalait.

Et puis il la vit. Une petite maison au toit de chaume sur un terrain plat gagné sur la forêt. A l'intérieur, une lumière brillait faiblement.

« Arrêtez-vous ici. »

Ce ne fut pas la voix brutale qui lui avait martelé les oreilles pendant près d'une heure qu'il entendit.

Noël arrêta la voiture juste devant le sentier qui menait à la maison. Il respira plusieurs fois à fond et essuya son visage trempé de sueur, fermant les yeux un bref instant, souhaitant que son mal de tête disparaisse.

« Retournez-vous, s'il vous plaît, monsieur Holcroft », dit la femme, maintenant calmée.

Il obéit. Et à travers les ombres que dessinait le soleil couchant, il regarda la femme assise à l'arrière.

Disparus les cheveux noirs et les lunettes à grosse monture. L'écharpe blanche était toujours là, mais maintenant elle était en partie recouverte de longs cheveux blonds qui encadraient un très joli visage qu'il avait déjà vu auparavant. Pas exactement celui-ci, mais un visage semblable ; des traits délicats modelés dans la terre avant que le ciseau ne touche la pierre. Ce visage-là n'avait rien de froid et le regard n'était pas distant. On y lisait la vulnérabilité et l'ouverture aux autres. Elle parla calmement, lui rendant son regard.

« Je suis Helden von Tiebolt, et j'ai un revolver à la main. Bon. Que me voulez-vous ? »

15

Il baissa les yeux et aperçut un minuscule reflet sur le canon de l'automatique. L'arme était pointée sur lui, à quelques centimètres seulement de sa tête, les doigts de Helden sur la détente.

« Ce que je veux en premier lieu, dit-il, c'est que vous rangiez ce truc-là.

— Je crains que ce ne soit impossible.

— S'il y a quelqu'un au monde à qui rien ne doit arriver, c'est vous. Vous n'avez rien à craindre de moi.

— Voilà qui est chose rassurante ; mais on me l'a déjà dit et ce n'était pas toujours vrai.

— Dans mon cas ça l'est. »

Dans la pénombre, il riva ses yeux dans les siens — la tension qu'on lisait sur le visage de Helden diminua.

« Où sommes-nous ? demanda Noël. Est-ce que cette course folle était indispensable ? La bagarre à Montmartre, cette fuite éperdue dans la campagne ? Qu'est-ce que vous fuyez ?

— Je pourrais vous poser la même question. Vous

aussi, vous fuyez. Vous avez pris l'avion pour Le Mans.

— Il y a des gens que je voulais éviter. Mais ils ne me font pas peur.

— Moi aussi, il y a des gens que j'évite ; mais moi, j'ai peur.

— Qui ? »

L'ombre du Tinamou fit irruption dans les pensées de Noël ; il essaya de la repousser.

« Vous le saurez peut-être. Tout dépend de ce que vous avez à me dire.

— C'est de bonne guerre. Pour l'instant, vous êtes pour moi l'être le plus important au monde. Cela changera peut-être une fois que j'aurai fait la connaissance de votre frère, mais maintenant, c'est vous.

— Je n'arrive pas à comprendre pourquoi. Nous ne nous sommes jamais rencontrés. Vous avez dit que vous vouliez me voir au sujet d'événements qui remontaient à la guerre.

— Qui remontent jusqu'à votre père serait plus exact.

— Je n'ai jamais connu mon père.

— Votre père et le mien. Nous ne les avons connus ni l'un ni l'autre. »

Il lui raconta ce qu'il avait déjà raconté à sa sœur, mais sans mentionner les hommes de Wolfsschanze ; elle avait déjà assez peur comme ça. Et il s'entendit parler, comme en écho à la nuit dernière, à Portsea. Ce n'était que la nuit d'avant, et la femme à laquelle il s'adressait maintenant était semblable à l'autre — mais en apparence seulement. Gretchen Beaumont l'avait écouté en silence ; pas Helden. Elle l'interrompait sans arrêt, calmement, posant les questions qu'il aurait dû se poser.

« Est-ce que ce Manfredi vous a montré une preuve de son identité ?

— Il n'en a pas eu besoin ; il avait les papiers de la banque.

— Quels sont les noms des directeurs ?

— Les directeurs ?

— De la Grande Banque de Genève. Les administrateurs, ceux qui cautionnent cet extraordinaire document.

— Je l'ignore.

— On devrait vous le dire. Qui s'occupe de la partie juridique de cette agence de Zurich ?

— Les hommes de loi de la banque, je suppose.

— Vous supposez ?

— C'est important ?

— C'est six mois de votre vie. D'après moi, cela a une certaine importance.

— De *nos vies*.

— On verra. Je ne suis pas l'aînée des enfants de Wilhelm von Tiebolt.

— En vous appelant du Mans, je vous ai dit que j'avais vu votre sœur.

— Et... ? demanda Helden.

— Je crois que vous savez déjà. Elle ne fera pas l'affaire. Les directeurs de Genève ne l'accepteront pas.

— Il y a mon frère Johann. Il est le suivant, par ordre chronologique.

— Je le sais. Parlons un peu de lui.

— Pas maintenant. Plus tard.

— Que voulez-vous dire ?

— Au téléphone, je vous ai dit que j'avais connu trop d'urgences dans ma vie. J'ai connu trop de mensonges aussi. Dans ce domaine je suis devenue une experte ; je reconnais un menteur dès qu'il ouvre la bouche. Vous ne mentez pas.

— Je vous remercie. »

Noël était soulagé ; ils avaient maintenant une base de discussion. C'était son premier résultat concret. Malgré tout il se sentait transporté de joie. Elle baissa le revolver.

« Nous devons entrer maintenant. Il y a un homme qui veut vous parler. »

Cette remarque anéantit toute la joie de Holcroft. Il ne pouvait dévoiler Genève qu'à un membre de la famille von Tiebolt.

« Non, dit-il, en secouant la tête. Je ne veux parler

à personne. Ce dont nous avons parlé doit rester entre nous. Personne ne doit être au courant.

— Donnez-lui une chance. Il faut lui dire que vous ne voulez pas me faire de mal, ni à moi ni à d'autres. Il faut le convaincre que vous n'appartenez pas à autre chose.

— Appartenir à quoi ?

— Il vous expliquera.

— Il posera des questions.

— Ne dites que ce que vous voulez bien dire.

— Non ! Vous ne comprenez pas. Je ne peux *rien* dévoiler sur Genève, et vous non plus. J'ai essayé de vous expliquer... »

Il s'arrêta. Helden relevait l'automatique.

« J'ai encore le revolver à la main. Sortez de la voiture. »

Il la précéda sur le sentier qui menait à la porte de la maison. A part les faibles lumières que l'on voyait aux fenêtres, tout était sombre. Les arbres qui entouraient la maison filtraient le clair de lune, et à travers les branches, les rayons étaient si pâles qu'ils semblaient se désintégrer.

Noël sentit le bras de Helden lui entourer la taille et le canon du revolver s'appuyer contre son dos.

« Prenez cette clef. Ouvrez la porte. Il se déplace difficilement. »

A l'intérieur, la petite pièce ressemblait à toutes les pièces telles qu'on se les imagine dans un endroit reculé de la campagne française, à une exception près ; deux murs étaient couverts de livres. Tout le reste était d'une simplicité presque primitive ; des meubles solides, d'un style démodé, plusieurs lampes éteintes, avec des abat-jour très ordinaires, un plancher, et des murs blanchis à la chaux. Les livres paraissaient déplacés.

Dans un coin de la pièce, un homme au visage émacié était assis dans une chaise roulante, entre un lampadaire et une petite table, la lumière par-dessus son épaule gauche, un livre sur les genoux. Il avait des cheveux blancs, fins, soigneusement coiffés. Holcroft lui donnait largement soixante-dix ans. Malgré son aspect décharné, le visage était résolu, le regard alerte derrière des lunettes cerclées d'acier. Il portait un cardigan en laine boutonné jusqu'en haut et un pantalon de velours.

« Bonsoir, Herr Oberst, dit Helden. J'espère que nous ne vous avons pas fait trop attendre.

— Bonsoir, Helden, répondit le vieil homme en posant le livre. Vous êtes là, et de toute évidence, vous êtes en sécurité. C'est tout ce qui importe. »

Ébahi, Noël regardait la silhouette décharnée prendre appui sur les bras de la chaise roulante et se lever lentement. Il était très grand, un mètre quatre-vingt-huit ou quatre-vingt-dix. Il continua à parler avec un accent allemand aristocratique très prononcé.

« Vous êtes le jeune homme qui a téléphoné à Miss Tennyson, affirma-t-il. On m'appelle Oberst — colonel — tout simplement. Ce n'était pas mon rang, mais je crains que nous ne devions nous en contenter.

— Voici Noël Holcroft. Il est américain, et c'est l'homme en question. — Helden fit un pas à gauche, révélant le revolver qu'elle tenait à la main. — Il est ici contre sa volonté. Il ne voulait pas vous parler.

— Comment allez-vous, monsieur Holcroft ? » Le colonel fit un signe de tête, sans lui tendre la main. « Puis-je vous demander pourquoi cette réticence ?

— J'ignore qui vous êtes, répondit Noël aussi calmement que possible. De plus, les sujets abordés avec Miss... Tennyson sont de nature confidentielle.

— C'est son avis ?

— Demandez-le-lui... »

Holcroft retint sa respiration. Dans quelques secondes, il saurait s'il avait pu la convaincre.

« Ils le sont, dit Helden, s'il s'agit bien de la vérité. Et je crois que c'est le cas.

— Je vois. Mais vous devez être convaincue, et je suis l'avocat du diable, sans dossier. »

Le vieillard se rassit dans la chaise roulante.

« Qu'est-ce que cela veut dire ? demanda Noël.

— Vous refusez d'aborder ces sujets confidentiels,

pourtant les réponses aux questions que je dois poser pourraient soulager votre anxiété. Vous voyez, monsieur Holcroft, vous n'avez aucune raison d'avoir peur de moi. Au contraire, c'est nous qui avons beaucoup à craindre de vous...

— Pourquoi ? Je ne vous connais pas et vous ne me connaissez pas. Je ne sais pas dans quoi vous êtes embarqué, mais cela ne me concerne pas.

— Nous devons tous en être convaincus, dit le vieil homme. Au téléphone, vous avez parlé à Helden d'une urgence, d'une grosse somme d'argent, d'événements qui remontent à plus de trente ans.

— Je regrette qu'elle vous l'ait dit, l'interrompit Noël. C'est déjà trop.

— Elle n'a pas dit grand-chose de plus, reprit le colonel. Seulement que vous aviez rencontré sa sœur, et que vous vous intéressiez à son frère.

— Je répète, c'est confidentiel.

— Et finalement, reprit le vieil homme, comme si Holcroft n'avait rien dit, que vous vouliez une entrevue secrète. C'est tout au moins ce que vous avez laissé entendre.

— Pour des raisons personnelles, dit Noël. Cela ne vous regarde pas.

— Vraiment ?

— Absolument.

— Dans ce cas, laissez-moi résumer la situation. »

Les yeux fixés sur Holcroft, le colonel joignit les mains.

« Il s'agit d'une urgence, de beaucoup d'argent, d'événements vieux de trois décennies ; d'enfants d'un membre du haut commandement du Troisième Reich, et — le plus important, peut-être — d'une rencontre clandestine. Tout cela n'évoque-t-il pas quelque chose ? »

Noël refusa d'épiloguer.

« Je ne vois pas du tout ce que cela vous évoque.

— Alors je vais être précis. Un piège.

— Un piège ?

— Qui êtes-vous, monsieur Holcroft ? Un disciple d'ODESSA ? Ou peut-être un soldat de la Rache ?

— ODESSA ?... ou la... quoi ? demanda Holcroft.

— La *Rache*, répondit sèchement le vieil homme en détachant chaque syllabe.

— La "Ra-reu" ?... » Noël rendit à l'infirme son regard pénétrant. « Je ne sais pas de quoi vous parlez. »

Oberst jeta un coup d'œil à Helden, puis revint à Holcroft.

« Vous n'avez jamais entendu parler de l'un ou de l'autre ?

— J'ai entendu parler d'ODESSA. J'ignore tout de la « ... Ra-reu » ou je ne sais trop quoi.

— Ils recrutent et ils tuent. Mais les deux recrutent. Les deux tuent. ODESSA et la Rache. Les chasseurs d'enfants.

— Des chasseurs d'enfants ? » Noël secoua la tête. « Soyez un peu plus clair. Je ne comprends rien à ce que vous dites. »

Une fois de plus, le vieil homme regarda Helden. Holcroft ne put déchiffrer ce qui passa entre eux, mais Oberst le dévisagea intensément, comme s'il étudiait un interlocuteur particulièrement retors.

« Je vais le formuler très simplement, dit-il. Êtes-vous un de ceux qui recherchent les enfants des nazis ? Qui les pourchassent et les tuent par vengeance — pour des crimes qu'ils n'ont pas commis — pour que des innocents servent d'exemples ? Ou qui les recrutent de force ? En se servant de documents où leurs parents sont décrits comme des êtres monstrueux de cruauté, en menaçant de révéler qu'ils sont des enfants de psychopathes et d'assassins s'ils refusent d'adhérer. Voilà ceux qui cherchent les enfants, monsieur Holcroft. Êtes-vous l'un d'eux ? »

Soulagé, Noël ferma les yeux.

« Vous n'imaginez pas à quel point vous vous trompez. Je ne vous en dirai pas davantage, mais vous commettez une erreur monumentale.

— Nous devons en être sûrs.

— Vous le pouvez. Je n'ai rien à voir avec tout ça et je n'en avais jamais entendu parler. Ces gens-là sont des malades.

« — Oui, des malades, acquiesça Oberst. Mais ne vous méprenez pas. Les Wiesenthal de ce monde poursuivent les monstres, les vrais, les criminels impunis qui se rient encore de Nuremberg et nous n'y pouvons rien ; c'est une autre guerre. Mais il ne faut plus que les enfants soient persécutés. »

Noël se tourna vers Helden.

« C'est ce que vous fuyez ? Après tant d'années, ils continuent à vous poursuivre ? »

Le vieil homme répondit.

« Chaque jour, on commet des actes de violence. Partout.

— Dans ce cas, pourquoi les gens ne sont-ils pas au courant ? demanda Holcroft. Pourquoi est-ce que les journaux n'en parlent pas ? Pourquoi fait-on le silence ?

— Les... gens, comme vous le dites, se sentiraient-ils concernés, demanda le colonel, par des enfants de nazis ?

— Mais bon sang, ce n'étaient que des gosses ! »

Une fois de plus, Holcroft regarda Helden.

« Ce que j'ai vu ce soir est en rapport avec ça ? Vous devez vous protéger mutuellement ? Ils sont donc si nombreux ?

— On nous appelle les enfants de l'enfer, répondit Helden von Tiebolt. Damnés pour ce que nous sommes, et damnés pour ce que nous ne sommes pas.

— Je ne comprends pas, protesta Holcroft.

— Il n'est pas primordial que vous compreniez. » Le vieux militaire se leva lentement, essayant de se redresser de toute sa hauteur, pensa Noël. « L'important, c'est que nous soyons convaincus que vous n'êtes ni d'un bord ni de l'autre. Vous êtes satisfaite, Helden ?

— Oui.

— Vous n'avez rien d'autre à me dire ? »

La femme secoua la tête, et répéta :

« Je suis satisfaite.

— Alors, moi aussi. » Le colonel tendit la main à Noël. « Merci d'être venu. Helden vous l'expliquera, peu de gens connaissent mon existence, et c'est mieux ainsi. Nous aimerions compter sur votre discrétion. »

Surpris par la fermeté de sa poignée de main, Holcroft répondit :

« Si je peux compter sur la vôtre.

— Vous avez ma parole.

— Eh bien, vous avez la mienne », dit Noël.

Ils roulèrent en silence. Les phares trouaient l'obscurité. Holcroft était au volant ; à côté de lui, Helden lui montrait le chemin en hochant légèrement la tête et en indiquant les tournants du doigt. Les hurlements, les ordres aboyés à la dernière seconde avaient pris fin. Les événements de la nuit semblaient avoir autant épuisé Helden que lui. Mais la nuit n'était pas terminée ; ils avaient à parler.

« Est-ce que tout ça était nécessaire ? demanda-t-il. Il fallait vraiment qu'il me rencontre ?

— Vraiment. Il devait être convaincu que vous n'aviez rien à voir avec ODESSA, ni avec la Rache.

— Qui sont-ils exactement ? Il en a parlé comme si j'étais censé le savoir, mais je ne les connais pas.

— Ce sont deux organisations extrémistes, ennemies jurées l'une de l'autre. Toutes deux sont fanatiques ; toutes deux nous pourchassent.

— Nous ?

— Les enfants des dirigeants du Parti. Où que nous soyons.

— Pourquoi ?

— ODESSA veut faire renaître le parti nazi. Leurs partisans sont partout.

— Vous parlez sérieusement ?

— Mais oui. Leurs méthodes de recrutement vont du chantage à l'intimidation physique. Ce sont des gangsters.

— Et... Rah... reu... ?

— *Rache*. Vengeance, en allemand. Au début, c'était une société formée par les survivants des camps de concentration. Ils cherchaient les sadiques et les assassins, les milliers de gens qui n'ont jamais été traduits en justice.

— C'est une organisation juive, alors ?

— Il y a des juifs dans la Rache, oui, mais maintenant ils sont en minorité. Les Israéliens ont formé leurs propres groupes et ils opèrent depuis Tel-Aviv et Haïfa. La Rache est essentiellement communiste ; pour certains, elle est dirigée par le K.G.B. Pour d'autres, des révolutionnaires du tiers monde gravitent autour. La « vengeance » dont il était question au début s'est transformée. La Rache est un paradis pour terroristes.

— Mais pourquoi est-ce qu'ils vous recherchent ? »

Helden le regarda.

« Pour nous enrôler. Comme les autres, nous avons nos révolutionnaires. La Rache les attire ; elle représente le contraire de ce qu'ils fuient. Mais pour la plupart d'entre nous, ce n'est pas mieux que le parti nazi dans ses pires moments. Et avec ceux qui ne se laissent pas convaincre, la Rache emploie des méthodes plus dures. Nous sommes les boucs émissaires, les fascistes qu'ils écrasent. Ils se servent de nous, de notre nom, souvent de nos cadavres, pour faire savoir que les nazis sont toujours en vie. Comme ODESSA, c'est fréquemment « enrôler ou supprimer ».

— C'est de la folie furieuse, dit Noël.

— Oui, acquiesça Helden, mais c'est la réalité. Nous nous taisons ; nous ne voulons pas attirer l'attention. D'ailleurs, qui se sentirait concerné ? Nous sommes des enfants de nazis.

— ODESSA, la Rache... Je ne connais personne qui en ait entendu parler.

— Parce qu'ils n'ont aucune raison.

— Qui est Oberst ?

— Un homme remarquable qui doit passer le reste de sa vie caché parce qu'il a écouté sa conscience.

— Comment ça ?

— Il faisait partie du haut commandement et il a vu toutes les horreurs. Il savait que s'y opposer serait inutile ; d'autres l'avaient fait, et ils sont morts. Alors, il est resté et, grâce à son grade, il a pu annuler un ordre après l'autre et sauver Dieu sait combien de vies.

— Cela n'a rien de déshonorant.

— Il l'a fait de la seule manière possible pour lui. Discrètement, dans la bureaucratie du haut commandement. A la fin de la guerre, les Alliés l'ont condamné à cause de son statut dans le Reich ; il a passé dix-huit ans en prison. Lorsqu'on a appris ce qu'il avait fait, des milliers d'Allemands l'ont haï, et l'ont traité de vendu. Ce qui restait du corps d'officiers a mis sa tête à prix.

— Damné pour ce qu'il était et damné pour ce qu'il n'était pas.

— Oui, répondit-elle, indiquant brusquement un tournant qu'elle avait failli manquer.

— A sa façon, dit Noël, Oberst ressemble aux trois hommes qui ont rédigé le document de Genève. Vous y avez songé ?

— J'y avais songé.

— Vous avez dû être tentée de le lui dire.

— Pas vraiment. Vous m'avez demandé de ne pas le faire. »

Il se tourna vers elle ; elle regardait droit devant elle. Fatiguée, les traits tirés, son teint pâle accentuait ses grands cernes sombres. Elle semblait très seule et cette solitude ne pouvait pas être troublée à la légère. Mais la nuit n'était pas terminée. Ils avaient des choses à se dire, des décisions à prendre.

Noël commençait à se dire que la plus jeune des enfants von Tiebolt serait choisie pour représenter la famille von Tiebolt à Genève.

« Pourrait-on aller dans un endroit tranquille ? Un verre nous ferait le plus grand bien.

— Il y a une petite auberge à huit ou neuf kilomètres d'ici. Elle est un peu cachée ; personne ne nous verra. »

En quittant l'autoroute, Noël aperçut des phares dans le rétroviseur. Le chemin qu'il avait pris pour quitter l'autoroute était un peu curieux, car aucun panneau ne l'indiquait ; une sortie non signalée. Qu'un autre conducteur ait quitté l'autoroute au même endroit, au même moment, était une coïncidence troublante. Holcroft allait parler lorsque quelque chose d'étrange se produisit.

La lumière des phares disparut du rétroviseur.

L'auberge était une ancienne ferme ; une partie des pâturages avait été recouverte de gravier et transformée en parking bordé d'une clôture. Pour accéder à la salle à manger, il fallait passer sous une petite voûte à côté du bar. Deux autres couples se trouvaient là, de toute évidence des Parisiens ; de vrais couples illégitimes. Des regards se dirigèrent vers les nouveaux venus. A l'autre bout de la pièce des bûches se consumaient dans une cheminée. C'était un endroit approprié à la conversation.

On leur donna une table à gauche du feu puis on leur servit deux cognacs.

« C'est un endroit agréable, dit Noël réchauffé par les flammes et l'alcool. Comment l'avez-vous découvert ?

— C'est sur la route qui va chez le colonel. Mes amis et moi nous nous retrouvons souvent ici.

— Vous permettez que je vous pose quelques questions ?

— Allez-y.

— Quand avez-vous quitté l'Angleterre ?

— Il y a environ trois mois. Quand on m'a proposé cet emploi.

— Dans l'annuaire de Londres, la Helen Tennyson, c'est vous ?

— Oui. En anglais, un nom comme « Helden » nécessite une explication. Et j'en avais assez. A Paris, c'est différent. Les Français ne sont pas très curieux en ce qui concerne les prénoms.

— Mais vous ne vous faites pas appeler « von Tiebolt ». »

Holcroft vit une expression d'agacement passer sur son visage.

186

« Non.

— Pourquoi « Tennyson« ?

— Cela me paraît plutôt évident. « Von Tiebolt« fait très allemand. Quand nous avons quitté le Brésil pour l'Angleterre, j'ai trouvé raisonnable de changer.

— Ce n'est rien de plus qu'un changement ?

— Non. » Helden dégustait son cognac et regardait les flammes. « Rien de plus. »

Noël l'observa. Elle ne savait pas bien mentir. Sa voix la trahissait. Elle cachait quelque chose, mais le lui faire remarquer la provoquerait. Il fit comme si de rien n'était.

« Que savez-vous de votre père ? »

Elle se tourna vers lui.

« Très peu. Ma mère l'aimait, et d'après ce qu'elle m'a dit, c'était un homme de valeur, bien que ces années sous le Troisième Reich ne l'indiquent guère. Mais cela, vous l'avez confirmé, n'est-ce pas ? En fait, c'était un homme profondément moral.

— Parlez-moi de votre mère.

— C'était une survivante. Elle s'est enfuie d'Allemagne avec juste quelques bijoux, deux enfants, et un bébé dans son ventre. Elle n'avait pas de métier, pas de spécialité, mais elle savait... convaincre. Elle a commencé à vendre des robes dans des boutiques, elle a entretenu de bonnes relations avec la clientèle, elle s'est servie de son sens du style — et elle en avait — pour lancer sa propre affaire. Plusieurs, en fait. A Rio de Janeiro, notre maison était très agréable.

— Votre sœur m'a dit que c'était... un sanctuaire devenu un enfer.

— Ma sœur a un penchant pour le mélodrame. Ce n'était pas si mal que ça. Si on nous méprisait, il y avait peut-être une raison.

— Laquelle ?

— Ma mère était extrêmement belle...

— Ses filles le sont aussi, interrompit Noël.

— Ce doit être vrai, dit Helden très naturellement. Je n'y ai jamais beaucoup pensé. Je n'ai pas eu besoin de m'en servir. Mais ma mère oui.

— A Rio ?

— Oui. Elle était entretenue par plusieurs hommes... Nous étions tous entretenus en fait. Il y a eu deux ou trois divorces, mais elle a refusé d'épouser les maris en question. Elle a brisé des mariages tout en soutirant de l'argent et des arrangements financiers. A sa mort, nous étions très à l'aise. Pour la communauté allemande, c'était une paria. Et par extension, ses enfants aussi.

— Elle devait être fascinante, dit Holcroft, souriant. Comment est-elle morte ?

— On l'a tuée. Elle a reçu une balle dans la tête un soir, au volant de sa voiture. »

Le sourire disparut. Les images resurgissaient : un point de vue panoramique désert au-dessus de Rio ; les détonations et les explosions ; du verre brisé... du *verre*. Un revolver muni d'un silencieux. Une vitre de voiture qui explose. Un lourd pistolet noir pointé sur lui...

Quand il put de nouveau parler, ce fut pour dire des phrases qu'il avait crues ridicules.

Les Cararra, frère et sœur. La sœur, grande amie et fiancée de Johann von Tiebolt.

Ma sœur et lui devaient se marier. Les Allemands ne l'ont pas permis.

Qui pouvait les arrêter ?

N'importe qui. En abattant Johann d'une balle dans la tête.

Les Cararra. De grands amis de von Tiebolt, qui plaidaient leur cause. Noël se dit soudain que si Helden apprenait que les Cararra l'avaient aidé, elle serait peut-être plus coopérative. Les Cararra avaient risqué leur vie, pour l'envoyer vers les von Tiebolt. Sa confiance à elle devait égaler la leur.

« Je crois que je dois vous dire quelque chose. A Rio, ce sont les Cararra qui m'ont contacté. Ils m'ont dit où commencer à vous chercher. Ce sont eux qui m'ont appris que votre nouveau nom était Tennyson.

— Qui ?

— Vos amis, les Cararra. La fiancée de votre frère.

— Les Cararra ? A Rio de Janeiro ?

— Oui.

— Je n'en ai jamais entendu parler. Je ne connais aucun Cararra. »

16

Il ressentit un choc en retour, comme le recul d'une carabine. Brusquement, Helden se méfiait, appréhendait de lui parler de sa famille.

Qui étaient ces Cararra ?

Pourquoi lui avoir dit ces mensonges ?

Qui les lui avait envoyés ? Le frère de Helden n'avait ni fiancée ni meilleur ami dont elle se souvienne.

Il ne prétendait pas comprendre ; il ne pouvait que supposer. Personne d'autre n'était venu à lui. Pour des raisons connues d'eux seuls, les Cararra avaient inventé une relation qui n'existait pas ; pourtant, les considérer comme des ennemis des von Tiebolt n'avait aucun sens. Ils l'avaient contacté sous prétexte d'aider les deux sœurs et le frère, forcés de quitter le Brésil. A Rio, certaines personnes seraient prêtes à payer beaucoup d'argent pour retrouver les von Tiebolt. Graff, par exemple. Les Cararra, qui avaient tout à y gagner et pas grand-chose à y perdre, n'avaient rien dit.

« Ils voulaient vous aider, dit Noël. Sur ce point, ils ne mentaient pas. Ils ont dit qu'on vous avait persécutés. Ils voulaient vous venir en aide.

— C'est possible, dit Helden. Rio est plein de gens qui continuent à faire la guerre, à pourchasser ceux qu'ils appellent des traîtres. On ne peut jamais savoir qui est un ami et qui est un ennemi. Pas avec les Allemands.

— Vous connaissiez Graff ?

— Je savais qui il était bien sûr. Tout le monde le savait. Je ne l'ai jamais rencontré.

— Moi oui, dit Noël. Pour lui, les von Tiebolt sont des traîtres.

— Je vous crois. Nous étions des parias, mais pas au sens nationaliste.

— Dans quel sens, alors ? »

La jeune femme détourna les yeux ; porta le verre de cognac à ses lèvres.

« Différent.

— Votre mère ?

— Oui, répondit Helden. C'était ma mère. Je vous l'ai dit, la communauté allemande la méprisait. »

Une fois encore, Holcroft eut l'impression qu'elle ne lui disait pas toute la vérité. Il ne voulait pas insister maintenant. S'il pouvait gagner sa confiance, elle le lui dirait plus tard. Elle devait le lui dire ; Genève en serait peut-être modifié. Maintenant, tout pouvait affecter Genève.

« Vous avez dit que votre mère a brisé des mariages. Votre sœur a employé presque la même formule en parlant d'elle-même. Elle a dit qu'à Portsmouth, les officiers et leurs femmes l'évitaient.

— Si vous cherchez des ressemblances, je ne tenterai pas de vous en dissuader. Ma sœur est beaucoup plus âgée que moi. Elle était plus proche de ma mère, elle l'a vue évoluer, elle a constaté les avantages que ma mère tirait de la situation. Ma sœur a connu les horreurs de Berlin après la guerre. A treize ans, elle couchait avec des soldats pour pouvoir manger. Des soldats américains, monsieur Holcroft. »

Il n'avait pas besoin d'en savoir davantage sur Gretchen Beaumont. Le tableau était complet. Prostituée, quelles qu'aient été les raisons, à quatorze ans. Prostituée — quelles qu'en soient les raisons — à plus de quarante-cinq ans. Les directeurs de la banque de Genève élimineraient sa candidature pour instabilité et incompétence.

Mais Noël savait qu'il existait des raisons encore plus valables. Celui que Gretchen Beaumont disait haïr mais dont elle partageait l'existence. Un homme aux sourcils épais, qui avait suivi Holcroft au Brésil.

« Et son mari ?

— Je le connais à peine. »

Une fois de plus, elle détourna les yeux et regarda le feu. Elle avait peur ; elle cachait quelque chose. Sa réponse était faussement nonchalante. Ce dont elle refusait de parler avait un rapport avec Beaumont. Il n'était plus utile d'éviter le sujet. Il ne devait plus être le seul à dire la vérité ; plus tôt elle le comprendrait, mieux ce serait pour eux deux.

« Vous savez quelque chose sur lui ? D'où il venait ? Que fait-il dans la marine ?

— Non, rien. Il est commandant sur un bateau ; c'est tout ce que je sais.

— Je crois qu'il est plus que ça, et vous le savez. Je vous en prie, dites-moi la vérité. »

Tout d'abord, ses yeux étincelèrent de colère ; et puis tout aussi vite, la colère disparut.

« C'est bizarre, de dire ça. Pourquoi est-ce que je vous mentirais ?

— J'aimerais le savoir. Vous avez dit que vous le connaissiez à peine, mais vous paraissez très effrayée.

— Où voulez-vous en venir ?

— Si vous savez quelque chose, dites-le-moi. Si on vous a parlé du document de Genève, dites-moi ce qu'on vous a dit.

— Je ne sais rien. Je n'ai rien entendu.

— J'ai vu Beaumont il y a deux semaines dans l'avion pour Rio. Celui que j'ai pris à New York. Il me suivait. »

Il lut la peur dans le regard d'Helden.

« Je crois que vous vous trompez, dit-elle.

— Non. J'ai vu sa photo chez votre sœur. Chez lui. C'est le même homme. J'ai volé cette photo, et on me l'a reprise. Après m'avoir dérouillé.

— Seigneur... On vous a frappé à cause de sa photo ?

— Rien d'autre ne manquait. Ni mon portefeuille, ni mon argent, ni ma montre. Juste sa photo. Il y a une dédicace au dos.

— Laquelle ?

— Je n'en sais rien. Je ne parle pas l'allemand.

— Vous vous souvenez de quelque chose ?

191

— Un mot, je pense. Le dernier. T-O-D. Tod.

— *Ohne dich Sterbe ich*. Sans toi je meurs. C'est le genre de chose que ma sœur écrivait. Je vous l'ai dit, elle aime bien le mélodrame. »

Elle mentait. Il le savait !

« Une marque d'affection ?

— Oui.

— C'est ce qu'ont dit les Britanniques, et je ne les ai pas crus non plus. Beaumont était à bord. On m'a pris cette photo à cause du message qui était écrit derrière. Bon Dieu, qu'est-ce que c'est que cette histoire ?

— Je n'en sais rien !

— Mais vous savez quelque chose. » Noël essaya de se maîtriser. Ils parlaient à voix basse, presque en chuchotant, mais leur discussion parvenait jusqu'aux tables voisines. Holcroft posa sa main sur celle de Helden. « Je vous le demande encore une fois. Vous savez quelque chose. Dites-le-moi. »

Il sentit sa main trembler légèrement.

« Ce que je sais est tellement compliqué que cela n'aurait aucun sens. En fait, c'est plus ce que je devine que ce que je sais. Elle retira sa main. Il y a quelques années, Anthony Beaumont était attaché naval à Rio de Janeiro. Je le connaissais à peine, mais je me souviens qu'il venait souvent à la maison. Il était marié à l'époque, mais il s'intéressait à ma sœur. Je suppose qu'on pourrait appeler cela un passe-temps. Que ma mère encourageait. C'était un officier de marine de haut rang ; cela pouvait être utile. Mais ma sœur avait de violentes disputes avec ma mère. Elle méprisait Beaumont et ne voulait pas le voir. Pourtant, quelques années plus tard, elle est allée vivre en Angleterre et elle l'a épousé. Je n'ai jamais compris. »

Soulagé, Noël se pencha.

« Ce n'est peut-être pas aussi difficile à comprendre que vous le pensez. Elle m'a dit qu'elle l'avait épousé par sécurité ?

— Et vous l'avez crue ?

— Son attitude semblait affirmer ce qu'elle m'avait dit.

— Dans ce cas, j'ai du mal à croire que vous ayez rencontré ma sœur.

— C'était votre sœur. Vous vous ressemblez ; vous êtes toutes les deux très belles.

— A mon tour de vous poser une question. Avec sa beauté, croyez-vous vraiment qu'elle se contenterait d'un salaire et d'une vie étriquée d'épouse d'officier de marine ? Je n'y arrive pas, je n'ai jamais pu y croire.

— Alors, quelle est votre version ?

— Je pense qu'elle a été forcée d'épouser Anthony Beaumont. »

Noël se radossa ; si elle disait vrai, la clef était à Rio de Janeiro. Avec sa mère, peut-être. Avec le meurtre de sa mère.

« Comment Beaumont aurait-il pu la forcer à l'épouser ? Et pourquoi ?

— Je me suis posé ces questions une centaine de fois. Je n'en sais rien.

— Vous le lui avez demandé ?

— Elle refuse de me parler.

— Qu'est-ce qui est arrivé à votre mère à Rio ?

— Je vous l'ai déjà dit : elle manipulait les hommes pour de l'argent. Les Allemands la méprisaient, ils la trouvaient immorale. En revoyant le passé, c'est difficile à nier.

— C'est la raison pour laquelle on l'a abattue ?

— Je suppose. Personne ne le sait vraiment ; on n'a jamais trouvé l'assassin.

— Mais c'est peut-être la réponse à la première question, n'est-ce pas ? Beaumont savait peut-être des choses si compromettantes sur votre mère qu'il a pu faire chanter votre sœur. »

Helden mit les paumes de ses mains à plat sur la table.

« Que pourrait-il y avoir de si compromettant ? Si tout ce qu'on a dit sur ma mère est vrai, pourquoi Gretchen en serait-elle si affectée ?

— Tout dépend de quoi il s'agit.

— Ce n'est pas convenable. Elle est en Angleterre maintenant. Elle est autonome, à des milliers de kilomètres. Pourquoi serait-elle concernée ?

— Je n'en ai pas la moindre idée. »

Puis Noël se souvint.

« Vous avez employé l'expression « les enfants de l'enfer ». Damnés pour ce que vous étiez, et damnés pour ce que vous n'étiez pas. Ça pourrait aussi s'appliquer à votre sœur ?

— Beaumont ne s'intéresse pas à ce genre de choses. C'est un tout autre domaine.

— Vraiment ? Vous n'en savez rien. D'après vous, il l'a forcée à l'épouser. Si ce n'est pas ça, alors qu'est-ce que c'est ? »

Plongée dans ses pensées, Helden regarda ailleurs.

« Quelque chose de beaucoup plus récent.

— Le document de Genève ? » demanda-t-il.

L'avertissement de Manfredi résonnait à ses oreilles, il revoyait le spectre de Wolfsschanze.

« Comment Gretchen a-t-elle réagi quand vous lui avez parlé de Genève ?

— Comme si c'était sans importance, répondit Holcroft.

— Eh bien ?...

— Elle voulait peut-être faire diversion. Elle était trop décontractée, comme vous il y a quelques minutes, quand j'ai parlé de Beaumont. Elle s'y attendait peut-être et elle s'était préparée.

— Ce n'est qu'une supposition. »

Le moment est venu, se dit Noël. Il le lirait dans ses yeux — la suite, ce dont elle ne voulait pas parler : est-ce qu'il s'agissait de Johann von Tiebolt ?

« Pas vraiment. Votre sœur m'a dit que votre frère lui avait parlé d'un homme qui viendrait un jour et lui parlerait d'une affaire étrange. »

Ce qu'il cherchait — une lueur d'entendement, une expression apeurée —, il ne le trouva point. Il y avait bien quelque chose, mais il n'arrivait pas à faire le lien. Elle le regardait comme si elle essayait de comprendre. Pourtant, elle avait quelque chose de foncièrement innocent, et c'était ce que *lui* ne pouvait pas comprendre.

« Un homme viendra un jour... ça ne veut rien dire.

— Parlez-moi de votre frère. »

Elle resta un long moment silencieuse, à regarder la nappe rouge ; la bouche entrouverte d'étonnement. Puis comme si elle sortait des transes :

« Johann ? Que pourrais-je vous en dire ?

— Votre sœur m'a raconté qu'il vous a fait sortir tous les trois du Brésil. Ça a été difficile ?

— Il y a eu des problèmes. Nous n'avions pas de passeport, et certaines personnes essayaient de nous empêcher d'en obtenir.

— Vous étiez des immigrants. Votre mère, votre frère et votre sœur, tout au moins. Il leur fallait des papiers.

— A cette époque-là, on brûlait les papiers dès qu'ils avaient servi.

— Qui voulait vous empêcher de quitter le Brésil ?

— Ceux qui voulaient traîner Johann en justice.

— Pour quelle raison ?

— Après le meurtre de notre mère, Johann a géré ses affaires. Elle ne l'avait jamais laissé prendre beaucoup de responsabilités de son vivant. Beaucoup de gens le croyaient dur, malhonnête même. On l'a accusé de détourner des fonds, de frauder. Je pense qu'il n'y avait rien de vrai. Il était simplement plus incisif et plus brillant que les autres.

— Je vois, dit Noël, se souvenant de l'opinion du MI-5... Un perfectionniste. Comment a-t-il pu éviter les tribunaux et vous faire sortir du Brésil ?

— L'argent. Et des réunions qui duraient toute la nuit, dans des endroits bizarres, avec des hommes dont il ne révélait jamais l'identité. Il est arrivé à la maison un matin, et il nous a dit, à Gretchen et à moi, de prendre juste quelques affaires pour deux jours. On est allé en voiture à l'aéroport et on a pris un petit avion pour Recife. Un homme est venu nous accueillir ; on nous a donné des passeports ; au nom de Tennyson. Ensuite, nous nous sommes retrouvés dans un avion pour Londres. »

Holcroft la regarda attentivement. Elle ne mentait pas.

« Pour commencer une nouvelle vie sous le nom de Tennyson, dit-il.

— Oui. Complètement nouvelle. Nous avions tout laissé derrière nous. Elle sourit. Je me dis parfois qu'il ne nous restait pas beaucoup de temps non plus.

— Sacré mec, on dirait. Pourquoi n'êtes-vous pas restée en contact avec lui ? Visiblement, vous ne le détestez pas. »

Helden fronça les sourcils, comme si elle ne savait pas quoi répondre.

« Le détester ? Non. Je lui en veux peut-être, mais je ne le déteste pas. Comme la plupart des gens brillants, il se croit obligé de tout régenter. Il voulait contrôler ma vie et je ne l'ai pas accepté.

— Pourquoi est-il journaliste ? D'après ce qu'on m'a dit, il pourrait être propriétaire d'un journal.

— Il le sera probablement un jour, s'il le veut. Tel que je connais Johann, c'est parce qu'il croyait qu'écrire pour un journal connu lui donnerait une certaine notoriété. Surtout dans le domaine politique, où il excelle. Il avait raison.

— Vraiment ?

— Certainement. En deux ou trois ans, il est devenu l'un des meilleurs correspondants en Europe.

C'est le moment, se dit Noël. Le MI-5 n'était rien pour lui, et Genève tout. Il se pencha.

« Il est peut-être devenu autre chose aussi... A Montmartre, j'ai dit que je vous expliquerais — et à vous seule — pourquoi les Britanniques m'ont interrogé. C'est à cause de votre frère. Selon eux, j'essaie de le contacter pour des raisons qui n'ont rien à voir avec Genève.

— Lesquelles ? »

Holcroft ne la quittait pas des yeux.

« Avez-vous déjà entendu parler du Tinamou ?

— Le tueur ? Bien sûr. Qui n'en a pas entendu parler ! »

Son regard n'exprimait rien. Rien qu'une vague stupeur.

« Moi, par exemple, dit Noël. J'ai entendu parler de tueurs, de mercenaires, et de complots, mais jamais du Tinamou.

— Vous êtes américain. Ses exploits sont plus détaillés dans la presse anglaise que dans la vôtre. Mais quel rapport avec mon frère ?

— Les services secrets britanniques pensent qu'il est peut-être le Tinamou. »

Le visage de Helden se figea sous le choc. Elle était tellement stupéfaite que son regard en devint morne, comme aveugle. Sa bouche tremblait, et elle essaya de parler, sans pouvoir trouver les mots. Elle finit par articuler, sur un ton à peine audible.

« Vous n'êtes pas sérieux.

— Si, je peux vous l'assurer. Pour être plus exact, les Britanniques le sont.

— C'est impensable. Au-delà de tout ce qu'on peut imaginer ! Sur quoi s'appuient-ils pour arriver à une telle conclusion ? »

Noël répéta les points saillants analysés par le MI-5.

« Mon Dieu, dit Helden quand il eut terminé. Il couvre toute l'Europe et le Moyen-Orient ! Les Anglais pourraient vérifier auprès de ses rédacteurs. Il ne choisit pas les endroits où on l'envoie. C'est ridicule !

— Les journalistes qui écrivent des articles inté-ressants, qui font vendre, ont quartier libre quand au choix des endroits. C'est le cas de votre frère. C'est presque comme s'il avait su qu'il aurait la notoriété dont vous parlez ; qu'après quelques années on lui donnerait un emploi du temps très flexible.

— Vous n'y croyez pas !

— Je ne sais que croire, dit Holcroft. Je sais sim-plement que votre frère pourrait être compromettant pour Genève. Le simple fait qu'il soit soupçonné par le MI-5 suffirait à effrayer les banquiers. Ils ne veulent pas attirer l'attention quand il s'agit du compte Clausen.

— Mais c'est injustifié !

— Vous en êtes sûre ? »

On lisait la colère dans son regard.

« Oui, j'en suis sûre. Johann n'est peut-être pas un enfant de chœur, mais ce n'est pas un assassin. La chasse est ouverte, on en veut au fils du nazi. »

Noël se souvint de la première remarque de l'agent du MI-5, l'homme aux cheveux gris : « Pour commencer, vous avez entendu parler du père... » Était-il possible qu'Helden eût raison ? Les soupçons du MI-5 étaient-ils fondés sur des hostilités et des souvenirs vieux de trente ans ? *Tennyson personnifie l'arrogance...* Peut-être.

« Johann s'intéresse à la politique ?

— Beaucoup, mais pas comme on l'entend habituellement. Il n'a aucune idéologie particulière ; au contraire, il les critique. Il attaque leurs faiblesses, et il ne supporte pas l'hypocrisie. C'est la raison pour laquelle beaucoup de gens du gouvernement ne peuvent pas le supporter. Mais ce n'est pas un assassin ! »

Si Helden avait raison, se dit Noël, Johann von Tiebolt pouvait être un atout pour Genève, ou plus précisément pour l'agence qui serait créée à Zurich. Un journaliste parlant plusieurs langues dont les opinions sont respectées, ayant de l'expérience dans le domaine financier... serait peut-être qualifié pour distribuer des millions dans le monde.

Si l'on enlevait à Johann von Tiebolt l'ombre du Tinamou, il n'y avait aucune raison que les directeurs de la Grande Banque de Genève apprennent l'intérêt que le MI-5 portait à John Tennyson. Les banquiers accepteraient immédiatement le deuxième enfant de Wilhelm von Tiebolt. Il n'était peut-être pas l'homme le plus représentatif du monde, mais Genève ne sponsorisait pas un concours de popularité. Il pouvait être un excellent atout. Mais il fallait d'abord effacer l'ombre du Tinamou.

Holcroft sourit. Un homme viendrait un jour et parlerait d'une affaire étrange... Johann von Tiebolt — John Tennyson — l'attendait !

« Qu'est-ce qu'il y a de drôle ! demanda Helden qui l'observait.

— Il faut que je le rencontre, répondit Noël, ignorant la question. Vous pouvez vous en occuper ?

— J'imagine. Ça prendra quelques jours. Je ne sais pas où il est. Qu'est-ce que vous allez lui dire ?

— La vérité. Il fera peut-être de même. J'ai bien l'impression qu'il est au courant de Genève.

— Il m'a donné un numéro de téléphone où appeler si j'avais besoin de lui. Je ne l'ai encore jamais fait.

— Faites-le maintenant. S'il vous plaît. »

Elle acquiesça. Des questions restaient sans réponse. Un certain Beaumont et un incident à Rio dont Helden refusait de parler. Un incident en relation avec l'officier de marine aux sourcils poivre et sel. Et Helden n'en savait peut-être rien.

Il était possible que John Tennyson soit au courant. Il en savait certainement plus qu'il ne le disait à ses sœurs.

« Votre frère s'entend bien avec Beaumont ?

— Il le méprise. Il a refusé de venir au mariage de Gretchen. »

Quelle était l'énigme d'Anthony Beaumont ? se demanda Noël.

17

Devant l'auberge, dans un coin reculé du parking, une conduite intérieure sombre reposait sous un chêne. Deux hommes étaient assis à l'avant, l'un en uniforme de la marine anglaise, l'autre en costume gris anthracite, son pardessus noir ouvert laissant entrevoir sous la veste déboutonnée un holster en cuir marron.

L'officier de marine était au volant. Les traits tendus, il haussait de temps en temps ses sourcils poivre et sel, comme s'il avait un tic.

L'homme à ses côtés avait largement dépassé la trentaine. Svelte, mais tonique, avec le genre de vigueur que l'on obtient à force de discipline et d'entraînement. Sa carrure, son long cou musclé, et la ligne convexe du torse sous la chemise sur mesure, tout cela révélait un corps habitué à la précision et à la force. Il avait des traits fins et harmonieux. Le résultat était frappant mais froid, comme un visage taillé dans le granit. Les yeux étaient bleu clair, presque rectangulaires, le regard calme ; les yeux d'un animal sûr de lui, et aux réflexes aiguisés et imprévisibles. Le visage, bien dessiné, était entouré d'une masse de cheveux blonds où se reflétaient les lumières du parking et qui avait l'apparence d'une neige jaune pâle. L'homme se nommait Johann von Tiebolt, il était connu depuis cinq ans sous le nom de « John Tennyson ».

« Vous êtes satisfait ? demanda l'officier de marine, avec un peu d'appréhension. Il n'y a personne.

— Il y avait quelqu'un, répondit l'homme blond. Étant donné les précautions qui ont été prises depuis Montmartre, qu'il n'y ait personne maintenant n'a rien de très surprenant... Helden et les autres enfants sont très efficaces.

— Ce sont des idiots qu'ils fuient, dit Beaumont. La Rache est bourrée de débiles marxistes.

— En temps utile, la Rache aura son rôle à jouer. Celui que nous lui donnerons. Mais ce n'est pas la Rache qui m'intéresse. Je veux savoir qui a essayé de le tuer. »

Le regard froid et brillant, Tennyson se tourna. Il tapa sur le tableau de bord en cuir.

« Qui a essayé de *tuer le fils de Clausen* ?

— Je vous le jure, je vous ai dit tout ce que nous savions ! Tout ce que nous avons appris. Nous n'avons pas commis d'erreur.

— C'était une erreur parce que cela a bien failli arriver, répliqua Tennyson, d'une voix redevenue calme.

— C'était Manfredi. Ça ne pouvait être que Manfredi, continua Beaumont. C'est la seule explication, Johann...

— Je m'appelle John. Ne l'oubliez pas.

— Excusez-moi. C'est la seule explication. Nous ignorons ce que Manfredi a raconté à Holcroft dans ce train de Genève. Il a peut-être essayé de le convaincre d'abandonner. Et quand Holcroft a refusé, il a donné des ordres pour son exécution. A la gare, ils n'ont pas réussi parce que j'étais là. Je crois que vous devriez vous en souvenir.

— Vous ne me permettrez pas de l'oublier, interrompit Tennyson. Vous avez peut-être raison. Il pensait contrôler l'agence de Zurich ; c'était impossible. Et le retrait des liquidités totalisant sept cent quatre-vingts millions de dollars est devenu pour lui une perspective trop douloureuse.

— Exactement comme la promesse des deux millions représente peut-être pour Holcroft une tentation irrésistible.

— Deux millions qu'il s'imagine avoir. Mais sa mort sera entre nos mains. Pas entre celles de quelqu'un d'autre.

— Manfredi a agi seul. Vous pouvez le croire. Ses exécuteurs n'ont plus personne pour leur donner d'ordre, maintenant. Depuis la chambre d'hôtel à Zurich, il n'y a plus eu d'autres tentatives.

— C'est une constatation qu'Holcroft refuserait d'accepter... Les voilà... »

Tennyson se pencha. A travers le pare-brise à l'autre bout du parking, il voyait sortir Noël et Helden.

« Les enfants du colonel se retrouvent souvent ici ?

— Oui, répondit Beaumont. Un agent d'ODESSA qui les avait suivis un soir me l'a appris. »

L'homme blond étouffa un rire dans une petite toux.

« ODESSA, Des pantins qui pleurnichent dans les caves après avoir bu trop de bière ! Ils sont grotesques ! lança-t-il, cinglant.

— Ils sont tenaces.

— Et eux aussi auront leur utilité, dit Tennyson en regardant Noël et Helden monter en voiture. Comme par le passé, il y aura la chair à canon, les simples fantassins. Les premiers vus, les premiers sacrifiés. La diversion idéale pour passer aux choses sérieuses. »

On entendit le moteur de la Citroën. Holcroft recula la voiture puis quitta l'espace réservé, passa entre les deux piliers qui délimitaient l'entrée et s'engagea sur la route.

Beaumont mit le contact.

« Je resterai suffisamment en arrière. Il ne me verra pas.

— Non, ce n'est pas la peine, dit Tennyson. Je suis satisfait. Emmenez-moi à l'aéroport. Vous avez fait le nécessaire ?

— Oui. Vous irez à Athènes en Mirage. Les Grecs s'occuperont de votre départ pour Bahreïn. Transport militaire uniquement, immunité du Conseil de sécurité. Le pilote du Mirage a vos papiers.

— Bien joué, Tony. »

L'officier de marine sourit, fier du compliment. Il appuya sur l'accélérateur. Dans un vrombissement, la voiture quitta le parking et s'enfonça dans l'obscurité de la route de campagne.

« Qu'allez-vous faire au Bahreïn ?

— Faire connaître ma présence en écrivant un papier sur une négociation pétrolière. Un prince du Bahreïn a été des plus coopératifs. Il n'avait pas le choix. Il a passé un accord avec le Tinamou. Le pauvre type vit dans la terreur que la vérité éclate.

— Vous êtes quelqu'un d'extraordinaire.

— Et vous, quelqu'un de très dévoué. Vous l'avez toujours été.

— Après le Bahreïn ? »

L'homme blond s'adossa et ferma les yeux.

« De retour à Athènes, et puis je continue sur Berlin.

— Berlin ?

— Oui. Les événements progressent bien. Holcroft ira là-bas ensuite. Kessler l'attend. »

Brusquement, on entendit une série de crachotements émis par le haut-parleur sous le tableau de bord, puis quatre notes aiguës. Tennyson ouvrit les yeux ; les quatre notes furent répétées.

« Il y a des cabines téléphoniques sur l'autoroute. Vite ! »

L'Anglais mit le pied au plancher. En quelques secondes, la voiture atteignit cent vingt kilomètres à l'heure. Ils parvinrent à une intersection.

« Si je ne me trompe pas, il y a une station-service par ici.

— Dépêchez-vous !

— J'en suis sûr, dit Beaumont. Elle était là, sur le côté de la route, dans l'obscurité. Merde, c'est fermé !

— Qu'est-ce que vous espériez ? demanda Tennyson.

— Le téléphone est à l'intérieur...

— Mais il y a bien un téléphone ?

— Oui...

— Arrêtez la voiture. »

Beaumont obéit. L'homme blond sortit et se dirigea vers la porte de la station-service. Il sortit son pistolet et brisa le verre avec la crosse.

Un chien bondit vers lui en aboyant et en grognant, montrant les crocs, claquant les mâchoires. C'était un animal âgé, de race indéterminée que l'on avait mis là plus pour l'effet que pour une réelle protection des lieux. Tennyson mit la main dans sa poche, en sortit un cylindre perforé, et le fit tourner sur le canon de son pistolet.

Il leva l'arme et visa la tête du chien à travers le verre cassé. L'animal tomba en arrière. Tennyson brisa le reste du verre près du loquet au-dessus de la poignée.

Il entra, habitua ses yeux à la lumière et enjamba le cadavre de l'animal pour atteindre le téléphone. Il appela une opératrice et donna le numéro de Paris permettant d'entrer en contact avec un homme qui, à son tour, transférerait l'appel en Angleterre.

Vingt secondes plus tard, la voix lui parvint, dans un écho.

« Excuse-moi de te déranger, Johann, mais nous avons une urgence.

— Qu'est-ce que c'est ?

— On a pris une photo. Je suis très inquiète.

— Quelle photo ?

— Une photo de Tony.

— Qui l'a prise ?

— L'Américain.

— Ce qui veut dire qu'il l'a reconnu. Graff avait raison. On ne peut pas faire confiance à ton dévoué mari. Son enthousiasme balaie sa discrétion. Je me demande où Holcroft l'a vu ?

— Dans l'avion, peut-être. Ou grâce à la description du portier. Aucune importance. Tue-le.

— Oui, bien sûr. » L'homme blond s'interrompit un instant, puis reprit. « Tu as les chéquiers ?

— Oui.

— Dépose dix mille livres. Fais en sorte qu'on puisse retrouver la trace du transfert par Prague.

— Le K.G.B. ? Excellent, Johann.

— Les Britanniques connaîtront une autre défection. Des diplomates amis s'accuseront mutuellement d'un manque de sincérité.

— Parfait.

— Je serai à Berlin la semaine prochaine. Tu pourras me contacter là-bas.

— Déjà Berlin ?

— Oui. Kessler attend. *Neuaufbau oder Tod.*

— *Oder der Tod*, frère chéri. »

Tennyson raccrocha et regarda fixement l'animal mort. Il n'éprouvait pas plus de sentiment pour la dépouille inanimée que pour l'homme qui l'attendait dans la voiture. Il fallait réserver ses sentiments pour des choses plus importantes, pas pour les animaux et les renégats — quelle que soit leur dévotion.

Beaumont était un imbécile. Telle était l'opinion exprimée dans un dossier expédié d'Écosse au Brésil des années auparavant. Mais il avait l'énergie qu'ont les imbéciles et la même approche superficielle des choses. Ce fils de *Reichsoberführer* avait grimpé les échelons de la marine royale de Sa Majesté au point qu'on lui donnait de très grandes responsabilités. Trop pour son intellect ; cet intellect avait besoin d'être dirigé. Autrefois, ils avaient cru possible que Beaumont ait un jour un poste clef dans l'Amirauté, qu'il devienne un expert auprès du Foreign Office. C'était une situation idéale ; ils pouvaient en tirer

204

d'énormes avantages. Beaumont était resté un *Sonnenkind* ; on lui permettait de rester en vie.

Mais plus maintenant. Avec le vol d'une photo, Beaumont était fini, car ce vol signifiait le danger d'être surveillé et il ne pouvait pas en être ainsi. Il était trop proches, et il restait encore trop à faire. Si en Suisse Holcroft remettait la photo à ceux qui ne devaient pas la voir, leur mentionnait la présence de Beaumont à New York ou à Rio, les autorités militaires seraient peut-être alertées. Pour quelle raison cet éminent officier s'intéressait-il au document de Genève ? Cette question ne devait pas se poser. Ce fils de *Reichsoberführer* devait être éliminé. Dans un sens, c'était dommage. Le commandant manquerait ; à certains moments, sa présence avait été inestimable.

Gretchen le savait. Gretchen était le professeur de Beaumont, son guide... son cerveau. Elle était extrêmement fière de son travail, mais aujourd'hui elle réclamait la mort de Beaumont. Qu'il en soit ainsi. Un autre prendrait sa place.

Ils étaient partout, se dit Johann von Tiebolt en se dirigeant vers la porte. Partout. *Die Sonnenkinder*. Les Enfants du Soleil. A ne pas confondre avec les damnés. Les damnés étaient des errants, ils n'avaient aucun droit.

Die Sonnenkinder. Partout. Dans tous les pays, dans tous les gouvernements, l'armée, la marine, dans l'industrie et dans les syndicats, à la tête des services secrets et de la police. Attendant patiemment. Les enfants, devenus adultes, de l'Ordre nouveau. Des milliers. Envoyés par bateau, par avion, en sous-marin aux quatre coins du monde civilisé. Tellement au-dessus de la moyenne ! Leur progrès le confirmait chaque jour. Ils constituaient la preuve que le concept de supériorité raciale était indéniable. Leur race était pure, leur supériorité évidente. Et le plus pur de tous, le meilleur élément, c'était le Tinamou.

Von Tiebolt ouvrit la porte et sortit. Beaumont avait fait cinquante mètres avec la voiture, tous feux éteints. Le commandant appliquait les instructions à la lettre. Tout dans son comportement trahissait l'entraînement qu'il avait suivi — sauf lorsque son enthousiasme dépassait sa discrétion. Cet enthousiasme allait lui coûter la vie.

Tennyson se dirigea lentement vers la conduite intérieure. Il se demanda un instant comment tout avait commencé pour Anthony Beaumont. On avait envoyé le fils du *Reichsoberführer* dans une famille en Écosse ; Tennyson n'en savait pas plus. On lui avait parlé de la ténacité de Beaumont, de sa détermination, mais pas des conditions de son départ d'Allemagne. Il n'était pas indispensable de les connaître. Il y en avait eu des milliers ; tous les documents avaient été détruits.

Des milliers. Sélection génétique, examen des parents, recherche des antécédents familiaux plusieurs générations en arrière, pour trouver des faiblesses organiques et psychologiques. Seuls les plus purs partaient, et partout on prenait soin d'eux, on les guidait, on les entraînait, on les endoctrinait — mais on ne leur révélait rien avant qu'ils n'aient grandi. Et encore pas tout. Ceux qui ne se montraient pas à la hauteur de leur origine, qui se montraient faibles ou donnaient la preuve de leur compromission étaient écartés, sans jamais rien savoir.

Ceux qui restaient étaient les véritables héritiers du Troisième Reich. Ils occupaient des postes de responsabilité et de confiance. Partout. Ils attendaient... Ils attendaient le signe de Suisse, prêts à se servir des millions.

Les millions passés judicieusement, *politiquement*. Une à une, les nations s'aligneraient, modifiées de l'intérieur par les *Sonnenkinder*, qui auraient des sommes considérables à leur disposition pour renforcer leur influence. Dix millions ici, quarante millions là, cent millions là où c'était nécessaire.

Dans le monde libre, ils achèteraient les élections ; l'électorat aurait de moins en moins de choix, rien que des échos. Cela n'avait rien de nouveau ; des expériences réussies avaient déjà eu lieu. Le Chili avait coûté moins de vingt-sept millions, Panama pas plus de six. En Amérique, le Sénat et les sièges du Congrès pouvaient être achetés pour quelques centaines de milliers de dollars. Mais lorsque la Suisse donnerait le signal, les millions seraient dispensés scientifiquement, en utilisant l'art de la démographie. Jusqu'à ce que le monde occidental soit régi par les enfants du Reich. *Die Sonnenkinder*.

Le bloc oriental suivrait, l'Union soviétique et ses satellites succomberaient aux flatteries de leur bourgeoisie. Dès le signal reçu, des promesses seraient faites et partout dans le monde les gens comprendraient qu'il existait un moyen. Parce que soudain, d'énormes sommes d'argent seraient disponibles. L'austérité disparaîtrait par le simple glissement des loyautés.

Le Quatrième Reich serait né ; il ne serait pas confiné aux frontières d'un ou deux pays, mais étalé sur le monde entier. Les enfants du Soleil seraient de plein droit les maîtres du globe. *Die Sonnenkinder*.

Certains auraient pu trouver cela absurde, inconcevable. Mais ils se trompaient. C'était déjà en train de se produire. Partout.

Mais des erreurs étaient commises, se dit Tennyson en s'approchant de la conduite intérieure. Elles étaient inévitables, et les corriger était inévitable. Beaumont était une erreur. Tennyson rengaina son pistolet. Pas pour longtemps.

Il fit le tour de la voiture, jusqu'à la vitre du chauffeur ; elle était baissée ; inquiet, le commandant tourna la tête.

« Que se passe-t-il ? Quelque chose ne va pas ?

— Rien qui ne puisse s'arranger. Poussez-vous, je prends le volant. Vous m'indiquerez le chemin.

— Pour aller où ?

— Ils m'ont dit qu'il y a un lac dans les environs, à moins de dix kilomètres d'ici. Je n'entendais pas bien. La ligne était brouillée.

— Le seul lac par ici est à l'est de Saint-Gratien. A douze ou quinze kilomètres.

— Ça doit être celui-là. Il y a des forêts ?

— A profusion.

— Alors c'est bien ça, dit Tennyson en montant dans la voiture. Je connais les phares. Vous me direz où aller. Je me concentrerai sur les lumières.

— Ça a l'air bizarre.

— Pas bizarre. Compliqué. Ils nous aborderont peut-être en route. Je sais comment les reconnaître. Allez, vite maintenant. De quel côté je vais ?

— Faites demi-tour pour commencer. Revenez sur cette route épouvantable, et puis prenez à gauche.

— Très bien. »

Tennyson fit tourner le moteur.

« Qu'est-ce que c'est ? demanda Beaumont. Ça doit être une putain d'urgence. J'ai entendu un signal à quatre temps une seule fois, et c'était notre homme à Entebbé.

— Ce n'était pas un des nôtres, Tony, c'était notre marionnette.

— Oui, bien sûr. Le terroriste de la Rache. Quand même, c'était notre contact, si vous voyez ce que je veux dire.

— Oui, je vois. Je tourne là ? A gauche ?

— C'est ça. Bon Dieu ! Mettez-moi au courant ! Qu'est-ce qui se passe ? »

Tennyson redressa la voiture puis accéléra.

« En fait, cela vous concerne peut-être. Nous n'en sommes pas sûrs, mais c'est une possibilité.

— Moi ?

— Oui. Holcroft vous a déjà remarqué ? Il vous a vu plus d'une fois ? Il a constaté que vous le suiviez ?

— Me remarquer ? *Jamais !* Jamais, jamais, *jamais* !

— A Genève ? Réfléchissez.

— Certainement pas.

— A New York ?

— Je ne m'approchais jamais à moins de deux kilomètres de lui ! Impossible.

— Sur l'avion de Rio ? »

Beaumont réfléchit.

« Non... Il sortait de sous un rideau ; il était ivre, je crois. Mais il n'a rien remarqué du tout. Moi je l'ai vu. Lui pas. »

Voilà, se dit Tennyson. Ce fils dévoué du Reich a cru ce qu'il devait croire. Inutile de discuter davantage.

« Dans ce cas, Tony, c'est une erreur. Une demi-heure perdue. J'ai parlé à votre femme, ma chère sœur. Elle m'a dit que vous étiez beaucoup trop prudent pour qu'une telle chose se soit produite.

— Elle a raison. Elle a toujours raison, comme vous le savez. C'est une fille remarquable. Malgré ce que vous pensez, notre mariage n'était pas uniquement un mariage de convenance.

— Je le sais, Tony. Et j'en suis ravi.

— Prenez la prochaine à droite. Elle va au nord, vers le lac. »

Il faisait froid dans la forêt, plus froid encore au bord de l'eau. Ils se garèrent au bout d'un chemin et remontèrent le sentier jusqu'au bout du lac. Tennyson tenait une lampe torche prise dans la boîte à gants. Beaumont avait une petite pelle à la main ; ils avaient décidé de faire un feu pour se protéger du froid.

« On va rester ici longtemps ? demanda Beaumont.

— C'est possible. Nous avons à parler de plusieurs choses, et j'aimerais connaître votre avis. C'est la rive est du lac ?

— Oui, oui. Un lieu de rendez-vous idéal. Personne à cette époque de l'année.

— Quand devez-vous retourner à bord ?

— Vous avez oublié ? Je passe le week-end avec Gretchen.

— Lundi, alors ?

— Ou mardi. Mon boss est un type sympa. Pour lui, je me balade pour affaires. Il ne discute pas pour un jour ou deux de retard.

— Pourquoi le ferait-il ? C'est l'un des nôtres.

— Oui, mais il y a des horaires de patrouille. Je ne peux pas les foutre en l'air.

« — Non, bien sûr. Creusez là, Tony. On ne va pas faire ce feu trop près de l'eau. Je vais retourner et guetter les signaux.

— D'accord.

— Faites un trou assez profond. Nous ne voudrions pas que les flammes soient trop visibles.

— Bien. »

Le feu. L'eau. La terre. Des vêtements brûlés, de la chair calcinée, un pont détruit. John Tennyson rebroussa chemin et attendit. Quelques minutes plus tard, il retira son pistolet de son étui et prit un couteau de chasse à longue lame dans la poche de son pardessus. Ce serait un boulot salissant, mais nécessaire. Le couteau, comme la pelle, se trouvait dans le coffre de la voiture. Ces outils ne servaient qu'en cas d'urgence.

Une erreur avait été découverte. Elle serait rectifiée par le Tinamou.

18

Holcroft buvait son café à petites gorgées. C'était un matin parisien froid et clair, le deuxième depuis qu'il avait vu Helden, et elle n'était pas plus disposée à joindre son frère que la veille au soir.

« Il m'appellera, je le sais, lui avait-elle dit au téléphone quelques minutes auparavant.

— Et si je sors un instant ?

— Ne vous inquiétez pas. Il arrivera à vous contacter. »

Ne vous inquiétez pas. Une étrange remarque, venant d'elle. Étant donné les circonstances.

Cela avait été le prolongement de cette course folle. Ils avaient quitté l'auberge de campagne pour aller à Montmartre, où quelqu'un était sorti d'une porte cochère pour les débarrasser de la Citroën ; ils avaient parcouru des rues pleines de gens, dépassé deux cafés où, d'un signe de tête, on leur avait fait comprendre que la voie était libre ; ils avaient récupéré la voiture de location de Noël.

Depuis Montmartre, elle l'avait guidé à travers Paris, la Seine, jusqu'à Saint-Germain où ils s'étaient arrêtés dans un hôtel ; il avait pris une chambre pour la nuit. C'était une manœuvre de diversion. Il n'y était pas allé. A la place, ils s'étaient rendus dans un autre hôtel, rue Chevalle, où une réclame de limonade lui avait donné l'idée d'un nom pour la fiche d'hôtel : N. Fresca.

Elle l'avait laissé dans le hall, lui disant qu'elle l'appellerait dès qu'elle aurait des nouvelles de son frère.

« Expliquez-moi quelque chose, avait-il dit. Pourquoi faisons-nous tout ça ? Que je passe la nuit dans un hôtel ou dans un autre, sous mon vrai nom ou sous un faux, quelle différence ?

— On vous a vu avec moi. »

Helden. Curieux prénom, curieuse femme. Un curieux mélange de force et de vulnérabilité. Elle refusait que la souffrance éprouvée autrefois se transformât en apitoiement sur elle-même. Elle assumait son héritage ; elle comprenait que les enfants de nazis étaient pourchassés par Odessa et la Rache, et qu'ils devaient vivre avec : damnés pour ce qu'ils étaient et damnés pour ce qu'ils n'étaient pas.

Genève pouvait aider ces enfants ; *les aiderait*. Noël l'avait décidé. Il s'identifiait facilement à eux. Grâce au courage d'une mère remarquable, il pouvait être l'un d'entre eux.

Mais pour l'instant il avait d'autres priorités. Des questions importantes pour Genève. Qui était le mystérieux Anthony Beaumont ? Que soutenait-il ? Qu'était-il vraiment arrivé à la famille von Tiebolt au Brésil ? Que savait exactement Johann von Tiebolt du pacte ?

Si quelqu'un connaissait les réponses, c'était Johann... John Tennyson.

Holcroft revint à la fenêtre ; des pigeons survolaient un toit comme des éventails dans la brise matinale. Les von Tiebolt. Il y a trois semaines, il n'en avait jamais entendu parler, mais aujourd'hui sa vie était inextricablement liée à la leur.

Helden. Curieux prénom. Curieuse fille. Pleine de contradictions. Il n'avait jamais rencontré quelqu'un comme elle. Comme si elle était d'une autre époque, d'un autre endroit.

La Rache. ODESSA... *Wolfsschanze*. Tous des fanatiques. Des adversaires dans un bain de sang qui aujourd'hui n'avait plus aucun sens. C'était terminé. Terminé depuis trente ans. De l'histoire ancienne.

Les pigeons revenaient, et quand ils se posèrent en masse sur le toit, Noël comprit. C'était là depuis l'autre soir — depuis sa rencontre avec Herr Oberst — et il n'avait rien perçu.

Ce n'était pas terminé. La guerre elle-même reprenait, par Genève !

Des hommes essaieront de vous en empêcher, de vous tromper, de vous tuer...

ODESSA. La Rache. Voilà les ennemis de Genève ! Des fanatiques et des terroristes qui feraient n'importe quoi pour détruire le pacte. A part eux, n'importe qui aurait révélé l'existence du compte bancaire en faisant appel auprès des cours internationales ; ni ODESSA ni la Rache ne pouvaient se le permettre. Helden se trompait — en partie, tout au moins. Quel que soit l'intérêt que les deux organisations portaient aux enfants des dirigeants du Parti, la lutte contre le pacte de Genève le supplantait ! Ils avaient appris l'existence du compte suisse et ils étaient déterminés à le bloquer. Si réussir signifiait supprimer Holcroft, la décision serait sans conséquence ; il n'était pas irremplaçable.

Cela expliquait la strychnine dans l'avion — une mort horrible qui lui était destinée. Les tactiques de terreur de la Rache. Les événements de Rio devenaient clairs — des coups de feu dans un point de vue désert et une vitre brisée dans la circulation du soir. Maurice Graff et les psychopathes d'ODESSA au Brésil. Ils savaient — *tous* savaient — pour Genève ! Et si tel était le cas, ils savaient aussi pour les von

Tiebolt. Cela expliquerait ce qui s'était passé au Brésil. Ce n'était pas à cause de la mère ; c'était Johann von Tiebolt. Il fuyait l'ODESSA de Graff ; le frère protégeait le reste de la famille.

Pour vivre et respecter le pacte de Genève.

Un homme viendra un jour et parlera d'un étrange pacte... Et dans cet « étrange pacte », il y avait l'argent et le pouvoir pour détruire ODESSA — et la Rache — car c'était certainement les objectifs légitimes du pacte.

Noël voyait clair maintenant. Lui, John Tennyson, et quelqu'un à Berlin du nom de Kessler contrôleraient Genève ! ils dirigeraient l'agence de Zurich. Ils détruiraient ODESSA où qu'elle se trouve ; ils anéantiraient la Rache. Ils devaient réparer... calmer les fanatiques, car ces fanatiques étaient à l'origine de meurtres et de génocides.

Il voulait appeler Helden, lui dire que bientôt elle n'aurait plus besoin de fuir — plus personne n'aurait besoin de fuir, de se cacher, de vivre dans la peur. Il voulait le lui dire. Et il voulait la revoir.

Mais il lui avait donné sa parole ; il ne l'appellerait pas chez Gallimard, il n'essaierait pas de la joindre, pour quelque raison que ce fût. Ça le rendrait fou, mais il avait promis.

Le téléphone. Il devait téléphoner au bureau de l'American Express sur les Champs-Élysées. Il avait dit à Sam Buonoventura qu'il y prendrait ses messages.

Il fallait simplement prendre connaissance des messages par téléphone. Il l'avait déjà fait. Personne n'avait à savoir où il se trouvait. Il posa sa tasse et se dirigea vers le téléphone, se souvenant brusquement qu'il avait un autre coup de fil à donner. Sa mère. Il était trop tôt pour l'appeler à New York. Il l'appellerait plus tard dans la journée.

« Je regrette, monsieur, dit l'employé du bureau de l'American Express. Vous devez signer en personne pour les câbles. Je regrette vraiment. »

Les câbles ! Noël raccrocha, contrarié mais pas en colère. Quitter la chambre d'hôtel lui ferait du bien ; ça l'empêcherait de penser à l'appel d'Helden.

Il parcourut la rue Chevalle ; un vent froid lui fouettait le visage. Il prit un taxi pour traverser la Seine et arriver sur les Champs-Élysées. Il baissa la vitre, l'air frais et le soleil étaient tonifiants. Maintenant, il savait où il allait. Genève se rapprochait ; le camp ami et le camp adverse étaient mieux définis.

Les messages qui l'attendaient à l'American Express lui paraissaient sans conséquence. Il n'y avait rien qu'il ne pût régler à Londres ou à New York. Il allait maintenant concentrer son attention sur Paris. Il rencontrerait John Tennyson, ils parleraient et élaboreraient des plans ; avant tout se rendre à Berlin et trouver Erich Kessler. Ils connaissaient leurs ennemis ; le problème était de les éviter. Les amis de Helden pourraient les y aider.

En sortant du taxi il jeta un coup d'œil à la vitre teintée de l'American Express et une pensée lui traversa l'esprit.

Et si le refus de lui transmettre les messages par téléphone était un piège ? Un moyen de le faire sortir ? Si tel était le cas, cela manquait un peu de subtilité... certainement une manœuvre des services secrets britanniques.

Noël sourit. Il savait exactement ce qu'il devait dire si les Britanniques se manifestaient : John Tennyson n'était pas plus assassin que lui, et probablement bien moins qu'un des membres du MI-5.

Il pouvait même aller un peu plus loin et suggérer à la Royal Navy de bien observer l'un de ses officiers les mieux décorés. De toute évidence, le commandant Anthony Beaumont était un membre d'ODESSA, recruté au Brésil par un dénommé Graff.

Il sentit qu'il tombait, qu'il s'enfonçait sans pouvoir prendre sa respiration. Il avait l'estomac noué et une douleur lui vrilla la poitrine. Il était sous l'emprise du désespoir, de la peur et de la colère. Le câble disait :

TON PÈRE MORT IL Y A QUATRE JOURS. STOP. IMPOSSIBLE

TE JOINDRE. STOP. S'IL TE PLAÎT TÉLÉPHONE BEDFORD HILLS. STOP.

MAMAN.

Il y avait un deuxième câble du lieutenant David Miles, police de New York.

LA MORT RÉCENTE DE RICHARD HOLCROFT VOUS MET DANS L'OBLIGATION DE ME CONTACTER IMMÉDIATEMENT. STOP. JE VOUS RECOMMANDE EXPRESSÉMENT DE N'APPELER PERSONNE AVANT DE M'AVOIR PARLÉ. STOP.

Il y avait les deux mêmes numéros de téléphone que Buonoventura lui avait donnés à Rio de Janeiro, et six, *six* appels avec indication de jour et d'heure pour savoir si Holcroft avait reçu son message.

Il remonta les Champs-Élysées, essayant de rassembler ses pensées, de surmonter sa douleur.

Le seul père qu'il ait jamais connu... « Dad »... *mon père*, Richard Holcroft. Des mots toujours prononcés avec affection, avec amour. Et toujours avec chaleur et humour car, entre autres qualités, et non des moindres, Richard Holcroft savait ne pas se prendre au sérieux. Il avait guidé son fils — beau fils — non, bon Dieu ! son *fils* ! guidé, mais sans intervenir, sauf quand il n'avait pas le choix.

Oh ! mon Dieu, il était mort !

Cette douleur fulgurante — douleur mêlée de peur et de colère —, était ravivée par ce que sous-entendait le câble de Miles. Était-il responsable de la mort de Richard Holcroft ? Cette mort avait-elle un rapport avec une fiole de strychnine versée dans un verre dix mille mètres au-dessus de l'Atlantique ? Était-elle liée à Genève ?

Avait-il sacrifié le père qu'il avait connu toute sa vie pour un père qu'il n'avait jamais vu ?

Il arriva au coin de l'avenue George-V. De l'autre côté du large carrefour embouteillé, il aperçut une enseigne qui faisait toute la longueur du café : Fouquet's. Il était en pays connu. L'hôtel George-V se trouvait à sa gauche. Il y avait séjourné quelque temps, un an auparavant, aux frais d'un très riche propriétaire d'hôtel de Kansas City qui avait cru pouvoir en faire copier la façade.

Holcroft s'était lié d'amitié avec le directeur adjoint. Si celui-ci travaillait toujours là, peut-être le laisserait-il téléphoner. Si on retrouvait le lieu d'origine des appels, le George-V, il serait ensuite très facile d'en savoir plus. Et encore plus facile de les lancer sur une fausse piste.

Anticiper.

« Mais bien sûr, Noël, avec plaisir. Ça me fait très plaisir de vous voir. Je suis chagriné que vous ne soyez pas chez nous, mais à de tels prix, je vous comprends. Allez-y, appelez de mon bureau.

— Je vous réglerai sur ma carte de crédit, bien sûr.

— Ne vous faites pas de souci, cher ami. Plus tard, vous prendrez peut-être un apéritif ?

— Volontiers », répondit Noël.

Il était onze heures moins le quart, heure de Paris. Six heures moins le quart à New York. Si Miles était aussi pressé que le laissait entendre son message, l'heure importait peu. Il demanda le numéro à l'opératrice.

Une fois de plus, Noël relut le message de Miles.

LA MORT RÉCENTE DE RICHARD HOLCROFT... JE VOUS RECOMMANDE EXPRESSÉMENT DE N'APPELER PERSONNE AVANT DE...

La recommandation avait quelque chose d'inquiétant ; « personne », cela devait signifier sa mère.

Il posa le papier sur le bureau et fouilla dans sa poche pour prendre le câble d'Althene.

TON PÈRE EST MORT IL Y A QUATRE JOURS... IMPOSSIBLE TE JOINDRE...

La sensation de culpabilité qu'il éprouvait de ne pas avoir été au côté de sa mère fut presque aussi forte que la peur et la colère qui le bouleversèrent quand il se sentit responsable de cette mort.

Il se demanda — et cela lui fit mal — si Miles avait pu joindre Althene. Et si oui, que lui avait-il dit ?

Le téléphone sonna.

« C'est Noël Holcroft ?

— Oui, je suis navré que vous ayez eu des difficultés à me joindre...

— Je n'ai pas le temps de parler de ça, coupa Miles, sauf pour dire que vous avez violé les lois fédérales.

— Une minute, rétorqua Noël, en colère. Je suis coupable de quoi ? Vous m'avez trouvé. Je ne me cache pas.

— Trouvé après avoir essayé de vous localiser pendant presque une putain de semaine ; ça s'appelle ne pas tenir compte de la loi. Vous ne deviez pas quitter New York sans nous en avertir.

— J'avais des problèmes personnels et urgents. J'ai laissé des instructions. Vous n'avez aucun motif pour me poursuivre.

— Essayons « entrave à la marche de la justice ».

— Quoi ?

— Vous étiez dans le salon du 747 anglais et nous savons tous les deux ce qui s'est passé. Ou, devrais-je dire plutôt, ce qui *ne s'est pas passé*.

— Vous parlez de quoi ?

— C'est à vous que le verre était destiné, pas à Thornton. »

Holcroft s'y attendait, mais il accusa quand même le coup. Il n'allait pourtant pas acquiescer sans protester.

« C'est l'histoire la plus ahurissante que j'aie jamais entendue, dit-il.

— Allez, allez ! Vous êtes un très bon citoyen, d'une très bonne famille, mais depuis cinq jours vous vous comportez d'une façon idiote et particulièrement naïve.

— Vous m'insultez, mais vous ne me dites rien. Dans votre message, vous parlez de...

— J'y viendrai, coupa le détective. Je veux que vous sachiez de quel côté vous êtes. Vous voyez, je veux de la coopération, pas de la bagarre.

— Continuez.

— On a retrouvé votre trace à Rio. On a parlé à...

— Vous *quoi* ? »

Est-ce que Sam l'avait trahi ?

« Ce n'était pas très dur. A propos, votre ami Buonoventura n'est au courant de rien. Il n'a pas mangé le morceau. Il a dit que vous aviez quitté Curaçao en bateau, mais vous n'étiez pas dans le territoire des services d'immigration néerlandais. Nous avons consulté une liste des coups de fil qu'il a passés outre-mer et vérifié auprès des compagnies aériennes. Vous avez pris Braniff pour quitter New York, et vous étiez au Porto Alegre à Rio. »

L'amateur n'était pas à la hauteur du professionnel.

« Sam m'a dit que vous aviez appelé deux fois.

— Et comment ! répondit Miles. Vous avez quitté Rio et nous voulions savoir où vous étiez ; nous savions qu'il vous contacterait. Vous n'avez pas eu mon message à l'hôtel de Londres ?

— Non.

— Je vous crois. Les messages se perdent. »

Mais celui-là ne s'était pas perdu, se dit Noël. Les hommes de Wolfsschanze l'avaient subtilisé.

« Je sais à quoi m'en tenir, maintenant. Venez-en au fait !

— Vous ne savez pas vraiment, dit Miles. Nous avons parlé avec un certain Anderson à l'ambassade de Rio. D'après lui, vous avez raconté une belle histoire. On vous a tendu un piège, pourchassé, tiré dessus. Il a dit qu'il n'en avait pas cru un mot ; qu'il vous considérait comme un fouineur qui crée des problèmes et il était content de vous voir quitter le Brésil.

— Je sais. Il m'a emmené à l'aéroport.

— Vous voulez qu'on en parle ? » demanda le policier.

Noël regarda fixement le mur. Ce serait si facile de s'épancher, de rechercher une protection officielle. Le lieutenant sans visage était un symbole de l'autorité. Mais c'était le mauvais symbole, au mauvais endroit, au mauvais moment.

« Non, vous ne pouvez rien faire. C'est déjà réglé.

— Ah ! bon ?

— Oui. »

Pendant quelques secondes, ni l'un ni l'autre ne parla.

« Très bien, monsieur Holcroft. J'espère que vous changerez d'avis, parce que je crois que je peux vous aider. Vous en avez besoin. — Miles s'arrêta. — Je fais une demande officielle pour que vous reveniez à New York. Vous êtes un témoin principal dans une affaire d'homicide, et votre présence est indispensable.

— Je regrette. Pas maintenant.

— Je m'attendais à votre refus. Laissez-moi essayer d'une façon moins formelle. Cela concerne votre père. »

Il allait entendre l'horrible phrase et ce fut plus fort que lui. Il prononça les mots tout doucement.

« Il a été tué, c'est ça ?

— Je n'ai pas entendu ce que vous venez de dire. Vous comprenez, si j'avais entendu, il aurait fallu que je fasse un rapport à mon supérieur. Dire que vous l'avez dit sans y avoir été incité, qu'il est impossible que notre seule conversation vous ait mené à cette conclusion. Il faudrait que je demande l'extradition.

— Laissez tomber, Miles ! Votre message n'avait rien de subtil ! « La mort récente », etc. Qu'est-ce que je dois en déduire d'après vous ? »

Au bout du fil, il y eut encore une pause.

« O.K. Échec et mat. Vous avez un motif.

— On l'a assassiné, n'est-ce pas ?

— C'est ce que nous pensons.

— Qu'est-ce que vous avez dit à ma mère ?

— Rien. Ce n'est pas ma juridiction. Elle ne connaît même pas mon existence. Et cela répond à ma prochaine question. Vous ne lui avez pas encore parlé.

— C'est évident. Dites-moi ce qui s'est passé.

— Votre père a été victime de ce que j'appellerais un accident très inhabituel. Il est mort une heure plus tard, à l'hôpital, des suites de ses blessures.

— Et l'accident ?

— Un vieillard du Bronx a perdu le contrôle de sa voiture près du Plaza. Elle est montée sur le trottoir et a foncé sur un groupe de gens. Trois morts sur le coup. Votre père a été projeté contre le mur ; en fait, il a été coincé, presque écrasé.

— Vous êtes en train de dire qu'il était visé.

— Difficile à affirmer. Il y a eu une grande bousculade, bien sûr.

— Qu'est-ce que vous voulez dire exactement ? »

Miles hésita.

« Que la voiture fonçait sur lui.

— Qui conduisait ?

— Un comptable de soixante-douze ans à la retraite, avec une maladie cardiaque, un pacemaker, aucune famille et un permis parvenu à expiration il y a plusieurs années. Son « pacer » s'est arrêté pendant l'accident ; le type est mort en allant à l'hôpital.

— Quel était son lien avec mon père ?

— Pour l'instant, rien de définitif. Mais j'ai ma petite idée. Elle vous intéresse ?

— Bien sûr !

— Vous allez rentrer à New York ?

— N'insistez pas. C'est quoi votre idée ?

— Je crois qu'on a demandé au vieux de faire ce boulot. Je pense qu'il y avait quelqu'un d'autre dans la voiture, certainement à l'arrière, qui menaçait le vieux d'un revolver. Pendant la panique, il a brisé le pacer et s'est tiré. D'après moi, c'est une exécution maquillée en accident bizarre au cours duquel d'autres victimes ont été tuées en plus de la cible. »

Noël retint sa respiration. Il y avait eu un autre « accident bizarre ». Un métro à Londres avait fait cinq morts. Et parmi ceux-là, la seule personne qui pouvait donner des renseignements sur l'arrivée au *Guardian* de John Tennyson.

C'était purement et simplement un meurtre, nom de Dieu !

L'idée qu'il y avait un lien entre les deux morts lui faisait horreur.

« Vous n'allez pas un peu loin, Miles ? demanda Holcroft.

— J'ai dit que c'était juste une idée, mais elle repose sur quelque chose. Quand j'ai vu « Holcroft » sur le rapport de l'accident, j'ai un peu creusé. Le vieux du Bronx a un passé intéressant. Il est arrivé dans ce pays en 1947. Apparemment un émigré juif sans un rond, une victime de Dachau. Seulement il n'était pas sans un rond comme le prouve sa demi-douzaine de chéquiers, et son appartement est une vraie forteresse. De plus, il a fait treize voyages en Allemagne depuis son arrivée ici. »

Des gouttes de sueur perlaient sur le front de Noël.

« Qu'est-ce que vous essayez de me dire ?

— Je ne crois pas que ce vieux se soit jamais approché de Dachau. Ou alors, il faisait partie de la direction. Presque personne ne le connaissait dans son immeuble ; personne ne l'a jamais vu dans une synagogue. Je crois que c'était un nazi. »

Holcroft avala sa salive.

« Quel rapport avec mon père ?

— C'est vous. Je n'en suis pas encore sûr, mais c'est vous.

— Moi ? »

Noël sentit les battements de son cœur s'accélérer.

« Oui. A Rio vous avez dit à Anderson qu'un certain Graff était un nazi et avait essayé de vous tuer. Anderson vous a trouvé complètement dingue, mais pas moi. Je vous crois.

— J'étais fou de rage. Pour moi il n'y avait pas de rapport entre les deux. Anderson a mal compris... — Noël cherchait désespérément ses mots — Graff est un paranoïaque, un Allemand impulsif, alors je l'ai traité de nazi, voilà tout. Il croyait que je faisais des croquis, que je prenais des photos de sa propriété...

— Holcroft, j'ai dit que je vous croyais, coupa le détective. Et j'ai mes raisons.

— Lesquelles ? »

Noël savait qu'on l'entendait à peine. Brusquement il eut peur. La mort de son père était un avertissement. La Rache. ODESSA. Il fallait protéger sa mère !

Miles continuait à parler, mais Holcroft ne l'entendait pas. Paniqué, il réfléchissait à toute vitesse. Il fallait arrêter Miles ! Il ne devait pas toucher Genève.

« Les hommes qui ont essayé de vous tuer dans l'avion étaient allemands, expliqua Miles. Ils avaient des passeports volés à deux Américains tués à Munich il y a cinq ans, mais ils étaient allemands. La manière dont leurs dents ont été soignées l'a prouvé. Ils ont été abattus à l'aéroport Kennedy ; on a retrouvé leurs cadavres dans un camion de ravitaillement en fuel. Les balles qui ont servi proviennent d'un pistolet allemand, un neuf millimètres Heckler et Koch. Le silencieux a été fabriqué à Munich. Devinez où allait ce brave petit vieux quand il se rendait en Allemagne... en tout cas au cours des six voyages dont nous avons pu retrouver la trace...

— Munich, murmura Noël.

— Exact, Munich. Où tout a commencé et continue encore. Une bande de nazis se battent entre eux trente ans après la fin de cette putain de guerre et vous êtes au beau milieu. Je veux savoir pourquoi. »

Noël se sentait vidé, terrassé par l'épuisement et la peur.

« Laissez tomber. Vous ne pouvez rien y faire.

— Il y a quelque chose que je peux peut-être empêcher, bon sang ! Un autre meurtre.

— Mais, vous ne comprenez pas ! s'écria Holcroft, torturé. Je peux le dire parce qu'il était mon père. Rien ne pourra être réglé à New York. Ça ne pourra l'être qu'ici. Donnez-moi un peu de temps ; pour l'amour de Dieu, donnez-moi du temps. Je vous recontacterai.

— Quand ça ?

— Dans un mois.

— C'est trop long. La moitié. Vous avez quinze jours.

— Miles, *je vous en prie...* »

Il entendit un déclic. La communication avec New York était coupée.

Quinze jours. C'était impossible !

Mais il le fallait. En quinze jours il devait pouvoir empêcher Miles de continuer. Il y arriverait grâce aux ressources de Genève. Une agence à but philanthropique et qui pesait sept cent quatre-vingts millions de dollars aurait du répondant. On l'écouterait en toute confiance. Une fois le compte débloqué, il y aurait des accords, des échanges de coopération. ODESSA serait dévoilé, et la Rache détruite.

Tout cela se produirait seulement si trois enfants considérés acceptables se présentaient à la banque de Genève. Cela aurait lieu, Noël en était convaincu ; mais jusque-là, il devait protéger sa mère. Il devait appeler Althene et la convaincre de disparaître de la circulation pendant quelques semaines.

Que pourrait-il bien lui dire ? Jamais elle n'obéirait. Jamais elle ne l'écouterait si elle pensait un seul instant que son mari avait été assassiné.

« Allô ? Allô, monsieur ? » La voix de l'opérateur s'éleva. « Votre appel pour New York... »

Holcroft raccrocha si vite qu'il fit tinter la sonnerie de l'appareil. Il ne pouvait pas parler à sa mère. Pas maintenant. Dans une heure ou deux. Pas maintenant. Il devait réfléchir. Il y avait tant à faire.

Il devenait dingue.

19

« Il va devenir dingue, dit l'homme blond qui téléphonait de l'aéroport Hellenikon, à Athènes. Il doit être au courant maintenant. Le choc va peut-être le briser ; il ne va plus savoir que faire. Dites à notre homme à Paris de ne pas le quitter pendant vingt-quatre heures. Il ne doit pas repartir en Amérique.

— Il ne le fera pas, dit Gretchen Beaumont, à des milliers de kilomètres de là.

— Vous ne pouvez être sûre de rien. Le stress s'accumule ; notre sujet devient particulièrement fragile. Toutefois, il peut être orienté. Il m'attend ; pour lui, je représente la solution à une quantité de problèmes, mais il faut resserrer l'étau. Je veux qu'il aille d'abord à Berlin. Pour un jour ou deux. Voir Kessler.

— Est-ce que nous allons utiliser sa mère ? Nous pourrions lui en donner l'idée par son intermédiaire.

— Non. On ne doit la toucher sous aucun prétexte. Ce serait beaucoup trop dangereux.

— Dans ce cas, comment allez-vous lui suggérer Berlin ? demanda Gretchen Beaumont.

— Je ne le ferai pas, répondit John Tennyson. Je vais convaincre notre sœur de l'amener à cette conclusion. Elle essaie de me joindre, bien entendu.

— Sois prudent avec elle, Johann.

— Je le serai. »

Holcroft marchait le long de la Seine, sans remarquer le vent qui soufflait de l'eau. Il y a une heure, il était sûr de lui ; maintenant, il se sentait perdu. Il savait seulement qu'il devait continuer à bouger, à éclaircir, à prendre des décisions.

Il devait aussi reconsidérer certaines choses. Il y a une heure, le seul homme sur lequel il pensait pouvoir compter était le frère de Helden. Ce n'était peut-être plus vrai maintenant. A New York, une voiture folle qui avait tué son père ressemblait trop à cet accident inexpliqué du métro londonien.

L'entrevue avec Tennyson n'était plus l'unique solution ; l'ombre de Tinamou planait de nouveau. Tennyson l'attendait, mais pas pour les raisons invoquées. Il avait peut-être trahi leur pacte pour plus d'argent.

Dans ce cas, Tennyson était aussi responsable de la mort de Richard Holcroft que s'il avait appuyé sur l'accélérateur et le volant. Et il ne sortirait pas vivant de l'entrevue. Le fils tuerait pour le père ; Noël le devait à Richard Holcroft.

Il s'arrêta et posa les mains sur le mur de béton, se surprenant lui-même. Il se projetait dans le rôle d'un tueur ! Le pacte lui coûtait bien plus que tout ce qu'il avait imaginé.

Il confronterait Tennyson aux faits tels qu'ils lui avaient été donnés. Il observerait attentivement sa réaction. Vérité ou mensonge : ce serait dans les paroles de Tennyson, dans ses yeux. Holcroft espérait de tout son cœur le déceler.

Une chose à la fois. Ses idées devenaient plus claires. Chaque mouvement devait être soigneusement réfléchi ; pourtant cette prudence ne devait pas le ralentir.

Chaque chose en son temps. Il y avait d'abord une réalité indiscutable : il ne pouvait plus se déplacer librement. On lui avait donné le plus mortel des avertissements : le meurtre d'un être cher. Il l'acceptait dans la peur et dans la colère. La peur l'inciterait à la prudence ; la colère lui donnerait du courage. Il le fallait.

Et puis, il y avait sa mère. Que pouvait-il dire qu'elle acceptât sans soupçon ? Elle devait le croire. Si elle se disait ne serait-ce qu'un instant que la mort de son mari avait été orchestrée par des gens issus du Troisième Reich, elle élèverait la voix. Et son premier cri serait aussi le dernier. Que pourrait-il lui dire de plausible ?

Il se remit à marcher, distrait, le regard fixe, et bouscula un homme de petite taille qui se promenait en sens inverse.

« *Excuse me*. Pardon, monsieur », dit Noël.

Le Français parcourait un journal ; il haussa les épaules et sourit.

« Je vous en prie. »

Noël s'arrêta. Le Français lui rappelait quelqu'un. Le visage rond, agréable, les lunettes.

Ernst Manfredi.

Sa mère avait respecté Manfredi, elle continuait à avoir une dette envers le banquier suisse. Il pourrait peut-être parler à Althene par l'intermédiaire d'Ernst Manfredi. Pourquoi pas ? Personne ne le contredirait ; Manfredi était mort.

Manfredi s'était soucié de sa vieille amie Althene *Clausen*. C'est lui qui avait eu peur pour elle. Il avait craint qu'au cours des semaines à venir, pendant que le compte de Genève serait débloqué, le nom de Clausen ne refît surface. Certains se souviendraient d'une jeune femme têtue qui avait quitté son mari par dégoût, et dont les remarques furent le point de départ de la reconversion morale d'Heinrich Clausen. Une reconversion qui aboutit au vol de centaines de millions. Des hostilités en suspens seraient attisées, cette femme punie.

C'était la peur de Manfredi qu'elle devait respecter. Le vieux banquier en savait plus qu'eux deux et s'il avait cru préférable qu'elle disparaisse quelque temps, elle devrait suivre son conseil. Un vieil homme malade arrivant à la fin de sa vie ne disait pas n'importe quoi.

Cette explication était cohérente ; elle était compatible avec leur conversation à Bedford Hills trois semaines auparavant. Sa mère le remarquerait. Elle écouterait Ernst Manfredi.

Instinctivement, Noël jeta un coup d'œil par-dessus son épaule pour voir si on le suivait. C'était devenu une habitude. La peur le rendait prudent ; la colère lui conférait une certaine force. Il voulait vraiment rencontrer un ennemi. Il s'habituait à sa forêt inconnue.

Il retourna vers l'hôtel. Pris de panique, il avait quitté le George-V précipitamment, évitant le sous-directeur, ne voulant que de l'air frais pour s'éclaircir les idées. Maintenant, il accepterait un apéritif et demanderait à téléphoner encore une fois outre-Atlantique. A sa mère.

Il pressa le pas, s'arrêta brusquement à deux reprises, en se retournant. Le suivait-on ?

C'était possible. Une Fiat vert foncé avait ralenti quelques rues derrière lui. Parfait.

Il traversa rapidement la rue, entra dans un café et en sortit quelques secondes plus tard par une autre issue qui donnait sur l'avenue George-V. Il remonta l'avenue, s'arrêta devant un kiosque pour acheter un journal.

Il aperçut la Fiat verte qui prenait le virage sur les chapeaux de roues et approchait du café. Elle s'arrêta net. Le chauffeur se gara le long du trottoir et baissa la tête. De mieux en mieux. Tout parut soudain très clair à Noël ; il savait ce qu'il ferait après l'apéritif et le coup de fil à Althene.

Il verrait Helden. Il lui fallait une arme.

Von Tiebolt regardait fixement l'écouteur du téléphone public de l'aéroport d'Athènes, bouche bée d'étonnement.

« Que dis-tu ?

— C'est la vérité, Johann, répondit Helden, depuis Paris. Les services secrets britanniques pensent que tu es le Tinamou.

— C'est incroyable. Et injurieux !

— C'est ce que j'ai dit à Holcroft. Qu'on t'en voulait à cause de ce que tu écris... et de ce que tu es. Ce que nous sommes.

— Oui, je suppose. »

Von Tiebolt ne parvenait pas à concentrer son attention sur le raisonnement de sa sœur ; sous l'empire de la colère, il serra l'écouteur. Une erreur avait été commise ; il fallait immédiatement prendre des mesures. Qu'est-ce qui avait mené le MI-5 jusqu'à lui ? Toutes les pistes avaient été brouillées ! Mais après tout il pouvait montrer le Tinamou à volonté ; c'était sa stratégie finale. Personne n'était plus innocent que le suspect qui désignait le tueur. C'était son ultime tactique. Il serait peut-être obligé de l'appliquer plus tôt que prévu.

« Johann, tu es là ?

— Oui. Excuse-moi.

— Il faut absolument que tu rencontres Holcroft le plus tôt possible.

— Bien sûr. Je serai à Paris dans quatre ou cinq jours...

— Pas avant ? coupa Helden. Il est très pressé.

— C'est absolument impossible.

— J'ai encore beaucoup à te dire... » Elle lui parla du compte de Genève ; de l'agence de Zurich qui distribuerait des millions ; du fils américain de Heinrich Clausen ; d'Erich Kessler à Berlin ; des von Tiebolt à Rio. A la fin, le souffle court, elle répéta les paroles de sa sœur : *Un jour quelqu'un viendra et parlera d'un pacte étrange.* « Tu as vraiment dit ça ? demanda-t-elle à son frère.

— Oui. Il y a beaucoup de choses que tu ignores encore. Je ne savais pas quand ni comment cela se produirait. Simplement que cela devait arriver. J'ai parlé à Gretchen. Ce Holcroft l'a vue l'autre soir. Je crains qu'elle ne l'ait guère aidé. Notre cause est une des plus bouleversantes et profondes de l'histoire contemporaine. Il faut réparer...

— C'est ce qu'a dit Holcroft, l'interrompit Helden.

— J'en suis sûr.

— Il a très peur. Il essaie de ne pas le montrer, mais il a vraiment peur.

— A juste titre. C'est une responsabilité énorme. Pour être utile, il faut que je sache exactement ce qu'il a appris.

— Alors, viens à Paris maintenant.

— Impossible. Dans quelques jours.

— Je suis inquiète. Si Noël est bien celui qu'il prétend être, et je ne vois aucune raison d'en douter...

— Noël ? demanda le frère, un peu surpris.

— Je l'aime bien, Johann.

— Continue.

— S'il est celui qui doit vous emmener tous les trois auprès des directeurs de la Grande Banque, alors rien ne peut avoir lieu à Genève sans lui.

— Et... ?

— D'autres le savent. Je crois qu'ils connaissent l'existence du compte en Suisse. Il s'est passé des choses épouvantables. On a essayé de l'arrêter.

— Qui ?

— D'après moi, c'est la Rache, ou ODESSA.

— J'en doute, dit John Tennyson. Ni l'un ni l'autre ne sont capables de garder le silence sur des événements d'une telle importance. Crois-en un journaliste.

— La Rache tue. ODESSA aussi. On a essayé de tuer Noël. »

Tennyson sourit ; des erreurs avaient été commises, mais la stratégie initiale fonctionnait. Holcroft était assailli de toutes parts. Lorsque tout serait prêt pour Genève, il serait à bout, complètement malléable.

« Dans ce cas, il doit être très prudent. Apprends-lui ce que tu sais, Helden. Tout ce que tu peux. Les ruses que nous avons apprises les uns des autres.

— Il en a expérimenté quelques-unes, dit la jeune femme avec un rire doux et attendri. Il en a horreur.

— Ça vaut mieux que de mourir. » L'homme blond s'arrêta. La transition devait être naturelle. « Gretchen a mentionné une photographie de Beaumont. Elle pense que Holcroft l'a prise.

« C'est bien le cas. Il est convaincu d'avoir vu Beaumont dans l'avion de New York-Rio. Il pense qu'il le suivait. Ça fait partie des choses qu'il te dira. »

Alors c'était bien l'avion, se dit Tennyson. L'Américain était plus observateur que Beaumont n'avait voulu le croire. La disparition de l'officier de marine serait expliquée dans quelques jours mais il serait difficile d'expliquer comment la photo se trouvait en la possession de Holcroft s'il la montrait à ceux qui ne devaient pas la voir. Le commandant fanatique avait laissé des traces trop visibles, de Rio à l'Amirauté. Ils devaient reprendre la photo.

« Je ne sais que te dire, Helden. Je n'ai jamais aimé Beaumont. Je n'ai jamais eu confiance en lui. Mais il est en Méditerranée depuis des mois. Je ne vois pas comment il aurait pu quitter son bateau et se retrouver en avion pour New York. Holcroft se trompe. »

Tennyson s'arrêta de nouveau.

« Quand même, je crois que Noël devrait apporter la photo quand nous nous verrons. Il ne devrait pas l'avoir constamment sur lui. Et il ne devrait pas parler de Beaumont non plus. Dis-le-lui. Cela pourrait mener les gens jusqu'à Gretchen. Jusqu'à nous. Oui, je crois que ce serait une bonne idée s'il apportait la photo.

— Il ne peut pas. On la lui a volée. »

L'homme blond fut cloué sur place. C'était impossible. Aucun d'entre eux n'avait pris la photo ! Aucun *Sonnenkind*. Il avait été le premier à savoir. Quelqu'un d'autre ? Il baissa la voix.

« Que veux-tu dire, « on la lui a volée » ?

— Exactement ça. Un homme l'a poursuivi, l'a frappé jusqu'à ce qu'il perde connaissance, et a pris la photo. Rien d'autre, juste la photo.

— Quel homme ?

— Il ne le savait pas. Il faisait nuit. Il a repris connaissance à des kilomètres de Portsmouth, dans un champ.

— On l'a attaqué à Portsmouth ?

— A un ou deux kilomètres de chez Gretchen, si j'ai bien compris. »

C'était grave. Très grave.

« Tu es sûre que Holcroft disait la vérité ?

— Pourquoi est-ce qu'il mentirait ?

— Que t'a-t-il dit exactement ?

— Qu'il a été poursuivi par un homme en pull noir. Cet homme l'a frappé et a pris la photo dans sa poche quand il a perdu connaissance. Rien que la photo. Pas son argent, rien d'autre.

— Je vois. »

Mais il ne voyait rien ! Et cela le troublait. Il ne pouvait pas faire partager ses craintes à Helden. Comme d'habitude, il devait avoir l'air de tout maîtriser parfaitement. Mais il fallait qu'il trouvât l'origine de ce trouble.

« Helden, j'aimerais que tu fasses quelque chose... pour nous tous. Crois-tu pouvoir prendre un jour de congé ?

— Je suppose que oui. Pourquoi ?

— Je crois que nous devrions essayer de savoir qui s'intéresse autant à Holcroft. Tu pourrais peut-être proposer une promenade en voiture à la campagne, à Fontainebleau ou Barbizon.

— Mais pourquoi ?

— J'ai un ami à Paris ; il me rend souvent des petits services. Je lui demanderai de vous suivre, très discrètement, bien sûr. Nous saurons peut-être ainsi qui d'autre est du voyage.

— Un des nôtres pourrait le faire.

— Non, je ne le pense pas. Ne mêle pas nos amis à ça. Herr Oberst doit rester en dehors de tout ça.

— Très bien. On partira vers dix heures du matin. De son hôtel. Le Douzaine d'Heures, rue Chevalle. Comment est-ce que je reconnaîtrai cet homme ?

— Tu n'auras pas à le faire. Il vous verra. N'en parle pas à Holcroft ; il en serait contrarié inutilement.

— D'accord. Tu m'appelles quand tu arrives à Paris ?

— A la minute où j'arrive, *meine Schwester*.

— *Danke, mein Bruder*. »

Tennyson reposa le combiné. Il lui restait un dernier appel à passer avant d'embarquer pour Berlin. Pas à Gretchen ; il ne voulait pas lui parler. Si les initiatives de Beaumont étaient aussi désastreuses qu'elles en avaient l'air, si par son imprudence il avait entravé la cause de Wolfsschanze, alors tout ce qui pouvait mener jusqu'à lui et, par lui, jusqu'à Genève, devait être supprimé. Une telle décision n'était pas facile à prendre. Il aimait Gretchen comme peu d'hommes sur terre aimaient leur sœur ; d'une manière que le monde désapprouvait parce que le monde ne comprenait pas. Elle prenait soin de lui, apaisait sa faim, de sorte qu'il n'y avait plus de complications extérieures. Il gardait l'esprit libre pour se concentrer sur la mission qu'il devait accomplir. Mais cela aussi devait prendre fin. Gretchen sa sœur, son amante, devait peut-être mourir.

Holcroft écouta parler Althene, stupéfait par son équilibre, étonné que tout fût aussi facile. L'enterrement avait eu lieu la veille.

« Fais ce que tu dois faire, Noël. Un homme de valeur est mort inutilement, bêtement, et c'est horrible. Mais c'est fini ; ni toi ni moi n'y pouvons plus rien.

— Tu peux faire quelque chose pour moi.

— Quoi donc ? »

Il lui apprit la mort de Manfredi. La version du Suisse. Un homme âgé rongé par la douleur, préférant une fin rapide à une souffrance prolongée et à l'infirmité.

« Son dernier geste en tant que banquier fut de me rencontrer à Genève. »

Althene resta silencieuse un moment, songeant à un ami qui avait autrefois beaucoup d'importance pour elle. Cela lui ressemblait d'être impliqué dans un accord aussi important que celui-là. Il ne l'aurait pas laissé à un autre.

« Il y avait autre chose ; cela te concernait. Il a dit que tu comprendrais. »

Holcroft tenait le récepteur d'une main ferme et parla de la façon la plus convaincante possible. Il exprima l'« inquiétude » de Manfredi au sujet de ceux qui pourraient se souvenir d'une femme entêtée que beaucoup tenaient pour responsable de la conversion d'Heinrich Clausen, et de sa décision de trahir le Reich. Il expliqua la possibilité qu'il restât quelques fanatiques qui voudraient peut-être se venger. Althene Clausen, la vieille amie de Manfredi, ne devait pas courir le risque d'être une cible ; elle devait partir quelque temps, là où personne ne pourrait la retrouver si le nom de Clausen refaisait surface.

« Tu comprends, maman ?

— Oui, répondit Althene. Parce qu'il me l'avait déjà dit, il y a des siècles. Un doux après-midi à Berlin. Il avait dit alors qu'ils nous poursuivraient. Il avait raison. Maintenant, encore, il a raison. Le monde est rempli de fous.

— Où iras-tu ?

— Je ne sais pas exactement. En voyage, peut-être. Le moment est bien choisi, n'est-ce pas ? Les gens montrent tellement de sollicitude après un décès ; c'en est gênant.

— Je préférerais que tu ailles là où on ne te verra pas. Juste pour quelques semaines.

— C'est facile de passer inaperçue. J'ai une certaine expérience dans ce domaine. Pendant deux ans après notre départ de Berlin, toi et moi n'avons pas arrêté de nous déplacer. Jusqu'à Pearl Harbor, en fait. Les activités du Bund étaient trop diverses à cette époque ; il recevait les ordres de la Wilhelmstrasse.

— Je ne savais pas, dit Holcroft, ému.

— Il y a beaucoup de choses... aucune importance. Richard a mis fin à tout ça. Grâce à lui nous avons cessé de fuir, de nous cacher. Je te ferai savoir où je serai.

— Comment ? »

Sa mère s'arrêta.

« Ton ami de Curaçao, M. Buonoventura. Il a été absolument déférent. Je l'avertirai. »

Holcroft sourit.

« Très bien. J'appellerai Sam.

— Je ne t'ai jamais parlé de cette époque, n'est-ce pas ? Avant l'arrivée de Richard. Il faudra que je le fasse ; cela t'intéressera peut-être.

— Oui. Manfredi avait raison. Tu es incroyable.

— Non, mon cher. Simplement une survivante. »

Comme toujours, ils se dirent rapidement au revoir ; ils étaient amis. Noël quitta le bureau du sous-directeur. Il traversa le hall du George-V, se dirigeant vers le bar où l'attendait son ami avec les apéritifs puis décida de faire un petit détour. Il alla vers l'immense baie vitrée à gauche de l'entrée et jeta un coup d'œil entre les plis du rideau de velours rouge. La Fiat verte était toujours là.

Noël continua à traverser le hall vers le bar. Il aurait un quart d'heure de conversation agréable avec le directeur ; il transmettrait quelques informations très précises bien que fausses et demanderait un ou deux services.

Et puis il y avait Helden. Si elle ne l'avait pas appelé à cinq heures, il téléphonerait chez Gallimard. Il fallait qu'il la vît ; il voulait une arme.

« Quatre ou cinq jours ? explosa Holcroft au téléphone. Je ne veux pas attendre quatre ou cinq jours. Je le rencontrerai n'importe où ! Je n'ai pas de temps à perdre.

— Il a dit qu'il ne serait pas à Paris avant et il a proposé que vous alliez à Berlin entre-temps. Cela ne vous prendrait qu'un jour ou deux.

— Il savait pour Kessler ?

— Peut-être pas le nom, mais il savait pour Berlin.

— Où était-il ?

— A l'aéroport d'Athènes. »

Noël se souvint. *Il a disparu au Bahreïn il y a quatre jours. Nos agents le recherchent de Singapour à Athènes* : les services secrets britanniques auraient une confrontation imminente avec John Tennyson, si toutefois elle n'avait pas déjà eu lieu.

« Qu'a-t-il dit à propos des Anglais ?

— Il était furieux, comme je m'y attendais. Il est tout à fait capable d'écrire un article qui embarrasserait le Foreing Office. Il était hors de lui.

— J'espère qu'il ne le fera pas. La dernière chose au monde que nous voulons, c'est un article dans un journal. Vous pouvez le rappeler ? Je peux le rappeler, moi ? Il pourrait prendre l'avion ce soir. J'irais le chercher à Orly.

— Je crains que non. Il avait un avion à prendre. Je n'ai qu'un numéro à Bruxelles ; c'est là qu'il prend ses messages. Il lui a fallu presque deux jours pour avoir le mien.

— Bon Dieu !

— Vous êtes trop tendu.

— Je suis pressé...

— Noël... » Helden hésita. « Je ne travaille pas demain. Est-ce qu'on pourrait se voir ? Aller faire une promenade en voiture, peut-être ? J'aimerais bavarder avec vous. »

Noël fut très surpris. Il avait envie de la voir.

« Pourquoi attendre demain ? Dînons ensemble.

— Je ne peux pas. J'ai une réunion ce soir. Je serai à votre hôtel à dix heures demain matin. Vous pourrez prendre l'avion pour Berlin dans l'après-midi.

— Vous allez voir vos amis ?

— Oui.

— Helden, rendez-moi un service. Je n'aurais jamais cru que je demanderais cela à quelqu'un, mais... j'ai besoin d'une arme. Je ne sais pas comment faire, ni quelles sont les lois.

— Je comprends. J'en apporterai une. A demain matin.

— A demain. »

Holcroft raccrocha et jeta un coup d'œil à son attaché-case ouvert posé sur la chaise. Il voyait la couverture du document de Genève. Cela lui rappela la menace des hommes de Wolfsschanze. *Rien ne sera plus jamais comme avant...* Il savait maintenant à quel point c'était vrai. Il avait emprunté une arme au Costa Rica. Il avait tué un homme sur le point de le tuer lui, et il s'était juré de ne plus jamais toucher à une arme de sa vie. Cela aussi avait changé. Tout avait changé, parce qu'un homme l'appelait depuis sa tombe.

20

Ils étaient assis à l'avant de la voiture louée par Noël.

« Est-ce que vous aimez les truites de montagne ? lui demanda Helden en lui tendant l'automatique.

— D'accord pour les truites, dit-il en riant.

— Qu'y a-t-il de drôle ?

— Je ne sais pas. Vous me tendez une arme, ce qui n'est pas la chose la plus naturelle du monde, et en même temps vous me demandez ce que j'aimerais pour déjeuner.

— Il n'y a aucun rapport. Je crois que ce serait une bonne idée si vous laissiez vos problèmes de côté pendant quelques heures.

— Je pensais que vous vouliez en discuter.

— Oui. Je veux aussi apprendre à mieux vous connaître. L'autre soir, quand nous nous sommes rencontrés, c'est vous qui avez posé toutes les questions.

— Avant que je ne pose toutes ces questions, vous avez eu le temps de beaucoup hurler. »

Helden se mit à rire.

« Je regrette. Quelle bousculade, n'est-ce pas ?

— Oui, c'était dingue. Vous avez un joli rire. J'ignorais que vous saviez rire.

— Ça m'arrive fréquemment. Au moins deux fois par mois, réglé comme une horloge. »

Holcroft lui jeta un coup d'œil.

« Je n'aurais pas dû dire ça, je suppose que vous n'avez guère matière à rire. »

Elle lui rendit son regard, un sourire aux lèvres.

« Plus que vous ne pensez peut-être. Et vous ne m'avez pas vexée. Je suis sûre que vous me trouvez plutôt formelle.

— Notre conversation de l'autre soir n'était pas faite pour se tordre de rire.

— Non, en effet. »

Helden se retourna, les deux mains posées sur les genoux, sur sa jupe blanche plissée. Il y avait en elle quelque chose d'espiègle que Noël n'avait pas remarqué auparavant.

« Vous pensez à eux quelquefois ?

— A qui ?

— A ces pères que ni vous ni moi n'avons jamais connus. Ce qu'ils ont fait était tellement incroyable, une initiative d'une telle audace !

— Plus d'une. Des centaines... des milliers. Différente chacune, compliquée, se poursuivant pendant des mois. Trois années de manipulations.

— Ils ont dû vivre dans la terreur.

— J'en suis sûr.

— Qu'est-ce qui les y poussait ?

— Juste ce qui... » Noël s'arrêta sans savoir pourquoi. « Juste ce que Heinrich Clausen m'écrivit dans sa lettre. En apprenant l'existence des camps de travail ils ont été ébranlés au-delà de tout ce qu'on peut imaginer. Auschwitz, Belsen... Cela nous paraît incroyable aujourd'hui, mais souvenez-vous, c'était en 1943. Il y avait une conspiration du silence. »

Helden toucha son bras ; le contact fut bref, mais ferme.

« Vous l'appelez Heinrich Clausen. Vous ne pouvez pas dire « mon père », n'est-ce pas ?

— J'avais un père. » Noël s'arrêta. Ce n'était pas le moment de parler en long et en large de Richard Holcroft ; il devait se contrôler. « Il est mort. On l'a tué il y a cinq jours à New York.

— Oh ! mon Dieu... » Helden le regarda fixement, intensément. « Tué ? A cause de Genève ? demanda-t-elle.

— Je n'en sais rien.

— Mais c'est ce que vous pensez.

— Oui. »

Il serra le volant et garda le silence. Une coquille se formait, et c'était épouvantable.

« Excusez-moi, Noël. Je ne sais pas quoi dire. J'aimerais pouvoir vous consoler, mais je ne sais pas comment. »

Il contempla son joli visage et ses yeux marron clair, dans lesquels on lisait la préoccupation.

« Avec tous vos problèmes, le dire suffit. Vous êtes gentille, Helden. Je n'ai pas beaucoup rencontré de gens comme vous.

— Je pourrais dire la même chose... chouette.

— Nous l'avons dit tous les deux. Et cette truite ? Si nous devons prendre quelques heures de détente, pourquoi ne pas me dire où nous allons ?

— A Barbizon. Il y a un restaurant très agréable au centre de la ville. Vous connaissez Barbizon ?

— J'y suis allé plusieurs fois », dit Noël, les yeux brusquement fixés sur le rétroviseur extérieur.

Il y avait une Fiat vert foncé derrière eux. Il ignorait si c'était celle qui l'avait attendu hier dans l'avenue George-V, mais il allait le savoir — sans alarmer Helden. Il ralentit ; la Fiat ne le doubla pas, mais passa dans la file de droite, permettant à une autre voiture de se mettre entre eux.

« Quelque chose ne va pas ? » demanda Helden.

Holcroft relâcha l'accélérateur. L'automobile fit une légère embardée en ralentissant.

« Non, pas vraiment. J'ai eu des problèmes hier avec ce truc-là. Le carburateur a besoin d'être réglé, je crois. De temps en temps, il y a une bulle d'air. Ça passe si on fait attention.

— Vous avez l'air de vous y connaître.

— Je suis assez bon mécanicien. On ne peut pas travailler au Mexique ni à quelques degrés plus au sud sans l'être. »

Il appuya et garda le pied au plancher ; la voiture fonça en avant.

Il apercevait maintenant la Fiat verte dans son rétroviseur. Elle passa à gauche, doublant la voiture qui les séparait, puis revint dans la file de droite, derrière eux. Il avait la réponse à sa question. On les suivait.

La peur le rendait prudent. Celui qui conduisait la Fiat était indirectement mêlé à la mort de Richard Holcroft ; il en avait la certitude. Et il allait le piéger.

« Voilà. Tout va bien maintenant, dit-il à Helden. La bulle d'air est passée. Déjeuner à Barbizon me semble une excellente idée. Voyons si je me souviens du chemin. »

Il ne s'en souvenait pas. Exprès. Il se trompa plusieurs fois en tournant, éclatant de rire en s'apercevant de ses erreurs, affirmant qu'on avait changé toute la campagne française. Cela devint un jeu frivole dont l'objectif était une question de vie ou de mort : il fallait qu'il vît le visage du conducteur de la Fiat. A Paris, un pare-brise et un nuage de fumée de cigarette le lui avaient caché. Il fallait qu'il pût le reconnaître dans une foule.

Mais le chauffeur de la Fiat n'était pas un amateur. S'il était surpris par les brusques changements de vitesse de Noël, il n'en laissa rien paraître, restant discrètement derrière eux, sans jamais trop se rapprocher. Une voiture en panne stationnait sur la petite route au sud de Corbeil-

Essonnes. Ce fut une bonne excuse pour s'arrêter. Le conducteur de la Fiat n'avait pas le choix. Il passa devant les deux voitures à l'arrêt. Noël regarda. L'homme avait le teint pâle, les cheveux châtain clair ; et quelque chose d'autre : des petites marques, ou la joue grêlée.

Il reconnaîtrait ce visage. C'est tout ce qui importait.

Le chauffeur de la voiture en panne remercia Holcroft, indiquant qu'on allait venir l'aider.

Noël fit un signe de tête et redémarra, se demandant s'il allait bientôt retrouver la Fiat verte. Serait-elle sur une route de traverse, en train de l'attendre, ou allait-elle sortir de nulle part et apparaître dans le rétroviseur ?

« C'était sympa de faire ça, dit Helden.

— Nous, les vilains Américains, nous savons être sympas de temps en temps. Je vais rejoindre l'autoroute. »

Si la Fiat se trouvait sur une route de traverse, il ne la vit point. Elle fut tout simplement là, dans son rétroviseur, sur l'autoroute. Ils prirent la sortie de Seine-et-Marne et se dirigèrent vers Barbizon. La Fiat verte restait loin derrière, mais elle était là.

Leur déjeuner fut un mélange bizarre de détente et de gêne. Des débuts brefs et des arrêts abrupts ; des conversations interrompues au beau milieu, parce qu'on avait oublié le sujet. Pourtant le fait d'être ensemble à côté l'un de l'autre les détendait. Holcroft se dit qu'elle le ressentait certainement autant que lui.

Ce sentiment d'intimité fut confirmé par l'attitude d'Helden, une attitude involontaire : elle le touchait souvent. Elle se penchait un court instant, et touchait sa manche, ou parfois sa main. Elle le touchait pour insister sur un détail, ou parce qu'elle posait une question, mais elle le faisait comme si c'était la chose la plus naturelle du monde. Et il trouvait naturel d'accepter ce contact et de le rendre.

« Votre frère n'a pas parlé de Beaumont ? demanda-t-il.

— Si. Il était très en colère. Tout ce qui concerne Beaumont le fiche en boule. Mais il pense que vous vous trompez ; vous ne l'avez pas vu dans l'avion. Il voulait que vous apportiez la photo. Je lui ai dit que vous ne l'aviez pas. Il était furieux.

— A cause de la photo ?

— Oui. Il a dit que cela pourrait être dangereux. Elle pourrait mener « les gens » jusqu'à Gretchen, jusqu'à vous. Jusqu'à Genève.

— Je crois que la réponse est plus simple. La Royal Navy n'est pas différente des autres organisations militaires. Les officiers se protègent mutuellement.

— Vous voulez parler de ma sœur aux mœurs légères ? »

Holcroft hocha la tête ; il n'avait pas vraiment envie de parler de Gretchen Beaumont, pas avec Helden.

« Plus ou moins. »

Elle lui toucha les doigts.

« Ne vous inquiétez pas, Noël. Je ne porte pas de jugement quand il s'agit de ma sœur. Puis elle retira sa main, mal à l'aise. Je veux dire, je n'ai pas le droit... Non, je ne veux pas dire ça non plus. Je veux dire quand il s'agit de vous, je n'ai pas le droit...

— Je crois que nous savons tous les deux ce que vous voulez dire, l'interrompit Holcroft, recouvrant sa main de la sienne. Vous êtes libre d'avoir un droit. Je crois que ça me plaît.

— Vous me mettez mal à l'aise.

— Moi ? C'est la dernière chose au monde dont j'aie envie. »

Il retira sa main et suivit son regard. Par la fenêtre, elle regardait le petit bassin en pierres sur la terrasse, mais Noël remarqua autre chose. Plusieurs groupes de touristes se promenaient dans la rue. L'homme aux cheveux châtain clair et au visage grêlé était debout, immobile, sur le trottoir d'en face. Une cigarette à la bouche, et quelque chose ressemblant à une brochure d'artiste à la main. Mais il ne la consultait pas. Il gardait la tête légèrement levée, les yeux fixés sur l'entrée du restaurant.

Il était temps d'agir, se dit Noël, sa fureur se ravivait ; il voulait cet homme.

« J'ai une idée, dit-il du ton le plus anodin possible. J'ai vu une affiche près de la porte qui, je crois, disait : Kermesse. Un endroit appelé Montereau quelque chose. C'est un genre de carnaval ?

— La fête oui, pas le village. C'est à dix ou douze kilomètres d'ici, je crois.

— Qu'est-ce que c'est ? Le carnaval, je veux dire.

— Les kermesses ? Elles sont très courantes et généralement organisées par l'église locale. D'habitude, on célèbre en même temps la fête d'un saint. C'est comme un marché aux puces.

— Allons-y.

— Vraiment ?

— Pourquoi pas ? Ce sera peut-être drôle. Je vous achèterai un cadeau. »

Helden le regarda, surprise.

« Très bien », dit-elle.

Le rétroviseur reflétait brutalement les rayons du soleil d'après-midi, si bien que Holcroft clignait souvent les yeux. La Fiat vert foncé se montrait de temps en temps. Elle était loin derrière, mais ne disparaissait jamais très longtemps.

Il gara la voiture derrière l'église au centre du village. Helden et lui firent le tour du presbytère jusqu'à l'entrée et se mêlèrent à la foule.

La place du village était typiquement française avec ses pavés disposés comme les rayons d'une roue de guingois, ses vieilles bâtisses et ses trottoirs sinueux. Çà et là, on avait installé des stands aux auvents plus ou moins délabrés, artisanat et nourriture de toutes sortes empilés sur des comptoirs. Des assiettes brillantes et une profusion de toiles cirées reflétaient les rayons du soleil ; des rais de lumière traversaient la foule. Cette fête n'était pas destinée aux touristes. Les étrangers se réservaient les mois de printemps et d'été.

L'homme au visage grêlé se tenait devant un stand à mi-chemin du square, mâchonnant un morceau de gâteau, les yeux tournés vers Holcroft. L'homme ignorait qu'il avait été remarqué ; Noël en était sûr. Il était trop désinvolte, trop occupé à manger. Ses proies étaient sous surveillance ; tout allait bien. Holcroft se tourna vers Helden, à côté de lui.

« J'ai trouvé ce que je veux vous offrir ! s'écria-t-il.

— Ne soyez pas bête...

— Attendez-moi ici ! Je reviens dans une minute.

— Je serai là-bas — elle fit un mouvement vers la droite — au stand de l'étain.

— D'accord. A tout de suite. »

Noël commença à se frayer un chemin dans la foule. S'il parvenait à se faufiler, à baisser la tête et à faire des mouvements suffisamment rapides, il atteindrait la lisière de la marée humaine sans que l'homme l'eût aperçu. Une fois le trottoir franchi, il serait à quelques mètres du stand de pâtisserie.

Il arriva sur le trottoir ; l'homme ne l'avait pas remarqué. Il avait demandé un autre morceau de gâteau et le mangeait d'un air absent, debout sur la pointe des pieds, surveillant la foule. Brusquement, il parut se détendre, et relâcher un peu son attention. Il avait vu Helden ; apparemment, il était convaincu que s'il pouvait la voir, son compagnon ne devait pas être bien loin.

Noël feignit de s'être tordu la cheville et fit le tour en boitillant, sa contusion lui fournissant un prétexte pour être plié de douleur. L'homme ne pouvait plus du tout le voir maintenant.

Noël se trouvait juste derrière le stand des pâtisseries, à une dizaine de mètres environ. Il observa l'homme attentivement. Sa façon de rester là sans bouger, en mangeant délibérément, de s'étirer de temps en temps pour s'assurer que sa proie était toujours visible, avait quelque chose de primitif. Holcroft s'aperçut qu'il observait un prédateur. Il n'arrivait pas à voir ses yeux, mais il savait qu'ils étaient froids et perçants. Cette pensée le mit hors de lui, fit défiler dans sa tête les images d'un homme assis derrière le conducteur d'une voiture, peut-être un pistolet pointé sur sa nuque, en train d'attendre que Richard Holcroft émerge sur un trottoir de New York. C'était l'idée de cette manipulation glaciale, délibérée, qui le mettait en rage.

Noël plongea dans la foule, la main droite serrant l'automatique dans sa poche, la gauche tendue devant lui, les doigts rigides. Une fois que Noël le toucherait, ce serait une poigne que l'homme n'oublierait jamais.

Il fut soudain coincé. *Coincé !* Au moment où il poussait les épaules d'un homme et d'une femme devant lui, une troisième silhouette arriva sur lui de plein fouet, le visage détourné. On lui barrait délibérément la route !

« Laissez-moi passer ! Bon Dieu, lâchez-moi ! »

Il vit que ses exclamations, ou son anglais, ou les deux, avaient alerté l'homme qui tourna sur place, laissant échapper son gâteau. Il avait les yeux fous et le visage congestionné. Il tourna de nouveau sur lui-même et se fraya un chemin dans la foule, loin de Noël.

« Laissez-moi pass... ! »

Noël le sentit avant de le voir. Quelque chose avait coupé sa veste, déchirant la doublure au-dessus de sa poche gauche. Il n'en crut pas ses yeux. On lui avait donné un coup de couteau. S'il n'avait pas bougé, le coup aurait porté !

Il agrippa le poignet qui tenait le couteau, le repoussa en s'efforçant de ne pas le lâcher, donna un grand coup d'épaule dans la poitrine de celui qui le tenait. L'homme continuait à détourner le visage. Qui était-ce ? Ce n'était pas le moment de réfléchir ; il devait écarter ce couteau !

Noël se mit à crier. Il se pencha, tenant le poignet de son ennemi entre ses deux mains ; la lame bougeait dans tous les sens, tout son corps se tordait. Il tira violemment le poignet de son adversaire, puis l'écrasa de tout son poids, en tombant à terre. La lame heurta le pavé avec un bruit métallique.

Il reçut un coup sur la nuque. Malgré le choc, il sut avec quoi on l'avait frappé ; un tuyau en fer. Il était à terre, replié sur lui-même sous l'effet de la terreur et de la panique mais il ne pouvait pas rester ainsi ! Son instinct le poussa à se lever, titubant. La peur le cloua sur place, attendant l'attaque, prêt à se battre. Puis la fureur le poussa à chercher ses assaillants.

Ils étaient partis. Le couteau sur le sol avait disparu ! Et tout autour de lui, les gens reculaient, le dévisageant comme s'il était devenu fou.

Mon Dieu ! se dit-il, ayant un terrible pressentiment. S'ils étaient prêts à le tuer, ils étaient prêts à tuer Helden aussi ! Si les tueurs protégeaient l'homme au visage marqué par la petite vérole, et que ces tueurs savaient qu'il avait remarqué cet homme, ils en déduiraient que Helden l'avait vu elle aussi. Ils la poursuivraient ! Ils la tueraient !

Il brisa le cercle des badauds, et esquiva une centaine de bras et de mains en colère dans la direction qu'elle avait indiquée quelques minutes auparavant. Un stand où l'on vendait de la vaisselle ou bien des assiettes... de l'étain. Oui. Un stand avec de l'étain. Où se trouvait-il ?

Là, mais pas elle. On ne la voyait nulle part. Il courut jusqu'au stand et s'écria :

« Une femme ! Il y avait une blonde là !

— *Pardon ? Je ne parle pas...*

— *Une femme... Aux cheveux blonds. Elle était là !* » reprit-il en français.

Le vendeur haussa les épaules et continua à polir une coupelle.

« *Où est-elle ?* hurla Holcroft.

— *Vous êtes fou ! fou !* s'écria le vendeur. *Voleur ! Police !*

— *Non, s'il vous plaît ! Une femme aux...* »

— *Ah !* coupa le vendeur. *Une blonde. Par là.* » Il fit un geste vers la gauche.

Holcroft prit appui contre le stand et recula puis reprit sa course dans la foule. Il écarta des manteaux et des vestes. Oh ! seigneur, il l'avait tuée ! Il la cherchait partout des yeux ; chaque allée, chaque regard, chaque mèche de cheveux. Elle n'était nulle part.

« *Helden !* »

Soudain, un poing s'enfonça dans son rein droit et un bras s'abattit par-dessus son épaule, se refermant autour de son cou, l'empêchant de respirer. Il donna un coup de coude dans le corps de son assaillant qui se trouvait maintenant derrière lui, et le traînait à reculons au milieu de la foule. Haletant, il enfonça le coude gauche dans la forme brutale et rapide qui le tenait, puis encore le coude droit. Il avait touché son attaquant dans la cage thoracique ; la prise autour de son cou se relâcha un instant, et ce fut suffisant. Il pivota sur lui-même, enfonçant les doigts dans l'avant-bras qui serrait son cou, et tira, renversant son assaillant par-dessus la hanche. Ils tombèrent tous deux à terre.

Noël vit son visage ! Sous la masse de cheveux roux en bataille, il vit la petite cicatrice sur le front et, en dessous, des yeux bleus en colère. L'homme était le plus jeune des deux agents du MI-5 qui l'avaient interrogé dans sa chambre d'hôtel à Londres. La fureur de Noël fut totale. Les services secrets britanniques s'étaient mêlés de cette affaire, et cette intrusion avait peut-être coûté la vie à Helden.

Mais pourquoi ? Pourquoi ici, dans ce village perdu de France ? Il ignorait les réponses. Il savait seulement que cet homme qu'il tenait maintenant à la gorge était son ennemi, aussi dangereux que la Rache ou ODESSA.

« Debout ! »

Holcroft se releva péniblement et tira sur

l'Anglais. Son erreur fut de relâcher momentanément son étreinte. Un coup en plein estomac le prit par surprise. Ses yeux devinrent vitreux et pendant quelques instants il eut simplement conscience qu'on le tirait et qu'il traversait une mer de visages étonnés. Brusquement, il fut projeté contre le mur d'un immeuble ; il entendit l'impact de sa tête sur la surface bétonnée.

« Espèce de crétin ! Qu'est-ce que vous foutez là ? Vous avez failli vous faire tuer là-bas ! »

L'homme du MI-5 ne criait pas, mais il parlait avec tant de véhémence que ce fut tout comme. Noël fit un effort pour regarder ; l'agent le tenait immobilisé. Son avant-bras s'appuyait de nouveau contre sa gorge.

« Espèce de fils de pute ! » Il arrivait à peine à prononcer les mots dans un souffle. « C'est vous et les vôtres qui avez essayé de me tuer...

— Vous êtes fou à lier, Holcroft ! Le Tinamou ne vous toucherait pas avec des pincettes. Il faut que je vous fasse sortir de là.

— Le Tinamou ? Ici ?

— Partons.

— *Non !* Où est Helden ?

— Certainement pas avec nous ! Vous nous croyez fous à ce point ? »

Noël fixa l'agent ; il disait la vérité. Toute cette histoire était absurde. Dans ce cas, quelqu'un l'a emmenée ! Elle a disparu !

« Si elle a disparu, c'est de son plein gré, dit l'agent. Nous avons essayé de vous avertir. Abandonnez !

— Non, vous vous trompez ! Il y avait quelqu'un... Un homme au visage marqué...

— La Fiat ?

— Oui ! Lui. Il nous suivait. Je suis allé vers lui, et ses hommes m'ont empoigné. Ils ont essayé de me tuer !

— Venez avec moi », ordonna l'agent, en attrapant le bras de Holcroft et en le propulsant sur le trottoir.

Ils arrivèrent dans une ruelle étroite et sombre, entre deux bâtiments. Aucun rayon de soleil ne pénétrait ; tout était dans l'ombre. La ruelle était bordée de poubelles. Derrière la troisième poubelle sur la droite, Noël aperçut deux jambes. Le reste du corps était caché par l'ustensile.

L'agent poussa Noël dans la ruelle ; il n'eut que quatre ou cinq pas à faire pour voir le reste du corps.

Au premier coup d'œil, on aurait dit que l'homme au visage grêlé était ivre. Il refermait le poing sur une bouteille de vin rouge qui s'était renversée sur la braguette de son pantalon. Mais ce n'était pas le même rouge que celui de la tache qui s'étalait sur sa poitrine.

L'homme avait été abattu.

« Le voilà, votre tueur, dit l'agent. Vous allez nous écouter, maintenant ? Retournez à New York. Dites-nous tout ce que vous savez et laissez tomber. »

L'esprit de Noël était en pleine effervescence ; un nuage de confusion l'enveloppait. Le ciel avait porté la mort, mort à New York, mort à Rio, mort ici dans un petit village français. La Rache, ODESSA, les survivants de Wolfsschanze...

Rien ne sera plus jamais pareil...

Il se tourna vers l'homme du MI-5 et murmura :

« Vous ne comprenez donc pas ? Je ne peux... »

Une dispute éclata tout à coup au bout de la ruelle. Deux silhouettes passèrent en courant, l'une propulsant l'autre. On cria des ordres — d'une voix gutturale, dure ; les mots étaient indistincts mais la violence incontestable. Des appels au secours furent interrompus net par un choc chair contre chair, des gifles claquèrent encore et encore. Et puis les formes indistinctes disparurent mais Holcroft entendit le hurlement.

« Noël ! *Noël !* »

C'était Helden ! Holcroft retrouva ses esprits. Il savait ce qu'il avait à faire. De toutes ses forces il donna un coup d'épaule dans les côtes de l'agent et l'envoya culbuter sur la poubelle qui cachait le cadavre.

Il sortit de la ruelle en courant.

21

Les cris continuèrent. A quelle distance, il ne pouvait le dire, tellement la foule rassemblée sur la place du village était exubérante. Accordéons et cornets déversaient de la musique. On laissait des espaces vides pour les couples qui tournoyaient, virevoltaient, sautaient pendant les danses villageoises. La fête d'hiver était devenue un carnaval.

« Noël ! Noël... »

Après le tournant, à gauche de la place, les cris venaient de là ! Holcroft se mit à courir comme un fou, bousculant un couple enlacé contre un mur. *Là.*

« *Noël !* »

Il arriva dans une rue bordée d'immeubles à trois étages. Il la descendit en courant et entendit encore le cri, mais aucune parole, pas de nom, rien qu'un cri interrompu par l'impact d'un coup qui déclencha un hurlement de douleur.

Oh ! mon Dieu, il devait trouver...

Une porte ! Une porte était restée entrebâillée, l'entrée du quatrième immeuble sur la droite. Ça venait de là !

Il y courut, se souvenant soudain qu'il avait un pistolet. Il enfonça la main dans sa poche et en sortit l'arme, qu'il tint maladroitement, tout en se disant qu'il ne l'avait pas vraiment regardée. Et il s'arrêta un moment pour l'examiner.

Il connaissait peu de chose sur les armes à feu, mais celle-là, il la connaissait. C'était un pistolet automatique Budischowsky TP-70, le même genre d'arme que Sam Buonoventura lui avait prêtée au

Costa Rica. La coïncidence lui donna un haut-le-cœur. Cet univers n'était pas le sien.

Il vérifia le cran de sûreté et ouvrit la porte, sans se faire voir. A l'intérieur, il y avait un long corridor étroit, mal éclairé, sur le mur de gauche, deux portes, à quatre ou cinq mètres l'une de l'autre. D'après ce qu'il savait de ce type de structure, il déduisit que sur le mur droit il y avait aussi deux portes disposées de la même façon ; il ne pouvait pas les voir de là où il était.

Il fonça dans l'entrée en tenant fermement son arme devant lui. Il y avait bien deux portes sur l'autre mur. Quatre portes. Helden était captive derrière l'une d'elles. Mais laquelle ? Il se dirigea vers la première, sur la gauche, et colla l'oreille contre.

Il entendit un bruit inhabituel, à intervalles irréguliers, quelque chose que l'on grattait. Il n'avait pas la moindre idée de ce que cela pouvait être. Du tissu, du linge... du tissu que l'on déchirait ? Il posa la main sur la poignée et tourna ; il ouvrit la porte, prêt à tirer.

A genoux dans la chambre sombre, une vieille femme frottait le plancher. Elle était de profil, la chair flasque, et frottait le parquet en dessinant des cercles. Elle était tellement âgée qu'elle ne l'entendit et ne le vit même pas. Il referma la porte.

Un ruban noir était cloué sur la porte de droite. Il y avait eu une mort derrière cette porte ; une famille était en deuil. Une mort derrière cette porte. L'idée était trop déconcertante. Il écouta.

C'était bien là ! On se battait à l'intérieur. Une respiration saccadée, du mouvement, de la tension ; il y avait du désespoir dans cette pièce. Helden était derrière cette porte !

Le pied droit levé, l'automatique bien en main, Noël fit un pas en arrière. Il inspira profondément, et se servant de son pied comme d'un bélier, il l'enfonça dans le bois, à gauche de la poignée. Sous la force du coup la porte s'écrasa à l'intérieur.

Il y avait deux adolescents nus, sur un lit crasseux, un garçon brun sur une fille grosse et pâle qui levait les jambes vers le plafond. Le garçon était couché entre ses cuisses, les deux mains posées sur ses seins. Entendant la porte tomber et apercevant un inconnu, la fille se mit à hurler. Le garçon roula sur le plancher, bouche bée.

Le bruit de la porte qui tombait était une alerte ! Holcroft courut dans le corridor et se précipita sur l'autre porte de gauche. Ce n'était pas le moment de penser à autre chose qu'à retrouver Helden. Il donna un coup d'épaule dans la porte, faisant maladroitement tourner la poignée de la main gauche, de la droite serrant la crosse du revolver. La force n'était pas nécessaire ; la porte céda facilement.

Noël resta là un moment, dans l'embrasure, honteux. Un aveugle était près de la fenêtre, contre le mur ; un vieil homme qui tremblait devant la violence invisible, inconnue, qui avait envahi son univers.

« *Nom de Dieu...* » murmura-t-il, tenant les bras tendus devant lui.

On entendit un bruit de pas venant de l'entrée, un bruit qui s'amplifiait — un homme qui courait, très vite, du cuir qui claquait contre le plancher. Holcroft se retourna juste à temps pour voir passer la silhouette de l'agent du MI-5. Il entendit un fracas de verre brisé venant de l'extérieur. Noël quitta en hâte la chambre du vieil aveugle et jeta un coup d'œil vers la gauche, d'où était venu le bruit de verre ; la lumière du jour entrait à flot par une porte ouverte au bout du corridor ; ses panneaux de verre étaient peints en noir et, dans la pénombre, Holcroft ne l'avait pas remarquée.

Comment l'agent avait-il su qu'une porte se trouvait là ? Pourquoi l'avait-il ouverte d'un coup de pied et s'était-il précipité dehors ? Est-ce que l'homme du MI-5 avait cru que lui, Noël, était sorti par là ? Son instinct lui dit que l'agent ne le croyait pas si malin ; il n'était qu'un amateur, un fou. Non, il poursuivait quelqu'un d'autre.

Ce ne pouvait être que Helden ! Mais Helden était derrière la porte en face de la chambre de l'aveugle ; c'était le seul endroit possible. L'agent s'était trompé !

Holcroft donna un coup de pied dans la porte ; le verrou se brisa, la porte s'ouvrit et il se précipita à l'intérieur.

La pièce était vide, et depuis très longtemps. Tout était recouvert de poussière... et il n'y avait pas d'empreintes. Personne n'était venu là depuis des semaines.

L'homme du MI-5 avait raison. Le professionnel s'était montré plus perspicace que l'amateur.

Noël sortit en courant de la chambre vide, descendit le corridor, et déboucha sur une cour. A sa gauche, une porte en bois massif donnait sur une rue adjacente. Elle était ouverte et Holcroft la passa en courant. Il entendait la rumeur du carnaval qui venait de la place, mais il y avait autre chose. Tout en bas de la rue déserte, vers la droite, il entendit un cri, qui fut étouffé, comme auparavant. Il se précipita mais ne vit personne.

« Revenez ! » La voix provenait d'une porte en renfoncement.

Il y eut un coup de feu ; des débris de pierre se brisèrent au-dessus de lui et il entendit le gémissement d'une balle qui ricochait.

Noël se jeta à terre, sur les pavés durs et irréguliers. En tombant, son doigt toucha la détente de son arme. Le coup partit, l'explosion frôla son visage. Paniqué, il fit plusieurs roulades jusqu'à la porte en renfoncement. Des mains l'agrippèrent, le tirèrent dans l'obscurité. L'homme des services secrets britanniques, le jeune avec la cicatrice sur le front, le plaqua contre l'entrée en maçonnerie d'une secousse brutale.

« Je ne le dirai jamais assez ! Vous êtes vraiment taré ! Je devrais vous tuer moi-même et leur éviter cette peine. »

L'agent était contre le mur, ramassé sur lui-même ; il avança petit à petit jusqu'au bord.

« Je ne vous crois pas, dit Noël. Je ne crois pas un mot de ce que vous dites. Où est-elle ?

— Ce salaud la tient, ils sont à une vingtaine de mètres. J'ai l'impression qu'il a une radio et qu'il a contacté une voiture.

— Ils vont la tuer !

— Pas maintenant, sûrement pas. Je ne sais pas pourquoi, mais ce n'est pas ce qu'ils ont en tête. Peut-être parce que c'est sa sœur.

— Ça suffit ! C'est faux ! j'ai parlé à Helden ; elle l'a contacté. Il n'est pas plus Tinamou que vous. Et il est fou de rage. Il écrira probablement quelque chose dans son journal, et le Foreign Office, vous, tout votre putain de gouvernement britannique, vous aurez l'air de vrais cons ! »

L'agent du MI-5 regarda fixement Holcroft, avec l'expression de quelqu'un qui étudie les délires d'un psychopathe, avec autant de curiosité que de répulsion et d'étonnement.

« Il a quoi ?

— Vous avez entendu.

— Seigneur... Je ne sais pas qui vous êtes vraiment, mais vous n'avez absolument rien à voir avec tout ça.

— Je vous l'ai déjà dit à Londres, dit Noël, en s'efforçant de se relever et de retrouver sa respiration. Vous ne m'avez pas cru ?

— Nous savions que vous mentiez ; mais nous ne savions pas pourquoi. Nous pensions que vous étiez manipulé par ceux qui veulent atteindre von Tiebolt.

— Pour quoi faire ?

— Établir un contact sans qu'aucune des parties concernées s'expose. Une assez bonne couverture : de l'argent en Amérique, pour la famille.

— Mais pour quelle raison ?

— Plus tard ! Vous voulez la fille, je veux le salaud qui la tient. Écoutez-moi. »

L'agent montra l'automatique que tenait Noël.

« Vous savez vous en servir ?

— Je me suis servi une fois d'une arme de ce genre. Je ne suis pas un expert.

— Ce n'est pas nécessaire ; vous aurez une cible assez grosse. Si je ne me trompe pas, ils ont une voiture qui patrouille dans les parages.

— Pas vous ?

— Non. Je suis seul. Écoutez-moi bien, maintenant. Si une voiture passe, il faudra qu'elle s'arrête, et immédiatement je foncerai vers cette entrée de l'autre côté de la rue. Pendant que je cours, couvrez-moi en tirant sur la voiture. Visez le pare-brise. Tirez dans les pneus, le radiateur. En tout cas, essayez d'avoir le pare-brise. Faites-le sauter ; immobilisez cette putain de bagnole si vous pouvez ; et priez le Bon Dieu que les habitants de ce putain de village restent sur la place.

— Et si quelqu'un arrive... Si...

— Essayez de ne pas le tuer, connard ! coupa l'Anglais. Et tirez à droite de la voiture. A votre droite à vous. Exposez-vous le moins possible.

— A droite ?

— Oui, à moins que vous ne vouliez toucher la fille, ce dont je n'ai rien à secouer. C'est lui que je veux. Bien sûr, si je me trompe, oubliez ça, et il faudra trouver autre chose. »

Le visage de l'agent était plaqué contre le mur. Il l'avança encore un peu et jeta un coup d'œil dans la rue. La forêt inconnue était le domaine des gens comme lui, pas des architectes vertueux.

« Vous ne vous êtes pas trompé là-bas, dans l'immeuble, dit Noël. Vous saviez qu'il y avait une autre sortie.

— Oui. Personne digne de ce nom ne se laisserait piéger à l'intérieur. »

Une fois de plus, le professionnel avait raison. Noël entendait crisser des pneus ; une voiture prit un tournant et se rapprocha. L'agent se leva et fit signe à Noël de le suivre. L'avant-bras lui barrant la poitrine, son arme à la main, il jeta un coup d'œil au-dehors.

On entendit les pneus crisser une deuxième fois ; la voiture s'arrêta. Au moment où il bondit, tirant à deux reprises sur la voiture et traversant la rue en courant, l'agent cria à Holcroft :

« Allez-y ! »

Ce fut un bref cauchemar, que le fracas et les déplacements désordonnés rendirent plus intense encore. Noël était vraiment en train de le faire. Il voyait l'automatique devant lui, au bout de son bras, dans sa main. Il sentait les vibrations qui lui parcouraient le corps chaque fois qu'il appuyait sur la détente. *A droite de la voiture. Votre droite. Sinon...* Il faisait des efforts désespérés pour être précis. Stupéfait, il vit le pare-brise éclater, il entendit les balles pénétrer dans la portière, sur les pavés. C'était le chauffeur ; il avait les bras tendus devant lui ; du sang coulait d'une blessure à la tête et il ne bougeait plus.

De l'autre côté de la rue, il vit l'homme du MI-5 sortir d'une porte cochère, ramassé sur lui-même, tenant son pistolet devant lui. Puis il entendit l'ordre :

« Laissez-la sortir ! Vous êtes coincés.

— *Nie und nimmer !*

— Alors, elle y passera elle aussi ! J'en ai rien à branler !... Tournez sur votre droite, mademoiselle ! Allez-y ! »

Deux explosions, l'une après l'autre ; un cri de femme qui se répercuta dans la rue. Noël perdit la tête. Il traversa en courant, paniqué à l'idée de ce qu'il allait peut-être voir.

Helden était à genoux, tremblante ; elle sanglotait, incapable de se contrôler. Elle regardait le mort étalé sur le trottoir, à sa gauche. Mais elle était en vie ; c'est tout ce qui lui importait. Noël courut vers elle, se laissa tomber à ses côtés et appuya la tête toute tremblante d'Helden contre sa poitrine.

« Lui... Lui ! murmura Helden en le repoussant. Vite.

— Quoi ? » Noël suivit son regard.

L'agent du MI-5 essayait de parler et aucun son ne sortait. Sur le devant de sa chemise une tache rouge s'élargissait.

Un groupe de gens s'étaient rassemblés à l'entrée

de la place. Trois ou quatre hommes avancèrent d'un pas hésitant.

« Allez le chercher, dit Helden. Vite. »

Elle était capable de réfléchir et pas lui ; elle était capable de prendre une décision et il restait immobile.

« Qu'est-ce que nous allons faire ? Où irons-nous ? fut tout ce qu'il put dire, sans même être tout à fait sûr que c'était lui qui parlait.

— Ces rues, ces ruelles. Elles se rejoignent. On doit le sortir d'ici.

— Pourquoi ? »

Helden vrilla ses yeux dans les siens.

« Il m'a sauvé la vie. Il a sauvé la vôtre. Vite ! »

Il ne pouvait qu'obéir ; il n'était pas capable de réfléchir. Il se releva et courut vers l'agent ; il se pencha sur lui, leurs visages n'étaient qu'à quelques centimètres l'un de l'autre. Il vit les yeux bleus en colère perdus dans leurs orbites, la bouche qui tentait de dire quelque chose mais n'y arrivait pas.

L'homme était en train de mourir.

Noël souleva l'agent : l'Anglais ne tenait pas debout, alors il le maintint, surpris de sa propre force. Il se retourna et vit Helden se diriger vers la voiture ; le moteur continuait à tourner. Noël porta l'agent jusque-là.

« C'est moi qui conduis, dit Helden. Mettez-le derrière.

— Le pare-brise ! Vous ne voyez rien !

— Vous ne pourrez pas le porter bien loin. »

Les minutes qui suivirent semblèrent à Holcroft aussi irréelles que le pistolet qu'il tenait encore. Helden fit un demi-tour rapide en mordant le trottoir et fit une embardée jusqu'au milieu de la rue. Assis à côté d'elle, Noël prit conscience de quelque chose malgré sa panique. Il comprit calmement, presque avec détachement, qu'il commençait à s'adapter à cet effroyable univers inconnu. Sa résistance diminuait : il avait réagi ; il ne s'était pas enfui. On avait essayé de le tuer. Ils avaient essayé de tuer la fille assise à ses côtés. C'était peut-être suffisant.

« Vous savez où est l'église ? » demanda-t-il, étonné de sa propre maîtrise.

Elle lui jeta un coup d'œil rapide.

« Je crois. Pourquoi ?

— On ne pourrait pas rouler dans cette voiture même si on y voyait. Il faut retrouver la vôtre. » Il montra le pare-brise éclaté ; de la vapeur sortait du capot. « Le radiateur est crevé. Il faut trouver l'église. »

Elle y parvint, instinctivement, en remontant les rues étroites et les ruelles qui reliaient les rayons irréguliers partant de la place. Les dernières centaines de mètres furent effrayantes. Des gens couraient à côté de la voiture, poussant des cris affolés. Pendant plusieurs instants, Noël pensa que le pare-brise éclaté, constellé d'impacts de balles, attirait l'attention des villageois ; ce n'était pas le cas. Des silhouettes se précipitaient vers le centre du square ; la nouvelle s'était répandue.

Des gens assassinés ! Une véritable tuerie !

Helden s'engagea dans la rue qui longeait le presbytère et l'entrée du parking. Elle tourna et se gara à côté de la voiture de location. Holcroft regarda sur la banquette arrière. L'homme du MI-5 était replié dans un coin, les yeux braqués sur Noël. Il bougea la main comme pour faire signe à Noël de se rapprocher.

« Nous allons changer de voiture, dit Holcroft. On vous emmène chez un médecin.

— Écoutez... -moi... d'abord, espèce de con », murmura l'Anglais. Son regard dévia et se posa sur Helden. « Dites-le-lui.

— Écoutez-le, Noël, dit-elle.

— Quoi donc ?

— Payton-Jones... vous avez le numéro ? »

Holcroft se souvint. Le nom sur la carte que lui avait donné l'homme aux cheveux gris. Harold Payton-Jones. Il acquiesça.

« Oui.

— Appelez-le... — L'agent du MI-5 toussa. — Dites-lui ce qui s'est passé... Tout.

— Vous pourrez le lui dire vous-même, dit Noël.

— Vous êtes un petit connard. Dites à Payton-Jones qu'il y a une complication inconnue. Celui que nous avons pris pour l'envoyé du Tinamou, l'homme de von Tiebolt...

— Mon frère n'est pas le Tinamou », s'écria Helden.

L'agent la regarda sous ses paupières mi-closes.

« Vous avez peut-être raison, mademoiselle. Je n'y croyais pas avant, mais peut-être... Je sais simplement que celui qui vous a suivis dans la Fiat travaille pour von Tiebolt.

— Il nous a suivis pour nous protéger ! Pour savoir qui filait Noël. »

Holcroft se retourna d'un seul élan et dévisagea Helden.

« Vous le connaissez ?

— Oui, répondit-elle. Notre déjeuner d'aujourd'hui était une idée de Johann.

— Merci beaucoup.

— S'il vous plaît... Vous ne comprenez pas ce genre de choses. Mon frère, oui. Moi aussi.

— Helden, j'ai essayé de piéger cet homme ! Il a été assassiné !

— Quoi ? Oh ! mon Dieu...

— Voilà la complication, chuchota l'agent, s'adressant à Noël. Si von Tiebolt n'est pas le Tinamou, qui est-il ? Pourquoi celui qu'il a envoyé a-t-il été abattu ? Ces deux hommes, pourquoi l'ont-ils enlevée, *elle* ? Et essayé de vous tuer, *vous* ? Qui étaient-ils ? Cette voiture... identifiez-la. »

L'Anglais suffoquait ; Noël tendit le bras mais l'agent lui fit signe de le laisser.

« Écoutez-moi. Trouvez qui ils sont et à qui appartient la voiture. Ce sont eux qui compliquent tout. »

L'homme du MI-5 arrivait à peine à garder les yeux ouverts, il murmurait et on l'entendait à peine. Il allait mourir d'un moment à l'autre. Noël se pencha par-dessus son siège.

« Est-ce que ça a quelque chose à voir avec un certain Peter Baldwin ? »

Ce fut comme si une secousse électrique avait ébranlé le mourant. Ses paupières se soulevèrent brusquement ; les pupilles revinrent un bref instant à la vie.

« Baldwin ?... »

Le chuchotement plaintif se répercuta dans toute la voiture.

« Il m'a appelé à New York, répondit Holcroft. Il m'a dit de ne pas continuer, de ne pas me mêler de cette histoire. Qu'il était le seul à être au courant de certaines choses. On l'a tué une heure après.

— Il disait la vérité ! Baldwin disait la vérité ! »

La bouche de l'agent se mit à trembler ; un filet de sang coula de la commissure de ses lèvres.

« Nous ne l'avons pas cru. Nous étions persuadés qu'il mentait...

— A quel propos ? »

L'homme du MI-5 regarda Noël ; puis, avec effort, passa à Helden.

« Plus assez de temps... » Il fit un effort pathétique pour revenir à Holcroft. « Vous êtes clean. Forcément... vous n'auriez pas dit ce que vous venez de dire. Je vous fais confiance, à tous les deux. Contactez Baldwin. Code Wolfsschanze... C'est Wolfsschanze. »

Sa tête retomba sur sa poitrine. Il était mort.

22

Ils prirent l'autoroute pour Paris ; le soleil de fin d'après-midi inondait la campagne de rayons orange et jaune pâle. Le soleil d'hiver était le même partout : c'était une constante. Et Holcroft en éprouvait de la reconnaissance.

Code Wolfsschanze. C'est Wolfsschanze.

Peter Baldwin était au courant pour Genève. Il avait essayé d'en parler au MI-5, mais les sceptiques des services secrets britanniques ne l'avaient pas cru.

Il n'avait rien à vendre.

Qu'est-ce qu'il échangeait ? Quel était le marché convoité ? Qui était Peter Baldwin ?

Qui était von Tiebolt... Tennyson ?

Si von Tiebolt n'est pas le Tinamou, qui est-il ? Pourquoi son homme de main a-t-il été abattu ? Pourquoi l'ont-ils enlevée ? Pourquoi ont-ils tenté de vous tuer ?

Pourquoi ?

Il avait la réponse à au moins une question : John Tennyson n'était pas le Tinamou. Quelle que soit l'identité du fils de Wilhelm von Tiebolt — et elle représenterait peut-être un danger pour Genève —, il n'était pas l'assassin. Mais alors, qui était-il ? Qu'avait-il fait pour s'acoquiner avec des meurtriers ? Pourquoi le pourchassait-on ? Et sa sœur aussi ?...

Ces questions empêchèrent Noël de réfléchir aux événements qui venaient de se succéder. Il ne pouvait pas y penser, sinon il aurait craqué. Trois hommes tués — un par lui — tués par balles dans la ruelle d'un petit village français pendant un carnaval. Dingue !

« D'après vous, quel est le sens de « Wolfsschanze » ?

— Je sais ce que ça veut dire », répondit-il.

Surprise, elle se tourna vers lui.

Il lui dit tout ce qu'il savait sur les survivants de Wolfsschanze. Il était inutile de lui cacher quoi que ce soit maintenant. Quand il eut terminé, elle resta silencieuse. Il se demanda s'il n'était pas allé trop loin. S'il ne l'avait pas forcée à entrer dans un conflit dont elle ne voulait pas être. Seulement quelques jours avant, elle lui avait dit que s'il ne suivait pas ses instructions, s'il n'était pas celui qu'il prétendait être, elle quitterait Paris et il ne la retrouverait jamais. Le ferait-elle maintenant ? La menace de Wolfsschanze serait-elle le coup final ?

« Vous avez peur ? demanda-t-il.

— C'est une question idiote.

— Vous savez ce que je veux dire.

— Oui. » Elle s'adossa. « Vous voulez savoir si je vais m'enfuir.

— Ce doit être ça. Alors ? »

Elle ne répondit pas tout de suite et il n'insista pas. Lorsqu'elle parla, il retrouva dans sa voix la même tristesse que dans celle de sa sœur, et pourtant différente.

« Je ne peux pas plus m'enfuir que vous. Morale et peur mises à part, ce ne serait pas une très bonne idée, n'est-ce pas ? Ils nous retrouveraient et nous tueraient.

— Cela me paraît sans appel.

— C'est réaliste. Et puis j'en ai assez de fuir. Je n'ai plus d'énergie pour ça. La Rache, ODESSA, et maintenant Wolfsschanze. Trois chasseurs qui se tirent dessus et cherchent aussi à nous abattre. Il faut que ça cesse. Herr Oberst a raison.

— Je suis arrivé à la même conclusion hier après-midi. J'ai compris que s'il n'y avait pas ma mère, je m'enfuirais avec vous.

— Le fils d'Heinrich Clausen, dit Helden, songeuse.

— Et de quelqu'un d'autre. » Il lui rendit son regard. « Nous sommes d'accord ? Nous ne contacterons pas ce Payton-Jones ?

— Nous sommes d'accord.

— Le MI-5 va nous chercher. Ils n'ont pas le choix. Ils nous avaient fait filer ; ils sauront qu'il est mort. On nous posera des questions.

— Auxquelles nous ne pouvons répondre. C'est nous qui avons été suivis. Pas l'inverse.

— Je me demande qui ils étaient, ces deux hommes, dit-il.

— La Rache, je suppose. C'est leur style.

— Ou ODESSA.

— C'est possible. Mais l'allemand que parlait l'un de ceux qui m'ont enlevée était impossible à identifier. Ce n'était pas un Munichois, et certainement pas un Berlinois. C'était bizarre.

260

— Comment ça ?

— Guttural et doux à la fois, si je puis dire.

— Ils étaient de la Rache ?

— C'est important ? Nous devons nous méfier des deux. Rien n'a changé. En tout cas, pas pour moi. » Elle se pencha et toucha son bras. « Mais je regrette pour vous.

— Pourquoi ?

— Parce que maintenant vous êtes des nôtres. Vous fuyez vous aussi... *die verwünschte Kinder*. Les damnés. Et vous n'avez eu aucun entraînement.

— On dirait que je suis en train de rattraper le temps perdu. »

Elle retira sa main.

« Vous devriez aller à Berlin.

— Je sais. Nous devons avancer vite. Il faut contacter Kessler et le mettre au courant. Il est le dernier du... de l'histoire. »

Ce mot la fit sourire tristement.

« Il y a vous et mon frère ; vous savez tous les deux beaucoup de choses, vous êtes prêts. Il faut préparer Kessler... Le but c'est Zurich. Et aussi la solution de beaucoup de choses. »

Noël lui jeta un coup d'œil. La deviner n'était pas très difficile. Zurich signifiait des ressources au-delà de l'imaginable ; une partie serait probablement utilisée pour ralentir, sinon éliminer, les fanatiques d'ODESSA et de la Rache. Holcroft avait assisté à ces horreurs. Il savait qu'elle le savait. Un tiers du vote était pour elle. Son frère serait d'accord.

« Nous ferons tout pour que Zurich soit une réussite, dit-il. Vous pourrez bientôt vous arrêter de courir. Nous tous, d'ailleurs. »

Elle le regarda l'air pensif. Puis elle se mit tout à côté de lui et glissa son bras dans le sien. Elle posa sa tête sur son épaule, ses longs cheveux blonds tombant en cascade sur sa veste.

« Je vous ai appelé et vous êtes venu vers moi, dit-elle de sa voix étrange, détachée. Nous avons failli mourir cet après-midi. Un homme a donné sa vie pour nous.

— C'était un professionnel, répondit Noël. Nos vies n'étaient peut-être pas très importantes à ses yeux. Mais à la fin, il a été correct ; beaucoup ne le sont pas. Ils sacrifient trop facilement les autres au nom du professionnalisme.

— Que voulez-vous dire ?

— Vous n'avez subi aucun entraînement ; vous lui auriez obéi. Vous auriez pu servir d'appât. Il lui aurait été plus facile de vous laisser tirer dessus, et moi ensuite. Pour lui, ce n'était pas important. Dans la panique, il aurait peut-être pu en réchapper, et rattraper cet homme. Mais il nous a sauvés.

— Où irons-nous à Paris ?

— Pas à Paris, dit Helden. Argenteuil. Il y a un petit hôtel au bord de l'eau. C'est adorable. »

Noël leva la main droite du volant et la laissa retomber sur les cheveux blonds.

« C'est vous qui êtes adorable, dit-il.

— J'ai très peur. Il faut que ça cesse.

— Argenteuil ? » Il réfléchit. « Un petit hôtel à Argenteuil. Pour quelqu'un qui n'est en France que depuis quelques mois, vous connaissez beaucoup d'endroits.

— Il faut connaître ceux où on ne pose pas de questions. Vous apprendrez vite. Prenez la sortie de Billancourt. Faites vite, s'il vous plaît. »

Leur chambre donnait sur la Seine, avec un petit balcon derrière les portes vitrées, juste au-dessus de l'eau. Ils restèrent là quelques minutes ; Noël avait passé son bras autour des épaules de Helden et ils regardaient les eaux sombres. Ni l'un ni l'autre ne parlait ; se toucher leur suffisait.

On frappa à la porte. Helden se contracta ; il sourit et la rassura.

« Détends-toi. Pendant que tu étais dans la salle de bains j'ai commandé une bouteille de cognac. »

Elle lui rendit son sourire.

« Tu devrais me laisser faire ça. Ton français est absolument épouvantable.

— Je sais dire « Rémy Martin », répondit-il, retirant son bras. A l'école, c'est ce que nous avons appris en premier. » Il rentra dans la chambre et alla ouvrir.

Holcroft prit le plateau des mains du serveur et observa Helden un instant. Elle avait refermé les portes donnant sur le balcon et regardait le ciel. C'était une femme réservée, solitaire, et elle avait besoin de lui. Il le comprenait.

Il aurait aimé comprendre autre chose. Elle était belle ; c'était la simple vérité, sans fioritures. Elle ne pouvait pas l'ignorer. Elle était extrêmement intelligente, attribut si évident que tout commentaire devenait superflu. Et elle connaissait les lois du monde des ombres. Elle était astucieuse, débrouillarde au sens le plus large du terme, au sens international ; elle avançait avec détermination. Elle avait dû utiliser ses atouts pour avoir l'avantage des douzaines de fois, mais ce devait être froidement calculé : « Méfie-toi, mon corps seul est à prendre ; mon âme m'appartient. »

Elle se retourna ; son regard était doux, son expression chaleureuse et pourtant distante.

« Tu as l'air d'un maître d'hôtel qui attend impatiemment de me montrer ma table.

— Par ici, mademoiselle, dit Noël, en posant le plateau sur un petit bureau. Mademoiselle aimerait-elle une table près de la Seine ? » Il prit une chaise devant les portes vitrées et s'inclina devant elle, souriant. « Si mademoiselle veut bien prendre place, le cognac va être servi et le feu d'artifice va commencer. Les porteurs de torches n'attendent plus que vous.

— Mais où vous assoirez-vous, charmant serveur ?

— A vos pieds, madame. »

Il se pencha et l'embrassa, les mains sur ses épaules, se demandant si elle allait le repousser.

Il fut pris au dépourvu. Ses lèvres étaient douces

et humides, gonflées, caressant les siennes, l'invitant dans sa bouche. Elle prit son visage entre ses deux mains, effleurant doucement ses joues, ses paupières, ses tempes, du bout des doigts. Mais ses lèvres se faisaient pressantes. Ils se levèrent ensemble. Il sentait ses seins tout contre sa chemise, elle appuyait ses jambes contre les siennes, fort, l'excitant.

Et puis quelque chose d'étrange se produisit. Elle se mit à trembler ; elle enfonça les doigts dans sa nuque, s'agrippant farouchement à lui, comme si elle avait peur qu'il s'en aille.

Il l'entendit sangloter et la força à le regarder.

Elle le regarda un long moment en pleurant ; sa douleur était si profonde que Noël se sentit indiscret.

« Qu'y a-t-il ?

— Fais disparaître ma peur », murmura-t-elle d'une voix plaintive. Elle défit un à un les boutons de son chemisier, révélant des seins doucement gonflés. « Je ne peux pas rester seule. »

Il la prit dans ses bras.

« Tu n'es pas seule, Helden ; moi non plus. »

Ils étaient nus sous les couvertures. Helden avait posé la tête sur la poitrine de Noël. De sa main libre il soulevait ses longues mèches blondes et les laissait retomber sur son visage.

« Je ne te vois plus quand tu fais ça, dit-elle en riant. Tu as une bouche coquine. »

Elle frôla ses lèvres de l'index. Il attrapa son doigt entre ses dents et grogna.

« Tu ne me fais pas peur, chuchota-t-elle en appuyant légèrement sur sa langue. Tu es un lion peureux. Tu fais du bruit, mais tu ne mords pas. »

Il lui prit la main. Un lion peureux ? *Le Magicien d'Oz* ?

« Bien sûr, dit-elle. J'ai adoré *Le Magicien d'Oz*. Je l'ai vu une douzaine de fois à Rio. C'est comme ça que j'ai commencé à apprendre l'anglais. Je voulais tellement m'appeler Dorothy. J'ai même appelé mon petit chien Toto.

— Je n'arrive pas à t'imaginer petite fille.

— Je l'ai été, tu sais. Je ne suis pas née tout éclose... »

Elle s'interrompit et se mit à rire. Elle s'était soulevée et le regardait ; ses seins étaient juste au-dessus du visage de Noël. Spontanément il caressa le bout de son sein gauche. Elle gémit et couvrit sa main de la sienne, pour qu'elle reste là tandis qu'elle redescendait et posait la tête sur sa poitrine.

« Bref... J'ai été petite fille, et j'ai même été très heureuse parfois.

— Quand ça ?

— Quand j'étais seule. J'ai toujours eu ma chambre à moi ; ma mère s'en assurait. J'étais toujours à l'arrière de la maison ou de l'appartement, et si nous étions à l'hôtel, j'avais une chambre séparée, loin de ma sœur et de mon frère. Ma mère disait que j'étais la plus jeune et que leurs horaires ne devaient pas me perturber.

— Ce devait parfois être difficile à vivre...

— Oh ! non. Parce que je n'étais jamais seule. Mes amis étaient avec moi en pensée ; ils étaient assis sur des chaises et sur mon lit, on bavardait pendant des heures ; on se disait nos secrets.

— Et l'école ? Est-ce que tu avais des amis à la vie à la mort ? »

Helden resta un moment silencieuse.

« Quelques-uns, pas beaucoup. Je ne peux pas leur en vouloir. Nous n'étions que des enfants, nous obéissions à nos parents. Ceux qui en avaient encore.

— Que leur disaient leurs parents ?

— Que j'étais une von Tiebolt. La petite fille au prénom idiot. Ma mère était... enfin, c'était ma mère... Ils devaient croire que mes stigmates étaient contagieux. »

On l'avait peut-être mise à l'écart, se dit Noël, mais pas à cause de sa mère. L'ODESSA de Maurice Graff avait d'autres sujets de préoccupation. Des millions et des millions subtilisés à leur Reich bien-aimé, utilisés par des traîtres comme von Tiebolt pour une absolution en masse.

« Les choses se sont améliorées quand tu as grandi, n'est-ce pas ?

— Certainement. On s'adapte, on mûrit.

— Tu as eu davantage d'amis ?

— Plus proches peut-être, mais pas forcément davantage. Je n'étais pas très sociable. J'avais l'habitude de rester seule. Je comprenais pourquoi on ne m'invitait pas aux dîners ni aux soirées. En tout cas, pas les familles soi-disant respectables. Je dirais qu'avec les années la vie sociale de ma mère n'a plus été aussi intense, mais elle a continué à faire des affaires. C'était un requin ; ceux de notre condition nous évitaient, et bien sûr, les Allemands n'ont jamais été vraiment acceptés par les gens de Rio, pas à cette époque-là.

— Pourquoi ? La guerre était terminée.

— Mais pas les problèmes. Les Allemands étaient une source d'embarras. Des finances frauduleuses, des criminels de guerre, des chasseurs israéliens... ça a duré des années.

— Tu es si belle, j'ai peine à t'imaginer... seule. »
Helden se souleva et le regarda. Elle sourit, et de la main droite repoussa ses cheveux et les garda maintenus à la nuque.

« J'étais très austère, mon chéri. Les cheveux raides, coiffés en chignon, de grosses lunettes et des robes toujours d'une taille au-dessus. Tu ne m'aurais pas remarquée... Tu ne crois pas ?

— Ce n'est pas ce à quoi je pensais.

— A quoi alors ?

— Tu viens de m'appeler "mon chéri". »
Elle soutint son regard.

« Oui. Cela m'a semblé naturel. Tu m'en veux ? »
Pour toute réponse, il la prit dans ses bras.

Elle se rassit sur la chaise, sa combinaison lui servant de déshabillé ; elle buvait son cognac à petites gorgées. Noël était à côté d'elle, par terre, appuyé contre le sofa. Ils se tenaient par la main et regardaient les lumières des bateaux scintiller à la surface de l'eau.

Il tourna la tête et la regarda.

« Tu te sens mieux ?

— Beaucoup mieux, mon chéri. Tu es un homme très attentionné. Je n'en ai pas rencontré beaucoup dans ma vie.

— Je t'en prie.

— Oh ! je ne parle pas de ça. Pour ta gouverne, les amis de Herr Oberst m'appellent *Fräulein Eiszapfen.*

— Qu'est-ce que ça veut dire ?

— Glaçon. Mademoiselle Glaçon. Au travail, ils sont persuadés que je suis lesbienne.

— Envoie-les-moi.

— J'aime autant pas.

— Je leur dirai que tu es un travelo qui aime le fouet et les chaînes de vélo. Ils s'enfuiront à ta vue.

— Tu es charmant. » Elle l'embrassa. « Tu es tendre et chaleureux et tu as le rire facile. Je te trouve très attachant, Noël Holcroft, et je ne suis pas certaine que ce soit une bonne chose.

— Pourquoi ?

— Parce qu'on se dira au revoir et je continuerai à penser à toi. »

Alarmé, Noël prit la main qui touchait son visage.

« Nous venons juste de nous dire bonjour. Pourquoi au « revoir » ?

— Nous avons beaucoup à faire. J'ai beaucoup à faire.

— Nous avons Zurich.

— Toi, tu as Zurich. Moi, j'ai ma vie à Paris.

— Ça n'est pas incompatible.

— Tu n'en sais rien, mon chéri. Tu ne sais rien de moi. Ni où je vis, ni comment je vis.

— Je connais une petite fille qui avait sa chambre à elle et qui a vu *Le Magicien d'Oz* des dizaines de fois.

— Pense à elle avec affection. Elle aussi pensera toujours à toi avec tendresse. »

Holcroft retira la main d'Helden de son visage.

« Bon Dieu, qu'est-ce que tu essaies de me dire ? « Merci pour cette charmante soirée, à bientôt ? »

— Non, mon chéri. Pas comme ça. Pas maintenant.

— Alors que veux-tu dire ?

— Je n'en sais trop rien. Je pense peut-être à voix haute... Nous avons des journées, des semaines devant nous, si tu le souhaites.

— Je le souhaite.

— Mais promets-moi que tu n'essaieras jamais de savoir où j'habite, que tu n'essaieras jamais de me joindre. C'est moi qui t'appellerai.

— Tu es mariée !

— Non, dit-elle en éclatant de rire.

— Alors, tu vis avec quelqu'un.

— Oui, mais pas comme tu imagines. »

Noël la regarda plus attentivement.

« Qu'est-ce que je suis censé répondre ?

— Réponds-moi que c'est promis.

— Je veux être sûr de bien comprendre. En dehors de ton travail, je ne sais pas où te joindre. Tu ne veux pas me dire où tu habites, ni comment te contacter.

— Je laisserai un numéro à une amie. En cas d'urgence, elle me contactera.

— Je pensais être un ami pour toi.

— Tu l'es. Mais différemment. Je t'en prie, ne te mets pas en colère. C'est pour ta sécurité. »

Noël se souvint... trois nuits auparavant... Helden s'était fait du souci pour lui, elle avait craint qu'il ne soit manipulé.

« Dans la voiture, tu as dit que Zurich représentait la solution. C'est la solution pour toi ? Est-ce que Zurich changerait ta façon de vivre ? »

Elle hésita.

« C'est possible. Il y a tant à faire...

— Et si peu de temps... », compléta Holcroft.

Il lui toucha la joue, la forçant à le regarder.

« Mais avant que le compte ne soit libéré, il y a la banque de Genève et les conditions qui doivent être remplies.

— Je comprends. Tu me les a expliquées, et je suis certaine que Johann les connaît.

— Je n'en suis pas si sûr. Il est ouvert à plusieurs éventualités qui pourraient lui donner une sacrée surprise.

— De quel genre ?

— Le disqualifier. Effrayer ceux de Genève ; leur faire fermer le coffre. On passera à lui dans une minute. Je veux d'abord parler de Beaumont. Je crois savoir ce qu'il est, mais j'ai besoin de ton aide pour le confirmer.

— Comment ça ?

— Quand Beaumont était à Rio, est-ce qu'il avait le moindre contact avec Maurice Graff ?

— Je n'en ai aucune idée.

— Est-ce qu'on peut le savoir ? A Rio, il y a peut-être des gens au courant ?

— Pas à ma connaissance.

— Bon sang, il faut qu'on sache tout sur lui. »

Helden fronça les sourcils.

« Ce sera difficile.

— Pourquoi ?

— Il y a trois ans, lorsque Gretchen a annoncé son mariage avec Beaumont, j'ai été abasourdie ; je te l'ai déjà dit. A l'époque je travaillais du côté de Leicester Square pour une petite compagnie qui fait des recherches d'informations — tu sais, un de ces endroits horribles... on envoie cinq livres et ils vous renseignent sur un sujet précis, ou sur quelqu'un. C'est superficiel, mais ils savent utiliser leurs sources. »

Helden s'interrompit.

« Tu t'es renseignée sur Beaumont ? demanda Noël.

— J'ai essayé. Je ne savais pas dans quelle direction chercher, mais j'ai essayé. Son dossier universitaire, sa carrière dans la marine. Ce n'était que félicitations, recommandations et avancement.

Pourquoi, je n'en sais rien... sauf qu'il m'a semblé relever une contradiction. J'ai recherché plus loin encore ; sa famille en Écosse.

— C'était quoi, cette contradiction ?

— Eh bien, selon les dossiers de la marine, ses parents étaient des gens très simples, et même pauvres, de petits épiciers, ou de petits fleuristes de Dunheath, au sud d'Aberdeen, sur la mer du Nord. Pourtant, à l'université, Cambridge en fait, c'était un étudiant ordinaire.

— Ordinaire ?... Qu'est-ce qu'il aurait dû être ?

— Boursier, je suppose. Il n'y a aucune trace de demande de bourse. Cela me paraît curieux.

— Alors tu es remontée jusqu'à la famille en Écosse. Qu'as-tu trouvé ?

— C'est là le hic. Presque rien. Comme s'ils avaient disparu. Aucune adresse, aucun moyen de les joindre. J'ai adressé plusieurs demandes à la mairie de la ville et à la poste. Les endroits auxquels on ne pense jamais. Apparemment, les Beaumont étaient une famille anglaise arrivée peu après la guerre. Ils sont restés quelques années, et puis ils ont quitté le pays.

— Ils sont peut-être morts.

— Pas d'après le dossier. La marine les garde à jour en cas d'accident, mortel ou non. Leur adresse était toujours Dunheath mais ils ne s'y trouvaient plus. La poste n'avait aucune information. »

A son tour, Noël fronça les sourcils.

« C'est impossible.

— Il y a autre chose. » Helden s'appuya contre le dossier. « Au mariage de Gretchen, il y avait un officier du bateau de Beaumont. Son second, je crois. Il avait un ou deux ans de moins que lui, et c'était son subordonné, mais il y avait entre eux une complicité bien au-delà de la simple amitié entre officiers.

— Qu'est-ce que tu entends par complicité ?

— Comme s'ils avaient la même façon de penser. L'un commençait une phrase, l'autre la terminait. L'un se tournait dans une direction, l'autre décrivait ce qu'il regardait. Tu comprends ce que je veux dire ? Tu as déjà rencontré des gens comme ça ?

— Bien sûr. Des frères qui sont très proches, ou bien des amants. Et souvent des militaires de carrière qui ont longtemps servi ensemble. Qu'est-ce que tu as fait ?

— Je me suis renseignée sur cet homme. J'ai utilisé les mêmes sources, j'ai adressé les mêmes demandes que pour Beaumont. La réponse a été étonnante. Quelle similarité ! Seuls les noms étaient différents. Leurs dossiers militaires et universitaires étaient presque identiques, bien au-dessus de la moyenne. Tous deux venaient de petites villes perdues, et de parents plutôt modestes. Pourtant, ils avaient suivi les cours d'une grande université sans appui financier. Et tous les deux étaient devenus officiers sans que rien laisse présager une attirance particulière pour la carrière militaire.

— Et ses parents ? Tu as pu retrouver leur trace ?

— Non ; l'adresse indiquée était celle d'une petite ville minière du pays de Galles, mais ils n'y habitaient plus depuis des années, et personne ne savait où ils se trouvaient. »

Ce que Helden avait appris concordait avec la théorie de Noël selon laquelle Anthony Beaumont était un agent d'ODESSA. Ce qui importait maintenant c'était de retirer Beaumont et ses « associés » du scénario. Ils ne devaient plus être mêlés à Genève. Helden et lui avaient peut-être tort, il aurait fallu joindre Payton-Jones et le laisser s'occuper de Beaumont ; mais il devait envisager toutes les conséquences possibles ; entre autres, le risque que les services secrets britanniques rouvrent le dossier Peter Baldwin, et remontent jusqu'au code Wolfsschanze.

« Je suis de ton avis, dit Noël. Revenons à ton frère. J'ai ma version sur ce qui s'est passé à Rio. Tu veux en parler maintenant ? »

Helden écarquilla les yeux.

« Je ne sais pas de quoi tu parles.

— Ton frère a appris quelque chose à Rio, n'est-ce pas ? Il a découvert Graff et l'ODESSA brésilienne. C'est la raison pour laquelle on était à ses trousses et il dut s'enfuir. Ce n'était pas ta mère ni les affaires de ton frère, mais Graff et ODESSA. »

Helden reprit lentement son souffle.

« Je n'ai jamais entendu parler de ça, je t'assure.

— Alors qu'est-ce que c'était ? Dis-le-moi, Helden. »

Elle le supplia du regard.

« Je t'en prie Noël. Je te dois tant ; ne me fais pas payer ma dette de cette façon. Ce qui est arrivé à Johann à Rio n'a aucun rapport avec toi. Ni avec Genève.

— Tu n'en sais rien. Je n'en sais rien non plus. Je sais simplement que tu dois me mettre au courant. Il faut que je sois prêt. Il y a tant de choses que je ne comprends pas. » Il prit sa main et la serra. « Écoute-moi. Cet après-midi, j'ai fait irruption dans la chambre d'un vieil aveugle. J'ai défoncé sa porte ; le vacarme a été épouvantable. Ce vieillard n'a pas pu voir la terreur dans mon regard. Ses mains tremblaient et il a chuchoté quelque chose en français... J'ai eu envie de prendre ses mains dans les miennes et de lui dire que je savais ce qu'il ressentait. Tu comprends, il n'a pas vu la peur dans mes yeux. J'ai très peur, Helden. Je ne suis pas de ceux qui entrent chez les gens en cassant tout, et qui tirent et à qui on tire dessus. Je ne peux pas revenir en arrière, mais j'ai peur. Alors, tu dois m'aider.

— Je veux t'aider. Tu le sais.

— Alors dis-moi ce qui s'est passé à Rio. Qu'est-il arrivé à ton frère ?

— Ce n'est vraiment pas important.

— Tout est important. »

Noël se leva et se dirigea vers la chaise sur laquelle il avait jeté sa veste. Il montra à Helden la doublure déchirée.

« Regarde ça. Cet après-midi quelqu'un dans la foule a essayé de me poignarder. En ce qui te concerne je n'en sais rien, mais ça ne m'était jamais arrivé... Je suis pétrifié... et fou de rage. Et il y a cinq jours, à New York, l'homme qui m'a vu grandir — le seul que j'aie jamais appelé mon père — marchait sur le trottoir et une voiture dont le chauffeur avait soi-disant perdu le contrôle l'a écrasé contre un immeuble ! Sa mort était un avertissement. Pour moi ! Alors ne me parle pas de la Rache, ni d'ODESSA, ni des gens de Wolfsschanze. Je commence à connaître ces putains de malades et je veux qu'on les enferme tous, jusqu'au dernier ! Avec l'argent de Zurich, on peut y arriver. Sans, personne ne m'écoutera. C'est la réalité de la vie. On ne congédie pas quelqu'un qui a sept cent quatre-vingts millions de dollars. On l'écoute ! »

Holcroft laissa tomber la veste à terre.

« La seule façon d'arriver à Zurich est de ne pas décevoir la banque de Genève, et l'unique façon d'avoir Genève, c'est en étant intelligent. Personne n'est vraiment de notre côté ; nous sommes seuls. Les von Tiebolt, les Kessler... et un Clausen. Alors, que s'est-il passé à Rio ? »

Le regard d'Helden alla de la veste déchirée à Noël.

« Johann a tué quelqu'un.

— Qui ?

— Je n'en sais rien. Vraiment. Mais c'était quelqu'un d'important. »

23

Noël l'écoutait, guettant les fausses notes. Il n'y en eut aucune. Elle disait ce qu'elle savait, et ce n'était pas grand-chose.

« Un soir, à peu près six semaines avant de quitter le Brésil, expliqua Helden, je rentrais à la maison en voiture après un séminaire à l'université ;

nous habitions la campagne à cette époque. Une limousine sombre était garée devant chez nous, et je me suis mise derrière. En allant vers le perron, j'ai entendu des cris venant de l'intérieur de la maison. On se battait ; je n'avais pas reconnu la personne qui hurlait. Il répétait « Assassin », « Meurtrier », « C'était toi »... Je suis entrée en courant, et j'ai trouvé Johann dans le hall, avec un homme. Il m'a vue et lui a dit de se tenir tranquille. L'homme a essayé de le frapper mais mon frère est très fort ; il lui a immobilisé les bras et l'a poussé dehors. L'homme a hurlé que d'autres savaient ; qu'ils feraient tout pour que Johann soit pendu et ce meurtre vengé, sinon ils le tueraient eux-mêmes. Il est tombé dans les escaliers, toujours en hurlant, et puis il a couru dans sa limousine. Johann le poursuivait. Il lui a dit quelque chose ; l'homme a craché à la figure de mon frère et il es parti.

« Tu as questionné ton frère à ce sujet ?

— Naturellement. Mais Johann ne voulait pas en parler, sauf pour dire que ce type était fou. Il avait perdu beaucoup d'argent dans une affaire et il était fou de rage.

— Tu l'as cru ?

— J'aurais bien voulu, mais les réunions ont commencé. Johann rentrait à n'importe quelle heure, s'absentait pendant des jours ; il se comportait d'une manière anormale. Et puis, quelques semaines plus tard, nous avons pris l'avion pour Recife avec un nouveau nom et un nouveau pays. Celui qui a été tué devait être très riche et très puissant pour avoir de tels amis.

— Tu ne sais vraiment pas qui était chez toi ce soir-là ?

— Non. Je l'avais déjà vu, mais je ne me souvenais pas où et Johann ne voulait pas me le dire. Il m'a donné l'ordre de ne plus jamais aborder ce sujet. Il y avait des choses qui ne me concernaient pas.

— Tu as accepté ?

— Oui. Essaie de comprendre. Nous étions des

enfants de nazis et nous savions ce que cela signi-fiait. Il valait souvent mieux ne pas poser de ques-tions.

— Mais il fallait que tu saches ce qui se passait.

— Oh ! ne te méprends pas, on nous apprenait, dit Helden. Nous étions entraînés à échapper aux Israéliens ; ils pouvaient nous forcer à les rensei-gner. Nous avons appris à reconnaître un recruteur d'un ODESSA, un fanatique d'un membre de la Rache ; à nous enfuir, à utiliser une centaine de tactiques différentes pour les semer. »

Noël secoua la tête de surprise.

« Tes répétitions à la chorale du lycée. C'est inouï.

— C'est un mot que tu pouvais employer il y a trois semaines, dit-elle, lui prenant la main. Pas aujourd'hui.

— Comment ça ?

— Dans la voiture, j'ai dit que tu me faisais de la peine parce que tu n'avais eu aucun entraînement.

— Et j'ai dit que je rattrapais le temps perdu.

— Mais pas très vite. Johann m'a dit de t'apprendre ce que je pouvais. Je veux que tu m'écoutes, Noël. Essaie de te souvenir de tout ce que je vais te dire.

— Quoi ? » Noël sentit la force de sa poigne et vit l'expression de son regard.

« Tu vas à Berlin. Je veux que tu reviennes. »

Elle commença par ces mots. Parfois Noël eut envie de sourire, ou pire, de rire, mais le sérieux d'Helden l'en empêcha. Cet après-midi-là, trois hommes avaient été tués. Helden et lui auraient facilement pu être la quatrième et la cinquième victime. Alors il écouta et essaya de se souvenir de tout.

« Tu n'as pas le temps de te faire faire de faux papiers ; ça prend des jours. Tu as de l'argent ; prends deux places dans l'avion. Sois vigilant et ne laisse personne s'asseoir à côté de toi ; et tu dois manger et boire ce que tu as apporté, exclusive-ment. »

Il revit la scène à bord du 747, et le flacon de strychnine.

« Je n'oublierai pas.

— Tu pourrais. C'est si facile de demander un café ou même un verre d'eau. Ne le fais pas.

— D'accord. Et une fois à Berlin ?

— Dans n'importe quelle ville, rectifia-t-elle. Trouve un petit hôtel dans un quartier animé, là où il y a de la pornographie, de la prostitution, de la drogue. Les hôtels dans ce genre de quartier ne demandent jamais les papiers. Je connais quelqu'un qui nous donnera l'adresse d'un hôtel à Berlin... »

Elle parlait sans arrêt, décrivait des tactiques, définissait des méthodes, lui disant comment ajouter ses propres variantes...

Il fallait avoir un faux nom, changer de chambre deux fois par jour, et d'hôtel deux fois par semaine. Donner ses coups de téléphone d'une cabine publique, jamais d'une chambre d'hôtel, jamais d'un appartement. Posséder un minimum de trois tenues différentes ; avoir des chaussures à semelles de crêpe. C'étaient les meilleures pour courir sans faire de bruit, pour s'arrêter et repartir rapidement, et marcher en silence. Si on l'interrogeait, il devait nier sur un ton indigné, mais sans arrogance, et jamais trop fort. Ce genre de réaction suscitait l'hostilité, et hostilité signifiait perte de temps et interrogatoire prolongé. Entre deux aéroports, il devait démonter son revolver, séparer la crosse du barillet, retirer le percuteur. En général, ces procédés satisfaisaient les douaniers européens : une arme rendue inopérante ne les concernait pas ; la contrebande, oui. Mais s'ils faisaient des difficultés, il devait les laisser confisquer le revolver, il pourrait en acheter un autre. S'ils ne disaient rien, il devait remonter son arme immédiatement, dans les toilettes pour hommes.

La rue... Il connaissait un peu les rues et la foule, dit-il à Helden. On n'en savait jamais assez, répliqua-t-elle. Il faut marcher aussi près que pos-

276

sible du trottoir, prêt à foncer au milieu de la foule au moindre signe d'hostilité ou de surveillance.

« Souviens-toi, dit-elle, tu es un amateur, eux sont des professionnels. Sers-toi de ta position, transforme ton point faible en atout. Un amateur aura un comportement imprévisible, pas parce qu'il est astucieux ou qu'il a de l'expérience, mais parce qu'il ne peut pas faire autrement. Fais ce qui est inattendu, vite, comme poussé par la panique. Puis arrête-toi et attends. La plupart du temps, ceux qui te suivent ne veulent pas de confrontation. Mais dans le cas contraire, autant que tu le saches. Tire. Il te faut un silencieux ; tu en auras un demain matin. Je sais où aller. »

Il se retourna, muet de stupéfaction. Elle vit l'étonnement dans son regard.

« Je suis désolée », dit-elle en se penchant pour l'embrasser avec un sourire triste.

Ils parlèrent presque toute la nuit, maître et élève, amant et amante. Helden était obsédée ; elle inventait des situations et exigeait qu'il lui dise ce qu'il ferait dans telle ou telle circonstance.

« Tu es dans un train, tu longes le couloir et tu tiens d'importants documents. Un homme se dirige vers toi. Tu le reconnais. C'est l'ennemi. Il y a des gens derrière toi. Tu ne peux pas faire demi-tour. Que fais-tu ?

— Est-ce que l'homme... l'ennemi... me veut du mal ?

— Tu n'en sais rien. Vite !

— Je poursuis mon chemin, je suppose. Je reste vigilant et je m'attends au pire.

— Non, mon chéri ! Les papiers. Tu dois les protéger. Tu trébuches. Tu tombes !

— Pourquoi ?

— Pour attirer l'attention sur toi ; on t'aidera à te relever. L'ennemi ne se manifestera pas dans cette situation. Tu fais diversion. »

Le maître et l'élève continuèrent ainsi jusqu'à épuisement. Ils firent doucement l'amour et restèrent dans les bras l'un de l'autre, oubliant le reste du monde. Helden s'endormit, la tête sur la poitrine de Noël, ses cheveux lui couvrant le visage comme un rideau.

Il resta un moment éveillé. Comment une jeune femme émerveillée par *Le Magicien d'Oz* avait-elle pu devenir une telle experte dans les arts de la dissimulation et de la fuite ? Elle appartenait à un autre monde où il pénétrait à une vitesse vertigineuse.

Ils se réveillèrent trop tard pour qu'Helden aille travailler.

« C'est aussi bien, dit-elle, prenant le téléphone. On a des courses à faire. Ma directrice acceptera un second jour de maladie. Je crois qu'elle est amoureuse de moi.

— Je crois que je le suis aussi, dit Noël, effleurant la courbe de son épaule. Où habites-tu ? »

Elle le regarda en souriant et demanda le numéro à l'opérateur. Puis elle couvrit l'écouteur.

« Tu n'obtiendras aucune information importante en flattant mes instincts primaires. Je suis entraînée, n'oublie pas. »

Elle sourit.

A nouveau, il était furieux.

« Je ne plaisante pas. Où habites-tu ? »

Le sourire disparut.

« Je ne peux pas te le dire. »

Elle retira sa main et parla à la réceptionniste de Gallimard.

Une heure plus tard, ils arrivaient à Paris. Ils s'arrêtèrent d'abord à son hôtel pour prendre ses affaires, puis allèrent dans un quartier où abondaient les friperies. Une fois de plus le maître affirma son autorité. Avec un œil exercé, elle choisit des vêtements passe-partout, difficiles à remarquer dans une foule.

Un K-way et un pardessus marron vinrent s'ajouter à son imperméable. Un vieux chapeau ; un feutre sombre, à la calotte usée ; une casquette

278

noire dont la visière se détachait. Tout avait déjà servi, sauf les chaussures ; elles étaient neuves. Une paire avec d'épaisses semelles de crêpe ; une autre, plus habillée, dont les semelles de cuir furent recouvertes de caoutchouc par un cordonnier.

La cordonnerie se trouvait quatre rues plus loin. Helden entra seule et ressortit dix minutes plus tard avec un cylindre perforé, le silencieux de son automatique.

On l'équipait, uniformes et armes appropriés. On l'envoyait au combat après l'entraînement le plus court possible. Il avait vu l'ennemi. Vivant, et qui le filait... et puis mort dans les ruelles d'un village qui s'appelait Monterau-sur-Yonne. Où était l'ennemi maintenant ?

Helden était persuadée qu'ils l'avaient semé pour un moment. Selon elle, l'ennemi l'attendait à l'aéroport, mais une fois à Berlin, il pourrait le semer de nouveau.

Il le fallait. Elle voulait le revoir ; elle l'attendrait.

Ils s'arrêtèrent dans un petit café pour déjeuner. Helden donna un dernier coup de téléphone et revint avec le nom d'un hôtel à Berlin. Il se trouvait dans le *Hurenviertel*, le quartier où le sexe était une marchandise en vente libre.

Elle lui prit la main. Dans quelques minutes il remonterait la rue seul, appellerait un taxi pour aller à Orly.

« Sois prudent, mon chéri.

— Oui.

— Souviens-toi de ce que je t'ai appris. Cela t'aidera peut-être.

— Je m'en souviendrai.

— Le plus dur est d'accepter que c'est bel et bien la réalité. Tu te demanderas pourquoi moi ? Pourquoi tout cela ? N'y pense pas. Accepte-le. »

Rien ne sera plus jamais pareil...

« J'ai accepté. Et je t'ai rencontrée. »

Elle détourna les yeux puis le regarda de nouveau.

« Quand tu arriveras à Berlin, près de l'hôtel, prends une prostituée dans la rue. C'est une bonne protection. Garde-la jusqu'à ce que tu aies pris contact avec Kessler. »

Le Boeing 707 d'Air France approcha de l'aéroport Tempelhof. Noël était dans la rangée de droite, et occupait le troisième fauteuil. A côté de lui, le siège était vide.

Ne laisse personne s'asseoir à côté de toi...

Une survivante lui avait dit comment s'en sortir. Et puis Holcroft se souvint que sa mère se considérait comme une survivante elle aussi. Au téléphone, à six mille cinq cents kilomètres de là, Althene s'était montrée assez fière du qualificatif.

Elle lui avait annoncé son départ en voyage ; c'était sa manière de se cacher pendant plusieurs semaines selon les méthodes apprises il y a plus de trente ans. Elle était vraiment incroyable ! Noël se demandait où elle irait, ce qu'elle ferait. Il appellerait Sam Buonoventura, à Curaçao, dans quelques jours. Entre-temps Sam aurait peut-être eu de ses nouvelles.

A Tempelhof, le passage de la douane fut très rapide. Holcroft entra dans les toilettes pour hommes et remonta son arme.

Selon les instructions, il se rendit au *Tiergarten* en taxi. Dans la voiture, il ouvrit sa valise et mit le pardessus marron élimé et le vieux chapeau. Le taxi s'arrêta ; il paya, sortit et marcha dans le parc au milieu des promeneurs jusqu'à ce qu'il ait trouvé un banc. Il s'assit et observa la foule. Personne ne s'arrêtait, ni hésitait. Il se releva et se dirigea vers la sortie. Il fit la queue devant la station de taxis tout en surveillant discrètement les alentours. Il était devenu difficile de remarquer quoi que ce soit ou qui que ce soit en particulier, les ombres de fin d'après-midi s'allongeaient.

Son tour arriva. Il donna le nom de deux rues qui formaient une intersection, à une certaine distance de son hôtel. Le chauffeur fit un grand sourire et lui répondit avec un accent très prononcé, mais dans un anglais parfaitement compréhensible.

« Vous voulez vous amuser un peu ? J'ai des amies, *Herr Amerikaner*. Pas de maladies !

— Vous vous trompez... Je fais une étude sociologique.

— *Wie ?*

— Je dois retrouver ma femme. »

Ils traversèrent les rues de Berlin en silence. Chaque fois qu'ils tournaient, Noël guettait la voiture qui aurait éventuellement suivi le même parcours. Il se souvint des paroles d'Helden : *Ils utilisent souvent des radios. Le simple fait de changer de vêtement ou de chapeau les gênera. Ils recherchent un homme portant une veste et un chapeau bien précis.*

Y avait-il des hommes surveillant un certain taxi et son passager ? Il ne le saurait jamais. Pour l'instant personne ne semblait le suivre.

Au bout des vingt minutes que dura le trajet, la nuit était tombée. Il se retrouva au milieu des néons clinquants et des affiches suggestives. De jeunes cow-boys blonds côtoyaient des prostituées en jupe fendue et corsage décolleté. Autre genre de carnaval, se dit Holcroft en parcourant les trois cents mètres le séparant de son hôtel.

Il aperçut une prostituée en train de remettre du rouge sur sa bouche pulpeuse. Elle avait cet âge indéterminé — autour de la quarantaine — que les putains et les banlieusardes chics cachaient avec tant de défiance sans y parvenir. Des cheveux d'un noir de jais encadraient un visage blême aux yeux cernés. Il apercevait, quelques rues plus loin, l'enseigne lumineuse de son hôtel miteux, où manquait une lettre.

Il s'approcha d'elle, sans savoir ce qu'il dirait. Il avait un autre handicap que son absence d'allemand : il n'avait jamais abordé une prostituée.

Il se racla la gorge.

« Bonsoir, Fräulein. Vous parlez anglais ? »

La femme lui rendit son regard, froidement, évaluant son pardessus. Puis elle posa les yeux sur la valise dans sa main droite et l'attaché-case dans sa main gauche. Elle entrouvrit les lèvres et sourit ; ses dents étaient jaunes.

« *Ja, mein* ami américain. Je parle bien. Tu t'amuses bien avec moi.

— C'est justement ce que je veux. Combien ?

— Vingt-cinq deutsche marks.

— Marché conclu. Vous venez avec moi ? » Holcroft prit dans sa poche sa liasse tenue par un clip, retira trois billets et les lui tendit. « Trente deutsche marks. Allons dans cet hôtel là-bas.

— *Wohin ?* »

Noël lui montra l'hôtel.

« Là, dit-il.

— *Gut* », répondit la femme en lui prenant le bras.

La chambre ressemblait à toutes les chambres d'hôtel bon marché d'une grande ville. S'il y avait un seul détail positif, c'était l'ampoule nue au plafond. Elle éclairait si mal qu'on voyait à peine le mobilier cassé et taché.

« *Dreissig Minuten*, annonça la prostituée en retirant son manteau qu'elle drapa sur une chaise avec un certain élan militaire. Tu as une demi-heure, pas plus. Je suis, comme vous dites, vous, Américains, un businessman. Mon temps est précieux.

— J'en suis persuadé, dit Holcroft. Reposez-vous ou lisez quelque chose. Nous partirons dans quinze ou vingt minutes. Vous resterez avec moi et vous m'aiderez à donner un coup de téléphone. » Il ouvrit l'attaché-case et prit le papier avec les informations sur Erich Kessler. Il y avait une chaise contre le mur ; il s'assit et commença à lire.

« *Ein Telphonenruf ?* dit la femme. Tu paies trente marks pour que je t'aide *mit dem Telephon* ?

— C'est exact.

— Mais c'est... *verrückt* !

282

— Je ne parle pas allemand. Il me sera peut-être difficile de joindre mon interlocuteur.

— Pourquoi on attend ici, alors ? Il y a *Telephon* au coin de la rue.

— Pour sauver les apparences. »

La prostituée sourit.

« Je suis ton *Deckung*.

— Quoi ?

— Tu montes avec moi dans une chambre, personne ne pose de questions.

— Ce n'est pas vraiment ça, dit Noël, mal à l'aise.

— Ça ne me regarde pas, *mein Herr*. » Elle s'approcha de sa chaise. « Mais pendant qu'on est ici... on peut s'amuser, non ? Tu as payé. Je ne suis pas trop mal. Autrefois, j'étais mieux, mais je ne suis pas trop mal. »

Holcroft lui rendit son sourire.

« Vous n'êtes pas mal du tout. Mais non, merci. J'ai l'esprit ailleurs.

— Alors, fais ton travail. »

Noël parcourut le texte que lui avait remis Ernst Manfredi des siècles auparavant, à Genève.

Erich Kessler, professeur d'histoire. Université libre de Berlin. District de Dahlen. Parle couramment anglais. Contacts : Téléphone de l'université 731-426. Domicile — 824-114. Un frère nommé Hans, médecin. Vit à Munich...

Suivait un bref résumé de la carrière universitaire de Kessler, les diplômes obtenus, les distinctions honorifiques. C'était impressionnant. Le professeur était un érudit, et les érudits étaient souvent des sceptiques. Comment Kessler réagirait-il à l'appel d'un Américain inconnu, arrivé à Berlin sans l'avertir pour parler d'un sujet qu'il refusait d'aborder au téléphone ?

Il était presque six heures et demie, le moment de connaître la réponse. Et de se changer. Il se leva et sortit le K-way et la casquette de sa valise.

« Allons-y », dit Noël.

La prostituée attendit près de la cabine que Noël eût fait le numéro. Il voulait qu'elle soit là si quelqu'un d'autre que Kessler répondait ; quelqu'un qui ne parlait pas anglais.

La ligne était occupée. Des bribes de conversation en allemand lui parvenaient lorsque les couples et les amateurs de plaisir passaient devant la cabine téléphonique.

S'il avait eu une autre mère qu'Althene, serait-il un de ces promeneurs ? Ici même, à Berlin, ou bien à Bremerhaven, ou à Munich ? Noël Clausen. Allemand. Quelle vie aurait-il eue ?

Helden ? L'aurait-il rencontrée ? Maintenant, il la connaissait. Et il voulait la tenir dans ses bras et lui dire que... tout irait bien. Il voulait la voir rire, vivre sans que trois tenues différentes et des revolvers munis de silencieux soient indispensables à la survie. Une vie où la Rache et ODESSA ne représentaient plus une menace.

Un homme à la voix douce et profonde répondit au téléphone.

« Herr Kessler ? Docteur Kessler ?

— Je ne guéris aucune maladie, monsieur, répondit-il courtoisement en anglais, mais le titre est correct, quoique trompeur. Que puis-je faire pour vous ?

— Je m'appelle Holcroft. Noël Holcroft. Je viens de New York. Je suis architecte.

— Holcroft ? J'ai beaucoup d'amis américains et bien sûr des universitaires avec lesquels je corresponds, mais votre nom m'est inconnu.

— C'est normal ; vous ne me connaissez pas. Mais je suis à Berlin pour avoir un entretien confidentiel avec vous.

— Confidentiel ?

— Disons... une affaire de famille.

— Hans ? Il est arrivé quelque chose à Hans ?

— Non...

— C'est ma seule famille, monsieur Holcroft.

— Cela remonte à plusieurs années en arrière. Je ne peux malheureusement rien dire de plus au téléphone. Faites-moi confiance, je vous en prie. C'est urgent. Est-ce que nous pourrions nous voir ce soir ?

— Ce soir ? » Kessler fit une pause. « Vous êtes arrivé à Berlin aujourd'hui ?

— En fin d'après-midi.

— Et vous voulez me voir ce soir... Ce doit être urgent, effectivement. Je dois retourner dans mon bureau pour une heure ou deux ce soir. Neuf heures, cela vous convient-il ?

— Oui, dit Noël, soulagé. Parfaitement. Où vous voudrez.

— Je vous demanderais bien de venir chez moi, mais j'ai des invités. Il y a un *Lokal* sur la Kurfürstendamm. C'est souvent plein, mais ils ont des banquettes à l'arrière, plus au calme, et le directeur me connaît.

— Cela me paraît très bien. »

Kessler lui donna le nom et l'adresse.

« Demandez ma table.

— Parfait. Et merci beaucoup.

— Je vous en prie. Je dois vous prévenir : je dis sans arrêt au directeur que sa cuisine est remarquable. Ce n'est pas tout à fait exact, mais c'est quelqu'un de très gentil. A tout à l'heure.

— J'y serai. Encore merci. »

Sûr de lui tout à coup, Holcroft reposa le récepteur. Si l'homme ressemblait à sa voix, Erich Kessler était intelligent, très sympathique, et il avait le sens de l'humour. Quel soulagement !

Noël sourit à la femme.

« Merci ! lui dit-il en lui donnant dix marks supplémentaires.

— *Auf wiedersehen.* »

La prostituée s'éloigna. Holcroft la regarda partir puis son attention fut attirée par un homme en blouson de cuir noir. Il était devant un magasin mais les revues pornographiques disposées dans la vitrine ne l'intéressaient pas. Il regardait fixement Noël. Quand leurs regards se croisèrent, l'homme tourna la tête.

Était-ce un ennemi ? Un fanatique de la Rache ? Un fou d'ODESSA ? Ou peut-être un envoyé de Wolfsschanze ? Il devait le découvrir.

Il essaierait de se souvenir des tactiques qu'Helden lui avait apprises ; il allait s'en servir. Il palpa les poches de son K-way ; arme et silencieux étaient bien là. Il retira la visière de sa casquette, serra la poignée de son attaché-case et s'éloigna de l'homme au blouson.

Il descendit la rue à grands pas, sans s'éloigner du trottoir, prêt à traverser. Il arriva au coin de la rue et tourna à droite, rejoignant un groupe de badauds qui regardaient deux mannequins en plastique grandeur nature en train d'accomplir l'acte sexuel sur une peau d'ours noir. Quelqu'un bouscula Holcroft ; son attaché-case s'écrasa contre sa jambe, puis on le tira violemment, comme si quelqu'un l'écartait, victime de ses coins blessants... Tiré... *pris* ; Noël n'avait pas été aussi naïf ; il avait retiré la lettre de Heinrich Clausen et les pages les plus descriptives du document de Genève. Aucun chiffre, aucune trace, sauf le papier à en-tête de la banque et les noms — détail sans importance aux yeux d'un voleur ordinaire, mais pas pour un autre.

Helden lui avait conseillé de ne rien prendre mais il avait répliqué qu'Erich Kessler ne le croirait peut-être pas sans quelques fragments de preuves.

Mais maintenant, on le suivait, il devait laisser son attaché-case dans un endroit où on ne le volerait pas. Certainement pas à l'hôtel. Un casier à la gare ou à la station d'autobus ? Inacceptable ; les deux étaient accessibles ; ce serait un jeu d'enfant pour un voleur expérimenté.

De plus, il avait besoin de ces papiers pour Erich Kessler. Le *Lokal. Le directeur me connaît. Demandez ma table*.

Le pub sur Kurfürstendamm. Il avait deux raisons pour y aller maintenant : en chemin, il verrait si on continuait à le suivre ; une fois arrivé, il pouvait rester ou confier son attaché-case au directeur.

Il se fraya un chemin dans la foule, à la recherche d'un taxi, tout en guettant l'approche d'un homme en blouson de cuir noir. Il aperçut un taxi et courut.

En entrant, il fit une volte-face rapide et vit l'homme au blouson sur une petite moto qu'il propulsait du pied gauche le long du trottoir.

L'homme en blouson de cuir arrêta de pousser sa machine, se retourna, et fit semblant de parler à quelqu'un sur le trottoir. La manœuvre était trop évidente ; personne ne lui répondait. Noël monta dans la voiture et donna au chauffeur le nom et l'adresse du pub.

L'homme en blouson de cuir les suivit. Noël le regardait par la vitre arrière. Comme le conducteur de la Fiat verte, le Berlinois était un expert. Il laissait plusieurs voitures entre le taxi et lui, zigzaguant de temps en temps pour s'assurer que l'objet de sa surveillance était toujours là.

Continuer à l'observer était inutile. Holcroft se radossa et essaya de calculer son prochain coup.

Ceux qui vous suivent ne désirent pas de confrontation... Dans le cas contraire... autant le savoir.

Est-ce qu'il voulait le savoir ? Était-il prêt pour cette confrontation ? Les réponses n'étaient pas faciles. Il n'était pas homme à tester délibérément son courage. Mais il revoyait Richard Holcroft écrasé contre un immeuble sur un trottoir de New York.

La peur le rendait prudent ; la colère lui donnait de la force. La réponse était claire. Il voulait l'homme au blouson. Et il l'aurait.

24

Il paya le chauffeur et descendit de voiture, s'assurant que l'homme à moto, qui s'était arrêté, l'avait bien vu.

Noël se dirigea d'un pas nonchalant vers le pub et entra. Debout dans l'escalier, il examina le restaurant. Le plafond était surélevé, la salle à manger en contrebas. L'endroit était à moitié plein ; des volutes de fumée restaient en suspension et une âcre odeur de bière aromatisée remontait l'escalier. Des haut-parleurs diffusaient de la *Biermusik* bavaroise. Des rangées de tables en bois occupaient le centre. Le mobilier était lourd, massif. Le long du mur du fond.

Il aperçut l'endroit dont lui avait parlé Kessler ; des tables entourées de chaises à dossier haut. Des anneaux de cuivre maintenant des rideaux à carreaux rouges et blancs coulissaient devant les banquettes. Chacune pouvait être séparée des autres en tirant un rideau, mais une fois celui-ci ouvert, on pouvait voir n'importe qui entrer.

Holcroft descendit l'escalier ; il arriva devant un pupitre et s'adressa à l'homme trapu qui se trouvait derrière.

« Excusez-moi. Vous parlez anglais ? »

L'homme était en train de consulter le registre des réservations. Il leva la tête.

« Y a-t-il un restaurant à Berlin où on ne parle pas l'anglais ? »

Noël sourit.

« Bien. Je cherche le directeur.

— Vous l'avez trouvé. Que puis-je faire pour vous ? Vous voulez une table ?

— Je crois que j'en ai une. Au nom de Kessler.

— Oh ! oui. Il vient d'appeler il n'y a pas un quart d'heure. Mais la réservation était pour neuf heures. Il n'est que...

— Je sais, coupa Holcroft. Je suis en avance. Vous comprenez, j'ai un service à vous demander. » Il souleva son attaché-case. « J'ai apporté ceci au professeur Kessler. Des documents historiques que lui prête l'université où j'enseigne, aux États-Unis. J'ai des gens à voir pendant une heure ou deux et je me demandais si je pouvais laisser ça ici.

— Bien entendu, dit le manager, en tendant la main pour prendre l'attaché-case.

— Vous comprenez, ces papiers sont très précieux. Ce n'est pas une question d'argent, mais de documentation.

— Je les mettrai dans mon bureau que je fermerai à clef.

— Je vous remercie.

— *Bitte schön*. Votre nom, monsieur ?

— Holcroft.

— Merci, Herr Holcroft. Votre table sera prête à neuf heures. »

Le directeur lui fit un signe de tête et, tenant l'attaché-case, se dirigea vers une porte fermée, sous l'escalier.

Noël resta immobile quelques instants, se demandant ce qu'il allait faire ensuite. Personne n'était entré depuis son arrivée, ce qui voulait dire que l'homme en blouson de cuir était dehors et l'attendait. Il était temps de lui tendre un piège.

Il remonta l'escalier, et eut soudain un pressentiment qui le rendit malade. Il venait de faire une bêtise incomparable ! Il avait emmené l'homme en blouson là où il rencontrait Erich Kessler. Pire encore, il avait révélé sa véritable identité au directeur.

Kessler et Holcroft. Holcroft et Kessler. Il avait dévoilé une partie de Genève aussi clairement que s'il avait publié une annonce dans les journaux.

Plus question de savoir si oui ou non il était capable de tendre un piège. Il devait le faire. Il devait immobiliser l'homme au blouson.

Il poussa la porte. Le Kurfürstendamm était éclairé. Il faisait froid et la lune avait un halo de brume. Il se dirigea vers la droite, gardant les mains dans les poches pour se protéger du froid. Il passa devant la moto et continua jusqu'au coin. A quelques rues de là, à gauche du Kurfürstendamm, il apercevait les contours imposants de l'église Kaiser Wilhelm dont la tour bombardée, souvenir du

Reich de Hitler, était inondée de flots de lumière. L'église serait son point de repère.

Il continua à marcher le long du trottoir bordé d'arbres plus lentement que les autres promeneurs, s'arrêtant devant les vitrines. Il regardait sa montre à intervalles réguliers, espérant donner l'impression que chaque minute importait, qu'il avait peut-être un rendez-vous à une heure précise.

Il attendit un instant, sous un réverbère juste en face de l'église du Kaiser Wilhelm. Il jeta un coup d'œil à gauche. A une trentaine de mètres, l'homme en blouson de cuir noir tourna le dos à Holcroft et contempla le flot de voitures.

Il était toujours là ; c'est tout ce qui importait.

Noël repartit, en accélérant le pas. Il arriva à une autre intersection et regarda le nom de la rue : Schönbergstrasse. Elle était à l'angle du Kurfürstendamm, et bordée de magasins de chaque côté. Il semblait y avoir plus de promeneurs et ils étaient moins pressés que ceux du Kurfürstendamm.

Il attendit que la circulation s'arrête un instant et traversa. Il tourna à droite, en marchant sur le bord du trottoir. Il arriva au bout du pâté de maisons, traversa, et ralentit. Il s'arrêta pour contempler les vitrines, comme il l'avait fait sur le Kurfürstendamm et regarda sa montre d'un air encore plus concentré.

A deux reprises, il aperçut l'homme en blouson de cuir.

Noël avança vers le troisième pâté de maisons. A quinze mètres du coin, entre Schönbergstrasse et une rue parallèle éloignée d'une centaine de mètres, se trouvait une ruelle étroite et sombre émaillée de portes cochères. L'obscurité dissuadait les promeneurs éventuels.

Mais pour Noël, la ruelle représentait l'endroit idéal où prendre l'homme au piège : une étendue de béton et de briques.

Il continua sa route, dépassa la ruelle, et se dirigea vers le coin de la rue en accélérant son allure. Les paroles de Helden lui revenaient à l'esprit.

L'amateur agira de manière inattendue, non par ruse ou par expérience, mais parce qu'il ne peut pas faire autrement...

Il s'arrêta brusquement sous un réverbère. Il prit un air surpris, regarda autour de lui et pivota, comme un homme indécis qui doit trancher. Il regarda en direction de la ruelle et se mit soudain à courir en bousculant les passants, arriva dans la ruelle.

Il courut jusqu'à ce que l'obscurité fût totale, au milieu de la ruelle. Il y avait une sorte d'entrée réservée aux livraisons — une grande porte d'acier. Il y plongea, tourna sur lui-même, le dos appuyé contre le métal. Il glissa la main dans la poche de sa veste et serra la crosse de son automatique. Le silencieux n'était pas mis ; il n'en avait pas besoin. Noël n'avait pas la moindre intention d'utiliser son arme. Elle ne devait être qu'une menace visible, et seulement dans un deuxième temps.

L'attente ne fut pas longue. Il entendit quelqu'un courir et se dit que l'ennemi portait lui aussi des semelles de crêpe.

L'homme passa devant lui ; puis comme s'il devinait le subterfuge, il ralentit, scrutant les recoins. La main dans la poche de sa veste, Noël sortit de sa cachette.

« Je vous attendais. Restez là où vous êtes. » Il parlait avec violence, effrayé par son propre langage. « J'ai un revolver. Je ne veux pas m'en servir, mais si vous tentez de fuir, je le ferai.

— Il y a deux jours, en France, vous n'avez pas hésité, dit l'homme avec un accent très prononcé et un calme agaçant. Qu'est-ce qui vous en empêcherait aujourd'hui ? Vous êtes un porc. Vous pouvez me tuer, mais nous vous arrêterons.

— Qui êtes-vous ?

— Quelle importance ?

— Vous êtes dans la Rache, n'est-ce pas ? »

Malgré l'obscurité, Noël vit son expression méprisante.

« La Rache ? dit l'homme. Des terroristes sans

cause, des révolutionnaires dont personne ne veut. Des bouchers. Je n'ai rien à voir avec la Rache !

— ODESSA, alors !

— Ça vous plairait, hein ?

— Comment ça ?

— Nous nous servirons d'ODESSA en temps utile. Elle peut endosser beaucoup de responsabilités. On peut si facilement commettre des crimes en son nom. Nous supprimerions ODESSA aussi vite que vous, mais c'est vous que nous voulons ; nous savons distinguer les clowns des monstres. Croyez-moi, nous vous arrêterons.

— Vous divaguez ! Vous n'êtes pas de Wolfs-schanze, c'est impossible ! »

L'homme baissa la voix.

« Mais nous appartenons tous à Wolfsschanze d'une façon ou d'une autre, dit-il, une lueur de défiance dans le regard. Je le répète. Vous pouvez m'abattre, mais quelqu'un me remplacera. Tuez-le, un autre lui succédera. Nous vous arrêterons. Alors tirez, Herr Clausen. Ou devrais-je dire le fils du Reichsführer Heinrich Clausen ?

— Mais bon Dieu, de quoi parlez-vous ? Je ne veux pas vous tuer. Je ne veux tuer personne !

— Vous avez tué en France.

— Si j'ai tué un homme, c'était pour me défendre.

— *Aber natürlich*, Herr Clausen.

— Arrêtez de m'appeler comme ça.

— Pourquoi ? C'est bien votre nom ?

— Non ! Je m'appelle Holcroft.

— Bien sûr, dit l'homme. Cela faisait partie du plan. L'Américain bien sous tous rapports, sans aucun lien avec le passé. Et si quelqu'un en découvrait un, il serait trop tard.

— Trop tard pour quoi ? Qui êtes-vous ? Qui vous a envoyé ?

— Vous ne pourrez jamais me forcer à vous le dire. Vous n'aviez pas prévu notre intervention. »

Holcroft sortit le revolver de sa poche et se rapprocha.

« Quel plan ? demanda-t-il, espérant apprendre quelque chose, *n'importe quoi*.

— Genève.

— Quoi, Genève ? C'est une ville en Suisse.

— Nous savons tout, et c'est fini. Vous n'arrêterez pas les aigles. Pas cette fois.

— Les aigles ? Quels aigles ? Qui est-ce, « nous » ?

— Jamais. Appuyez sur la détente. Je ne vous dirai rien. Vous ne nous trouverez pas. »

Noël transpirait malgré le froid de cette nuit d'hiver. L'ennemi ne disait rien de cohérent. Une très grande erreur avait peut-être été commise. L'homme qui lui faisait face était prêt à mourir, mais ce n'était pas un fanatique. Il avait un regard trop intelligent. Il n'était ni avec la Rache, ni avec ODESSA.

« Bon sang, pourquoi voulez-vous arrêter Genève ? Ce n'est pas le souhait de Wolfsschanze ; vous devez le savoir !

— Pas de *votre* Wolfsschanze. Mais nous pouvons utiliser cette fortune à bon escient.

— Non ! Si vous intervenez, il n'y aura rien. Vous n'aurez jamais l'argent.

— Nous savons tous deux qu'il peut en être autrement.

— Vous vous trompez ! Il sera enseveli pendant encore trente ans. »

L'ennemi inconnu se redressa.

« C'est ça le hic, n'est-ce pas ? Vous le dites si bien : « enseveli pendant encore trente ans ». Mais, si je peux me le permettre, il n'y aura plus de terres brûlées.

— Plus de quoi ?

— Plus de terres brûlées. » L'homme recula. « Nous avons assez parlé. Vous avez eu votre chance ; vous la conservez. Vous pouvez me tuer, mais ce sera inutile. Nous avons la photo. Nous commençons à comprendre.

— *La photo ?* A Portsmouth... ? *Vous ?*

— Un officier de la Navy des plus respectés. Il est intéressant que vous l'ayez prise.

« — Mais qui êtes-vous, bon Dieu ?

— Votre adversaire, fils d'Heinrich Clausen.

— Je vous ai dit...

— Je sais, répondit l'Allemand. Je ne devrais pas dire ça. D'ailleurs, je ne dirai plus rien. Je vais faire demi-tour et sortir de cette ruelle. Tirez, si vous voulez. Je suis prêt. Nous le sommes tous. »

L'homme se retourna lentement et se mit à marcher. C'était plus que Noël ne pouvait supporter.

« Arrêtez ! » hurla-t-il, en poursuivant l'Allemand. Puis il agrippa son épaule de la main gauche.

L'homme fit volte-face.

« Nous n'avons plus rien à nous dire.

— Oh si ! Nous passerons la nuit ici s'il le faut ! Vous allez me dire qui vous êtes et d'où vous venez et ce que vous savez de Genève et de Beaumont et... »

Il ne put continuer. L'homme lui saisit le poignet droit, le tordit pendant qu'il lui donnait un coup de genou dans l'entrejambe. Noël ploya sous la douleur, mais sans lâcher le revolver. Il donna un coup d'épaule dans la poitrine de l'homme pour essayer de le repousser ; la douleur dans ses testicules envahissait son ventre et sa poitrine ; l'homme abattit le poing sur la base du crâne de Holcroft, qui en ressentit les vibrations jusque dans les côtes et la colonne vertébrale. Mais il ne lâcha pas prise ! Il n'aurait pas le revolver ! Noël le tenait serré comme une dernière bouée de sauvetage. Il se redressa péniblement, utilisant les dernières forces qu'il avait dans les jambes, et tira violemment sur l'automatique.

L'explosion se répercuta dans toute la ruelle. L'homme lâcha prise et, se tenant l'épaule, recula en chancelant. Il était blessé, mais au lieu de s'effondrer, il réunit toute son énergie. Haletant, il s'adressa à Holcroft :

« Nous vous empêcherons de continuer. Et à notre manière, nous prendrons Genève »

Sur ces mots, il se propulsa le long de la ruelle en

griffant le mur pour prendre appui. Holcroft se retourna. Plusieurs silhouettes se profilaient à l'autre bout sur Schönbergstrasse. Il entendit les coups de sifflet et vit scintiller les faisceaux lumineux des lampes-torches. La police de Berlin arrivait.

Il était pris.

Mais il ne devait pas se laisser prendre ! il y avait Kessler ; et Genève. Il ne pouvait plus reculer !

Les paroles d'Helden lui revinrent en mémoire. *Nie... sois sûr de toi.*

Noël fourra l'automatique dans sa poche et se dirigea vers Schönbergstrasse, vers les faisceaux lumineux et les deux hommes en uniforme qui approchaient lentement.

« Je suis Américain ! hurla-t-il d'une voix effrayée. Est-ce que quelqu'un parle anglais ? »

Dans la foule un homme cria :

« Moi ! Que s'est-il passé ?

— J'étais en train de marcher et on a essayé de m'attaquer pour me voler ! Il avait un revolver mais je n'en savais rien ! Je l'ai repoussé et le coup est parti... »

Le Berlinois traduisit aux policiers.

« Où est-il parti ? demanda l'homme.

— Je crois qu'il est encore là. Dans une de ces entrées, il faut que je m'assoie... »

Le Berlinois toucha l'épaule de Holcroft.

« Venez », dit-il en guidant Noël à travers la foule.

Les policiers firent une sommation, mais personne ne répondit ; l'ennemi inconnu s'était enfui. Les hommes en uniforme avancèrent prudemment.

« Merci beaucoup, dit Noël. J'ai juste besoin d'air et de calme, vous comprenez ?

— *Ja.* Quelle histoire !

— Je crois qu'ils l'ont attrapé », ajouta soudain Holcroft en regardant en direction de la foule.

Le Berlinois se retourna ; Noël descendit du trottoir et se mit à marcher dans la rue, lentement d'abord, puis il vit que la voie était libre et traversa.

Là, il fit demi-tour et courut à toute vitesse vers le Kurfürstendamm.

Il avait réussi, se dit Holcroft grelottant, nu-tête et sans manteau, en s'asseyant sur un banc non loin de l'église du Kaiser Wilhelm. Il était passé de la théorie à la pratique ; mais le piège qu'il avait tendu s'était refermé sur lui. Toutefois, il avait immobilisé l'homme en blouson de cuir qui serait retardé, ne serait-ce qu'en cherchant un médecin.

Et surtout, il avait constaté l'erreur d'Helden. Et celle de Manfredi... qui ne voulait pas donner de noms... Les vrais ennemis de Genève n'étaient ni les membres d'Odessa, ni ceux de la Rache. Il s'agissait d'un autre groupe, infiniment plus dangereux. Ses adhérents allaient vers la mort calmement, le regard clair et lucide.

Trois forces étaient contraires à Genève, l'une d'entre elles beaucoup plus intelligente que les deux autres. L'homme au blouson éprouvait pour Odessa et la Rache un mépris trop flagrant pour n'être pas sincère. Car il appartenait à quelque chose d'autre, quelque chose de considérablement supérieur.

Holcroft regarda sa montre. Il était assis dans le froid depuis près d'une heure ; la douleur dans son bas-ventre et à la base de son crâne ne s'était pas dissipée. Il avait jeté la grosse veste en laine et la casquette noire dans une poubelle à plusieurs rues de là. Elles l'auraient fait trop facilement remarquer si la police de Berlin donnait son signalement.

Il était temps de partir ; la police n'était pas en vue, personne ne semblait s'intéresser à lui. L'air froid n'avait pas calmé sa douleur mais il lui avait éclairci les idées. Il était presque neuf heures. L'heure de retrouver Erich Kessler, le troisième personnage clef de Genève.

25

Comme il s'y attendait, le pub était plein, les volutes de fumée plus épaisses, la musique bavaroise plus forte. Le directeur l'accueillit cordialement mais son regard le trahit : quelque chose était arrivé à cet Américain au cours de l'heure écoulée. Noël se sentit gêné ; il se demandait s'il avait le visage égratigné ou sale.

« J'aimerais me laver. J'ai fait une mauvaise chute.

— Certainement ; par ici, monsieur. » Le directeur lui montra les toilettes. « Le professeur Kessler est arrivé. Il vous attend. Je lui ai remis votre mallette.

— Merci beaucoup », dit Holcroft.

Il examina son visage dans le miroir. Aucune marque, pas de sang.

Mais dans les yeux une expression due à la douleur, au choc et à l'épuisement. Et à la peur. C'est ce que le directeur avait remarqué.

Il fit couler l'eau dans le lavabo jusqu'à ce qu'elle soit tiède, s'aspergea la figure, se recoiffa et eut envie de faire disparaître cette expression de son regard. Puis il retourna voir le directeur qui le conduisit à l'arrière du hall, loin du remue-ménage. Le rideau rouge et blanc était fermé.

« Herr Professor ? »

Le rideau fut tiré, dévoilant un homme entre quarante et cinquante ans, corpulent, avec une barbe courte et d'épais cheveux châtain coiffés en arrière. Son visage était sympathique, ses yeux pétillaient d'humour.

« Herr Holcroft ?

— Docteur Kessler ?

— Asseyez-vous, asseyez-vous. »

Kessler tenta de se lever en tendant la main à Noël ; le contact entre son ventre et la table l'en empêcha. Il se mit à rire et regarda le directeur du pub.

« La semaine prochaine ! *Ja*, Rudi ? Notre régime.

— *Ach, natürlich, Professor.*

— Voici mon nouvel ami d'Amérique. Herr Holcroft.

— Oui, nous avons déjà fait connaissance.

— C'est vrai. Vous m'avez donné son attaché-case. »

Kessler tapota la mallette de Noël, posée à côté de lui.

« Je suis au scotch. Vous faites comme moi, monsieur Holcroft ?

— Un scotch me conviendra parfaitement. Juste de la glace. »

Le directeur fit un signe de tête et s'éloigna. Noël se radossa. On sentait chez Kessler la tolérance issue d'un esprit constamment confronté à des intellects moins brillants que le sien, et trop indulgent pour faire des comparaisons. Il avait connu des gens comme lui. Ses plus grands professeurs par exemple ; il se sentait à l'aise avec Erich Kessler. C'était un bon début.

« Merci d'avoir accepté cette rencontre. J'ai beaucoup de choses à vous dire.

— Reprenez d'abord votre souffle, dit Kessler. Buvez quelque chose. Calmez-vous.

— Pardon ?

— Vous venez de vivre des moments difficiles. Ça se voit.

— A ce point ?

— Disons que vous avez été perturbé, Herr Holcroft.

— Appelez-moi Noël. Nous devrions faire plus ample connaissance.

— C'est une perspective agréable, j'en suis persuadé. Je m'appelle Erich. Il fait très froid dehors. Beaucoup trop pour sortir sans pardessus. Pourtant vous êtes arrivé sans. Il n'y a pas de vestiaire ici.

— J'en portais un. J'ai dû m'en débarrasser. Je vous expliquerai.

— Ce n'est pas indispensable.

— Je pense que si.

— Je vois. Ah ! voilà votre whisky. »

Un serveur déposa le verre devant Holcroft puis recula et ferma les rideaux.

« Comme je le disais, je pense que c'est indispensable.

— Prenez votre temps. Nous ne sommes pas pressés.

— Vous avez des invités ?

— Un seul. Un ami de mon frère, de Munich. C'est un garçon charmant mais très prolixe, caractéristique assez courante chez les médecins. Vous avez sauvé ma soirée.

— Votre femme n'en sera pas contrariée ?

— Je ne suis pas marié. Je l'ai été, mais je crains qu'elle n'ait trouvé la vie universitaire trop contraignante.

— J'en suis désolé.

— Pas elle. Elle a épousé un acrobate. Vous vous rendez compte ? Des confins du milieu universitaire jusqu'aux sommets grisants des figures acrobatiques du trapèze. Nous sommes restés bons amis.

— Je pense qu'avec vous il doit être difficile de faire autrement.

— Oh ! je suis une terreur dans les salles de conférence. Un vrai lion.

— Qui rugit mais ne mord pas, dit Noël.

— Pardon ?

— Rien. Une conversation hier soir. Avec quelqu'un d'autre.

— Ça va mieux ?

— C'est bizarre.

— Quoi donc ?

— C'est exactement ce que j'ai dit hier soir.

— Avec ce quelqu'un d'autre ? » Kessler sourit. « Vous semblez plus détendu.

— Si je l'étais davantage, je serais déjà affalé sur la table.

— Vous allez manger quelque chose ?

— Pas tout de suite. Je voudrais commencer mon histoire, j'ai beaucoup de choses à vous dire et vous aurez beaucoup de questions à me poser.

— Dans ce cas, je vous écouterai attentivement. Ah ! j'oubliais. Votre attaché-case. »

L'Allemand posa la mallette sur la table.

Halcroft fit jouer la serrure mais sans l'ouvrir.

« J'aimerais que vous examiniez les documents que j'ai ici. C'est incomplet, mais ils serviront à confirmer mes dires.

— A confirmer ? Pourquoi mettrais-je votre parole en doute ?

— Cela peut se produire », dit Noël.

Il éprouvait de la compassion pour cet homme bienveillant. Son univers paisible allait s'effondrer.

« Ce que je vais vous apprendre risque de changer votre vie, comme cela a été le cas pour moi. Ce fut inévitable. En partie par égoïsme : je dois recevoir une somme d'argent très importante. Vous aussi. Mais d'autres facteurs interviennent, beaucoup plus importants que vous et moi. Si ce n'était pas le cas, je me serais déjà enfui. Mais je vais accomplir ma mission parce qu'elle est juste. Et parce que des gens que je hais veulent m'en empêcher. Ils ont tué une personne que j'aimais. Ils ont tenté d'en tuer une autre. »

Holcroft s'interrompit. Il était allé trop loin. Il ne maîtrisait plus sa peur et sa colère ; il parlait trop.

« Pardonnez-moi. J'interprète ces événements de manière peut-être trop personnelle. Je ne voulais pas vous faire peur. »

Kessler posa la main sur le bras de Noël.

« Aucune importance. Vous êtes épuisé, mon ami. Apparemment, vous avez vécu des moments terribles. »

Holcroft avala plusieurs gorgées de whisky pour essayer d'atténuer sa douleur au bas-ventre et dans la nuque.

« C'est vrai. Je ne vais pas vous mentir. Mais je ne voulais pas commencer par ça. Ce n'était pas très malin. »

Kessler retira sa main.

« Je vais vous dire quelque chose. Je vous connais depuis moins de cinq minutes et je crois que là n'est pas la question. Vous êtes un homme remarquablement intelligent, c'est visible, et aussi quelqu'un de très sincère et vous avez été très secoué. Pourquoi ne pas commencer par le commencement sans vous soucier de mes réactions ?

— Très bien. »

Holcroft posa les bras sur la table, les mains autour du verre de whisky.

« Je commencerai en vous demandant si vous avez déjà entendu parler de von Tiebolt et de... Clausen. »

Kessler le regarda fixement un moment.

« Oui, dit-il. Il y a plusieurs années. J'étais encore enfant. Clausen et von Tiebolt. C'étaient des amis de mon père ; j'étais très jeune, dix ou onze ans. Ils venaient souvent à la maison, à la fin de la guerre, si je m'en souviens bien. Je me rappelle Clausen ; enfin, je crois. Il était grand et possédait un véritable magnétisme.

— Parlez-moi de lui.

— Je ne me souviens pas de grand-chose.

— N'importe quoi. Je vous en prie.

— Je ne sais pas très bien comment le formuler. Clausen dominait une salle sans faire d'effort. Quand il parlait, tout le monde écoutait ; pourtant je ne me rappelle pas l'avoir jamais entendu élever la voix. Il semblait bienveillant, mais très volontaire. Je me suis dit un jour — mais ce n'était que des idées d'enfant — qu'il avait beaucoup souffert. »

Un homme qui souffrait l'avait appelé.

« Quel genre de souffrance ?

— Je l'ignore. Je n'étais qu'un enfant. Il aurait fallu voir son regard pour comprendre. Quelle que soit la personne qu'il regardait, jeune ou vieille, importante ou non, elle avait toute son attention. Je m'en souviens ; ce n'était pas courant alors.

Dans un sens, je revois Clausen plus nettement que mon propre père, et certainement mieux que von Tiebolt. Pourquoi vous intéresse-t-il ?

— C'était mon père. »

De surprise Kessler ouvrit la bouche.

« Vous ? Le fils de Clausen ?

— Mon vrai père, pas celui que j'ai connu.

— Alors votre mère était...

— Althene Clausen. Vous avez entendu parler d'elle ?

— Jamais par son nom, et jamais en présence de Clausen. On parlait d'elle à voix basse. La femme qui avait quitté le grand homme, l'ennemie, l'Américaine qui avait fui la terre de ses pères avec leur... avec vous ! C'était vous l'enfant qu'elle lui a enlevé !

— Celui qu'elle a emmené pour le protéger. C'est sa version à elle.

— Elle vit toujours ?

— Absolument.

— C'est tellement incroyable. » Kessler secoua la tête. « Après toutes ces années, je revois cet homme si clairement. Il était extraordinaire.

— Tous l'étaient.

— Qui ?

— Tous les trois. Clausen, von Tiebolt, Kessler. Dites-moi, vous savez comment votre père est mort ?

— Il s'est suicidé. Ce n'était pas inhabituel à l'époque. Quand le Reich s'est effondré, beaucoup de gens ont suivi. Pour la plupart d'entre eux, c'était la meilleure solution.

— Pour certains, la seule.

— Nuremberg ?

— Non, Genève. Pour protéger Genève.

— Je ne comprends pas.

— Vous allez comprendre. » Holcroft ouvrit son attaché-case, en sortit les feuillets qu'il avait agrafés ensemble et les tendit à Kessler. « Il y a un compte dans une banque de Genève. Il ne peut être débloqué que dans un but bien précis, et avec le consentement de trois personnes... »

Comme il l'avait déjà fait deux fois auparavant, Noël raconta l'épisode du détournement de fonds qui avait eu lieu trente ans auparavant. Mais à Kessler il raconta tout, sans omettre de détails précis, comme avec Gretchen, ni procéder par étapes, comme avec Helden.

« ... l'argent venait des pays occupés, des ventes d'objets d'art et du pillage des musées. Les salaires de la Wehrmacht étaient détournés, on volait des millions au ministère de l'Armement et au... Je ne me souviens plus du nom... c'est dans la lettre... un complexe industriel. Tout a été déposé à Genève, avec l'aide d'un certain Manfredi.

— Manfredi ? Ce nom me dit quelque chose.

— Ce n'est pas surprenant, dit Holcroft. Bien que je ne pense pas qu'il ait été mentionné très souvent. Où était-ce ?

— Je ne sais pas. Après la guerre.

— Votre mère ?

— Je ne crois pas. Elle est morte en juillet 1945 et elle était restée longtemps à l'hôpital. Quelqu'un d'autre... Je ne sais pas.

— Où habitiez-vous, après la mort de vos parents ?

— Mon frère et moi sommes allés vivre chez mon oncle, le frère de ma mère. Nous avons eu de la chance. C'était un homme âgé et les nazis n'ont jamais beaucoup compté pour lui. Il entretenait de bonnes relations avec l'armée d'occupation. Mais je vous en prie, continuez. »

Noël exposa les conditions requises par les directeurs de la Grande Banque de Genève, et le rejet de Gretchen Beaumont. Il raconta à Kessler la migration des von Tiebolt vers Rio, la naissance d'Helden, le meurtre de leur mère, et leur fuite du Brésil.

« Ils ont pris le nom de Tennyson et vivent en Angleterre depuis cinq ans. Johann von Tiebolt est connu sous le nom de John Tennyson. Il est journaliste au *Guardian*. Gretchen a épousé un dénommé Beaumont et Helden habite Paris depuis plusieurs mois. Je n'ai pas fait la connaissance du frère, mais je me... je me suis lié d'amitié avec Helden. C'est une fille remarquable.

— Le « quelqu'un d'autre » avec qui vous étiez hier soir, c'est elle ?

— Oui, répondit Holcroft. J'aimerais vous parler d'elle, des épreuves qu'elle a subies et continue à traverser. Elle, et des milliers d'autres sont les personnages de mon histoire.

— Je pense savoir, dit Kessler. *Die verwünschte Kinder*.

— Les quoi ?

— Les *verwünschte Kinder*. *Verwünschung*, c'est un sort en allemand. Ou une damnation.

— Les enfants des damnés, dit Noël. Elle a employé cette expression.

— Ils se qualifiaient ainsi. Des milliers de jeunes — ils ne le sont plus tellement aujourd'hui — ont quitté leur pays parce que le souvenir de l'Allemagne nazie pesait trop lourd. Ils ont rejeté tout ce qui évoquait l'Allemagne, ils ont endossé de nouvelles identités, adopté d'autres styles de vie. Ils ressemblent beaucoup à ces hordes de jeunes Américains qui ont quitté les États-Unis pour le Canada et la Suède en signe de protestation contre la politique du Viêt-nam. Ces groupes constituent des sous-cultures, mais aucune ne peut rejeter ses racines. Ils sont allemands et américains. Ils émigrent en bandes et restent ensemble. Ils puisent leurs forces dans ce même passé qu'ils ont rejeté. Le sentiment de culpabilité est lourd à porter. Vous comprenez ?

— Pas vraiment, dit Holcroft. Mais je ne suis pas fait comme ça. Je ne vais pas me culpabiliser pour une faute que je n'ai pas commise. »

Kessler regarda Noël droit dans les yeux.

« Pourtant, cela vous est peut-être arrivé. Vous accomplirez votre mission jusqu'au bout, bien que vous ayez vécu des choses très éprouvantes. »

Holcroft réfléchit.

« Il y a un peu de vrai, mais les circonstances sont différentes. Je n'ai rien abandonné. Je suppose qu'on m'a choisi.

— Vous ne faites pas partie des damnés, dit Kessler, mais des élus ?

— Des privilégiés, en tout cas. »

Le professeur hocha la tête.

« Il y a un mot pour ça aussi. Vous le connaissez peut-être. *Sonnenkinder*.

— *Sonnenkinder* ? » Noël fronça les sourcils. « Si ma mémoire est bonne, c'était le thème d'un des cours où je n'étais pas très brillant. L'anthropologie, je crois.

— Ou la philosophie, suggéra Kessler. C'est un concept développé par Thomas J. Perry dans les années 20 en Angleterre, et avant lui par Bachofen en Suisse, et par ses disciples à Munich. Selon la théorie, les *Sonnenkinder*, les Enfants du Soleil, existent au travers des siècles. Ils fabriquent l'histoire, ce sont les plus brillants d'entre nous, ils règnent sur leur époque... ce sont des privilégiés.

— Je m'en souviens maintenant. Ce privilège les a détruits. Ils sont tombés dans la dépravation ou quelque chose dans ce goût-là. L'inceste, je crois.

— Ce n'est qu'une théorie, dit Kessler. Nous nous écartons encore du sujet. C'est agréable de converser avec vous. Vous disiez que cette fille von Tiebolt avait une vie difficile.

— Tous. Et plus que difficile. C'est de la folie. Ils passent leur temps à se sauver. Ils vivent comme des fugitifs.

— Ce sont des proies rêvées pour des fanatiques.

— Comme ODESSA et la Rache ?

— Oui. Ce genre d'organisation ne peut pas fonctionner de manière efficace en Allemagne. On ne les tolère pas. Alors ils opèrent depuis des pays où gravitent des rebelles expatriés, comme les *Verwünschkinder*. Ils veulent saisir leur chance de rentrer en Allemagne.

— De rentrer ? »

Kessler leva la main.

« Plût au Ciel qu'ils ne reviennent jamais, mais ils ne veulent pas l'accepter. La Rache voulait que le gouvernement de Bonn soit une annexe du

Comintern, mais même Moscou les a rejetés. Ils ne sont plus que des terroristes. ODESSA a toujours désiré la résurgence du nazisme. En Allemagne, on ne veut pas d'eux.

— Pourtant, ils pourchassent les enfants. Helden m'a dit qu'ils étaient « damnés pour ce qu'ils étaient, damnés pour ce qu'ils n'étaient pas ».

— C'est très approprié.

— Il faudrait les arrêter. On devrait utiliser une partie de cet argent à Genève pour mettre ODESSA et la Rache hors d'état de nuire.

— Je ne vous contredirai pas.

— Je suis heureux de l'entendre, dit Holcroft. Revenons à Genève.

— Tout à fait d'accord. »

Noël avait décrit les objectifs de l'accord et défini les conditions que les héritiers devaient respecter. Il était temps de se concentrer sur ce qui lui était arrivé, à lui.

Il commença par le meurtre dans l'avion, la terreur à New York, l'appartement modifié, la lettre de Wolfsschanze, l'appel de Peter Baldwin et les meurtres qui en découlèrent. Il raconta le vol pour Rio et l'homme aux sourcils épais : Anthony Beaumoment, agent d'ODESSA. Il parla du service d'immigration à Rio et des documents maquillés, et de l'étrange rencontre avec Maurice Graff. Il insista sur l'intrusion du MI-5 à Londres et l'information selon laquelle les services secrets britanniques prenaient Johann von Tiebolt pour un assassin, le Tinamou.

« Le *Tinamou* ? » intervint Kessler, stupéfait, le visage congestionné.

C'était la première fois qu'il interrompait le récit de Holcroft.

« Oui. Vous savez quelque chose sur lui ?

— Juste ce que j'ai lu.

— Certains le tiennent pour responsable de douzaines de meurtres.

— **Et les Britanniques pensent qu'il s'agit de Johann von Tiebolt ?**

— Ils se trompent, répondit Noël. Ils doivent le savoir, maintenant. L'événement qui s'est produit hier après-midi le prouve. Vous comprendrez quand j'y arriverai.

— Continuez. »

Il mentionna brièvement la soirée avec Gretchen et la photo d'Anthony Beaumont. Il poursuivit avec Helden et Herr Oberst, puis la mort de Richard Holcroft. Il parla des communications téléphoniques avec un policier de New York qui s'appelait Miles et avec sa mère.

Il parla de la Fiat verte qui les avait suivis jusqu'à Barbizon et de l'homme au visage grêlé.

Puis les horreurs de la kermesse. Comment il avait essayé de prendre le chauffeur de la Fiat au piège et s'était retrouvé lui-même en mauvaise posture.

« Je vous ai dit il y a quelques minutes que les Anglais se trompaient au sujet de Tennyson.

— Tennyson ? Oh ! le nouveau nom de von Tiebolt.

— C'est ça. Le MI-5 était convaincu que l'épisode de Montereau, y compris l'homme au visage grêlé, était l'œuvre du Tinamou. Mais cet homme a été tué. Il travaillait pour von Tiebolt ; ils le savaient. Helden l'a même confirmé.

— Et le Tinamou ne supprimerait pas un homme à lui.

— Exactement.

— Dans ce cas, l'agent le dira à ses supérieurs...

— Impossible, l'interrompit Noël. On l'a abattu alors qu'il sauvait Helden. Mais après l'identification, les Britanniques sauront la vérité.

— Ils vont trouver le cadavre de leur agent ?

— On les mettra au courant. Il y avait des policiers partout. Mais comme le dit Helden : on nous a suivis. Pas l'inverse. Il n'y a aucune raison pour que nous soyons au courant de tout.

— Vous n'avez pas l'air convaincu.

— J'ai parlé de Baldwin à l'agent avant sa mort, pour essayer d'en savoir plus. Il a réagi comme si une bombe venait d'éclater. Ils nous a suppliés, Helden et moi, d'entrer en contact avec un certain Payton-Jones. Nous devions tout lui dire ; lui dire de découvrir qui nous avait attaqués, qui avait tué l'homme de von Tiebolt, et surtout de dire au MI-5 que tout avait un rapport avec Peter Baldwin.

— Avec Baldwin ? Il était au MI-6, c'est bien ça ?

— Oui. Il leur avait donné des informations sur les survivants de Wolfsschanze.

— Wolfsschanze ? » Kessler répéta doucement le nom. « C'était la lettre que Manfredi vous avait donnée à Genève...

— Oui. Nous devions dire à Payton-Jones de retourner au dossier Baldwin. Code Wolfsschanze.

— Quand Baldwin vous a appelé à New York, il a mentionné Wolfsschanze ? demanda Kessler.

— Non. Il m'a simplement dit d'abandonner Genève. Qu'il était le seul à savoir certaines choses. Puis il est allé ouvrir la porte et il n'a jamais repris l'appareil. »

Le regard de Kessler était plus froid maintenant. Ainsi Baldwin savait pour Genève et Wolfsschanze.

« Jusqu'à quel point nous l'ignorons. Peut-être peu de chose, rien que des rumeurs.

— Mais ces rumeurs suffisent à vous empêcher d'aller voir le MI-5. Même l'avantage de leur apprendre que Beaumont fait partie d'ODESSA serait trop cher payé. Les Anglais vous questionneraient, la fille et vous ; ce sont des experts, il y a mille façons de le faire. Le nom de Baldwin serait mentionné, et ils consulteraient son dossier. Vous ne pouvez pas prendre ce risque.

— Je suis parvenu à la même conclusion, dit Holcroft, impressionné.

— Il y a peut-être une autre manière d'éloigner Beaumont.

— Laquelle ?

— ODESSA est détestée en Allemagne. En s'adressant à qui de droit, on réussirait peut-être à les chasser. Vous n'auriez pas à contacter les Anglais.

— C'est possible ?

— Incontestablement. Si Beaumont appartient vraiment à ODESSA, un simple message du gouvernement de Bonn au Foreing Office suffira. »

Holcroft parut soulagé. Un obstacle de moins.

« Je suis heureux de vous avoir rencontré... Vous, en particulier.

— Ne jugez pas trop vite. Vous voulez savoir si je vais me joindre à vous ? Franchement, je...

— Ne répondez pas tout de suite, interrompit Noël. Vous avez été fair-play, je le serai aussi. Je ne suis pas un homme fini. Il y a eu ce soir.

— Ce soir ? »

Kessler était troublé, impatient.

« Oui. Les deux heures qui viennent de s'écouler, pour être plus précis.

— Que s'est-il passé... ce soir ? »

Noël se pencha.

« Nous connaissons l'existence de la Rache et d'ODESSA. Nous ne savons pas exactement ce qu'ils ont appris sur Genève, mais nous savons pertinemment ce qu'ils feraient s'ils savaient. Nous connaissons l'existence des membres de Wolfsschanze ; des fous qui ne valent pas mieux que les autres mais, aussi étrange que cela puisse paraître, ils sont de notre côté ; ils veulent la réussite de Genève. Mais il y a quelqu'un d'autre. Quelqu'un ou quelque chose de beaucoup plus puissant. Je l'ai découvert ce soir.

— Que dites-vous ? demanda Kessler sur le même ton.

— J'ai été suivi en sortant de l'hôtel. L'homme était à moto et a filé mon taxi à travers Berlin.

— Un homme à moto ?

— Oui. Comme un imbécile, je l'ai conduit jusqu'ici. J'ai compris mon erreur et j'ai su que je devrais l'arrêter. J'y suis parvenu, mais pas comme je m'y attendais. Il n'était pas de la Rache ni d'ODESSA. Il les détestait ; il les a traités de bouchers et de clowns...

— Il les a traités de... »

Kessler garda un moment le silence puis continua après s'être ressaisi :

« Racontez-moi tout ce qui s'est passé, tout ce qu'il vous a dit.

— Vous avez une idée ?

— Non... Pas du tout. C'est de la simple curiosité. »

Holcroft se souvint sans difficulté. La poursuite, le piège, les paroles échangées, le coup de feu. Son récit terminé, Kessler le pria de répéter les paroles échangées avec l'homme en blouson. Puis il lui demanda de recommencer. Et de recommencer.

« Qui était-ce ? — Holcroft savait que Kessler réfléchissait deux fois plus vite que lui. — Qui sont-ils ?

— Il y a plusieurs possibilités, répondit l'Allemand, mais de toute façon ce sont des nazis. Des néo-nazis, pour être plus précis.

— Mais comment pourraient-ils savoir pour Genève ?

— Des millions détournés des pays occupés, des salaires de la Wehrmacht, du Finanzministerium. Déposés dans une banque en Suisse. Des manipulations aussi énormes ne pouvaient rester totalement secrètes. »

Quelque chose ennuyait Noël, une remarque de Kessler, mais il ne savait pas laquelle.

« Mais dans quel but ? ils ne peuvent pas avoir cet argent mais seulement bloquer le compte pendant des années. Où serait leur bénéfice ?

— Vous ne comprenez pas le vrai nazi pur et dur. Aucun d'entre nous ne l'a jamais compris. Il ne s'agit pas simplement de leur bénéfice, mais surtout d'empêcher les autres d'en profiter. C'est là qu'ils sont les plus destructeurs. »

Un tumulte se déclencha soudain, suivi d'un cri de femme auquel succédèrent une série de hurlements.

Le rideau s'ouvrit brutalement. Une silhouette masculine emplit l'espace vide et plongea en avant. Les yeux écarquillés, l'homme s'écroula sur la table. Des flots de sang coulaient de sa bouche et d'une blessure qu'il avait au cou. Son corps était agité de convulsions. Ses mains glissèrent sur la surface de la table, en agrippèrent les côtés, entre Holcroft et Kessler. Il chuchota, haletant : « Wolfsschanze ! Soldaten von Wolfsschanze. »

Il leva la tête pour crier mais il suffoqua et sa tête s'écrasa sur la table. L'homme en blouson de cuir noir était mort.

26

Les instants qui suivirent furent pour Noël aussi stupéfiants que chaotiques. Les hurlements s'intensifièrent ; une vague de panique déferla sur le pub. L'homme couvert de sang était maintenant étalé par terre.

« Rudi ! Rudi !

— Herr Kessler ! Venez avec moi !

— Vite ! cria Erich.

— Quoi ?

— Par ici, mon vieux. On ne doit pas vous voir ici.

— Mais c'est lui !

— Ne dites rien, Noël. S'il vous plaît, prenez mon bras.

— Quoi ? Oui ?...

— Votre mallette ! Les papiers ! »

Holcroft saisit les papiers et les fourra dans son attaché-case. Il sentit qu'on lui faisait franchir un cercle de spectateurs. Il savait seulement qu'on l'éloignait de l'homme au blouson de cuir. C'était suffisant.

Kessler le guida à travers la foule. Devant eux, le directeur écartait les gens sur leur chemin, chemin qui menait à une porte fermée en dessous et à gauche de l'escalier. Le directeur sortit une clef de sa poche, ouvrit la porte et les trois hommes entrèrent précipitamment. Il referma et se tourna vers Kessler.

« Je ne sais que dire, messieurs ! C'est épouvantable. Une bagarre d'ivrognes.

— Sans aucun doute, Rudi. Et nous vous remercions, répondit Kessler.

— *Natürlich*. Un homme de votre stature ne peut pas être mêlé à cela.

— Merci, Rudi. Y a-t-il une issue ?

— Oui. Une entrée privée. Par ici. »

L'entrée privée donnait sur une ruelle.

« Par ici, dit Kessler, ma voiture est dans la rue. »

Longeant la ruelle, ils se retrouvèrent sur le Kurfürstendamm puis tournèrent à gauche. Sur la droite, une foule excitée s'était rassemblée devant l'entrée du pub. Plus loin, Noël aperçut un policier arriver en courant.

« Vite », dit Kessler.

La voiture était une vieille Mercedes ; Kessler mit le contact et passa la première sans attendre.

« Cet homme... en blouson... c'est celui qui me suivait, chuchota Holcroft.

— J'avais cru le comprendre, répondit Kessler. Il a fini par trouver le chemin.

— Mon Dieu ! s'écria Holcroft. Qu'est-ce que j'ai fait ?

— Vous ne l'avez pas tué, si c'est ce que vous voulez dire. »

Holcroft regarda fixement Kessler. Quoi ?

« Ce n'est pas vous qui avez tué cet homme.

— Le coup est parti !

— Je n'en doute pas. Mais ce n'est pas la balle qui l'a tué.

— Alors quoi ?

— Vous n'avez pas vu son cou, je suppose. On l'a égorgé.

— Baldwin à New York !

— Wolfsschanze à Berlin, répondit Kessler. Sa mort était réglée à la seconde près. Dans ce restaurant, quelqu'un l'a amené tout près de notre table et a profité du tumulte pour l'exécuter.

— Oh ! Seigneur. Alors cette personne... » Noël ne put achever sa phrase ; la peur lui donnait envie de vomir.

« Cette personne, continua Kessler, sait maintenant que je fais partie de Genève. Vous l'avez, votre réponse, parce que je n'ai pas le choix. Je suis avec vous.

— Je suis désolé, dit Holcroft. J'aurais voulu que vous ayez le choix.

— Je le sais et je vous en remercie. Mais j'ai une condition.

— Laquelle ?

— Mon frère, Hans, à Munich ; il faut l'inclure dans le pacte. »

Noël se remémora les paroles de Manfredi ; il n'y avait aucune restriction dans ce domaine, mais une seule stipulation : un vote par famille.

« Rien ne l'en empêche, s'il le désire.

— Il le voudra. Nous sommes très proches. Il vous plaira. C'est un très bon docteur.

— Je dirais que vous êtes tous deux de très bons docteurs.

— Il soigne. Je me contente de faire un diagnostic... et de conduire sans avoir de destination. Je vous demanderais bien de venir chez moi, mais étant donné les circonstances je crois préférable de m'en abstenir.

— J'ai déjà fait assez de dégâts. Mais vous devriez revenir dès que vous le pourrez.

— Pourquoi ?

— Avec un peu de chance, personne ne donnera votre nom à la police et tout ira bien. Mais dans le cas contraire... un serveur ou quelqu'un qui vous connaît... vous direz que cela s'est produit quand vous sortiez. »

Kessler hocha la tête.

« Je suis un homme passif. Je n'aurais jamais pensé à ça.

— Il y a trois semaines, moi non plus. Déposez-moi près d'une station de taxis. J'irai à mon hôtel et je prendrai ma valise.

— Ridicule. Je vous emmène.

— On ne doit plus nous voir ensemble. Ce serait chercher des complications.

— Il faut que j'apprenne à vous écouter. Quand nous reverrons-nous ?

— Je vous téléphonerai de Paris. Je rencontre von Tiebolt dans un ou deux jours. Ensuite, nous devrons aller à Genève tous les trois. Il reste très peu de temps.

— Cet homme à New York ? Miles ?

— Entre autres. Je vous expliquerai la prochaine fois. Il y a un taxi au coin.

— Qu'allez-vous faire maintenant ? Je doute qu'il y ait un avion à cette heure.

— Alors j'attendrai à l'aéroport. Je ne veux pas être isolé dans une chambre d'hôtel. »

Kessler arrêta la voiture ; Holcroft tendit la main vers la portière.

« Merci, Erich. Et je suis vraiment désolé.

— Ne le soyez pas, Noël. Téléphonez-moi. »

L'homme blond était assis, très droit, derrière le bureau dans la bibliothèque de Kessler. Son regard exprimait la colère ; il parla d'une voix tendue.

« Répétez. Chaque mot. N'oubliez rien.

— A quoi bon ? demanda Kessler. Cela fait dix fois déjà. Je me suis souvenu de tout.

— Eh bien, nous recommencerons dix fois encore ! cria Johann von Tiebolt. Trente ! Quarante fois ! Qui était-ce ! D'où venait-il ? Qui étaient ces deux hommes à Montereau ? C'est lié : d'où venaient-ils tous les trois ?

— Nous ne le savons pas, dit le professeur. Il n'y a aucun moyen de le savoir.

— Mais si ! Vous ne voyez donc pas ? Ce qu'il a dit à Holcroft dans la ruelle. Voilà la réponse. J'en suis sûr.

— Mais bon sang, vous aviez cet homme entre les mains ! répondit Kessler avec fermeté. Si vous n'avez rien pu apprendre, qu'est-ce qui vous fait croire que ce sera différent ? Vous auriez dû briser la résistance de cet homme.

— Impossible. Il était au-delà de toute drogue.

— Alors vous lui avez passé un fil de fer autour du cou et vous l'avez jeté dans les bras de l'Américain. Folie !

— Non, dit Tennyson. Cohérence. Holcroft doit être convaincu que Wolfsschanze est partout. En train de comploter, de menacer, de protéger... Revenons à ce qui s'est dit. Selon Holcroft, l'homme n'avait pas peur de mourir... « Je suis prêt. Nous le sommes tous. Nous vous arrêterons. Nous empêcherons Genève. Tuez-moi et un autre me remplacera ; tuez-le, un autre prendra sa place. » Des paroles de fanatique. Mais ce n'en était pas un. Pas un agent d'ODESSA ni un révolutionnaire de la Rache. Autre chose. Sur ce plan, Holcroft avait raison. Autre chose.

— Nous sommes dans l'impasse.

— Pas entièrement. J'ai un homme à Paris ; il vérifie l'identité des cadavres de Montereau.

— La Sûreté ?

— Oui. C'est le meilleur. » Tennyson soupira. « C'est tellement incroyable. Au bout de trente ans, nous agissons ouvertement pour la première fois, et en deux semaines, des hommes surgissent du néant. Comme s'ils attendaient depuis trois décennies eux aussi. Pourtant, ils n'agissent pas à découvert. Pourquoi ? C'est là que le bât blesse. Pourquoi ?

— Dans la ruelle, l'homme a dit à Holcroft : « Nous pouvons utiliser cette fortune. » Mais ils ne le pourront pas s'ils dévoilent les sources de Genève.

— Trop simple ; le montant est trop élevé. S'il ne s'agissait que d'argent rien ne les empêcherait de nous contacter — les directeurs de la banque, en fait — et de négocier en position de force. Près de huit cents millions ; de leur point de vue, ils pourraient en exiger les deux tiers. Ils mourraient après mais n'en savent rien. Non, Erich, il ne s'agit pas simplement d'argent. Nous devons chercher ailleurs.

— L'autre problème ! s'exclama Kessler. L'homme de ce soir, les deux autres à Montereau, tout cela est secondaire comparé à notre problème immédiat ! Regardez la vérité en face, Johann ! Les

Anglais savent que vous êtes le Tinamou ! Ils le savent !

— Correction. Ils le soupçonnent ; ils ne le savent pas. Et comme le dit très justement Holcroft, ils seront bientôt convaincus de leur erreur, si ce n'est déjà fait. En fait, c'est une position très avantageuse.

— Vous êtes fou ! hurla Kessler. Vous allez tout détruire !

— Au contraire, dit calmement Tennyson. Je vais tout consolider. Quel meilleur allié que le MI-5 pourrions-nous avoir ? Bien sûr, nous avons infiltré les services secrets britanniques, mais nous n'avons personne d'aussi éminent que Payton-Jones.

— De quoi parlez-vous, bon Dieu ? »

Le professeur transpirait ; les veines de son cou saillaient.

« Asseyez-vous, Erich.

— Non !

— Asseyez-vous ! »

Kessler s'assit.

« Je ne le tolérerai pas, Johann.

— Il n'y a rien à tolérer. Contentez-vous d'écouter. » Tennyson se pencha. « Renversons les rôles un instant, je serai le professeur.

— Ne me provoquez pas. Nous ne pouvons pas manœuvrer des intrus qui refusent de se montrer. Si vous êtes pris, qu'arrivera-t-il ?

— C'est flatteur, mais il ne faut pas penser ainsi. S'il m'arrive quelque chose, il y a les listes des nôtres. On peut trouver quelqu'un d'autre ; le Quatrième Reich aura son leader. Mais rien ne m'arrivera. Le Tinamou est mon bouclier, ma protection. Avec sa capture, je serai non seulement blanchi, mais hautement respecté.

— Vous avez perdu la tête ! Mais c'est vous, le Tinamou ! »

Souriant, Tennyson se radossa.

« Examinons notre assassin, d'accord ? Il y a dix ans, vous avez reconnu qu'il était mon œuvre la plus réussie. Il me semble que vous avez dit que le Tinamou deviendrait peut-être notre arme la plus décisive.

— En théorie seulement. Ce n'était qu'un jugement purement théorique. Je vous l'avais dit aussi !

— C'est vrai, vous vous réfugiez souvent dans votre tour d'ivoire et c'est bien ainsi. Mais vous aviez raison. En dernière analyse, les millions en Suisse ne peuvent nous servir à moins d'être utilisés. Il y a des lois partout ; il faut les contourner. Ce n'est pas aussi simple que de payer pour un Reichstag, comme autrefois, ni pour des sièges au Parlement ; ni d'acheter une élection en Amérique. Mais pour nous c'est beaucoup plus facile ; c'était votre argument il y a dix ans et c'est tout à fait valable aujourd'hui. Nous sommes en droit d'exiger n'importe quoi des hommes les plus influents des gouvernements. Ils ont payé le Tinamou pour assassiner leurs adversaires. De Washington à Paris jusqu'au Caire ; depuis Athènes jusqu'à Beyrouth en passant par Madrid ; de Londres à Varsovie et même à Moscou. On ne peut pas résister au Tinamou. C'est notre bombe nucléaire.

— Et il peut nous entraîner dans sa chute !

— C'est vrai, reconnut Tennyson, mais il ne le fera pas. Erich, il y a plusieurs années nous nous sommes juré de n'avoir aucun secret l'un pour l'autre et j'ai respecté ce serment à une exception près. Je ne chercherai pas à me justifier ; cette décision s'imposait.

— Qu'avez-vous fait ? demanda Kessler.

— Je vous ai donné l'arme décisive dont vous parliez il y a dix ans.

— Comment ?

— Il y a quelques instants, vous étiez très précis. Vous avez élevé la voix et affirmé que j'étais le Tinamou.

— Vous l'êtes !

— Non.

— Quoi ?

— Je n'en suis que la moitié. La meilleure, cela

va de soi, mais une moitié quand même. J'ai entraîné quelqu'un d'autre pendant des années ; il me remplace sur le terrain. Il a appris à devenir un expert ; après le vrai Tinamou, il est le meilleur au monde. »

Le professeur regarda l'homme blond avec stupéfaction... et crainte respectueuse.

« C'est l'un d'entre nous ? *Ein Sonnenkind* ?

— Non, bien sûr ! c'est un mercenaire ; mais il sait que tous ses besoins et ses appétits trouveront satisfaction grâce aux sommes considérables qu'il gagne. Il sait aussi qu'un jour il lui faudra peut-être en payer le prix, et il l'accepte. C'est un professionnel. »

Kessler se radossa et déboutonna son col.

« Je dois dire que vous ne cessez de me surprendre.

— Je n'ai pas fini, répondit Tennyson. Un événement va bientôt se produire à Londres, une réunion des chefs d'État. C'est l'occasion rêvée. Le Tinamou sera capturé.

— Il sera quoi ?

— Vous avez bien entendu. » Tennyson sourit. « Le Tinamou sera capturé, une arme à la main ; le calibre et les balles correspondront aux trois assassinats précédents. Il sera pris et tué par celui qui le suit depuis près de six ans. Celui qui, pour se protéger, refuse que son nom soit mentionné. Qui fait appel aux services secrets de son pays d'adoption. John Tennyson, correspondant européen du *Guardian*.

— Mon Dieu, murmura Kessler. Comment ferez-vous ?

— Personne ne doit le savoir, même pas vous. Mais il y aura un dividende aussi puissant que Genève. On publiera que le Tinamou conservait des dossiers ultra-secrets. On ne les aura pas trouvés... Ils auront donc probablement été volés. Et ce sera notre œuvre. Ainsi, même dans la mort, le Tinamou continue à nous servir. Et notre alliance récente avec le MI-5 sera utile. Il existe peut-être

des services secrets plus sophistiqués, mais aucun de supérieur. »

Tennyson tapa sur le bras de son fauteuil.

« Revenons à cet ennemi inconnu. Les paroles échangées dans l'allée nous livreront son identité. Je le sais !

— Nous avons déjà épuisé toutes ces possibilités.

— Nous commençons à peine. »

Tennyson prit un crayon et un papier.

« Reprenons depuis le début. Nous allons écrire tout ce qu'il a dit, tout ce dont vous vous souvenez. »

Le professeur soupira.

« Depuis le début, répéta-t-il. Très bien. Selon Holcroft, il a d'abord parlé du meurtre en France, du fait que Holcroft n'avait pas hésité à tirer... »

Kessler poursuivit. Tennyson écoutait, l'interrompait, lui demandait de répéter des mots ou des phrases. Il écrivit constamment. Quarante minutes s'écoulèrent.

« Je ne peux pas continuer, dit Kessler. Je n'ai rien de plus à vous dire.

— Encore les aigles, répliqua durement l'homme blond. Dites-moi la phrase telle que Holcroft l'a prononcée.

— Les aigles ?... « Vous n'arrêterez pas les aigles. Pas cette fois-ci. » Est-ce qu'il parlait de la Luftwaffe ? de la Wehrmacht ?

— Certainement pas. »

Tennyson regarda les feuillets étalés sur le bureau. Il montra du doigt quelque chose qu'il avait écrit.

« Voilà. « Votre Wolfsschanze ». *Votre* Wolfsschanze... Il voulait dire le nôtre, pas le leur.

— De quoi parlez-vous ? dit Kessler. Wolfsschanze c'est nous ; les hommes de Wolfsschanze sont les *Sonnenkinder* ! »

Tennyson ignora sa remarque.

« Stauffenberg, Olbricht, von Falkenhausen et Höpner. Rommel les appelait « les vrais aigles de l'Allemagne ». C'étaient des insurgés, les futurs assassins de Hitler. Tous ont été abattus ; Rommel a reçu l'ordre de se suicider. Ce sont eux les aigles en question. *Leur* Wolfsschanze, pas le nôtre.

— Où cela nous mène-t-il ? Bon sang, Johann, je suis épuisé. Je n'en peux plus ! »

Tennyson avait rempli une douzaine de feuillets ; il souligna des mots, entoura des phrases d'un cercle.

« Vous en avez peut-être assez dit, répliqua-t-il. C'est là... dans cette partie. Il a employé les mots « bouchers et clowns », ensuite « vous n'arrêterez pas les aigles... ». Quelques secondes plus tard, Holcroft lui a dit que le compte serait bloqué pendant des années, qu'il y avait des conditions... Et l'homme a répondu qu'il n'y aurait plus de *terres brûlées*. »

Tennyson se contracta. Il s'appuya contre le dossier de son fauteuil, le visage déformé par la concentration, le regard fixé sur le papier.

« C'est impossible... après tant d'années. L'opération Barberousse ! Les « terres brûlées » de Barberousse ! Mon Dieu, le Nachrichtendienst. C'est le Nachrichtendienst !

— De quoi parlez-vous ? demanda Kessler. Barberousse était la première invasion de Hitler dans le Nord, une victoire éclatante.

— Il l'a qualifiée de victoire. Pour les Prussiens, ce fut un désastre. Des divisions entières, sans préparation, décimées... « Nous avons pris les terres », ont dit les généraux. « Nous avons pris les terres brûlées de Barberousse. » Le Nachrichtendienst vient de là.

— Qu'est-ce que c'était ?

— Une unité de renseignement. Des Junkers, exclusivement, un corps d'aristocrates. Plus tard, on a cru qu'il s'agissait d'une opération Gehlen destinée à creuser le fossé entre les Russes et l'Ouest. Mais c'était faux. Ils haïssaient Hitler ; ils méprisaient le Schutzstaffel — des ordures de SS — et détestaient les officiers de la Luftwaffe. Ils les

traitaient tous de « bouchers et de clowns ». Ils
étaient au-dessus de la guerre, au-dessus du Parti.
Ils se battaient pour l'Allemagne. Leur Allemagne.

— Dites ce que vous avez à dire, Johann ! hurla
Kessler.

— Le Nachrichtendienst a survécu. C'est lui,
l'intrus. Ils veulent détruire Genève. Rien ne les
arrêtera. Ils veulent faire avorter le Quatrième
Reich. »

27

Noël attendait sur le pont et regardait les
lumières de Paris scintiller comme des grappes de
minuscules bougies. Il avait appelé Helden chez
Gallimard ; elle avait accepté de le retrouver sur le
Pont-Neuf après son travail. Il avait tenté de la
persuader de se rendre à l'hôtel d'Argenteuil en
voiture, mais elle avait décliné son offre.

« Tu m'as promis des jours, des semaines si je le
désirais, avait-il dit.

— Nous les aurons, mon chéri, mais pas à
Argenteuil. Je t'expliquerai quand nous nous verrons. »

Il était à peine cinq heures et quart, la nuit
d'hiver descendait sur Paris et le vent froid qui
soufflait de la Seine le pénétrait. Il remonta le col
de son manteau acheté d'occasion. Il regarda
encore sa montre. Les aiguilles n'avaient pas
bougé. Comment auraient-elles pu ? Dix secondes
seulement venaient de s'écouler.

Il se sentait comme un jeune homme en train
d'attendre une fille qu'il a rencontrée au country-
club du Clair de lune un soir d'été, et cette pensée
le fit sourire intérieurement. Il était mal à l'aise et
ne voulait pas admettre son angoisse. Mais il n'y
avait pas de clair de lune. Il était debout sur un

pont de Paris, l'air était froid, il portait un manteau d'occasion et il avait un revolver dans la poche.

Il la vit arriver. Elle portait son imperméable noir, une écharpe rouge foncé recouvrait ses cheveux blonds. Elle marchait d'un pas régulier. Femme solitaire qui sortait du travail et rentrait chez elle, son visage superbe mis à part, elle ressemblait à des milliers d'autres Parisiennes.

Elle l'aperçut. Il fit quelques pas dans sa direction, mais elle leva la main pour lui faire signe de rester où il était. Il n'y prêta aucune attention et continua d'avancer, les bras tendus, désireux de la rejoindre le plus vite possible. Ils s'enlacèrent et la joie de la retrouver le réchauffa. Elle renversa la tête en arrière et le regarda, puis elle prétendit la fermeté, mais ses yeux souriaient

« Il ne faut jamais courir sur un pont, dit-elle. On se fait remarquer. Il faut se promener, pas courir.

— Tu m'as manqué. Je me fous du reste.

— Il faut que tu apprennes. Comment ça s'est passé à Berlin ? »

Il passa un bras autour de ses épaules et ils se dirigèrent vers la rive gauche.

« J'ai beaucoup de choses à te dire, du bon et du moins bon. Mais si apprendre c'est progresser, je crois que nous avons fait des pas de géant. Tu as des nouvelles de ton frère ?

— Oui. Il a appelé cet après-midi, une heure après toi. Il a changé ses plans ; il peut être à Paris demain.

— C'est la meilleure nouvelle que tu pouvais m'annoncer. Enfin, je crois. Je te le dirai demain. »

Ils quittèrent le pont et tournèrent à gauche.

« Je t'ai manqué ?

— Noël, tu es fou. Tu es parti hier après-midi. J'ai à peine eu le temps de rentrer, de prendre un bain, d'avoir une nuit de sommeil bien méritée, et d'aller travailler.

— Tu es rentrée ? Dans ton appartement ?

— Non... je... — Elle s'arrêta et le regarda en souriant. — Très bon, nouvelle recrue Noël Holcroft. Interroger, mine de rien. Mais tu avais promis de ne pas me poser cette question.

— Pas vraiment. Je t'ai demandé si tu étais mariée, ou si tu vivais avec quelqu'un. J'ai obtenu une réponse négative la première fois et très floue la seconde. Mais je n'avais rien promis.

— Tu me l'avais laissé entendre, mon chéri. Un jour je te le dirai, et tu constateras ta sottise.

— Dis-le-moi maintenant. Je suis amoureux. Je veux savoir où habite la femme que j'aime. »

Le sourire quitta ses lèvres. Puis revint.

« Tu me fais penser à un petit garçon qui découvre un monde nouveau. Tu ne me connais pas assez pour m'aimer ; je te l'ai déjà dit.

— J'avais oublié. Tu aimes les femmes ?

— J'ai beaucoup d'amies parmi elles.

— Mais tu ne voudrais pas en épouser une.

— Je ne veux épouser personne.

— Bien. C'est déjà plus simple. Viens vivre avec moi pendant dix ans.

— Tu dis des choses si gentilles ! »

Ils s'arrêtèrent à un croisement. Les mains posées sur ses bras, il fit pivoter Helden vers lui.

« Je les dis parce que je les pense.

— Je te crois », dit-elle, le regardant avec appréhension et curiosité.

Il remarqua son appréhension et cela l'ennuya, alors il sourit.

« Tu m'aimes un peu ? »

Elle ne put se forcer à sourire.

« Je crois que je t'aime plus qu'un peu. Je ne voulais pas ce genre de problème. Je ne sais pas très bien comment je vais m'en tirer.

— C'est de mieux en mieux. »

Il se mit à rire et lui prit la main pour traverser la rue.

« C'est bon de savoir que tu ne sais pas tout à l'avance. »

Le restaurant était à moitié plein. Helden

demanda une table derrière, loin de l'entrée. Le propriétaire acquiesça. Visiblement, il ne comprenait pas qu'une si belle femme soit si mal accompagnée.

« Je ne lui plais pas, dit Holcroft.

— Il y a de l'espoir ; tu as grandi dans son estime quand tu as demandé ce whisky très cher. Tu as remarqué son sourire ?

— Il regardait ma veste. Elle vient d'un meilleur faiseur que le manteau. »

Helden se mit à rire.

« Tu ne portes pas ce manteau pour son élégance. Tu l'as mis à Berlin ?

— Oui. Je l'avais lorsque j'ai abordé une prostituée. Tu es jalouse ?

— Pas de quelqu'un qui se laisse approcher par toi quand tu es habillé comme ça.

— Elle était l'amour personnifié.

— Tu as de la chance. C'était probablement un agent d'Odessa et tu as attrapé une maladie honteuse, comme prévu. Va chez le médecin avant de me revoir. »

Noël lui prit la main. Il ne plaisantait plus.

« Odessa ne nous concerne pas, la Rache non plus. C'est une chose que j'ai apprise à Berlin. Je pense que ni l'un ni l'autre ne savent pour Genève. »

Helden fut très surprise.

« Et Beaumont ? Tu as dit qu'il appartenait à Odessa, qu'il t'a suivi jusqu'à Rio.

— Je crois qu'il est avec Odessa, et qu'il m'a suivi en effet, mais pas à cause de Genève. Il est avec Graff. Il a su que je cherchais Johann von Tiebolt ; c'est pour cela qu'il m'a suivi. Pas à cause de Genève. J'en saurai davantage quand j'aurai parlé à ton frère. De toute façon, dans quelques jours Beaumont ne sera plus dans le circuit, Kessler s'en occupe. Il a dit qu'il téléphonerait à quelqu'un du gouvernement de Bonn.

— C'est donc si simple ?

— Ce n'est pas très difficile. La moindre allusion

à ODESSA suffit à déclencher une batterie de questions, surtout dans l'armée.

— Si ce n'est ni la Rache, ni ODESSA, alors qui ?

— C'est ce dont je veux te parler. J'ai dû me débarrasser de la veste en laine et de la casquette.

— Oh ? » dit Helden, décontenancée.

Il lui expliqua, sans insister sur la scène de violence dans la ruelle. Puis il décrivit la conversation avec Kessler et comprit qu'il ne pouvait pas omettre le meurtre de l'inconnu en blouson de cuir. Il en parlerait demain à son frère. Le cacher à Helden ne servirait à rien. Une fois qu'il eut terminé, elle frissonna et serra les poings.

« C'est horrible. Est-ce que Kessler savait qui il était ? d'où il venait ?

— Pas vraiment. Nous nous sommes répété ses paroles une demi-douzaine de fois, pour essayer d'y voir clair, mais sans grand résultat. D'après Kessler, il faisait partie d'un groupe néo-nazi. Une fraction du Parti qui rejette ODESSA.

— Comment connaîtraient-ils l'existence du compte de Genève ?

— J'ai posé la question à Kessler. Il m'a répondu que les transactions effectuées pour sortir l'argent d'Allemagne n'ont pas pu être aussi discrètes qu'on le croit.

— Mais Genève repose sur le secret. Sinon, c'est l'effondrement.

— Alors c'est une question de degrés. Quand un secret est-il secret ? Qu'est-ce qui sépare une information confidentielle de données de haute importance ? Une poignée de gens ont découvert Genève et veulent nous empêcher d'avoir l'argent et de le dépenser comme il doit l'être. Ils le veulent pour eux, et ils ne dévoileront pas Genève.

— Mais s'ils en savent autant, ils savent aussi qu'ils ne peuvent pas l'obtenir.

— Pas nécessairement.

— Alors il faudrait qu'ils le sachent !

— C'est ce que j'ai dit au type dans la ruelle. Il n'était pas convaincu. D'ailleurs, qu'est-ce que ça change ?

— Tu ne comprends donc pas ? Il faut convaincre ces gens que leur intérêt n'est pas de vous arrêter.

— Je n'en suis pas sûr. Kessler a dit quelque chose qui me tracasse. Il a dit que nous — ce « nous », je suppose, désigne tous ceux qui n'ont pas approfondi le sujet — n'avons jamais compris le vrai nazi. D'un point de vue nazi, il est très important que d'autres ne profitent pas de cet argent. Kessler a qualifié cela « d'esprit destructeur par excellence ».

Helden fronça à nouveau les sourcils.

« Donc, si on leur dit quelque chose, ils te poursuivront. Ils vous tueront tous les trois parce que sans vous, il n'y aura plus de Genève.

— Il faudra attendre une autre génération. C'est un motif suffisant. L'argent retourne aux coffres pendant encore trente ans. »

Helden posa la main sur sa bouche.

« Attends une minute ; il y a une terrible erreur quelque part. Ils ont essayé de te tuer. *Toi*. Depuis le début... *toi*. »

Holcroft secoua la tête.

« On ne peut pas être sûr...

— Pas en être sûr ? coupa Helden. Bon Dieu, que veux-tu de plus ? Tu m'as montré ta veste. Il y a eu la strychnine dans l'avion, les coups de feu à Rio. Qu'est-ce que tu veux d'autre ?

— Je veux savoir qui était réellement derrière tout ça. C'est la raison pour laquelle je dois parler à ton frère.

— Qu'est-ce qu'il pourrait te dire ?

— Qui il a tué à Rio. » Helden ne semblait pas approuver. « Laisse-moi t'expliquer. Je peux être au milieu de deux bagarres n'ayant aucun rapport entre elles. Ce qui est arrivé à ton frère à Rio n'a rien à voir avec Genève.

— J'avais essayé de te le dire.

— J'ai mis du temps à comprendre. Mais après tout, personne ne m'avait jamais tiré dessus, ni tenté de m'empoisonner, ni poignardé. Ce genre de choses affecte ton processus mental.

— Johann a plusieurs facettes, Noël, dit-elle. Il peut être charmant, adorable, mais aussi très secret. Il a mené une vie étrange. Quelquefois il me fait penser à un taon. Il se déplace très vite, d'un endroit à un autre, d'un centre d'intérêt à un autre, toujours brillant, en laissant son empreinte, mais sans toujours vouloir qu'elle soit reconnue.

— Il est ici, il est là, il est partout, interrompit Holcroft. A t'entendre, on croirait un lutin.

— Exactement. Johann ne te dira peut-être pas ce qui s'est passé à Rio.

— Il le doit. Il faut que je sache.

— Puisque ça n'a rien à voir avec Genève, il n'acceptera peut-être pas.

— Eh bien, j'essaierai de le convaincre. Nous devons savoir à quel point il est vulnérable.

— Disons qu'il l'est. Ensuite ?

— Il serait disqualifié. Nous savons qu'il a tué quelqu'un. Un homme — riche, puissant, selon toi — l'a accusé de meurtre. Tu l'as entendu. Je sais qu'il a eu des démêlés avec Graff, donc avec ODESSA. Il a fui pour rester en vie. Il a emmené ses deux sœurs, mais c'est sa vie à lui qui était en danger. Il a beaucoup de problèmes. On le fait peut-être chanter. Tout ça pourrait ébranler Genève.

— Les banquiers doivent être mis au courant ? » demanda Helden.

Noël toucha sa joue, la forçant à le regarder.

« Il faudrait que je le leur apprenne. Il s'agit d'environ sept cent quatre-vingts millions de dollars ; le geste historique de trois hommes. Si ton frère représente un danger pour ce projet, alors il vaut mieux attendre une autre génération. Mais ce n'est pas obligatoire. Selon les règles, l'exécutrice pour la famille von Tiebolt, c'est toi. »

Helden le regarda.

« Je ne peux pas accepter, Noël. Il faut que ce soit Johann. Non seulement il est plus qualifié, mais il le mérite. Je ne peux pas le lui prendre.

— Et je ne peux pas le lui donner. Nous en reparlerons quand je l'aurai vu. »

Elle étudia son visage ; il se sentit mal à l'aise. Elle prit sa main.

« Tu es un homme bien, n'est-ce pas ?

— Pas forcément. Juste en colère. J'en ai marre de la corruption dans les cercles de la finance. Elle a régné dans mon pays.

— Les cercles de la finance ?

— C'est une expression de mon père.

— C'est curieux, dit Helden.

— Quoi donc ?

— Tu l'as toujours appelé Clausen, ou Heinrich Clausen. Formel, plutôt distant. »

Holcroft acquiesça.

« C'est drôle, parce que je n'en sais pas plus qu'avant, mais on m'a parlé de lui. Son allure, sa façon de parler, l'influence qu'il avait sur les gens.

— Alors tu en sais plus qu'avant.

— Pas vraiment. Ce ne sont que des impressions d'enfant, d'ailleurs. Mais d'une certaine façon, je crois que je l'ai retrouvé.

— Quand tes parents t'ont-ils parlé de lui ?

— Pas mes parents, pas mon... beau-père. Seulement Althene. Deux semaines après que j'ai eu vingt-cinq ans. Je travaillais à ce moment-là. J'étais un professionnel certifié.

— Un professionnel ?

— Je suis architecte, tu sais. Je l'avais presque oublié.

— Ta mère a attendu tes vingt-cinq ans pour t'en parler ?

— Elle avait raison. Plus jeune, je crois que cela m'aurait traumatisé. Noël Holcroft, American Boy. Hot dogs et frites, Shea Stadium et les Mets, the Garden et les Knicks ; la fac, et les copains fils de soldats dans la grande guerre, tous vainqueurs à leur façon. Et ce type apprend que son vrai père est un de ces sadiques qui claquent les talons dans les films de guerre. Bon Dieu, ce gosse aurait flippé.

— Dans ce cas, pourquoi t'en parler ?

— Je risquais de l'apprendre par hasard ; elle ne le voulait pas. Ça lui paraissait peu probable. Dick et elle avaient brouillé les pistes, jusqu'au certificat de naissance qui stipulait que j'étais leur fils, mais il en existait un autre. A Berlin : « Clausen, enfant de sexe masculin. Mère — Althene. Père — Heinrich. » Et des gens savaient qu'elle l'avait quitté, qu'elle avait quitté l'Allemagne. Elle voulait que je sois prêt, si quelqu'un se souvenait et voulait utiliser cette information. Prêt, même, à nier. A prétendre l'existence d'un autre enfant — mort en bas âge — en Angleterre.

— Ce qui signifie qu'il existe un autre certificat de décès.

— Oui, enregistré officiellement, quelque part à Londres. »

Helden s'appuya contre le dossier de la banquette.

« Nous ne sommes pas vraiment différents l'un de l'autre. Les faux papiers encombrent nos vies. Une autre existence ! Quel luxe ce doit être !

— Je n'accorde pas beaucoup d'importance aux papiers. Ils ne m'ont jamais fait engager ni renvoyer qui que ce soit. »

Noël termina son verre.

« C'est moi qui pose les questions. Et j'en poserai de très difficiles à ton frère. J'espère de tout cœur qu'il me donnera les réponses que j'attends.

— Moi aussi. »

Il se pencha vers elle, leurs épaules se touchèrent.

« Tu m'aimes un peu ?

— Plus qu'un peu.

— Reste avec moi ce soir.

— C'est bien mon intention. Ton hôtel ?

— Pas celui de la rue Chevalle. Le M. Fresca que nous avons inventé l'autre nuit a trouvé un cadre plus agréable. J'ai quelques amis à Paris moi aussi. L'un d'eux est sous-directeur à l'hôtel George-V.

— C'est de la folie !

— Oui mais c'est permis. Tu es quelqu'un de très spécial, et nous ne savons pas ce qui se passera demain. A propos, pourquoi ne pouvait-on pas aller à Argenteuil ?

— On nous a vus.

— Quoi ? Qui donc ?

— Un homme nous a vus. Toi, plus exactement. Nous ne connaissons pas son nom, mais il travaille pour Interpol. C'est un de nos informateurs. Leur quartier général de Paris a émis une circulaire avec ta description. On enquête sur toi depuis New York. Un officier de police, un certain Miles. »

28

John Tennyson quitta l'aéroport d'Heathrow et se dirigea vers une Jaguar noire. Le conducteur fumait une cigarette et lisait un livre. A l'approche de l'homme blond, il sortit de la voiture.

« Bonjour, monsieur Tennyson, dit-il avec l'accent guttural du pays de Galles.

— Vous attendez depuis longtemps ? demanda Tennyson l'air absent.

— Pas trop, répondit le conducteur en prenant son sac de voyage et son attaché-case. Je présume que vous préférez conduire vous-même.

— Oui. Je vous déposerai sur le chemin. Là où vous pourrez trouver un taxi.

— Je peux en prendre un ici.

— Non, je veux vous parler pendant quelques minutes. »

Tennyson se mit au volant ; le Gallois ouvrit la porte arrière et mit les bagages à l'intérieur. En quelques minutes ils avaient franchi le portail de l'aéroport et roulaient sur l'autoroute de Londres.

« Vous avez fait bon voyage ?

— J'ai été très occupé.

— J'ai lu votre article sur Bahreïn. Très amusant.

— Bahreïn est un endroit amusant. Les commerçants indiens sont les seuls économistes de l'archipel.

— Mais vous avez été gentil avec les cheiks.

— Ils l'ont été avec moi. Quelles nouvelles de la Méditerranée ? Vous êtes resté en contact avec votre frère, à bord du navire de Beaumont ?

— Constamment. Nous avons un équipement radio au large du cap Camarat. Tout se déroule comme prévu. Selon la rumeur, on a vu le commandant partir en bateau pour Saint-Tropez, avec une femme. Depuis quarante-huit heures, nous sommes sans nouvelles du petit bateau et de ses deux passagers, et il y a eu des tempêtes. Mon frère fera un rapport officiel de l'accident demain. Il prendra la relève, bien entendu.

— Bien entendu. Alors tout va bien. La mort de Beaumont sera très claire. Un accident dû au mauvais temps. Personne n'en doutera.

— Vous ne voulez pas me dire ce qui s'est réellement passé ?

— Pas précisément ; cela ne vous servirait à rien. Mais disons que Beaumont avait atteint ses limites. On l'a vu au mauvais endroit et en mauvaise compagnie. On en a déduit que notre brillant officier travaillait pour ODESSA. »

Le visage du Gallois exprima la colère.

« C'est dangereux. Quel crétin !

— J'ai une chose à vous dire. Ce sera bientôt le moment.

— Alors, ça y est ! s'exclama le Gallois sur un ton où l'anxiété se mêlait à l'admiration.

— D'ici à deux semaines, je pense.

— Je n'arrive pas à y croire.

— Pourquoi ? Tout se déroule selon le plan. Les câbles doivent partir maintenant. Partout.

— Partout... répéta l'homme.

— Le code est « Wolfsschanze ».

— Wolfsschanze ?... Oh ! bon sang, ça y est !

— C'est là. Mettez à jour la liste finale des dirigeants de district, rien qu'un exemplaire, bien sûr. Prenez toutes les micro-fiches, pays par pays, ville par ville, tous les groupes politiques. Vous devrez les sceller dans un coffre en acier. Apportez-le-moi

331

en personne, avec la liste, dans une semaine à partir d'aujourd'hui. Mercredi. Nous nous rencontrerons dans la rue devant mon appartement de Kensington.

— Dans une semaine. Mercredi. Huit heures. Avec le coffre.

— Et la liste. Les dirigeants.

— Bien sûr. »

Le Gallois porta la phalange de son index à sa bouche. Il chuchota.

« Le moment est arrivé.

— Il y a un léger obstacle, mais nous le surmonterons.

— Je peux vous aider ? Je ferais n'importe quoi.

— Je sais, Ian. Vous êtes l'un des meilleurs. Je vous mettrai au courant la semaine prochaine.

— Tout ce que vous voulez.

— Bien sûr. »

Ils approchaient d'une sortie et Tennyson ralentit. Je vous aurais amené à Londres, mais je vais vers Margate. Et je dois y être le plus tôt possible.

— Ne vous en faites pas pour moi. Vous devez avoir beaucoup de choses en tête ! »

Ian gardait les yeux braqués sur Tennyson, sur le visage viril aux traits finement dessinés de celui qui détenait un tel pouvoir.

« Je ferais n'importe quel sacrifice pour avoir le privilège d'être présent au moment de la renaissance.

— Merci, dit l'homme blond en souriant.

— Déposez-moi n'importe où. Je trouverai un taxi... Je ne savais pas qu'il y avait des nôtres à Margate.

— Les nôtres sont partout », dit Tennyson en arrêtant la voiture.

Tennyson accéléra en direction de Portsea. Il arriverait chez Gretchen avant huit heures et c'était bien ainsi ; elle l'attendait à neuf heures. Il pourrait s'assurer qu'elle n'avait pas de visiteurs, pas de voisin entreprenant venu boire un verre.

Il sourit intérieurement. Même après la quarantaine, sa sœur attirait les hommes comme la flamme attire les papillons. Mais Gretchen ne tenait les promesses de sa sensualité que si elle en avait reçu l'ordre. Comme toutes les armes potentiellement mortelles, celle-ci devait être utilisée à bon escient.

Ce que Tennyson allait faire ne lui plaisait pas du tout mais il n'avait pas le choix. Toutes les traces qui menaient à Genève devaient être effacées, et sa sœur en était une. Comme Anthony Beaumont. Gretchen en savait trop. Les ennemis de Wolfsschanze pouvaient la briser, et ils le feraient.

Trois informations manquaient au Nachrichtendienst : l'horaire, les méthodes pour écouler les millions, et les listes. Gretchen connaissait l'horaire, les méthodes employées pour écouler l'argent lui étaient familières, et ces méthodes étant liées aux noms des bénéficiaires, elle ne connaissait que trop bien les listes.

Sa sœur devait mourir.

Tout comme le Gallois devait faire le sacrifice dont il parlait si bien. Une fois le coffret et la liste en sa possession, le Gallois n'avait plus rien à lui offrir. Personne d'autre que les fils d'Erich Kessler et de Wilhelm von Tiebolt ne devait connaître ces listes. Dans chaque pays, les noms, par milliers, des vrais héritiers de Wolfsschanze, la race pure, les *Sonnenkinder*.

PORTSEA — 15 MILES.

L'homme blond appuya sur l'accélérateur, la Jaguar fit un bond en avant.

« C'est enfin arrivé », dit Gretchen Beaumont. Assise à côté de Tennyson sur le canapé de cuir moelleux, elle caressait son visage, ses doigts glissaient entre ses lèvres, elle le provoquait, l'excitait comme elle savait le faire depuis leur enfance. Et tu es si beau. Il n'y a pas un seul homme comme toi ; il n'y en aura jamais.

Elle se pencha ; son chemisier déboutonné laissait voir ses seins, invitant à la caresse. Elle posa sa bouche sur la sienne, en gémissant avec ce bruit de gorge qui le rendait fou de désir.

Mais il ne pouvait pas succomber. Quand il le ferait, ce serait le dernier acte d'un rituel secret qui lui avait permis de préserver sa pureté depuis l'enfance. Il la prit par les épaules et la repoussa doucement.

« C'est arrivé, dit-il. Je dois savoir tout ce qui s'est passé tant que j'ai l'esprit clair. Nous avons beaucoup de temps. Je partirai pour Heathrow vers six heures du matin et je prendrai le premier vol pour Paris. Tu n'as rien oublié au sujet de l'Américain ? Tu es sûre qu'il n'a jamais fait la relation entre toi et New York ?

— Jamais. La revenante de l'appartement d'en face fumait beaucoup. Moi pas, et j'ai bien insisté sur ce point quand il est venu, et aussi sur le fait que je n'avais pas bougé d'ici depuis des semaines. J'aurais même pu le lui prouver, bien entendu.

— Ainsi, quand il est parti, il ne soupçonnait pas que l'épouse adultère, la femme sensuelle avec laquelle il a passé la nuit et la femme dans l'appartement ne faisaient qu'une.

— Non, bien sûr. Et il n'est pas parti, dit Gretchen en riant. Il s'est enfui. Paniqué, convaincu de mon déséquilibre mental — comme prévu, — te donnant ainsi ma place pour Genève. — Elle arrêta de rire. — Il a pris la photo de Tony, ce que nous n'avions pas prévu. Tu vas la récupérer, je suppose. »

Tennyson hocha la tête.

« Oui.

— Qu'est-ce que tu vas dire à Holcroft ?

— Il pense que Beaumont était un agent d'ODESSA et qu'à la suite de problèmes avec Graff j'ai dû quitter le Brésil. C'est ce qu'il a dit à Kessler. Mais il ne sait pas du tout ce qui s'est passé à Rio, sauf que j'ai tué quelqu'un ; ça le préoccupe. » Tennyson sourit. « Je vais le dérouter, trouver quelque chose qui le convaincra que je suis plus innocent que saint Jean-Baptiste. Et bien sûr, il sera enchanté : grâce à notre partenaire, cet épouvantable Beaumont ne lui causera plus de souci. »

Gretchen prit sa main, la posa entre ses jambes, et frotta ses cuisses gainée de bas l'une contre l'autre.

« Non seulement tu es beau, mais tu es brillant.

— Ensuite, je vais retourner la situation, il se sentira obligé de me convaincre qu'il est digne de Genève. C'est lui qui se justifiera. Psychologiquement, c'est indispensable : il doit devenir de plus en plus dépendant de moi. »

Gretchen immobilisa sa main entre ses cuisses.

« Tu peux m'exciter rien qu'en parlant, mais tu le sais, n'est-ce pas ?

— Tout à l'heure, mon amour, mon seul amour. Nous devons parler. »

Tennyson enfonça les doigts dans la cuisse de sa sœur ; elle gémit.

« Bien sûr, j'en saurai davantage après avoir parlé avec Helden.

— Tu la verras avant de rencontrer Holcroft ?

— Oui. Je lui téléphonerai et je demanderai à la voir immédiatement. Pour la première fois de sa vie, elle me verra plongé dans les affres de l'angoisse ; doutant de moi-même, me demandant si j'ai bien agi.

— Décidément très brillant. » Elle prit sa main et la posa sous son sein. « Est-ce que notre petite sœur continue à fréquenter les épaves de la société, les *Verwünschkinder* à la barbe longue et aux dents jaunes ?

— Bien sûr. Il faut qu'elle se sente indispensable ; ça a toujours été sa faiblesse.

— Elle n'a pas connu le Reich. »

Tennyson eut un rire narquois.

« Dans sa quête de respectabilité, elle est devenue garde-malade. Elle habite chez Herr Oberst et elle s'occupe de ce salaud d'infirme. Ils changent deux fois de voiture tous les soirs pour que les assassins de la Rache et d'ODESSA ne retrouvent pas sa trace.

— Un jour, elle se fera tuer par les uns ou par les autres, dit Gretchen, songeuse. Il faut y penser. Peu après que la banque aura libéré le compte, il faudra qu'elle y passe. Elle n'est pas idiote, Johann. Un meurtre de plus commis par la Rache ; ou par ODESSA.

— J'y avais pensé... En parlant de meurtre, dis-moi, est-ce que Holcroft avait mentionné Peter Baldwin ?

— Pas un mot. Je jouais si bien mon rôle qu'il n'avait aucune raison de le faire. J'étais une épouse aigrie, déséquilibrée. Il ne voulait pas me faire peur, ni me communiquer des informations dangereuses pour Genève. »

Tennyson hocha la tête. Ils avaient vu juste.

« Comment a-t-il réagi quand tu as parlé de moi ?

— Je ne lui ai pas laissé beaucoup de temps pour réagir. Je lui ai simplement dit que tu avais parlé au von Tiebolt. Pourquoi Baldwin a-t-il essayé de l'intercepter à New York ? Tu le sais ?

— J'ai rassemblé les morceaux du puzzle. Baldwin opérait depuis Prague ; c'était un agent du MI-6, mais sa loyauté allait au plus offrant. Selon certains, il vendait des informations à tout le monde, jusqu'à ce que les siens commencent à le soupçonner. Ils l'ont renvoyé mais sans poursuites parce qu'ils n'avaient pas de preuves. Autrefois, il avait été un agent double et cela lui servait de couverture. Il a juré ses grands dieux qu'il mettait sur pied un réseau double. Il connaissait le nom de chaque informateur britannique en Europe centrale, et il a forcément laissé entendre que s'il lui arrivait quelque chose, ces noms n'auraient plus rien de secret. Il a clamé son innocence jusqu'au bout, disant qu'on le punissait d'avoir trop bien travaillé.

— Quel rapport avec Holcroft ?

— Pour comprendre, il faut considérer Baldwin tel quel. Il était efficace ; ses informateurs étaient les meilleurs. De plus, c'était un excellent courrier ; il pouvait retrouver n'importe quoi. Quand il était à Prague il a entendu parler d'une immense fortune bloquée à Genève. Le butin des pillages nazis. Ce genre de rumeurs se répand facilement depuis la chute de Berlin. Mais la différence, c'est qu'on mentionnait le nom de Clausen. Rien d'étonnant non plus ; Clausen était le génie de la finance du Reich. Mais Baldwin a tout vérifié dans les moindres détails.

— Il est remonté jusqu'aux archives, interrompit Gretchen.

— Oui. En se concentrant sur le Finanzministerium. Il a retrouvé la trace de centaines de transferts et Manfredi était le bénéficiaire de douzaines d'entre eux. Connaissant le nom de Manfredi, le reste n'était qu'une question de patience et d'observation. Il est passé à l'action en apprenant que Manfredi allait entrer en contact avec un Américain inconnu, un certain Holcroft. Pourquoi ? Il a étudié Holcroft, et il a trouvé la mère.

— C'était elle, la stratégie de Manfredi, l'interrompit de nouveau Gretchen.

— Depuis le début, renchérit Tennyson. Il avait convaincu Clausen qu'elle devait quitter l'Allemagne. Elle avait une fortune personnelle, et évoluait au milieu de gens aisés ; elle pouvait nous être très utile en Amérique. Grâce à Clausen elle a fini par accepter, mais elle est la création de Manfredi.

— Sous ses airs inoffensifs, ce gnome était un véritable Machiavel, dit Gretchen.

— Sans cette douceur innocente, il n'aurait jamais réussi. Mais ce n'est pas à Machiavel qu'il faut le comparer. Manfredi ne s'intéressait qu'à l'argent. Exclusivement. Il voulait contrôler l'agence de Zurich. C'est la raison pour laquelle nous l'avons tué.

— Que savait Baldwin exactement ?

— On ne le saura jamais vraiment ; mais ce devait être son argument vis-à-vis des services secrets britanniques. Tu comprends, ce n'était pas un agent double ; il était réellement ce qu'il prétendait être ; l'agent du MI-6 à Prague.

— Il a contacté Manfredi ?

— Oh ! oui. Il est arrivé juste un peu tard, c'est tout. » L'homme blond sourit. « J'imagine la confrontation : deux spécialistes en train de s'encercler, l'un essayant à tout prix d'obtenir un renseignement, l'autre refusant absolument de le lui donner sachant que la situation est explosive. Ils ont dû accepter un compromis et, fidèle à lui-même, Manfredi n'a pas tenu parole, a avancé la date de l'entrevue avec Holcroft et nous a alertés pour Baldwin. Il s'est occupé de tout. Si on avait surpris ton mari assassinant Peter Baldwin, on n'aurait trouvé aucun lien avec Ernst Manfredi. C'était un homme digne de respect. Il aurait pu gagner.

— Mais pas avec Johann von Tiebolt comme adversaire, dit Gretchen en faisant remonter la main sur son sein. Tu sais, Graff m'a fait parvenir un autre code depuis Rio. Il est très contrarié. Il dit qu'on ne l'informe pas assez.

— Il devient sénile. Lui aussi a fait son temps. L'âge le rend imprudent. Ce n'est pas le moment d'envoyer des messages en Angleterre. Je crains que le moment ne soit arrivé pour *Unser Freund* au Brésil.

— Tu vas donner l'ordre ?

— Dans la matinée. L'immonde ODESSA perdra un autre bras. Il m'a trop bien entraîné. »

Tennyson se pencha ; sa main caressait le sein de Gretchen.

« Je crois que nous avons fini de parler. Comme toujours, je vois plus clair après avoir bavardé avec toi. Je n'ai plus rien à te demander.

— Alors donne-moi des ordres. Ça fait si longtemps pour toi ; tu n'en peux plus. Je vais m'occuper de toi, comme je l'ai toujours fait.

338

— Depuis notre enfance », dit Tennyson, posant sa bouche sur la sienne pendant que la main de Gretchen frôlait son pantalon.

Ils tremblaient tous les deux.

Gretchen était allongée dans l'obscurité, nue à côté de lui, la respiration régulière, le corps apaisé. L'homme blond leva la main et regarda le cadran de sa montre. Il était deux heures et demie du matin. L'heure de commettre l'acte irréparable qu'exigeait le pacte de Wolfsschanze. Il fallait brouiller toutes les pistes qui menaient à Genève.

Il se pencha pour prendre ses chaussures à côté du lit. Il en souleva une, et passa le bout des doigts sur le talon. Il y avait un petit disque de métal au milieu. Il appuya, en tournant vers la gauche, et la rondelle fit jouer un ressort. Il posa la rondelle de métal sur la table de nuit puis renversa la chaussure et retira une minuscule aiguille d'acier de deux centimètres de long. L'aiguille était flexible, mais solide. Placée correctement, entre la quatrième et la cinquième côte, elle atteignait le cœur, laissant une marque imperceptible à déceler, même au cours d'une autopsie.

Il la tenait délicatement entre le pouce et l'index de la main droite ; de la main gauche, il toucha l'épaule de sa sœur. Elle ouvrit les yeux.

« Tu es insatiable, murmura-t-elle en souriant.

— Avec toi seulement. » Il la souleva et leurs corps se touchèrent. « Tu es mon seul amour », dit-il en glissant un bras sous son dos. D'une rotation du poignet il mit l'aiguille en position. Puis il l'enfonça.

Les routes de l'arrière-pays étaient compliquées, mais Tennyson connaissait le chemin par cœur. Il savait comment rejoindre la petite maison qui abritait l'énigmatique Herr Oberst, celui qui avait trahi le Reich. Même le titre d'« Oberst » était ironique. Le traître n'avait pas été colonel, mais général dans la Wehrmacht ; général Klaus Falkenheim, autrefois le quatrième homme à la tête de l'Allemagne. Ses amis militaires et le Führer lui-même avaient couvert ce chacal d'éloges.

Comme Johann von Tiebolt haïssait le menteur qu'était Herr Oberst ! Mais John Tennyson n'en laisserait rien paraître. Au contraire, il serait bassement flatteur, proclamerait son admiration et son respect. Car une telle déférence était le meilleur moyen de s'assurer la coopération de sa jeune sœur.

Il avait appelé Helden chez Gallimard ; il voulait voir l'endroit où elle vivait. Oui, il savait qu'elle habitait la petite maison de Herr Oberst ; et encore oui, il savait où c'était.

« Je suis journaliste maintenant. Je ne serais pas très efficace si je ne pouvais pas obtenir de renseignements. »

Elle avait été très étonnée. Il avait insisté pour la voir en fin de matinée, avant de rencontrer Holcroft. Il refusait de voir l'Américain avant d'avoir vu sa sœur. Herr Oberst pourrait peut-être l'aider. Le vieux monsieur saurait faire taire ses craintes.

Il arriva sur le chemin de terre qui traversait les herbes folles et menait au vallon qui protégeait la maison de Herr Oberst des regards indiscrets. Trois minutes plus tard il s'arrêta devant le sentier qui menait à la chaumière. La porte s'ouvrit ; Helden vint l'accueillir. Comme elle était charmante ! Elle ressemblait tant à Gretchen.

Ils s'embrassèrent, impatients de commencer l'entretien avec Herr Oberst. Les yeux d'Helden trahissaient sa surprise. Il la suivit à l'intérieur de la petite maison. Herr Oberst était près de la cheminée. Helden fit les présentations.

« Je n'oublierai jamais cet instant, dit Tennyson. Vous avez mérité la gratitude des Allemands. Si je peux vous être utile un jour, faites-le savoir à Helden, et je ferai ce que vous me demanderez.

— Vous êtes trop bon, Herr von Tiebolt, répondit le vieil homme. Mais d'après votre sœur, c'est vous qui espérez quelque chose de moi, et je ne vois pas ce que cela peut être. En quoi puis-je vous être utile ?

— Mon problème c'est l'Américain. Ce Holcroft.

— Qu'est-ce qu'il a fait ? demanda Helden.

— Il y a trente ans, trois hommes hors du commun ont fait un geste merveilleux. Ils désiraient compenser la douleur infligée par des bouchers et des sadiques. Holcroft fut choisi pour être un facteur clef dans la distribution de millions à travers le monde. On me demande de le rencontrer pour que nous coopérions... »

Tennyson s'arrêta, comme si les mots lui manquaient.

« Et ? » Herr Oberst se pencha.

« Je ne lui fais pas confiance, dit l'homme blond. Il a rencontré des nazis. Des hommes qui nous tueraient, Helden. Des hommes comme Maurice Graff, au Brésil.

— De quoi parles-tu ?

— Les liens du sang, Helden. Holcroft est un nazi. »

Helden le regardait fixement, incrédule.

« C'est absurde ! Johann, tu as perdu la tête ! dit-elle, en colère.

— Vraiment ? Je ne pense pas. »

Noël attendit qu'Helden parte travailler pour téléphoner à Miles, à New York. Ils avaient passé une douce nuit d'amour. Il devait la convaincre que leur idylle allait continuer ; il ne voulait pas d'une fin prématurée.

Le téléphone sonna.

« Oui, M. Fresca à l'appareil. J'ai demandé un numéro à New York. Le lieutenant Miles.

— Je me suis dit que ce devait être vous, dit la voix sans visage. Interpol vous a contacté ?

— Me contacter ? On me suit, si c'est ce que vous voulez dire. Je crois qu'il s'agit d'une « enquête ». C'est vous qui l'avez déclenchée ?

— C'est bien ça.

— Vous m'aviez donné deux semaines ! Qu'est-ce que vous foutez ?

— J'essaie de mettre la main sur vous. De vous transmettre des renseignements que vous devriez avoir. C'est à propos de votre mère. »

Noël éprouva une douleur fulgurante dans la poitrine.

« Quoi donc ?

— Elle s'est enfuie. » Miles fit une pause. « Je dois reconnaître qu'elle est forte. C'est du vrai boulot de professionnel. Elle est passée par le Mexique et, avant qu'on ait eu le temps de dire « ouf », elle était devenue une petite vieille dame en route pour Lisbonne avec un faux nom et un faux passeport, grâce aux faussaires de Tulancingo. Malheureusement, ces méthodes sont dépassées. Nous les connaissons toutes.

— Elle cherchait peut-être simplement à se débarrasser de vous, dit Noël sans grande conviction.

— Quelles que soient ses raisons, elle ferait bien de comprendre que quelqu'un d'autre les connaît.

— Qu'est-ce que vous voulez dire ?

— Elle était filée par un homme sur lequel nous n'avons aucune information. Ses papiers étaient aussi faux que ceux de votre mère. Nous l'avons fait arrêter à l'aéroport de Mexico. Avant que quiconque ait eu le temps de l'interroger, il avait avalé une capsule de cyanure. »

29

On décida d'un lieu de rencontre dans un appartement vide au dernier étage d'un vieil immeuble de Montmartre. Son propriétaire, un peintre, se trouvait en Italie. Helden téléphona, communiqua à Noël l'adresse et l'heure. Elle viendrait lui présenter son frère, mais ne resterait pas.

Noël grimpa les dernières marches et frappa. Helden vint lui ouvrir.

« Bonjour, mon chéri, lui dit-elle.

— Bonjour », répondit-il un peu emprunté, au moment où leurs bouches se rencontraient.

Il essayait de regarder par-dessus l'épaule d'Helden et elle lui dit en riant :

« Johann est sur la terrasse. De toute façon, un baiser est autorisé. Je lui ai dit... que j'avais beaucoup d'affection pour toi.

— C'était indispensable ?

— Oui, aussi bizarre que cela puisse paraître. Je me suis sentie mieux après l'avoir dit. »

Elle referma la porte et le prit par le bras.

« Je ne sais pas comment l'expliquer, dit-elle. Je n'avais pas vu mon frère depuis plus d'un an. Mais il a changé. Genèse l'a affecté ; il est déterminé à le faire aboutir. Je ne l'ai jamais vu aussi... Oh ! je ne sais pas... aussi préoccupé.

— J'ai encore des questions, Helden.

— Lui aussi. A ton sujet.

— Vraiment ?

— Ce matin, il ne voulait plus te rencontrer. Il ne te faisait pas confiance. Il croyait qu'on t'avait acheté pour trahir Genève.

— Moi ?

— Réfléchis. Des gens de Rio lui ont appris que tu avais vu Maurice Graff. Après Graff tu es allé directement à Londres, voir Anthony Beaumont. Tu avais raison, il fait partie d'Odessa. » Helden s'arrêta un instant. « Il a dit que tu... avais passé la nuit avec Gretchen, que tu avais couché avec elle.

— Hé ! Une minute ! coupa Noël.

— Non, mon chéri ; ce n'est pas important. Je connais ma sœur. Mais le processus est très clair, tu comprends ? Pour Odessa, les femmes sont des accessoires. Tu étais un sympathisant d'Odessa, tu rentrais d'un long voyage. Il était tout à fait normal que tes besoins soient satisfaits.

— Mais c'est monstrueux !

— Johann l'a interprété ainsi.

— Il a tort.

— Maintenant, il le sait. En tout cas, je le crois. Je lui ai raconté ce qui t'est arrivé — nous est arrivé — et comment tu as failli être tué. Il était déconcerté. Il te posera peut-être quelques questions, mais je pense l'avoir convaincu. »

Interdit, Holcroft secoua la tête. *Rien ne sera plus jamais pareil*. Non seulement rien n'était plus pareil, mais deux et deux ne faisaient plus quatre.

« Finissons-en, dit-il. Nous pouvons nous rencontrer plus tard ?

— Bien sûr.

— Tu retournes travailler ?

— Je n'y suis pas allée.

— J'avais oublié. Tu accompagnais ton frère. Tu as dit que tu allais travailler, mais tu étais avec lui.

— C'était un mensonge nécessaire.

— Ils le sont tous, n'est-ce pas ?

— Noël, je t'en prie. Tu veux que je revienne te voir, disons, dans deux heures ? »

Noël réfléchit. Il pensait à ce que Miles venait de lui apprendre. Il avait essayé de joindre Sam Buonoventura à Curaçao, mais Sam était en déplacement.

« Tu pourrais me rendre un service à la place, dit-il à Helden. Je t'ai parlé de Buonoventura, dans les Caraïbes. Je l'ai appelé de l'hôtel ; il n'était pas là, et il ne m'a pas rappelé. Si tu es libre, est-ce que tu pourrais attendre dans la chambre ? Il téléphonera peut-être. Normalement je ne l'aurais pas demandé, mais c'est urgent ; je t'en parlerai plus tard. Tu veux bien ?

— Bien sûr. Qu'est-ce que je lui dirai ?

— Dis-lui de ne pas bouger pendant quelques heures. Ou bien de te donner un numéro où le rappeler. De six à huit, heure française. Dis-lui que c'est important. » Noël mit la main dans sa poche. « Voilà la clef. N'oublie pas. Je m'appelle Fresca. »

Helden prit la clef, puis l'entraîna jusqu'au studio.

« Et toi, n'oublie pas, mon frère s'appelle Tennyson, John Tennyson. »

Holcroft aperçut Tennyson à travers les lourdes baies vitrées qui donnaient sur la terrasse. Il portait un costume foncé à rayures, il était nu-tête et sans pardessus ; les mains sur la rambarde, il regardait Paris. Grand et mince, il avait un corps d'athlète, presque trop parfait. Il se tourna légèrement à droite, et le visage que vit Holcroft ne ressemblait à aucun autre. C'était un travail d'artiste, aux traits presque trop durs. Et parce que sans défaut, ce visage était froid. Un visage taillé dans le marbre, impeccablement coiffé de cheveux blonds.

Von Tiebolt-Tennyson remarqua la présence d'Holcroft ; leurs regards se croisèrent, et l'image du marbre s'effondra. L'homme blond avait un regard vif et pénétrant. Il quitta vivement le balcon et se dirigea vers la porte de la terrasse.

Il tendit la main.

« Je suis le fils de Wilhelm von Tiebolt.

— Je suis... Noël Holcroft. Mon père était Heinrich Clausen.

— Je sais. Helden m'a beaucoup parlé de vous. Vous avez vécu des moments très durs.

— Tous les deux, dit Holcroft. Je veux dire, votre sœur et moi. Je crois que vous avez eu votre part, aussi, vous aussi.

— C'est notre héritage, malheureusement. » Tennyson sourit. « Curieux, de se rencontrer ainsi, n'est-ce pas ?

— Il m'est arrivé d'être plus à l'aise.

— Et je n'ai pas dit un mot, intervint Helden. Vous étiez parfaitement capables de vous présenter tout seuls. Je vais partir.

— Tu n'y es pas obligée, dit Tennyson. Ce dont nous allons parler te concerne, je pense.

— Je n'en suis pas certaine. Pas pour l'instant. De plus, j'ai quelque chose à faire », répondit Helden. Elle se dirigea vers l'entrée. « Il est extrêmement important — pour beaucoup de gens — que vous vous fassiez confiance. J'espère que ce sera possible. »

Elle ouvrit la porte et sortit.

Pendant plusieurs instants, ni l'un ni l'autre ne parla ; chacun regardait dans la direction où Helden était partie.

« Elle est remarquable, dit Tennyson. Je l'aime vraiment beaucoup. »

Noël tourna la tête.

« Moi aussi. »

Tennyson remarqua son expression.

« J'espère que cela ne vous complique pas les choses.

— Pas à moi ; mais à elle peut-être.

— Je vois. » Tennyson fit quelques pas jusqu'à la fenêtre et regarda au-dehors. « Je ne suis pas en position de vous donner ma bénédiction — Helden et moi avons chacun notre vie — et je ne suis d'ailleurs pas sûr que je le ferais.

— Merci de votre franchise. »

L'homme blond se retourna.

« Oui, je suis franc. Je ne vous connais pas. Je sais simplement ce qu'Helden m'a dit de vous, et ce que j'ai appris de mon côté. Elle m'a raconté essentiellement ce que vous lui aviez dit, coloré par ses sentiments, bien sûr. Ce que j'ai appris de mon côté est plus ambigu et ne concorde guère avec la description enthousiaste de ma sœur.

— Nous avons tous les deux des questions à poser. Voulez-vous commencer ?

— Ce n'est pas très important. J'en ai peu et elles sont très directes. »

La voix de Tennyson se raffermit brusquement.

« Qu'aviez-vous à faire avec Maurice Graff ?

— Je croyais qu'Helden vous l'avait dit.

— Je vous le répète. C'est ce que vous lui avez dit, à *elle*. Maintenant, redites-le-moi. J'ai un peu plus d'expérience que ma sœur. Je n'accepte pas les choses simplement parce qu'on me les dit. Pourquoi êtes-vous allé voir Graff ?

— Je vous cherchais.

346

— Moi ?

— Pas vous en particulier. Les von Tiebolt. Je voulais des renseignements sur la famille von Tiebolt.

— Pourquoi Graff ?

— On m'a donné son nom.

— Qui ?

— J'ai oublié...

— Vous avez oublié ? Il y a des milliers et des milliers de gens à Rio de Janeiro, et comme par hasard, c'est celui de Maurice Graff que l'on mentionne.

— C'est la vérité.

— Absurde !

— Attendez une minute. » Noël essaya de revoir la suite d'événements qui l'avait mené à Graff. « Ça a commencé à New York...

— Quoi donc ? Graff était à New York ?

— Non, le consulat. Je suis allé au consulat du Brésil et j'ai vu l'attaché. Je voulais savoir comment localiser une famille qui avait émigré au Brésil dans les années 40. L'attaché en a conclu que je cherchais des Allemands. Il m'a longuement parlé de... Il y a une expression en espagnol... *La otra cara de los Alemanes*. L'autre visage des Allemands. La face cachée.

— Je sais. Continuez.

— Il m'a dit qu'il existait à Rio une communauté allemande très soudée, dirigée par quelques hommes très puissants. Il a tenté de me dissuader de poursuivre mes recherches ; cela pouvait être dangereux, a-t-il dit. Il a peut-être exagéré parce que je refusais de lui donner votre nom.

— Dieu merci !

— Quand je suis arrivé à Rio, je n'ai rien pu trouver. Même les dossiers d'immigration avaient été falsifiés.

— Cela a coûté cher à beaucoup de gens, dit Tennyson avec amertume. C'était notre seule protection.

— J'étais coincé. Et puis je me suis souvenu de

ce qu'avait dit l'attaché à propos de cette communauté. Je suis allé dans une librairie allemande et un employé m'a renseigné sur le style « bavarois ». De grandes maisons, des domaines, avec beaucoup de terrain. Je suis architecte, et j'ai pensé que...

— Je comprends. » Tennyson acquiesça. « Les grands domaines appartenaient à des Allemands, aux dirigeants de la communauté germanique.

— C'est ça. L'employé m'a donné deux noms. Le premier était juif, l'autre était celui de Graff. Il a dit que la résidence de Graff était l'une des plus impressionnantes du Brésil.

— C'est exact.

— Et voilà. C'est comme ça que je suis arrivé jusqu'à Graff. »

Tennyson restait immobile, sans expression.

« Ce n'est pas impossible.

— J'en suis heureux.

— J'ai dit que ce n'était pas impossible. Je n'ai pas dit que je vous croyais.

— Je n'ai aucune raison de mentir.

— Je ne suis pas sûr que vous en ayez le talent. Je perce vite les menteurs à jour.

— C'est à peu près ce que m'a dit Helden le soir de notre rencontre.

— Je l'ai bien entraînée. Mentir est un art ; cela se travaille. Ce n'est pas votre domaine.

— Qu'est-ce que vous voulez dire ?

— Vous êtes un amateur très convaincant. Votre histoire est bien construite mais il manque l'essentiel. En tant qu'architecte, je suis sûr que vous comprenez.

— Absolument pas. Expliquez-moi.

— Avec plaisir. Vous avez quitté le Brésil en connaissant le nom de von Tiebolt. Vous arrivez en Angleterre, et en douze heures vous vous retrouvez dans la banlieue de Portsmouth avec ma sœur, en train de coucher avec ma sœur. Le nom de Tennyson vous était encore inconnu. Comment avez-vous pu savoir, pour Beaumont ?

— Mais je connaissais le nom de Tennyson.

— Comment l'avez-vous eu ?

— Je l'ai dit à Helden. Ce couple, les Cararra, un frère et une sœur. Ils sont venus me voir à l'hôtel.

— Oh ! oui. Cararra. Un nom très courant au Brésil. Alors ces Cararra sont venus vous voir, en prétendant être nos grands amis. Allons, monsieur Holcroft, il faut faire mieux que ça. » Tennyson éleva la voix. « C'est Graff qui vous a donné le nom de Beaumont, n'est-ce pas ? Entre membres d'ODESSA...

— Non ! Graff n'en savait rien. Il vous croit toujours au Brésil, caché quelque part.

— Il a dit ça ?

— Il l'a laissé entendre. Les Cararra l'ont confirmé. Ils ont parlé de colonies au Sud — les « Catarinas », ou quelque chose d'approchant. Une région montagneuse habitée par des Allemands.

— Vous avez bien appris vos leçons. Les Santa Catarinas sont habitées par des Allemands. Mais nous revenons une fois de plus aux mystérieux Cararra. »

Noël revoyait très nettement les visages effrayés du frère et de la sœur.

« Ils sont peut-être mystérieux pour vous, mais pas pour moi. Vous avez mauvaise mémoire, ou bien vous êtes un mauvais ami. Ils ont dit qu'ils connaissaient à peine Helden, mais vous, très bien. Ils ont pris de sacrés risques en venant me voir. Des Juifs portugais qui...

— Portugais ! coupa Tennyson, alarmé. Seigneur ! Et ils ont utilisé le nom de Cararra... Décrivez-les ! »

Holcroft s'exécuta. Quand il eut terminé, Tennyson lui dit dans un souffle :

« Surgis du passé... surgis du passé, monsieur Holcroft. Tout concorde. Le nom de Cararra. Des Juifs portugais. Santa Catarina... Ils sont revenus à Rio.

— Qui est revenu ?

— Les Montealegre — c'est leur vrai nom. Il y a dix ou douze ans... Ils vous ont donné la fausse version, leur couverture, pour ne pas être trahis, même inconsciemment.

— Que s'est-il passé il y a douze ans ?

— Les détails importent peu, mais nous devions leur faire quitter Rio, alors nous les avons envoyés dans les Catarinas. Leurs parents avaient aidé les Israéliens ; cela leur a coûté la vie. On pourchassait les deux enfants, et ils auraient été abattus eux aussi. Il a fallu les emmener vers le sud.

— Alors, dans les Catarinas, il y a des gens qui vous connaissent ?

— Oui. Quelques-uns. Notre base d'opération était à Santa Catarina. Rio était trop dangereux.

— Quelles opérations ? Qui est ce « nous » ?

— Ceux d'entre nous qui ont combattu ODESSA au Brésil. » Tennyson secoua la tête. « J'ai des excuses à vous faire. Helden avait raison ; j'ai été injuste envers vous. Vous avez dit la vérité. »

Noël eut la sensation d'avoir été pardonné sans l'avoir cherché. Il était gêné d'interroger un homme qui avait combattu ODESSA ; qui avait sauvé des enfants de la mort aussi sûrement que s'il les avait fait sortir d'Auschwitz, ou de Belsen ; qui avait entraîné la femme qu'il aimait à survivre. Mais il avait des questions à poser ; ce n'était pas le moment de les oublier.

« A mon tour maintenant, dit Noël. Vous êtes très rapide, et vous connaissez des choses que j'ignore, mais je ne suis pas sûr que vous ayez dit grand-chose.

— Si l'une de vos questions se rapporte au Tinamou, dit Tennyson, je regrette, mais je ne vous répondrai pas. Je ne veux même pas en discuter. »

Holcroft en fut ébahi.

« Vous ne... quoi ?

— Vous avez entendu. Le Tinamou est un sujet que je refuse d'aborder. Cela ne vous regarde pas.

— Vous vous trompez ! Si vous refusez de parler du Tinamou, nous n'avons rien à nous dire. »

Surpris, Tennyson s'arrêta.

« Vous le pensez vraiment, n'est-ce pas ?

— Absolument.

— Alors essayez de me comprendre. Nous ne pouvons plus rien laisser au hasard, dépendre d'un mot prononcé en présence d'une certaine personne. Si j'ai raison, ce que je crois, vous aurez votre réponse dans quelques jours.

— Ce n'est pas suffisant !

— Alors j'irai plus loin. Le Tinamou a été entraîné au Brésil. Par ODESSA. Je l'ai étudié plus attentivement que n'importe qui sur terre. Je le piste depuis six ans. »

Il fallut plusieurs secondes à Noël pour retrouver sa voix.

« Depuis... six ans ?

— Oui. Le Tinamou va frapper ; le moment est arrivé. Il y aura un autre assassinat. C'est la raison pour laquelle les Britanniques vous ont contacté ; eux aussi sont au courant.

— Pourquoi ne travaillez-vous pas avec eux ? Bon sang, vous savez ce qu'ils croient ?

— Je sais ce que quelqu'un essaie de leur faire croire. C'est la raison pour laquelle je ne peux pas travailler avec eux. Le Tinamou a des informateurs partout ; ils ne le connaissent pas, mais il se sert d'eux.

— Vous avez dit « dans quelques jours ».

— Si je me trompe, je vous révélerai tout. J'irai même voir les Britanniques avec vous.

— Dans quelques jours... D'accord. Oublions le Tinamou... pour quelques jours.

— Tout le reste, je vous en parlerai. Je n'ai rien à cacher.

— Vous connaissiez Beaumont à Rio, vous saviez qu'il était avec ODESSA. Vous m'avez même accusé de tenir son nom de Graff. Mais en dépit de tout cela, il a épousé votre sœur. Vous êtes l'un d'eux ? »

Tennyson ne cilla pas.

« C'est une question de priorités. Pour simplifier, disons que c'était calculé. Ma sœur Gretchen n'est plus la femme qu'elle était mais sa haine des nazis est intacte. Son sacrifice est plus grand que celui de n'importe lequel d'entre nous. Nous connaissons les moindres gestes de Beaumont.

— Mais il sait que vous êtes von Tiebolt ! Pourquoi est-ce qu'il ne le dit pas à Graff ?

— Demandez-le-lui, si vous voulez. Il vous le dira peut-être.

— Dites-le-moi, vous.

— Il a peur, répondit Tennyson. Beaumont est un porc. Même son engagement est tordu. Il travaille de moins en moins pour ODESSA, et seulement quand ils le menacent.

— Je ne comprends pas.

— Gretchen a ses propres... arguments persuasifs ; je crois que vous les connaissez. De plus, une somme d'argent importante a été versée au compte de Beaumont. Il a peur que Graff d'un côté et moi de l'autre ne découvrions la vérité. Il nous est utile à tous les deux, plus à moi qu'à Graff, bien sûr. Il est mat.

— Puisque vous connaissiez le moindre de ses mouvements, vous deviez savoir qu'il était dans l'avion de Rio. Qu'il me suivait.

— Comment l'aurais-je su ? Je ne vous connaissais pas.

— Il y était. Quelqu'un lui en avait donné l'ordre !

— Quand Helden m'en a parlé, j'ai essayé de savoir qui. Je n'ai pas appris grand-chose, mais assez pour m'inquiéter. Quelqu'un avait découvert ses relations avec ODESSA et se servait de lui — comme Graff et comme moi.

— Qui ?

— Je donnerais cher pour le savoir. On lui a accordé une permission d'urgence, en Méditerranée. Il est allé à Genève.

— Genève ? » Noël revit la foule qui se bousculait, les hurlements. Sur le quai de gare bétonné, une bagarre s'était déclenchée ; un homme arcbouté, du sang sur la chemise, un autre en poursuivait un troisième... Un homme paniqué était passé en courant devant lui, les yeux écarquillés par la peur... sous de gros sourcils poivre et sel.

« C'était bien ça, dit Holcroft. Beaumont était à Genève.

— Je viens de vous le dire.

— C'est là que je l'ai vu ! Je n'arrivais pas à me rappeler où. Il m'a suivi depuis Genève.

— Je crains de ne pas comprendre.

— Où est Beaumont en ce moment ? demanda Noël.

— De retour à bord. Gretchen est partie le rejoindre il y a plusieurs jours. A Saint-Tropez, je crois. »

Demain, je pars en Méditerranée. *Rejoindre un homme que je hais*... Tout devenait plus clair, maintenant. Tennyson n'était pas le seul à avoir mal jugé.

« Il faut découvrir qui a donné à Beaumont l'ordre de me suivre », dit Noël, revoyant l'homme au blouson de cuir.

Tennyson avait raison ; ils parvenaient aux mêmes conclusions. Il y avait quelqu'un d'autre.

« Je suis d'accord, dit l'homme blond. Nous irons ensemble ? »

Holcroft était tenté. Mais il n'avait pas terminé. Aucune question ne devait rester sans réponse. Pas après leur accord.

« Peut-être, répondit-il. J'ai deux autres questions à vous poser. Et je vous préviens, je veux les réponses tout de suite, pas dans « quelques jours ».

— Très bien.

— Vous avez tué quelqu'un à Rio. »

Les pupilles de Tennyson se rétrécirent.

« Helden vous l'a dit ?

— Il fallait que je sache ; elle l'a compris. Les conditions exigées par Genève ne laissent aucune place aux surprises. Si vous êtes vulnérable au chantage, je ne peux pas vous laisser continuer. »

Tennyson hocha la tête.

« Je vois.

— Qui était-ce ? Qui avez-vous tué ?

— Vous vous méprenez sur les raisons de ma réticence, répondit l'homme blond. Je ne refuse pas le moins du monde de vous dire qui c'était. J'aimerais que vous puissiez vérifier mes affirmations. Il ne s'agit pas de chantage. Mais comment pouvez-vous en être sûr ?

— Commençons par un nom.

— Manuel Cararra.

— Cararra ?...

— Oui. C'est la raison pour laquelle ces deux jeunes se sont appelés ainsi. Ils savaient que je comprendrais. Cararra était à la Chambre des députés l'un des hommes les plus influents du pays. Mais il travaillait pour Graff, pour ODESSA. Pas pour le Brésil. Je l'ai tué il y a sept ans, et je recommencerais demain. »

Noël regarda attentivement Tennyson.

« Qui était au courant ?

— Quelques vieillards. Un seul est encore en vie. Je vous donnerai son nom, si vous voulez. Il ne parlera jamais du meurtre.

— Pourquoi ?

— Avant de quitter Rio, je les ai rencontrés. Ma position était très claire. S'ils voulaient exercer des représailles, je rendrais public ce que je savais sur Cararra. L'image vénérée du martyr du parti conservateur en aurait souffert.

— Je veux son nom.

— Je vais vous l'écrire. » Tennyson s'exécuta. « Vous pouvez lui téléphoner. Ce ne sera pas très difficile. Mon nom associé à celui de Cararra devrait suffire.

— Je le ferai peut-être.

— Je vous en prie, dit Tennyson. Il confirmera ce que je vous ai dit. »

Les deux hommes se faisaient face, à quelques centimètres l'un de l'autre.

« Il y a eu un accident dans le métro, à Londres, continua Noël. Plusieurs personnes sont mortes, y compris quelqu'un qui travaillait au *Guardian*. La seule personne à savoir de quelle manière vous étiez entré au journal. »

Tennyson le regarda froidement.

« Le choc a été très fort. Je ne le surmonterai jamais tout à fait. Quelle est votre question ?

— Un autre accident s'est produit. A New York, il y a quelques jours seulement. Des innocents sont morts, mais l'un d'entre eux était visé. Une personne qui m'était très chère.

— Encore une fois, Holcroft, où voulez-vous en venir ?

— Il y a une certaine similitude, n'est-ce pas ? Le MI-5 ne sait rien au sujet de l'accident de New-York, mais ils ont une idée précise quant à celui de Londres. J'ai comparé les deux, et ma conclusion est très vraisemblable. Que savez-vous de l'accident à Londres, il y a cinq ans ? »

Tennyson était tendu.

« Attention, dit-il. Les Anglais vont trop loin. Que voulez-vous de moi ? Jusqu'où irez-vous pour me discréditer ?

— Arrêtez vos conneries ! dit Noël. Qu'est-ce qui s'est passé dans ce métro ?

— J'y étais ! » Tennyson empoigna son col, sous le costume rayé. Il tira violemment, déchirant sa chemise jusqu'à la poitrine, révélant une cicatrice longue de la naissance du cou jusqu'au menton. « Je ne suis pas au courant pour New York, mais l'expérience vécue à Charing Cross me hantera jusqu'à la fin de mes jours ! Elle est là ; pas un jour sans que je m'en souvienne ! Quarante-sept points de suture, du cou à la poitrine. J'ai cru un moment — il y a cinq ans — que ma tête avait été coupée. Et cet homme dont vous parlez de façon aussi énigmatique était mon meilleur ami au Brésil ! Il nous a aidés à partir. Si on a essayé de le tuer, on a donc essayé de me tuer moi aussi ! J'étais avec lui.

— Je ne savais pas... Les Anglais n'ont rien dit. Ils ne savaient pas que vous étiez dans le métro vous aussi.

— Alors, je leur conseille de vérifier. Dans les archives de l'hôpital. Ça ne doit pas être difficile à trouver. » Tennyson secoua la tête, dégoûté. « Je regrette, je ne devrais pas vous en vouloir. C'est la faute des Anglais. Tout leur est bon !

— Ils ne le savaient peut-être pas.

— C'est possible. Il y avait des centaines de gens dans ce métro. Cette nuit-là, une douzaine de cliniques se sont remplies, et personne n'a fait très attention aux noms. Mais ils auraient pu trouver le mien. Je suis resté plusieurs jours à l'hôpital. » Tennyson s'arrêta brusquement. « Une personne qui vous était très chère a été tuée à New York ? Que s'est-il passé ? »

Noël lui raconta comment Richard Holcroft s'était fait écraser, et lui expliqua la version de David Miles. Il était inutile de cacher quoi que ce soit à cet homme qu'il avait si mal jugé.

Le récit des faits contenait leur conclusion.

« *D'après moi, Beaumont a été contacté par une troisième personne...*

— *Qui ?*

— *J'aimerais le savoir...*

— *Quelqu'un d'autre.*

— *Un homme en blouson de cuir noir, dans une ruelle sombre de Berlin. Provocant... Prêt à mourir... demandant qu'on l'abatte. Refusant de dire qui il était et d'où il venait...* »

Soulagé de pouvoir se libérer, Noël raconta tout à Tennyson qui l'écouta très attentivement. Ses yeux gris moucheté restaient fixés sur le visage d'Holcroft ; son récit achevé, Noël se sentit épuisé.

« C'est tout ce que je sais. »

Tennyson hocha la tête.

« Nous avons fini par nous rencontrer, nous devions nous parler à cœur ouvert. Nous nous considérions comme des ennemis et nous avions tort. Maintenant, il y a du travail.

— Depuis quand êtes-vous au courant pour Genève ? demanda Holcroft. Vous avez dit à Gretchen qu'un jour quelqu'un lui parlerait d'un étrange pacte.

— Depuis mon enfance. Ma mère m'avait dit qu'une somme considérable devait servir à accomplir de grandes choses, à réparer le mal fait au nom de l'Allemagne. Mais je ne savais rien de précis.

— Alors, vous ne connaissez pas Erich Kessler ?

— Je me souviens vaguement de ce nom. J'étais très jeune.

— Il vous plaira.

— Si j'en crois votre description, c'est certain. Il viendra à Genève avec son frère ? C'est permis.

— Oui. Je dois l'appeler à Berlin et lui confirmer les dates.

— Pourquoi ne pas l'appeler demain ou après-demain ? et l'appeler de Saint-Tropez ?

— Beaumont ?

— Beaumont, répondit Tennyson. Nous devrions le rencontrer. Il a quelque chose à nous dire. Qui était son dernier employeur ? Qui l'a envoyé sur ce quai de gare à Genève ? Qui l'a payé — ou bien qui l'a fait chanter — pour qu'il vous file jusqu'à New York et ensuite à Rio ? Quand nous l'aurons découvert, nous saurons d'où venait votre homme en blouson de cuir. »

Quelqu'un d'autre.

Noël regarda sa montre. Il était presque six heures ; ils parlaient depuis plus de deux heures et il leur restait encore beaucoup à se dire.

« Vous voulez dîner avec votre sœur et moi ? » demanda-t-il.

Tennyson sourit.

« Non, non. Nous bavarderons en allant dans le Sud. J'ai des coups de fil à passer et des papiers à écrire. Je ne dois pas oublier que je suis journaliste. A quel hôtel êtes-vous descendu ?

— Au George-V. Sous le nom de Fresca.

— Je vous téléphonerai plus tard dans la soirée. »

Tennyson tendit la main.

« A demain.

— A demain.

— Vous avez toute ma fraternelle bénédiction. »

Johann von Tiebolt était debout sur le balcon,

dans l'air froid de ce début de soirée. Il vit Holcroft sortir de l'immeuble, tout en bas.

Cela avait été si facile, l'orchestration des mensonges méticuleusement préparée, son interprétation exécutée avec une conviction outragée et de soudaines révélations qui entraînaient le consentement. A Rio, un vieil homme serait averti ; il savait ce qu'il devait dire. Un dossier médical serait placé dans un hôpital de Londres ; la date et l'information correspondraient à celle d'un tragique accident de métro à Charing Cross, il y a cinq ans. Et si tout se déroulait comme prévu, les journaux du soir mentionneraient une nouvelle tragédie. Un officier de marine et sa femme avaient disparu dans un petit bateau de plaisance, au large de la côte méditerranéenne.

Von Tiebolt sourit. Le plan élaboré il y a trente ans se réalisait entièrement. Même le Nachrichtendienst ne pouvait plus les arrêter. Dans quelques jours le Nachrichtendienst serait castré.

L'heure du Tinamou était venue.

30

Noël traversa le hall du George-V. Il avait hâte d'être dans sa chambre, et de rejoindre Helden. Genève se rapprochait ; et se rapprocherait davantage quand ils auraient rencontré Anthony Beaumont à Saint-Tropez, et l'auraient forcé à dire la vérité.

Il se demandait si Buonoventura l'avait rappelé. Sa mère devait tenir Sam au courant de ses projets. Miles savait simplement qu'Althene avait quitté Mexico pour Lisbonne. Pourquoi Lisbonne ? Et qui l'avait suivie ?

L'image de l'homme en blouson de cuir s'imposa à Holcroft. Son regard, sa manière d'accepter la mort... *Tuez-moi et un autre prendra ma place. Tuez-le, un autre lui succédera.*

L'ascenseur était vide, la montée fut rapide. La porte s'ouvrit ; Noël retint sa respiration en apercevant un homme debout dans le corridor, en face de lui. C'était le *Verwünschte Kind* du Sacré-Cœur, l'arbitre des élégances qui l'avait fouillé à la lueur des cierges.

« Bonsoir, monsieur.

— Qu'est-ce que vous faites là ? Il n'est rien arrivé à Helden ?

— Elle vous répondra elle-même.

— Pourquoi pas vous ? » Holcroft prit l'homme par le bras et le força à se tourner vers la porte de la chambre.

« Ne me touchez pas !

— Quand elle me dira de vous lâcher, je vous lâcherai. » Noël le propulsa le long du corridor jusqu'à la porte et frappa.

La porte s'ouvrit en quelques secondes. Helden était là, surprise de les voir tous les deux. Elle tenait un journal plié et son regard était triste.

« Que se passe-t-il ? demanda-t-elle.

— C'est ce que je voulais savoir, mais il n'a pas daigné me répondre. »

Holcroft poussa l'homme dans la chambre.

« Noël, je t'en prie. C'est l'un d'entre nous.

— Je veux savoir pourquoi il est là.

— Je l'ai appelé ; il fallait qu'il sache où j'étais. Il m'a dit qu'il devait me voir. Il nous apporte de très mauvaises nouvelles.

— Quoi ?

— Lisez les journaux, dit l'homme. Il y en a un en français et un en anglais. »

Holcroft prit le *Herald Tribune* sur la table basse.

« Page deux, dit l'homme. En haut à gauche. »

Noël tourna la page et mit le journal à plat. Il lut l'article et fut submergé par la peur et la colère.

UN OFFICIER DE MARINE ET SA FEMME
TROUVENT LA MORT EN MÉDITERRANÉE

Saint-Tropez. On craint que le commandant Anthony Beaumont, capitaine du patrouilleur *Argo*, officier de la Marine Royale de Sa Majesté, plusieurs fois décoré, et sa femme, qui l'avait rejoint dans ce village de vacances pour le week-end, n'aient trouvé la mort lorsque leur embarcation a fait naufrage dans une bourrasque soufflant sur plusieurs miles le long de cette côte rocheuse. Des appareils de patrouille volant à basse altitude ont aperçu une embarcation à la dérive, qui correspondait à la description du petit bateau. On était sans nouvelles du commandant et de son épouse depuis plus de quarante-huit heures, ce qui avait incité le second de l'*Argo*, le lieutenant Morgan Llewellen, à ordonner les recherches. L'amirauté a conclu que le commandant et Madame Beaumont ont péri dans ce tragique accident. Le couple n'avait pas d'enfant.

« Oh ! Seigneur ! murmura Holcroft. Ton frère t'en avait parlé ?

— De Gretchen ? demanda Helden. Oui. Elle avait beaucoup souffert, elle avait payé de sa personne. C'est pourquoi elle ne voulait plus me voir, ni me parler. Elle ne voulait pas que je sache ce qu'elle avait fait, ni la raison pour laquelle elle l'avait épousé. Elle avait peur que je devine la vérité.

— Si Beaumont faisait vraiment partie d'ODESSA, dit l'homme élégant, alors cet article de journal ne dit pas la vérité.

— Il veut parler de ton ami de Berlin, coupa Helden. Je lui ai dit que tu avais un ami à Berlin et qu'il ferait part de tes soupçons à Londres. »

Noël comprit. Elle lui disait indirectement qu'elle n'avait pas parlé de Genève. Noël se tourna vers l'homme.

« D'après vous, que s'est-il passé ?

— Si les Britanniques ont découvert un agent d'ODESSA parmi les officiers de la Royal Navy, qui plus est capitaine d'un patrouilleur — euphémisme pour navire espion —, cela voudrait dire qu'ils ont été dupés une fois de plus. Ils ne peuvent pas se le permettre. Une exécution rapide est préférable.

— C'est une accusation plutôt sévère, dit Holcroft.

— C'est une situation embarrassante.

— Ils tueraient une innocente ?

— Sans hésitation. Le message serait clair. Le réseau ODESSA aurait reçu son avertissement. »

Dégoûté, Noël se retourna et prit Helden dans ses bras.

« Je suis désolé, dit-il. Je sais ce que tu ressens et j'aimerais pouvoir faire quelque chose. Mais à part contacter ton frère, je ne vois pas quoi. »

Helden se tourna, le regard inquisiteur.

« Vous vous faites confiance ?

— Oui. Absolument. Nous travaillons ensemble, maintenant.

— Alors, l'heure n'est pas au deuil. Je resterai ici cette nuit, dit-elle à l'homme élégant. Pas de problèmes ? J'ai une couverture ?

— Oui, répondit l'homme. Je m'en occupe.

— Merci. Vous êtes un ami. »

Il sourit.

« Ce n'est pas l'opinion de M. Holcroft. Mais il lui reste beaucoup à apprendre. » L'homme fit un signe de tête et se dirigea vers Noël. « Pardonnez-moi si tout cela vous paraît énigmatique, mais soyez tolérant, monsieur. Ce qu'il y a entre Helden et vous me semble mystérieux, mais je ne pose pas de questions. Je fais confiance. Mais si vous avez abusé de cette confiance, nous vous tuerons. Je voulais simplement que vous le sachiez. »

Le *Verwünschte Kind* partit. Furieux, Noël voulut le suivre mais Helden posa la main sur son bras.

« S'il te plaît, mon chéri... Lui aussi a beaucoup à apprendre et nous ne pouvons pas le lui dire. C'est vraiment un ami.

— C'est un petit con prétentieux. » Holcroft s'arrêta. « Pardonne-moi. Tu as déjà assez de soucis comme ça. Je n'ai pas à te faire subir mes idioties.

— Un homme t'a menacé de mort.

— On a tué ta sœur. Étant donné les circonstances, j'ai été idiot.

« — Nous n'avons pas le temps d'épiloguer. Ton ami Buonoventura t'a rappelé. J'ai noté le numéro où tu pourras le joindre. Près du téléphone. »

Noël se dirigea vers la table de nuit et prit le papier.

« Ton frère et moi devions aller à Saint-Tropez demain. Pour faire parler Beaumont. Cette nouvelle va le terrasser.

— Tu viens de dire que tu veux l'appeler, mais il vaut mieux que ce soit moi. Gretchen et lui étaient très proches. Plus jeunes, ils étaient inséparables. Où est-il ?

— Je n'en sais rien. Il m'a simplement dit qu'il m'appellerait plus tard dans la soirée. C'est ce que je voulais dire. »

Holcroft souleva le récepteur et donna le numéro de Buonoventura à l'opérateur.

« Je parlerai à Johann quand il téléphonera », dit Helden en allant à la fenêtre.

Les lignes transatlantiques n'étaient pas surchargées ; il obtint la communication pour Curaçao en moins d'une minute.

« T'es un sacré numéro, Noley ! heureusement que ce n'est pas moi qui paie tes notes de téléphone. Tu découvres le monde entier ! Je dois mettre ça à ton actif.

— Je découvre bien plus que ça, Sam. Ma mère t'a appelé ?

— Oui. Elle m'a dit de te dire qu'elle te verra à Genève dans une semaine à peu près. Tu devras prendre une chambre à l'hôtel Accord, mais n'en parler à personne.

— Genève ? Elle va à Genève ? Pourquoi a-t-elle quitté le pays ?

— Elle a dit que c'était urgent, que tu devais la fermer, et rien faire avant de l'avoir vue. Elle était drôlement fâchée.

— Il faut que je puisse la joindre. Elle t'a laissé un numéro... une adresse ?

— Que dalle, mec. Elle n'avait pas beaucoup de temps pour bavarder, et la communication était

362

merdique. Ça venait du Mexique. Quelqu'un pourrait m'affranchir ? »

Holcroft secoua la tête, comme si Buonoventura était dans la pièce.

« Désolé, Sam. Un jour peut-être. Je te dois une explication.

— Je crois, oui. Prends bien soin de toi. Tu as une mère vraiment très sympa. Sois gentil avec elle. »

Holcroft raccrocha. C'était agréable d'avoir un ami comme Sam. Un ami aussi loyal que l'homme élégant l'était pour Helden. Il se demanda ce qu'elle avait voulu dire. Une couverture pour qui ? Par qui ?

« Ma mère est en route pour Genève », dit-il.

Helden se retourna.

« J'ai entendu. Tu paraissais contrarié.

— Je le suis. Un homme l'a suivie. Jusqu'au Mexique. Miles l'a fait arrêter à l'aéroport ; il a pris une capsule de cyanure avant qu'ils aient pu découvrir quoi que ce soit.

— « Tuez-moi, un autre prendra ma place. Tuez-le, un autre lui succédera. » C'était bien ça ?

— Oui. J'y pensais en montant.

— Johann est au courant ?

— Je lui ai tout raconté.

— Qu'en pense-t-il ?

— Il ne sait que penser. La clef, c'était Beaumont. Je ne sais pas où nous allons maintenant, à part Genève, dans l'espoir que personne ne nous arrêtera. »

Helden s'approcha. « Dis-moi... Que peuvent-ils... vraiment faire ? Une fois que vous vous serez présentés tous les trois à la banque de Genève, chacun de vous de son plein gré, tout sera terminé. Alors que peuvent-ils vraiment faire ?

— Tu l'as dit hier soir.

— Quoi donc ?

— Ils peuvent nous tuer. »

Le téléphone sonna. Holcroft répondit.

« Oui ?

— Johann Tennyson. »

La voix était tendue.

« Votre sœur veut vous parler, dit Holcroft.

— Dans un moment, répondit Tennyson. Nous avons des choses à nous dire avant. Elle est au courant ?

— Oui. Vous aussi, visiblement.

— Mon journal m'a téléphoné pour m'apprendre la nouvelle. Le rédacteur de l'édition du soir savait combien nous étions proches, Gretchen et moi. C'est horrible.

— J'aimerais trouver les mots...

— Je n'ai pas pu vous aider quand vous m'avez parlé de votre beau-père. Ce sont des épreuves que nous devons affronter. Rien ni personne ne peut nous aider. Helden comprend.

— Vous ne croyez pas à cette version des faits ? Le bateau et la tempête ?

— Qu'ils sont partis en bateau et ne sont jamais revenus ? Oui, je le crois. Qu'il en était responsable ? Bien sûr que non. Ce n'est même pas plausible. Beaumont avait des défauts, mais c'était un excellent marin. Il reniflait une tempête à trente kilomètres. S'il s'était trouvé sur une petite embarcation, il serait rentré avant que la tempête éclate.

— Qui alors ?

— Voyons, mon vieux... Nous connaissons tous les deux la réponse. Cette autre personne qui l'employait l'a assassiné. Ils lui ont dit de vous suivre jusqu'à Rio. Vous vous en êtes aperçu. Il est devenu inutile. » Tennyson fit une pause. « C'est comme s'ils avaient su que nous irions à Saint-Tropez. Ce qui est impardonnable, c'est d'avoir aussi tué Gretchen. Pour sauver les apparences.

— Je regrette. Je me sens responsable.

— Vous n'y pouviez absolument rien.

— Est-ce que ce ne serait pas les Britanniques ? demanda Holcroft. J'ai parlé de Beaumont à Kessler. Il m'a dit qu'il utiliserait ses filières. De Bonn à Londres. Un agent d'ODESSA commandant un navire de reconnaissance, c'était peut-être trop gênant.

— Personne n'aurait donné un tel ordre. Les Anglais auraient tout mis en œuvre, ils auraient utilisé la méthode forte pour le faire parler, mais ils ne l'auraient pas tué. Ils le tenaient. Beaumont a été tué par une personne que ses révélations auraient mise en danger, pas par quelqu'un qui en aurait tiré parti. »

Le raisonnement de Tennyson était convaincant.

« Vous avez raison. Cela ne rapportait rien aux Britanniques.

— Exactement. Et il y a un autre facteur, moral celui-là. Je pense que le MI-5 est plein d'égoïstes, mais je ne pense pas qu'ils tueraient pour éviter de perdre la face. Ce n'est pas dans leur nature. Cela dit, ils iraient très loin pour maintenir leur réputation. Ou la retrouver. Et je souhaite ne pas me tromper.

— Comment ça ?

— Je prends l'avion pour Londres ce soir. Demain matin, je contacterai Payton-Jones au MI-5. J'ai un échange à lui proposer. Je pense qu'il lui sera difficile de résister. Je peux lui proposer d'attraper un oiseau qui niche au sol et se déplace très rapidement d'un endroit à l'autre. »

Holcroft en fut stupéfait.

« Je croyais que vous ne vouliez pas travailler avec eux.

— *Lui*. Payton-Jones seulement. Personne d'autre. Il doit me donner sa parole, ou nous n'irons pas plus loin.

— Vous pensez qu'il le fera ?

— Il n'a pas vraiment le choix, ce volatile est devenu l'obsession du MI.

— Et qu'obtiendriez-vous en échange ?

— L'accès aux documents confidentiels. Les Anglais ont des milliers de dossiers ultra-secrets sur les dernières années de la guerre. Ils peuvent être très compromettants pour beaucoup de gens, mais notre réponse s'y trouve. Un homme, un groupe, une bande de fanatiques, je ne sais qui ou quoi, mais c'est là. Quelqu'un qui était en rapport avec le Finanzministerium il y a trente ans ou bien avec nos pères ; quelqu'un en qui ils avaient confiance, à qui ils ont donné des responsabilités. Cela pourrait même être une infiltration Loch Torridon.

— Une quoi ?

— Infiltration Loch Torridon. C'était une opération d'espionnage et de sabotage montée par les Britanniques entre 1941 et 1942. On a renvoyé des centaines d'émigrés en Allemagne et en Italie, pour travailler en usine ou dans les chemins de fer et dans les bureaux du gouvernement. Tout le monde sait qu'il s'agissait du personnel de Loch Torridon au Finanzministerium... La réponse se trouve dans les archives.

— Grâce à ces milliers de dossiers, vous espérez pouvoir identifier quelqu'un ? Si toutefois c'est possible, cela pourrait prendre des mois.

— Pas vraiment. Je sais exactement quoi chercher : des gens qui ont peut-être été en rapport avec nos pères. »

Tennyson parlait si vite, avec tant d'assurance, que Noël n'arrivait pas à le suivre.

« Pourquoi êtes-vous convaincu que vous trouverez ce renseignement ?

— Parce que c'est obligé. Vous me l'avez fait comprendre cet après-midi. Cette personne que vous avez appelée à New York, celui qu'on a assassiné...

— Peter Baldwin ?

— Oui. Le MI-6. Il savait, pour Genève. On commence par lui. C'est notre fil conducteur.

— Alors ouvrez le dossier "Wolfsschanze", dit Holcroft. "Code Wolfsschanze". Vous trouverez peut-être quelque chose. »

Tennyson ne répondit pas tout de suite. Il était surpris ou il réfléchissait.

« Qui vous a dit ça ? demanda-t-il. Vous ne m'en aviez jamais parlé. Helden non plus.

— Nous avions oublié, lui répondit Holcroft.

— Nous devons être prudents, dit Tennyson. Si le nom de « Wolfsschanze » est lié à celui de Genève, il faudra faire *très* attention. Il ne faut pas que les Anglais soient au courant pour Genève. Ce serait désastreux.

— C'est bien mon avis. Mais quelle raison donnerez-vous à Payton-Jones pour avoir accès aux archives ?

— Je lui dirai la vérité, en partie, répondit Tennyson. Je veux celui qui a tué Gretchen.

— Et pour cela, vous êtes prêt à... leur abandonner la piste que vous suivez depuis six ans ?

— Pour ça, et pour Genève. De tout cœur. »

Noël fut touché.

« Vous voulez que je parle à Payton-Jones ?

— *Non !* hurla Tennyson ; puis il baissa la voix. Je veux dire... ce serait trop dangereux. Faites-moi confiance. Faites ce que je vous dis, je vous en prie. Helden et vous ne devez pas vous faire connaître. Jusqu'à notre prochain contact, Helden ne doit pas retourner travailler. Elle doit rester avec vous, et vous ne devez vous montrer ni l'un ni l'autre. »

Holcroft regarda Helden ;

« Je ne sais pas si elle acceptera ;

— Je la convaincrai. Laissez-moi lui parler. Notre entretien à tous les deux est terminé.

— Vous me téléphonerez ?

— Dans quelques jours. Si vous changez d'hôtel, laissez un message disant où on peut joindre M. Fresca. Helden connaît le numéro où me laisser des messages. Laissez-moi lui parler. Maintenant, en dépit de nos différences, nous avons besoin l'un de l'autre en ce moment, comme jamais auparavant, peut-être. Et... Noël ?

— Oui.

— Soyez gentil avec elle. Aimez-la. Elle a besoin de vous. »

Holcroft se leva et tendit le récepteur à Helden.

« *Mein Bruder...* »

31

Code Wolfsschanze !

Von Tiebolt-Tennyson donna un coup de poing sur la table de travail de son bureau de Paris.

Code Wolfsschanze. Ernst Manfredi avait dévoilé cette phrase sacro-sainte à Peter Baldwin ! le banquier avait joué un jeu dangereux mais ingénieux. Il savait qu'aussitôt que Baldwin prononcerait cette phrase, il signerait son arrêt de mort. Mais Manfredi n'aurait jamais dévoilé autre chose à l'Anglais ; ce n'était pas dans son intérêt. Pourtant Baldwin avait été l'un des meilleurs cerveaux d'Europe. Avait-il compris plus de choses que Manfredi ne le prévoyait ? Et jusqu'à quel point ? Le dossier Baldwin du MI-5 contenait peut-être la réponse.

Était-ce important ? Les Britanniques avaient rejeté l'offre de Baldwin, quelle qu'elle fût. Un dossier parmi des milliers. Enterré au milieu des archives, perdu, car il s'agissait d'une information refusée.

Code Wolfsschanze. Pour ceux qui ne savaient rien, cela ne voulait rien dire, et les quelques centaines qui comprenaient — ces dirigeants de districts dans chaque pays — savaient que c'était un signal. Ils devaient se préparer, on leur enverrait bientôt des sommes considérables qu'ils devraient utiliser pour la cause.

Die Sonnenkinder. Dans le monde entier, prêts à se dresser et à faire respecter leurs droits.

Le dossier Baldwin ne pouvait pas renfermer cette information ; ce n'était pas possible. Mais ceux qui détenaient ce dossier pouvaient être utilisés. Plus que tout, les Britanniques voulaient le Tinamou. Sa capture par le MI-5 rétablirait la suprématie anglaise dans le monde des services secrets — suprématie perdue au cours d'années de bévues et de défections.

Le Tinamou serait livré au MI-5 et le MI-5 en serait redevable. Telle était la superbe ironie de la situation : ce contre-espionnage britannique tant détesté, ce monstre tranquille qui avait travaillé à la destruction du Troisième Reich, participerait à la création du Quatrième.

Car les Britanniques apprendraient que le

Nachrichtendienst conspirait. Et ils le croiraient : celui qui le leur apprendrait était celui qui leur livrait le Tinamou.

Tennyson traversait les bureaux londoniens du *Guardian*, acceptant avec modestie les compliments de ses collègues et de leurs subordonnés.

Il examinait les femmes avec désinvolture. Les secrétaires, les réceptionnistes invitaient cet homme particulièrement séduisant à les remarquer, l'invitaient, en fait, à prendre ce qu'il désirait. Il comprit qu'il lui faudrait peut-être sélectionner l'une de ces femmes. Sa Gretchen bien-aimée avait disparu, mais lui conservait ses appétits. Oui, se dit Tennyson en se dirigeant vers le bureau du rédacteur en chef, il sélectionnerait une femme. L'excitation montait, l'intensité de Wolfsschanze le gagnait un peu plus à chaque heure. Il aurait besoin de se soulager. C'était toujours ainsi ; Gretchen l'avait compris.

« John, je suis content de te voir, dit le rédacteur en chef en se levant derrière son bureau et en lui tendant la main. On publie l'article de Bonn demain. Bon travail. »

Tennyson s'assit sur une chaise devant le bureau.

« Il s'est passé quelque chose, dit-il. Si mes sources de renseignements sont fiables, et je le crois, un meurtre, des meurtres vont avoir lieu et ils risquent de provoquer une crise mondiale.

— Dieu du ciel. Tu as un papier là-dessus ?

— Non. Impossible. Aucun journal responsable ne le publierait, d'ailleurs. »

Le rédacteur en chef se pencha.

« Qu'est-ce que c'est, John ?

— Il y a une conférence économique au sommet prévue pour mardi prochain...

— Bien entendu. Ici, à Londres. Les grands chefs d'État de l'Est et de l'Ouest.

— Voilà le problème. L'Est et l'Ouest. Ils viendront de Moscou et de Washington, de Pékin et de

Paris. Les gens les plus puissants de la Terre. »
Tennyson s'arrêta.

« Et ?...

— Deux d'entre eux doivent être assassinés.

— *Quoi ?*

— Deux d'entre eux doivent mourir ; lesquels, cela n'a pas grande importance, du moment qu'ils appartiennent aux deux bords opposés ; le président des États-Unis et le représentant de la République populaire de Chine ; ou bien le Premier ministre et le chef d'État de l'Union soviétique.

— Impossible ! Les mesures de sécurité seront imparables.

— Pas vraiment. Il y aura la foule, le défilé, les banquets, le cortège officiel de voitures. Comment ne pas trouver une faille ?

— Il le faudra !

— Pas le Tinamou.

— *Le Tinamou ?*

— Il a accepté le salaire le plus élevé de l'histoire.

— Seigneur Dieu, de *qui ?*

— D'une organisation, le Nachrichtendienst. »

Dans la pièce faiblement éclairée, sans autres meubles qu'une table et deux chaises, Payton-Jones regardait Tennyson, assis de l'autre côté de la table. L'endroit, une pension déserte de l'est de Londres, avait été choisi par le MI-5.

« Je répète, dit sèchement l'agent aux cheveux grisonnants. Vous voulez que je vous croie simplement parce que vous voulez passer à la postérité ? Grotesque !

— C'est ma seule preuve, répondit Tennyson. Tout ce que je vous ai dit est vrai. Nous n'avons plus le temps d'argumenter. Chaque heure est décisive.

— Je n'ai pas non plus la moindre envie d'être piégé par un journaliste opportuniste qui est peut-être davantage qu'un correspondant ! Vous êtes un petit malin. Et peut-être même un menteur éhonté.

— Bon sang, si c'était vrai, qu'est-ce que je ferais ici ? Écoutez-moi ! Je vous le répète pour la dernière fois : j'ai combattu ODESSA toute ma vie. C'est inscrit dans mon dossier, si quelqu'un se donne la peine de le consulter. ODESSA nous a chassés du Brésil, ils nous ont séparés de tout ce que nous avions construit là-bas. Il me faut le Tinamou ! »

Payton-Jones regarda attentivement l'homme blond. La discussion, féroce, avait duré près d'une demi-heure. Sans arrêt, l'agent avait harcelé Tennyson avec un flot de questions entrecoupées d'insultes. C'était une technique soigneusement mise au point par le MI-5 pour mieux discerner le vrai du faux. Il était évident que l'Anglais avait obtenu satisfaction. Il baissa la voix.

« Très bien, monsieur Tennyson. Nous pouvons baisser les armes maintenant. Je vous dois des excuses.

— Moi aussi. Mais je savais que je serais plus efficace tout seul. J'avais tant de rôles à jouer... Si on m'avait vu avec quelqu'un de votre service, mon efficacité aurait été remise en cause.

— Dans ce cas, je regrette de vous avoir convoqué.

— C'était dangereux pour moi. Je sentais le Tinamou me filer entre les doigts.

— Nous ne l'avons toujours pas capturé.

— C'est pour bientôt. Une question de jours. Nous réussirons si nous ne prenons aucune décision à la légère, si nous surveillons attentivement chacune des rues que prendra la délégation, le lieu de chaque réunion, de chaque cérémonie, de chaque banquet. Mais il y a maintenant un avantage : nous savons qu'il est là.

— Vous êtes sûr de vos renseignements ?

— Plus que jamais. L'homme du pub à Berlin était notre messager. Chaque messager ayant contacté le Tinamou est mort. Ses derniers mots ont été « Londres... la semaine prochaine... le sommet... un de chaque bord... un homme avec une rose tatouée sur le dos de la main... Nachrichtendienst ».

Payton-Jones hocha la tête.

« Nous demanderons à Berlin de faire des recherches sur l'identité de cet homme.

— Je doute que vous trouviez grand-chose. D'après le peu que je sais sur le Nachrichtendienst, ses enquêtes étaient parfaitement fouillées.

— Mais neutres, dit Payton-Jones. Et ses informations étaient toujours très précises. Personne n'était épargné. Le Nachrichtendienst transmettait continuellement des renseignements aux témoins de Nuremberg.

— Je suppose, dit Tennyson, que les témoins avaient seulement ce que le Nachrichtendienst voulait bien leur donner. Vous ne pouvez pas savoir ce qu'on leur cachait. »

Le Britannique hocha de nouveau la tête.

« C'est possible. Nous ne le saurons jamais. Mais pourquoi ? Quel est le motif ?

— Si je puis me permettre... répondit l'homme blond... Quelques vieillards sentant la mort proche décident de se venger. Le Troisième Reich avait deux ennemis qui se sont alliés en dépit de leur antagonisme : les communistes et les démocrates. Aujourd'hui, chacun revendique la suprématie. Quelle meilleure vengeance que d'accuser l'autre du crime ? De détruire l'autre ?

— Si nous pouvions le prouver, interrompit Payton-Jones, nous aurions peut-être le mobile de nombreux assassinats commis ces dernières années.

— Comment le prouver et dépasser le doute ? demanda Tennyson. Est-ce que les services secrets britanniques ont jamais été en rapport direct avec le Nachrichtendienst ?

— Oh ! si. Nous avons insisté sur l'importance des identités, qui devaient être tenues secrètes au plus profond des coffres, bien sûr. Nous ne pouvions agir à la légère sur de telles bases.

— Certains sont encore en vie aujourd'hui ?

— C'est possible. Personne n'a mentionné le Nachrichtendienst depuis des années. Je vais vérifier, bien sûr.

— Vous me donnerez leur nom ? »

L'homme du MI-5 s'appuya contre le dossier de sa chaise.*

« C'est l'une des conditions dont vous parliez, monsieur Tennyson ?

— Dont j'ai parlé en ajoutant qu'étant donné les circonstances, je n'insisterais pas.

— Aucun homme bien élevé ne le ferait. Si nous capturons le Tinamou, nous aurons droit à la gratitude des gouvernements du monde entier ; les noms sont secondaires. Si nous les avons, vous les aurez aussi. Vous avez d'autres demandes à formuler ? J'aurais peut-être dû apporter un carnet ?

— Elles sont limitées, répondit Tennyson ignorant l'insulte, et vous surprendront sans doute. Par gratitude envers mes employeurs, j'aimerais que le *Guardian* ait cinq heures d'avance.

— Vous les avez, dit Payton-Jones. Quoi d'autre ?

— Puisque le MI-5 a contacté plusieurs personnes et leur a fait comprendre que je faisais l'objet d'une enquête, j'aimerais qu'une lettre des services secrets anglais stipule non seulement que je suis blanc comme neige, mais que j'ai activement contribué à maintenir, disons... la stabilité internationale.

— Tout à fait inutile, dit l'Anglais. Si nous capturons le Tinamou grâce à vos renseignements, tous les gouvernements vous remettront leurs plus importantes décorations. Une lettre serait superflue. Vous n'en aurez pas besoin.

— Mais si, justement, dit Tennyson, car mon avant-dernière requête est que mon nom ne soit jamais mentionné.

— Jamais mentionné... » Payton-Jones en resta stupéfait. « Cela ne vous ressemble guère...

— Je vous en prie, ne confondez pas mes efforts professionnels et ma vie privée. Je ne recherche aucune gloire personnelle. Les von Tiebolt ont une dette ; disons que c'est un début de remboursement. »

L'agent du MI-5 garda le silence un instant.

« Je vous avais vraiment mal jugé. Une fois de plus, acceptez mes excuses. Vous aurez votre lettre, bien sûr.

— Franchement, j'ai une autre raison de vouloir garder l'anonymat. Je comprends que la Royal Navy et les autorités françaises soient satisfaites de la mort accidentelle de ma sœur et de son mari en vacances, et ils ont probablement raison. Mais vous m'accorderez que le moment était mal choisi. Il me reste une sœur ; elle et moi sommes les derniers von Tiebolt. S'il lui arrive quelque chose, je ne me le pardonnerai jamais.

— Je comprends.

— J'aimerais vous donner toute l'aide possible. Je pense en savoir plus que quiconque sur le Tinamou. Chaque meurtre, chaque projet de déplacement, avant et après le passage à l'acte. Je crois pouvoir aider. J'aimerais faire partie de votre équipe.

— Je serais complètement idiot de repousser votre offre. Quelle est votre dernière requête ?

— J'y viens. » Tennyson se leva. « Il faut comprendre, à propos du Tinamou, que sa technique est en évolution constante. Il improvise au fur et à mesure. Il n'a pas une stratégie, mais dix, ou douze, chacune méthodiquement conçue et mise au point.

— Je ne suis pas sûr de vous suivre.

— Je vous explique. L'assassinat de Madrid, il y a sept mois, pendant les émeutes — vous vous souvenez ?

— Bien entendu. Le coup de fusil a été tiré d'une fenêtre du quatrième étage, au-dessus de la foule.

— Exactement. Un immeuble appartenant au gouvernement, sur une place publique, là où les manifestations devaient avoir lieu. Un immeuble du gouvernement ! Ça m'a fait réfléchir. Et si les policiers avaient été plus rapides, les mesures de sécurité plus efficaces, si on avait fouillé les gens ? Et s'il n'avait pas pu accéder à cette fenêtre ? Un endroit très bien choisi d'ailleurs, pour avoir la cible dans son viseur ; mais s'il y avait eu des gens dans la chambre ?

— Il aurait trouvé un autre endroit.

— Naturellement. Mais là où il aurait mis l'arme, dans une béquille ou fixée à sa jambe, ou cousue dans ses vêtements, cela aurait été gênant. Il fallait qu'il se déplace facilement et vite ; le moment devait être bien choisi ; la démonstration ne serait pas très longue. Il fallait que le Tinamou ait plus d'un endroit, plus d'une possibilité. Et il les a eus.

— Comment le savez-vous ? demanda l'agent du MI-5, fasciné.

— J'ai passé deux jours à Madrid pour vérifier chaque immeuble, chaque fenêtre, chaque toit de cette place. J'ai trouvé quatre armes intactes, et trois autres endroits où les lattes du plancher, les moulures, avaient été arrachées, les châssis des fenêtres retirés. On y avait caché un supplément d'armes. J'ai même trouvé un kilo d'explosifs dans une poubelle sur le trottoir. A quinze mètres du centre de la manifestation. Huit emplacements de tir possibles, destinés chacun à servir au moment précis. »

Les mains sur la table, Payton-Jones avança.

« Ça complique les choses. Les mesures de protection seront concentrées sur un seul endroit. La stratégie que vous décrivez ajoute une autre dimension : une mobilité instantanée. Non pas une cachette prévue à l'avance, mais plusieurs, sélectionnées le moment venu.

— Pendant une durée donnée, ajouta l'homme blond. Mais comme je le mentionnais, nous avons un avantage. Nous savons qu'il est là. Il y a un second avantage, et nous devrions en tirer parti tout de suite. » Tennyson s'arrêta.

« Lequel ?

— Je précise. Nous devrions en tirer parti à condition d'être d'accord ; la capture du Tinamou est presque aussi vitale que la survie de ses cibles. »

L'Anglais fronça les sourcils.

« Ce sont des propos plutôt dangereux. Il ne peut y avoir de risques — calculés ou non — en ce qui concerne ces hommes. Pas sur le sol britannique.

— Laissez-moi terminer, s'il vous plaît. Il a déjà tué des dirigeants politiques et causé des tensions entre les gouvernements. Et chaque fois le calme est revenu. Mais il faut empêcher le Tinamou de continuer, au cas où personne ne pourrait faire revenir le calme assez vite. Si tout le monde consent, nous pouvons y parvenir maintenant.

— Consent à quoi ?

— A se conformer aux horaires prévus. Faites venir les dirigeants des délégations ensemble. Dites-leur ce que vous savez ; quelles précautions seront prises. En respectant les horaires, il y a une forte chance pour que le Tinamou soit enfin pris. » Tennyson s'interrompit et se pencha, les mains sur le bord de la chaise. « Je pense que si vous êtes persuasif, personne ne s'y opposera. Après tout, les dirigeants politiques sont confrontés quotidiennement à des événements à peine moins graves. »

Le froncement de sourcils disparut.

« Et personne ne voudra être accusé de lâcheté. Maintenant, quel est ce deuxième avantage ? demanda l'agent du MI-5.

— La technique du Tinamou exige qu'il place des armes dans un certain nombre d'endroits. Et il doit commencer des jours, peut-être des semaines, avant la date prévue pour l'assassinat. Il a certainement déjà commencé ici à Londres. Je suggère que nous entamions des recherches discrètes, mais approfondies, en délimitant les endroits conformes. »

Payton-Jones joignit les mains pour exprimer son accord.

« Bien sûr. Après en avoir trouvé un, nous connaîtrons non seulement l'endroit prévu, mais le laps de temps donné.

— Exactement. Nous saurons que pendant un certain nombre de minutes, au cours d'un événement précis, dans un endroit déterminé, la tentative d'assassinat aura lieu. » L'homme s'interrompit une fois de plus. « J'aimerais participer à ces recherches. Je sais quoi chercher, et plus important sans doute où ne pas chercher. Nous n'avons pas beaucoup de temps.

— Nous apprécions votre offre, monsieur, dit l'Anglais. Le MI vous en est reconnaissant. Allons-nous commencer ce soir ?

— Donnons-lui un jour de plus pour préparer ses fusils. Cela augmentera nos chances de trouver quelque chose. De plus, il me faudrait une espèce d'uniforme passe-partout et un permis quelconque d'« inspecteur des locaux », ou quelque chose dans ce genre.

— Très bien, dit Payton-Jones. Je suis confus d'avouer que nous avons une photo de vous dans notre dossier ; nous l'utiliserons pour le permis. Je suppose que vous faites un 44, tour de taille 85 ou 90.

— Presque. Un uniforme de fonctionnaire ne doit tout de même pas être du sur mesure.

— Absolument pas. Nous nous occuperons de ces deux articles dans la matinée. Payton-Jones se leva. Vous aviez une autre requête ?

— En effet. Depuis que j'ai quitté le Brésil, je n'ai pas d'arme. Je ne suis même pas sûr que ce soit autorisé, mais j'aimerais en avoir une maintenant. Uniquement pour la durée du sommet, bien sûr.

— Je vous ferai délivrer un permis.

— Vous avez besoin de ma signature, n'est-ce pas ?

— Oui.

— Pardonnez-moi, mais je maintiens ce que je vous ai dit tout à l'heure. Je tiens à l'anonymat. Il ne faut en aucun cas que mon nom soit associé au 9I-5. Je ne voudrais pas que quiconque connaisse la nature de ma contribution. Mon nom figurant sur un permis de port d'arme serait une piste pour quelqu'un en rapport avec le Nachrichtendienst.

— Je vois. » L'Anglais déboutonna la veste de

son costume et glissa la main dans une poche intérieure. « Ce n'est pas régulier du tout, mais les circonstances ne le sont pas non plus. » Il tendit un petit revolver à canon court à Tennyson. « Puisque nous en connaissons tous deux la provenance, prenez le mien. Je le mettrai sur la liste des armes à réviser et j'en demanderai un autre.

— Merci », dit l'homme blond, en prenant l'arme avec une certaine maladresse, comme s'il s'agissait d'un objet qui ne lui était pas familier.

Tennyson entra dans un pub bondé de Soho Square. Il jeta un coup d'œil à travers le rideau de fumée et aperçut ce qu'il cherchait : une main levée, derrière une table, dans un coin éloigné. Comme d'habitude, l'homme portait l'imperméable marron qui avait été fait spécialement pour lui. Il ressemblait à tous les autres imperméables, à ceci près qu'il avait de nombreuses poches et des lanières qui souvent cachaient pistolets, silencieux et explosifs. Le Tinamou l'avait si bien entraîné qu'il s'acquittait des engagements pris par l'assassin lorsque le Tinamou n'était pas disponible.

Son dernier contrat avait été à l'aéroport Kennedy, au cours d'une nuit pluvieuse, lorsqu'un cordon de policiers entourait le fuselage luisant d'un 747 de la British Airways. Il avait trouvé sa proie dans un camion d'approvisionnement en fuel, et fait son travail.

John Tennyson prit sa chope de bière et alla rejoindre l'homme en imperméable marron. La table était petite et ronde, et les chaises si rapprochées que leurs visages n'étaient plus qu'à quelques centimètres l'un de l'autre, leur permettant de ne pas élever la voix.

« Tout est en place ? demanda l'homme blond.

— Oui, répondit son compagnon. Le convoi officiel prend la direction ouest après le Strand, fait le tour de Trafalgar Square, traverse Admiralty Arch, et s'engage dans le Mall, vers le palais. Il y a sept emplacements.

— Dans quelle séquence ?

— D'est en ouest, par ordre de progression. On commence au Strand Palace Hotel, en face de Savoy Court. Troisième étage, chambre 306. Fusil automatique et lunette sont cousus dans le matelas du lit le plus proche de la fenêtre. Un pâté de maisons vers l'ouest, côté est, quatrième étage, les toilettes pour hommes d'un bureau d'experts-comptables. L'arme est dans le plafond, au-dessus du carreau à gauche du néon. Juste au-dessus de la rue, toujours au quatrième — il y a un couloir avec des machines à sous au premier — les bureaux d'un service de secrétariat. Fusil et lunette sont attachés au châssis d'une photocopieuse. En allant vers Trafalgar Square... »

L'homme à l'imperméable passa en revue les endroits où il avait caché les armes. Ils étaient situés sur un parcours d'un peu plus de cinq cents mètres, entre Savoy Court et Admiralty Arch.

« Excellent choix, dit Tennyson, en repoussant sa chope intacte. Vous comprenez bien vos déplacements ?

— Je les connais ; je ne peux pas dire que je les comprends.

— Ce n'est pas vraiment indispensable, n'est-ce pas ? remarqua l'homme blond.

— Non, bien sûr ; mais c'est à vous que je pense. Si vous êtes coincé, je pourrais faire le truc à votre place. De n'importe quel emplacement choisi.

— Même vous, vous n'êtes pas assez qualifié pour ça. Il ne peut y avoir la moindre erreur. Une seule balle manquée serait désastreuse.

— Puis-je vous rappeler que j'ai été entraîné par le meilleur ? »

Tennyson sourit.

« Vous avez raison. Très bien. Déplacez-vous comme convenu et restez à l'emplacement huit. Choisissez une pièce de l'immeuble appartenant au gouvernement, après Admiralty Arch, et faites-moi savoir laquelle. C'est possible ?

— Je vais faire un carton », répondit l'homme en portant la bière à ses lèvres. Tennyson aperçut une rose rouge tatouée sur le dos de sa main droite.

« Puis-je faire une suggestion ? demanda John Tennyson.

— Bien sûr. Quoi donc ?

— Portez des gants », dit le Tinamou.

32

L'homme blond ouvrit la porte et appuya sur l'interrupteur contre le mur ; deux lampes de chevet s'allumèrent dans la chambre d'hôtel 306. Il fit signe à son compagnon de le suivre à l'intérieur.

« Tout va bien, dit Tennyson. Même si la chambre est surveillée, les rideaux sont tirés et c'est l'heure où les femmes de chambre font les lits. Par ici. »

Tennyson sortit un minuscule détecteur de métal de la poche de son manteau. Il appuya sur le bouton en tenant l'appareil au-dessous du lit. Le léger bourdonnement s'amplifia ; l'aiguille du cadran fit un bond vers la droite.

Il rabattit soigneusement les couvertures et les draps.

« Là. On peut sentir les contours, dit-il en appuyant sur le matelas.

— Remarquable, dit Payton-Jones. Et la chambre a été louée pour dix jours ?

— Par télégramme et mandat depuis Paris. Au nom de Lefèvre, un pseudonyme qui ne veut rien dire. Personne ne l'a habitée.

— C'est bien là. »

Payton-Jones retira ses mains.

« Je devine le fusil, dit Tennyson, mais l'autre objet ?

— Une lunette, répondit l'Anglais. Nous laisserons tout à sa place et posterons des hommes dans le corridor.

— Le prochain emplacement est en bas de la

rue, dans les toilettes d'un cabinet d'experts-comptables au quatrième étage. L'arme est dans le plafond, au-dessus d'un tube de néon.

— Allons-y », dit Payton-Jones.

Une heure et quarante-cinq minutes plus tard, les deux hommes se trouvaient sur le toit d'un bâtiment dominant Trafalgar Square. Ils étaient tous les deux agenouillés près du muret qui délimitait le toit. En dessous se dessinait la route que prendrait le convoi officiel en allant vers Admiralty Arch et le Mall.

« Que le Tinamou ait placé une arme ici, dit Tennyson, la main posée sur le papier goudronné légèrement renflé, à côté du mur, me fait supposer qu'il portera un uniforme de la police.

— Je vois ce que vous voulez dire, répondit Payton-Jones. Un policier en train de se déplacer sur le toit où un de nos hommes est en faction ne se ferait pas remarquer.

— Exactement. Il pourrait abattre notre homme et prendre sa place.

— Mais dans ce cas, il s'isole. Il n'a plus d'issue.

— Je ne suis pas sûr que le Tinamou en ait besoin, pas au sens conventionnel du terme. Une corde bien tendue dans une allée, une foule hystérique en dessous, les escaliers bloqués, la bousculade générale. Il s'est enfui dans des conditions plus périlleuses. N'oubliez pas qu'il a plus d'identités à sa disposition qu'un annuaire du téléphone. Je suis convaincu qu'à Madrid il était l'un des interrogateurs.

— Nous aurons deux hommes là-haut dont l'un sera caché. Et quatre tireurs d'élite sur les toits d'à côté. »

Payton-Jones se détacha du mur en rampant ; l'homme blond le suivit.

« Vous avez fait un travail remarquable, Tennyson, dit l'agent de MI-5. Vous avez découvert cinq emplacements en un peu plus de trente-six heures. Vous pensez qu'il n'y en a plus ?

— Si. Cependant je suis satisfait que nous ayons

établi les paramètres. De Savoy Court jusqu'au bout de Trafalgar Square — c'est entre ces deux points qu'il se manifestera. Une fois que le convoi officiel aura traversé Admiralty Arch et sera arrivé au Mall, nous pourrons respirer. Mais avant cela, je n'en suis pas sûr. Les délégations ont été averties ?

— Oui. Chaque chef d'État sera équipé d'une protection de poitrine, de ventre et de jambes, et il aura une couronne de plastique pare-balles dans son chapeau. Naturellement, le président des États-Unis refuse de porter le moindre chapeau, et le Russe veut que le plastique soit posé dans sa toque de fourrure, mais à part ça, tout va bien. Le risque est minime. »

Tennyson regarda Payton-Jones.

« Vous le pensez vraiment ?

— Oui. Pourquoi ?

— Vous vous trompez. Le Tinamou n'est pas simplement un bon tireur. Sa précision lui permettrait de faire tournoyer une pièce de monnaie à cinq cents mètres. Un ruban de chair sous le rebord d'un chapeau ne lui pose aucun problème. Il viserait les yeux et ne raterait pas son coup. »

L'Anglais jeta un coup d'œil à Tennyson.

« J'ai dit que le risque était minime, pas qu'il n'y en avait pas. Au premier signe de trouble, chaque chef d'État sera protégé par des boucliers humains. Vous avez trouvé cinq emplacements pour le moment ; disons qu'il y en a encore cinq. Si vous n'en trouvez plus, nous aurons tout de même diminué son efficacité de cinquante pour cent. La chance est contre lui. Nous l'attraperons. *Il le faut.*

— Sa capture représente beaucoup pour vous, n'est-ce pas ?

— Autant que pour vous, monsieur Tennyson. Plus qu'aucun autre objectif en plus de trente ans de service. »

L'homme blond hocha la tête.

« Je comprends. Je dois beaucoup à ce pays et je ferai tout mon possible pour vous aider. Mais je serai profondément soulagé moi aussi lorsque le convoi officiel atteindra Admiralty Arch. »

Avant trois heures, mardi matin, Tennyson avait « découvert » deux autres armes. Il y en avait maintenant sept en tout, formant une ligne droite en bas du Strand depuis Savoy Court jusqu'au toit au coin de Whitehall et Trafalgar. Chaque emplacement était surveillé par un minimum de cinq agents, cachés dans les corridors et sur les toits, fusils et revolvers en position, prêts à tirer sur quiconque ferait mine d'approcher les armes cachées.

Pourtant, Tennyson n'était pas satisfait.

« Il y a quelque chose qui cloche, répétait-il sans cesse à Payton-Jones. Je ne sais pas quoi, mais quelque chose ne va pas.

— Vous êtes exténué, dit l'agent dans la chambre du Savoy qui était leur base d'opérations. Vous avez fait un travail extraordinaire.

— Pas assez extraordinaire. Il y a quelque chose, et je n'arrive pas à mettre le doigt dessus !

— Calmez-vous. Regardez plutôt sur quoi vous avez mis le doigt : sept armes. Selon toutes probabilités, c'est tout ce qu'il y a. Il faudra bien qu'il s'approche d'un de ces fusils, qu'on sache qu'il en connaît la cachette. Il est à nous. Détendez-vous. Nous avons posté des douzaines d'hommes là-bas.

— Mais il y a quelque chose qui cloche. »

La foule était massée le long du Strand, encombrant les trottoirs jusqu'aux devantures des magasins. On avait placé des bornes reliées par de gros câbles d'acier des deux côtés de la rue. Les policiers londoniens étaient postés en rang devant ces câbles, leur bâton à la hanche, sans fourreau.

Derrière les policiers, mêlés à la foule, se trouvaient une centaine d'agents du contre-espionnage britannique, la plupart rapatriés de leur poste à l'étranger. C'étaient les experts exigés par Payton-

Jones, l'assurance prise contre l'assassin capable de faire tournoyer une pièce de monnaie à cinq cents mètres. Ils communiquaient entre eux par des radios miniatures à ultra-haute fréquence impossible à intercepter ni à brouiller.

Dans la chambre du Savoy qui servait de quartier général, l'activité était intense ; chacun des hommes présents était un expert. Des écrans d'ordinateurs montraient chaque mètre du parcours, graphiques et grilles représentant pâtés de maisons et trottoirs. Les écrans étaient reliés aux radios du dehors ; elles étaient indiquées par des points minuscules qui s'allumaient. L'heure approchait. Le convoi officiel avançait.

« Je retourne dans la rue, dit Tennyson en sortant le petit émetteur-récepteur de sa poche. Je règle la flèche verte en position de réception, c'est bien ça ?

— Oui, mais n'envoyez pas de message, sauf en cas d'absolue nécessité, dit Payton-Jones. Quand le convoi atteindra Waterloo Bridge, tout est réglé par tranches de cinq secondes tous les cinquante mètres — sauf en cas d'urgence, bien entendu. Gardez l'écoute. »

Un agent assis devant un écran parla d'une voix forte.

« A cent cinquante mètres de Waterloo, monsieur. Vitesse constante de 12 km/h. »

L'homme blond quitta la pièce en hâte. Il était temps de déclencher l'habile processus qui devait détruire le Nachrichtendienst une fois pour toutes et cimenter le pacte de Wolfsschanze.

Il arriva sur le Strand et regarda sa montre. Dans trente secondes, l'homme en imperméable marron apparaîtrait à une fenêtre du deuxième étage du Strand Palace Hotel. Celle de la chambre 206, juste au-dessous de la pièce où le fusil était cousu dans le matelas. C'était le premier déplacement.

Tennyson chercha du regard un des spécialistes de Payton-Jones. Ils n'étaient pas difficiles à repérer ; ils avaient de petites radios identiques à la sienne. Il s'approcha d'un agent qui s'efforçait de maintenir sa position près de la devanture d'un magasin malgré la cohue ; un homme auquel il avait déjà intentionnellement adressé la parole ; il avait parlé à plusieurs d'entre eux.

« Bonjour. Comment ça se passe ?

— Pardon ? Oh ! c'est vous, monsieur. »

L'agent surveillait les gens dans les limites de sa borne. Il n'avait pas le temps de parler.

Le bruit s'amplifia brusquement. Le convoi approchait. La foule se massa plus près de la route en agitant de petits drapeaux. Les deux rangées de policiers postés devant les bornes semblaient se préparer à briser les rangs, comme dans l'éventualité d'une panique générale.

« Par ici ! hurla Tennyson en saisissant le bras de l'agent. Là, en haut !

— Quoi ? Où ça ?

— Cette fenêtre ! Elle était fermée il y a quelques secondes ! »

Ils ne voyaient pas distinctement l'homme en imperméable marron, mais de toute évidence, il y avait une silhouette dans l'ombre.

L'agent envoya son message.

« Suspect possible. Secteur un, Strand Palace Hotel, deuxième étage, troisième fenêtre à partir du coin sud. »

Des crachotements précédèrent la réponse :

« C'est en dessous du 306. Vérification immédiate. »

L'homme à la fenêtre disparut.

« Il est parti », dit l'agent.

Cinq secondes plus tard une autre voix se fit entendre.

« Il n'y a personne ici. La chambre est vide.

— Désolé », dit l'homme blond.

Tennyson s'éloigna dans la foule, direction sud. Il regarda encore sa montre : plus que vingt secondes. Il s'approcha d'un autre homme tenant une radio ; il montra la sienne pour amorcer le contact.

« Je suis l'un d'entre vous, dit-il, haussant la voix pour se faire entendre. Tout va bien ? »

L'agent le regarda.

« Quoi ? »

Il aperçut la radio que tenait Tennyson.

« Ah ! oui, vous étiez à la préparation de ce matin. Tout va bien, monsieur.

— La porte, là-bas ! »

Tennyson posa la main sur l'épaule de l'agent.

« De l'autre côté de la rue. L'entrée ! On voit l'escalier, au-dessus de la foule. Cette entrée-là !

— Quoi donc ? Le type sur les marches ? En train de courir ?

— Oui ! C'est le même !

— Qui ça ? De quoi parlez-vous ?

— Dans la chambre d'hôtel. Tout à l'heure. C'est le même ; je le sais ! Il avait un attaché-case. »

L'agent transmit son message :

« Vérification de sécurité. Secteur Quatre, côté ouest. Entrée adjacente à bijouterie. Sujet avec mallette. Monte les escaliers.

— On y va », lui répondit-on.

De l'autre côté du Strand, Tennyson aperçut deux hommes qui passaient la porte en courant et montaient l'escalier. Il regarda vers la gauche, l'homme en imperméable marron sortait de la bijouterie et se mêlait à la foule. Il y avait une porte sur le premier palier, fermée d'ordinaire — comme en ce moment — qui reliait les deux bâtiments.

Une voix lui parvint.

« Personne avec mallette du deuxième au cinquième étage. Allons vérifier toit.

— Pas la peine, ordonna une autre voix. Nous y sommes. Il n'y a personne. »

Tennyson haussa les épaules pour manifester son dépit et s'éloigna. Il devait encore donner trois fois l'alarme pendant que le convoi descendait majestueusement le Strand. La dernière obligerait le véhicule de tête à s'arrêter, jusqu'à ce que la voie soit libre pour qu'il poursuive sa route vers Trafalgar Square. Tennyson donnerait cet ultime signal qui précéderait le chaos.

Première alarme. Il tira un bras, un bras dont la main tenait une radio.

« Cet échafaudage ! Là-haut !

— Où ça ? »

Toute la façade d'un bâtiment en face de Charing Cross Station était en pleine reconstruction. Des badauds avaient escaladé les tuyaux d'assemblage ; ils acclamaient et sifflaient le convoi.

« A droite. Il a disparu derrière les planches !

— Qui donc, monsieur ?

— Le type dans l'hôtel, sur les marches de l'immeuble ! La mallette !

— Vérification de sécurité. Secteur Sept. Sujet sur l'échafaudage. Avec une mallette. »

Parasites. Puis on entendit plusieurs voix.

« On est partout sur l'échafaudage, coco. Que dalle.

— Je suis désolé.

— Vous nous avez fichu la frousse, monsieur.

— Pardonnez-moi. »

Deuxième alarme. Tennyson montra à un policier sa carte provisoire du MI-5 et se précipita vers Trafalgar Square bondé.

« Les lions ! Mon Dieu, les lions ! »

L'agent — un de ceux auxquels Tennyson avait parlé pendant la réunion de la matinée — regarda fixement la base du monument de Nelson. Des dizaines de gens étaient perchés sur les lions entourant le symbole de la victoire de Nelson à Trafalgar.

« Qu'y a-t-il, monsieur ?

— Le voilà, encore lui ! Il était sur l'échafaudage !

— Je l'ai entendu déjà il y a un instant, dit l'agent. Où est-il ?

— Il est passé derrière le lion de droite. Ce n'est pas un attaché-case, c'est une sacoche en cuir, mais elle est trop grande pour un appareil photo ! Vous ne voyez donc pas ? C'est trop grand pour un appareil photo ! »

L'agent n'eut aucune hésitation. Il porta la radio à ses lèvres.

« Sécurité. Secteur Neuf. Nord. Sujet avec grande sacoche de cuir. »

Il y eut des crachotements et deux voix se couvrant mutuellement.

« Sujet avec deux appareils photo, le plus grand à ses pieds...

— Sujet consulte posemètre, correspond... Aucun danger ; personne.

— Sujet en train de descendre, fait la mise au point. Pas lui. »

L'homme du MI-5 jeta un coup d'œil à Tennyson puis détourna le regard et surveilla la foule.

C'était le moment. Le début de l'ultime alerte, le commencement de la fin des Nachrichtendienst.

« Vous vous trompez ! cria Tennyson, furieux. Vous vous trompez, tous ! Tous !

— Quoi ! »

L'homme blond se mit à courir de toutes ses forces, se frayant un chemin dans la foule du square, vers le trottoir, la radio plaquée contre son oreille. Il entendait des voix excitées en train de commenter sa brusque réaction.

« Il est pas net !

— Il dit qu'on s'est trompés.

— A quel sujet ?

— J'en sais rien.

— Il s'est mis à courir.

— Où ça ?

— Je ne sais pas. Je n'arrive pas à le voir. »

Tennyson arriva devant la barrière de fer qui entourait le monument. Il aperçut son collègue — l'élève du Tinamou — qui traversait précipitamment la rue, vers Admiralty Arch. L'homme en imperméable avait une petite boîte en plastique noir à la main. Le document qui se trouvait à l'intérieur était la réplique exacte de celui que Tennyson avait dans la poche, seule la photo était différente.

Maintenant !

L'homme blond appuya sur le bouton et cria.

« C'est lui ! Je le sais !

— Qui ça ?

— Répondez !

— Ça vient du Secteur Dix !

— Je comprends tout maintenant ! Je vois ce qui n'allait pas.

— C'est vous, Tennyson ? »

La voix de Payton-Jones.

« Oui !

— Où êtes-vous ?

— Ça y est ! Je comprends maintenant.

— Vous comprenez quoi ? Tennyson, c'est vous ? Que se passe-t-il ? Regardez !

— C'est limpide, maintenant ! C'est là que nous avons commis une erreur ! Ça n'aura pas lieu quand nous le pensions — là où nous le pensions.

— De quoi parlez-vous ? Où êtes-vous ?

— Nous nous sommes trompés, vous ne comprenez pas ? Les armes. Les sept emplacements. Ils étaient là pour qu'on les trouve ! Voilà ce qui clochait !

— Quoi ? Appuyez sur le bouton rouge, Tennyson. Gardez l'écoute. Qu'est-ce qui clochait ?

— Les armes. Elles ont été trop faciles à trouver.

— Bon sang, qu'est-ce que vous voulez dire ?

— Je n'en suis pas encore sûr, répondit Tennyson en se dirigeant vers une sortie. Je sais simplement que ces armes étaient là pour qu'on les trouve. C'était la progression normale !

— Quelle progression ? Appuyez sur le bouton rouge. Où êtes-vous ?

— Quelque part entre le Secteur Dix et de retour vers Neuf, intervint une autre voix. Côté ouest. A Trafalgar.

— La progression d'une arme à l'autre ! s'exclama Tennyson. En allant d'est en ouest ! Au fur et à mesure qu'un emplacement est passé, nous l'éliminons. Il ne faut pas ! Ce sont des limousines décapotables !

— Que voulez-vous dire ?

— Arrêtez le convoi ! Au nom de ce qu'il y a de plus sacré, arrêtez-le !

— Arrêtez le convoi ! L'ordre a été donné. Où êtes-vous maintenant ? »

L'homme blond s'accroupit ; deux hommes du MI-5 passèrent à quelques mètres de lui.

« Je crois que je l'ai repéré ! Le type sur l'échafaudage ! Dans l'entrée de l'immeuble. A la fenêtre de l'hôtel. C'est lui ! Il revient sur ses pas ; maintenant il court !

— Décrivez-le ! Décrivez-le, bon Dieu !

— Il porte une veste. Une veste marron à carreaux.

— Alerte. Arrêtez sujet portant une veste marron à carreaux. Passe par Secteur Neuf, Huit et Sept. Côté ouest.

— Il doit y avoir une arme que nous n'avons pas trouvée ! Il va tirer de l'arrière ! La distance ne lui fais pas peur. Il toucherait la nuque de quelqu'un à un kilomètre. Faites repartir le convoi officiel ! Vite !

— Premier véhicule, partez. Assurez protection arrière.

— Il s'est arrêté !

— Tennyson ! Où êtes-vous ? Donnez-nous votre position !

— Toujours entre Secteurs Neuf et Dix, monsieur, dit une voix.

— Il ne porte plus la veste, mais c'est notre homme ! Il traverse le Strand en courant !

— Où ça ?

— Personne ne traverse le Secteur Huit.

— Secteur Neuf ?

— Non, monsieur.

— Retour en arrière ! Derrière le convoi !

— Secteur Cinq au rapport. Les policiers ont relâché les rangs...

— Resserrez-les. Je ne veux plus personne dans la rue. Tennyson, qu'est-ce qu'il porte ? Décrivez-le. »

L'homme blond restait silencieux ; il traversa le square, parcourut vingt mètres puis porta de nouveau la radio à ses lèvres.

« Un imperméable marron. Il retourne vers Trafalgar Square.

— Secteur Huit, monsieur. Transmission du Secteur Huit. »

Tennyson ferma la radio, la fourra dans sa poche et courut vers la barrière de métal. Le convoi arrivait à Charing Cross, à quatre cents mètres peut-être. Le chronométrage était parfait. Celui du Tinamou l'était toujours.

L'homme en imperméable marron s'installa dans un bureau vide de l'immeuble gouvernemental derrière Admiralty Arch, une pièce réquisitionnée grâce à la carte factice du MI-5. Personne ne contesta ce papier. Pas aujourd'hui. De cette pièce au convoi, la ligne de tir était difficile, mais pas pour quelqu'un entraîné par le Tinamou.

Tennyson sauta par-dessus la barricade et courut vers Admiralty Arch, traversant Trafalgar Square en diagonale. Deux officiers de police l'arrêtèrent, leurs bâtons levés à l'unisson. Le convoi était à trois cents mètres.

« C'est une urgence ! cria l'homme blond en montrant ses papiers. Établissez un contact radio et vérifiez ! Fréquence MI-5, opération Savoy. Il faut que j'aille dans l'immeuble du gouvernement ! »

Les policiers étaient perplexes.

« Désolé, monsieur. Nous n'avons pas de radio.

— Alors trouvez-en ! » hurla Tennyson en poursuivant sa route.

A Admiralty Arch, il mit sa radio en marche.

« C'est le Mall ! Quand le convoi aura passé l'Arch, arrêtez tous les véhicules. Il est dans les arbres.

— Tennyson, où êtes-vous ?

— Secteur Douze, monsieur. Il est dans le Secteur Douze. Côté est.

— Prenez le relais. Vite, bon sang. »

Tennyson éteignit la radio, la mit dans sa poche et continua, se frayant un chemin dans la foule. Il pénétra dans le Mall et tourna à gauche. Il courut jusqu'à la première entrée du bâtiment gouvernemental. Deux gardes en uniforme lui barrèrent la route ; il montra la carte du MI-5.

« Ah ! oui, monsieur, dit le garde de gauche. Votre équipe est au deuxième. Je ne sais pas exactement dans quel bureau.

— Moi oui », dit l'homme blond en courant vers l'escalier.

Les acclamations montaient depuis Trafalgar Square ; le convoi approchait d'Admiralty Arch.

Il monta les marches trois par trois, ouvrit la porte du corridor au deuxième étage d'un coup d'épaule, s'arrêta dans le vestibule pour faire passer son revolver de la poche à la ceinture. Sans faire de bruit, il se dirigea vers la deuxième porte à sa gauche. Inutile d'essayer de l'ouvrir ; elle était fermée. Mais en l'enfonçant sans avertir, il risquait une balle à coup sûr.

« *Es ist von Tiebolt !* cria-t-il. *Bleib beim Fenster !*
— *Herein !* »

Tennyson se mit en position et donna un grand coup d'épaule dans la porte qui s'ouvrit toute grande sur l'homme en imperméable, accroupi devant la fenêtre, un fusil à la main. Il portait des gants de couleur chair.

« *Johann ?*

— Ils ont tout trouvé ! dit l'homme blond. Toutes les armes, tous les emplacements !

— Impossible, cria l'homme en imperméable. Un ou deux, peut-être. Pas tous !

— Tous », dit Tennyson, en s'agenouillant derrière lui devant la fenêtre.

La voiture du service de sécurité qui ouvrait la route venait de dépasser Admiralty Arch ; ils apercevraient les premières limousines dans quelques secondes. Les hurlements de la foule massée dans le Mall enflaient comme un chœur très puissant.

« Donnez-moi le fusil ! dit Tennyson. Le viseur est calibré ?

— Bien sûr », dit l'homme en lui tendant l'arme.

Tennyson glissa la main gauche sous la lanière, resserra et souleva le fusil à lunette, puis mit en joue. Il vit la première limousine avancer dans le cercle vert pâle, le Premier ministre de Grande-Bretagne apparaître à l'épicentre. Tennyson bougea légèrement ; le visage souriant du président des États-Unis se trouvait maintenant dans la ligne de mire, les fils de carbone découpaient la tempe gauche de l'Américain à angle droit. Tennyson passa de l'un à l'autre. Pour lui, il était important de savoir qu'en pressant deux fois la détente, il pouvait les éliminer tous les deux.

Une troisième limousine apparut lentement dans le cercle vert pâle. Le président de la République populaire de Chine apparut dans le viseur, la ligne de mire sous la visière de sa casquette. Une simple pression du doigt, et sa tête exploserait.

« Qu'est-ce que vous attendez ? demanda l'élève du Tinamou.

— Je prends ma décision, répondit Tennyson. Le temps est relatif. Les demi-secondes deviennent des demi-heures. »

La quatrième limousine arrivait, le chef d'État d'Union soviétique dans le cercle mortel.

L'exercice était terminé. En esprit, il l'avait fait. La transition entre désir et réalité était secondaire. Il aurait été si simple d'appuyer sur la détente.

Mais ce n'était pas le moyen de détruire le Nachrichtendienst. Cela aurait lieu plus tard, commencerait dans quelques semaines et se poursuivrait pendant quelques semaines. C'était inclus dans l'accord de Wolfsschanze. Un certain nombre de dirigeants devaient mourir. Mais pas maintenant, pas cet après-midi.

Le convoi s'arrêta ; Payton-Jones avait transmis les instructions de Tennyson. Aucune limousine n'entra dans le Mall. Des douzaines d'agents surveillèrent les arbres, revolver à la main.

Tennyson tenait le fusil de la main gauche, la bandoulière bien tendue du canon à l'épaule. Il retira son doigt de la détente, et de la main droite, prit le revolver qu'il avait à la ceinture.

« *C'est le moment*, Johann ! Ils sont à l'arrêt, chuchota l'élève. C'est le moment, ou bien ils vont repartir. Il sera trop tard, vous allez les perdre !

— Oui, c'est le moment, dit calmement Tennyson, se tournant vers l'homme accroupi à ses côtés. Et je ne perds rien du tout. »

Il tira et la détonation se répercuta dans le bureau désert. L'homme tournoya sur lui-même ; le sang giclait de son front. Il tomba, les yeux écarquillés.

Avec le bruit que faisait la foule, on n'avait probablement pas entendu le coup de feu, mais cela n'avait guère d'importance. Dans quelques secondes, on entendrait des coups de feu qui ne passeraient pas inaperçus.

Tennyson se leva d'un bond, enleva le fusil et prit un morceau de papier plié dans sa poche. Il s'agenouilla à côté du cadavre et fourra le papier dans la bouche ensanglantée, aussi loin qu'il le put.

Il remit le fusil au bras de son propriétaire et tira le corps vers la fenêtre. Il sortit un mouchoir et essuya le fusil, puis força les doigts morts autour de la détente, déchirant le tissu du gant pour voir le tatouage.

Maintenant.

Il sortit sa radio et se pencha par la fenêtre.

« Je crois que je l'ai vu ! C'est comme à Madrid. C'est ça ! Madrid !

— Madrid ? Tennyson, où...

— Secteur Treize, monsieur. Côté est.

— Treize ? Précisez. Madrid ?... »

Tennyson quitta le rebord de la fenêtre et revint dans le bureau vide. Ce n'était plus qu'une question de secondes. Une question de secondes jusqu'à ce que Payton-Jones comprenne.

Tennyson posa la radio à terre et s'agenouilla près du cadavre. Il plaça le bras mort avec l'arme sur le rebord de la fenêtre ouverte. La radio lui transmettait des messages affolés.

« Secteur Treize. Côté est. Derrière Admiralty Arch vers la gauche, direction Sud.

— Tous les agents sur Secteur Treize. Côté est. Déplacement.

— Tout le personnel se déplace, monsieur. Secteur...

— Madrid !... Le bâtiment du gouvernement. C'est le bâtiment du gouvernement. »

Maintenant.

L'homme blond tira le doigt mort quatre fois, visant la foule massée près du convoi sans faire de détail. Il entendit des hurlements, vit des corps tomber.

« Sortez. Que tous les véhicules avancent. Première alerte. Avancez. »

Les moteurs des limousines vrombirent ; les voitures firent une embardée. Le bruit des sirènes retentit dans Saint-James' Park.

Tennyson laissa le cadavre retomber à terre et se précipita vers l'entrée, le pistolet à la main. Il appuya plusieurs fois sur la détente, jusqu'à épuisement des munitions. Le cadavre tressautait à chaque balle.

Les voix qui parvenaient à Tennyson par la radio étaient devenues indistinctes. Il entendit des gens courir dans le corridor.

Johann von Tiebolt alla jusqu'au mur et se laissa tomber à terre, les traits tirés d'épuisement. Sa performance venait de s'achever. Le Tinamou avait été éliminé.

Par le Tinamou.

33

Leur dernière réunion eut lieu vingt-sept heures et trente minutes après la mort de l'inconnu présumé être le Tinamou.

Depuis le premier compte rendu de cet événement retentissant — effectué tout d'abord par le *Guardian* et confirmé ensuite par Downing Street — les nouvelles avaient secoué le monde. Et les services secrets britanniques, qui refusaient de faire d'autre commentaire que l'expression de leur gratitude envers X, retrouvèrent la suprématie perdue depuis des années de défection et d'inaptitude.

Payton-Jones sortit deux enveloppes de sa poche et les tendit à Tennyson.

« Ceci me paraît une bien maigre compensation. Le gouvernement britannique a une dette envers vous et ne pourra jamais s'en acquitter.

— Je n'ai jamais cherché à être payé, dit Tennyson en acceptant les enveloppes. La disparition du Tinamou me suffit. Je présume qu'une de ces enveloppes contient la lettre du MI-5 et l'autre les noms extraits du dossier Nachrichtendienst ?

— C'est bien ça.

— Quant à l'opération, mon identité ne sera pas divulguée ?

— Elle ne l'a jamais été. Vous figurez dans les rapports sous le terme « source autorisée ». La lettre, dont une copie reste au dossier, stipule que votre parcours est sans failles.

— Et ceux qui ont entendu mon nom par les radios ?

— S'ils le révèlent ils tombent sous le coup de la loi des secrets d'État. Mais ils n'ont entendu que le nom de « Tennyson ». Il doit bien y avoir une douzaine de Tennyson dans nos services, et n'importe lequel d'entre eux fera l'affaire si c'est nécessaire.

— Dans ce cas, je dirai que l'affaire est conclue.

— Je suppose, acquiesça Payton-Jones. Qu'allez-vous faire maintenant ?

— Faire ? Mon boulot, bien sûr. Je suis journaliste. Il faudra peut-être que je m'absente. Je dois m'occuper, malheureusement, des affaires de ma sœur aînée, et ensuite j'aimerais bien prendre un peu de repos. En Suisse, peut-être. J'aime bien le ski.

— C'est l'époque.

— Oui. »

Tennyson s'interrompit.

« J'espère que vous n'aurez plus à me faire suivre.

— Non, bien sûr. Seulement si vous le demandez.

— Le demander ?

— Par protection. »

Payton-Jones donna une photocopie à Tennyson.

« Le Tinamou a été professionnel jusqu'au bout ; il a tenté de se débarrasser de ce papier, de l'avaler. Et vous aviez raison. C'est bien le Nachrichten-dienst. »

Tennyson prit le papier. Les mots étaient à demi effacés, mais encore lisibles.

NACHRICHT. 1360.78K. AU 23°-22°

« Qu'est-ce que cela signifie ? demanda-t-il.

— En fait, c'est plutôt simple, répondit l'agent. Nachricht, forcément, représente Nachrichten-dienst. Le chiffre « 1360.78K » est l'équivalent métrique de trois mille livres, soit une tonne et demie. « Au » est le symbole de l'or, en chimie. Pour « 23°-22° », nous pensons qu'il s'agit des coordonnées géographiques de Johannesburg. Le Tinamou a été payé hier pour son travail, en or, depuis Johannesburg. Autour de trois millions six cent mille livres sterling, soit plus de sept millions de dollars.

— C'est effrayant de penser que le Nachrich-tendienst a autant d'argent à sa disposition.

— Plus encore quand on pense à l'utilisation qui en a été faite.

— Vous n'allez pas divulguer cette information ? Ni ce qui est écrit sur le papier ?

— Nous préférerions nous en abstenir. Cependant, nous savons que nous n'avons aucun droit de vous empêcher — spécialement vous — de l'ébrui-ter. Dans votre article du *Guardian*, vous avez fait allusion à un groupe inconnu, peut-être responsable de la tentative d'assassinat.

— C'était une hypothèse, rectifia Tennyson, tout à fait dans la logique du Tinamou. C'était un mercenaire, pas un justicier. Vous avez appris quelque chose à son sujet ?

— Virtuellement rien. Tout ce qu'il avait sur lui, malheureusement, c'était une excellente contrefaçon. Une carte du MI-5. Ses empreintes ne figurent dans aucun dossier — depuis Washington jusqu'à Moscou. Son costume n'est pas anglais, aucune marque de teinturerie sur ses sous-vêtements, et même son imperméable, qui vient d'un magasin de Old Bond Street, a été payé en liquide.

— Mais il voyageait continuellement. Il doit avoir des papiers.

— Nous ne savons pas où chercher. Nous ne connaissons même pas sa nationalité. Les laboratoires ont travaillé vingt-quatre heures sur vingt-quatre pour trouver quelque chose : dentition, couronnes, trace d'opérations chirurgicales, caractéristiques physiques qu'un ordinateur pourrait identifier. N'importe quoi. Jusqu'à présent, rien.

— Dans ce cas, ce n'était peut-être pas le Tinamou. La seule preuve c'est son tatouage au dos de la main et le calibre des armes. Ce sera suffisant ?

— Pour l'instant, oui ; vous pourrez l'ajouter demain à votre article. Le rapport de balistique est formel. Deux des fusils qui étaient cachés, plus celui qu'il utilisait, correspondent avec trois armes employés pour d'autres assassinats. »

Tennyson hocha la tête.

« C'est quand même rassurant, n'est-ce pas ?

— Certainement. »

Payton-Jones désigna la photocopie.

« Quelle est votre réponse ?

— A quel sujet ? Le papier ?

— Le Nachrichtendienst. Vous nous avez mis sur la piste et maintenant c'est confirmé. C'est une histoire extraordinaire. Vous l'avez dénichée ; vous avez le droit de l'imprimer.

— Mais vous ne voulez pas.

— Nous ne pouvons pas vous en empêcher.

— D'un autre côté, dit l'homme blond, rien ne vous empêche de mentionner mon nom dans vos rapports et je ne le veux pas. »

L'homme du MI-5 s'éclaircit la voix.

« Eh bien, oui, il y a quelque chose. Je vous ai donné ma parole, monsieur Tennyson.

— Bien sûr, mais vous pourriez la reconsidérer, si la situation l'exigeait. Peut-être pas vous, mais quelqu'un d'autre.

— Je n'envisage pas cette possibilité. Vous n'avez eu affaire qu'à moi ; c'était notre accord.

— Alors « source autorisée » est anonyme. Il n'a aucune identité.

— Exactement. Cela n'a rien d'étonnant à mon niveau de négociation. J'ai passé ma vie dans ce service. Ma parole n'est jamais mise en doute.

— Je vois. »

Tennyson se leva.

« Pourquoi ne voulez-vous pas identifier le Nachrichtendienst ?

— Il me faut du temps. Un mois ou deux. Le temps d'avancer sans attirer leur attention.

— Vous vous en sentez capable ? »

Tennyson montra l'une des enveloppes posées sur la table.

« Ces noms vous y aideront ?

— Je l'ignore. Je viens juste de commencer. Il n'y a que huit noms sur la liste ; nous ne sommes même pas certains qu'ils sont tous en vie. Nous n'avons pas eu le temps de vérifier.

— Il doit y en avoir au moins un en vie. Très riche et très puissant.

— De toute évidence.

— Ainsi le désir de capturer le Tinamou est remplacé par celui de capturer le Nachrichtendienst.

— Un transfert logique, dit Payton-Jones. Et je dois ajouter qu'il y a une autre raison — tout à fait professionnelle, mais personnelle aussi. Je suis convaincu que le Nachrichtendienst a abattu quelqu'un que j'avais entraîné.

— Qui cela ?

— Mon assistant. Plus dévoué que quiconque. On a retrouvé son corps à Montereau, un petit village à environ une quarantaine de kilomètres de Paris. Il est d'abord allé en France pour suivre Holcroft, mais il s'est aperçu que cette piste ne menait nulle part.

— D'après vous, que s'est-il passé ?

— Je sais ce qui s'est passé. Rappelez-vous, il poursuivait le Tinamou. Lorsque Holcroft s'est révélé être ce qu'il prétendait être — un type qui vous cherchait à cause d'un héritage...

— Une somme très négligeable, interrompit Tennyson.

— ... notre homme est entré dans la clandestinité. C'était un professionnel de première qualité ; il a progressé. Plus que ça, il a vu les concordances. Il ne peut pas en avoir été autrement. Le Tinamou, le Nachrichtendienst... Paris. Tout concorde.

— Pourquoi ?

— Il y a un nom, sur cette liste. Un homme qui vit près de Paris — nous ignorons où — il était général dans le haut commandement allemand. Klaus Falkenheim. Mais il était plus que ça. Nous pensons qu'il fut l'un des premiers Nachrichtendienst. On le connaît sous le nom de *Herr Oberst*. »

Tennyson se redressa.

« Vous avez ma parole, dit-il. Je n'écrirai rien. »

Holcroft s'assit au bord du lit, le journal à la main. La manchette occupait toute la largeur de la page. Elle disait tout.

Presque tous les articles relataient la dramatique capture et la mort du Tinamou. Selon des histoires remontant à quinze ans, on établissait un lien entre le Tinamou et les deux Kennedy, et Martin Luther King, ainsi qu'Oswald et Ruby ; des suppositions plus récentes concernaient les massacres de Madrid, Beyrouth, Paris et Lisbonne, Prague, et même Moscou.

L'inconnu était la légende du moment. Dans toutes les villes les tatoueurs assistaient à un formidable regain de leurs affaires.

« Mon Dieu, il l'a fait, dit Noël.

— Mais son nom ne figure nulle part, fit remarquer Helden. Cela ne ressemble pas à Johann de ne pas signer une action aussi extraordinaire.

— Tu as dit qu'il avait changé, que Genève avait agi sur lui. J'en suis convaincu. L'homme à qui j'ai parlé ne s'inquiétait pas pour lui-même. Je lui ai dit que la banque de Genève ne voulait pas de complications, que les directeurs chercheraient la petite bête pour pouvoir éliminer l'un d'entre nous et que l'argent soit dans une situation compromettante. Celui qui s'est mis dans une situation dangereuse et qui a traité avec des types comme ceux auxquels ton frère a eu affaire en poursuivant le Tinamou pouvait flanquer une sacrée trouille aux banquiers.

— Mais mon frère et toi dites que quelqu'un de plus puissant que le Rache ou ODESSA — ou Wolfschanze — essaie de vous arrêter. Comment peux-tu croire qu'ils accepteront cela à Genève ?

— On ne leur dira que ce qu'il faut, dit Holcroft. C'est-à-dire peut-être rien si ton frère et moi nous débrouillons bien.

— Est-ce possible ?

— Peut-être. Il pense que oui et Dieu sait qu'il a plus d'expérience que moi dans ce domaine. Ça a été un processus d'élimination absolument dingue. D'abord on est convaincu que c'est un groupe, puis un autre ; finalement c'est ni l'un ni l'autre.

— Tu veux parler d'ODESSA et de Rache ?

— Oui. On les a écartés. Maintenant, nous cherchons quelqu'un d'autre. Il nous suffit d'un nom, d'une identité.

— Que ferez-vous quand vous l'aurez ?

— Je l'ignore, répondit Holcroft. J'espère que ton frère me le dira. Je sais seulement qu'il faudra être rapide. Miles sera là dans quelques jours. Il me mettra publiquement en cause pour les meurtres de Kennedy Airport au Plaza Hotel. Il demandera mon extradition et l'obtiendra. Dans ce cas, c'en sera fini de Genève et de moi.

— S'ils te trouvent, dit Helden. Nous avons des moyens...

— Non, fit Noël en la regardant fixement. Je ne vais pas vivre avec trois costumes de rechange, des chaussures à semelle de caoutchouc et un silencieux à mon revolver. Je veux que tu fasses partie de ma vie, pas l'inverse.

— Tu n'auras peut-être pas le choix. »

La sonnerie du téléphone les fit sursauter. Holcroft saisit le combiné.

« Bonjour, monsieur Fresca. »

C'était Tennyson.

« Vous pouvez parler ? demanda Noël.

— Oui. Ce téléphone est clean et cela m'étonnerait que le standard du George-V s'intéresse à un banal appel de Londres. Méfions-nous quand même.

— Je comprends. Mes félicitations. Vous avez tenu parole.

— On m'a beaucoup aidé.

— Vous avez travaillé avec les Anglais ?

— Oui. Vous aviez raison. J'aurais dû le faire depuis longtemps. Ils ont été formidables.

— Je suis heureux de l'entendre. C'est bon de savoir qu'on a des amis.

— Il y a mieux que ça. Nous connaissons l'identité de l'ennemi de Genève.

— Quoi ?

— Nous avons les noms. Nous pouvons agir contre eux maintenant. Il le faut ; la tuerie doit cesser.

— Comment ?...

— Je vous l'expliquerai de vive voix. Votre ami Kessler était près de la vérité.

— Une faction dissidente d'ODESSA ?

— Faites attention, coupa Tennyson. Disons un groupe de vieillards fatigués ayant trop d'argent et une vendetta qui remonte à la fin de la guerre.

— Qu'allons-nous faire ?

— Peut-être pas grand-chose. Il est possible que les Anglais le fassent pour nous.

— Ils sont au courant pour Genève ?

— Non. Ils croient simplement qu'il s'agit d'une dette.

— C'est mieux qu'on pouvait l'espérer.

— Mais pas plus que nous méritons, ajouta Tennyson. Si je puis me permettre.

— Vous le pouvez. Ces... vieillards. Ils étaient responsables de tout. Même New York ?

— Oui.

— Alors je suis libre.

— Vous le serez bientôt.

— Dieu soit loué ! s'exclama Noël en jetant un coup d'œil à Helden, un sourire aux lèvres. Qu'attendez-vous de moi ?

— Nous sommes mercredi. Soyez à Genève vendredi soir. Je vous y verrai. Je prendrai le dernier vol au départ de Heathrow et arriverai là-bas vers vingt-trois heures trente ou minuit. Appelez Kessler à Berlin ; dites-lui de nous rejoindre.

— Pourquoi pas aujourd'hui ou demain ?

— J'ai à faire. Des choses qui nous aideront. Disons vendredi. Avez-vous un hôtel où aller ?

— Oui. Le Royal. Ma mère prend l'avion pour Genève. Je lui ai demandé de rester là-bas. »

Il y eut un silence sur la ligne, que Tennyson rompit ensuite dans un chuchotement.

« Qu'avez-vous dit ?

— Ma mère se rend à Genève.

— Nous reprendrons cette conversation plus tard, dit le frère d'Helden, d'une voix à peine audible. Je dois raccrocher. »

Tennyson reposa le téléphone sur la petite table de son appartement de Kensington. Comme d'habitude, il détestait cet appareil quand il était porteur de nouvelles inattendues et qui pouvaient, comme c'était ici le cas, être aussi dangereuses que l'apparition du Nachrichtendienst.

Quelle folie amenait Althene Holcroft à Genève ? Cela n'avait jamais fait partie du plan — tel qu'elle l'entendait. La vieille femme pensait-elle pouvoir se rendre en Suisse sans éveiller les soupçons, surtout maintenant ? A moins que l'âge ne l'ait rendue imprudente. Dans ce cas elle ne vivrait pas assez longtemps pour regretter son imprudence. Peut-être avait-elle partagé son dévouement — tel qu'elle le concevait. S'il en était ainsi, on lui remettrait en mémoire ses priorités avant qu'elle ne quitte une vie pendant laquelle elle en avait maltraité plus d'un.

C'était décidé. Il avait ses propres autorités parmi lesquelles elle prendrait place. Le *code Wolfsschanze* allait être réalisé. Tout était prévu maintenant.

D'abord les listes. Il y en avait deux qui constituaient la clef de Wolfsschanze. L'une d'elles faisait onze pages de long, avec les noms de près de 1 600 hommes et femmes influents de tous les pays du monde. Ils composaient l'élite des *Sonnenkinder*, les dirigeants en attente du signal de Genève, prêts à recevoir les millions permettant d'acheter le pouvoir, de truquer les élections et d'influencer la politique. C'était une liste primordiale qui ferait apparaître les grandes lignes du Quatrième Reich.

Mais cela nécessitait de la substance, de la profondeur. Les leaders avaient besoin de disciples. C'est là qu'intervenait la seconde liste sous la forme d'une centaine de bobines de film. La liste maîtresse. Des renseignements sur microfiches concernant leurs fidèles dans tous les coins de la planète. A l'heure actuelle, ils étaient des milliers engendrés et recrutés par les enfants qu'on avait chassés du Reich par bateau, avion et sous-marin.

Opération Sonnenkinder.

Les listes, les noms. Seulement un exemplaire, à ne jamais photocopier, gardé aussi scrupuleusement que le Saint-Graal. Ils avaient été gardés et mis à jour pendant des années par Maurice Graff au Brésil, puis remis à Johann von Tiebolt le jour

404

de sa majorité. La cérémonie constituait la passation de pouvoir ; le nouveau chef absolu que l'on avait choisi avait dépassé toutes les espérances.

John Tennyson avait apporté les listes en Angleterre, sachant qu'il était impératif de trouver une cachette plus sûre que n'importe quelle banque et plus à l'abri d'une éventuelle visite que n'importe quel coffre-fort de Londres. Il avait trouvé l'endroit idéal dans une sinistre ville minière du Pays de Galles, chez un *Sonnenkind* qui donnerait avec joie sa vie pour protéger les précieux documents.

Ian Llewellen, frère de Morgan — commandant en second à bord de l'*Argo* de Beaumont.

Et le Gallois allait bientôt arriver. Après avoir livré sa cargaison, le fidèle *Sonnenkind* se sacrifierait, comme il l'avait imploré seulement quelques jours plus tôt tandis qu'ils roulaient sur l'autoroute en venant d'Heathrow. Sa mort était inévitable ; personne ne devait connaître l'existence de ces listes, de ces noms. Une fois ce sacrifice accompli, seuls deux hommes au monde posséderaient la clef de Wolfsschanze. L'un était un paisible professeur d'histoire résidant à Berlin, l'autre, vénéré par les services secrets britanniques, était un homme au-dessus de tout soupçon.

Nachrichtendienst ! La priorité suivante.

Tennyson contempla la feuille de papier posée près du téléphone ; elle y était depuis plusieurs heures. C'était une autre liste — à des années-lumière des *Sonnenkinder* — que lui avait remise Payton-Jones. C'était le Nachrichtendienst.

Huit noms, huit hommes. Ce que les Anglais n'avaient pas su en deux jours, il l'avait appris en moins de deux heures. Cinq de ces hommes étaient morts. Il en restait trois, dont un agonisait dans un sanatorium en dehors de Stuttgart. Cela en faisait encore deux : Klaus Falkenheim, le traître, connu sous le nom de *Herr Oberst*, et un ancien diplomate de quatre-vingt-trois ans répondant au nom de Werner Gerhardt, qui coulait des jours paisibles dans un village suisse près du lac de Neuchâtel.

Mais les hommes âgés ne traversaient pas l'Atlantique en avion et ne mettaient pas de strychnine dans leur whisky. Ils n'assommaient pas un homme pour une simple photo. Ils n'ouvraient pas le feu sur le même individu dans un village français ni ne l'attaquaient dans une ruelle de Berlin.

Le Nachrichtendienst avait endoctriné des disciples plus jeunes et très compétents. L'endoctrinement était tel qu'il entraînait un engagement absolu... comme celui des disciples de Wolfsschanze.

Nachrichtendienst ! Falkenheim, Gerhardt. Depuis combien de temps connaissaient-ils le *code Wolfsschanze* ?

Il le découvrirait le lendemain. Dans la matinée il prendrait un avion pour Paris et irait voir Falkenheim, l'abominable *Herr Oberst*. Comédien consommé, ordure accomplie. Traître au Reich.

Demain il irait voir Falkenheim et le briserait. Ensuite il le tuerait.

Un klaxon de voiture retentit dehors. Tennyson jeta un coup d'œil à sa montre en se dirigeant vers la fenêtre. Il était exactement vingt heures. Le Gallois se trouvait en bas dans la voiture et à l'intérieur, dans une boîte en acier plombée, il y avait les listes.

Tennyson sortit un revolver d'un tiroir et le fourra dans l'étui attaché à son épaule.

Il aurait voulu que la nuit soit finie et être à bord de l'avion pour Paris. Il avait hâte d'affronter Klaus Falkenheim.

Holcroft était assis sur le lit dans la pénombre, la clarté d'une lune invisible emplissait les fenêtres. Il était quatre heures du matin. Il fumait une cigarette. Il avait ouvert les yeux un quart d'heure auparavant et n'avait pu se rendormir.

Helden. C'était avec cette femme qu'il voulait passer le reste de sa vie, mais elle ne lui disait pas où elle vivait ni avec qui. C'était sérieux, maintenant ; il n'avait plus envie de jouer.

« Noël ? »

La voix de Helden flotta dans l'obscurité.

« Oui.

— Que se passe-t-il, chéri ?

— Rien. Je réfléchissais.

— Moi aussi.

— Je te croyais endormie.

— J'ai senti quand tu sortais du lit. A quoi penses-tu ?

— A beaucoup de choses, dit Holcroft. Surtout à Genève. Ce sera bientôt fini. Tu vas pouvoir t'arrêter de courir, moi aussi.

— C'est à cela que je pensais. Je veux te dévoiler mon secret.

— Un secret ?

— Il n'est pas très important, mais je veux voir ton visage quand je te le dirai. Approche-toi. »

Elle tendit ses deux mains qu'il prit dans les siennes en s'asseyant en face d'elle.

« Quel est ce secret ?

— Il s'agit de ton rival. L'homme avec qui je vis. Es-tu prêt ?

— Oui.

— C'est *Herr Oberst*. Je l'aime.

— Ce vieillard ? »

Noël se sentit soulagé.

« Oui. Es-tu furieux ?

— Je suis hors de moi. Je vais devoir le provoquer en duel. »

Il la prit dans ses bras. Helden éclata de rire et l'embrassa.

« Il faut que je le voie demain, dit-elle.

— Je t'accompagnerai. J'ai la bénédiction de ton frère. Je tâcherai d'obtenir la sienne.

— Non. Je dois y aller seule. Je n'en aurai que pour une heure environ.

— Deux heures. Pas davantage.

— Entendu. Je me mettrai en face de son fauteuil roulant et je lui dirai : « *Herr Oberst*. Je vous quitte « pour un autre. » Crois-tu qu'il s'en remettra ?

— Il en mourra », murmura Noël en l'attirant doucement sur le lit.

34

Tennyson pénétra dans le parking de l'aéroport d'Orly et aperçut la Renault grise. Le conducteur de la voiture était le deuxième plus haut fonctionnaire de la Sûreté. Né à Düsseldorf, il avait grandi en France après avoir été chassé d'Allemagne dans un avion parti d'un lointain aérodrome du nord d'Essen. Il avait six ans à l'époque — le 10 mars 1945 — et n'avait gardé aucun souvenir de la mère patrie. Mais il avait une responsabilité : c'était un *Sonnenkind*.

Tennyson arriva à la portière, l'ouvrit et monta dans le véhicule.

« Bonjour, monsieur, dit-il.

— Bonjour, répondit le Français. Vous paraissez fatigué.

— La nuit a été longue. Avez-vous tout ce que j'ai demandé ? J'ai très peu de temps.

— J'ai tout apporté. »

Le fonctionnaire de la Sûreté saisit un dossier sur le tableau de bord et le tendit à l'homme blond.

« Je crois que vous le trouverez complet.

— Faites-moi un résumé. Je le lirai plus tard. Je veux savoir rapidement où nous en sommes.

— Très bien, dit le Français en posant le dossier sur ses genoux. Commençons par le commencement. Le dénommé Werner Gerhardt de Neuchâtel ne peut pas être un membre des Nachrichtendienst.

— Pourquoi ? Von Papen avait ses ennemis dans le corps diplomatique. Pourquoi ce Gerhardt n'aurait-il pas pu en faire partie ?

— Il a très bien pu en être. Mais je parle au

présent ; plus maintenant. Il est non seulement sénile mais faible d'esprit, et depuis des années. Il est la risée de son village. C'est le vieil homme qui parle tout seul, chantonne et nourrit les pigeons du square.

— La sénilité peut se feindre, dit Tennyson. Et la « faiblesse d'esprit » ne constitue pas un cas pathologique.

— Nous avons des preuves. Il a en tant que malade externe un dossier médical digne de foi à la clinique locale. Il a une mentalité d'enfant et c'est à peine s'il peut se débrouiller tout seul. »

Tennyson hocha la tête en souriant.

« Ça suffit pour Werner Gerhardt. A propos de malades, où en est le traître de Stuttgart ?

— Tumeur au cerveau, dernier stade. Il n'en a plus que pour une semaine.

— Ainsi le Nachrichtendienst n'a plus qu'un chef, dit Tennyson. Klaus Falkenheim...

— Il paraîtrait que oui. Mais il peut avoir délégué le pouvoir à un homme plus jeune. Il a des soldats à sa disposition.

— Seulement disponibles ? Parmi les enfants qu'il protège ? Les *Verwünschte Kinder* ?

— Pas vraiment. Ils comptent une poignée d'idéalistes, mais aucune force véritable. Falkenheim a de la sympathie pour eux, mais il ne mêle pas ces intérêts au Nachrichtendienst.

— Alors d'où viennent les soldats du Nachrichtendienst ?

— Ils sont juifs.

— Juifs ! »

Le Français hocha la tête.

« Autant que nous puissions l'établir, ils sont recrutés selon le besoin, un par un. Il n'existe aucune organisation, aucun groupe structuré. A part le fait d'être juifs, ils n'ont qu'un point commun. L'endroit d'où ils viennent.

— Quel est-il ?

— Le kibboutz *Har Sha'alav*. Dans le Néguev.

— *Har Sha'alav* ?... Mon Dieu, quelle perfection,

fit Tennyson avec un respect d'une froideur toute professionnelle. *Har Sha'alav*. Le kibboutz d'Israël qui n'impose qu'une condition à ses membres : être le seul survivant d'une famille exterminée dans les camps.

— Exact, dit le Français. Le kibboutz regroupe plus de deux cents hommes qui peuvent être enrôlés. »

Tennyson regarda par la fenêtre.

« Tuez-moi, un autre prendra ma place. Tuez-le, un autre lui succédera. Cela supposait une armée invisible, une armée invisible prête à accepter une condamnation à mort collective. L'engagement est compréhensible, mais il n'y a aucune armée, seulement une série de patrouilles choisies au hasard. »

Tennyson se retourna vers le chauffeur.

« Êtes-vous sûr de votre information ?

— Tout à fait. Nous devons cette découverte aux deux inconnus tués à Montereau. Nos laboratoires ont relevé un certain nombre d'indices. Les vêtements, de la poussière dans les chaussures et les pores, les alliages utilisés pour les dents et surtout les vieux rapports des médecins légistes. Les deux hommes avaient été blessés ; l'un d'eux avait des éclats de coquillage incrustés dans l'épaule. La guerre du Yom Kippour. Nous avons fait le rapprochement avec le sud-ouest du Néguev et trouvé le kibboutz. Le reste était un jeu d'enfant.

— Vous avez envoyé quelqu'un à *Har Sha'alav* ? »

Le Français hocha la tête.

« L'un d'entre nous. J'ai ici son rapport. On ne parle pas librement, à *Har Sha'alav*, mais ce qui s'y passe ne fait aucun mystère. Quelqu'un envoie un câble ; on choisit quelques hommes auxquels on donne des ordres.

— Des commandos suicide destinés à détruire tout ce qui se rapporte aux nazis.

— Exactement. Et nos constatations se trouvent confirmées par le voyage effectué il y a trois mois en Israël par Falkenheim. Les ordinateurs ont sorti son nom.

— Il y a trois mois... c'est l'époque où Manfredi a contacté pour la première fois Holcroft en vue de mettre sur pied la réunion de Genève. Ainsi non seulement Falkenheim connaissait Wolfsschanze, mais il établissait le programme. Il recrutait et préparait son armée trois mois à l'avance. Le moment est venu de nous rencontrer dans nos rôles véritables : deux fils du Reich.

— A quoi devrai-je attribuer sa mort ?

— ODESSA, bien entendu. Et frappez un grand coup à *Har Sha'alav*. Je veux la disparition de tous les chefs. Préparez cela avec soin. Vous ferez porter le chapeau aux terroristes de la Rache. Au travail. »

Dans les minutes suivantes, il ne s'appellerait pas John Tennyson, songeait l'homme blond en descendant la sale route sinueuse. Il serait Johann von Tiebolt, fils de Wilhelm, chef du nouveau Reich.

Il aperçut la maison ; la mort du traître était imminente. Von Tiebolt se retourna et leva les yeux vers la colline. L'agent de la Sûreté agita la main. Il bloquerait la route jusqu'à ce que la besogne soit accomplie. Von Tiebolt continua à marcher jusqu'à ce qu'il soit à moins de dix mètres du chemin de pierre conduisant à la petite demeure. Il s'arrêta, dissimulé par le feuillage, et fit passer son revolver de l'étui qu'il portait sous le bras à la poche de son pardessus. S'accroupissant, il avança au milieu des herbes folles jusqu'à la porte, la dépassa puis, se relevant, il approcha son visage du bord de l'unique fenêtre.

Bien que la matinée fût très ensoleillée, une lampe était allumée dans la pièce obscure. Klaus Falkenheim était assis dans son fauteuil roulant. Le vieil homme lui tournait le dos.

Von Tiebolt retourna à pas feutrés jusqu'à la porte, se demandant un instant s'il fallait ou non la défoncer, comme l'aurait fait sans aucun doute un tueur d'ODESSA. Il y renonça. *Herr Oberst* était âgé et décrépit, mais certainement pas idiot. Il devait cacher une arme sur lui ou dans son fauteuil roulant. Au moindre bruit, celle-ci serait pointée vers l'intrus.

Johann se surprit à sourire. Il n'y avait pas de mal à s'amuser un peu. Sur la scène, deux comédiens dont l'un très talentueux. Lequel serait le plus applaudi ? La réponse était évidente : c'est lui qui aurait droit aux rappels, pas Klaus Falkenheim.

Il frappa à la porte.

« Monsieur. Pardonnez-moi, c'est Johann von Tiebolt. Ma voiture n'a pas voulu monter la côte. »

Il y eut d'abord un silence. S'il se prolongeait au-delà de cinq secondes, von Tiebolt serait obligé de prendre des mesures plus sévères ; il n'était pas question que le téléphone se mette soudain à sonner. Puis il entendit le vieil homme.

« Von Tiebolt ?

— Oui. Le frère d'Helden. Je suis venu lui parler. Elle n'est pas à son travail, je suppose qu'elle est ici.

— Non. »

Le vieillard se tut de nouveau.

« Alors, je ne vous dérangerai pas, monsieur, mais me permettrez-vous d'utiliser votre téléphone pour appeler un taxi ?

— Le téléphone ? »

L'homme blond eut un sourire. Le trouble de Falkenheim franchit la barrière qui les séparait.

« Ce ne sera pas long. Il faut absolument que je trouve Helden avant midi. Je pars en Suisse à quatorze heures. »

Le silence qui suivit fut de courte durée. Il entendit un gémissement de verrou et la porte s'ouvrit. *Herr Oberst*, assis dans son fauteuil, fit marche arrière, une couverture sur les genoux ; elle n'y était pas quelques instants plus tôt.

« *Danke, mein Herr*, dit von Tiebolt en tendant la main. Cela me fait plaisir de vous revoir. »

Déconcerté, le vieil homme leva la main pour le

saluer. Johann enroula prestement ses doigts autour de la main décharnée, la tordant vers la gauche. Il abaissa sa main restée libre vers la couverture posée sur les genoux de Falkenheim et l'arracha d'un coup sec. Comme il s'y attendait, un Luger reposait sur les jambes squelettiques. Il replaça la couverture tout en fermant la porte d'un coup de pied.

« *Heil Hitler, General Falkenheim*, dit-il. *Wo ist der Nachrichtendienst ?* »

Le vieil homme restait immobile, les yeux fixés sur son agresseur, sans manifester la moindre peur.

« Je me demandais quand vous le découvririez. Je ne pensais pas que ce serait aussi rapide. Je vous félicite, *Sohn des Wilhelm von Tiebolt*.

— Oui, fils de Wilhelm et autre chose encore.

— Ah ! oui. Le nouveau *Reichsführer*. C'est votre objectif, mais vous n'y parviendrez pas. Nous vous en empêcherons. Si vous êtes venu me tuer, allez-y. Je suis prêt.

— Pourquoi le ferais-je ? Vous êtes un otage si précieux.

— Je doute que vous obteniez une grosse rançon. »

Von Tiebolt poussa la chaise roulante vers le milieu de la pièce.

« Vous avez sans doute raison, dit-il en arrêtant brusquement le fauteuil. Je suppose que vous disposez de certains fonds que sollicitent peut-être les jeunes vagabonds auxquels vous pensez tant. Mais les pfennigs et les francs n'ont aucune valeur pour moi.

— J'en étais sûr. Alors tirez.

— De plus, poursuivit von Tiebolt, il serait étonnant qu'un homme se mourant d'une tumeur au cerveau dans un sanatorium de Stuttgart ait beaucoup à offrir. N'est-il pas vrai ? »

Falkenheim réprima sa surprise.

« C'était un très brave homme, dit-il.

— J'en suis convaincu. Vous êtes tous de braves

types. Il faut avoir un certain courage morbide pour faire un bon traître. Comme Werner Gerhardt, par exemple.

— *Gerhardt ?...* »

Cette fois, le vieillard ne put dissimuler sa stupeur.

« Où avez-vous entendu son nom ?

— Vous vous le demandez ? Et peut-être aussi comment je vous ai découvert ?

— Non. J'ai pris un risque tout à fait évident en ayant une von Tiebolt à mes côtés. J'ai jugé cela nécessaire.

— Oui, la belle Helden. Mais alors, si je comprends bien, tout le monde est beau. Ça a ses avantages.

— Elle n'est pas avec vous ; elle ne l'a jamais été.

— Elle fait partie de votre saloperie ambulante. Les *Verwünschte Kinder.* Une pauvre putain qui couche maintenant avec l'Américain.

— Vos jugements ne m'intéressent pas. Comment avez-vous su pour Gerhardt ?

— Pourquoi vous le dirais-je ?

— Je vais bientôt mourir. Quelle différence cela fait-il ?

— Je vous propose un marché. Où avez-vous découvert l'existence de Wolfsschanze ?

— D'accord. Gerhardt d'abord.

— Pourquoi pas ? Il n'a aucune importance. C'est un vieillard sénile et faible d'esprit.

— Ne dites pas de mal de lui, cria brusquement Falkenheim. Il a tellement... tellement souffert.

— Vous allez me faire pleurer.

— Ils l'ont brisé. Quatre mois de torture ; il a perdu la raison. Laissez-le en paix.

— Qui est responsable ? Les Alliés ? les Britanniques ?

— ODESSA.

— Pour une fois ils ont servi une cause utile.

— Où avez-vous entendu son nom ? Comment l'avez-vous trouvé ? »

Von Tiebolt sourit au vieil homme.

« Grâce aux Anglais. Ils possèdent un dossier sur le Nachrichtendienst. Cela les intéresse beaucoup en ce moment, voyez-vous. Ils veulent vous trouver et vous liquider.

— Pourquoi ? Il n'y a aucune raison...

— Oh ! mais si. Ils ont la preuve que vous avez engagé le Tinamou.

— Le Tinamou ? Absurde !

— Pas du tout. C'était votre dernière vengeance, la revanche de vieillards fatigués sur leurs ennemis. Croyez-moi, la preuve est irréfutable. Je la leur ai fournie. »

Le vieil homme lança un regard plein de dégoût à Johann.

« Vous êtes horrible.

— Parlons du Wolfsschanze ! »

Von Tiebolt avait haussé la voix.

« Où ? Comment ? Je saurai si vous mentez. »

Falkenheim s'effondra dans le fauteuil roulant.

« Cela n'a plus d'importance. Pour vous comme pour moi. Je vais mourir et on vous empêchera de continuer.

— Maintenant c'est moi que vos jugements n'intéressent pas. Wolfsschanze ! »

Falkenheim lui lança un regard indifférent.

« Althene Clausen, dit-il calmement. Selon la stratégie presque parfaite d'Heinrich Clausen.

— La femme de Clausen ?... »

Johann traînait les mots, l'air ahuri.

« Vous l'avez découverte ? »

Le vieillard se tourna vers Johann.

« Cela n'a pas été compliqué ; nous avions des indicateurs partout. A New York comme à Berlin. Sachant qui était Mrs. Richard Holcroft, nous avons donné l'ordre de la protéger ; là était l'ironie. La protéger ! On a appris qu'au cœur de la guerre, tandis que son mari américain était en mer, elle s'était envolée au Mexique dans un avion privé. De là elle s'était rendue en catimini à Buenos Aires où l'ambassade d'Allemagne assura la relève et elle prit l'avion pour Lisbonne sous couvert diplomatique. Lisbonne. Pourquoi ?

— Berlin vous l'a appris ? demanda von Tiebolt.

— Oui. Nos hommes du *Finanzministerium*. Nous avions appris que des sommes colossales étaient détournées d'Allemagne ; notre intérêt était de ne pas nous en mêler. Nous approuvions tout ce qui aidait à paralyser la machine nazie : la paix et la raison reviendraient sous peu. Mais cinq jours après que Mrs. Holcroft eut quitté New York pour Lisbonne, via Mexico et Buenos Aires, Heinrich Clausen, le génie du *Finanzministerium*, quittait discrètement Berlin. Il s'arrêtait d'abord à Genève pour y rencontrer un banquier nommé Manfredi, puis il allait également à Lisbonne. Nous savions que ce n'était pas un transfuge ; c'était par-dessus tout un partisan convaincu de la suprématie germanique — aryenne. A un point tel qu'il ne pouvait supporter aucun défaut chez les bandits d'Hitler. »

Herr Oberst marqua une pause.

« Nous avons fait un simple calcul. Clausen avec son ex-épouse traîtresse supposée à Lisbonne ; des millions et des millions déposés dans une banque en Suisse... et la défaite de l'Allemagne désormais assurée. Nous avons cherché le sens plus profond de tout cela et c'est à Genève que nous l'avons trouvé.

— Vous avez lu les documents ?

— Nous avons tout lu à la Grande Banque de Genève. Cela nous a coûté cinq cent mille francs suisses.

— Pour Manfredi ?

— Naturellement. Il savait qui nous étions ; il pensait que nous croirions — et exécuterions — les objectifs exposés dans ces papiers. Nous le lui avons laissé croire. Wolfsschanze ! A qui est Wolfsschanze ? « Il faut réparer. »

Falkenheim avait prononcé ces mots d'un ton acerbe.

« Ils n'avaient pas d'autre idée en tête. L'argent devait servir au renouveau du Reich.

— Qu'avez-vous fait ensuite ? »

Le vieux soldat regarda von Tiebolt droit dans les yeux.

« Je suis retourné à Berlin pour y tuer votre père, Kessler et Heinrich Clausen. Ils n'avaient jamais eu l'intention de se donner la mort. Ils espéraient trouver refuge en Amérique du Sud, surveiller leur plan et assister à sa réalisation. Nous leur avons offert leur pacte avec la mort dont Clausen avait parlé de façon si touchante à son fils par écrit. »

Von Tiebolt tripota le Luger qu'il tenait à la main.

« Vous avez donc appris le secret d'Althene Clausen ?

— Vous parliez de putains. Elle est la putain de l'univers.

— Je suis surpris que vous l'ayez laissée en vie.

— Seconde ironie : nous n'avions pas le choix. A la mort de Clausen, nous avons compris qu'elle était la clef de Wolfsschanze. *Votre* Wolfsschanze. Nous savions que Clausen et elle avaient prévu avec précision chaque action à accomplir dans les années suivantes. Il fallait que nous l'apprenions ; comme elle ne nous le dirait pas, nous n'avions plus qu'à observer. Quand les millions quitteraient-ils Genève ? A quoi seraient-ils précisément employés ? Et par qui ?

— Les *Sonnenkinder* », dit von Tiebolt.

Le regard du vieil homme était dénué d'expression.

« Qu'avez-vous dit ?

— Peu importe. Il ne restait plus qu'à attendre qu'Althene passe à l'action ?

— Oui, seulement elle ne nous a rien appris. Jamais. Les années passant, nous nous sommes rendu compte qu'elle avait hérité le génie de son mari. Pas une fois en trente ans elle n'a trahi la cause, aussi bien en parole qu'en action. Une telle discipline forçait l'admiration. C'est Manfredi qui a déclenché le premier signal en contactant le fils. »

Falkenheim sursauta.

« Ce que je trouve ignoble, c'est qu'elle ait consenti au rapt de son propre enfant. Holcroft n'est au courant de rien. »

L'homme blond éclata de rire.

« Vous êtes tellement dépassé. Le célèbre Nachrichtendienst est un ramassis d'imbéciles.

— Vous croyez ?

— Je le sais. Vous avez regardé le mauvais cheval dans la mauvaise écurie !

— Comment ?

— Pendant trente ans, vous avez eu les yeux fixés sur quelqu'un ne sachant absolument rien. La putain de l'univers, comme vous l'appelez, a la certitude qu'elle et son fils font réellement partie du grand pardon. Elle n'a jamais pensé autrement ! »

Le rire de von Tiebolt résonnait à travers les murs de la pièce.

« Ce voyage à Lisbonne, poursuivit-il, a été la plus brillante manœuvre d'Heinrich Clausen. Le pêcheur repenti devenu un saint au service d'une cause sacrée. C'est certainement la performance de sa vie. Jusqu'à ses dernières instructions auxquelles elle ne devait pas donner un accord immédiat. Le fils devait découvrir de lui-même la justesse de la cause défendue par son père martyr. Et une fois convaincu, il devait s'engager comme il ne l'avait jamais fait jusqu'alors. »

Von Tiebolt s'appuya contre la table, les bras croisés, le Luger à la main.

« Vous comprenez ? Aucun d'entre nous ne pouvait le faire. Le document de Genève avait tout à fait raison à ce sujet. Les fortunes volées par le Troisième Reich sont légendaires. Il ne pouvait y avoir le moindre rapport entre le compte de Genève et un authentique fils de l'Allemagne. »

Falkenheim regarda fixement Johann.

« Elle n'a jamais su ?...

— Jamais ! Elle était le fantoche idéal. Même sur le plan psychologique. Le fait qu'Heinrich Clausen se soit révélé être ce saint homme l'a confortée dans ses jugements. C'est cet homme qu'elle avait épousé, pas le nazi.

— C'est incroyable, murmura *Herr Oberst*.

— C'est le moins qu'on puisse dire, approuva von Tiebolt. Elle suivait ses instructions à la lettre. Toutes les éventualités étaient envisagées, y compris l'acte de décès d'un enfant mâle dans un hôpital londonien. Toutes les traces de Clausen ont été effacées. »

L'homme blond recommença à rire.

« Alors, vous comprenez, vous n'êtes pas de taille à lutter contre Wolfsschanze.

— Votre Wolfsschanze, pas le mien. »

Falkenheim détourna le regard.

« Il faut vous féliciter. »

Von Tiebolt cessa brusquement de rire. Quelque chose clochait. Dans les yeux du vieil homme — au fond de son visage amaigri, un éclair fugitif, puis un voile.

« Regardez-moi ! hurla-t-il. Regardez-moi ! »

Falkenheim se retourna.

« Qu'y a-t-il ?

— Je viens de dire quelque chose... quelque chose que vous saviez. Vous le *saviez*.

— De quoi parlez-vous ? »

Von Tiebolt saisit le vieil homme à la gorge.

« J'ai parlé d'éventualités, d'un acte de décès ! Dans un hôpital de Londres ! Vous l'aviez déjà entendu !

— Je ne vois pas ce que vous voulez dire. »

Les doigts tremblants de Falkenheim entouraient les poignets de l'homme blond, sa voix rauque sous l'étreinte.

« Je crois que si. Tout ce que je viens de vous dire vous a bouleversé. Vous avez feint de l'être, mais il n'en était rien. L'hôpital. L'acte de décès. Vous n'avez pas réagi ! Vous le saviez déjà.

— Je ne savais rien, dit Falkenheim en suffoquant.

— Ne me mentez pas ! »

Von Tiebolt frappa le visage d'*Herr Oberst* avec le Luger, lui lacérant la joue.

« Vous n'êtes plus aussi fort. Vous êtes trop vieux. Vous perdez la mémoire ! Votre cerveau est atrophié. Vous vous arrêtez au mauvais moment, *Herr General*.

— Vous êtes fou...

— Et vous menteur ! Un misérable menteur. Un traître. »

Il frappa de nouveau *Herr Oberst* au visage avec le canon de l'arme. Le sang jaillit des plaies ouvertes.

« Vous avez menti au sujet d'Althene Clausen !... Mon Dieu, vous saviez tout !

— Rien... je ne savais rien.

— Si ! Voilà pourquoi elle prend l'avion pour Genève. Je me posais la question. Pourquoi ? »

Von Tiebolt frappa de nouveau avec fureur ; les lèvres du vieillard étaient à moitié arrachées.

« Vous ! Dans une dernière tentative désespérée pour nous arrêter, vous vous êtes attaqué à elle ! Vous l'avez menacée... vous lui avez révélé ce qu'elle avait toujours ignoré !

— Vous vous trompez.

— Non, dit von Tiebolt, baissant tout à coup la voix. Elle n'a aucune autre raison de se rendre à Genève... C'est ainsi que vous pensez nous arrêter. La mère rejoint l'enfant pour lui dire de faire marche arrière. Son pacte est un mensonge. »

Falkenheim secoua sa tête ensanglantée.

« Non... Rien de ce que vous dites n'est vrai.

— C'est entièrement vrai et cela répond à une dernière question. Si vous teniez tellement à détruire Genève, il vous suffisait d'ébruiter la nouvelle. Un trésor nazi. Cela aurait soulevé des réclamations de la mer Noire au nord de l'Elbe, de Moscou à Paris. Mais vous ne le faites pas. Pourquoi ? »

Von Tiebolt se rapprocha davantage encore du visage meurtri qu'il avait sous les yeux.

« Vous pensez pouvoir diriger Genève et employer les millions comme il vous plaira. « Il faut réparer. » Holcroft apprend la vérité et devient votre soldat, sa colère apaisée, son engagement décuplé.

— Il trouvera, chuchota Falkenheim. Il vaut mieux que vous ; nous le savons, n'est-ce pas ? Vous devriez en être satisfait. Après tout, c'est un *Sonnenkind* à sa manière.

— *Sonnen*... »

Von Tiebolt frappa de nouveau le visage d'*Herr Oberst* avec le canon de son pistolet.

« Vous êtes pétri de mensonges. Vous n'avez pas réagi quand j'ai prononcé le nom.

— Pourquoi mentirais-je maintenant ? *Operation Sonnenkinder*, dit Falkenheim en allemand. Par bateau, avion et sous-marin. Les enfants sont partout. Nous n'avons jamais eu les listes, mais nous n'en avons pas besoin. Leur fin viendra avec la vôtre et celle de Genève.

— Pour cela, il faut qu'Althene Clausen retrouve son fils. Elle ne mettra pas Genève en péril ; elle a déjà tout essayé. Cela reviendrait à tuer son fils, à révéler au monde qui elle est. Elle fera tout pour l'éviter. Elle essaiera de le rejoindre discrètement. Nous l'en empêcherons.

— On ne vous laissera pas faire ! dit Falkenheim en retenant le sang qui coulait de ses lèvres. Vos *Sonnenkinder* ne verront pas la couleur de ces énormes sommes. Nous avons nous aussi une armée que vous ne connaîtrez jamais. Chacun de nos hommes donnera volontiers sa vie pour vous éliminer.

— Bien sûr, *Herr General*. »

L'homme blond hocha la tête.

« Les juifs de *Har Sha'alav*. »

Ces paroles avaient été dites doucement mais elles firent l'effet d'un coup de fouet sur les plaies du vieil homme.

« Non !...

— Si, dit von Tiebolt. « Tuez-moi, un autre prendra ma place. Tuez-le, un autre lui succédera. » Les juifs de *Har Sha'alav*. Tellement initiés au Nachrichtendienst qu'ils sont devenus le Nachrichtendienst. Les vestiges vivants d'Auschwitz.

— Vous êtes une brute... »

Le corps de Falkenheim tremblait de douleur.

« Je suis Wolfsschanze, le vrai Wolfsschanze, dit l'homme blond en levant le Luger. Avant que vous sachiez la vérité, les juifs ont essayé d'exterminer l'Américain, maintenant c'est leur tour de mourir. *Har Sha'alav* sera détruit avant la fin de la semaine et le Nachrichtendienst avec lui. Wolfsschanze triomphera. »

Von Tiebolt approcha l'arme du visage de Falkenheim et tira.

35

Des larmes ruisselaient le long des joues d'Helden. Elle tenait le corps de Klaus Falkenheim entre ses bras, mais ne pouvait se résoudre à regarder son visage. Elle lâcha finalement le cadavre et se traîna loin de lui, remplie d'horreur... et se sentant coupable. Elle se pelotonna sur le sol, incapable de contenir ses sanglots. Tenaillée par le chagrin, elle se traîna jusqu'au mur et appuya le front contre la moulure, donna libre cours à ses pleurs. Peu à peu elle se rendit compte que personne ne l'avait entendue. Elle avait erré toute seule au milieu du carnage et découvert partout des traces de l'ignoble ODESSA. Des croix gammées étaient gravées dans le bois, tracées avec du savon sur la fenêtre, peintes par terre avec le sang de Falkenheim. Outre ces affreux emblèmes, la pièce avait été dévastée. Livres déchirés, étagères cassées, mobilier démoli ; la maison avait été fouillée par des fous. Il ne restait plus que des ruines.

Pourtant, il y avait quelque chose... pas dans la maison. Dehors. Dans la forêt. Helden s'appuya des deux mains sur le sol et se releva contre le mur, s'efforçant désespérément de se remémorer les paroles prononcées seulement cinq jours auparavant par *Herr Oberst*.

S'il m'arrivait quelque chose, ne t'affole surtout pas. Va seule dans les bois où tu m'as emmené faire une courte promenade l'autre jour. T'en souviens-tu ? Je t'ai demandé de cueillir un bouquet de fleurs sauvages, tandis que je restais près d'un arbre. Je t'ai fait remarquer le V parfait formé par les branches. Va jusqu'à cet arbre. Tu trouveras une petite boîte enfoncée dans le branchage. A l'intérieur il y a un message que toi seule dois lire...

Helden sortit le petit tube de sa cachette et arracha le couvercle en caoutchouc. A l'intérieur se trouvait un morceau de papier roulé auquel étaient attachés plusieurs billets de 10 000 francs chacun. Elle prit l'argent et lut :

Ma très chère Helden,

Le temps et le danger que tu cours ne me permettent pas d'écrire ici ce que tu dois savoir. Il y a trois mois je t'ai fait venir auprès de moi car je te croyais collaboratrice d'un ennemi auquel j'attends depuis trente ans d'être affronté. J'en suis venu à te connaître — et à t'aimer — et j'ai compris avec un immense soulagement que tu n'as rien à voir avec les horreurs qui risquent de s'abattre de nouveau sur le monde.

Si on me tue, cela signifiera que j'ai été découvert. Ce sera également signe que les catastrophes vont bientôt commencer. Des ordres devront être transmis à ces hommes courageux qui seront debout à la dernière barricade.

Tu devras aller seule — j'insiste, seule — au lac de Neuchâtel en Suisse. Ne te fais pas suivre. Je sais que tu peux le faire car tu l'as appris. Dans le village du Pré-du-Lac habite un homme qui s'appelle Werner Gerhardt. Trouve-le et dis-lui le message suivant : « La médaille de Wolfsschanze a deux faces. » Il comprendra ce qu'il a à faire.

Tu dois agir rapidement. Le temps est compté. Je le répète, n'en parle à personne. Ne donne pas l'alarme. Annonce à tes employeurs et à tes amis que des affaires personnelles t'appellent en Angleterre, ce qui semblera logique puisque tu vis ici depuis plus de cinq ans. Fais vite maintenant, ma très chère Helden. Neuchâtel. Pré-du-Lac. Werner Gerhardt. Retiens le nom et brûle ce papier.

Bonne chance.
HERR OBERST

Helden s'adossa à l'arbre et leva les yeux vers le ciel. Des petits morceaux de nuages se déplaçaient vivement vers l'est ; les vents étaient forts. Elle aurait voulu qu'ils l'emportent et ne pas avoir à courir d'un endroit à l'autre, chacun de ses gestes étant risqué, chaque personne qu'elle regarderait pouvant être un ennemi.

Noël avait dit que ce serait bientôt fini et qu'elle pourrait cesser de courir.

Il se trompait.

Holcroft suppliait au téléphone, essayant de dissuader Helden de partir — ou du moins d'attendre un jour —, mais elle ne voulait rien savoir. Elle avait appris par Gallimard que les effets personnels de sa sœur attendaient son inspection. Il fallait prendre des décisions et des dispositions.

« Je t'appellerai à Genève, ma chérie. Tu descendras au Royal ?

— Oui. »

Qu'est-ce qu'elle avait ? Elle était si heureuse à peine deux heures plus tôt. Elle paraissait tendue à présent. Elle parlait facilement mais sa voix n'était pas naturelle.

« Je te téléphonerai dans un ou deux jours sous le nom de Fresca.

— Veux-tu que je t'accompagne ? Je n'ai pas besoin d'être à Genève avant demain tard dans la nuit. Les Kessler n'arriveront pas avant dix heures, ton frère encore plus tard.

— Non, mon chéri. C'est un triste voyage. Je préfère y aller seule. Johann est à Londres... j'essaierai de le contacter.

— Tu as quelques vêtements ici.

— Une robe, un pantalon, des chaussures. J'ai plus vite fait de m'arrêter chez... *Herr Oberst*... pour prendre des habits plus adaptés à Portsmouth.

— Plus vite fait ?

— En allant à l'aéroport. Il faut que j'y passe de toute façon pour chercher mon passeport, de l'argent...

— J'en ai, coupa Noël. Je croyais que tu étais chez lui en ce moment.

— Je t'en prie, chéri. Ne complique pas les choses. »

La voix de Helden se brisa.

« Je te l'ai dit ; je me suis arrêtée au bureau.

— Non, tu ne me l'as pas dit. Tu m'as dit qu'on t'avait prévenue. »

Holcroft s'inquiétait ; elle perdait la raison. La retraite d'*Herr Oberst* n'était pas dans la direction d'Orly.

« Helden, que se passe-t-il ?

— Je t'aime, Noël. Je t'appellerai demain soir. Hôtel Royal, Genève. »

Elle raccrocha.

Holcroft reposa le récepteur, ses oreilles résonnaient encore de la voix d'Helden. Il était possible qu'elle parte pour Londres, mais il en doutait. Où allait-elle ? Pourquoi mentait-elle ? Bon Dieu ! Qu'est-ce qui n'allait pas ? Que s'était-il passé ?

Inutile de rester à Paris. Puisqu'il devait se rendre à Genève seul, autant le faire maintenant.

Il ne pouvait pas prendre le risque de voyager en avion ou en train. Des hommes invisibles l'observeraient ; il devait les éviter. Le directeur adjoint du George-V pouvait lui louer une voiture au nom de Fresca. On lui indiquerait l'itinéraire à suivre. Il roulerait toute la nuit jusqu'à Genève.

Althene Holcroft regarda les lumières de Lisbonne par le hublot du TAP ; l'avion allait bientôt atterrir. Elle avait beaucoup à faire dans les douze prochaines heures et espérait que Dieu lui en donnerait la force. Un homme l'avait suivie à Mexico, elle le savait. Il avait ensuite disparu à l'aéroport, ce qui signifiait qu'un autre l'avait remplacé.

Elle avait échoué à Mexico. Elle ne les avait pas semés. Une fois à Lisbonne, il lui faudrait disparaître. Elle ne pouvait pas rater son coup une nouvelle fois.

Lisbonne.

Oh ! Seigneur, Lisbonne !

C'est là que tout avait commencé. Le mensonge de toute une vie conçu avec une intelligence diabolique. Quelle idiote elle avait été, quelle performance Heinrich avait accomplie !

Elle l'avait aimé de nouveau — durant ces quelques brèves journées à Lisbonne — et s'était offerte à lui dans un élan amoureux.

Il avait refusé, les yeux pleins de larmes. « Je n'en suis pas digne », lui avait-il dit.

Terrible déception ! Ultime ironie !

Et maintenant c'était la même menace qui, à trente années d'intervalle, la ramenait ici. Noël Holcroft allait disparaître ; il deviendrait Noël Clausen, fils d'Heinrich, « instrument » du nouveau Reich.

Un homme était venu la voir en pleine nuit à Bedford Hills. Il avait réussi à entrer en prononçant le nom « Manfredi » derrière la porte close ; elle pensait qu'il venait peut-être de la part de son fils. Il avait déclaré être juif et venir d'un endroit nommé *Har Sha'alav* pour la tuer. Ensuite il supprimerait son fils. Aucun spectre de Wolfsschanze — le faux Wolfsschanze — ne s'étendrait de Zurich jusqu'à Genève.

Althene s'était mise en colère. Savait-il à qui il parlait ? Ce qu'elle avait fait ? Ce qu'elle représentait ?

L'homme n'avait entendu parler que de Genève, Zurich... et Lisbonne trente ans auparavant. Il lui suffisait de savoir ce qu'elle représentait et sa position était abominable à ses yeux et pour tous les hommes comme lui de par le monde.

Althene avait lu la souffrance et la colère dans le regard sombre qui la tenait en échec aussi sûrement que si une arme avait été braquée sur elle. Au désespoir, elle lui avait demandé de dire ce qu'il croyait savoir.

Il lui avait parlé de ces sommes extraordinaires qu'on allait verser aux comités et aux partis de toutes les nations ; aux hommes et aux femmes qui attendaient le signal depuis trente ans.

Il y aurait des massacres, du désordre et des bouleversements dans les rues ; les gouvernements seraient désorientés, leurs agences d'espionnage paralysées de l'intérieur. Des hommes et des femmes disposant d'énormes sommes feraient ensuite valoir leurs droits. En quelques mois le pouvoir leur appartiendrait.

Ils étaient partout, dans tous les pays, n'attendant que le signal de Genève.

Qui étaient-ils ?

Les *Sonnenkinder*. Des enfants de fanatiques, envoyés hors d'Allemagne plus de trente ans auparavant par avion, bateau et sous-marin. Éloignés par des hommes qui savaient leur cause perdue, mais croyaient à sa renaissance.

Ils étaient partout. On ne pouvait les combattre en utilisant des hommes et des moyens ordinaires, ni en utilisant les canaux ordinaires du pouvoir. Dans bien des cas les *Sonnenkinder* contrôlaient ces canaux. Mais les juifs de *Har Sha'alav* n'étaient pas des hommes comme les autres et ils ne se battaient pas non plus comme les autres. Ils comprenaient que pour arrêter le faux Wolfs-schanze, ils devaient lutter clandestinement, avec violence, sans se faire connaître par les *Sonnen-kinder* — ou leur laisser deviner leur prochaine victime. Et la première mission consistait à stopper l'énorme invasion de capitaux.

Il fallait les démasquer maintenant !

Qui ? Où ? Quelle est leur identité ? Comment fournir la preuve ? Qui peut dire de ce général ou de cet amiral, de ce chef de police ou de ce président de société, de ce juge ou de ce sénateur : c'est un *Sonnenkind* ?

Ils sont partout. Le nazi est parmi nous et nous ne le voyons pas. Il est vêtu de respectabilité et d'une tenue impeccable.

Le juif de *Har Sha'alav* s'était exprimé avec passion.

« Même vous, la vieille. Vous et votre fils, instruments du nouveau Reich. Vous ignorez qui ils sont. »

Je ne sais rien. Je le jure sur ma vie. Je ne suis pas ce que vous pensez. Tuez-moi. Pour l'amour de Dieu, tuez-moi. Tout de suite ! Vengez-vous sur moi. Vous le méritez et moi aussi si ce que vous dites est vrai. Mais je vous en supplie, allez voir mon fils. Emmenez-le. Expliquez-lui. Arrêtez-le ! Ne le tuez pas, ne lui faites aucun mal. Il n'est pas ce que vous croyez. Laissez-le en vie. Supprimez-moi, mais n'y touchez pas.

« Richard Holcroft est mort, avait dit le juif de *Har Sha'alav*. Pas par accident. »

Elle avait failli s'évanouir, mais s'était retenue de tomber. Elle ne pouvait se permettre un moment d'absence qui aurait été si bienvenu.

Oh ! mon Dieu...

« Wolfsschanze l'a tué. Le faux Wolfsschanze. Aussi sûrement que s'ils l'avaient conduit dans une chambre à gaz d'Auschwitz.

— Que signifie Wolfsschanze ? Pourquoi dire le faux Wolfsschanze ?

— Trouvez toute seule. Nous nous reparlerons. Si vous avez menti, nous vous tuerons. Votre fils vivra — aussi longtemps que le monde le lui permettra —, mais ce sera avec une croix gammée sur le visage.

« Joignez-le. Dites-le-lui. »

L'homme de *Har Sha'alav* était parti. Althene s'était assise dans un fauteuil près de la fenêtre, le regard fixé dans la nuit sur le parc couvert de neige. Son Richard bien-aimé, le mari qui avait redonné la vie et elle et à son fils... qu'avait-elle fait ?

Mais elle savait ce qui lui restait à faire.

L'avion toucha la piste, interrompant la rêverie d'Althene pour la ramener au moment présent. A Lisbonne.

Elle se tenait à la rambarde du ferry. Les eaux du Tage frappaient la coque du vieux navire qui traversait la baie. Le mouchoir de dentelle qu'elle tenait dans la main gauche flottait au vent.

Elle crut l'apercevoir, mais conformément aux instructions ne bougea pas avant qu'il ne s'approche. Elle ne l'avait bien entendu jamais vu, mais ce n'était pas nécessaire. C'était un vieil homme aux vêtements froissés, portant une barbe blanche de plusieurs jours que rejoignaient des rouflaquettes d'un gris soutenu. Ses yeux scrutaient les passagers comme s'il avait peur que l'un deux appelle la police. C'était lui ; il se plaça derrière Althene.

« Le fleuve paraît bien froid aujourd'hui », dit-il.

Le mouchoir de dentelle fut emporté par le vent.

« Oh ! il est perdu. »

Althene le regarda disparaître dans l'eau.

« Vous l'avez trouvé, dit l'homme.

— Merci.

— S'il vous plaît, ne me regardez pas. Fixez l'horizon.

— Très bien.

— Vous vous montrez trop prodigue avec l'argent, *senhora*, dit le vieil homme.

— Je suis très pressée.

— Vous sortez des noms qui remontent à si loin qu'ils n'ont pas de visage. Des demandes qui n'ont pas été faites depuis des années.

— Je ne peux pas croire que les temps ont changé à ce point.

— Oh ! mais si, *senhora*. Hommes et femmes voyagent toujours incognito, mais pas avec des moyens aussi simples que les faux passeports. Nous sommes à l'ère de l'informatique. Les papiers falsifiés ne sont plus ce qu'ils étaient autrefois. Nous retournons à l'état de guerre, sur les chemins de l'évasion.

— Je dois me rendre à Genève, le plus vite possible. Personne ne doit le savoir.

— Vous irez à Genève, *senhora*, et ne seront au courant que ceux que vous en informerez. Mais ce ne sera pas aussi rapide que vous le souhaitez. Ce n'est pas une simple affaire d'avion.

— Combien de temps cela prendra-t-il ?

— Deux ou trois jours. Autrement, il n'y aura aucune garantie. Vous serez arrêtée, par les autorités, ou par ceux que vous tenez à éviter.

— Comment y parviendrai-je ?

— En traversant des frontières non surveillées dont les douaniers sont corruptibles. La route du nord. Sierra de Gata vers Saragosse puis les Pyrénées orientales. De là Montpellier et Avignon où un petit avion vous emmènera à Grenoble, un autre jusqu'à Chambéry et Genève. Il faudra payer.

— J'ai ce qu'il faut. Quand partons-nous ?

— Cette nuit. »

36

L'homme blond signa la fiche de renseignements de l'hôtel Royal et la tendit au réceptionniste.

« Merci, monsieur Tennyson. Vous allez rester une quinzaine de jours ?

— Peut-être davantage, sûrement pas moins. J'apprécie que vous m'ayez réservé une suite. »

Le réceptionniste lui sourit.

« Nous avons reçu un appel de votre ami, le premier conseiller du canton de Genève. Nous lui avons assuré que nous ferions tout pour rendre votre séjour agréable.

— Je lui ferai part de mon entière satisfaction.

— Vous êtes très aimable.

— A propos, j'attends l'arrivée d'une vieille amie dans les prochains jours. Une certaine Mme Holcroft. Pouvez-vous me dire quand vous l'attendez ? »

L'employé saisit un registre dont il feuilleta les pages.

« Vous avez bien dit Holcroft ?

— Oui. Althene Holcroft. Une Américaine. Vous avez peut-être également une réservation pour son fils, M.N. Holcroft.

— Je crains que nous n'ayons aucune réservation à ce nom, monsieur. Et je sais que nous n'avons actuellement aucun client du nom d'Holcroft. »

Les mâchoires de l'homme blond se crispèrent.

« Il s'agit certainement d'une erreur. Je suis sûr de mon information. Elle est attendue à Genève, dans cet hôtel. Peut-être pas ce soir, mais sûrement demain ou après-demain. Vérifiez encore une fois, s'il vous plaît. Avez-vous une liste confidentielle ?

— Non, monsieur.

— S'il en existait une, je suis tout à fait certain que mon ami vous demanderait de me laisser y jeter un coup d'œil.

— Ce ne serait pas nécessaire, monsieur Tennyson. Nous comprenons parfaitement que nous devons satisfaire à toutes vos requêtes.

— Elle voyage peut-être incognito. Elle passe pour être excentrique. »

Le réceptionniste tourna le registre dans l'autre sens.

« Je vous en prie, regardez vous-même, monsieur. Vous reconnaîtrez peut-être un nom. »

Tennyson ne reconnut aucun nom. C'était exaspérant.

« Cette liste est-elle complète ? demanda-t-il encore.

— Oui, monsieur. Notre établissement est petit et, si je puis dire, plutôt sélect. La plupart de nos clients sont des habitués. Je connais presque chacun de ces noms.

— Lesquels vous sont inconnus ? » insista l'homme blond.

Le réceptionniste en désigna deux du doigt.

« Ce sont les seuls noms que je ne connais pas, dit l'employé de la réception. Deux messieurs d'Allemagne, des frères nommés Kessler, et un M. William Ellis de Londres. Cette dernière réservation remonte à quelques heures seulement. »

Tennyson lança un regard entendu au réceptionniste.

« Je monte dans ma chambre, mais j'ai besoin que vous me donniez un échantillon de cette coopération dont a parlé le premier conseiller. Il est extrêmement urgent que je sache où Mme Holcroft est descendue à Genève. Je vous serais reconnaissant d'appeler les différents hôtels, en ne mentionnant mon nom sous aucun prétexte. »

Il sortit un billet de cent francs.

« Trouvez-la-moi », ajouta-t-il.

Aux environs de minuit Noël atteignit Châtillon-sur-Seine d'où il appela à Londres un Ellis stupéfait.

« Qu'avez-vous l'intention de faire ? dit Ellis.

— Vous m'avez parfaitement compris, Willie. Je vous paierai cinq cents dollars sans les frais pour un, voire deux jours à Genève. Tout ce que je veux, c'est que vous rameniez ma mère à Londres.

— Je suis une piètre nurse. Et d'après ce que vous m'avez dit de votre mère, elle est la dernière personne au monde à avoir besoin d'un compagnon de voyage.

— Pas en ce moment. Quelqu'un la suivait. Je vous en parlerai à Genève. Alors qu'en dites-vous, Willie ? Vous acceptez ?

— Bien entendu. Mais gardez vos cinq cents dollars. Je suis sûr que je m'entendrai mieux que jamais avec votre mère. Vous pouvez néanmoins payer la note. Comme vous le savez, j'aime le confort quand je voyage.

— Au fait, emportez un peu d'argent sur vous je vous en prie. Je veux que vous appeliez l'hôtel

Royal à Genève pour réserver en fin de matinée. Le premier avion devrait vous déposer là-bas vers neuf heures trente.

— Je sortirai mes plus belles manières pour aller avec mon bagage Louis Vuitton. Peut-être l'agrémenterai-je d'un petit titre...

— Willie.

— Je connais mieux les Suisses que vous. Ils raffolent des titres ; ils puent l'argent, l'argent est leur maîtresse.

— Je vous téléphonerai vers dix heures, dix heures trente. J'utiliserai votre chambre en attendant de savoir ce qui se trame.

— Super, dit Willie Ellis. On se voit à Genève. »

Holcroft avait décidé de s'adresser à Willie car il ne voyait que lui pour ne pas poser de questions. Ellis n'était pas le parfait imbécile qu'il voulait bien paraître. Althene ne pouvait trouver meilleure escorte pour sortir de Suisse.

Et il fallait absolument qu'elle quitte ce pays. L'ennemi du pacte avait tué son mari ; il la supprimerait aussi et c'est à Genève que ça aurait lieu. D'ici deux ou trois jours il y aurait une réunion, des documents seraient signés et de l'argent transféré à Zurich. L'ennemi tenterait tout pour faire échouer ces négociations. Sa mère ne pouvait rester à Genève. La violence allait se déchaîner à Genève ; il le sentait.

Il descendit vers Dijon où il arriva bien après minuit. La petite ville était endormie et en traversant les rues plongées dans l'obscurité, il se dit qu'il avait besoin de dormir. Il devrait plus que jamais être frais et dispos le lendemain. Il continua à conduire jusqu'à ce qu'il soit de nouveau en pleine campagne et arrêta la voiture de location sur le bas-côté de la route. Il fuma une cigarette, qu'il jeta ensuite par la fenêtre, posa les pieds sur le siège et la tête contre la vitre, son imperméable lui servant d'oreiller.

Dans quelques heures, il atteindrait la frontière et pénétrerait en Suisse avec la première vague de trafic matinal. Une fois dans le pays... Il n'avait plus la force de penser. Le brouillard descendait sur lui, sa respiration devenait basse et forte. Alors le visage apparut, énergique et anguleux, inconnu et reconnaissable à la fois.

C'était Heinrich Clausen qui s'adressait à lui pour qu'il fasse vite. Le supplice allait bientôt prendre fin, tout serait réparé.

Noël dormait.

Erich Kessler regarda son jeune frère, Hans, présenter sa trousse médicale à l'officier chargé de la sécurité. Depuis les Jeux Olympiques de 1972 où les Palestiniens avaient soi-disant pris l'avion avec des fusils et des mitraillettes démontés, les mesures de sécurité de l'aéroport avaient été renforcées.

« Effort inutile », songea Erich. Les armes des Palestiniens avaient été apportées à Munich par Wolfsschanze, leur Wolfsschanze.

Une plaisanterie faisait rire Hans et le contrôleur, Erich se dit que ce serait différent à Genève car il n'y aurait aucune inspection, de la part des compagnies d'aviation, pas plus que des douanes ou de quiconque. Le premier conseiller du canton de Genève s'en chargeait. Un des médecins les plus estimés de Munich, spécialisé en médecine interne, arrivait et serait son hôte.

« Hans a d'autres qualités », songea Erich tandis que son frère le rejoignait à la porte. Hans était un homme de taille moyenne doté d'un charme irrésistible, superbe joueur de football. Capitaine de l'équipe régionale, il soignait après le match les adversaires qu'il avait blessés.

C'était curieux, mais c'était Hans qui était fait pour être l'aîné, pas lui. Si la chronologie et les chromosomes en avaient décidé autrement, c'est Hans qui travaillerait avec Johann von Tiebolt et lui serait le paisible savant, le subordonné. Un jour, doutant de lui, il s'en était ouvert à Johann.

Von Tiebolt n'avait rien voulu entendre. Il fallait un intellectuel pur. Un homme à la vie pacifique — quelqu'un que les raisons du cœur ou une colère violente n'influençaient pas. Ne l'avait-il pas prouvé dans les moments peu nombreux mais essentiels où lui — le paisible savant — s'était dressé contre le Tinamou pour émettre des réserves ? Celles-ci n'avaient-elles pas entraîné un changement de stratégie ?

C'était en effet exact, mais pas la vérité essentielle. Cette vérité que Johann ne tenait pas à regarder en face. Hans était presque l'égal de Johann. S'ils étaient en conflit, Johann risquerait de mourir.

Telle était l'opinion du paisible intellectuel.

« Tout marche normalement, dit Hans tandis qu'ils montaient dans l'avion. C'est comme si l'Américain était déjà mort et aucun laboratoire n'en devinera la cause. »

Helden descendit du train à Neuchâtel. Elle resta un moment sur le quai, adaptant ses yeux aux rayons de lumière qui traversaient le toit de la gare. Elle savait qu'elle aurait dû se mêler à la foule qui se ruait hors du train, mais elle ressentait le besoin de rester immobile un instant et de respirer. Elle avait passé les trois dernières heures dans l'obscurité d'un wagon de marchandises, tapie derrière des caisses de machines. Une porte s'était ouverte électroniquement pendant exactement une minute à Besançon et elle s'était glissée à l'intérieur du fourgon. A midi moins cinq tapant, la porte s'était rouverte ; elle avait atteint Neuchâtel sans se faire remarquer. Elle avait mal aux jambes et à la tête, mais elle avait réussi. Cela lui avait coûté cher.

Ses poumons s'emplirent d'air. Elle saisit sa valise et se dirigea vers la sortie de la gare de Neuchâtel. Le village Pré-du-Lac se trouvait à l'ouest du lac, à moins de trente kilomètres au sud. Elle trouva un taxi acceptant de faire le trajet.

La route était cahoteuse et tortueuse, mais elle avait l'impression de flotter. Par la vitre elle apercevait les collines onduleuses et les eaux bleutées du lac. La diversité du paysage avait le pouvoir de suspendre le cours des choses. Elle lui procurait le temps nécessaire pour essayer de comprendre. Qu'avait voulu dire *Herr Oberst* en écrivant qu'il l'avait fait venir auprès de lui, croyant qu'elle était « la collaboratrice d'un ennemi » ? Un ennemi auquel il « attendait depuis trente ans d'être affronté ». De qui s'agissait-il ? Et pourquoi elle ?

Qu'avait-elle fait ? Ou pas fait ? Était-ce encore le terrible dilemme ? Damnée pour ce qu'elle était et n'était pas. Pour l'amour du ciel, quand cela cesserait-il ?

Herr Oberst savait qu'il allait mourir. Il l'avait préparée à sa mort aussi sûrement que s'il la lui avait annoncée, s'assurant qu'elle avait l'argent pour payer un passage clandestin en Suisse, afin de rencontrer un homme de Neuchâtel nommé Werner Gerhardt. Qui était-il ? Que représentait-il pour Klaus Falkenheim pour n'être contacté qu'à sa mort ?

La médaille de Wolfsschanze a deux faces.

Quelle que fût leur signification, ces paroles avaient un sens spécial pour cet homme.

Le chauffeur de taxi l'interrompit dans ses pensées.

« L'auberge est au bord du lac, dit-il. Elle n'a rien de luxueux.

— Cela ira, j'en suis sûre. »

La chambre donnait sur le lac de Neuchâtel. Le calme était tel qu'Helden eut envie de s'asseoir à la fenêtre et de ne rien faire d'autre que penser à Noël, car cela la rassurait. Mais il fallait trouver un Werner Gerhardt. L'annuaire téléphonique de Pré-du-Lac n'avait personne à ce nom. Dieu seul savait à quand remontait la dernière mise à jour. Mais le village n'était pas grand ; elle commencerait au hasard par interroger le concierge. Peut-être le nom lui était-il familier.

Il le connaissait en effet, mais pas sous un jour rassurant.

« Gerhardt le fou ? dit l'homme obèse assis dans un fauteuil en osier derrière le comptoir. Vous lui apportez le bon souvenir de vieux amis à lui ? C'est plutôt une potion pour éclaircir les idées qu'il lui aurait fallu. Il ne comprendra rien de ce que vous lui direz.

— Je l'ignorais, répondit Helden, envahie par le désespoir.

— Jugez par vous-même. On est en milieu d'après-midi, la journée est fraîche, mais ensoleillée. Vous le trouverez sûrement dans le square en train de chantonner et de nourrir les pigeons. Ils salissent ses vêtements sans qu'il s'en aperçoive. »

Elle l'aperçut, assis sur le rebord en pierre de la fontaine circulaire qui décorait le jardin public du village. Il était indifférent aux promeneurs qui lui lançaient par intermittence des regards plus dégoûtés que tolérants. Ses vêtements étaient usés, son pardessus en lambeaux souillé par les fientes comme le concierge l'avait prédit. Il était aussi âgé et maladif que *Herr Oberst*, mais plus petit et plus bouffi de visage et de corps. Sa peau était blafarde et parcheminée, enlaidie par un réseau de veines, et il portait d'épaisses lunettes cerclées de fer qui bougeaient de droite à gauche au rythme du balancement de sa tête. Il plongeait ses mains tremblantes dans un sachet en papier pour en sortir des miettes de pain qu'il éparpillait, attirant des dizaines de pigeons dont le roucoulement accompagnait la psalmodie aiguë qui sortait de ses lèvres.

Helden se sentit mal. Ce n'était plus que l'ombre d'un homme. Il était plus que sénile ; seul un tel état pouvait donner lieu au spectacle qu'elle avait sous les yeux.

La médaille de Wolfsschanze a deux faces. Le temps de la catastrophe approche... Il était vain de répéter ces paroles. Pourtant elle était venue jusque-là, sachant seulement qu'un grand homme avait été abattu parce que son avertissement était fondé.

Elle s'approcha du vieillard et s'assit près de lui, sentant que plusieurs personnes la regardaient comme si elle était également faible d'esprit. Elle parla doucement en allemand.

« Herr Gerhardt ? Je viens de loin pour vous voir.

— Une bien jolie femme... une jolie, jolie femme.

— Je viens de la part de Herr Falkenheim. Vous souvenez-vous de lui ?

— Le nid d'un faucon ? Les faucons n'aiment pas mes pigeons. Ils leur font du mal. Mes amis et moi ne les aimons pas, n'est-ce pas, douces plumes ?

— Vous aimeriez cet homme si vous vous le rappeliez, dit Helden.

— Comment puis-je aimer ce que je ne connais pas ? Voulez-vous un peu de pain ? Vous pouvez en manger si vous le souhaitez, mais cela risque de froisser mes amis. »

Le vieil homme se leva péniblement et jeta des miettes aux pieds d'Helden.

« La médaille de Wolfsschanze a deux faces », chuchota-t-elle.

C'est alors qu'elle entendit les paroles. Il n'y eut pas de rupture dans le rythme ; c'était toujours la lente mélopée aiguë, mais maintenant elle avait un sens.

« Il est mort, n'est-ce pas ? — ne me répondez pas, hochez ou secouez seulement la tête. Vous parlez à un vieux fou qui ne sait plus ce qu'il dit. Ne l'oubliez pas. »

Helden était trop abasourdie pour bouger. Son immobilité apporta une réponse au vieillard. Il poursuivit sa mélopée.

« Klaus est mort. Ainsi ils ont fini par le découvrir et le tuer.

— C'est ODESSA, dit-elle. ODESSA a fait le coup. Il y avait des croix gammées partout.

— Wolfsschanze voulait nous le faire croire. »

Gerhardt lança des miettes en l'air que les pigeons se disputèrent.

« Venez, douces plumes ! C'est l'heure de votre goûter. »

Il se tourna vers Helden, le regard lointain.

« ODESSA est le bouc émissaire, comme toujours. C'est tellement évident.

— Vous parlez de Wolfsschanze, murmura-t-elle. Un homme du nom d'Holcroft a reçu une lettre de menace. Elle a été écrite il y a trente ans et signée par des hommes qui s'intitulent les survivants de Wolfsschanze. »

Le tremblement de Gerhardt s'interrompit un instant.

« Il n'y a eu qu'un survivant de Wolfsschanze ! Klaus Falkenheim. Les autres étaient ici et ils ont vécu, mais ils n'étaient pas les aigles. Et aujourd'hui ils pensent que leur heure est venue.

— Je ne comprends pas.

— Je vais vous l'expliquer, mais pas ici. Vous viendrez chez moi au bord du lac après la tombée de la nuit. Au sud de la route du rivage, exactement trois kilomètres après le croisement, il y a un chemin... »

Il lui donnait les indications comme s'il s'agissait de paroles devant accompagner un air d'enfant. Quand il eut fini, il se leva avec difficulté, lançant les dernières miettes aux oiseaux.

« Je ne pense pas qu'on vous suivra, dit-il avec un sourire sénile, mais assurez-vous-en. Nous avons du travail et il faut le faire rapidement... Par ici, venez finir votre repas, mes petits oiseaux voleurs. »

37

Un petit monomoteur tournait en rond dans le ciel nocturne au-dessus du terrain d'aviation de Chambéry. Son pilote attendait l'allumage de la double rangée de feux qui lui signalerait l'autorisation d'atterrir. Sur le sol se trouvait un hydravion aux roues encastrées dans ses pontons et prêt au départ. Il décollerait quelques minutes après que le premier avion aurait atteint l'extrémité de la piste rudimentaire et emporterait sa précieuse cargaison vers le nord en longeant le bras est du Rhône, traversant la frontière suisse à Versoix pour atterrir sur le lac de Genève situé à trente kilomètres au nord de la ville. Les pilotes ignoraient le nom de leur cliente mais cela leur était égal ; elle payait aussi bien que le plus juteux des transports de drogue.

Elle n'avait paru émue qu'une seule fois, quatre minutes après qu'ils avaient quitté Avignon dans la direction de Saint-Vallier, quand le petit avion avait été pris dans une averse de grêle aussi inattendue que dangereuse.

« Le temps est peut-être trop mauvais pour un appareil aussi léger, dit le pilote. Il serait plus sage de rentrer.

— Volez au-dessus de l'averse.

— Nous n'avons pas la puissance nécessaire et nous n'avons aucune idée de l'étendue du front.

— Alors traversez-le. Je vous paie à la fois pour respecter un horaire et me transporter. Je dois être à Genève ce soir.

— Si nous sommes forcés d'atterrir sur la rivière, nous risquons d'être pincés par la patrouille. Nous n'avons pas d'autorisation de vol.

— Si nous devons atterrir sur la rivière, j'achèterai la patrouille. Ils se sont laissé corrompre à la douane de Port-Bou ; ce sera pareil ici. Continuez.

— Et si nous nous écrasons, madame ?

— Pas question. »

Au-dessous d'eux, les feux de Chambéry s'allumèrent l'un après l'autre dans l'obscurité. Le pilote inclina son aile vers la gauche et descendit en tournant pour l'approche finale. Quelques secondes plus tard ils touchèrent le sol.

« Vous êtes très fort, dit-elle en tendant le bras

vers la boucle de sa ceinture de sécurité. Mon prochain pilote le sera-t-il autant ?

— Oui, madame, avec un avantage sur moi. Il détecte les radars à moins du dixième de mile près dans l'obscurité. Une telle adresse se paie.

— Avec plaisir », répondit Althene.

L'hydravion décolla contre le vent de la nuit à 10 h 57 précises. Le passage de la frontière à Versoix se ferait à très basse altitude et prendrait très peu de temps, vingt minutes à une demi-heure, pas davantage. C'était l'étape du spécialiste et le spécialiste qui tenait les commandes était un homme trapu avec une barbe et des cheveux roux clairsemés. Il mâchait un demi-cigare entre les dents et parlait anglais avec un fort accent mi-lorrain, mi-alsacien. Il garda le silence pendant les premières minutes du vol mais Althene fut stupéfaite quand il ouvrit la bouche.

« Je ne sais pas quelle marchandise vous transportez, madame, mais un avis de recherche vous concernant a été lancé à travers toute l'Europe.

— *Comment ?* Qui l'a lancé et comment le sauriez-vous ? Mon nom n'a pas été mentionné, on me l'a garanti !

— Un communiqué propagé à travers toute l'Europe par Interpol est très descriptif. Il est rare que la police internationale soit à la poursuite d'une femme ayant — comment dire — votre âge et votre apparence. Je suppose que vous vous appelez Holcroft.

— Ne supposez rien. »

Althene agrippa sa ceinture de sécurité, s'efforçant de garder son calme. Elle ne savait pas pourquoi cela lui faisait peur — le juif d'*Har Sha'alav* avait dit qu'ils étaient omniprésents —, mais le fait que ce Wolfsschanze ait suffisamment d'influence auprès d'Interpol pour utiliser son réseau était déconcertant. Non seulement elle devait échapper aux nazis de Wolfsschanze, mais aussi au réseau de mise en application d'une loi. C'était un piège bien tendu ; ses infractions étaient indéniables :

voyager avec un faux passeport, puis sans. Et elle ne pouvait fournir aucune explication. Sinon son fils — le fils d'Heinrich Clausen —, serait lié à un complot tellement vaste qu'on le tuerait. Il fallait faire face à cette situation extrême ; son fils devrait peut-être être sacrifié. Mais ce qu'il y avait d'ironique était la forte probabilité que Wolfsschanze fût profondément mêlé aux autorités légales... *ils étaient partout*. Une fois capturée, Wolfsschanze la tuerait avant qu'elle puisse dire ce qu'elle savait.

Elle acceptait de mourir, mais pas de se taire. Elle se tourna vers le pilote barbu.

« Comment êtes-vous au courant de ce communiqué ? »

L'homme haussa les épaules.

« Comment je sais qu'il y a des radars ? Vous me payez, j'en paie d'autres. Il n'y a rien de tel qu'un bénéfice net de nos jours.

— Le communiqué explique-t-il pourquoi cette... vieille femme... est recherchée ?

— Il est bizarre, madame. On dit clairement qu'elle voyage avec de faux papiers, mais qu'il ne faut pas l'arrêter. Sa localisation doit être signalée à Interpol-Paris qui transmettra à New York.

— New York ?

— La demande vient de là. La police de New York, un type qui s'appelle Miles.

— Miles ! »

Elle ferma les yeux.

« Que diriez-vous de gagner beaucoup d'argent ?

— Je ne suis pas communiste ; votre proposition ne m'offense pas. Que devrai-je faire ?*

— Me cacher à Genève et m'aider à joindre quelqu'un. »

Le pilote vérifia son tableau de bord et vira à droite.

« Cela coûtera cher.

— Je paierai », dit Althene.

Johann von Tiebolt arpentait la suite de l'hôtel à

la manière d'un animal gracieux et furieux. Son auditoire était composé des frères Kessler, le premier conseiller du canton de Genève étant parti quelques minutes auparavant. Ils étaient seuls tous les trois ; l'atmosphère était manifestement tendue.

« Elle est quelque part dans Genève, dit von Tiebolt. C'est obligé.

— De toute évidence sous un pseudonyme, ajouta Hans Kessler, sa trousse médicale à ses pieds. Nous la trouverons. Il suffit de déployer des hommes munis d'une description. Notre conseiller a assuré que cela ne pose aucun problème. »

Von Tiebolt interrompit ses allées et venues.

« Aucun problème ? J'espère que vous avez étudié ensemble la question. Selon lui, la police genevoise a reçu d'Interpol un communiqué la concernant. Cela signifie tout simplement qu'elle a fait au minimum six mille quatre cents kilomètres sans qu'on la trouve. Six mille quatre cents kilomètres malgré les pupitres d'ordinateurs, à bord d'un avion passant les frontières et atterrissant avec manifestes, à travers au moins deux contrôles d'immigration. Et aucun résultat. Ne soyez pas ridicule, Hans. Elle vaut mieux que nous le pensions.

— Demain c'est vendredi, dit Erich. Holcroft doit arriver demain et il nous contactera. Quand nous le tiendrons, nous aurons la mère.

— Il a dit qu'il descendrait au Royal mais il a changé d'avis. Il n'a pas réservé et M. Fresca a réglé sa note au George-V. »

Von Tiebolt se tenait près de la fenêtre.

« Je n'aime pas ça. Quelque chose ne va pas. »

Hans prit son verre.

« Je pense que vous oubliez l'évidence.

— Comment cela ?

— Si l'on se met à la place d'Holcroft beaucoup de choses ne vont pas. Il se croit poursuivi ; il sera donc prudent et voyagera de même. Je serais étonné qu'il réserve une chambre à son nom.

— Je suppose que ce serait Fresca ou un nom

dérivé que je reconnaîtrais, dit von Tiebolt, écartant l'observation du jeune Kessler. Il n'y a rien de semblable dans aucun hôtel de Genève.

— Y a-t-il un Tennyson, demanda doucement Erich, ou autre chose de ce genre ?

— Helden ? »

Johann se détourna.

« Helden, répéta l'aîné des Kessler en hochant la tête. Elle l'accompagnait à Paris. Il est à supposer qu'elle l'aide ; vous l'avez même insinué. »

Von Tiebolt restait immobile.

« Helden et ses ignobles exilés errants sont préoccupés pour le moment. Ils poursuivent ODESSA à la recherche des assassins de *Herr Oberst*.

— *Falkenheim ?* »

Hans se pencha en avant.

« Falkenheim est mort ?

— Falkenheim était le chef du Nachrichtendienst, le dernier membre en activité, pour être précis. Maintenant qu'il est mort, Wolfsschanze n'a plus d'opposants. Son armée de juifs n'a plus personne à sa tête et le peu qu'ils savaient est enterré avec leurs chefs.

— Des juifs ? Avec le Nachrichtendienst ? »

Erich était hors de lui.

« De quoi diable parlez-vous ?

— Une catastrophe est arrivée au kibboutz *Har Sha'alav*, les terroristes de la Rache en ont été tenus responsables. Je suis certain que le nom *Har Sha'alav* ne vous est pas inconnu. Finalement le Nachrichtendienst s'est retourné contre les juifs de *Har Sha'alav*. Ordures contre ordures.

— J'aimerais une explication plus claire ! dit Erich.

— Plus tard. Nous devons nous concentrer sur les Holcroft. Il faut que... »

Von Tiebolt s'arrêta ; une pensée l'avait frappé.

« Les priorités. Ne jamais oublier les priorités, ajouta-t-il comme s'il se parlait à lui-même. Et la première priorité, c'est le document à la Grande Banque de Genève. Mais il faut d'abord s'occuper du fils. C'est lui qu'il faut trouver ; c'est lui qu'il faut isoler, et mettre complètement en quarantaine. Pour ce qu'on veut faire, une trentaine d'heures suffiront.

— Je ne vous suis pas, l'interrompit Hans. Qu'arrivera-t-il au cours de ces trente heures ?

— Nous trois nous aurons rencontré les directeurs de la banque, dit Erich. Tout aura été signé, accompli en présence du fondé de pouvoir de la Grande Banque, toutes les lois suisses respectées à la lettre. L'argent sera envoyé à Zurich et nous en aurons le contrôle lundi matin.

— Mais trente heures à compter de vendredi matin, ça fait...

— Samedi midi, compléta von Tiebolt. Nous avons rendez-vous avec les directeurs samedi matin à neuf heures. Notre admission n'a jamais posé de problèmes — sauf dans la tête d'Holcroft. Manfredi s'est occupé de ça il y a des mois. Non seulement nous sommes les bienvenus, mais nous sommes quasiment des saints. La lettre du MI-5 est tout simplement le couronnement final. Samedi à midi tout sera en ordre.

— Ils sont si impatients de perdre sept cent quatre-vingts millions de dollars qu'ils veulent ouvrir la banque un samedi ?

L'homme blond sourit.

« J'ai fait la demande au nom d'Holcroft pour des raisons de rapidité et de discrétion. Les directeurs n'y ont pas vu d'objection — ils ramassent même les miettes — et Holcroft n'en verra pas non plus quand nous lui en parlerons. Il a des raisons personnelles pour vouloir que tout soit fini. Il est acculé aux limites de sa résistance. »

Von Tiebolt regarda Erich et son sourire s'élargit.

« Il nous considère tous les deux comme des amis, comme des rocs, deux hommes qui lui sont absolument nécessaires. L'exécution du plan a dépassé toutes nos espérances. »

Kessler hocha la tête.

« Samedi, à midi, il aura signé la condition finale.

— Quelle condition finale ? demanda Hans, alarmé. Qu'est-ce que ça veut dire ? Qu'est-ce qu'il doit signer ?

— Nous l'aurons tous signée, répondit von Tiebolt, marquant un temps d'arrêt pour insister. C'est une procédure imposée par la loi suisse pour solder ce genre de compte. Nous nous sommes rencontrés et nous comprenons parfaitement nos responsabilités ; nous sommes arrivés à nous connaître et à nous faire confiance. Par conséquent, au cas où l'un d'entre nous mourrait avant les autres, chacun cède tous ses droits et privilèges à ses cohéritiers. Sauf bien sûr la somme de deux millions qui doit être répartie entre les héritiers du mort. Avec ces deux millions qui auront été cédés légalement et qui ne pourront être donnés aux autres ayants cause, aucun d'entre nous n'aura envie de doubler l'autre. »

Le jeune Kessler émit un sifflement d'admiration.

« Éblouissant. Ainsi cette condition finale — par laquelle chacun cède ses droits aux autres — n'a jamais eu à figurer dans le document... puisque c'est la loi. Si elle y avait figuré, Holcroft aurait pu avoir des soupçons depuis le début. »

Le docteur secoua la tête à ces mots, les yeux brillants.

« Mais ça n'a jamais été le cas puisque c'est la loi.

— Précisément. Et il faut respecter tous les termes de la loi. Dans un mois — six semaines au plus — ça n'aura plus d'importance, mais en attendant d'avoir bien avancé, nous ne pouvons pas prendre de risques.

— Je comprends parfaitement, dit Hans. Mais ce qui est sûr, c'est que samedi à midi on n'aura plus besoin d'Holcroft, c'est bien ça ? »

Erich leva la main.

« Il vaudrait mieux que tu le drogues pendant un certain temps ; on pourra le montrer comme si de rien n'était. Un handicapé mental en bon état de marche... Jusqu'à ce qu'on répartisse les fonds. Alors ça ne comptera plus, le monde sera trop préoccupé pour se soucier d'un accident à Zurich. Pour le moment, nous devons faire ce que dit Johann, nous devons trouver Holcroft avant sa mère.

— Et, sous un prétexte ou un autre, ajouta von Tiebolt, l'isoler jusqu'à notre réunion d'après-demain. Elle va certainement essayer de le joindre et alors nous saurons où elle est. Nous avons des hommes à Genève qui se chargeront du reste. »

Il hésita une seconde.

« Comme toujours, Hans fait toujours les choses au mieux. Mais la réponse à votre question est oui. Samedi à midi Holcroft ne nous servira plus à rien. Quand j'y pense, ces semaines supplémentaires ne sont peut-être pas indispensables.

— Vous me contrariez encore, dit le savant. Dans bien des cas je m'en remets à votre imagination, mais un changement de stratégie à ce point crucial n'est pas judicieux. Il faut qu'on puisse voir Holcroft. Comme vous l'avez dit on ne peut pas prendre de risques avant « d'avoir bien avancé ».

— On n'en prendra pas, répondit von Tiebolt. Nos pères auraient approuvé le changement que je préconise. J'ai avancé l'emploi du temps.

— Vous avez fait quoi ?

— Quand j'ai employé le mot « risques », je pensais aux termes de loi, pas à Holcroft. Ces termes sont constants, la vie ne l'est pas.

— Quel emploi du temps ? Pourquoi ?

— La deuxième question d'abord, et vous pouvez y répondre. »

Johann se tenait en face de l'aîné des Kessler.

« Quelle a été l'arme de guerre la plus efficace employée par la mère patrie ? Quelle stratégie aurait mis l'Angleterre à genoux si on n'avait pas hésité ? Quel genre d'éclairs ont ébranlé le monde ?

— La *Blitzkrieg*, répondit le docteur à la place de son frère.

— Oui. Des attaques rapides, précises, et qui venaient de nulle part. Des hommes, des armes, des machines qui balayaient les frontières à une vitesse extraordinaire, semant la confusion et la dévastation. Des peuples entiers divisés, incapables de reformer les rangs, incapables de prendre des décisions. Le *Blitz*. Nous devons nous en inspirer ; nous n'avons pas le droit d'hésiter.

— Abstractions que tout ça, Johann ! Soyez plus explicite.

— Très bien. Éclaircissement numéro 1 : John Tennyson a écrit un article relevé par le service des télégraphes qui sera diffusé partout demain. Le Tinamou tenait des registres et on raconte qu'ils ont été découverts. Le nom des gens puissants qui l'ont employé, les dates et les sources des paiements. Ça aura l'effet massif de chocs électriques dans les centres de décision de la planète. Éclaircissement numéro 2 : samedi, le document de Genève est rempli, les fonds transférés à Zurich. Dimanche, nous allons à notre quartier général de Zurich. Ils sont au courant ; tous les systèmes de communication fonctionnent. Si Holcroft nous accompagne, Hans l'aura drogué ; sinon, il est mort. Éclaircissement numéro 3 : notre actif est sous forme de liquidités et donc à notre disposition. En jouant sur le décalage horaire, nous commençons à envoyer des fonds par télex à nos hommes en nous concentrant sur nos objectifs principaux. Nous commençons ici, à Genève. Puis Berlin, Paris, Madrid, Lisbonne, Londres, Washington, New York, Chicago, Houston, Los Angeles et San Francisco. Vers cinq heures, heure de Zurich, nous nous rendons dans le Pacifique : Honolulu, les îles Marshall et les îles Gilbert. A huit heures, nous allons en Nouvelle-Zélande, à Auckland et Wellington. A dix heures, c'est l'Australie — Brisbane, Sydney, Adelaïde — puis à Perth et jusqu'à Singapour, en Extrême-Orient. La première phase prend fin à New Delhi ; théoriquement notre opération est financée sur les trois quarts du globe. Éclaircissement numéro 4 : au bout des vingt-quatre heures suivantes — mardi — nous recevons confirmation que les fonds ont bien été reçus et convertis en liquide, prêts à l'usage. Éclaircissement numéro 5 : je passerai vingt-trois coups de téléphone de Zurich adressés à vingt-trois hommes dans différentes capitales, qui ont fait appel aux services du Tinamou. On leur dira qu'on attend certaines choses d'eux pendant les semaines à venir et ils devront s'exécuter. Éclaircissement numéro 6 : mercredi, ça commence. Le premier assassinat sera symbolique. Le chancelier de Berlin, chef du Bundestag. Nous virons à l'ouest pour y faire une guerre éclair. »

Von Tiebolt s'arrêta un instant.

« Mercredi. Le code Wolfsschanze est mis en œuvre. »

Le téléphone sonna ; d'abord personne ne parut l'entendre. Puis von Tiebolt répondit.

« Oui ? »

Il écoutait en silence, les yeux fixés sur le mur. Enfin il parla.

« Employez les mots que je vous ai donnés, dit-il avec douceur. Tuez-les. »

Il raccrocha.

« Qu'est-ce que c'est ? » demanda le docteur.

Von Tiebolt, la main encore sur le téléphone, répondit d'un ton monocorde :

« Ce n'était qu'une vague intuition — une possibilité — mais j'ai envoyé un homme à Neuchâtel. Pour surveiller quelqu'un. Et ce quelqu'un a rencontré quelqu'un d'autre. C'est sans importance ; ils seront bientôt morts. Ma jolie sœur et un traître nommé Werner Gerhardt. »

Ça ne tenait pas debout, pensait Holcroft, en entendant les paroles de Willie Ellis au téléphone. A Genève la place était bondée ; il joignit Willie d'une cabine au Royal, en espérant bien que le styliste était entré en contact avec Althene. Mais non ; elle n'était pas là. Sa mère avait pourtant bien

bien dit à l'hôtel Royal. Elle le retrouverait à l'hôtel ?

« Vous l'avez décrite ? Une Américaine d'environ soixante-dix ans, grande pour une femme ?

— Évidemment. Tout ce que vous avez dit il y a une demi-heure. Il n'y a personne ici du nom d'Holcroft, ni aucune femme correspondant à cette description. Il n'y a pas un seul Américain.

— C'est dingue. »

Noël essayait de réfléchir. Tennyson et les Kessler n'étaient pas attendus avant le soir ; il n'avait personne vers qui se tourner. Sa mère faisait-elle la même chose que lui ? Essayait-elle de l'appeler de l'extérieur, espérant qu'il serait à l'hôtel ?

« Appelle la réception et dis que tu viens d'avoir de mes nouvelles. Sers-toi de mon nom. Dis-leur que je t'ai demandé s'il y avait des messages pour moi.

— Je ne crois pas que tu comprennes les règles de Genève, dit Willie. On ne remet pas de messages personnels à des tiers inconnus, et le Royal ne fait pas exception. A vrai dire, quand j'ai posé des questions au sujet de ta mère, on m'a regardé de travers. Malgré ma valise Vuitton, ce petit salaud ne m'a pas laissé finir.

— Essaie en tout cas.

— Il y a un meilleur moyen. Je pense que si... »

Willie s'interrompit, on frappait discrètement à la porte.

« Un petit instant ; il y a quelqu'un à la porte. Je vais m'en débarrasser, je reviens tout de suite. »

Noël entendit une porte s'ouvrir. Il y eut des voix indistinctes, des questions ; il y eut un bref échange suivi d'un bruit de pas. Holcroft attendit que Willie revienne à l'appareil.

Il y eut un bruit de toux, mais plus qu'une toux. Qu'est-ce que c'était ? Une tentative de cri ? Était-ce vraiment un cri étouffé ?

« Willie ? »

Le silence. Puis à nouveau des pas.

« Willie ? »

Noël eut tout à coup froid dans le dos. Et il

ressentit une douleur à l'estomac en se rappelant les mots. Les mêmes mots !

« Il y a quelqu'un à la porte. Je vais m'en débarrasser, je reviens tout de suite. »

Un autre Anglais, à six mille kilomètres de là, à New York. Et une allumette qui s'enflammait à la fenêtre de l'autre côté de la cour.

Peter Baldwin.

« Willie ! Willie, où es-tu ? Willie ! »

Il y eut un déclic. On avait raccroché.

Oh ! mon Dieu ! Qu'avait-il fait ? Willie !

Des gouttes de sueur perlaient sur son front ; ses mains tremblaient.

Il fallait qu'il aille au Royal ! Il fallait qu'il y aille aussi vite que possible, qu'il retrouve Willie et lui vienne en aide. Oh ! mon Dieu ! Si cette douleur pouvait disparaître.

Il sortit précipitamment de la cabine et monta dans sa voiture. Il mit le moteur en marche, se demandant un bref instant où il était et où il allait. L'hôtel Royal ! Il était rue des Granges, près du Puits-Saint-Pierre ; une rue bordée d'imposantes vieilles maisons — des demeures. Le Royal était la plus grande. Sur la colline... Mais quelle colline ? Il ne savait pas du tout comment y aller.

Il roula à toute allure jusqu'au croisement ; la circulation était arrêtée. Il interpella par la vitre une femme éberluée dans la voiture à côté de la sienne.

« S'il vous plaît, la rue des Granges, c'est de quel côté ? »

La femme refusa de répondre ; elle détourna les yeux et regarda droit devant elle.

« Je vous en prie, quelqu'un est blessé ! Et je crois, gravement. Je vous en prie, madame ! Je ne parle pas très bien le français, ni l'allemand, ni... je vous en supplie ! »

La femme se retourna et l'examina un instant. Puis elle se pencha en baissant sa vitre.

« La rue des Granges ?

— Oui, s'il vous plaît ! »

Elle lui donna de brèves indications.

« Cinq rues plus bas, tournez à droite jusqu'au pied de la colline, puis à gauche... »

Le trafic reprit. A grand-peine, Noël essayait de se rappeler chaque mot, chaque chiffre, chaque rue. Il la remercia en criant et appuya sur l'accélérateur.

Comment il trouva la vieille rue, mystère, mais tout à coup elle était là. Il monta la côte abrupte jusqu'au sommet et aperçut l'enseigne en lettres dorées : HÔTEL ROYAL.

Les mains tremblantes, il gara la voiture et sortit. Il devait la fermer à clef ; par deux fois il essaya d'introduire la clef dans la serrure mais il ne pouvait s'empêcher de trembler. Alors il retint sa respiration et serra le métal dans son poing pour faire cesser le tremblement. Il fallait qu'il se maîtrise maintenant ; il fallait qu'il réfléchisse. Avant tout, il devait être prudent. Il avait déjà vu l'ennemi et il l'avait combattu. Il pouvait recommencer.

Il regarda dans l'entrée du Royal. Par les portes vitrées il vit le portier parler à quelqu'un dans le hall. Il ne pouvait pas passer par cette entrée et traverser ce hall ; si l'ennemi avait piégé Willie Ellis, cet ennemi devait l'attendre.

Une étroite ruelle longeait un côté du bâtiment. Il y avait une pancarte « livraisons » sur le mur de pierre.

Quelque part dans cette ruelle il y avait une entrée de service. Il releva le col de son imperméable sur son cou et traversa, mains dans les poches, l'acier du revolver dans la droite, le cylindre perforé du silencieux dans la gauche. Il pensa un instant à celle qui lui avait donné ça, à Helden. Où était-elle ? Que s'était-il passé ?

« Rien n'est plus pareil pour toi... »

Rien du tout.

Il atteignit la porte au moment où un livreur en blouse blanche sortait. Il lui fit signe de la main et lui sourit.

« Excusez-moi, parlez-vous anglais ?

— Mais bien sûr, monsieur, vous êtes à Genève. »

Ce n'était qu'une plaisanterie inoffensive — sans plus — mais cet idiot d'Américain avec son large sourire paierait cinquante francs cette pauvre blouse, deux fois son prix d'achat. Ils firent l'échange rapidement ; on était à Genève. Holcroft ôta son imperméable et le plia sous son bras gauche. Il enfila la blouse et entra.

Willie avait réservé une suite au troisième étage. Noël traversa un sombre couloir qui menait à un escalier encore plus obscur, sur le palier, contre le mur il y avait un chariot, trois petits cartons encore pleins de savons de l'hôtel et un quatrième à moitié vide sur le dessus. Il enleva la boîte du dessus, ramassa les trois autres et se mit à monter l'escalier de marbre, espérant ressembler même vaguement à quelqu'un de l'hôtel.

« *Jacques, c'est vous ?* »

La voix, plaisante, venait du bas.

Holcroft se retourna et haussa les épaules.

« *Pardon, je croyais que c'était Jacques qui travaille chez la fleuriste.*

— *Non* », dit Noël sèchement, en continuant à monter.

Il parvint au troisième étage, déposa les cartons de savons sur les marches, et enleva sa blouse. Il remit son imperméable, tâta son revolver et ouvrit lentement la porte. Il n'y avait personne dans le corridor.

Il marcha jusqu'à la dernière porte à droite, en tendant l'oreille ; il n'y avait aucun bruit. Il se rappela avoir écouté à une autre porte, dans un autre couloir, à des années-lumière de ce corridor rococo. C'était à Montereau... Il y avait eu une fusillade et des morts.

Oh ! mon Dieu, était-il arrivé quelque chose à Willie ? Willie, qui ne lui avait pas tourné le dos, qui s'était conduit en ami quand les autres s'étaient défilés. Holcroft sortit le pistolet et mit la main sur la poignée de la porte. Il s'effaça autant qu'il put.

D'un seul mouvement, il tourna le bouton et

ouvrit la porte d'un violent coup d'épaule. Celle-ci alla éclater contre le mur de derrière ; elle n'était pas fermée.

Ramassé sur lui-même, Noël pointa son arme. Il n'y avait personne dans la pièce mais une fenêtre était ouverte et une brise d'hiver agitait les rideaux. Déconcerté, il se demanda pourquoi une fenêtre était ouverte par ce temps.

C'est alors qu'il les vit ; des taches de sang sur le rebord. Quelqu'un avait saigné abondamment. Devant la fenêtre il y avait l'escalier de secours. Il vit des traces rouges sur les marches. Celui qui était passé par là avait été grièvement blessé.

Willie ?

« Willie ? Willie, tu es là ? »

Silence.

Holcroft entra en courant dans la chambre.

Personne.

« Willie ?

Il allait repartir quand il vit d'étranges marques sur le panneau d'une porte fermée. Le panneau était couvert d'ornements dorés, de fleurs de lis, roses, blanches, bleu ciel. Mais ce qu'il vit n'était pas prévu dans ce décor rococo.

Il y avait des traces de doigts ensanglantés.

Il se jeta sur la porte et lui donna un tel coup de pied que le panneau vola en éclats.

Il vit la chose la plus terrible de sa vie. Affalé sur le rebord de la baignoire vide, le corps mutilé de Willie Ellis baignait dans son sang. Il y avait d'énormes trous sur sa poitrine et dans son ventre, et ses intestins s'échappaient de sa chemise rougie de sang. Sa gorge avait été si profondément lacérée que sa tête tenait à peine, ses yeux grands ouverts étaient révulsés d'horreur.

Noël défaillit, essayant désespérément de retrouver son souffle.

Et c'est alors qu'il vit le mot, tracé en lettres de sang sur le carrelage au-dessus du corps mutilé.

NACHRICHTENDIENST

38

Helden trouva le sentier trois kilomètres après l'embranchement, sur la route qui sortait de Pré-du-Lac. Elle avait emprunté une lampe électrique au concierge, et elle orienta le rayon de lumière devant elle quand elle dut traverser les bois pour atteindre la maison de Werner Gerhardt.

Ce n'était pas tant une maison, pensa Helden en arrivant devant cette étrange bâtisse, qu'une forteresse miniature en pierre. Elle était toute petite — plus petite même que celle d'*Herr Oberst* — mais, de là où elle était, les murs avaient l'air extrêmement épais. Le rayon de la lampe électrique éclairait des rochers proéminents cimentés, des deux côtés visibles ; et le toit, lui aussi, était lourd. Les rares fenêtres étaient très hautes, et étroites. Elle n'avait jamais vu une maison pareille auparavant. On aurait dit qu'elle sortait d'un conte de fées, soumise à des incantations magiques.

Ce spectacle répondit à une question suscitée par les remarques du concierge quand elle était revenue de la place du village quelques heures plus tôt.

« Avez-vous trouvé Gerhardt le fou ? On dit qu'il a été autrefois un grand diplomate, avant que les écrous ne se dévissent dans sa tête. On raconte qu'il a encore des amis qui s'occupent de lui, même si plus personne ne vient le voir. En tout cas, ils se sont occupés de lui avant. Ils lui ont fait construire une maison bien solide au bord du lac. Aucun vent d'hiver n'en viendra jamais à bout. »

Ni le vent, ni la tempête, ni les neiges de l'hiver n'auraient jamais aucun effet sur cette maison. Quelqu'un s'en était vraiment bien occupé.

Elle entendit le bruit d'une porte qui s'ouvrait. Cela fit sursauter Helden étant donné qu'il n'y avait pas de porte, ni dans le mur latéral ni dans le mur de derrière. C'est alors que le rayon de lumière se posa sur la courte silhouette de Werner Gerhardt ; il était debout au bord du porche côté lac et il leva la main.

Comment le vieillard avait-il pu faire pour l'entendre ?

« Vous êtes venue, je vois, dit Gerhardt, et sa voix ne trahissait aucune folie. Dépêchez-vous donc, il fait froid dans ces bois. Entrez, mettez-vous près du feu. Nous allons prendre le thé. »

La pièce paraissait plus grande que ne le laissait supposer l'extérieur de l'édifice. Le lourd mobilier, bien qu'ancien, était confortable, avec une abondance de cuirs et de bois. Helden s'assit sur une ottomane, bien réchauffée par le feu et le thé. Elle ne s'était pas rendu compte à quel point elle avait froid.

Ils parlaient depuis quelques minutes seulement, et Gerhardt répondait déjà à la première question avant même qu'elle ait eu l'occasion de la poser.

« Je suis arrivé ici de Berlin il y a cinq ans, en passant par Munich, où était établie ma couverture. J'étais une « victime », d'ODESSA, un homme brisé, condamné à vivre les années qui lui restaient dans la sénilité et la solitude. Je suis un sujet de dérision ; un médecin de la clinique conserve mon dossier. Il s'appelle Litvak, au cas où vous auriez besoin de lui. Il est le seul à savoir que je suis parfaitement sain d'esprit.

— Mais pourquoi était-il nécessaire que vous ayez une couverture ?

— Vous le comprendrez au fur et à mesure. A propos, vous avez été surprise que je sache que vous étiez dehors. » Gerhardt sourit. « Cette maison primitive au bord de son lac est très sophistiquée. Personne ne peut approcher sans que je le sache. Un bourdonnement se fait entendre. » Le sourire du vieillard s'effaça. « Alors, qu'est-il arrivé à Klaus ? »

Elle le lui dit. Gerhardt resta silencieux un moment, la souffrance au fond des yeux.

« Ce sont de véritables brutes, dit-il. Ils ne sont même pas capables d'exécuter un homme avec le semblant de décence élémentaire ; il faut qu'ils mutilent. Puisse Dieu les damner !

— Qui ?

— Le faux Wolfsschanze. Les brutes. Pas les aigles.

— Les aigles ? Je ne comprends pas.

— Le complot pour tuer Hitler en juillet 1944 était une conjuration des généraux. Des militaires — des gens bien dans l'ensemble — qui étaient venus voir les horreurs commises par le Führer et ses troupes de déments. Ce n'était pas pour cette Allemagne qu'ils tenaient à se battre. Leur objectif était d'assassiner Hitler, de solliciter une paix juste et de dénoncer les tueurs et les sadiques qui avaient officié au nom du Reich. Rommel appelait ces hommes-là « les vrais aigles de l'Allemagne ».

— Les aigles... répéta Helden. On n'arrêtera pas les aigles.

— Je vous demande pardon ? demanda le vieil homme.

— Rien. Continuez, je vous en prie.

— Bien entendu, les généraux échouèrent, et un massacre s'ensuivit. Deux cent douze officiers, dont beaucoup n'étaient que vaguement suspects, furent torturés et mis à mort. Alors, tout à coup, Wolfsschanze devint l'excuse pour faire taire tout dissentiment à l'intérieur du Reich. Les milliers de gens qui avaient énoncé même la plus insignifiante des critiques sur le plan politique ou militaire furent arrêtés sur des preuves fabriquées, et exécutés. Dans leur immense majorité, les gens n'avaient jamais entendu parler d'un état-major du nom de Wolfsschanze, et encore moins d'un quelconque attentat à la vie d'Hitler. Rommel reçut l'ordre de se suicider pour avoir refusé de pratiquer quelque 5 000 exécutions sommaires. Les craintes les plus affreuses des généraux se virent confirmées : les déments étaient les maîtres absolus de l'Allemagne. C'était ça qu'ils avaient espéré arrêter avec Wolfsschanze. Leur Wolfsschanze : le vrai Wolfsschanze.

— Leur... Wolfsschanze ? demanda Helden. Il y a un revers à la médaille de Wolfsschanze.

— Oui, dit Gerhardt. Il y avait un autre Wolfsschanze, un autre groupe d'hommes qui voulaient aussi qu'Hitler soit tué. Mais pour une raison totalement différente. Ces hommes considéraient qu'il avait échoué. Ils constataient ses faiblesses, la diminution de ses moyens. Ils voulaient remplacer la folie existante par une autre folie, bien plus efficace. Il n'était pas question d'appel à la paix dans leurs plans, seulement de la poursuite la plus achevée de la guerre. Leur stratégie comprenait une technique oubliée depuis l'invasion de l'Asie par les armées mongoles des siècles plus tôt. Des peuples entiers retenus en otage, des exécutions massives pour les infractions les plus bénignes, un règne de l'abus tellement terrible que le monde demanderait une trêve, ne serait-ce qu'au nom de l'humanité. »

Gerhardt marqua une pause ; quand il reprit, il avait la voix pleine de dégoût.

« Ça, c'était le faux Wolfsschanze, celui qui n'aurait jamais dû voir le jour. Ils — les hommes de ce Wolfsschanze-là — sont encore en exercice.

— Pourtant ces mêmes hommes faisaient bien partie de la conjuration pour tuer Hitler, dit Helden. Comment s'en sont-ils sortis ?

— En devenant les plus féroces parmi les loyalistes d'Hitler. Ils se regroupèrent rapidement, jouèrent les offensés devant cette traîtrise, et se mirent les autres dans la poche. Comment toujours, l'ardeur et la férocité firent impression sur Hitler ; par essence c'était physiquement un lâche, voyez-vous. Il chargea certains d'entre eux des exécutions et se félicita de leur dévouement. »

Helden s'avança au bord de son siège.

« Vous dites que ces hommes — cet autre Wolfsschanze — sont toujours en exercice. Mais la plupart d'entre eux sont sûrement morts à l'heure qu'il est. »

Le vieil homme soupira.

« Vous n'êtes vraiment pas au courant, n'est-ce pas ? Klaus disait que non.

— Vous savez qui je suis ? demanda Helden.

— Bien sûr. C'est vous-même qui postiez les lettres.

— J'ai posté beaucoup de lettres pour *Herr Oberst*. Mais aucune à destination de Neuchâtel.

— Celles qui devaient me parvenir, je les ai reçues.

— Il vous a écrit à mon sujet ?

— Souvent. Il vous aimait beaucoup. » Le sourire de Gerhardt était chaleureux. Il s'effaça quand il reprit. « Vous m'avez demandé comment les hommes du faux Wolfsschanze pouvaient encore être en exercice après tant d'années. Vous avez raison, bien sûr. La plupart d'entre eux sont morts. Mais ce n'est pas eux ; ce sont les enfants.

— Les enfants ?

— Oui. Ils sont partout — dans chaque ville, en province, à la campagne. Dans toutes les professions, tous les groupes politiques. Leur fonction est de faire constamment pression sur les gens, de les convaincre que leur vie pourrait être tellement plus belle si les hommes forts s'opposaient violemment à la faiblesse. Des voix vibrantes de colère sont en train de prendre la place des vrais remèdes ; la rancune supplante la raison. Cela se produit partout, et nous ne sommes que quelques-uns à savoir ce que c'est : une gigantesque mise en condition. Les enfants ont grandi.

— D'où venaient-ils ?

— Là, nous touchons le fond du problème. Cela va répondre à d'autres questions que vous vous posez. » Le vieil homme se pencha en avant. « Ça avait pour nom « l'Opération *Sonnenkinder* », et elle eut lieu en 1945. Des milliers d'enfants âgés de six mois à seize ans durent quitter l'Allemagne. Vers tous les points du globe... »

Tandis que Gerhardt racontait cette histoire, Helden se sentait malade, physiquement malade.

« On mit un plan au point, continua Gerhardt, selon lequel des millions et des millions de dollars seraient à la disposition des *Sonnenkinder* après une période donnée. Cette époque était calculée par projection des cycles économiques normaux ; cela représentait trente ans. »

Helden reprit brusquement sa respiration, ce qui l'interrompit, mais seulement un court instant.

« C'était un plan conçu par trois hommes... »

Un cri émergea de la gorge d'Helden.

« ... Ces trois hommes avaient accès à des fonds inestimables, et l'un d'eux était peut-être le manipulateur financier le plus brillant de notre époque. Ce fut lui et lui seul qui réunit les forces économiques internationales qui ont assuré l'ascension d'Adolf Hitler. Et quand son Reich faillit à ses promesses, il entreprit d'en créer un autre.

— Heinrich Clausen... murmura Helden. Oh ! mon Dieu ! non !... Noël ? Oh ! mon Dieu, Noël !

— Il ne fut jamais rien d'autre qu'un moyen, un canal pour l'argent. Il ne sait rien.

— Alors... » Les yeux d'Helden s'élargirent ; la douleur à ses tempes s'intensifia.

« Oui, dit Gerhardt en lui prenant la main. Un jeune homme fut choisi, un autre des fils. Un enfant extraordinaire, un membre fanatiquement dévoué des Jeunesses hitlériennes. Brillant, beau. On le suivit, on le prépara, on le forma en vue de sa mission.

— Johann... Oh ! Dieu du ciel, c'est Johann.

— Oui. Johann von Tiebolt. C'est lui qui compte conduire les *Sonnenkinder* au pouvoir dans le monde entier. »

Avec un bruit discordant et étourdissant résonnèrent plus fort encore à l'intérieur de ses tempes les battements assourdissants d'un tambour. Les images devinrent floues ; la pièce se mit à tournoyer et l'obscurité descendit. Helden perdit connaissance.

Quand elle rouvrit les yeux, elle ne savait pas combien de temps elle était restée inconsciente. Gerhardt était arrivé à l'adosser à l'ottomane et il tenait un verre de cognac sous ses narines. Elle saisit le verre et avala, l'alcool chemina rapidement, lui remettant en mémoire le terrible moment.

« Johann, murmura-t-elle, ce nom constituant à lui seul un cri de douleur. Voilà pourquoi *Herr Oberst*...

— Oui, dit le vieil homme, la devançant. C'est pourquoi Klaus vous a fait venir près de lui. La fille von Tiebolt, la rebelle, née à Rio, éloignée de son frère et de sa sœur. Cette séparation était-elle réelle, ou était-on en train de vous utiliser pour noyauter les rangs de la jeunesse allemande dissidente et insaisissable ? Il fallait que nous le sachions.

— De m'utiliser, et puis de me tuer, ajouta Helden en frissonnant. Ils ont essayé de me tuer à Montereau. Oh ! mon Dieu, mon frère. »

Le vieil homme se mit debout avec difficulté.

« J'ai peur que vous ne vous trompiez, dit-il. Ce fut un après-midi tragique, rempli d'erreurs. Les deux hommes qui vinrent vous trouver étaient des nôtres. Leurs instructions étaient claires : apprendre tout ce qu'il y avait à apprendre au sujet d'Holcroft. A l'époque, il était encore un élément inconnu. Faisait-il partie de Wolfsschanze ? En tant que canal inconscient, il devait vivre, et nous l'aurions convaincu de venir avec nous. En tant que membre de Wolfsschanze, il devait mourir. Si c'était le cas, on devait vous éloigner avant qu'il ne vous soit fait du mal, avant que vous ne soyez impliquée. Pour des raisons que nous ignorons, nos deux hommes décidèrent de le tuer. »

Helden baissa les yeux.

« Johann avait envoyé un homme pour vous

suivre cet après-midi-là. Pour découvrir qui s'intéressait tant à Noël. »

Gerhardt s'assit.

« Ainsi, nos fidèles ont vu cet homme et ils ont pensé qu'il s'agissait d'un rendez-vous avec von Tiebolt, avec un émissaire des *Sonnenkinder*. A leurs yeux ça voulait dire qu'Holcroft faisait bel et bien partie de Wolfsschanze. C'est tout ce qu'il leur fallait.

— C'était ma faute, dit Helden. Quand cet homme a pris mon bras dans la foule, j'ai eu peur. Il m'a dit que je devais aller avec lui. Il parlait allemand. J'ai cru qu'il était d'Odessa.

— Il était à mille lieues de ça. C'était un juif d'un endroit appelé *Har Sha'alav*.

— Un juif ? »

Gerhardt lui parla brièvement de l'étrange kibboutz dans le désert du Néguev.

« Ils constituent notre petite armée. On envoie un câble et ils font partir des hommes. C'est aussi simple que ça. »

« Les ordres doivent être retransmis... jusqu'aux courageux combattants qui résisteront sur la dernière barricade. » Helden comprenait les paroles d'*Herr Oberst*.

« Vous enverrez ce câble maintenant ?

— Vous, vous l'enverrez. Tout à l'heure, j'ai parlé d'un certain docteur Litvak à la clinique. Il garde mon dossier médical pour tous ceux que ça pourrait intéresser. Il est des nôtres : il a un équipement radio à grande portée et prend contact avec moi tous les jours. C'est trop dangereux d'avoir un téléphone ici. Allez le voir ce soir. Il connaît les codes et entrera en contact avec *Har Sha'alav*. Il faut envoyer une équipe à Genève ; vous devez leur dire ce qu'ils ont à faire. Johann, Kessler, et même Noël Holcroft, s'il est impossible de l'en tirer, doivent être tués. Il ne faut pas que ces fonds soient dispersés.

— Je convaincrai Noël.

— J'espère pour vous que vous y arriverez. Ça ne

sera peut-être pas aussi simple que vous le pensez. Il a été manipulé de main de maître. Il est profondément convaincu, au point même de défendre un père qu'il n'a pas connu.

— Comment l'avez-vous appris ?

— Par sa mère. Pendant des années, nous avons cru qu'elle faisait partie du plan de Clausen, et pendant des années nous avons attendu. Puis nous lui avons fait face et nous avons appris qu'il n'en était rien. Elle était le pont vers le canal idéal — comme elle en était la source. Qui d'autre sinon un certain Noël Clausen-Holcroft, dont les origines avaient été effacées de tous les registres sauf de son propre esprit, aurait accepté les conditions de discrétion exigées par le document de Genève ? Un homme normal aurait demandé des conseils juridiques et financiers. Mais Holcroft, qui croyait à son pacte, gardait tout pour lui.

— Mais il fallait arriver à le convaincre, dit Helden. C'est un homme fort, et très honnête. Comment pouvaient-ils y parvenir ?

— Comment est-on convaincu que sa cause est juste ? demanda le vieil homme avec emphase. Quand on voit que des gens veulent désespérément vous arrêter. Nous avons lu les rapports de Rio. L'expérience d'Holcroft avec Maurice Graff, les plaintes qu'il fit enregistrer par l'ambassade. Tout ça n'était qu'une charade ; personne n'a essayé de le tuer à Rio, mais Graff voulait qu'il croie le contraire.

— Il est d'ODESSA.

— Du tout. C'est l'un des chefs du faux Wolfsschanze... le seul Wolfsschanze maintenant. Je devrais dire c'était ; il est mort.

— Quoi ?

— Tué hier d'une balle par un homme qui a laissé un mot réclamant vengeance de la part des Juifs portugais. L'œuvre de votre frère, ça va de soi. Graff était trop vieux, trop hargneux. Il avait fait son temps. »

Helden reposa le verre de cognac par terre. Il y avait une question à poser absolument.

« Herr Gerhardt, pourquoi n'avez-vous jamais dénoncé ce qu'était vraiment Genève ? »

Le vieillard lui rendit son regard inquisiteur.

« Parce que la révélation de Genève ne serait que la moitié de l'histoire. A peine l'aurions-nous faite que nous serions tués ; mais c'est sans importance. C'est le reste.

— Le reste ?

— La deuxième moitié. Qui sont les *Sonnenkinder* ? Quels sont leurs noms ? Où sont-ils ? Une liste maîtresse a été établie il y a trente ans ; votre frère doit l'avoir. Elle est considérable — des centaines de pages — et doit être cachée quelque part. Von Tiebolt irait en enfer plutôt que de révéler où elle est. Mais il doit y avoir une autre liste ! Une courte — quelques pages, peut-être. Elle est soit sur lui soit près de lui. L'identité de tous ceux qui touchent les fonds. C'est ceux-là qui seront les manipulateurs éprouvés de Wolfsschanze. C'est la liste qu'on peut et doit trouver. Il faut que vous disiez aux soldats d'*Har Sha'alav* de la trouver. Intercepter l'argent et trouver la liste. C'est notre seul espoir.

— Je le leur dirai, dit Helden. Ils la trouveront. » Elle détourna les yeux, perdue dans d'autres pensées. — Wolfsschanze. Même la lettre écrite à Noël Holcroft il y avait plus de trente ans — le suppliant, le menaçant... en faisait partie.

« Ils imploraient et menaçaient au nom des aigles, mais c'était auprès des brutes qu'il s'engageait.

— Ça, il ne pouvait pas le savoir.

— Non, en effet. Le nom de « Wolfsschanze » est impressionnant, c'est un symbole de bravoure. C'était le seul Wolfsschanze auquel Holcroft pouvait se référer. Il n'avait aucune connaissance de l'autre Wolfsschanze, cette saleté. Comme tout le monde. Sauf une personne.

— *Herr Oberst* ?

— Falkenheim, oui.

— Comment a-t-il fait pour s'en sortir ?

— Par la plus élémentaire des coïncidences. Une confusion d'identité. Gerhardt marcha jusqu'à la cheminée et repoussa les bûches avec un tisonnier. Parmi les géants de Wolfsschanze figurait le commandant du secteur belge, Alexander von Falkenhausen. Falkenhausen, Falkenheim. Klaus Falkenheim avait quitté la Prusse-Orientale pour se rendre à une réunion à Berlin. Quand la tentative d'assassinat échoua, Falkenhausen se débrouilla pour contacter Falkenheim par radio et lui raconter le désastre. Il pria Klaus de rester à l'écart. Ce serait lui, le « faucon » qui se ferait attraper. L'autre « faucon« était loyal envers Hitler ; il s'arrangerait pour que ce soit bien clair. Klaus protesta, mais comprit. Il avait du travail en perspective. Il fallait que quelqu'un survive.

— Où est la mère de Noël ? demanda Helden. Qu'a-t-elle appris ?

— Elle sait tout maintenant. Espérons qu'elle ne s'est pas affolée. On l'a perdue au Mexique ; nous pensons qu'elle essaie d'atteindre son fils à Genève. Elle n'y arrivera pas. A l'instant même où on la localisera, elle sera morte.

— Il faut qu'on la trouve.

— Pas aux dépens des autres priorités, dit le vieillard. Souvenez-vous, il n'y a plus qu'un seul Wolfsschanze maintenant. Tout ce qui importe, c'est de le paralyser. » Gerhardt reposa le tisonnier. « Vous allez voir le docteur Litvak ce soir. Sa maison est près de la clinique, au-dessus, sur une colline à deux kilomètres au nord. La colline est assez escarpée ; la radio fonctionne bien à cet endroit-là. Je vais vous donner... »

Un bourdonnement aigu remplit la pièce. Les murs renvoyaient le son si fort qu'Helden sentit les vibrations la traverser et sauta sur ses pieds. Gerhardt quitta du regard la cheminée et il leva les yeux vers une fenêtre étroite qui se découpait haut dans le mur de gauche. Il avait l'air d'étudier les carreaux qui étaient trop loin au-dessus de lui pour qu'il pût voir à travers.

« Il y a un miroir de nuit qui renvoie les images dans le noir, dit-il en regardant avec une vive attention. C'est un homme, je le reconnais, mais je ne le connais pas. » Il se dirigea vers le bureau, en sortit un petit pistolet qu'il remit à Helden.

« Qu'est-ce que je dois en faire ? demanda-t-elle.

— Cachez-le sous votre jupe.

— Vous ne savez pas qui c'est ? Helden souleva sa jupe et s'assit sur une chaise en face de la porte, l'arme bien cachée.

— Non. Il est arrivé hier ; je l'ai vu dans le jardin. Peut-être est-il des nôtres ; peut-être pas. Je ne sais pas. »

Helden entendait des pas derrière la porte. Ils cessèrent ; il y eut un moment de silence, puis des coups rapides à la porte.

« Herr Gerhardt ? »

Le vieillard répondit, la voix maintenant haut perchée et sur le ton chantant qu'il avait utilisé dans le jardin.

« Seigneur, qui est-ce ? Il est très tard ; je suis en pleine prière.

— Je vous apporte des nouvelles d'*Har Sha'alav*. »

Le vieillard laissa échapper un soupir de soulagement, et fit signe à Helden.

« C'est un des nôtres, dit-il en ouvrant le verrou. Personne d'autre que nous n'est au courant pour *Har Sha'alav*. »

La porte s'ouvrit. Pendant un très bref instant Helden resta figée, puis elle fit voler sa chaise et se jeta par terre. La silhouette dans l'embrasure de la porte tenait à la main un revolver à gros barillet ; la détonation fit un bruit de tonnerre. Gerhardt se cambra en arrière, sous le choc ses pieds avaient quitté le sol, son corps n'était plus qu'une masse sanglante, toute tordue, suspendue dans les airs en attendant de s'écraser sur le bureau.

Helden se rendit en vacillant derrière le fauteuil en cuir, et elle chercha le pistolet sous sa jupe.

Il y eut un autre coup de feu tout aussi tonitruant

que le premier. Le dossier en cuir du fauteuil cracha ses entrailles en explosant. Un autre encore, et elle ressentit comme une douleur glaciale à la jambe. Du sang se répandit sur son bas.

Elle leva le pistolet et pressa la détente à plusieurs reprises, en visant — et en ne visant pas — l'immense silhouette dont les ombres se profilaient près de la porte.

Elle entendit l'homme hurler. Paniquée, elle s'écrasa contre le mur, insecte acculé, piégé, sur le point de perdre son insignifiante vie. Les larmes coulaient à flots sur son visage alors qu'elle visait à nouveau et appuyait sur la détente jusqu'à ce que le tir cessât, remplacé par les écœurants déclics du pistolet vide. Elle hurla de terreur ; il n'y avait plus de balles. Elle supplia Dieu de lui accorder une mort rapide.

Elle entendit ses propres cris — elle les entendit — comme si elle flottait dans le ciel et qu'elle contemplait le chaos et la fumée au-dessous d'elle.

Il y avait bel et bien de la fumée. Partout. Elle remplissait la pièce, ses vapeurs âcres lui piquaient les yeux, l'aveuglaient. Elle ne comprenait pas ; il ne se produisait rien.

Puis elle entendit un murmure, des paroles prononcées faiblement.

« Mon enfant... »

C'était Gerhardt ! Tout en sanglots, elle repoussa le mur de la main. En traînant sa jambe ensanglantée, elle rampa en direction du murmure.

La fumée commençait à se dissiper. Elle pouvait voir la silhouette du tueur. Il était étendu sur le dos, de petits cercles rouges sur la gorge et au front. Il était mort.

Gerhardt était en train de mourir. Elle se traîna jusqu'à lui et posa son visage contre le sien, et ses larmes tombaient sur cette chair à vif.

« Mon enfant... Allez trouver Litvak. Télégraphiez à *Har Sha'alav*. N'approchez pas de Genève.

— Ne pas m'approcher ?

— Oui, mon enfant. Ils savent que vous êtes

venue me voir. Wolfsschanze vous a vue... Vous êtes tout ce qui reste. *Nachricht*...

— Quoi ?

— Vous êtes... *Nachrichtendienst*. »

La tête de Gerhardt se détacha doucement du visage d'Helden. Il n'était plus.

39

Le pilote à la barbe rousse descendait d'un pas rapide la rue des Granges en direction de la voiture en stationnement. De l'intérieur, Althene le vit approcher. Elle s'alarma. Pourquoi le pilote n'avait-il pas amené son fils ? Et pourquoi se pressait-il tant ?

Le pilote s'installa au volant, s'arrêta un instant pour reprendre haleine.

« Il règne une grande confusion au Royal, madame. Un meurtre. »

Althene s'étrangla.

« Noël ? C'est mon fils ?

— Non. Un Anglais.

— Qui était-ce ?

— Un nommé Ellis. Un certain William Ellis.

— Mon Dieu ! » Althene serra son sac à main. « Noël avait un ami à Londres du nom d'Ellis. Il parlait souvent de lui. Il faut que je joigne mon fils !

— Pas là, madame. Pas s'il y a un lien entre votre fils et l'Anglais. La police est partout, et on a donné l'alarme pour vous.

— Amenez-moi à un téléphone.

— C'est moi qui appellerai. Ce sera peut-être la dernière chose que je fais pour vous, madame. Je n'ai aucune envie d'être associé à un meurtre ; ça n'entre dans aucun de nos arrangements. »

Ils roulèrent pendant un quart d'heure avant que

le pilote ne soit complètement assuré qu'ils n'avaient pas été suivis.

« Pourquoi nous suivrait-on ? demanda Althene. Personne ne m'a vue ; vous n'avez pas cité mon nom. Ni celui de Noël.

— Pas vous, madame. Moi. Je ne tiens pas à fraterniser avec la police genevoise. Il m'est arrivé de tomber sur eux de temps en temps, par intermittence. On ne s'entend pas très bien. »

Ils entrèrent dans le quartier du front de lac. Le pilote parcourait les rues à la recherche d'un téléphone à l'écart. Il en trouva un, gara la voiture le long du trottoir, et sortit en hâte vers la cabine. Althene le regarda faire. Il revint, se remit au volant plus lentement qu'il ne l'avait quitté, et garda un moment un air renfrogné.

« Pour l'amour du Ciel, que s'est-il passé ?

— Je n'aime pas ça, dit-il. Ils attendaient un appel de votre part.

— Bien sûr. C'était convenu avec mon fils.

— Mais ce n'était pas vous au téléphone. C'était moi.

— Quelle différence ? J'ai fait appeler à ma place. Qu'est-ce qu'ils ont dit ?

— Pas eux. Lui. Et c'était bien trop clair, ce qu'il a dit. Dans cette ville, on ne fait pas ce qu'on veut avec les informations. On n'échange des détails précis que lorsque l'oreille reconnaît une voix, ou lorsqu'on utilise certains mots qui signifient que celui qui appelle a le droit de savoir.

— Et qu'est-ce que c'était, cette information, demanda Althene, irritée.

— Un rendez-vous. Aussi vite que possible. A dix kilomètres au nord, sur la route de Vesenaz. C'est du côté est du lac. Il a dit que votre fils y serait.

— Alors, nous irons.

— « Nous », madame ?

— J'aimerais continuer à traiter avec vous. »
Elle lui proposa 500 dollars.

« Vous êtes folle, dit-il.

— On est d'accord, alors ?

— A la condition que, jusqu'à votre rencontre avec votre fils, vous fassiez exactement ce que je vous dirai, répondit-il. Je n'accepte pas autant d'argent pour que ça rate. Cependant, s'il n'est pas là, ça ne me regarde pas. Je serai payé.

— Vous serez payé. Allons-y.

— Très bien. » Le pilote fit démarrer la voiture. « Pourquoi êtes-vous soupçonneux ? Pour moi, tout ça a l'air parfaitement logique, dit Althene.

— Je vous l'ai dit. Cette ville a son propre code de conduite. A Genève, le téléphone, c'est le messager. On aurait dû donner un deuxième numéro, de façon que vous-même vous puissiez parler avec votre fils. Quand j'ai suggéré ça, on m'a dit que le temps manquait.

— C'est fort possible.

— Peut-être, mais je n'aime pas ça. Le standard a dit qu'ils me passaient la réception, mais l'homme à qui j'ai parlé n'avait rien d'un employé de bureau.

— Qu'est-ce que vous en savez ?

— Les employés de bureau peuvent être pleins de morgue, c'est souvent le cas, mais ils ne sont pas exigeants. L'homme à qui j'ai parlé, lui, l'était. Et il n'était pas de Genève. Il avait un accent que je ne suis pas arrivé à situer. Vous ferez exactement ce que je vous dirai, madame. »

Von Tiebolt reposa le téléphone et sourit de satisfaction.

« Nous l'avons », dit-il simplement en se dirigeant vers le divan où Hans Kessler était couché, un sac de glaçons maintenu sur la joue droite, le visage tout contusionné aux endroits où il n'avait pas été recousu par le médecin personnel du premier conseiller.

« Je vais venir avec vous, dit Hans, la voix tremblante de colère et de douleur.

— Je ne crois pas, lança son frère du fauteuil à côté.

— On ne doit pas vous voir, ajouta von Tiebolt. Nous dirons à Holcroft que vous avez été retardé.

— Non ! rugit Kessler en frappant la table basse de son poing. Dites à Holcroft tout ce que vous voulez, mais je vais avec vous ce soir. C'est cette garce qui est responsable de ça !

— Je dirais plutôt que c'est vous, dit von Tiebolt. Il y avait un travail à faire et vous avez voulu le faire. Vous y teniez beaucoup. Comme toujours dans ce genre d'affaires ; vous êtes un physique.

— Il ne voulait pas mourir ! Cette pédale ne voulait pas mourir ! beugla Hans. Il avait la force de cinq lions réunis. Regardez mon ventre ! » Il arracha sa chemise au niveau du cou, mettant à nu le collier que formaient des fils noirs entremêlés. « C'est avec ses mains qu'il l'a déchiré ! Avec ses mains ! »

Erich Kessler détourna les yeux de la blessure de son frère.

« Tu as eu de la chance de filer sans être vu. Et maintenant il faut qu'on te sorte de cet hôtel. La police interroge tout le monde.

— Ils ne viendront pas ici, contre-attaqua Hans avec colère. Notre bon conseiller s'est chargé de ça.

— Toujours est-il qu'un policier curieux pourrait franchir cette porte et entraîner des complications, dit von Tiebolt en regardant Erich. Hans doit partir. Des lunettes noires, un cache-col, son chapeau. Le premier conseiller est dans le hall. » Le regard de l'homme blond se posait cette fois sur le frère blessé.

« Si tu peux bouger, on te laissera ta chance avec cette Holcroft. Si ça peut te faire du bien.

— Je peux bouger », dit Hans, le visage déformé par la douleur.

Johann revint à l'aîné des Kessler.

« Vous resterez ici, Erich. Holcroft va bientôt appeler, mais il ne donnera pas son identité tant qu'il n'aura pas reconnu votre voix. Ayez l'air plein de sollicitude, ayez l'air inquiet. Dites que je vous ai joint à Berlin et que je vous ai demandé de venir ici au plus vite, que j'ai essayé de l'appeler à Paris, mais qu'il était parti. Et puis dites-lui que nous sommes tous deux bouleversés par ce qui s'est passé ici cet après-midi. L'homme qui s'est fait tuer posait des questions à son sujet ; nous nous inquiétons tous les deux de sa sécurité. Il ne doit absolument pas être vu au Royal.

— Je pourrais dire que quelqu'un correspondant à sa description a été vu en train de sortir par l'entrée de service, ajouta le savant. Il était en état de choc ; il y croira. Ça augmentera sa panique.

— Excellent. Allez le voir et emmenez-le à l'Excelsior. Inscrivez-vous sous le nom de — l'homme blond réfléchit un moment —, sous le nom de Fresca. Si ses doutes persistent, ça le convaincra. Il ne s'est jamais servi de ce nom avec vous ; il comprendra que nous nous sommes vus et que nous avons parlé.

— Très bien, dit Erich. Et à l'Excelsior, je lui expliquerai que, à cause de tout ce qui s'est passé, vous avez joint les directeurs de la banque et fixé le rendez-vous à demain matin. Plus vite ce sera fini, plus vite nous pourrons aller à Zurich et mettre en place les mesures de sécurité qui conviennent.

— Excellent, encore une fois, Herr Professor. Venez, Hans, dit von Tiebolt, je vais vous aider.

— Ce n'est pas nécessaire, dit Hans. Prenez juste mon sac.

— Bien sûr. » Von Tiebolt ramassa la mallette en cuir du médecin. « Je suis fasciné. Il faut que vous me disiez ce que vous avez l'intention d'injecter. Souvenez-vous, nous voulons une mort, pas un meurtre.

— Ne vous en faites pas, dit Hans. Tout est codé avec précision. Il n'y aura pas d'erreurs.

— Après notre rencontre avec cette Mme Holcroft, dit von Tiebolt en mettant un pardessus sur les épaules d'Hans, nous verrons où il faut qu'Hans passe la nuit. Peut-être chez le conseiller.

— Bonne idée, approuva le savant. Comme ça, il pourrait faire appel au docteur.

— Je n'ai pas besoin de lui, protesta Hans, dont le souffle s'échappait difficilement d'entre ses dents serrées et dont la démarche était hésitante et pénible. J'aurais pu me recoudre moi-même ; il n'est pas très bon. *Auf wiedersehen*, Erich.

— *Auf wiedersehen.* »

Von Tiebolt ouvrit la porte, se retourna vers Erich, et accompagna Hans blessé dans le couloir.

« Vous dites bien que chaque fiole a un code ?

— Oui. Pour la femme, le sérum accélérera tellement les battements de son cœur que... »

La porte se referma. L'aîné des Kessler remua sa masse dans le fauteuil. C'était les méthodes de Wolfsschanze ; il n'y avait pas d'autre décision possible. Le médecin qui avait soigné Hans précisa bien qu'il y avait une hémorragie interne ; les organes avaient été gravement endommagés, comme s'ils avaient été déchirés par des griffes d'une force extraordinaire. Si on n'emmenait pas Hans à l'hôpital, il se pouvait fort bien qu'il meure. Mais il ne pouvait pas faire admettre son frère dans un hôpital ; on poserait des questions. Un homme avait été tué cet après-midi-là au Royal. Trop de questions. De plus, les contributions d'Hans étaient dans la mallette en cuir noir que Johann portait. Le Tinamou apprendrait tout ce qu'il devait savoir. Hans Kessler, *Sonnenkind*, n'était plus indispensable ; c'était un poids mort.

Le téléphone sonna. Kessler décrocha.

« Erich ? »

C'était Holcroft.

« Oui ?

— Je suis à Genève. Vous êtes là tôt ; j'ai pensé que je pouvais essayer.

— Oui, von Tiebolt m'a appelé ce matin à Berlin ; il avait essayé de vous joindre à Paris. Il a proposé...

— Il est arrivé ? coupa l'Américain.

— Oui. Il est sorti faire les dernières mises au point pour demain. Nous avons beaucoup de choses à vous dire.

— C'est moi qui ai beaucoup de choses à vous dire, coupa Holcroft. Vous êtes au courant de ce qui s'est passé ?

— Oui, c'est horrible. — *Où était donc la panique ? Où était donc l'angoisse de l'homme acculé aux limites de sa résistance ? La voix au téléphone n'était pas celle d'un homme qui se noie et cherche à s'accrocher à une bouée.* — C'était un ami à vous. Ils disent qu'il vous a demandé. »

Il y eut un silence.

« Il a demandé ma mère.

— Je n'ai pas compris. Nous savons seulement qu'il a employé le nom d'Holcroft.

— Que signifie *Nach... Nach-rch...* Je ne sais pas le prononcer.

— *Nachrichtendienst ?*

— Oui, qu'est-ce que ça veut dire ? »

Kessler n'en revenait pas. L'Américain se contrôlait parfaitement ; c'était tout à fait inattendu.

« Que puis-je vous dire ? C'est l'ennemi de Genève.

— C'est ce que von Tiebolt a découvert à Londres ?

— Oui. Où êtes-vous, Noël ? Il faut que je vous voie, mais vous ne pouvez pas venir ici.

— Je sais. Écoutez-moi. Avez-vous de l'argent ?

— Un peu.

— Mille francs suisses ?

— Mille ?... Oui, je pense.

— Descendez à la réception et parlez avec l'employé en privé. Prenez son nom et donnez-lui l'argent. Dites-lui que c'est pour moi et que je l'appellerai dans quelques minutes.

— Mais comment...

— Laissez-moi finir. Après que vous aurez payé, allez aux taxiphones à côté des ascenseurs. Restez près de celui de gauche vers l'entrée. Quand il sonnera, décrochez. Ce sera moi.

— Comment connaissez-vous le numéro ?

— J'ai payé quelqu'un pour aller me le relever. »

Cet homme n'avait rien de l'homme aux abois. C'était un homme rationnel avec un projet mortel... C'était ce qu'avait craint Erich Kessler. Sans un tel dispositif génétique — et sans cette mère obstinée ?

— l'homme au téléphone aurait pu être l'un d'entre eux. Un Sonnenkind.

« Qu'allez-vous dire à l'employé ?

— Je vous le dirai plus tard ; on n'a pas le temps maintenant. Combien de temps vous faudra-t-il ?

— Je ne sais pas. Pas longtemps.

— Dix minutes ?

— Oui, je pense. Mais Noël, peut-être devrions-nous attendre le retour de Johann.

— Quand ça ?

— Pas plus d'une heure ou deux.

— Impossible. Je vous appellerai dans le hall d'ici dix minutes. Ma montre indique 8 h 45. Et la vôtre ?

— Même chose. » Kessler ne prit pas la peine de regarder sa montre ; son esprit allait à 100 à l'heure. Holcroft avait les reins dangereusement solides. « Vraiment, je crois que nous devrions attendre.

— Je ne pense pas. Ils l'ont tué. Mon Dieu ! Un peu qu'ils l'ont tué ! Ils la veulent, elle, mais ils ne la trouveront pas.

— Elle ? Votre mère ?... Von Tiebolt m'a dit.

— Ils ne la trouveront pas, répéta Holcroft. C'est moi qu'ils trouveront ; c'est moi qu'ils veulent, en réalité. Et moi, je les veux. Je vais les piéger, Erich.

— Du calme. Vous ne savez pas ce que vous faites.

— Je le sais parfaitement.

— La police de Genève est dans l'hôtel. Si vous parlez au réceptionniste, il dira peut-être quelque chose. Ils vont vous chercher.

— Ils pourront m'avoir dans quelques heures. En fait, c'est moi qui les chercherai.

— Quoi ? Noël, il faut absolument que je vous voie !

— Dix minutes, Erich. Il est 8 h 46. » Holcroft raccrocha.

Kessler reposa le récepteur, bien conscient qu'il n'avait pas le choix et devait suivre les instructions. Agir autrement paraîtrait suspect. Mais qu'est-ce qu'Holcroft espérait arriver à faire ? Qu'allait-il dire au réceptionniste ? Ça n'avait sans doute aucune importance. Une fois débarrassé de la mère, il fallait seulement continuer à se servir d'Holcroft jusqu'à demain matin. Vers midi, on pourrait se passer de lui.

Noël attendait à un coin de rue sombre, en bas de la rue des Granges. Il n'était pas fier de ce qu'il était sur le point de faire, mais la rage qui l'agitait avait anéanti tout sens de la moralité. Le spectacle de Willie Ellis avait fait claquer quelque chose dans sa tête. Ce spectacle lui avait évoqué d'autres images : Richard Holcroft, écrasé contre un mur de pierre par une voiture dont on avait délibérément perdu le contrôle. L'empoisonnement à la strychnine dans un avion, la mort dans un village français, et le meurtre à Berlin. Et l'homme qui avait suivi sa mère... Il ne les laisserait pas s'approcher d'elle ! C'était terminé ; il allait y mettre un terme lui-même.

Maintenant, il devait utiliser toutes les ressources envisageables, toutes les forces dont il disposait, tous les faits qu'il pouvait se rappeler et qui lui seraient utiles. Et c'était le meurtre de Berlin qui lui procurait le seul fait qui pouvait le servir maintenant. A Berlin, il avait mené des tueurs vers Erich Kessler. Bêtement, par inattention — dans un pub du Kurfürstendamm. Kessler et Holcroft ; Holcroft et Kessler. Si ces tueurs cherchaient Holcroft, ils auraient aussi Kessler dans leur ligne de tir. Et si Kessler quittait l'hôtel, ils le suivraient.

Holcroft regarda sa montre. Il était l'heure d'appeler ; il traversa le trottoir, vers la cabine.

Il espérait qu'Erich répondrait.

Et comprendrait plus tard.

Kessler était dans le hall de l'hôtel, face au téléphone à pièces, un morceau de papier à la main :

476

dessus, le réceptionniste, éberlué, avait inscrit son nom ; la main de l'homme tremblait quand il avait pris l'argent. Le professeur Kessler apprécierait de connaître la substance du message d'Holcroft au réceptionniste. Dans l'intérêt de M. Holcroft. Et dans celui du réceptionniste, dans la mesure où 500 francs supplémentaires seraient à lui.

Le téléphone sonna ; Erich décrocha avant même la fin de la sonnerie.

« Noël ?

— Quel est le nom du réceptionniste ? »

Kessler le donna.

« Bien.

— Maintenant, j'insiste pour qu'on se voie, dit Erich. Il y a pas mal de choses que vous devez savoir. Demain est un jour très important.

— Seulement si ça marche ce soir. Si je la trouve ce soir.

— Où êtes-vous ? Il faut qu'on se voie.

— On se verra. Écoutez bien. Attendez à côté de ce téléphone pendant cinq minutes. Il se pourrait que j'aie à vous rappeler. Si je ne l'ai pas fait dans les cinq minutes, sortez et commencez à descendre la colline. Continuez à marcher, c'est tout. Quand vous arriverez en bas, tournez à gauche et continuez. Je vous rejoindrai dans la rue.

— Bien ! Cinq minutes, alors. »

Kessler sourit. Tous les jeux auxquels se livrait cet amateur ne le mèneraient à rien. Il demanderait sans doute au réceptionniste de transmettre un message ou un numéro de téléphone à sa mère au cas où elle appellerait le client sans fiche ; voilà pour ça. Peut-être Johann avait-il raison : peut-être Holcroft avait-il atteint les limites de sa résistance. Peut-être l'Américain n'était pas un *Sonnenkind* potentiel après tout.

La police était encore dans le hall du Royal, ainsi que plusieurs journalistes qui flairaient des articles à la une sous le rapport de cambriolage embrumé qu'avait fait la police. C'était Genève. Et il y avait là les curieux — des clients qui tournaient en rond, qui discutaient entre eux ; qui se rassuraient. Certains avaient peur, d'autres recherchaient les émotions fortes.

Erich se tenait à l'écart, il évitait la foule et se faisait remarquer le moins possible. Il n'aimait pas du tout se trouver dans le hall ; il préférait l'anonymat de la chambre d'hôtel, à l'étage.

Il regarda sa montre : quatre minutes s'étaient écoulées depuis l'appel d'Holcroft. Si l'Américain ne rappelait pas dans la minute qui suivait, il irait trouver le réceptionniste et...

Le réceptionniste approchait, comme s'il marchait sur des morceaux de verre brûlants qu'il aurait lui-même semés.

« Professeur ?

— Oui. »

Kessler mit la main dans sa poche.

Le message qu'Holcroft avait laissé n'était pas celui qu'Erich attendait. La mère de Noël devait rester cachée et laisser un numéro de téléphone où son fils pourrait l'appeler, elle. Bien sûr, l'employé avait juré de ne pas révéler ce numéro ; mais voilà, les engagements antérieurs étaient toujours prioritaires. Au cas où la dame appellerait, le numéro serait laissé sur un morceau de papier dans le casier de Herr Kessler.

« On demande M. Kessler ! Le professeur Erich Kessler. »

Un groom parcourait le hall en criant son nom. En le criant ! C'était impossible. Personne ne savait qu'il était là !

« Oui ? Oui, je suis le professeur Kessler, dit Erich. Qu'est-ce que c'est ? » Il s'efforçait de parler bas, de ne pas se faire remarquer. Des gens le regardaient.

« Le message doit être délivré oralement, monsieur, dit le groom. Celui qui a appelé a dit qu'il n'avait pas le temps de vous laisser un mot. C'est de la part de M.H. Il dit que vous devez vous mettre en route maintenant, monsieur.

— Quoi ?

— C'est tout ce qu'il a dit, monsieur. C'est moi-même qui lui ai parlé. A M.H. Vous devez vous mettre en route maintenant. C'est ce qu'il m'a dit de vous dire. »

Kessler retint sa respiration. C'était soudain incroyablement clair. Holcroft se servait de lui comme appât.

Du point de vue de l'Américain, celui qui avait tué l'homme au blouson de cuir noir à Berlin savait que Noël Holcroft avait été avec Erich Kessler.

La stratégie était simple mais ingénieuse : mettre à découvert Erich Kessler, lui faire recevoir un message de M.H., et sortir de l'hôtel dans les rues sombres de Genève.

Et si personne ne suivait, la disparité entre la cause et l'effet pourrait être difficile à expliquer. Si difficile qu'Holcroft pourrait reconsidérer son appât. Des questions susceptibles de disloquer Genève pouvaient remonter à la surface.

Noël Holcroft était un *Sonnenkind* potentiel, après tout.

40

Helden errait en rampant dans la maison de Gerhardt, parmi les meubles fracassés et le sang sur le sol ; elle ouvrit les tiroirs et les panneaux et finit par trouver une petite boîte à pharmacie en fer-blanc. Elle s'efforçait désespérément de ne penser à rien d'autre qu'à pouvoir bouger, repoussant la douleur comme un mauvais état d'esprit ; elle banda sa blessure aussi étroitement qu'elle put et lutta pour se remettre debout. Avec la canne de Gerhardt pour se soutenir, elle réussit à remonter le sentier vers le nord sur trois kilomètres, jusqu'à l'embranchement.

Un fermier au volant d'une antiquité la ramassa.

Pourrait-il la conduire chez un certain docteur Litvak sur la colline près de la clinique ?

Oui. Ça ne lui faisait pas faire un grand détour.

Pouvait-il, au nom du Ciel, faire vite ?

La cinquantaine, Walther Litvak était un peu chauve ; il avait les yeux clairs et un penchant pour les phrases courtes et précises. Plutôt mince, il se déplaçait rapidement, gaspillant aussi peu ses mouvements que ses mots ; extrêmement intelligent, il faisait des remarques avant même qu'on lui eût répondu ; et, comme c'était un juif qui avait été caché dans son enfance par des catholiques hollandais et élevé par des luthériens bienveillants, il n'avait aucune tolérance à l'égard de l'intolérance.

Il avait une seule faiblesse, et elle était compréhensible. Son père et sa mère, deux sœurs et un frère à lui avaient été gazés à Auschwitz. Sans l'intervention suppliante d'un médecin suisse qui lui parla d'une région dans les collines de Neuchâtel qui n'avait pas d'assistance médicale, Walther Litvak vivrait dans le kibboutz d'*Har Sha'alav*.

Il avait d'abord escompté passer trois ans à la clinique ; c'était il y a cinq ans. Et puis, après plusieurs mois de séjour à Neuchâtel, on lui apprit qui l'avait recruté : un homme qui appartenait à un groupe combattant la résurgence du nazisme. Ils savaient des choses que les autres hommes ne savaient pas : au sujet de ces milliers d'enfants maintenant adultes — partout ; et au sujet de ces incalculables millions de gens qui pourraient rejoindre ces inconnus — partout. Il y avait beaucoup de travail à faire, et pas seulement médicalement. Son contact portait le nom de Werner Gerhardt et le groupe s'appelait le Nachrichtendienst.

Walther Litvak resta à Neuchâtel.

« Entrez, vite, dit-il à Helden. Laissez-moi vous aider, j'ai un cabinet ici. »

Il lui ôta son manteau et la soutint jusque dans une pièce où il y avait une table d'examen.

« J'ai reçu une balle. »

C'est tout ce qu'Helden put penser à dire.

Litvak la mit sur la table et lui enleva sa jupe et son jupon.

« Ne gaspillez pas vos forces à essayer de parler. » Il coupa le bandage à l'aide de ciseaux et étudia la blessure, puis il prit une seringue hypodermique dans un stérilisateur. « Je vais vous endormir quelques minutes.

— C'est impossible. On n'a pas de temps ! Je dois vous dire...

— J'ai dit quelques minutes », l'interrompit le docteur en enfonçant l'aiguille dans le bras d'Helden.

Elle rouvrit les yeux, les formes autour d'elle étaient floues, elle avait une sensation d'engourdissement dans la jambe. Comme sa vue s'éclaircissait elle distingua le docteur de l'autre côté de la pièce. Elle essaya de s'asseoir, Litvak l'entendit et se retourna.

« Voici des antibiotiques, dit-il en montrant un flacon de pilules. Toutes les deux heures pendant une journée, puis toutes les quatre heures. Que s'est-il passé ? Dites-moi vite. Je vais descendre à la maison prendre les choses en main.

— La maison ? Vous saviez ?

— Pendant que vous étiez sous l'effet de la piqûre, vous avez parlé ; c'est ce que font les gens en général après un traumatisme. Vous avez répété plusieurs fois *Nachrichtendienst*. Puis « Johann ». Je suppose que c'est von Tiebolt, et que vous êtes sa sœur — celle qui a été avec Falkenheim. C'est en train de se produire, non ? Les héritiers serrent les rangs à Genève.

— Oui.

— Je m'en doutais ce matin. Les bulletins du Néguev sont terribles. Ils ont tout découvert, Dieu sait comment.

— Quels bulletins ?

« — *Har Sha'alav*. » Le docteur serra le flacon ; des veines gonflèrent sur son avant-bras. « Un raid. Les maisons bombardées, les gens massacrés, les champs complètement brûlés. Le bilan des morts n'est pas encore définitif, mais les estimations dépassent 170 victimes. Surtout des hommes, mais aussi des femmes et des enfants. »

Helden ferma les yeux ; il n'y avait rien à dire. Litvak continuait.

« Jusqu'au dernier, les Anciens ont été tués, massacrés dans les jardins. Ils disent que c'est l'œuvre de terroristes, de la Rache. Mais ce n'est pas vrai. C'est Wolfsschanze. Les combattants de la Rache n'auraient jamais attaqué *Har Sha'alav* ; ils savent ce qui arriverait. Les juifs de tous les kibboutz, toutes les unités de commando les poursuivraient.

— Gerhardt a dit que vous étiez censé envoyer un câble à *Har Sha'alav* », murmura Helden ;

Les yeux de Litvak s'assombrirent.

« Il n'y a rien à télégraphier maintenant. Il ne reste personne. Maintenant, racontez-moi ce qui s'est passé au lac. »

Ce qu'elle fit. Quand elle eut fini, le docteur l'aida à se lever de la table et la transporta dans la grande salle de séjour. Il la déposa sur le divan et récapitula.

« C'est Genève le champ de bataille, et il n'y a pas une heure à perdre. Même si on pouvait joindre *Har Sha'alav*, ce serait inutile. Mais il y a un homme d'*Har Sha'alav* à Londres ; il a reçu l'ordre de rester là-bas. Il a suivi Holcroft à Portsmouth. C'est lui qui a pris la photo dans la poche d'Holcroft.

— C'était une photo de Beaumont dit Helden. ODESSA.

— Wolfsschanze, corrigea Litvak. Un *Sonnenkind*. Un parmi des milliers, mais aussi un des rares à travailler avec von Tiebolt. »

Helden se redressa en fronçant les sourcils.

« Les rapports ! Les rapports de Beaumont. Ils ne tenaient pas debout.

— Quels rapports ? »

Elle parla au docteur, fou de colère, des informations obscures et contradictoires qui figuraient sur le dossier maritime de Beaumont. Et d'un dossier analogue appartenant au second de Beaumont, Morgan Llewellen.

Litvak nota ce nom sur un bloc.

« Comme ça tombait bien. Deux hommes de Wolfsschanze à la tête d'un navire d'espionnage électronique. Combien y en a-t-il d'autres comme eux ? En combien d'endroits.

— On a parlé de Llewellen dans les journaux l'autre jour. Quand Beaumont et Gretchen... »

Elle ne put finir.

« Ne ressassez pas ça, dit le docteur. Les *Sonnen-kinder* ont leurs propres règles. Llewellen est un nom à ajouter à la liste qu'on doit trouver à Genève. Gerhardt avait raison : par-dessus tout, c'est cette liste qu'il faut trouver. C'est aussi vital que d'intercepter l'argent. D'une certaine façon, c'est même plus vital encore.

— Pourquoi ?

— Les fonds sont un moyen de fonder le Quatrième Reich, mais ce sont les gens qui font ce Reich ; ils seront là, que les fonds soient répartis ou non. Nous devons découvrir qui ils sont. »

Helden se radossa.

« Mon... Johann von Tiebolt, on peut le tuer. Ainsi que Kessler et... si c'est nécessaire... même Noël. On peut arrêter l'argent. Mais comment pouvons-nous être sûrs qu'on trouvera la liste ?

— L'homme d'*Har Sha'alav* qui est à Londres aura une idée. Il a de nombreux talents. — Litvak détourna le regard un court instant. — Il faut que vous sachiez, parce que vous aurez à travailler avec lui. On lui donne les noms de tueur et de terroriste. Il ne se considère comme ni l'un ni l'autre, mais les lois qu'il a enfreintes et les crimes qu'il a commis tendraient à contester cette position. » Le docteur jeta un coup d'œil sur sa montre. « Il est 9 h 03 ; il habite à un kilomètre de Heathrow. Si je peux le contacter, il peut être à Genève vers minuit. Savez-vous où Holcroft est descendu ?

— Oui. Au Royal. Vous comprenez, il ne sait rien. Il croit profondément en ce qu'il fait. Il pense que c'est bien.

— Je comprends. Malheureusement c'est de peu de poids en ce qui concerne sa vie. La première chose, toutefois, c'est de le joindre.

— J'ai dit que je l'appellerais ce soir.

— Bien. Laissez-moi vous conduire au téléphone. Faites attention à ce que vous direz. Il sera surveillé ; sa ligne sera sur table d'écoute. »

Litvak l'aida à atteindre la table où était posé le téléphone.

« Hôtel Royal. *Bonsoir*, dit la standardiste.

— Bonsoir. M. Noël Holcroft, je vous prie.

— Monsieur Holcroft ?... » La standardiste hésita. « Un petit instant, madame. »

Il y eut un silence, un déclic, puis un homme parla.

« Madame Holcroft ?

— Quoi ?

— Vous êtes Mme Holcroft, non ? »

Helden était surprise. Quelque chose n'allait pas ; le standard n'avait pas essayé d'appeler la chambre de Noël.

« Vous vous attendiez à mon appel, alors ? demanda-t-elle.

— Mais évidemment, madame, répondit le réceptionniste sur un ton confidentiel. Votre fils a été des plus généreux. Il a dit de vous dire qu'il était impératif que vous ne vous montriez pas, mais vous devez laisser un numéro de téléphone où il puisse vous joindre.

— Je vois. Un instant, s'il vous plaît. »

Helden mit sa main sur le récepteur et se tourna vers Litvak.

« Ils croient que je suis Mme Holcroft. Il les a payés pour prendre un numéro où il puisse la joindre. »

Le docteur eut un mouvement de tête et se dirigea d'un pas vif vers un bureau.

« Continuez à parler. Dites que vous voulez vous assurer qu'on ne donnera ce numéro à personne d'autre. Offrez de l'argent. N'importe quoi pour gagner du temps. »

Litvak sortit un carnet d'adresses tout usé.

« Avant de vous donner un numéro, j'aimerais être sûre... »

Helden s'arrêta ; le réceptionniste jurait sur la tombe de sa mère qu'il ne remettrait le numéro qu'à Holcroft. Le docteur revint en vitesse à la table, un numéro écrit sur un bout de papier. Helden le répéta au réceptionniste et raccrocha.

« C'est où, ça ? demanda-t-elle à Litvak.

— Ça va dans un appartement vide de la rue de la Paix, mais l'appartement n'est pas à l'adresse répertoriée par le central téléphonique. La voici. » Litvak inscrivit l'adresse sous le numéro ; « Apprenez-les l'un et l'autre.

— Comptez sur moi.

— Maintenant, je vais essayer de contacter notre homme de Londres, dit le médecin en se dirigeant vers l'escalier. J'ai un équipement radio ici. Il me relie à un service de téléphone mobile ordinaire. » Il s'arrêta sur la première marche. « Je vous ferai arriver à Genève. Vous ne pourrez pas vous déplacer beaucoup, mais la blessure n'est pas profonde ; vos points de suture tiendront sous la pression du bandage, et vous pourrez joindre Holcroft. Je l'espère, et j'espère que vous réussirez. Noël Holcroft doit se détacher de von Tiebolt et de Kessler. S'il vous résiste, s'il ne fait même qu'hésiter, il faudra le tuer.

— Je sais.

— Tout en sachant que ça ne suffira peut-être pas. Je crains que la décision ne soit pas de votre ressort.

— De qui, alors ? Vous ?

— Je ne peux pas quitter Neuchâtel. Ça dépendra de l'homme de Londres.

— Le terroriste ? Le tueur à qui il suffit d'entendre le mot « nazi » pour qu'il sorte son revolver ?

— Il restera objectif, dit Litvak en continuant à monter l'escalier. Il ne subira pas de pressions extérieures. Vous le retrouverez à l'appartement.

— Comment irai-je à Genève ? Je... » Helden s'interrompit.

« Quoi ?

— Je vous demandais comment je me rendrais à Genève. Est-ce qu'il y a des trains ?

— On n'a pas le temps de prendre le train. Vous prendrez l'avion.

— Parfait. Ça ira plus vite.

— Beaucoup plus vite. »

Et ça serait beaucoup mieux, pensa Helden. Car la seule chose qu'elle n'avait pas répétée au docteur était l'ultime mise en garde de Werner Gerhardt. Et qui la concernait.

Mon enfant. N'approchez pas de Genève... Wolfsschanze vous a vue.

« Qui m'emmènera ?

— Il y a des pilotes qui partent des lacs la nuit », dit Litvak.

Althene était agacée, mais elle avait accepté la condition. Le pilote lui avait posé une seule question.

« Avez-vous déjà vu les gens qui vous cherchent ? »

Elle avait répondu que non.

« Ça viendra peut-être avant la fin de la nuit. »

Cela expliquait qu'elle se tînt maintenant près d'un arbre dans les bois sombres au-dessus de la route, d'où elle pouvait guetter la voiture. C'était une forêt de pins qui s'élevait au-dessus de la grand-route du lac. Le pilote l'avait guidée jusqu'à son poste de guet.

« Si votre fils est là, je vous l'enverrai, avait-il dit.

— Bien sûr qu'il sera là. Pourquoi n'y serait-il pas ?

— Nous verrons bien. »

Un moment, elle fut troublée par les doutes du pilote.

« S'il n'est pas là, que se passera-t-il ?

— Alors, vous saurez qui vous cherche. »

Il était reparti vers la route.

« Et vous, lui avait-elle crié. Si mon fils n'est pas là ?

— Moi ? lança le pilote en riant. J'ai connu pas mal de négociations dans ce genre. Si votre fils n'est pas là, ça voudra dire qu'ils veulent vous trouver à tout prix, vous ne croyez pas ? Sans moi, ils ne peuvent pas vous avoir. »

Maintenant, elle attendait auprès de l'arbre, à pas plus de quarante mètres, avec un champ de vision assez dégagé quand on considérait l'abondance de branches et de petits arbres. La voiture était non loin du bord de la route, pointée vers le nord, les feux de position allumés. Le pilote avait dit à l'homme du Royal d'être là dans une heure, pas avant, et de déboucher du sud en faisant clignoter ses phares pendant 500 mètres avant le lieu de rendez-vous.

« Vous m'entendez, madame ? »

Le pilote se tenait près de la voiture et parlait normalement.

« Oui.

— Bien. Ils arrivent. Il y a des phares qui s'allument et s'éteignent sur la route. Restez où vous êtes ; regardez et écoutez, mais ne vous montrez pas. Si votre fils sort, ne dites rien jusqu'à ce que je vous l'envoie. » Le pilote marqua un arrêt. « S'ils m'obligent à aller avec eux, allez à la piste d'atterrissage du côté ouest du lac, où nous sommes passés comme des bolides. Ça s'appelle Piste Médoc. Je vous rejoindrai là-bas... Je n'aime pas ça.

— Pourquoi ? Qu'est-ce que c'est ?

— Il y a deux hommes dans la voiture. Celui qui est à côté du chauffeur tient une arme ; il la vérifie, peut-être.

— Comment m'y prendrai-je pour aller là-bas ? demanda Althene.

— Il y a un deuxième jeu de clefs dans une petite boîte aimantée sous le capot. » Le barbu leva une main vers sa bouche, il parlait fort pour couvrir le bruit de l'automobile qui se rapprochait. « Sur la droite. Ne bougez pas ! »

Une longue voiture noire s'immobilisa dix mètres avant le pilote. Un homme sortit du côté passager, mais ce n'était pas son fils. Il était trapu, il portait un pardessus au col relevé, il avait un gros cache-nez autour du cou. Des lunettes noires à large monture lui cachaient les yeux, et le faisaient ressembler à un énorme insecte. Il avança en boitant dans la lumière des phares.

Le chauffeur resta au volant. Althene le dévisagea, espérant reconnaître Noël. Ce n'était pas lui ; elle ne pouvait pas voir le visage de l'homme distinctement, mais il avait les cheveux blonds.

« Mme Holcroft est dans la voiture, je suppose », dit au pilote l'homme aux lunettes noires.

La langue qu'il parlait était l'anglais, mais son accent était de toute évidence allemand.

« Son fils est dans la vôtre, alors ? répondit le pilote.

— Demandez s'il vous plaît à Mme Holcroft de descendre.

— Demandez s'il vous plaît à son fils de faire de même.

— Ne compliquez pas les choses. Nous avons un horaire à respecter.

— Nous aussi. Il n'y a qu'une personne dans votre automobile, monsieur. Elle ne correspond pas à la description de son fils.

— Nous allons lui amener Mme Holcroft.

— Nous allons l'amener, lui, à Mme Holcroft.

— Arrêtez ça !

— Arrêter quoi, monsieur ? Je suis payé, tout comme vous j'en suis sûr. Nous faisons tous les deux notre boulot, non ?

— Je n'ai pas de temps à perdre ! » cria l'Allemand en boitant devant le pilote dans la direction de la voiture.

Le pilote secoua la tête.

« Puis-je vous suggérer de trouver le temps ? Car vous ne trouverez pas Mme Holcroft.

— *Du Sauhund ! Wo ist die Frau ?*

— Pourrais-je vous suggérer encore, monsieur, de cesser de m'injurier ? Je viens de Châlons-sur-Marne. Par deux fois vous avez gagné là-bas, et j'ai été élevé avec une certaine répugnance pour votre manie des injures.

— Où est la femme ?

— Où est le fils ? »

L'Allemand sortit sa main de la poche de son pardessus. Il tenait un pistolet.

« Vous n'êtes pas payé si cher que vous deviez sacrifier votre vie. Où est-elle ?

— Et vous, monsieur ? Peut-être êtes-vous payé pour me tuer et ne rien trouver. »

Le coup de feu fut assourdissant. La terre explosa sous les pieds du pilote. Althene, sous le choc, s'agrippa au tronc d'arbre.

« Alors, le Français ! tu vois que l'argent ne m'importe pas autant que la femme. Où est-elle ?

— *Ces boches !* fit le pilote d'un air dégoûté. On leur donne un flingue et ils deviennent dingues. Vous ne changerez jamais. Si vous voulez la femme, il faudra que vous me montriez le fils et je le lui amènerai.

— Tu vas me dire tout de suite où elle est ! »

L'Allemand leva son pistolet et le braqua sur la tête du pilote. « Tout de suite ! »

Althene vit la porte de la voiture s'ouvrir. Un coup de feu éclata, puis un autre. Le pilote se jeta à terre. L'Allemand hurla, les yeux exorbités.

« Johann ? Johann ! »

Il y eut une troisième explosion. L'Allemand s'écroula sur la route ; péniblement le pilote se remit debout.

« Il allait vous tuer, s'écria le chauffeur d'une voix incrédule. Nous savions qu'il était malade, mais pas qu'il était fou. Qu'est-ce que je peux dire ?

— Il m'aurait tué ?... » Le pilote posa cette question sur un ton non moins incrédule. « Ça ne tient pas debout !

— Bien sûr que non, dit le blond. Votre requête

tenait debout. Avant tout, aidez-moi à le traîner dans les bois et à lui enlever ses papiers. Vous viendrez avec moi.

— Qui êtes-vous ?

— Un ami d'Holcroft.

— J'aimerais le croire.

— Vous le croirez. »

C'était tout ce qu'Althene pouvait faire pour tenir sa place. Elle avait les jambes molles, la gorge sèche, et elle avait si mal aux yeux qu'elle devait les fermer sans arrêt.

L'homme blond et le pilote tirèrent le corps dans le bois à moins de dix mètres en dessous d'elle. Les instructions du pilote prenaient maintenant une énorme importance à ses yeux. Il avait eu raison.

« Est-ce que je prends ma voiture, monsieur ?

— Non. Éteignez les phares et venez avec moi. Nous la récupérerons dans la matinée. »

Le pilote obéit, puis il hésita.

« Je n'aime pas l'idée de la savoir si près d'un cadavre.

— Nous la reprendrons avant l'aube. Vous avez vos clefs ?

— Oui.

— Vite ! » dit le blond.

Le silence du pilote trahissait son soulagement ; il ne protesta plus. En quelques secondes, ils avaient filé.

Althene se dégagea de l'arbre. Elle essaya de se rappeler les paroles exactes du pilote. *Il y a un deuxième jeu de clefs... une petite boîte aimantée... sous le capot... aller à la piste d'atterrissage... où nous sommes passés comme des bolides. Piste Médoc.*

Piste Médoc. Sur la rive ouest du lac.

Cinq minutes plus tard, les mains couvertes de graisse, elle roulait vers le sud sur la grand-route du lac, en direction de Genève. Au fur et à mesure que le temps passait, son pied se fit plus ferme sur l'accélérateur, elle tenait le volant de façon plus décontractée. Elle se remit à réfléchir.

490

Piste Médoc. Sur la rive ouest du lac... à 14 ou 15 kilomètres au nord de la ville. Si elle se contentait de penser à ça, au petit morceau obscur de front de lac avec ses pompes à essence sur son unique dock, elle pourrait ralentir les battements de son cœur et respirer à nouveau.

Piste Médoc. Je vous en prie, mon Dieu, aidez-moi à le trouver ! Laissez-moi vivre le temps de le trouver et d'atteindre mon fils ! Dieu du ciel ! Qu'ai-je fait ? Un mensonge de trente années... une trahison si horrible, des stigmates si terrifiants... il faut que je le trouve !

Helden s'assit directement derrière le pilote dans le petit hydravion. Elle sentait le bandage sous sa jupe ; il était serré, mais n'empêchait pas le sang de circuler. De temps à autre, sa blessure l'élançait, mais les pilules calmaient la douleur ; elle pourrait marcher convenablement. Même si elle ne pouvait, elle s'y obligerait.

Le pilote se pencha en arrière pour lui parler.

« Une demi-heure après l'atterrissage on vous conduira à un restaurant sur le lac où vous pourrez prendre un taxi jusqu'à la ville, dit-il. Si vous aviez besoin de nos services dans les deux semaines à venir, notre base pendant cette période est une marina privée du nom de Piste Médoc. Ce fut un plaisir de vous avoir à bord. »

41

Erich Kessler n'était pas un homme très physique, et pourtant il approuvait la violence quand cette violence servait des objectifs pratiques. Il l'approuvait en tant qu'observateur et que théoricien, mais pas en tant qu'acteur. Cependant, pour l'heure, il n'y avait pas d'alternative et pas de temps à perdre à en chercher une. Il allait devoir participer à la violence.

Holcroft ne lui avait pas laissé le choix. Cet amateur avait sélectionné ses propres priorités et s'y conformait avec une perspicacité alarmante. Les chromosomes d'Heinrich Clausen se retrouvaient dans le fils. Il fallait reprendre son contrôle, le manœuvrer à nouveau.

Erich choisit la personne dont il avait besoin dans les groupes de gens qu'il y avait dans le hall : un journaliste, et, à en croire son aisance et son habileté à prendre des notes, probablement un bon.

Kessler s'approcha de l'homme, et sans hausser la voix :

« Vous êtes journaliste à... quel journal déjà ?

— *Genève Soir*, dit le reporter.

— C'est terrible, ce qui s'est passé. Ce pauvre homme. Une tragédie. Ça fait un moment que je suis là à essayer de me décider à dire quelque chose. Mais je ne peux tout bonnement pas me permettre de m'en mêler.

— Vous êtes à l'hôtel ?

— Oui. Je suis de Berlin. Je viens souvent à Genève. Ma conscience me dicte d'aller tout droit à la police et de leur dire ce que je sais. Mais mon avocat dit que ça pourrait être mal interprété. Je suis ici pour affaires ; ça pourrait me nuire. Et pourtant il faudrait qu'ils sachent.

— Quel genre d'information ? »

Erich regarda tristement le journaliste.

« Disons que je connaissais bien l'homme qui a été tué.

— Et puis ?

— Pas ici. Mon avocat dit que je devrais rester en dehors de tout ça.

— Êtes-vous en train de me dire que vous y êtes bel et bien mêlé ?

— Oh ! Seigneur, non. Pas comme ça, pas du tout. C'est seulement que j'ai... des informations.

Peut-être même un nom ou deux. Il y a... des raisons.

— Si vous n'y êtes pour rien, je protégerai ma source.

— C'est tout ce que je demande. Accordez-moi deux ou trois minutes pour monter chercher mon manteau. Je redescendrai et je sortirai. Suivez-moi en bas de la rue. Je trouverai un coin isolé où nous pourrons parler. Ne m'approchez pas avant que je vous aie fait venir. »

Le journaliste approuva d'un signe de tête. Kessler se tourna vers les ascenseurs. Il prendrait son pardessus ainsi que deux revolvers, tous les deux non identifiables. Le moindre délai accentuerait les inquiétudes d'Holcroft, et c'était ce qu'il fallait.

Noël attendait sous le porche de l'autre côté de la rue, en face de l'hôtel Royal. Kessler avait dû recevoir le message cinq minutes plus tôt. Qu'est-ce qui pouvait bien le retenir ?

Il surgit enfin ! La silhouette corpulente qui descendait lentement les petites marches de l'entrée du Royal ne pouvait qu'être la sienne. Cette masse, ce pas pesé, ce lourd pardessus. C'était ça : Kessler était retourné dans la chambre pour prendre son manteau.

Holcroft observa Erich descendre la colline d'un pas égal, et faire d'aimables signes de tête aux passants. Kessler était un homme charmant, pensa Noël, et il ne comprendrait probablement pas pourquoi il servait d'appât ; sa nature ne le portait pas à penser ce genre de choses. De même que la nature d'Holcroft ne le portait pas à se servir d'un homme de cette façon, mais *rien n'était plus pareil !* Maintenant ça lui venait tout naturellement.

Et ça marchait admirablement. Bon Dieu, oui, ça marchait ! Un homme dans les trente-cinq ans peut-être mit le pied sur la dernière marche du Royal et regarda immédiatement la silhouette de Kessler qui s'éloignait. Il commença à marcher lentement — trop lentement pour quelqu'un qui sait où il va — et prit position assez loin derrière Erich pour ne pas être vu.

A partir de là il suffisait que Kessler agît comme on le lui avait dit. L'avenue qui coupait le bas des Granges était bordée de vieux immeubles administratifs à trois étages, chers et bien manucurés, mais complètement désertés après cinq heures du soir. Noël avait appris sa leçon ; c'est de ça que dépendait la prise au piège du tueur du Nachrichtendienst. Un seul tueur suffisait ; il le conduirait aux autres. Il n'était pas exclu de tordre le cou de cet homme pour obtenir l'information. Ou de lui tirer des balles entre les deux yeux.

Noël palpa la poche qui contenait son pistolet et entreprit une lente poursuite, en restant de son côté de la rue.

Quatre minutes plus tard, Kessler arriva en bas de la colline et tourna à gauche. L'homme derrière lui fit de même. Holcroft attendit que les voitures soient passées et que les deux hommes soient hors de vue. Alors il traversa le carrefour, toujours du côté opposé ; la vue était bien dégagée.

Il s'arrêta soudain. Il ne voyait Kessler nulle part.

Pas plus que l'homme qui l'avait suivi.

Noël ne mit à courir.

Kessler tourna à gauche dans une rue faiblement éclairée, marcha environ 400 mètres ; il tenait en l'air un petit miroir. Le journaliste était derrière lui ; Holcroft, non. C'était le moment de faire appel à sa rapidité.

A gauche, il y avait un cul-de-sac, conçu pour garer deux ou trois automobiles, et la chaîne qui le fermait indiquait que c'était une propriété privée. Il n'y avait pas de voitures et il faisait noir. Très noir. L'idéal. Il enjamba la chaîne avec difficulté et marcha rapidement jusqu'au mur du fond. Il mit la main dans sa poche droite et en sortit le premier pistolet — le premier qu'il utiliserait. Il eut du mal à le sortir ; le silencieux s'était pris dans la doublure.

« Par ici ! dit-il assez fort pour être entendu du

journaliste. Ici nous pouvons parler et personne ne nous verra. »

Le journaliste sauta par-dessus la chaîne ; ses yeux essayaient de percer la pénombre.

« Où êtes-vous ?

— Là, ici. » Erich leva son pistolet à l'approche du journaliste. Quand il fut à sa portée, Kessler fit feu sur la silhouette indécise, au niveau du cou de l'homme. L'arme émit un son creux ; le bruit de l'air qui sortit de sa gorge béante résonna entre les deux immeubles. Le journaliste s'écroula. Erich appuya encore sur la détente et lui mit une balle dans la tête.

Il dévissa le silencieux du pistolet, fouilla les vêtements du mort, en sortit un portefeuille et un carnet qu'il jeta dans l'ombre. Il tira le deuxième pistolet de sa poche gauche et introduisit l'arme dans la main du reporter, index sur la détente.

Toujours agenouillé, Kessler déchira le devant de sa chemise et arracha deux boutons à son pardessus. Il frotta fort le plat de sa main dans une flaque d'huile sale du parking et s'en souilla le visage.

Il était prêt ; il se remit debout et avança à tâtons jusqu'à la chaîne. D'abord il ne vit pas Holcroft, mais il ne fut pas long à voir l'América . courir dans la rue ; il s'arrêta un court instant devant un réverbère.

Maintenant.

Kessler revint vers le mort, se pencha et empoigna la main qui tenait le pistolet, il le pointa vers le ciel et pressa la détente avec le doigt du mort.

La détonation du petit calibre fut amplifiée par les murailles de l'impasse. Erich appuya deux fois encore sur le doigt glacé, l'abandonna et, vite, sortit le pistolet de sa propre poche.

« Noël ! Noël ! cria-t-il en se jetant contre le mur, et son corps s'affaissa lourdement sur le béton.

« Noël, où êtes-vous ?

— Erich ! Pour l'amour de Dieu... Erich ? »

La voix d'Holcroft n'était pas très éloignée ; en quelques secondes, elle était tout près.

Kessler ajusta son pistolet, cette fois sans silencieux, sur la masse de chair morte dans l'ombre. C'était le dernier coup de feu qu'il aurait à tirer... et il tira au moment où il vit la silhouette de Noël Holcroft dans le faible halo lumineux.

« Erich !

— Ici. Il a essayé de me tuer ! Noël, il a essayé de me tuer. »

Holcroft heurta la chaîne, sauta par-dessus et se précipita vers Kessler. Il s'agenouilla dans la pénombre.

« Qui ? Où ?

— Par là ! Johann m'avait fait emporter un pistolet... J'ai dû tirer. Je n'avais pas le choix !

— Vous n'avez rien ?

— Non, ça va. C'est lui qui m'a suivi. Il savait des choses sur vous. « Où est-il ? ne cessait-il de dire. Où « est H ? Où est Holcroft ? » Il m'a poussé par terre.

— Oh ! non. »

Noël se releva d'un bond et alla à tâtons vers le corps qui gisait dans l'ombre. Il tira son briquet de sa poche et l'alluma ; la flamme éclaira le cadavre. Noël fouilla les poches de ses vêtements de dessus, puis fit rouler le corps pour vérifier son pantalon.

« Nom de Dieu, il n'y a rien !

— Rien ? qu'est-ce que vous voulez dire, rien ? Noël, nous devons partir d'ici. Pensez à demain !

— Il n'y a pas de portefeuille, pas de permis, rien !

— Demain. Il nous faut penser à demain.

— Ce soir ! rugit Holcroft. C'est ce soir que je les voulais ! »

Kessler resta silencieux plusieurs secondes, puis il parla avec douceur, sur un ton un peu incrédule.

« C'était votre plan... »

Holcroft se redressa avec colère, mais une colère diminuée par les paroles d'Erich.

« Je suis désolé, dit-il. Je ne voulais pas qu'il vous arrive malheur. Je croyais avoir la situation bien en main.

« — Pourquoi avez-vous fait ça ?

— Parce qu'ils la tueront s'ils la trouvent. Tout comme ils ont tué Willie Ellis et... Richard Holcroft. Et tant d'autres.

— Qui ?

— Les ennemis de Genève. Ce Nachrichtendienst. Il m'en aurait suffi d'un ! Mais vivant, nom de Dieu !

— Aidez-moi à me relever, dit Kessler.

— Est-ce que vous comprenez ? » Holcroft trouva la main d'Erich et le souleva.

« Oui, bien sûr. Mais je ne crois pas que vous ayez bien fait d'agir seul.

— J'allais le piéger et lui extorquer le nom des autres même si pour cela je devais lui crever les yeux. Puis je l'aurais remis à la police, je leur aurais demandé de m'aider à trouver ma mère, de la protéger.

— On ne peut plus, maintenant. Il est mort ; il y aurait trop de questions auxquelles nous ne pouvons pas répondre. Mais Johann peut faire quelque chose.

— Von Tiebolt ?

— Oui. Il m'a dit qu'il avait un ami influent ici à Genève. Un premier conseiller. Il a dit de vous amener à l'Excelsior quand je vous aurai trouvé. De vous inscrire sous le nom de Fresca. Pourquoi ce nom, je ne sais pas.

— On l'utilise souvent, dit Noël. C'est là qu'il nous contactera ?

— Oui. Il met au point les derniers détails pour demain. A la banque.

— La banque ?

— Tout sera fini demain ; c'est ce que j'essayais de vous dire. Venez, nous devons faire vite. Nous ne pouvons pas rester ici ; quelqu'un pourrait passer par là. Johann m'a dit de vous dire que si votre mère était à Genève, nous, nous la trouverions. Elle sera protégée. »

Holcroft soutint Kessler vers la chaîne. Le professeur se retourna vers les sombres replis de l'impasse et frissonna.

« N'y pensez plus, dit Noël.

— C'était horrible.

— C'était nécessaire. »

Oui ; oui, pensa Kessler.

Helden vit la vieille dame assise sur un banc au bout du dock, les yeux fixés sur l'eau, sans faire attention aux mécaniciens ni aux passagers qui pouvaient entrer et sortir des hydravions.

En se rapprochant, Helden remarqua le visage de la femme dans le clair de lune : ses traits anguleux et ses pommettes hautes qui faisaient ressortir ses yeux immenses. Elle était perdue dans ses pensées, forte et lointaine, elle était si seule, si peu à sa place, si...

Helden passa devant le banc en boitant, et fixa le visage en dessous d'elle. Mon Dieu ! Elle regardait un visage qui, si on ne tenait pas compte de son âge et de son sexe, pouvait appartenir à Noël Holcroft. C'était sa mère !

Que faisait-elle ici ? Pourquoi ici plutôt que partout ailleurs dans le monde ? La réponse était évidente : la mère de Noël allait prendre l'avion pour Genève en secret !

La vieille dame leva les yeux, puis détourna le regard, indifférente, et Helden remonta aussi vite qu'elle pouvait le chemin qui menait à un petit bâtiment qui faisait office à la fois de salle d'attente et de base radio. Elle entra et s'approcha d'un homme derrière une console de fortune, et au-delà, il y avait des téléphones et du matériel de radio.

« La femme, dehors, qui est-ce ? »

L'homme leva brièvement les yeux de son calepin et l'étudia du regard.

« On ne cite pas de noms ici, dit-il. Vous devriez savoir ça.

— Mais c'est terriblement important. Si elle est celle que je crois, elle court un grave danger. Je vous dis ça à vous parce que je sais que vous connaissez le docteur Litvak. »

A ce nom, l'homme leva encore les yeux. Il était clair qu'à la Piste Médoc on vivait dans le risque et le péril, mais qu'on les évitait le plus possible. Et le docteur Litvak était de toute évidence un client de confiance.

« Elle attend un coup de téléphone.

— De qui ? »

L'homme la dévisagea à nouveau.

« De l'un de nos pilotes : « le Chat rouge ». Elle a des ennuis avec la police ?

— Non.

— Les Corses ? La Mafia ? »

Helden secoua la tête.

« Pire.

— Vous êtes bien une amie du docteur Litvak ?

— Oui. C'est lui qui a réservé le vol de Neuchâtel pour moi. Vous n'avez qu'à vérifier.

— Ce n'est pas la peine. Nous ne voulons pas d'ennuis ici. Emmenez-la.

— Comment ? Une voiture est censée me conduire à un restaurant sur le lac où je devais attendre un taxi. Ça durera une demi-heure, m'a-t-on dit.

— Pas maintenant. » L'homme regarda vers la porte. « Henri, viens ici. » Il prit un trousseau de clefs de voiture sous le comptoir. « Allez parler à la vieille dame. Dites-lui qu'elle doit partir. Henri vous conduira.

— Elle ne m'écoutera pas, si ça se trouve.

— Il faudra bien. On va assurer votre transport. »

Helden retourna dehors aussi vite que le lui permettait sa blessure. Mme Holcroft n'était plus sur le banc, et pendant un instant Helden paniqua. Puis elle la vit, au loin sur le dock maintenant désert, immobile dans le clair de lune. Helden partit dans sa direction.

La vieille dame se retourna en entendant les pas d'Helden. Elle ne bougea pas et ne la salua pas.

« Vous êtes Mme Holcroft, dit Helden. La mère de Noël. »

Au nom de son fils. Althene Holcroft joignit les mains ; elle avait l'air d'avoir cessé de respirer.

« Qui êtes-vous ?

— Une amie. Je vous en prie, croyez-moi. Une plus grande amie que vous ne soupçonnez.

— Étant donné que je ne soupçonne rien, vous ne pouvez être ni une grande amie ni une vague amie.

— Je m'appelle von Tiebolt.

— Alors, disparaissez ! » Les paroles de la vieille dame étaient comme des coups de fouet dans l'air nocturne. « Il y a des hommes ici qui ont été payés. Ils ne vous laisseront pas vous occuper de moi. Ils vous tueront avant. Allez rejoindre votre bande de loups !

— Je n'appartiens pas à Wolfsschanze, madame Holcroft.

— Vous êtes une von Tiebolt !

— Si j'appartenais à Wolfsschanze, je ne m'approcherais pas de vous. Vous comprenez sûrement cela.

— Ce que je comprends, c'est l'horreur que vous représentez.

— Toute ma vie, j'ai vécu avec ce jugement sur les épaules sous une forme ou sous une autre, mais vous vous trompez ! Vous devez me croire. Vous ne pouvez pas rester ici ; l'endroit n'est pas sûr pour vous. Je peux vous cacher ; je peux vous aider...

— Vous ? Comment ? Avec le barillet d'un revolver ? Sous les roues d'une voiture ?

— Je vous en supplie ! Je sais pourquoi vous êtes venue à Genève. Je suis ici pour la même raison. Il faut que nous le contactions, avant qu'il ne soit trop tard. Il faut arrêter les fonds ! »

La vieille dame sembla abasourdie par les paroles d'Helden. Puis elle prit l'air sceptique, comme si ces paroles étaient un piège.

« Eux ou moi ? Eh bien, pas moi. Je vais crier et des hommes vont venir. S'ils vous tuent, ça ne me fera rien. Vous symbolisez trente ans de mensonge, tous tant que vous êtes ! Vous ne contacterez personne.

— Madame Holcroft ! J'aime votre fils. Je l'aime tellement... et si nous ne le contactons pas, il se fera tuer. Par les uns ou les autres ! Ni les uns ni les autres ne peuvent le laisser en vie ! Il faut que vous compreniez.

— Menteuse ! dit Althene. Vous êtes des menteurs !

— Allez au diable ! s'écria Helden. Personne ne viendra à votre aide. Ils veulent que vous partiez d'ici ! Et je ne suis pas infirme. C'est une balle que j'ai dans la jambe ! Et elle s'y trouve parce que j'essaie de contacter Noël ! Vous ne savez pas ce que nous avons enduré ! Vous n'avez pas le droit de... »

Il y eut un grand tumulte du côté du petit bâtiment sur le quai. Les deux femmes pouvaient entendre ce qui se disait... et c'était voulu.

« Vous n'êtes pas le bienvenu ici, monsieur ! Il n'y a pas ici de femme comme vous la décrivez ! Allez-vous-en, je vous en prie ! »

— Ne me donnez pas d'ordres ! Elle est ici ! »

Helden s'étrangla. C'était la voix qu'elle avait entendue toute sa vie.

« Ceci est une marina privée. Encore une fois, je vous demande de partir !

— Ouvrez cette porte !

— Quoi ? Quelle porte ?

— Derrière vous ! »

Helden se tourna vers Althene Holcroft.

« Je n'ai pas le temps de vous expliquer. Tout ce que je peux vous dire, c'est que je suis votre amie. Entrez dans l'eau ! Cachez-vous. Tout de suite !

— Pourquoi devrais-je vous croire ? »

La vieille dame fixait le bout du dock et le bâtiment, derrière Helden ; elle était inquiète et indécise.

« Vous êtes jeune et forte. Vous pourriez facilement me tuer.

— Cet homme veut vous tuer, murmura Helden. Il a essayé de me tuer.

— Qui est-ce ?

— Mon frère. Au nom du Ciel, pas de bêtises ! »

Helden attrapa Althene par la taille et força la vieille dame à descendre sur les planches du dock. Du bord, aussi délicatement que possible, elle les fit toutes deux rouler dans l'eau. Althene tremblait, la bouche pleine d'eau ; elle toussa et battit des mains. Helden gardait le bras autour de la taille de la vieille dame, elle la soutenait en faisant des ciseaux sous l'eau.

« Ne toussez pas ! Nous ne devons pas faire de bruit. Mettez votre sac en bandoulière. Je vais vous aider.

— Seigneur, que faites-vous ?

— Restez tranquille. »

Un petit bateau hors-bord était amarré à dix mètres du dock. Helden entreprit de tirer Althene jusque dans l'ombre protectrice de la coque. Elles étaient à mi-chemin quand elles entendirent le fracas d'une porte et virent le rayon d'une puissante lampe-torche. Il dansait en formant des silhouettes menaçantes alors que l'homme blond courait vers la jetée ; puis il s'arrêta et braqua la lumière sur l'eau. Helden luttait, sa jambe lui faisant maintenant souffrir le martyre, pour s'efforcer d'atteindre le bateau.

Elle n'y arrivait pas ; elle n'avait pas la force et ses vêtements mouillés pesaient trop lourd.

« Essayez d'atteindre le bateau, murmura-t-elle. Je vais retourner là-bas... il me verra et...

— Taisez-vous ! dit la vieille dame, qui faisait maintenant de larges et rapides mouvements de bras pour flotter, et faciliter ainsi la tâche d'Helden.

— C'est le même homme. Votre frère. Il a une arme. Dépêchez-vous.

— Je ne peux pas.

— Mais si.

— Allez-y, vous. »

Ensemble, chacune soutenant l'autre, elles se propulsèrent jusqu'au bateau.

L'homme blond était sur le dock ; sur la surface

de l'eau, il décrivait avec le rayon de la lampe-torche de méthodiques tracés entrecroisés. Très bientôt, la lumière tomberait sur elles, elle se déplaçait comme un rayon laser mortel. Au moment où il le concentrerait sur elles les balles crépiteraient et tout serait fini.

Johann von Tiebolt était un excellent tireur et sa sœur le savait.

Le rayon aveuglant s'approcha ; la coque était au-dessus d'elles. Instinctivement, les deux femmes mirent la tête sous l'eau et s'élancèrent sous le bateau. Le rayon passa ; elles étaient maintenant derrière le bateau, les vêtements pris dans la chaîne. Elles s'y accrochaient, c'était leur bouée de survie, en remplissant d'air leurs poumons épuisés.

Le silence. Des pas, d'abord lents et décidés, puis tout à coup une galopade précipitée quand Johann von Tiebolt quitta le dock. Et puis à nouveau le fracas d'une porte, et à nouveau des voix.

« Où est-elle allée ?

— Vous êtes fou !

— Vous êtes mort ! »

Un coup de feu se répercuta sur tout le quai. Il fut suivi d'un cri de douleur, puis il y eut un second coup de feu. Et enfin le silence.

Les minutes passèrent ; les deux femmes dans l'eau se regardaient sous la caresse de la lune. Helden von Tiebolt avait les yeux remplis de larmes. La vieille dame toucha le visage de la jeune femme et ne dit rien.

Le rugissement d'un moteur rompit le terrifiant silence. Puis leur parvint du rivage le bruit de pneus qui crissaient et faisaient voler le gravier d'une allée invisible. Les deux femmes se regardèrent d'un air entendu et, une fois encore, chacune soutenant l'autre, reprirent le chemin du dock.

Elles montèrent par une échelle et restèrent à genoux dans l'obscurité, à respirer profondément.

« N'est-ce pas bizarre, dit Althene. A un moment, j'ai pensé à mes chaussures. Je ne voulais pas les perdre.

— Vous les avez perdues ?

— Non. C'est encore plus bizarre, je suppose.

— Les miennes ont disparu », dit Helden l'air absent. Elle se mit debout. « Nous devons partir. Il pourrait revenir. » Elle regarda le bâtiment. « Je ne veux pas y entrer, mais je crois qu'il le faut. Il y avait un trousseau de clefs de voiture... »

Elle se baissa pour aider la vieille dame à se relever.

Helden ouvrit la porte et ferma aussitôt les yeux. L'homme était effondré sur le comptoir, le visage emporté. Un instant, l'image de la tête mutilée de Klaus Falkenheim lui traversa l'esprit, et elle eut envie de hurler. Au lieu de ça, elle murmura :

« *Mein Bruder*.

— Venez, mon enfant. Faites vite ! »

Aussi incroyable que cela parût, c'était la vieille dame qui parlait, qui donnait cet ordre avec autorité. Elle avait repéré un trousseau de clefs.

« Il vaut mieux prendre leur voiture. J'en ai une, mais on l'a vue. »

Et alors Helden vit le mot, distinctement inscrit au crayon gras sur le sol à côté du mort.

« Non ! C'est un mensonge !

— Qu'est-ce que c'est ? »

La vieille dame s'empara des clefs et courut vers la jeune femme.

« Là. C'est un mensonge ! »

Le mot sur le sol avait été écrit à la hâte, en grosses lettres.

NACHRICHTENDIENST

Helden se rendit là en boitant, tomba à genoux et essaya d'effacer les lettres ; ses mains bougeaient avec rage, les larmes coulaient à flots sur son visage.

« Un mensonge ! Un mensonge ! C'étaient de grands hommes ! »

Althene toucha l'épaule de la jeune femme au bord de l'hystérie, puis elle attrapa son bras et la releva du sol.

« On n'a pas le temps ! Vous l'avez dit vous-même. Il faut partir d'ici. »

Doucement mais fermement, la vieille femme conduisit la plus jeune dehors dans l'allée. Il n'y avait qu'une lampe allumée au-dessus de la porte, causant autant d'ombre que de lumière. Il y avait deux voitures — celle qu'Althene avait conduite et une automobile grise dont la plaque d'immatriculation tenait au pare-chocs par un fil de fer. Elle guida Helden vers la seconde.

Mais là elle s'arrêta. Toute la maîtrise qu'elle était arrivée à rassembler s'anéantit.

Le corps de son pilote aux cheveux roux gisait dans le gravier. Il était mort, les mains liées derrière le dos. Partout sur son visage — autour des yeux et de la bouche — il y avait des entailles faites par la lame d'un couteau.

Il avait été torturé et abattu.

Elles roulaient en silence, chacune perdue dans de déchirantes pensées.

« Il y a un appartement, dit enfin Helden. On m'a donné des instructions. Nous serons en sécurité là-bas. Un homme s'est envolé de Londres pour venir nous aider. Il devrait y être à l'heure qu'il est.

— Qui est-ce ?

— Un juif d'un endroit appelé *Har Sha'alav*. »

Althene regarda la jeune femme dans les ombres qui défilaient.

« Un juif d'*Har Sha'alav* est venu me voir. C'est pour ça que je suis ici.

— Je sais. »

C'est un homme trapu au teint foncé et aux yeux très sombres qui leur ouvrit la porte de l'appartement. Il n'était ni grand ni petit, mais il respirait la puissance physique à l'état brut. Cette impression était due à ses énormes épaules qu'accentuait le tissu tendu de sa chemise blanche, son col ouvert, ses manches relevées sur une paire de bras musclés. Ses cheveux noirs étaient coupés court, son visage était frappant, autant par son inflexible sérieux que par ses traits eux-mêmes.

Il examina les deux femmes, puis d'un signe de tête les pria d'entrer. Il observa sans faire de commentaire le boitement d'Helden ; détailla leurs vêtements trempés de la même manière.

« Je suis Yakov Ben-Gadiz, dit-il. Pour éviter les malentendus, c'est moi qui prendrai les décisions.

— En quel honneur ? » demanda Althene.

Ben-Gadiz la regarda.

« Vous êtes la mère ?

— Oui.

— Je ne m'attendais pas à vous voir.

— Je ne m'attendais pas à me retrouver ici. Sans cette petite, je serais morte.

— Alors vous avez une obligation de plus, qui s'ajoute à la plus écrasante.

— Je vous ai posé une question. En quel honneur prenez-vous les décisions à ma place ? Personne n'en a le droit.

— J'ai été en contact avec Neuchâtel. Il y a un travail à faire ce soir.

— Il n'y a qu'une chose que moi, j'aie à faire. C'est de joindre mon fils.

— Plus tard, dit Yakov Ben-Gadiz. Il y a autre chose d'abord. Il faut retrouver une liste. Nous pensons qu'elle est dans l'hôtel Royal.

— C'est vital, l'interrompit Helden en posant la main sur le bras d'Althene.

— Aussi vital que de joindre votre fils, continua Yakov en fixant la mère d'Holcroft. Et j'ai besoin d'un appât. »

42

Von Tiebolt était au téléphone, la note de Kessler à la main. A l'autre bout de la ligne se trouvait le premier conseiller du canton de Genève.

« Je vous dis que ce n'est pas la bonne adresse !
C'est un vieil immeuble désert, sans l'ombre d'une
ligne téléphonique. J'ai l'impression que le
Nachrichtendienst a réussi à noyauter vos services
téléphoniques étatisés. A présent, trouvez-moi la
bonne adresse ! »

L'homme blond écouta un long moment avant
d'exploser.

« Espèce d'imbécile ! Je ne peux pas appeler ce
numéro ! L'employé a juré de ne le donner qu'à
Holcroft. Quoi que je dise, il sera sur le qui-vive.
Maintenant, dénichez-moi cette adresse ! Je me
fiche que vous deviez réveiller le Président du
Conseil Fédéral. Rappelez-moi dans une heure
sans faute. »

Il raccrocha brutalement le téléphone et regarda
à nouveau le mot de Kessler.

Erich était parti à la rencontre d'Holcroft. Ils
étaient certainement arrivés à l'Excelsior. Holcroft
y était inscrit sous le nom de Fresca. Il pouvait
toujours donner un coup de fil pour s'en assurer,
mais cela entraînerait sans doute des complications. Il fallait pousser l'Américain au bord de la
folie. Son ami de Londres avait été assassiné, sa
mère restait introuvable. Il n'était pas impossible
qu'il ait entendu parler de la mort d'Helden à Neuchâtel. Holcroft allait craquer. Peut-être exige-
rait-il une entrevue.

Johann n'était pas encore prêt à accepter cela. Il
était un peu plus de trois heures du matin, et l'on
n'avait toujours pas localisé la mère d'Holcroft. Il
était pourtant capital de la retrouver et de la tuer.
Il restait six heures avant le rendez-vous à la
banque. A tout moment, au milieu d'une foule, à la
sortie d'un taxi pris dans les embouteillages, dans
un escalier ou dans un coin, elle pouvait tomber
sur son fils et hurler pour le prévenir.

« Trahison ! Abandonne ! Quitte Genève ! »

On ne pouvait pas la laisser agir. Il fallait faire
taire cette voix et mener à bonne fin le projet
concernant son fils. Elle devait mourir ce soir.

Tous les risques s'évanouiraient avec sa mort. Et une autre mort suivrait aussitôt, sans bruit. Le fils d'Heinrich Clausen aurait rempli sa fonction.

Mais d'abord, sa mère. Avant l'aube. C'était agaçant de la savoir là, dehors. Au bout d'une ligne téléphonique dont l'adresse exacte était enterrée dans le dossier de quelque bureaucrate.

L'homme blond s'assit et sortit un long couteau à double lame d'un fourreau cousu à l'intérieur de son manteau. Il faudrait le nettoyer. Le pilote à barbe rousse l'avait souillé.

Noël ouvrit sa valise sur le porte-bagages, et contempla le tas de vêtements fripés qu'elle contenait. Ses yeux se posèrent sur le mur blanc, sur le papier peint usé, la porte-fenêtre et le chandelier trop ouvragé qui était accroché au plafond. Les chambres d'hôtel se ressemblaient toutes. Il se souvint avec une certaine tendresse de celle de Berlin, miteuse, qui faisait exception à la règle. C'était curieux, ce souvenir en pareille circonstance. Il s'était installé dans ce nouveau monde instable en gardant ses facultés intactes. Il ne savait pas si c'était bien ou mal. C'était ainsi, voilà tout !

Erich était au téléphone. Il essayait de joindre von Tiebolt au Royal. Où diable était Johann ? Il était trois heures et demie du matin. Kessler raccrocha et se retourna vers Noël.

« Il a laissé un message pour nous dire de ne pas nous inquiéter. Il est avec le premier conseiller. Ils font tout pour retrouver votre mère.

— Elle n'a donc pas appelé ?

— Non.

— C'est insensé ! Y a-t-il quelqu'un à la réception ?

— Oui. Vous lui avez payé deux semaines de salaire. Le moins qu'il puisse faire, c'est de rester toute la nuit. » Kessler était pensif. « Vous savez, il se peut qu'elle ait simplement été retardée. Correspondances ratées, aéroport bloqué par le brouillard, difficultés avec un quelconque service d'immigration.

— Tout est possible, mais il y a quand même quelque chose d'anormal. Je la connais. Elle m'aurait prévenu.

— Elle a peut-être été retenue.

— J'y ai pensé. Ce serait la meilleure chose qui puisse arriver. Elle voyageait avec un faux passeport. Espérons qu'elle a été arrêtée et jetée dans une cellule pour quelques jours. Helden n'a pas téléphoné non plus ?

— Personne n'a appelé », répondit l'Allemand, les yeux soudain rivés sur Noël.

Holcroft s'étira, son matériel de rasage à la main.

« C'est d'attendre sans savoir qui me rend fou. » Il désigna la porte de la salle de bains. « Je vais faire un brin de toilette.

— Excellente idée ! Pourquoi ne vous reposez-vous pas un peu ? Vous devez être épuisé. Il nous reste moins de cinq heures, mais je considère Johann comme un homme très efficace.

— En tout cas, je compte sur lui », dit Noël.

Il retira sa chemise et fit couler l'eau chaude à grands flots. La vapeur s'éleva, embua le miroir et envahit l'espace au-dessus du lavabo. Il plongea son visage dans la chaleur moite, en s'appuyant sur le bord. Il resta ainsi jusqu'à ce que la sueur coule sur son front. C'était Sam Buonoventura qui lui avait appris cela. Ça ne remplaçait pas vraiment un sauna, mais c'était mieux que rien.

Sam ? Sam. Pourquoi diable pensait-il à lui ? Si sa mère avait modifié ses projets ou s'il s'était produit un événement quelconque, elle avait très bien pu appeler Sam. D'autant plus qu'il n'y avait personne du nom de Noël Holcroft au Royal.

Il regarda sa montre. Il était trois heures trente-cinq, heure de Genève, dix heures trente-cinq aux Caraïbes. Si Sam avait un message pour lui, il resterait près du téléphone.

Noël ferma le robinet. Il entendit la voix de Kessler dans la chambre. Il n'y avait pourtant personne d'autre. A qui parlait-il, et pourquoi avait-il baissé le ton ?

Holcroft se tourna vers la porte et l'entrouvrit d'un centimètre. Kessler était à l'autre bout de la pièce, le dos contre la porte, le téléphone à la main. Noël entendit ce qu'il disait et sortit.

« Voilà notre réponse. Elle voyage avec un faux passeport. Vérifiez les listes de l'immigration pour...

— Erich ! »

Yakov Ben-Gadiz ferma sa trousse de soins, se leva tout en restant à côté du lit et contempla son ouvrage. La blessure d'Helden s'était enflammée, mais il n'y avait pas d'infection. Il avait remplacé le pansement sale.

« Voilà ! déclara-t-il. Ça ira pour l'instant. L'enflure aura diminué dans une heure à peu près, mais ne vous levez pas. Maintenez votre jambe en position élevée.

— Ne me dites pas que vous êtes médecin, fit Helden.

— Il n'est pas nécessaire de l'être pour soigner les blessures par balles. Il suffit d'en avoir l'habitude. » L'Israélien s'avança vers la porte. « Restez ici. Je désire parler à Mme Holcroft.

— Non ! »

Ben-Gadiz s'arrêta net.

« Qu'avez-vous dit ?

— Ne la laissez pas partir seule. Elle se sent terriblement coupable et craint le pire pour son fils. Elle n'a pas les idées claires. Elle n'aurait pas une chance de s'en tirer. Ne faites pas ça.

— Si je le fais, m'en empêcherez-vous ?

— Il y a un meilleur moyen. Vous voulez mon frère. Alors servez-vous de moi !

— Il me faut d'abord la liste des *Sonnenkinder*. Nous avons trois jours pour tuer von Tiebolt.

— Trois jours ?

— Les banques seront fermées demain et

dimanche. Ils ne pourront donc rencontrer les directeurs de la Grande Banque que lundi au plus tôt. La liste est plus importante. Je suis d'accord avec Litvak. C'est là la priorité.

— Si la liste est importante à ce point, il l'a certainement sur lui.

— J'en doute. Des hommes comme votre frère ne prennent pas ce genre de risques. Un accident, un vol à la tire... quelqu'un comme moi. Non, il ne porterait pas cette liste sur lui. Il ne la déposerait pas non plus dans le coffre-fort d'un hôtel. Elle est dans sa chambre. Beaucoup mieux protégée. Il faut que j'y pénètre et que je l'en fasse sortir quelques instants.

— Raison de plus pour m'utiliser ! dit Helden. Il me croit morte. Il ne m'a pas vue à la base d'hydravions. Il la cherchait elle, pas moi. Il va avoir un choc. Il ne saura plus à quoi s'en tenir. Il ira n'importe où pour me retrouver. Je n'ai qu'à prononcer le mot *Nachrichtendienst*, j'en suis sûre.

— J'y compte bien, répliqua Yakov. Mais demain. Pas cette nuit. Ce n'est pas vous qu'il désire voir. C'est la mère d'Holcroft.

— Je lui dirai qu'elle est avec moi. Ce sera parfait !

— Il ne vous croira jamais. Vous qui êtes venue à Neuchâtel pour voir Werner Gerhardt ? Vous qui vous êtes enfuie ? Votre nom est synonyme de piège.

— Laissez-moi au moins l'accompagner, supplia Helden. Organisez le rendez-vous. Je resterai à l'écart, hors de sa vue. Protégez-la d'une manière ou d'une autre. J'ai une arme. »

Ben-Gadiz réfléchit un instant avant de lui répondre.

« J'apprécie votre geste à sa juste valeur et je vous admire. Mais je ne peux pas risquer de vous perdre toutes les deux. Vous voyez, j'ai besoin d'elle ce soir et de vous demain. C'est elle qui l'éloignera ce soir, et vous demain. Il faut qu'il en soit ainsi.

— Vous pouvez faire les deux en même temps, cette nuit, insista Helden. Prenez votre liste. Je le tuerai. Je vous le jure !

— Je vous crois, mais il y a un point qui vous échappe. J'ai plus d'estime que vous pour votre frère. Quel que soit notre plan, il sera maître du jeu, lors de l'entrevue avec Mme Holcroft. C'est lui qui tient les leviers de commande, pas nous ! »

Helden regarda fixement l'Israélien.

« Vous ne vous servez pas d'elle. Vous la sacrifiez !

— J'utiliserai chacun de nous. Je sacrifierai chacun de nous pour accomplir ce qui doit l'être. Si vous essayez de vous interposer, je vous tuerai. »

Yakov s'avança vers la porte de la chambre et sortit.

Althene était assise au bureau, à l'extrémité de la pièce. Une petite lampe était la seule source de lumière. Elle portait une robe de chambre d'un rouge chatoyant qu'elle avait trouvée dans un placard et qui était un peu grande pour elle. Les vêtements trempés qu'Helden et elle portaient séchaient sur les radiateurs. Elle écrivait. En entendant le pas de Yakov, elle se retourna.

« J'ai pris du papier sur votre bureau, dit-elle.

— Ce n'est ni mon papier ni mon bureau, répondit l'Israélien. Vous écrivez une lettre ?

— Oui. A mon fils.

— Pourquoi ? Avec de la chance, nous parviendrons à le joindre. Vous lui parlerez. »

Althene s'appuya contre le dossier du fauteuil, le regard fixé sur Ben-Gadiz.

« Nous savons tous les deux qu'il y a peu de chances que je le revoie jamais.

— Ah ?

— Bien sûr. Il est inutile que je me fasse des illusions. N'essayez pas non plus de m'en donner. Il faut que von Tiebolt me voie. Quand il me tiendra, il ne me laissera pas repartir. Pas vivante. Pourquoi le ferait-il ?

— Nous prendrons toutes les précautions possibles.

— J'emporterai une arme, merci. Je n'ai pas l'intention de rester debout à attendre qu'il tire.

— Ce serait mieux si vous étiez assise. »

Ils se sourirent.

« Nous sommes tous deux pragmatiques, n'est-ce pas ? De la race de ceux qui survivent. »

Yakov haussa les épaules.

« C'est plus facile ainsi.

— Dites-moi, cette liste à laquelle vous tenez tant. Les *Sonnenkinder*. Elle doit être énorme. Des volumes entiers. Des noms de gens et de familles dispersés aux quatre coins du monde.

— Ce n'est pas cette liste-là que nous cherchons. C'est la liste principale. Je doute que nous mettions la main dessus. Celle que nous pouvons, que nous devons trouver, est une liste ordinaire. Les noms des dirigeants qui recevront les fonds, qui les répartiront aux endroits stratégiques. Elle est nécessairement là où von Tiebolt peut en disposer facilement.

— Et avec ça, vous aurez l'identité des chefs de Wolfsschanze.

— Partout.

— Qu'est-ce qui vous fait croire qu'elle est au Royal.

— C'est le seul endroit possible. Von Tiebolt ne fait confiance à personne. Il ne laisse aux autres que les fragments. C'est lui qui contrôle tout. Il ne cacherait pas cette liste dans un coffre-fort. Il ne la porterait pas non plus sur lui. Elle sera dans sa chambre d'hôtel, une chambre truffée de pièges. De toute façon, il ne s'en déferait que pour un motif gravissime.

— Je suis ce motif. Nous sommes d'accord là-dessus.

— Oui. Il vous redoute plus que tout car vous êtes la seule à pouvoir convaincre votre fils de quitter Genève. Ils ont besoin de lui ; ils en ont toujours eu besoin. Il faut observer les lois pour que les fonds puissent être débloqués. Il n'y a jamais eu d'autre solution.

— Quelle ironie ! On utilise la loi pour perpétrer la plus grande illégalité imaginable.

— Ce n'est pas nouveau, madame Holcroft.

— Et mon fils ? Allez-vous le tuer ?

— Ce n'est pas mon désir.

— J'aimerais quelque chose de plus concret.

— Je ne le ferai certainement pas s'il nous suit. Si nous parvenons à le convaincre de la vérité, qu'il ne pense pas que nous le piégeons, nous avons de bonnes raisons de la garder en vie. Wolfsschanze ne disparaîtra pas avec le déblocage des capitaux. Les *Sonnenkinder* s'en sortiront, avec quelques égratignures certes, mais ils ne seront pas détruits. Nous avons besoin de chaque voix qui s'élèvera contre eux. Votre fils a quelque chose de vital à nous révéler. Ensemble, nous atteindrons les véritables responsables.

— Comment ferez-vous pour le convaincre... si je ne reviens pas de mon rendez-vous avec von Tiebolt ? »

L'Israélien aperçut une ombre de sourire sur les lèvres d'Althene et comprit la seconde d'hésitation qu'elle venait d'avoir. Il avait été clair : elle n'en reviendrait pas.

« D'après moi et d'après notre contact de Neuchâtel, nous avons aujourd'hui et demain pour agir. Les choses commenceront sans doute à bouger lundi à la Grande Banque. Il sera isolé. Vous ne pourrez pas le joindre. C'est à moi de briser cet isolement et de l'éloigner.

— Que lui direz-vous ?

— La vérité. Je lui expliquerai tout ce que nous avons appris à *Har Sha'alav*. Helden peut nous être d'un grand secours, si elle est en vie. Et puis il y a la liste. Si je la trouve, je la lui montrerai.

— Montrez-lui cette lettre, l'interrompit Althene en se tournant vers le papier qui reposait sur le bureau.

— Cela aussi peut nous être fort utile », fit l'Israélien.

« Erich ! »

Kessler faisait les cent pas, agité. Son corps obèse avait une certaine rigidité. Il allait raccrocher le téléphone quand Holcroft l'en empêcha.

« Ne raccrochez pas ! A qui parliez-vous ? » Noël saisit l'appareil. « Qui êtes-vous ? »

Silence.

« Qui est-ce ?

— Je vous en prie, fit Kessler, qui retrouvait peu à peu son sang-froid. Nous essayons de vous protéger. Vous ne pouvez pas vous promener dans la rue. Vous le savez parfaitement. Ils vous tueraient. Vous êtes la clef de la ville de Genève.

— Vous ne parliez pas de moi !

— Nous tentons de retrouver votre mère ! Vous disiez qu'elle avait quitté Lisbonne avec un faux passeport. Nous ne l'avions pas compris. Johann connaît ceux qui fournissent ce genre de papiers. C'était de cela que nous discutions. »

Holcroft reprit l'appareil.

« Von Tiebolt ? C'est vous ?

— Oui, Noël, répondit-on calmement. Erich a raison. Ici, j'ai des amis qui font tout pour nous aider. Votre mère est peut-être en danger. Il ne faut pas qu'on vous recherche. Mieux vaut pour vous rester dans l'ombre.

— Il ne faut pas ? fit brutalement Holcroft. Mieux vaut ? Laissez-moi vous dire une chose, vous deux. » Noël regarda Kessler droit dans les yeux, tout en poursuivant son monologue. « C'est moi qui déciderai de ce que je ferai ou non. Est-ce clair ? »

Le savant hocha la tête. Von Tiebolt ne répondit pas. Holcroft éleva la voix.

« Je vous ai demandé si c'était clair ?

— Oui, bien sûr, fit Johann. Comme Erich vous l'a dit, nous voulons seulement vous aider. Il peut nous être utile de savoir que votre mère voyage avec un faux passeport. Je connais les hommes qui s'occupent de ce genre d'affaires. Je vais donner quelques coups de fil, et je vous tiendrai informé.

— Je vous en serai reconnaissant.

— Si je ne vous vois pas avant demain matin, nous nous retrouverons à la banque. Je suppose qu'Erich vous a expliqué.

— Oui. Et, Johann... Pardonnez-moi de m'être emporté ainsi. Je sais que vous essayez de me venir en aide. Les gens que nous recherchons, c'est le Nachrichtendienst, n'est-ce pas ? C'est ce que vous avez découvert à Londres. »

Il y eut un silence à l'autre bout de la ligne.

« Comment l'avez-vous su ?

— Ils ont laissé une carte de visite. Je veux avoir la peau de ces salauds.

— Nous aussi.

— Merci. Appelez-moi dès que vous aurez du nouveau. » Noël raccrocha. « Ne recommencez plus, dit-il à Kessler.

— Je vous présente mes excuses. Je pensais bien faire. Tout comme je suis persuadé que vous croyez avoir bien fait de me suivre depuis le Royal.

— Le monde devient dégueulasse, fit Noël en prenant le téléphone.

— Que faites-vous ?

— Il y a, à Curaçao, un homme à qui je veux parler. Il a peut-être quelque chose à me dire.

— Oui. L'ingénieur qui nous transmettait vos messages.

— J'ai une dette envers lui. »

Noël obtint l'opératrice des lignes internationales et lui donna le numéro de Curaçao.

« Je patiente ou vous me rappelez ?

— Les lignes ne sont pas encombrées à cette heure-ci, monsieur.

— J'attends. »

Il s'assit sur le lit et patienta. Au bout d'une minute, il entendit sonner le téléphone de Buonoventura.

Une voix masculine répondit. Mais ce n'était pas celle de Sam.

« Oui ?

— Pouvez-vous me passer Sam Buonoventura, s'il vous plaît !

— Qui le demande ?

— Un ami personnel. J'appelle d'Europe.

— Il ne va sûrement pas se pointer, monsieur. Il ne répond plus au téléphone.

— Qu'est-ce que vous dites ?

— Sam est mort, monsieur. Un salaud d'indigène l'a étranglé. Nous passons les hautes herbes et les plages au peigne fin pour retrouver ce fils de pute. »

Holcroft baissa la tête, les yeux fermés, le souffle coupé. On l'avait suivi jusqu'à Sam et l'on n'avait pas toléré l'aide qu'il lui avait apportée. Buonoventura était son centre d'information. Il fallait le tuer pour que les messages ne soient plus transmis. Le Nachrichtendienst essayait de l'isoler. Il avait une dette envers Sam et celle-ci avait été payée de mort. Tout ce qu'il touchait mourait. Tel était son destin.

« Ne vous fatiguez pas avec les hautes herbes, fit-il sans vraiment se rendre compte qu'il parlait. C'est moi qui l'ai tué. »

43

« Votre fils a-t-il jamais mentionné le nom de « Tennyson » ? demanda Ben-Gadiz.

— Non.

— Très fâcheux ! Quand lui avez-vous parlé pour la dernière fois ?

— Après la mort de mon mari. Il était à Paris. »

Yakov ouvrit les bras. Il venait d'entendre ce qu'il désirait entendre.

« Était-ce la première fois que vous lui parliez depuis la mort de votre mari ?

— Son meurtre, corrigea Althene. Bien que je ne l'aie pas su à ce moment-là.

— Répondez à ma question. Était-ce votre première rencontre avec lui depuis la disparition de votre mari ?

— Oui.

— Vous avez dû avoir une très triste conversation.

— Évidemment. Il fallait bien que je la lui annonce.

— On a l'esprit confus dans ces moments-là. On dit des choses dont l'interlocuteur ne se souvient pas très précisément. C'est là qu'il a dû mentionner le nom de Tennyson. Il vous a dit qu'il partait pour Genève, probablement avec un homme nommé Tennyson. Pouvez-vous transmettre cela à von Tiebolt ?

— Certainement. Mais acceptera-t-il ?

— Il n'a pas le choix. Il vous veut.

— Moi aussi, je le veux.

— Appelez-le. Et souvenez-vous que vous êtes au bord de l'hystérie. Il est impossible de maîtriser une femme paniquée. Faites-lui perdre son sang-froid. Criez, murmurez, bégayez. Dites-lui que vous étiez sur le point de contacter le pilote de la base d'hydravions. Il y a eu un meurtre. Ça grouillait de policiers et vous étiez affolée. Vous pouvez faire ça ?

— Vous allez voir », répondit Althene en décrochant le téléphone.

Le standard du Royal lui passa la chambre de son hôte de marque, M. John Tennyson.

Et Yakov écouta Althene, non sans une certaine admiration.

« Il faut retrouver vos esprits, madame Holcroft, lui dit l'inconnu du Royal.

— Vous êtes bien le Tennyson dont m'a parlé mon fils ?

— Oui. Nous sommes amis. Nous nous sommes rencontrés à Paris.

— Pour l'amour du Ciel, pouvez-vous m'aider ?

— Bien entendu. Ce sera un plaisir pour moi.

— Où est Noël ?

— Je n'en sais malheureusement rien... Il est à

Genève pour des affaires qui ne me concernent pas.

— Qui ne vous concernent pas ? insista-t-elle.

— Oh ! non. Nous avons dîné ensemble avant-hier soir — hier soir, en fait — et il m'a quitté pour retrouver ses associés.

— Vous a-t-il dit où il allait ?

— Voyez-vous, je pars pour Milan... A Paris, j'ai promis à Noël de passer par Genève pour lui faire visiter la ville. Il n'y était jamais venu.

— Pouvons-nous nous voir, monsieur Tennyson ?

— Certainement. Où êtes-vous ?

— Il faudra faire attention. Je ne vous laisserai prendre aucun risque.

— Je ne cours aucun risque, madame Holcroft. Je me déplace librement à Genève.

— Moi pas. A cause de cette affreuse affaire de la Piste Médoc.

— Voyons, vous êtes au bout du rouleau. Je ne sais pas de quoi il s'agit mais bien sûr que cela ne vous concerne pas. Où êtes-vous ? Où pouvons-nous nous retrouver ?

— A la gare. Dans la salle d'attente de la porte Nord. Dans quarante-cinq minutes. Dieu vous protège ! »

Elle raccrocha brusquement. Yakov Ben-Gadiz esquissa un sourire d'approbation.

« Il sera très prudent, déclara l'Israélien. Il va consolider ses défenses. Cela nous laissera plus de temps. Je vais me rendre au Royal. Chaque minute nous est précieuse. »

Von Tiebolt raccrocha lentement l'appareil. Il y avait de grandes chances que ce fût un piège, pensa-t-il, mais il n'en avait aucune preuve concluante. Il avait déclaré à dessein qu'Holcroft n'était jamais venu à Genève. C'était un mensonge et la vieille dame le savait. Cela dit, elle avait l'air réellement paniquée, et une femme de son âge et dans un tel état de nerfs n'écoutait pas tout ce qu'on aurait souhaité qu'elle écoutât. Peut-être n'avait-elle pas entendu sa remarque ou l'avait-elle considérée comme secondaire en comparaison de ses propres inquiétudes.

Qu'Holcroft ait utilisé le nom de « Tennyson », cela cadrait assez bien avec le personnage. Il était sujet à de brusque crises émotionnelles, parlait souvent sans réfléchir. La mort de Richard Holcroft à New York l'avait sans doute jeté dans un émoi tel qu'il avait laissé échapper le nom de « Tennyson » sans même s'en apercevoir.

Mais l'Américain avait fait preuve d'une force certaine là où on n'en attendait pas. Cette gaffe ne correspondait pas à la discipline qu'il avait su s'imposer. Et puis Johann était conscient qu'il avait affaire à une femme capable d'obtenir de faux papiers et de disparaître à Lisbonne. Il prendrait de nombreuses précautions. Il ne se ferait pas piéger par une vieille dame paniquée ou qui, du moins, prétendait l'être.

Le téléphone vint interrompre le fil de ses pensées.

« Oui ? »

C'était le premier conseiller. On essayait toujours de localiser l'adresse exacte correspondant au numéro de téléphone que Mme Holcroft avait donné au Royal. Un fonctionnaire de l'office public du téléphone était sur le point d'ouvrir un dossier. Von Tiebolt répondit d'un ton glacial :

« Quand il l'aura enfin trouvée, elle ne nous sera plus d'aucune utilité. J'ai pris contact avec cette femme. Envoyez immédiatement un policier au volant d'une voiture officielle au Royal. Racontez-lui que je suis un hôte officiel et que j'ai besoin d'une protection personnelle. Faites-le entrer dans le hall dans un quart d'heure. »

Von Tiebolt n'attendit pas la réponse. Il raccrocha et retourna vers une table où se trouvaient deux revolvers. Il les avait démontés pour les nettoyer. Il les remonterait rapidement. C'étaient les deux armes préférées du Tinamou.

Si Althene Holcroft avait l'audace de lui tendre un piège, elle apprendrait qu'elle n'était pas de taille à se mesurer au chef de Wolfsschanze. Son piège se refermerait sur elle et la déchiquetterait.

L'Israélien se dissimula dans une ruelle en face du Royal. Sur les marches de l'hôtel, von Tiebolt parlait tranquillement avec un officier de police, lui donnant des instructions.

Quand ils en eurent terminé, le policier courut vers sa voiture. L'homme blond se dirigea vers une limousine noire qui stationnait au coin de la rue, et s'installa au volant. Von Tiebolt ne voulait pas de chauffeur pour le petit voyage qu'il allait entreprendre.

Les deux véhicules descendirent la rue des Granges. Yakov attendit qu'il n'y ait plus personne en vue puis, la mallette à la main, traversa la rue en direction du Royal.

Il s'approcha de la réception où le reçut un employé épuisé. Il soupira en s'adressant au réceptionniste.

« Police, enquête. On m'a tiré du lit pour ramasser quelques indices supplémentaires dans la chambre du mort. Ce monsieur Ellis. Les inspecteurs commencent toujours à avoir des idées lumineuses quand ceux dont ils ont besoin dorment. C'est quelle chambre ?

— Troisième étage. Chambre trente et un, répondit l'employé avec un sourire compatissant. Il y a un policier de garde dans le couloir.

— Merci. »

Ben-Gadiz se dirigea vers l'ascenseur et appuya sur le bouton du cinquième étage. John Tennyson était inscrit à la chambre 512.

L'homme qui portait un uniforme de la police de Genève franchit la porte Nord de la gare. Ses talons de cuir résonnèrent sur la pierre. Il s'approcha de la vieille dame assise à l'extrémité de la première rangée de bancs.

« Madame Althene Holcroft ?

— Oui ?

— Suivez-moi, s'il vous plaît, madame.

— Puis-je vous demander pourquoi ?

— Je vais vous conduire à M. Tennyson.

— Est-ce nécessaire ?

— Il est sous la protection de la ville de Genève. »

La vieille dame se leva et suivit l'homme en uniforme. Comme ils se dirigeaient vers les doubles portes de l'entrée Nord, quatre autres policiers apparurent et se postèrent devant les portes. Personne ne pouvait plus passer sans leur permission. Dehors, sur l'esplanade, il y avait encore deux hommes en uniforme de part et d'autre d'une voiture de police. Celui qui était près du capot ouvrit la porte à la vieille dame. Elle pénétra à l'intérieur. Celui qui l'escortait s'adressa à ses subordonnés.

« Les instructions sont les suivantes : aucun véhicule privé ni aucun taxi ne doit quitter le terminus pendant une vingtaine de minutes. Si quiconque tente de le faire, relevez ses papiers d'identité et transmettez toute information par radio.

— Bien, monsieur.

— S'il n'y a pas d'incident, les hommes pourront retourner à leurs postes dans vingt minutes. »

L'officier de police monta dans la voiture et mit le contact.

« Où allons-nous ? demanda Althene.

— Dans une maison d'hôtes située dans la propriété du premier conseiller de Genève. Ce M. Tennyson doit être quelqu'un d'important.

— A de nombreux égards », répliqua-t-elle.

Von Tiebolt attendait au volant de la limousine noire. Il était garé à une cinquantaine de mètres de la rampe de la sortie Nord de la gare, moteur éteint. Il regarda la voiture de police s'engager dans la rue et tourner à droite, puis il resta immobile jusqu'à ce qu'il aperçoive les deux officiers de police à leurs postes.

Il sortit du véhicule. Comme prévu, il suivrait la voiture de police à distance, pour rester discret, en surveillant attentivement les automobiles qui sembleraient s'y intéresser d'un peu trop près. Toutes les éventualités avaient été envisagées. On avait même songé que la vieille dame avait pu dissimuler sur elle un appareil électronique qui enverrait des signaux à l'extérieur pour attirer la charogne qui était à ses ordres.

Le dernier obstacle au code Wolfsschanze serait éliminé dans une heure.

Yakov Ben-Gadiz se tenait devant la porte de von Tiebolt. Une pancarte indiquant : « Ne pas déranger » y était accrochée. L'Israélien s'agenouilla pour ouvrir sa mallette. Il en sortit un flash d'une forme bizarre et appuya sur un bouton. Une lumière verte à peine perceptible apparut. Il la dirigea vers le bas de la porte, sur la gauche, et balaya le panneau avant de remonter tout en haut. Il était à la recherche de brins de fils ou de cheveux, de ces petits indices qu'on ne pouvait déplacer sans prévenir l'occupant que sa chambre avait été visitée. Le faisceau lumineux identifia deux fils horizontaux, trois verticaux et un au-dessus des autres. Yakov utilisa une minuscule épingle dissimulée dans la poignée du flash. Délicatement, il effleura le bois à côté de chaque fil. Les marques laissées par l'épingle étaient infinitésimales, invisibles à l'œil nu, mais révélées par la lumière verte. Il s'agenouilla à nouveau et sortit un petit cylindre de métal de sa mallette. Il s'agissait d'un instrument électronique hautement sophistiqué servant à ouvrir les serrures et conçu dans les laboratoires antiterroristes de Tel-Aviv.

Il plaça l'ouverture du cylindre sur la serrure et mit en marche les sondes de l'appareil. La serrure sauta et Yakov glissa soigneusement les doigts de la main gauche le long des bords de la porte. Il prit sa mallette, pénétra dans la pièce et referma la porte. Il y avait une petite table près du mur. Il y déposa les fils avec le plus grand soin, les portant à l'aide du cylindre, puis il appuya de nouveau sur le flash.

Il regarda sa montre. Il n'avait que trente minutes pour neutraliser les alarmes que von Tiebolt avait installées et pour trouver la liste des *Sonnenkinder*. C'était un bon signe qu'il y eût des fils incrustés dans la porte. Il y avait certainement une raison à cela.

Il balaya du rayon vert tout le tour du salon. Il remarqua les deux placards et la porte de la chambre. Tout était fermé. Il examina d'abord les placards. Ni fils ni verrou, rien.

Il s'approcha de la porte et dirigea le rayon le long des bords. Il n'y avait pas non plus de fils, mais son attention fut attirée par autre chose. L'onde lumineuse détecta le reflet d'une minuscule lumière jaune entre la porte et l'embrasure, à quelque soixante centimètres du sol. Ben-Gadiz sut immédiatement de quoi il retournait : une cellule photo-électrique miniaturisée en contact avec une seconde cellule incrustée dans le bois.

A l'ouverture de la porte, le contact était coupé, déclenchant le signal d'alarme. C'était le système le plus infaillible que permît la technologie moderne. Il n'y avait aucun moyen de le neutraliser. Yakov avait déjà vu ces petites cellules avec minuterie incorporée. Une fois que cette dernière était déclenchée, elles fonctionnaient pendant une durée indéterminée, rarement moins de cinq heures. Personne, pas même celui qui les avait installées, ne pouvait les neutraliser avant que la minuterie arrive en fin de course.

Ce qui signifiait que Johann von Tiebolt s'attendait à couper le contact s'il pénétrait malgré lui dans la chambre. Il pouvait se produire une situation critique exigeant qu'il déclenchât lui-même l'alarme.

Quel genre d'alarme était-ce ? Le bruit devait être étouffé, à moins d'attirer l'attention. Il se pouvait que ce fût un signal radio, mais ceux-ci avaient un rayon d'action trop limité.

Non, l'alarme elle-même devait être dissuasive dans le voisinage immédiat de la zone protégée. Une arme dissuasive qui immobiliserait l'intrus, mais que von Tiebolt pourrait rendre inoffensive.

Le choc électrique était trop peu fiable, l'acide incontrôlable. Von Tiebolt aurait couru le risque d'être blessé à vie ou défiguré. Était-ce un gaz ? Une fumée ?...

La toxine. Un poison vaporisé. Les vapeurs de toxine. Assez puissantes pour plonger un indiscret dans le coma. Un masque à gaz serait une excellente protection dans ce cas. Si von Tiebolt en portait un, il serait à même d'entrer dans la pièce quand il le désirerait.

Les gaz lacrymogènes et les matraques n'étaient pas inconnus dans la branche où travaillait Yakov. Il revint vers sa mallette, s'agenouilla et sortit un masque à gaz avec une petite réserve d'oxygène. Il le mit, inséra le tuyau entre ses lèvres et retourna vers la porte. Il l'ouvrit brusquement et recula.

Un nuage de vapeur envahit l'embrasure, resta en suspension quelques secondes et s'évapora, laissant l'espace aussi dégagé que s'il n'avait jamais existé. Ben-Gadiz ressentit un picotement autour des yeux. Ce qui l'irrita sans l'aveugler. Yakov savait que, s'il en inhalait, les produits chimiques qui engendraient le picotement enflammeraient les poumons et le plongeraient instantanément dans le coma. C'était la preuve qu'il recherchait. La liste des *Sonnenkinder* était quelque part dans cette pièce.

Il franchit le seuil de la porte, passa devant un trépied au sommet duquel était attaché un cylindre de gaz. Pour effacer les traces éventuelles des vapeurs, il ouvrit une fenêtre. L'air froid de l'hiver s'engouffra en faisant gonfler les rideaux.

Ben-Gadiz retourna dans le salon, ramassa sa mallette et revint dans la chambre pour poursuivre ses investigations. Partant du principe que la liste serait protégée par un quelconque récipient d'acier ignifuge, il sortit un petit scanner à métal, muni d'un cadran lumineux. Il commença par faire le tour du lit avant d'examiner le reste de la pièce.

L'aiguille du détecteur fit un bond lorsqu'il s'approcha de la penderie. Le rayon lumineux détecta les petites taches jaunes à présent familières dans l'embrasure de la porte.

Il avait trouvé le coffre-fort.

Il tira la porte. Des vapeurs s'échappèrent, envahissant le placard. Mais cette fois, elles restèrent plus longtemps, et le nuage s'épaissit. Si la première alarme avait mal fonctionné, celle-ci contenait assez de toxine pour tuer un homme. Sur le sol du placard se trouvait une petite valise d'un beau cuir souple et sombre. Yakov sut immédiatement qu'il ne s'agissait pas d'un simple bagage. On n'apercevait aucun pli ni devant ni derrière, mais il y en avait sur le dessus et sur les côtés. Le cuir était renforcé par de l'acier.

Il rechercha l'existence de fils ou de traces à l'aide du rayon vert. Rien. Il posa la valise sur le lit et appuya sur un second bouton du flash. La lumière verte fut remplacée par un puissant rayon blanc jaunâtre. Il examina les deux serrures. Elles étaient différentes. Sans aucun doute, chacune déclenchait une alarme distincte.

Il sortit un fin crochet de sa poche et l'inséra dans la serrure de droite, en prenant soin d'en éloigner sa main le plus possible.

Il y eut comme un filet d'air. Une longue aiguille pointa du côté gauche de la fermeture. Un liquide perla à la pointe, et tomba goutte à goutte sur la moquette. Yakov prit un mouchoir, nettoya l'aiguille et, lentement, prudemment, l'enfonça dans l'orifice en utilisant une nouvelle fois son crochet.

Il s'occupa ensuite de la serrure de gauche. Debout sur le côté, il recommença les mêmes manipulations. Le loquet sauta. Il y eut une seconde arrivée d'air. Quelque chose jaillit, allant se planter dans le tissu d'un fauteuil à l'autre bout de la pièce. Ben-Gadiz se précipita et dirigea la lumière sur le point d'impact. Il remarqua un cercle humide là où l'objet avait pénétré l'étoffe. Il le retira avec son crochet.

Il s'agissait d'une capsule gélatineuse avec une extrémité d'acier. Elle serait entrée dans la chair aussi facilement qu'elle avait sectionné les fils du tissu. Le liquide devait être un puissant narcotique.

Satisfait, Ben-Gadiz mit la capsule dans sa poche, revint vers la valise et l'ouvrit. A l'intérieur se trouvait une enveloppe de métal attachée à l'armature d'acier. Après avoir déjoué les pièges mortels des alarmes successives, il avait enfin accès à la boîte protectrice, et elle était sienne.

Il jeta un coup d'œil à sa montre. L'opération avait duré dix-huit minutes.

Il souleva le volet de l'enveloppe de métal et se saisit des papiers. Il y avait onze pages, chacune contenant six colonnes — noms, adresses et villes — à peu près cent cinquante entrées par feuille. Approximativement mille six cent cinquante identités.

L'élite des *Sonnenkinder*. Les manipulateurs de Wolfsschanze.

Yakov s'agenouilla devant sa mallette ouverte et prit une caméra.

« *Vous êtes très aimable. Nous vous rappellerons dans une demi-heure. Merci.* »

Kessler raccrocha l'appareil, hochant la tête devant Noël qui se tenait près de la fenêtre de sa suite, à l'Excelsior.

« Rien. Votre mère n'a pas appelé le Royal.

— En sont-ils certains ?

— Il n'y a eu aucun appel pour M. Holcroft. J'ai même vérifié au standard au cas où le réceptionniste se serait absenté quelques minutes. Voilà.

— Je ne comprends pas. Où est-elle ? Elle aurait dû téléphoner depuis longtemps. Et Helden ? Elle m'avait promis de m'appeler vendredi soir. Et nous sommes samedi matin.

— Presque quatre heures, fit Erich. Vous devriez vous reposer. Johann remue ciel et terre pour retrouver votre mère. Il a obtenu que les meilleurs spécialistes de Genève travaillent pour nous.

— Je n'arriverai pas à me reposer, dit Noël. Vous oubliez une chose : je viens de tuer un homme à Curaçao. Son seul crime a été de m'aider et je l'ai tué.

— Vous n'y êtes pour rien. C'est le Nachrichtendienst.

— Il faut faire quelque chose ! cria Holcroft. Von Tieblot a des amis haut placés. Parlez-leur ! Payez-la, cette dette ! Maintenant ! Que le monde entier sache qui sont ces salauds ! Qu'attendons-nous ? »

Kessler fit quelques pas en direction de Noël. On pouvait lire une certaine compassion dans son regard.

« Nous attendons l'événement le plus important, le rendez-vous à la banque. Le pacte. Lorsque ce sera terminé, il n'y aura rien que nous ne pourrons faire. Et alors, le monde entier, comme vous dites, sera bien obligé de nous écouter. Patientez jusqu'à notre pacte, Noël. Ce sera la réponse à tant de questions ! Pour vous, votre mère, Helden... tant de choses ! Je suppose que vous le savez. »

Holcroft hocha lentement la tête, la voix fatiguée, l'esprit à bout.

« Oui, mais c'est de ne pas avoir de nouvelles qui me rend fou.

— Je comprends que ce soit difficile pour vous. Bientôt tout sera fini. Tout ira bien, sourit Erich. Je vais faire un brin de toilette. »

Noël s'approcha de la fenêtre. Genève sommeillait, comme Paris, Berlin, Londres et Rio. Combien de villes endormies avait-il contemplées à travers une vitre ? Trop. *Rien n'est plus comme avant...*

Rien.

Holcroft fronça les sourcils. Rien. Pas même son

nom. Son nom. Il était inscrit sous celui de Fresca. Il n'y avait plus d'Holcroft, plus que Fresca ! C'était ce nom qu'Helden allait appeler.

Fresca.

Il se retourna et se dirigea vers le téléphone. Il n'y avait aucune raison pour que ce fût Erich qui s'en occupât.

L'opératrice du Royal parlait anglais, et il connaissait le numéro. Il le composa.

« Hôtel Royal, bonsoir.

— Mademoiselle, ici M. Holcroft. Il y a quelques minutes, le docteur Kessler vous a parlé des messages que j'attendais.

— Je vous demande pardon, monsieur. Le docteur Kessler ? Vous voulez le docteur Kessler ?

— Non, vous ne comprenez pas. Le docteur Kessler vous a appelée il y a cinq minutes, au sujet de ces messages. J'ai autre chose à vous demander. Pour Fresca, N. Fresca, y a-t-il eu des appels ? »

L'opératrice ne répondit pas immédiatement.

« Il n'y a pas de Fresca au Royal, monsieur. Voulez-vous que je vous passe la chambre du docteur Kessler ?

— Non, j'y suis ! Il vient de vous parler. »

Cette femme parlait anglais, pensa Noël, et pourtant elle ne semblait pas comprendre. Il se rappela alors le nom de l'employé de la réception, qu'il donna aussitôt à l'opératrice.

« Pouvez-vous me le passer, s'il vous plaît ?

— Je suis désolée, monsieur. Il est parti il y a au moins trois heures. Il quitte son poste à minuit. »

Holcroft retint son souffle, les yeux fixés sur la porte de la salle de bains. L'eau coulait. Erich ne pouvait pas l'entendre. Et l'opératrice comprenait parfaitement l'anglais.

« Attendez une minute, mademoiselle. Laissez-moi vous expliquer. Vous n'avez pas eu de conversation avec le docteur Kessler, il y a quelques minutes à peine ?

— Non, monsieur.

— Y a-t-il quelqu'un d'autre au standard ?

— Non, il y a très peu d'appels en ce moment.

— Et le réceptionniste est parti à minuit ?

— Oui, je viens de vous le dire.

— Et il n'y a eu aucun coup de fil pour M. Holcroft ? »

L'opératrice hésita un instant avant de lui répondre. Elle parla lentement, comme si elle cherchait à se souvenir.

« Je crois bien qu'il y en a eu un, monsieur. Peu après que j'ai pris mon poste. Une femme a appelé. On m'avait donné l'instruction de la passer au chef.

— Merci », répondit calmement Noël, puis il raccrocha.

L'eau cessa de couler dans la salle de bains. Kessler sortit. Il aperçut la main d'Holcroft sur le téléphone. Les yeux du savant avaient perdu leur douceur.

« Que se passe-t-il ? demanda Noël. Vous n'avez parlé ni au réceptionniste ni au standard. Ma mère a appelé il y a déjà plusieurs heures. Vous ne me l'avez jamais dit. Vous avez menti.

— Ne vous inquiétez pas, Noël.

— Vous m'avez menti ! » rugit Holcroft.

Il prit sa veste sur le fauteuil et s'avança vers le lit où il avait jeté son imperméable, celui où se trouvait son revolver.

« Elle m'a téléphoné, espèce de saligaud ! »

Kessler courut vers l'entrée et bloqua l'accès de la porte.

« Elle n'était pas où elle avait dit qu'elle serait ! Nous sommes inquiets. Nous essayons de la retrouver, de la protéger. De vous protéger ! Von Tiebolt comprend ce genre de choses. Il a vécu tout cela. Laissez-le décider.

— Décider ? Décider quoi, bon Dieu ! Il ne va pas décider à ma place ! Vous non plus ! Écartez-vous ! »

Kessler ne bougea pas. Noël lui saisit les épaules et l'envoya à l'autre bout de la pièce.

Holcroft se rua dans le couloir, puis vers l'escalier.

44

Le portail de la propriété s'ouvrit. La voiture officielle s'avança. Le policier fit un signe de la tête au garde et, par la vitre, jeta un coup d'œil inquiet au doberman qui tirait sur sa laisse, prêt à attaquer. Il se tourna vers Mme Holcroft.

« La maison d'hôtes est à quatre kilomètres des grilles. Nous prendrons la route qui tourne sur la droite, et non l'allée principale.

— Je vous crois sur parole, fit Althene.

— Je vous le dis parce que je ne suis jamais venu ici, madame. J'espère que je trouverai le bon chemin.

— J'en suis certaine.

— Je vous laisserai là et je retournerai à mes fonctions officielles, déclara-t-il. Il n'y a personne dans le pavillon, mais l'entrée sur le devant, m'at-on dit, sera ouverte.

— Je vois. M. Tennyson m'attend ? »

L'officier de police sembla hésiter.

« Il sera là sous peu. Il vous reconduira bien entendu.

— Bien entendu. Dites-moi, est-ce M. Tennyson qui vous donne les ordres ?

— Ces instructions-là, oui. Pas les autres. Elles viennent du premier conseiller, par l'intermédiaire du préfet de police.

— Le premier conseiller ? Le préfet de police ? Sont-ce des amis de M. Tennyson ?

— Je le suppose, madame. Comme je vous l'ai dit, M. Tennyson doit être quelqu'un de très important. Oui, je pense qu'ils sont amis.

— Vous pas ? »

L'homme éclata de rire.

« Moi ? Oh ! non, madame ! Nous n'avons eu qu'une brève entrevue. Il s'agit d'une protection spéciale accordée par la municipalité.

— Je vois. Pensez-vous que vous puissiez étendre ce privilège à ma personne ? demanda

Althene en ouvrant ostensiblement son sac à main. Confidentiellement.

— Cela dépend, madame...

— Il vous suffira de téléphoner à une amie qui pourrait s'inquiéter à mon sujet. J'ai oublié de l'appeler de la gare.

— Volontiers, répondit l'officier. En tant qu'amie de M. Tennyson, je présume que vous êtes également un visiteur important pour la ville de Genève.

— Je vais vous donner son numéro. Une jeune femme vous répondra. Dites-lui très exactement où vous m'avez conduite. »

La maison d'hôtes était haute de plafond, les murs ornés de tapisseries. Elle contenait des meubles français d'époque qui venaient de l'annexe d'un château de la vallée de la Loire.

Althene s'assit dans un grand fauteuil, le pistolet appartenant à Yakov Ben-Gadiz calé entre le coussin et la base du bras. Cela faisait cinq minutes que l'officier de police avait quitté les lieux. A présent, elle attendait Johann von Tiebolt.

Il lui faudrait maîtriser une irrésistible envie de tirer lorsque celui-ci franchirait le seuil du pavillon. S'il y avait le moindre renseignement à glaner, il n'était pas question de ne pas en profiter. Peut-être y aurait-il une possibilité de le transmettre à l'Israélien ou à la fille. D'une façon ou d'une autre...

Il était arrivé. Le ronronnement d'un moteur en était la preuve. Elle avait entendu ce puissant engin quelques heures auparavant, à l'arrêt, sur une autoroute déserte, au-dessus du lac de Genève. Elle avait regardé, à travers les arbres, cet homme blond qui était en train de tuer. Comme il avait tué, un peu plus tard, à la Piste Médoc. Ce serait un privilège que d'être la cause de sa mort. Elle effleura la crosse de son arme, sûre de ses intentions.

La porte s'ouvrit, et un homme grand, avec des cheveux blonds et brillants et des traits burinés, pénétra dans la pièce. Il referma la porte. Il se déplaçait en souplesse dans la lumière douce, indirecte.

« Madame Holcroft, comme c'est gentil à vous d'être venue.

— C'est moi qui vous ai demandé cette entrevue. C'est très aimable à vous de l'avoir rendue possible. Les précautions que vous avez prises sont fort louables.

— Vous semblez croire qu'elles étaient nécessaires.

— Aucun véhicule n'a pu nous suivre depuis la gare ?

— Non. Nous sommes seuls.

— C'est une maison agréable. Mon fils la trouverait intéressante. En tant qu'architecte, il penserait certainement que c'est le parfait exemple de ceci ou de cela, et détaillerait les diverses influences dont elle est le reflet.

— C'est probable. Son esprit fonctionne de cette façon.

— Oui, fit Althene en souriant. Il lui arrive de marcher dans la rue et de s'arrêter brusquement pour lever les yeux vers une fenêtre ou une corniche parce qu'il a remarqué un détail que les autres ne voient pas. Il adore son métier. Je n'ai jamais su d'où lui venait cette passion. Je n'ai aucun talent dans ce domaine, et son défunt père était banquier. »

L'homme blond était immobile.

« Les deux pères avaient des rapports avec l'argent.

— Vous êtes donc au courant ? demanda Althene.

— Bien sûr. C'est le fils d'Heinrich Clausen. Le moment est venu de cesser de nous mentir, madame Holcroft.

— Je savais que vous mentiez, Herr von Tiebolt, mais je n'étais pas certaine que vous saviez que je mentais.

— Pour être franc, jusqu'aujourd'hui, je n'en savais rien. Si votre but était de me tendre un piège, je suis désolé d'avoir fait échouer votre projet. Cela dit, je suis sûr que vous étiez consciente du risque que vous couriez.

— Oui.

— Pourquoi l'avez-vous pris ? Vous avez certainement songé aux conséquences.

— Oui. Mais j'ai considéré qu'il était loyal de vous faire connaître aussi les conséquences de ce que je viens de faire. Alors peut-être pourrons-nous trouver un compromis.

— Vraiment ? Et qu'y aurait-il dans ce compromis ?

— Abandonner Genève. Démanteler Wolfs-schanze.

— C'est tout ? » Le blond sourit. « Vous êtes folle.

— Et si je vous disais que j'ai écrit une très longue lettre pour raconter tous les détails d'un mensonge avec lequel j'ai vécu trente ans, une lettre dans laquelle j'identifie les protagonistes et leur stratégie, avec les noms, les familles et les banques concernés ?

— Vous détruiriez votre fils.

— Il serait le premier à m'approuver, s'il était au courant. »

Von Tiebolt croisa les bras.

« Vous dites : Et si je vous disais... à propos de cette lettre. A présent que vous m'en avez parlé, je crains bien que vous n'ayez écrit sans rien savoir de toute cette affaire. La loi a été scrupuleusement respectée, et les quelques malheureux faits dont vous affirmez avoir eu connaissance seront considérés comme le délire d'une vieille femme qui fait l'objet d'une surveillance officielle depuis très longtemps. Tout cela n'a aucun sens. Vous n'avez jamais écrit pareille lettre.

— Vous n'en savez rien.

— Je vous en prie, dit von Tiebolt. Nous avons la copie de votre correspondance, de chaque testament, de tous les documents légaux que vous avez signés ainsi que le contenu de tous les coups de téléphone que vous avez donnés ces cinq dernières années.

— Quoi ?

— Il y a un dossier au F.B.I. qui a pour code « Mère Goddamn ». C'est l'un de ceux qui ne seront jamais dévoilés malgré la loi sur la liberté de l'information, parce qu'il concerne la sécurité nationale. Personne ne sait pourquoi, mais c'est ainsi, et cela permet certains écarts. Ce dossier est également dans les archives de la C.I.A., des services secrets militaires et dans les banques de données de l'armée G-2. » Von Tiebolt sourit à nouveau. « Nous sommes partout, madame Holcroft. Vous comprenez ? Il fallait que vous le sachiez avant de quitter ce monde. Si vous restiez ici, cela ne changerait rien. Vous ne pouvez pas nous arrêter. Personne ne le peut.

— Vous cesserez vos activités parce que vous ne proférez que des mensonges. Et quand le mensonge ne suffit pas, vous tuez. Ça a toujours été votre politique.

— Les mensonges sont des palliatifs. La mort est souvent la solution de problèmes agaçants qui entravent la marche du progrès.

— Les problèmes sont des gens.

— Toujours.

— Vous êtes l'homme le plus méprisable que je connaisse. Vous êtes un fou ! »

Le tueur blond plongea la main dans la poche de sa veste.

« Vous me rendez la tâche agréable, dit-il en sortant un pistolet. Une autre femme m'a déjà dit ces mots. Elle n'était pas moins entêtée que vous. Je lui ai tiré une balle dans la tête à travers la vitre d'une voiture. La nuit. A Rio de Janeiro. C'était ma mère. Elle me traitait de fou, méprisait notre œuvre. Elle n'a jamais compris la beauté, la nécessité de notre cause. Elle a essayé de s'en mêler. »

Il leva son arme.

« Quelques vieillards, amants dévoués de cette putain, m'ont soupçonné de l'avoir tuée et, avec la faiblesse qui les caractérisait, ont tenté de me faire inculper. Vous imaginez ça ? Me faire inculper ! Cela semble si officiel ! Ce qu'ils n'avaient pas saisi, c'était que nous contrôlions les tribunaux. Personne ne peut nous arrêter.

— Noël vous arrêtera ! cria Althene en approchant sa main de l'arme dissimulée à côté d'elle.

— Votre fils sera mort dans un jour ou deux. Et même si nous ne le tuons pas, d'autres s'en chargeront. Il a laissé derrière lui une traînée de meurtres qu'il ne pourra jamais effacer. Un ancien membre des services secrets britanniques a été étranglé à New York. C'est à votre fils qu'il a parlé en dernier. Un homme nommé Graff a été tué à Rio. Votre fils l'avait menacé. Un ingénieur des travaux publics est mort cette nuit, aux Caraïbes, également étranglé. Il retransmettait des messages confidentiels à Noël Holcroft, de Rio à Paris. Demain matin, un détective new-yorkais, du nom de Miles sera poignardé dans la rue. Le dossier qui l'obsédait a été quelque peu modifié, mais pas son sujet : Noël Holcroft. En fait, pour sa propre tranquillité d'esprit, il vaudrait mieux que nous tuions Noël. La vie n'est plus possible pour lui. »

Von Tiebolt leva son arme un peu plus haut, tendit le bras et visa la tête de la vieille dame.

« Vous voyez, madame Holcroft, vous ne pouvez plus nous arrêter. Nous sommes partout. »

Althene se retourna brusquement dans son fauteuil, en cherchant à saisir son revolver.

Johann von Tiebolt fit feu, une fois, deux fois, trois fois.

Yakov Ben-Gadiz remit de l'ordre dans la suite de von Tiebolt, laissa toutes choses dans l'état où il les avait trouvées, aéra les pièces pour qu'il n'y ait plus trace de son effraction.

S'il était en vie, Klaus Falkenheim serait horrifié

par ce que Yakov était en train de faire. *Prenez la liste. Les identités. Une fois que vous aurez les noms, révélez toute l'affaire. Faites interrompre la distribution des millions. Empêchez les* Sonnenkinder *de nuire.* Telles étaient les instructions de Falkenheim.

Mais il y avait une autre solution. Les anciens en avaient discuté à *Har Sha'alav.* Ils n'avaient pas eu le temps de la proposer à Falkenheim, mais leur intention était de le faire. Ils avaient appelé cela l'option d'*Har Sha'alav.*

C'était dangereux, mais faisable.

Prenez la liste et le contrôle des millions. Ne révélez pas l'existence du compte. Volez-le. Utilisez cette immense fortune pour lutter contre les Sonnenkinder. *Partout.*

La stratégie n'avait pas été affinée, car on en savait trop peu. Mais à présent, Yakov en savait assez. Des trois fils qui se présenteraient à la banque, il y en avait un différent des autres.

Au début, Noël Holcroft était le chef de la réussite du pacte de Wolfsschanze. A la fin, il causerait sa perte.

Falkenheim était mort, les anciens d'*Har Sha'alav* aussi. Il ne restait personne. C'était à lui seul de décider.

L'option d'*Har Sha'alav.*

Était-elle réalisable ?

Il le saurait dans les vingt-quatre heures qui suivraient.

Ses yeux examinèrent chaque objet qui se trouvait dans la pièce. Tout était en place, exactement comme avant sa venue. A une exception près : dans sa mallette, il y avait à présent onze pages de noms, ceux des *Sonnenkinder* les plus renommés, les plus puissants, de par le monde. Des hommes et des femmes qui vivaient, en grand secret, le mensonge nazi depuis trente ans.

Plus jamais.

Yakov prit la mallette. Il replacerait les fils sur la face extérieure de la porte et...

Il cessa brusquement de bouger, de penser, et concentra son attention sur l'intrusion qui venait de se produire de l'autre côté de la porte. Il entendit des pas, des pas pressés, étouffés par la moquette mais distincts, des pas qui remontaient le couloir de l'hôtel. Ils se rapprochèrent, s'arrêtèrent brutalement. Puis ce fut le silence, suivi par un bruit de clef dans la serrure. Clef et poignée furent tournées ensemble, frénétiquement. Le loquet intérieur résista. Un poing s'abattit contre la porte, à quelques centimètres de Ben-Gadiz.

« Von Tiebolt ! Laisse-moi entrer ! »

C'était l'Américain. Dans quelques secondes, il enfoncerait la porte.

Kessler rampa jusqu'au lit, s'agrippa au montant et souleva sa grande carcasse. Ses lunettes avaient été éjectées sous le choc de l'attaque d'Holcroft. Il les retrouverait dans quelques minutes mais, pour l'instant, il fallait réfléchir, analyser les mesures à prendre dans l'immédiat.

Holcroft allait se rendre au Royal pour avoir une explication avec Johann. C'était inévitable. Or Johann n'était pas là, et le moment était mal venu pour que l'Américain provoque un esclandre.

Il ne le ferait pas, pensait Kessler en souriant malgré son anxiété. Holcroft était en train de pénétrer dans la suite de von Tiebolt. Une simple clef d'hôtel en commandait l'accès. Une fois à l'intérieur, l'Américain ouvrirait la porte de la chambre. A ce moment précis, il s'évanouirait. Il ne constituait donc pas un problème urgent.

Un antidote et quelques glaçons le ramèneraient suffisamment à la vie pour qu'il participe à la conférence de la banque. On lui donnerait une douzaine d'explications. Encore fallait-il qu'il obtienne la clef de la chambre de Johann.

Les employés du Royal ne la lui donneraient pas sur la requête d'un autre de leurs clients, mais il en irait différemment si c'était le premier conseiller qui le leur demandait. Von Tiebolt était son ami personnel. Il y aurait toujours moyen de s'arranger.

Kessler décrocha le téléphone.

Helden sortit de l'appartement, boitant toujours. Elle tenta d'habituer sa jambe à la douleur, furieuse d'avoir été abandonnée, tout en sachant que c'était la seule solution raisonnable, la seule possible. L'Israélien ne pensait pas que Noël appellerait, mais c'était une éventualité qu'il ne fallait pas écarter. Yakov était convaincu que Noël était enfermé, isolé et tous les messages interceptés. Il y avait quand même une chance infime...

Le téléphone sonna. Helden eut l'impression que le sang allait jaillir de sa gorge. Elle avala sa salive et traversa la pièce pour décrocher le récepteur. Mon Dieu ! Pourvu que ce soit Noël !

C'était une voix inconnue, celle de quelqu'un qui refusait de décliner son identité.

« Mme Holcroft a été conduite dans un pavillon, à l'intérieur d'une propriété située à treize kilomètres au sud de la ville. Voici les indications nécessaires. »

Il les dicta. Helden les nota. Quand il eut terminé, l'étranger ajouta :

« Il y a un garde devant l'entrée principale. Il a un chien d'attaque. »

Yakov ne pouvait pas laisser Holcroft frapper et hurler plus longtemps. Le bruit risquait d'attirer l'attention sur eux.

L'Israélien tourna le loquet et s'aplatit contre le mur. La porte s'ouvrit brusquement. La silhouette du grand Américain apparut dans l'embrasure. Il se rua dans la pièce, les bras tendus devant lui, comme pour repousser un assaillant...

« Von Tiebolt ! Où êtes-vous ? »

De toute évidence, Holcroft était surpris par

l'obscurité. Ben-Gadiz avança silencieusement sur le côté, le flash dans la main. Il parla rapidement, deux phrases sans reprendre son souffle.

« Von Tiebolt n'est pas là, et je ne vous veux aucun mal. Nous ne sommes pas des adversaires. »

Holcroft se retourna, les mains en avant.

« Qui êtes-vous ? Que diable faites-vous ici ? Allumez la lumière.

— Non ! Écoutez-moi. »

L'Américain fit un pas, l'air furieux. Yakov appuya sur le bouton du flash. L'onde verte se posa sur Holcroft qui dut se protéger les yeux.

« Éteignez ça !

— Non. Écoutez-moi d'abord. »

Holcroft lança son pied droit, qui toucha le genou de Ben-Gadiz. Noël se jeta sur lui, les yeux fermés. Ses mains empoignèrent le corps de l'Israélien.

Yakov se recroquevilla et donna un coup d'épaule dans la poitrine de l'Américain. Rien ne pouvait arrêter Holcroft. Son genou atteignit Ben-Gadiz à la tempe et son poing s'écrasa sur son visage.

Il fallait éviter toute blessure, toute trace de sang sur le sol. Yakov lâcha la lampe et s'agrippa au bras de l'Américain. La force d'Holcroft le surprit. Il parla aussi fort que possible.

« Vous devez m'écouter. Je ne suis pas votre ennemi. J'ai des nouvelles de votre mère. J'ai une lettre d'elle. Elle était avec moi. »

L'Américain se débattit, essayant de se dégager.

« Qui êtes-vous ?

— Nachrichtendienst ! » murmura Ben-Gadiz.

En entendant ce nom, Holcroft se déchaîna. Ses bras et ses jambes donnèrent des coups à droite et à gauche. Il était impossible de les repousser.

« Je vais vous tuer... »

Yakov n'avait pas le choix. Il se redressa brutalement au milieu des coups et pointa ses doigts sur le cou de l'Américain. Ses pouces s'enfoncèrent dans les veines principales de sa gorge raide. Au toucher, il trouva un nerf qu'il pressa de toutes ses forces. Holcroft perdit connaissance.

Noël ouvrit les yeux dans une demi-obscurité. A l'angle du mur, il aperçut un rayon de lumière verte, celle qui l'avait aveuglé un peu plus tôt. Le souvenir de cette scène violente lui revint aussitôt en mémoire.

Il était plaqué au sol, un genou contre son épaule, le canon d'un revolver contre sa tempe. Sa gorge le faisait atrocement souffrir, mais il continuait à se tordre, essayant de se relever, de s'éloigner de cette arme. Son cou ne pouvait plus supporter pareille tension. Il retomba en arrière et entendit le profond soupir de l'homme qui se tenait au-dessus de lui.

« Que les choses soient claires : si j'étais votre ennemi, je vous aurais tué. Vous comprenez ?

— Vous êtes mon ennemi, répondit Noël, à peine capable d'articuler, les muscles de la gorge meurtris. Vous avez dit que vous apparteniez au Nachrichtendienst. L'ennemi de Genève... mon ennemi !

— L'ennemi de Genève, absolument, mais pas le vôtre !

— Vous mentez !

— Réfléchissez ! Pourquoi n'ai-je pas appuyé sur cette détente ? Tout est interrompu... pour Genève, pour vous. Les fonds ne sont pas transférés. Si je suis votre adversaire, qu'est-ce qui m'empêche de vous faire sauter la cervelle ? Je ne peux pas vous utiliser comme otage. Ce serait inutile. Il faut que vous soyez ici. Je n'aurais aucun avantage à vous laisser en vie... si j'étais votre ennemi. »

Holcroft essayait de comprendre le sens de ces paroles, sans y parvenir. Il désirait seulement échapper à cet homme qui le retenait prisonnier.

« Que voulez-vous ? Où est ma mère ? Vous dites que vous avez une lettre.

— Commençons par le commencement. Premièrement, je veux sortir d'ici. Avec vous. Avec vous, nous pouvons accomplir ce que Wolfsschanze n'aurait jamais cru possible.

— Wolfsschanze... ? Accomplir quoi ?

— Faire jouer la loi en notre faveur. Réparer.

— Je ne sais pas qui vous êtes, mais vous avez perdu la raison.

— C'est l'option d'*Har Sha'alav*. Contrôler les millions. Lutter contre eux. Partout. Je suis prêt à vous donner la seule preuve dont je dispose. »

Yakov Ben-Gadiz éloigna le pistolet de la tempe d'Holcroft.

« Voici mon arme. »

Il la tendit à Holcroft.

Noël examina le visage de l'inconnu, dans l'ombre bizarre que formait la macabre lueur verte. Les yeux qui le fixaient étaient ceux d'un homme qui disait la vérité.

« Aidez-moi à me relever, fit-il. Il y a un escalier de service. Je connais le chemin.

— Il faut d'abord que nous rangions tout ce qui a été déplacé. Tout doit avoir repris son aspect habituel. »

Rien n'est plus comme avant...

« Où allons-nous ?

— Dans un appartement de la rue de la Paix. La lettre y est. La fille aussi.

— La fille ?

— La sœur de von Tiebolt. Il la croit morte. Il a ordonné qu'on l'élimine.

— Helden ?

— Plus tard. »

45

Ils sortirent de la ruelle en courant et descendirent la rue des Granges avant de se diriger vers la voiture de l'Israélien. Ils pénétrèrent à l'intérieur,

Ben-Gadiz se mit au volant. Holcroft se tenait la gorge. Il pensait avoir les veines rompues tant la douleur était forte.

« Vous ne m'avez pas laissé le choix, dit Yakov qui avait remarqué la souffrance d'Holcroft.

— Vous n'avez pas fait de même, répliqua Noël. Vous m'avez donné votre arme. Comment vous appelez-vous ?

— Yakov.

— Quelle est l'origine de ce nom ?

— Hébraïque... Jacob, pour vous. Ben-Gadiz.

— Ben quoi ?

— Gadiz.

— Espagnol ?

— Séfarade, dit Yakov qui descendit la rue à toute allure, franchit le croisement et prit la direction du lac. Ma famille a émigré à Cracovie au début du XIXe siècle. »

Yakov tourna brusquement sur la droite, vers une petite place qui sembla inconnue à Holcroft.

« Je pensais que vous étiez le frère de Kessler, fit Holcroft. Le médecin de Munich.

— Je n'ai jamais entendu parler de ce médecin.

— Il est quelque part dans cette ville. Quand je suis allé au Royal, on m'a donné la clef de von Tiebolt à la réception, puis on m'a demandé si je voulais parler à Hans Kessler.

— En quoi cela me concerne-t-il ?

— Le réceptionniste savait que les Kessler et von Tiebolt dînaient ensemble dans la suite de Johann. Il pensait que le frère de Kessler y était encore.

— Attendez une minute ! l'interrompit Yakov. Le frère est un homme trapu ? Petit ? Costaud ?

— Je n'en ai pas la moindre idée. C'est possible. Kessler a dit qu'il était joueur de football.

— Il est mort. C'est votre mère qui nous l'a appris. Von Tiebolt l'a tué. Il a été blessé par votre ami Ellis. Il ne pouvait plus le soutenir. »

Noël regarda l'Israélien, incrédule.

« Vous voulez dire que c'est lui qui a fait ça à Willie, qui l'a poignardé comme ça ?

— Ce n'est qu'une supposition.

— Mon Dieu ! Parlez-moi de ma mère. Où est-elle ?

— Plus tard.

— Non, maintenant.

— Il y a une cabine téléphonique. Il faut que j'appelle l'appartement. Helden s'y trouve. »

Ben-Gadiz se gara le long du trottoir.

« J'ai dit tout de suite ! »

Holcroft pointa son arme sur Yakov.

« Si vous décidez de me tuer maintenant, dit ce dernier, c'est que je le mérite et vous aussi. Je vais vous demander de téléphoner vous-même, mais nous n'avons pas le temps de nous laisser aller à l'émotion.

— Nous avons tout le temps, répliqua Noël. On peut reporter la réunion de la banque.

— La banque ? La Grande Banque de Genève ?

— A neuf heures, ce matin.

— Mon Dieu ! »

Ben-Gadiz saisit l'épaule d'Holcroft et baissa le ton. C'était la voix d'un homme qui défendait quelque chose de plus important que sa propre vie.

« Laissez une chance à l'option d'*Har Sha'alav*. Une telle occasion ne se reproduira plus. Faites-moi confiance. J'ai tué trop de gens et j'aurais pu vous tuer il y a vingt minutes. Nous devons à chaque instant savoir où nous en sommes. Helden a peut-être appris quelque chose. »

Noël examina de nouveau son visage.

« Appelez-la. Dites-lui que je suis ici et que j'exige des explications de vous deux. »

Ils roulaient vite sur cette petite route de campagne, au-delà des grilles de la propriété. Le conducteur comme le passager ne prêtaient guère attention aux aboiements d'un chien furieux d'avoir été perturbé dans son sommeil par le bruit d'une voiture de course. Il y eut un virage sur la gauche. Yakov descendit progressivement, en roue libre, avant de s'arrêter sur le bas-côté, dans un sous-bois.

« Les chiens remarquent les moteurs qui s'arrêtent trop vite. Un decrescendo est plus difficile à appréhender.

— Vous êtes musicien ?

— J'ai été violoniste.

— Un bon ?

— Orchestre symphonique de Tel-Aviv.

— Qu'est-ce qui vous a poussé à...

— J'ai trouvé un travail qui me convenait mieux, l'interrompit Ben-Gadiz. Sortez vite. Otez votre manteau. Prenez votre arme. Appuyez sur la porte sans faire de bruit. Le pavillon doit être assez loin derrière nous, mais nous le trouverons. »

En bordure du terrain, il y avait un épais mur de brique, surmonté d'une rangée de fils de fer barbelés et torsadés. Yakov grimpa à un arbre pour examiner le dispositif.

« Il n'y a pas de signal d'alarme, dit-il. Les petits animaux le déclencheraient trop souvent. Mais c'est très touffu. La torsade de fils barbelés a presque soixante centimètres de large. Nous serons obligés de sauter. »

L'Israélien descendit, s'accroupit tout près du mur et lui fit la courte échelle.

« Montez », ordonna-t-il à Noël.

Il était impossible d'éviter les barbelés au sommet du mur. Il n'y avait aucun espace libre sur le rebord.

En s'étirant, Holcroft parvint à poser son orteil gauche sur le bord, puis il bondit, franchit l'énorme torsade et retomba brutalement sur le sol. Sa veste était restée accrochée, ses chevilles avaient été labourées et ses tibias griffés. Si l'inconnu avait bien renseigné Helden, ils devaient être à quelques centaines de mètres d'Althene.

En haut du mur, la silhouette de l'Israélien ressemblait à un grand oiseau dans le ciel nocturne. Il sauta par-dessus les barbelés et retomba sur le sol. Il roula comme le font les acrobates pour amortir

leur chute, et se redressa d'un bond à côté de Noël.
Il leva son poignet pour regarder sa montre.

« Il est presque six heures. Il fera bientôt jour.
Dépêchez-vous. »

Ils s'enfoncèrent dans la forêt, écartant les
branches, passant au-dessus des feuillages emmê-
lés jusqu'à ce qu'ils trouvent le chemin boueux qui
menait à la maison d'hôtes. Au loin, ils aperçurent
une faible lueur qui filtrait au travers des fenêtres
opaques.

« Arrêtez ! dit Ben-Gadiz.

— Quoi ? »

La main de Yakov se posa sur l'épaule de Noël.
L'Israélien s'effondra sur lui, et Holcroft tomba sur
le sol.

« Que faites-vous ?

— Pas de bruit. Il y a des gens dans la maison. »

Noël bondit à travers les herbes pour voir ce qui
se passait dans le pavillon qui n'était plus qu'à une
centaine de mètres. Il ne remarqua aucun mouvement, aucune silhouette devant les fenêtres.

« Je ne vois personne.

— Observez les lumières. Elles ne sont pas
stables. Quelqu'un se déplace devant les lampes. »

Holcroft fit aussitôt la même constatation que
Ben-Gadiz. Il y avait de subtils changements
d'ombres. Un œil normal, surtout celui d'un
homme qui court impatiemment, ne les aurait pas
remarqués, mais ils étaient réels.

« Vous avez raison, murmura-t-il.

— Venez, dit Yakov. Nous allons couper à travers bois et nous rapprocher sur le côté. »

Ils retournèrent dans la forêt et en ressortirent à
la lisière d'un petit parcours de croquet. L'herbe et
les arceaux étaient glacés et rigides dans la nuit
hivernale. Au-delà du terrain plat apparaissaient
les fenêtres de la maison.

« Je vais traverser en courant et je vous ferai
signe quand vous pourrez me suivre, murmura
Yakov. Souvenez-vous, pas de bruit. »

L'Israélien traversa la pelouse au pas de charge

et s'accroupit près d'une fenêtre. Lentement, il se redressa et regarda à l'intérieur. Noël fléchit les genoux, prêt à bondir hors des branchages.

Le signal ne vint pas. Ben-Gadiz restait immobile à côté de la fenêtre, sans lever la main. Que se passait-il ? Pourquoi ne lui faisait-il pas signe ?

Holcroft était las d'attendre. Il partit comme une flèche.

L'Israélien se tourna vers lui, les yeux brillants de colère.

« Allez-vous-en ! murmura-t-il.

— Qu'est-ce que vous dites ? Elle est à l'intérieur ! »

Ben-Gadiz saisit les épaules d'Holcroft et le repoussa.

« Reculez ! Il faut que vous partiez !

— Sûrement pas ! »

Noël fit tournoyer ses bras pour se dégager de l'emprise de l'Israélien. Il sauta jusqu'à la fenêtre et regarda à l'intérieur.

L'univers s'embrasa. Sa tête lui sembla éclater. Il essaya de crier mais ne le put. C'était l'horreur, pure, crue, au-delà des sons, au-delà de toute raison.

Dans la pièce faiblement éclairée, il aperçut le corps de sa mère qui, dans la mort, avait épousé la forme arrondie du dossier du fauteuil sur lequel elle s'était écroulée en diagonale. Son beau visage gracieux était strié de sang, rouges ruisseaux sur sa chair ridée.

Noël leva les mains, les bras. Tout son être était sur le point d'exploser. Il sentit l'air sur sa peau. Son poing partit brusquement en direction de la vitre.

Il ne l'atteignit jamais. Un bras s'enroula autour de son cou, une main se posa sur sa bouche. Ces deux tentacules géants lui tiraient douloureusement la tête en arrière. Ses pieds quittèrent le sol, sa colonne vertébrale se creusa, ses jambes vacillèrent quand on le projeta contre la terre. On lui enfonça le visage dans la boue jusqu'à ce qu'il ne puisse plus respirer. Une douleur aiguë lui transperça la gorge, et la brûlure réapparut.

Il se déplaçait sans savoir comment ni pourquoi. Les branches lui giflaient la face, des mains lui martelaient le dos, le poussant en avant dans l'obscurité. Il ne se rendit pas compte du temps que dura ce chaos. Enfin il y eut le mur de pierre. Quelqu'un lui aboyait des ordres à l'oreille.

« Montez ! Au-dessus des barbelés ! »

Il reprit peu à peu ses esprits. Il sentit les pointes de métal qui lui écorchaient la peau, qui déchiraient ses vêtements. Puis on le traîna sur une surface dure. Il vint heurter la portière d'une voiture.

Il se retrouva sur le siège et jeta un coup d'œil à travers le pare-brise. L'aube se levait.

Il s'assit dans un fauteuil, anéanti, paralysé, et se mit à lire la lettre d'Althene.

Très cher Noël,

Nous ne nous reverrons probablement plus mais, je t'en supplie, ne me pleure pas. Plus tard, peut-être, mais pas maintenant. Tu n'en as pas le temps.

Je fais ce que je dois faire pour la simple raison que c'est nécessaire et qu'il est logique que ce soit moi qui le fasse. Même s'il y avait quelqu'un d'autre, je ne suis pas certaine que je lui aurais permis d'accomplir ce qui m'était destiné.

Je ne m'étendrai pas sur le mensonge pour lequel j'ai vécu pendant plus de trente ans. Mon nouvel ami, M. Ben-Gadiz, te l'expliquera. Qu'il me suffise de te dire que je n'étais pas consciente de ce mensonge ni, le Ciel m'en est témoin, du terrible rôle que tu serais appelé à jouer.

Je suis d'un autre âge, d'un temps où l'on reconnaissait ses dettes, où l'honneur n'était pas tenu pour un anachronisme. Je paie mes dettes de mon plein gré et dans l'espoir qu'un vestige d'honneur puisse être restauré.

Si nous nous revoyons, sache que tu m'as apporté une grande joie dans la vie. S'il fallait une preuve que nous valons mieux que nos origines, tu serais cette preuve.

Je tiens à ajouter un mot sur ton amie Helden. Je la considère comme la charmante fille que j'aurais pu avoir. Je l'ai lu dans ses yeux, dans sa force. Je ne l'ai vue que quelques heures, quand elle m'a sauvé la vie, prête à sacrifier la sienne. Il est vrai que nous percevons toute notre vie en un moment de lucidité. Ce moment était venu pour moi. Elle a toute mon affection.

Dieu te garde, mon Noël !

Avec tout mon amour,
Althene.

Holcroft leva les yeux vers Yakov qui se tenait devant la fenêtre de l'appartement et regardait la lumière grise du petit matin.

« Qu'est-ce qu'elle ne voulait pas laisser aux autres ? demanda-t-il.

— La rencontre avec mon frère », répondit Helden, à l'autre extrémité de la pièce.

Noël serra les poings et ferma les yeux.

« Ben-Gadiz m'a dit qu'il avait donné l'ordre de te tuer.

— Oui. Il a fait tuer beaucoup de gens. »

Holcroft se tourna vers l'Israélien.

« Ma mère m'a écrit que vous m'expliqueriez ce mensonge.

— Je laisse Helden le faire. Je suis au courant de cette histoire, mais elle en connaît tous les aspects.

— C'est pour cela que tu es allée à Londres ? demanda Noël.

— C'est pour cela que j'ai quitté Paris, répondit-elle. Mais ce n'était pas pour me rendre à Londres, mais dans un petit village sur le lac de Neuchâtel. »

Elle lui raconta l'histoire de Werner Gerhardt, de Wolfsschanze, de la médaille et de ses deux faces. Elle essaya de se rappeler chaque détail que lui avait donné ce qui restait du Nachrichtendienst.

Quand elle eut terminé, Holcroft quitta son fauteuil.

« De bout en bout, j'ai donc servi de potiche dans ce mensonge. Pour l'autre face de Wolfsschanze.

— Vous êtes les numéros du code qui ouvre les coffres-forts des *Sonnenkinder*, dit Ben-Gadiz. Vous étiez celui qui tournait les lois en leur faveur. Des fonds aussi énormes ne pouvaient pas sortir de terre sans une structure. La chaîne des légalités doit être consolidée, sinon elles sont menacées. Wolfsschanze ne pouvait pas se le permettre. Ce fut une brillante escroquerie. »

Noël fixa le mur près de la porte de la chambre. Il regarda le papier peint faiblement éclairé, les silhouettes obscures qui formaient une suite de cercles concentriques. La lumière tamisée — ou son reflet mouvant — les faisait tourner à une vitesse étourdissante. Des taches noires disparaissaient pour réapparaître en cercles plus larges. Des cercles trompeurs. Il n'y avait pas une ligne droite de vérité. Uniquement des mensonges !

Il entendit le cri qui sortit de sa gorge et sentit ses mains sur le mur, qui le martelaient furieusement, avec la seule volonté de détruire ces terribles cercles.

D'autres mains le touchèrent, des mains douces.

Dans sa souffrance, un homme avait crié vers lui. Et cet homme était faux.

Qui était-il ? Qu'avait-il fait ?

Des larmes embuèrent ses yeux, et il savait que c'était parce que les cercles devenaient des taches floues, des dessins sans signification. Helden le soutenait, approchait son visage du sien. Ses doigts chassèrent ses larmes.

« Mon chéri, mon seul amour...

— Je... le... tuerai ! »

Il entendit de nouveau son propre cri, l'horrible conviction de ses propres mots.

« Vous le ferez », répondit une voix qui résonna comme un écho dans son esprit, forte, vibrante. Elle appartenait à Ben-Gadiz qui avait repoussé

Helden et l'avait retourné en lui plaquant les épaules contre le mur.

« Vous le ferez ! »

Noël essaya de fixer son regard brûlant, de contrôler son tremblement.

« Vous avez voulu m'empêcher de la voir.

— Je savais que je ne le pourrais pas, dit Yakov avec calme. Je l'ai su dès que vous vous êtes jeté en avant. J'ai suivi un entraînement comme peu de gens sur cette terre, mais il y a en vous quelque chose d'extraordinaire. Je n'aime pas faire ce genre de spéculation, mais je suis heureux que nous ne soyons pas ennemis.

— Je ne vous comprends pas.

— Je vous offre l'option d'*Har Sha'alav*. Cela exigera de vous la plus grande discipline. Je serai franc. Je ne pourrais pas le faire, vous le pourrez peut-être.

— De quoi s'agit-il ?

— De participer à la réunion de la banque, avec les assassins de votre mère, avec l'homme qui a ordonné la mort d'Helden et celle de Richard Holcroft. Lui faire front. Leur faire front. Signer les papiers.

— Vous avez perdu la raison ! Vous êtes complètement dingue !

— Pas du tout. Nous avons étudié le droit. On vous demandera de signer une renonciation. Dans l'éventualité de votre décès, vous abandonnerez tous vos droits et vos privilèges aux cohéritiers. Si vous le faites, vous signerez votre arrêt de mort. Signez-la. Ce ne sera pas votre arrêt de mort, mais le leur ! »

Noël regarda les yeux sombres et implorants de Yakov. Elle était de nouveau là : la ligne droite de la vérité. Ils restèrent tous silencieux. Lentement Holcroft commença à retrouver le sang-froid qu'il avait perdu. Ben-Gadiz lui lâcha les épaules. L'équilibre était revenu.

« Ils vont me chercher, dit Noël. Ils pensent que je me suis rendu dans la chambre de von Tiebolt.

551

— Vous y êtes allé. Il n'y avait plus de fils dans la porte. Vous avez constaté qu'il n'y avait personne et vous êtes reparti.

— Où suis-je allé ? Ils voudront le savoir.

— Vous connaissez bien la ville ?

— Pas vraiment.

— Dans ce cas, vous avez pris un taxi, vous avez longé le rivage, vous vous êtes arrêté une douzaine de fois devant les jetées et les marinas, à la recherche de quelqu'un qui aurait pu voir votre mère. C'est plausible. Ils penseront que vous étiez paniqué.

— Il est presque sept heures et demie, dit Noël. Je n'ai plus qu'une heure et demie. Je rentre à l'hôtel. Nous nous retrouverons après le rendez-vous à la banque.

— Où ? demanda Yakov.

— Prenez une chambre à l'Excelsior au nom d'un couple marié. Soyez-y après neuf heures et demie, mais bien avant midi. Je serai au 411. »

Il se tenait devant la porte de l'hôtel. Huit heures trois. Il entendit des voix en colère à l'intérieur. Von Tiebolt dominait toutes les conversations. Son ton était incisif, presque violent.

La violence. Holcroft respira profondément et se força à repousser les forces instinctives qui prenaient possession de lui. Il ferait face à l'homme qui avait tué sa mère et son père. Il le regarderait droit dans les yeux sans trahir sa rage.

Il frappa à la porte, heureux que sa main ne tremble pas.

La porte s'ouvrit et il fixa l'assassin aux cheveux blonds, l'assassin de ceux qu'il aimait.

« Noël ! Où étiez-vous passé ? Nous vous avons cherché partout.

— Moi aussi », dit Holcroft.

S'il ne lui était pas difficile de feindre l'inquiétude, il lui était quasi impossible de dominer son indignation.

« J'ai passé la nuit à la chercher. Je ne l'ai pas trouvée. Je ne pense pas qu'elle soit parvenue jusqu'ici.

— Nous continuerons les recherches, fit von Tiebolt. Prenez du café. Nous allons bientôt nous rendre à la banque, et tout sera fini.

— Oui, n'est-ce pas ? » dit Noël.

Tous trois prirent place du même côté de la table de conférence, Holcroft au centre, Kessler à sa gauche, von Tiebolt à sa droite. En face d'eux se trouvaient les deux directeurs de la Grande Banque de Genève.

Chacun avait en face de lui une pile bien ordonnée de papiers officiels, tous identiques et classés dans le même ordre. Les regards parcoururent les textes tapés à la machine, les pages furent tournées, et plus d'une heure passa avant que le précieux document ne fût lu dans son intégralité.

Il ne restait plus que deux chapitres du dossier. Les pages de couverture étaient bordées de bleu marine. Le directeur qui se trouvait sur la gauche prit la parole.

« Comme vous en êtes certainement conscients, avec un compte de cette ampleur et les objectifs consignés ici, la Grande Banque de Genève ne peut pas légalement assumer la responsabilité des débours une fois que les fonds seront débloqués, et ne seront donc plus sous notre contrôle. Le document est extrêmement précis quant à la charge de la responsabilité. Celle-ci est également divisée entre les trois participants. Par conséquent, la loi exige que chacun de vous cède ses droits et privilèges à ses cohéritiers au cas où il viendrait à décéder le premier. Ces droits et privilèges ne sauraient cependant affecter les legs individuels. Ceux-ci seront ajoutés à vos avoirs en cas de décès. — Le directeur remit ses lunettes. — Je vous demande de lire les feuillets que vous avez devant vous pour vérifier qu'ils sont bien conformes à ce que je viens d'exposer, et d'apposer vos signatures en présence les uns des autres. Vous échangerez ensuite vos papiers pour que toutes les signatures apparaissent sur chaque exemplaire. »

La lecture fut rapide. On parapha et on échangea les documents. En tendant sa feuille signée à Kessler, Noël prit la parole d'un air décontracté.

« Il y a une chose que j'ai oublié de vous demander, Erich. Où est votre frère ? Je pensais qu'il serait ici, à Genève.

— Au milieu de toute cette agitation, j'ai omis de vous en parler, fit Kessler, souriant. Hans a été retenu à Munich. Je suis sûr que nous le verrons à Zurich.

— A Zurich ? »

Le savant jeta un coup d'œil à von Tiebolt.

« Eh bien, oui, à Zurich. N'avions-nous pas prévu de nous y rendre lundi matin ? »

Noël se tourna vers l'homme blond.

« Vous ne m'en aviez rien dit.

— Nous n'en avons pas eu le temps. Lundi ne vous convient pas ?

— Si, tout à fait. D'ici là, j'aurai peut-être des nouvelles d'elle.

— De qui ?

— De ma mère. Ou même d'Helden. Elle devrait m'appeler.

— Oui. Bien entendu. Je suis certain qu'elles parviendront toutes deux à vous joindre. »

Le dernier article du dossier était la renonciation formelle au compte. Un ordinateur avait préalablement été installé. Quand chacun aurait signé, on composerait les numéros du code. Les fonds seraient disponibles et transférés dans une banque de Zurich.

Tous signèrent. Le directeur, qui se trouvait sur la droite, décrocha un téléphone.

« Composez les chiffres suivants sur la banque des données numéro onze. Êtes-vous prêts ?... Six, un, quatre, quatre, deux. Tiret, quatre. Huit, un, zéro, zéro. Tiret, zéro... Répétez, s'il vous plaît. »

Le directeur écouta, puis hocha la tête. « Parfait, merci.

— Est-ce terminé ? demanda son collègue.

— Oui, répondit-il. Messieurs, à partir de cet instant, la somme de sept cent quatre-vingts millions de dollars a été déposée à vos noms, sur un compte commun à la Staats Bank à Zurich. Puissiez-vous avoir la sagesse des prophètes et puissent vos décisions être guidées par Dieu. »

Dehors, dans la rue, von Tiebolt se tourna vers Holcroft.

« Quels sont vos projets, Noël ? Nous devons encore faire attention, vous savez. Le Nachrichtendienst n'acceptera pas cela facilement.

— J'en suis conscient... Des projets ? Je vais continuer à chercher ma mère. Elle est quelque part. Certainement quelque part.

— Je me suis arrangé avec mon ami le premier conseiller pour que nous soyons tous les trois sous la protection de la police. Votre escorte viendra vous chercher à l'Excelsior, la nôtre au Royal. A moins, bien entendu, que vous ne préfériez venir habiter avec nous.

— Ce serait trop compliqué, dit Holcroft. Je suis pour ainsi dire installé. Je vais rester à l'Excelsior.

— Serons-nous à Zurich dans la matinée ? demanda Kessler en laissant à von Tiebolt le soin de décider.

— Il me semble préférable que nous voyagions séparément, dit Holcroft. Si la police n'y voit aucun inconvénient, je m'y rendrai volontiers en voiture.

— Excellente idée, cher ami, répliqua von Tiebolt. La police ne fera aucune objection, et il me paraît sensé de voyager indépendamment les uns des autres. Erich, vous prendrez le train, moi l'avion, et Noël la route. Je vais réserver des chambres au Columbine. »

Holcroft hocha la tête.

« Si je n'ai aucune nouvelle de ma mère ni d'Helden demain, je leur laisserai un mot pour qu'elles puissent me joindre là-bas, dit-il. Je saute dans un taxi. »

Il s'avança vers l'angle de la rue, d'un pas rapide. Une minute de plus et la rage qu'il contenait aurait explosé. Il aurait tué von Tiebolt de ses mains nues.

Johann parlait calmement.

« Il est au courant. De quoi exactement ? Je n'en suis pas certain. Mais il est au courant.

— Comment en être sûr ? demanda Kessler.

— J'en ai eu le pressentiment, puis la certitude. Il nous a parlé d'Hans et accepté sans broncher notre réponse. Il savait qu'il n'était pas resté à Munich, que ce n'était pas vrai. La réceptionniste du Royal lui a proposé de lui passer la chambre d'Hans, hier soir.

— Oh ! mon Dieu...

— Ne vous inquiétez pas. Notre ami américain trouvera la mort sur la route de Zurich. »

46

On attenterait à la vie de Noël, si toutefois ce projet se réalisait, sur la route au nord de Fribourg et au sud de Köniz. Yakov Ben-Gadiz en était persuadé. Il y avait un peu plus de vingt kilomètres, et la circulation était presque inexistante dans les collines, à cette époque de l'année. C'était l'hiver et, bien que le climat fût moins rude que dans les Alpes, les petites chutes de neige étaient fréquentes, et les routes passablement mauvaises, ce qui n'incitait pas les automobilistes à les prendre. Mais Holcroft avait repéré un itinéraire qui évitait les autoroutes et traversait des bourgades dont il voulait découvrir l'architecture.

Il fallait que cela se sût, comme le souligna Yakov. Noël fit part de ses projets à la police qui devait lui fournir une escorte au nord, selon les instructions du premier conseiller. Personne ne tenta de dissuader Holcroft, ce qui accréditait la thèse de l'Israélien.

Yakov fit également quelques suppositions quant à la méthode qui serait employée pour l'éliminer. Ni von Tiebolt ni Kessler ne se trouverait sur place. Chacun serait autre part, et bien en vue. S'il devait y avoir une exécution, elle serait le fait du plus petit nombre d'hommes possible, des tueurs à gages nullement associés à Wolfsschanze. Ceux-ci ne prendraient aucun risque si tôt après la réunion de la Grande Banque de Genève. Les tueurs seraient à leur tour éliminés par les *Sonnenkinder*. Il ne resterait plus aucune piste menant à Wolfs-schanze.

Telle était la stratégie envisagée par Ben-Gadiz. Il fallait donc imaginer un stratagème pour la faire échouer. Stratagème qui permettrait à Noël de parvenir jusqu'à Zurich. C'était la seule chose qui comptât. Une fois à Zurich, ce serait leur tour de mettre en œuvre leur propre stratégie. Il existait une douzaine de façons de tuer dans une grande ville, et Yakov était expert en la matière.

Holcroft pouvait partir, la défense était au point. Il conduisait une lourde automobile, louée chez Bonfils à Genève, l'entreprise de location la plus chère de Suisse, spécialisée dans les voitures originales pour clients non moins originaux. C'était une Rolls-Royce équipée d'un blindage extérieur, de vitres pare-balles et de pneus qui pouvaient supporter des entailles successives.

Helden roulait un kilomètre devant Noël, au volant d'une Renault banale, mais très maniable. Ben-Gadiz suivait, jamais à plus de cinq cents mètres, dans une Maserati, marque répandue dans la riche bourgeoisie genevoise et susceptible d'atteindre des vitesses élevées.

Entre Yakov et Holcroft se trouvait la voiture de

police avec les deux hommes qui devaient assurer la protection de l'Américain. La police n'était au courant de rien.

« On les immobilisera en cours de route, avait dit l'Israélien tandis qu'ils étudiaient tous trois les cartes dans la chambre d'hôtel de Noël. On ne les sacrifiera pas. Cela provoquerait trop d'interrogations. C'est la police légale. J'ai relevé leurs numéros sur leurs casques, et j'ai appelé Litvak. Nous avons vérifié. Ce sont des hommes issus de la caserne centrale du quartier général. C'est leur première année de service. Ils n'ont donc pas énormément d'expérience.

— Ce seront les mêmes demain ?

— Oui. Ils ont pour instruction de vous accompagner jusqu'à ce que la police de Zurich prenne la relève. Ce qui signifie, je suppose, que leur véhicule ne fonctionnera pas bien, qu'ils appelleront leurs supérieurs qui leur diront de retourner à Genève. Les ordres concernant votre protection resteront lettre morte.

— Ils sauveront juste les apparences.

— Exactement. Ils feront tout pour remplir leur objectif. Tant que vous les verrez, vous serez en sécurité. Personne ne tentera rien. »

Ils sont en vue, à présent, pensa Noël en regardant dans le rétroviseur. Il appuya sur les freins de la Rolls-Royce pour amorcer la grande courbe qui descendait sur le versant de la colline. En contrebas, il aperçut la voiture d'Helden à la sortie d'un virage. Dans deux minutes, elle ralentirait pour l'avoir dans son champ de vision avant de reprendre de la vitesse. Cela aussi faisait partie de leur plan. Elle l'avait déjà fait trois minutes auparavant. Toutes les cinq minutes, ils devaient rétablir un contact visuel. Il aurait aimé lui parler. Simplement bavarder... Conversation banale, tranquille... qui n'ait rien à voir avec la mort ou le spectacle de la mort, ni avec les diverses stratégies requises pour l'éviter.

Mais il lui faudrait attendre Zurich. Il y aurait

aussi la mort à Zurich, mais différente de celle qu'avait toujours imaginée Holcroft. Parce que, là, ce serait lui le tueur. Personne d'autre. Personne. Il l'avait exigé. Il regarderait Johann von Tiebolt droit dans les yeux, et lui annoncerait qu'il allait mourir.

Il conduisait trop vite. La colère lui avait fait appuyer sur l'accélérateur. Il ne fallait pas mâcher la besogne à von Tiebolt. Il commençait à neiger et la descente était glissante.

Yakov maudit la neige, non parce qu'elle rendait la conduite difficile, mais parce qu'elle réduisait la visibilité. Or ils comptaient beaucoup dessus. Il était hors de question d'utiliser la radio. Les signaux seraient trop aisément interceptés.

La main de l'Israélien effleura les quelques objets qui se trouvaient sur le siège à côté de lui. Il y en avait de semblables dans la Rolls d'Holcroft. Ils faisaient partie de la contre-attaque. C'en était même le côté le plus efficace.

Des explosifs. Huit en tout. Quatre charges enveloppées de plastic, réglées pour exploser exactement trois secondes après l'impact, et quatre grenades antichars. Deux armes supplémentaires étaient à leur disposition : un colt automatique de l'armée américaine et une carabine, tous deux chargés, sécurités ôtées, prêts à faire feu. Les contacts de Litvak à Genève leur avaient permis de se les procurer. Genève, la paisible Genève, où de tels arsenaux étaient disponibles, en quantités moindres que ne le pensaient les terroristes, mais plus importantes que ne l'imaginaient les autorités helvétiques.

Ben-Gadiz regarda à travers le pare-brise. Si quelque chose devait se produire, ce serait pour bientôt. La voiture de police s'immobiliserait à quelques centaines de mètres devant. On avait certainement prévu quelques clous couverts d'acide pour ronger les pneus en un temps déterminé. Ou bien un radiateur défectueux avait été rempli d'un coagulant qui boucherait les conduits... Il y avait tant de moyens envisageables. Brusquement le véhicule de la police disparaîtrait, et Holcroft serait isolé.

Yakov espérait que Noël se souvenait avec précision de ce qu'il devait faire si une voiture suspecte s'approchait de la sienne. Il devait zigzaguer sur la chaussée tandis que Yakov accélérerait, appuyant sur les freins de sa Maserati à quelques dizaines de centimètres du véhicule inconnu, sur lequel il lancerait des charges de plastic en attendant les précieuses secondes qui le sépareraient de l'explosion. Pendant ce temps, Holcroft sortirait de la zone dangereuse. S'il y avait le moindre problème, des charges défectueuses, pas d'explosion, les grenades serviraient d'appoint.

Cela serait suffisant. Von Tiebolt ne renouvellerait pas la même tentative d'assassinat. Le risque qu'il y ait d'autres conducteurs ou des témoins involontaires serait trop grand. Il fallait des tueurs peu nombreux et professionnels. Le chef des *Sonnenkinder* n'était pas un imbécile. Si Holcroft ne trouvait pas la mort sur la route de Köniz, il attendrait qu'il soit à Zurich.

Les *Sonnenkinder* allaient commettre cette erreur, pensait l'Israélien, non sans une certaine satisfaction. Von Tiebolt ne connaissait pas l'existence de Ben-Gadiz. Qui n'était pas non plus idiot, et tout aussi professionnel. L'Américain parviendrait jusqu'à Zurich et, une fois dans la ville, Johann von Tiebolt était un homme mort, tout comme Erich Kessler. Ils seraient tous les deux abattus par un homme fou de rage.

Yakov jura. La neige se faisait plus dense. Les flocons étaient plus gros, ce qui signifiait que la tempête ne durerait plus longtemps. C'était quand même un imprévu. Il n'aimait pas ça du tout.

Il ne vit plus la voiture de police ! Où était-elle ? Les virages en épingle à cheveux et les embranchements se succédaient. Le véhicule n'était plus en vue. Il l'avait perdu ! Comment était-ce possible ?

Soudain il réapparut. Yakov poussa un soupir de soulagement, et appuya sur l'accélérateur pour s'en rapprocher. Il ne devait plus laisser son esprit vagabonder. Il n'était pas dans la salle de concert de l'Orchestre symphonique de Tel-Aviv. La voiture de police était un point de repère. Il ne fallait pas la perdre.

Il roulait plus vite qu'il ne le pensait, beaucoup trop vite pour cette route. Pourquoi ?

Brusquement, il comprit pourquoi. Il était en train de rattraper l'écart qui s'était creusé entre lui et le véhicule de la police de Genève, mais ce dernier accélérait. De plus en plus. Il fonçait dans les virages, à travers les flocons, se rapprochant d'Holcroft.

Le conducteur était-il fou ?

Ben-Gadiz regarda devant lui, à travers le pare-brise, essayant de comprendre. Quelque chose le troubla sans qu'il sût de quoi il s'agissait. Que faisaient-ils ?

Il aperçut quelque chose qui n'était pas là auparavant.

Une bosse sur le coffre de la voiture de police. Une bosse ! Il n'y en avait pas sur le véhicule qu'il suivait depuis trois heures.

Il avait devant lui une autre voiture de police !

De l'un des embranchements de ce labyrinthe de voies diverses, on avait ordonné par radio au premier véhicule de sortir de la route. Un second l'avait remplacé. Les hommes qui étaient à l'intérieur avaient repéré la Maserati et, ce qui était infiniment plus dangereux, Holcroft ne s'était pas rendu compte du changement.

La voiture de police amorça un long virage. Yakov entendit ses coups de klaxon incessants à travers la neige et le vent. Elle faisait signe à Holcroft. Elle arrivait à sa hauteur.

« Non ! Ne faites pas ça ! » cria Yakov qui maintenait ses pouces en permanence sur le klaxon, agrippant le volant, tandis que ses pneus glissaient sur la chaussée en plein virage. Il lança sa Maserati à la poursuite de la voiture de police qui se trouvait à une cinquantaine de mètres.

« Holcroft ! non ! »

Son pare-brise éclata brutalement. Des petits cercles de mort apparurent un peu partout. Il sentit le verre lui tailler les joues, les doigts. Il était touché. Une mitraillette avait tiré sur lui, de la vitre arrière brisée de la voiture de police.

Un tourbillon de fumée âcre sortait du capot. Le radiateur explosa. Un instant plus tard, les pneus furent percés. Les bandes de caoutchouc déchiquetées volaient de part et d'autre de la Maserati. Celle-ci fit une embardée sur la droite, et s'écrasa sur le bas-côté.

Ben-Gadiz maudissait le Ciel en martelant à coups d'épaule une portière qui ne voulait pas céder. Derrière lui, l'essence commençait à prendre feu.

Holcroft aperçut la voiture des policiers dans son rétroviseur. Elle se rapprochait. Ses phares s'allumaient par intermittence. Pour une raison quelconque, ces hommes lui envoyaient des signaux.

Il n'avait pas la place de s'arrêter dans le virage. Il lui faudrait attendre la descente pour trouver une ligne droite de plusieurs centaines de mètres. La Rolls ralentit tandis que le véhicule de la police parvenait à sa hauteur. La neige rendait flou le visage de l'officier.

Holcroft entendit les coups de klaxon et remarqua les flashs rapides et incessants des phares. Il abaissa sa vitre.

« Je me rabattrai dès que... »

Ce fut alors qu'il aperçut un visage. Et l'expression peinte sur ce visage. Ce n'était pas l'un des jeunes policiers de Genève ! C'était un inconnu. Puis il vit le canon d'un fusil.

Il tenta désespérément de remonter sa vitre. Il était trop tard. Il entendit le coup de feu, fut aveuglé par l'intense lumière. Il eut l'impression que cent rasoirs lui tailladaient la peau. Son propre sang éclaboussait le pare-brise. Il entendit l'écho de ses hurlements dans une voiture dont il avait perdu le contrôle.

Le métal heurta le métal, gémissant sous le choc de mille points d'impact. Le tableau de bord était sens dessus dessous. Les pédales avaient pris la place du toit. Il était contre le toit, puis il ne le sentit plus. Il s'écrasa contre le dossier du siège, avant d'être projeté contre une vitre, de s'en éloigner pour venir s'empaler sur le volant. Enfin, il fut éjecté dans l'espace.

Là il retrouva la paix. La douleur disparut et, à travers les brumes de sa mémoire, il plongea dans le néant.

Yakov fit éclater ce qui restait de son pare-brise avec un pistolet. La carabine avait heurté le sol. Les explosifs de plastic étaient restés attachés dans leur boîte. Les grenades avaient disparu.

Toutes les armes étaient désormais inutilisables, à une exception près. Il en avait une dans la main, et il s'en servirait tant qu'il aurait des munitions, tant qu'il serait en vie.

Il y avait trois hommes dans la voiture de police. Le troisième, le tireur d'élite, s'accroupit une nouvelle fois. Ben-Gadiz aperçut sa tête derrière la vitre arrière ! Maintenant ! Il visa avec soin entre les couches de fumée et pressa sur la détente. Le visage fut balayé en diagonale, puis retomba dans le verre éclaté.

Yakov redonna un coup d'épaule dans la portière. Celle-ci décolla légèrement. Il fallait sortir vite, le feu à l'arrière allait provoquer l'explosion du réservoir d'essence. Devant lui, un peu plus haut, le conducteur de la voiture de police lançait son engin contre la carrosserie de la Rolls. Son complice, sur la route, essayait d'attraper le volant à travers la fenêtre d'Holcroft. Ils tentaient de faire basculer la Rolls par-dessus le talus.

Yakov jeta toute la partie supérieure de son corps contre la porte. Elle s'ouvrit brusquement. L'Israélien se lança sur le macadam couvert de neige. Ses blessures tracèrent des centaines de lignes rouges sur la poudreuse. Il leva son arme et tira plusieurs fois de suite ; les yeux embrumés, il ne pouvait viser avec précision.

Deux choses terribles se produisirent au même instant.

La Rolls bascula au-delà du talus et une rafale cingla l'air cotonneux de neige. Les balles firent ricochet sur la chaussée et vinrent transpercer les jambes de Yakov. La souffrance avait dépassé les limites du supportable.

Il ne sentait plus rien. Il se tordit, se retourna et déboula comme il put. Ses mains effleurèrent le caoutchouc déchiqueté des pneus, puis, l'acier, encore de l'acier et des morceaux de verre et de neige glacés.

Il y eut une explosion. Le réservoir à essence de la Maserati s'enflamma. Et Ben-Gadiz les entendit crier au loin :

« Ils sont morts ! Faites demi-tour ! On s'en va ! »

Leurs assaillants prirent la fuite.

Helden avait ralenti il y avait un peu plus d'une minute. Noël aurait dû apparaître dans son rétroviseur. Où était-il ? Elle s'arrêta au bord de la route et attendit. Deux autres minutes s'écoulèrent. Elle n'avait plus la patience d'attendre.

Elle fit demi-tour et gravit la colline. En écrasant l'accélérateur, elle dépassa la borne qui se trouvait à sept cents mètres de là. Toujours aucune trace de lui. Ses mains se mirent à trembler.

Il était arrivé quelque chose. Elle en était certaine. Elle en avait le pressentiment.

Elle vit la Maserati ! Démolie ! En flammes !

Mon Dieu ! Où était la voiture de Noël ? Où était Noël ? Yakov ?

Elle pila et sortit en courant. Elle s'effondra sur

la route glissante, sans se rendre compte que c'était sa jambe blessée qui avait provoqué sa chute. Elle se redressa en criant et se remit à courir.

« Noël ! Noël ! »

Les larmes coulaient sur son visage, dans l'air froid. Ses cris torturaient les nerfs à vif de sa gorge. Elle ne parvenait plus à maîtriser sa propre hystérie.

Elle entendit un ordre venu de nulle part.

« Helden ! Ça suffit ! Ici... »

Une voix. Celle de Yakov. D'où venait-elle ? Elle l'entendit de nouveau.

« Helden ! En bas ! »

Le talus. Elle se précipita vers lui, et son univers bascula. La Rolls-Royce était au fond du ravin, retournée et fumante. Il y avait du métal froissé un peu partout. Horrifiée, elle aperçut la silhouette de Ben-Gadiz sur le sol à côté de la Rolls. Puis elle remarqua les traces de sang sur la neige qui traversaient la route et, du talus, menaient à l'endroit où se trouvait Yakov.

Helden se jeta au-dessus du remblai, roulant dans la poudreuse et sur les cailloux, hurlant à la mort. Elle savait que c'était ce qui l'attendait. Elle s'écroula près de Ben-Gadiz et regarda son amour par la vitre ouverte. Il était affalé, immobile, le visage couvert de sang.

« Non !... Non ! »

Yakov lui saisit le bras et l'attira vers lui. Il pouvait à peine parler, mais ses ordres étaient fort clairs.

« Retournez vers votre voiture. Il y a un petit village au sud de Treyvaux, à cinq kilomètres au plus d'ici. Appelez Litvak. Pré-du-Lac n'est pas loin... vingt, vingt-deux kilomètres. Il saura trouver des pilotes, des voitures rapides. Contactez-le. Racontez-lui toute l'affaire ! »

Helden ne parvenait pas à détacher les yeux de Noël.

« Il est mort... Il est mort !

— Peut-être pas. Dépêchez-vous ! »

« — C'est impossible ! Je ne peux pas le laisser ! »
Ben-Gadiz leva son arme.
« Obéissez ou je le tue sur-le-champ. »

Litvak entra dans la pièce où se trouvait Ben-Gadiz, étendu sur un lit, le bas du corps enveloppé de bandages. Yakov regardait par la fenêtre les champs enneigés et les montagnes au loin. Il ne détourna pas le regard quand le médecin entra.

« Voulez-vous connaître la vérité ? »

L'Israélien tourna lentement la tête.

« Cela ne servirait à rien de me la cacher, n'est-ce pas ? De toute façon, je la lis sur votre visage.

— Je pourrais vous apprendre de plus tristes nouvelles. Vous ne marcherez plus avec autant d'aisance qu'auparavant. Les dégâts sont trop importants. Mais dans quelque temps, vous serez sur pied. Vous vous déplacerez d'abord avec des béquilles. Plus tard, sans doute avec une canne.

— Ce diagnostic ne s'accorde pas particulièrement avec le métier que j'exerce, n'est-ce pas ?

— Mais votre cerveau est intact et vos mains cicatriseront. Vous pourrez toujours jouer de la musique. »

Yakov sourit tristement.

« Je n'ai jamais été très bon. Mon esprit vagabondait trop souvent. Je suis un meilleur professionnel dans la seconde partie de mon existence.

— On utilisera votre intelligence autrement. »

L'Israélien fronça les sourcils, et regarda à nouveau par la fenêtre.

« Nous verrons quand nous saurons ce qui reste au-dehors.

— Les choses changent, Yakov. Et rapidement, répondit le médecin.

— Et Holcroft ?

— Je ne sais que vous dire. Il aurait dû mourir. Mais il est encore en vie. Ce qui ne fait pas une différence énorme en ce qui le concerne. Il ne redeviendra jamais ce qu'il était. Il est recherché pour meurtre dans une demi-douzaine de pays. La peine de mort a été rétablie partout, pour toutes sortes de crimes. Les droits de la défense ne sont plus que parodie. Partout. Il se fera abattre.

— Ils ont gagné, conclut Yakov, les yeux emplis de larmes. Les *Sonnenkinder* ont gagné.

— Nous verrons, dit Litvak, quand nous saurons exactement ce qui reste au-dehors. »

ÉPILOGUE

Des images. Sans forme, floues, sans signification, indéfinissables. Des silhouettes dans le brouillard. Il n'y avait que la conscience. Pas la pensée, ni une quelconque mémoire de l'expérience, juste la conscience. Et puis les images vagues commencèrent à devenir plus nettes. La brume se dissipa, transformant la conscience en reconnaissance. La pensée suivrait. C'était déjà énorme de voir et de se souvenir.

Noël aperçut un visage au-dessus de lui, entouré d'une cascade de cheveux blonds qui lui effleuraient la peau. Il y avait des larmes dans ses yeux. Elles coulaient le long de ses joues. Il essaya de les essuyer, mais il ne put atteindre le visage charmant et fatigué. Sa main retomba, et elle la prit dans la sienne.

« Mon chéri... »

Il l'entendit. Il entendait. La vue et les sons avaient un sens. Il ferma les yeux, sûr que, bientôt, il serait de nouveau capable de penser.

Litvak se tenait dans l'embrasure de la porte et regardait Helden éponger la poitrine et le cou de Noël. Il avait un journal sous le bras. Il examina le visage d'Holcroft, ce visage qui avait tant souffert des rafales de balles. Il portait des cicatrices sur la joue gauche, en travers du front et le long du cou. Mais la cicatrisation était en bonne voie. Quelque part dans la maison, on entendait le son d'un violon. De toute évidence, c'était un musicien professionnel qui jouait.

« J'aimerais que vous augmentiez le salaire de votre infirmière, dit faiblement Noël.

— Pour payer quels talents ? fit Litvak en riant.

— Docteur, guérissez vos propres plaies ! »

Helden se mit aussi à rire.

« J'aimerais le pouvoir. Je désirerais guérir toutes sortes de choses », répliqua le médecin en posant le journal à côté d'Holcroft. C'était l'édition parisienne du *Herald Tribune*. « Je l'ai acheté pour vous à Neuchâtel. Je ne suis pas certain que vous vouliez le lire.

— Sur quoi porte la leçon aujourd'hui ?

— « Les conséquences de la mésentente » serait un titre très approprié, je suppose. Votre Cour suprême a enjoint à la rédaction du *New York Times* de ne plus se mêler des affaires du Pentagone. Sécurité nationale oblige, bien entendu. Ladite Cour suprême a également confirmé la légalité des exécutions multiples dans l'État du Michigan. Cette instance a déclaré que, lorsque des minorités menaçaient la tranquillité de la population, des exemples spectaculaires s'imposaient, à des fins dissuasives.

— De nos jours, M. Dupont constitue une minorité, murmura Noël, la tête sur l'oreiller. Boum ! Il est mort ! »

Voici les nouvelles de l'étranger, un reportage de la B.B.C. à Londres. Depuis la vague d'assassinats qui a coûté la vie à des personnalités politiques un peu partout dans le monde, des mesures de sécurité d'une sévérité sans précédent ont été prises dans les capitales concernées. C'est aux autorités militaires et policières qu'incombe la plus grande responsabilité. Pour que se réalise une coopération internationale au plus haut niveau, un organisme vient d'être créé à Zurich, en Suisse. Celui-ci, qui porte le nom d'Enclume, facilitera un échange rapide, précis et confidentiel de l'information entre les forces militaires et policières qui en seront membres...

Yakov Ben-Gadiz en était au milieu du scherzo du concerto pour violon de Mendelssohn quand son esprit se remit à vagabonder. Noël Holcroft était étendu sur le divan, à l'autre bout de la pièce. Helden était assise par terre à côté de lui.

Le spécialiste en chirurgie plastique qui était venu de Los Angeles opérer un malade dont on ne connaissait pas l'identité avait réalisé un remarquable ouvrage. Le visage était toujours celui d'Holcroft, sans l'être tout à fait. Les cicatrices qui lui restaient de ses blessures faciales avaient disparu. A leur place, de légères failles donnaient à ses traits un aspect ciselé. Les rides sur son front étaient plus profondes, celles autour des yeux plus prononcées. Il n'y avait plus d'innocence dans ce visage quelque peu altéré, restauré. Il y avait même un rien de cruauté. Un peu plus que cela peut-être.

En plus de ces modifications, Noël avait vieilli, un vieillissement rapide et douloureux. Quatre mois s'étaient écoulés depuis qu'on l'avait extirpé d'un ravin, sur une route au nord de Fribourg, mais, en le regardant, on avait l'impression qu'il n'y avait pas loin de dix ans.

Cependant, il était en vie, et son corps avait retrouvé sa vigueur grâce aux soins d'Helden et aux exercices interminables et rigoureux que lui avait prescrits Litvak et que supervisait un ancien commando de choc venu d'*Har Sha'alav*.

Ces séances procuraient un plaisir certain à Yakov. Il exigeait la perfection et Holcroft répondait à son attente. L'instrument physique devait être en excellente santé avant que commence le véritable entraînement.

Celui-ci débuterait le lendemain. Au sommet des collines et des montagnes, loin des regards des curieux, mais sous l'impitoyable surveillance de Yakov Ben-Gadiz. L'élève accomplirait les tâches que le maître ne pouvait plus entreprendre. L'élève subirait les pires épreuves jusqu'à ce qu'il surpasse le maître.

Ce serait pour demain.

DEUTSCHE ZEITUNG

Berlin, le 4 juillet. Le Bundestag a donné aujourd'hui son accord pour l'établissement de centres de réhabilitation construits sur le modèle de ceux qui existent en Amérique, dans les États d'Arizona et du Texas. Ces centres seront, comme leurs homologues américains, d'abord de nature éducative, tout en demeurant sous contrôle militaire.

Ceux qui seront condamnés à des peines de réhabilitation auront été reconnus, par les tribunaux, coupables de crimes contre le peuple allemand...

« Barbelé ! Corde ! Chaîne !

— Servez-vous de vos doigts ! Ce sont des armes. Ne l'oubliez jamais...

— Grimpez encore à cet arbre, vous êtes trop lent...

— Montez au sommet de la colline et redescendez sans que je vous voie...

— Je vous ai vu. Vous êtes un homme mort !

— Appuyez sur le nerf, pas sur la veine ! Il existe cinq points où l'on peut atteindre les nerfs. Trouvez-les. Les yeux bandés. Au toucher...

— Roulez sur le sol en tombant. Ne fléchissez pas les genoux.

— Toute action correspond à une alternative, et l'on se détermine en un quart de seconde. Entraînez-vous à penser ainsi. Instinctivement...

— La précision est une question de concentration, d'immobilité et de respiration. Tirez encore, sept coups. Ils doivent se situer dans un diamètre de cinq centimètres.

— Fuyez, fuyez, fuyez ! Utilisez votre environnement. Fondez-vous en lui. Ne craignez pas de rester immobile. Un homme qui ne bouge pas est souvent le dernier que l'on remarque... »

L'été passa, Yakov Ben-Gadiz était heureux. L'élève, à présent, était supérieur au maître. Il était prêt.

Tout comme sa collègue. Elle aussi était opérationnelle. Ils feraient une équipe redoutable.

Les *Sonnenkinder* étaient sous surveillance.

On avait pris la liste. On l'examinait.

HERALD TRIBUNE

Édition européenne

Paris, le 10 octobre — L'agence internationale de Zurich, connue sous le nom d'Enclume, a annoncé aujourd'hui la formation d'un conseil indépendant de

Chanceliers élus à bulletins secrets par les nations membres. Le premier congrès de l'Enclume se tiendra le 25 de ce mois...

Le couple descendit la rue principale du quartier Lindenhof de Zurich, sur la rive gauche du Linmat. L'homme était assez grand, mais voûté. Il boitait, ce qui entravait son avancée au sein de la foule. La valise usée qu'il avait à la main le ralentissait également. La femme lui tenait le bras pour le guider, mue moins par l'affection que par un sens du devoir non exempt d'une certaine irritation... Ils avaient atteint ensemble un âge indéterminé, en se détestant mutuellement.

Ils arrivèrent devant un immeuble de bureaux et y pénétrèrent. L'homme suivit la femme en boitant. Ils se dirigèrent vers les ascenseurs et s'arrêtèrent devant le liftier. Dans un allemand caractéristique de la classe moyenne, la femme demanda où était une petite entreprise de comptabilité.

On lui indiqua le douzième et dernier étage, mais c'était l'heure du déjeuner et le garçon d'ascenseur doutait qu'il y eût quiconque. Cela n'avait pas d'importance. Ils attendraient.

Ils sortirent de l'ascenseur. Le couloir était désert. Au moment où la porte se referma, ils se précipitèrent vers l'escalier, au fond à droite. L'homme ne boitait plus. Les visages avaient perdu leur austérité. Ils grimpèrent les marches quatre à quatre jusqu'à la porte qui donnait sur le toit. Ils firent une halte sur le palier. L'homme posa sa valise, s'agenouilla et l'ouvrit. A l'intérieur se trouvaient le canon et la crosse d'un fusil. Un viseur télescopique était incorporé au premier, une lanière à la seconde.

Il sortit les pièces et les monta. Puis il retira son chapeau et la perruque cousue sur le pourtour, et les rangea. Il se redressa et aida sa compagne à ôter son manteau. Il retourna les manches et le tissu. Le manteau se transforma en un vêtement bien coupé, élégant, venu d'une des meilleures boutiques de Paris.

La femme aida l'homme à retourner son pardessus qui devint un superbe manteau de daim. Puis elle dénoua son foulard, ôta quelques épingles et laissa retomber ses cheveux blonds sur ses épaules. Elle ouvrit son sac à main, et en sortit un revolver.

« Je reste ici, dit Helden. Bonne chasse !

— Merci », répondit Noël en poussant la porte qui donnait accès au toit.

Il se recroquevilla contre le mur, près d'une cheminée hors d'usage, glissa son bras dans la courroie et tendit la lanière. Il plongea la main dans sa poche et prit trois balles. Il les introduisit dans la chambre, referma la culasse d'un coup sec, en position de tir. *Toute action correspond à une alternative, et l'on se détermine en un quart de seconde.*

Il n'en aurait même pas besoin. Il ne manquerait pas sa cible.

Il se retourna, s'agenouilla près du mur. Il cala le fusil en haut et plaqua son œil sur le viseur télescopique.

Douze étages plus bas, de l'autre côté de la rue, la foule acclamait des hommes qui venaient de franchir les immenses portes de verre de l'hôtel Lindenhof. Ils s'avancèrent au soleil sous les banderoles du premier congrès de l'*Enclume*.

Il était là. Dans le viseur, son visage buriné entouré de cheveux blonds et brillants devint point de mire.

Holcroft appuya sur la détente. Douze étages plus bas, le visage buriné éclata en un mélange de sang et de chairs déchiquetées.

Le Tinamou avait enfin été tué.

Par le Tinamou.

Ils étaient partout. La chasse ne faisait que commencer.

Composition réalisée par EURONUMÉRIQUE

Achevé d'imprimer en juin 2007 en France sur Presse Offset par

C P I
Brodard & Taupin

La Flèche (Sarthe).
N° d'imprimeur : 40946 – N° d'éditeur : 85937
Dépôt légal 1re publication : mai 1987
Édition 14 – juin 2007
LIBRAIRIE GÉNÉRALE FRANÇAISE – 31, rue de Fleurus – 75278 Paris cedex 06.

30/7518/1